Die Machtbesessenen

William Stuart Long

Die Machtbesessenen

Australien-Saga 12

Deutsch von Ursula Guinaldo

Weltbild

Originaltitel: *The Imperialists*
Originalverlag: Dell Publishing Co. Inc., New York

Der Autor

Hinter dem Pseudonym William Stuart Long verbergen sich die beiden erfolgreichen US-amerikanischen Autoren Vivian Stuart Long und Victor Sondheim. Beide haben lange Jahre in Australien verbracht und sind intime Kenner des Landes und seiner Geschichte. Dieser zwölfte Band ihrer großen Australien-Saga vollendet die Reihe, die komplett im Weltbild Buchverlag erschienen ist. Die ersten elf Titel: *Die Verbannten, Die Siedler, Die Verräter, Auf den Spuren der Väter, Die Abenteurer, Das weite Land, Die Goldschürfer, Dornige Pfade, Die Gründerväter, Die Seefahrer, Die Rebellen.*

Weltbild Taschenbuch

Was ist Australien? Eine große, hungrige und durstige Wildnis mit ein, zwei Städten zum Nutzen ausländischer Spekulanten, hauptsächlich bevölkert von gekreuzten Schafen und teilweise von Narren.

Henry Lawson, australischer Dichter und Erzähler

Jemand, der dieses Land zum Vergnügen bereist, würde auch zum Zeitvertreib in die Hölle gehen.

R. T. Maurice, australischer Geograph

Die australische Geschichte liest sich nicht wie eine historische Darstellung, sondern wie ein wunderschönes Lügenmärchen. Sie ist voller Überraschungen und Abenteuer und Ungereimtheiten und Widersprüche und Unglaublichem; doch all das ist passiert.

Mark Twain, amerikanischer Tourist

Prolog

»Wenn Sie mich fragen, Sir«, sagte Lieutenant James Camber, »würde ich den Einheimischen gewisse Gebiete britischen Empires am liebsten schnell wieder zurückgeben.«

Kapitän Andrew Broome von der Royal Navy wandte sich seinem jungen Offizier zu und lachte in sich hinein. »Ich finde, Sie haben es sehr treffend formuliert, James. Allerdings kann ich mir nicht vorstellen, dass es das Kolonialministerium oder das britische Volk ebenso sieht.«

An die Reling seines Schiffes gelehnt, betrachtete Kapitän Broome die ungewöhnliche Szenerie, die sich seinem Auge bot. Das Schiff, die HMS *Durable,* lag in Port William Inlet auf der Östlichen Falklandinsel vor Anker. Oberhalb des Hafens, direkt an der Küste in der Stadt Stanley, standen einige Holzhäuser mit so farbenfroh gestrichenen Dächern, als wollten sie sich von der tristen, frostigen Landschaft dieses Außenpostens des britischen Empires besonders abheben. Seit die *Durable* in das Gebiet der Falklandinseln vorgedrungen war, schien zum ersten Mal die Sonne. Und der Kapitän stellte mit Überraschung fest, dass diese Inseln im Südatlantik ja doch etwas Farbe zu bieten hatten.

Der in Australien geborene Kapitän Broome war zwar auf den Namen Andrew getauft worden, doch sein auffälligstes Attribut, das von seinem Vater geerbte rostrote Haar, hatte ihm den von allen Verwandten und Bekannten benutzten Spitznamen Rufus oder Rufe eingebracht.

Er konnte sich nicht erinnern, wann ihn jemand das letzte Mal Andrew genannt hätte. Sein richtiger Name war vermutlich nicht einmal all seinen Offizierskollegen und Besatzungsmitgliedern bekannt.

Groß und kräftig, wie er war, machte er in seiner tadellos sitzenden winterblauen Uniform und der Kaltwetterausrüstung an Deck eine richtig gute Figur. Er hatte seinen Mantelkragen hochgeschlagen, die Hände in den Taschen vergraben und den Schirm seiner Kapitänsmütze tief in die Augen gezogen. Ab dem 50. Grad südlicher Breite konnte es sogar mitten im Sommer empfindlich kalt werden.

»Nur ein Seemann kann die Ausmaße des britischen Empires wirklich ermessen, stimmt's, James?«, bemerkte Rufe.

»Das ist wohl wahr, Sir«, entgegnete der Lieutenant.

»Was mich angeht«, fuhr Rufe fort, »ich bin froh, wenn diese Reise zu Ende ist und wir unseren Heimathafen in Sydney erreichen. Wissen Sie, dass ich in den über dreißig Jahren meiner Marinezugehörigkeit kaum einmal einen Fuß in meine Heimat gesetzt habe? Meine Familie lebt zum größten Teil in Sydney, und ich habe sie in all den Jahren höchstens ein halbes Dutzend Mal gesehen. Ich freue mich schon auf meine Rückkehr.«

»Kann ich mir gut vorstellen, Sir«, erwiderte der Lieutenant. Dann bemerkte er eine kleine Bewegung an der Kohlenstation am Kai von Stanley und sah durch sein Fernglas. »Da war das Zeichen, Sir. Sie sind so weit, dass wir kommen können.«

»Sehr gut«, sagte Rufe. »Treffen Sie die erforderlichen Vorbereitungen, Lieutenant.«

Die *Durable* war ein Torpedoboot-Zerstörer, obwohl die meisten Marinesoldaten sie und die übrigen Schiffe dieses Typs einfach als Zerstörer bezeichneten. Sie war knapp fünfundfünfzig Meter lang, hatte eine Wasserverdrängung von dreihundertzwanzig Tonnen und war zusätzlich zu ihren drei Achtzehn-Zoll-Torpedorohren mit drei Sechspfündern und einem Zwölfpfünder bestückt. Sie diente sowohl zur Verteidigung gegenüber feindlichen Torpedobooten als auch zum Angriff auf größere Schiffe. Weshalb man in diese kalten und weitgehend leeren südatlantischen Gewässer ein Kriegsschiff beordert hatte, blieb dem Kapitän und seiner Mannschaft ein Rätsel. Die einzige Erklärung wäre, dass die Royal Navy bis in die am weitesten entlegenen Gebiete des britischen Empires präsent sein sollte.

Die Tatsache, dass das britische Empire sich bis zu den Falklandinseln erstreckte, war durch den auf der Kohlenstation von Stanley flatternden Union Jack deutlich ersichtlich. Allerdings dehnte das britische Empire sich noch weiter nach Süden aus: durch die Drake Passage bis zu den Südlichen Shetlandinseln unmittelbar oberhalb des Südlichen Polarkreises und darüber hinaus – zumindest hatte man Anspruch darauf erhoben – bis zur Antarktis, den sturmumtosten Schneemassen und dem ewigen Eis dieses südlichsten Kontinents.

Nachdem die *Durable* eine volle Ladung Kohle aufgenommen hatte, war sie über und über mit Ruß bedeckt. Murrend, wie es unter Seeleuten üblich ist, machte die Besatzung sich daran, das Schiff zu säubern. Und sie hörte erst dann damit auf, als alles wieder wie geleckt aussah und selbst das kleinste Kohlenstäubchen in der letzten, unzugänglichsten Ecke an Bord entfernt war.

Der Himmel zog sich zusammen, und der Nebel wurde so dicht, dass von den freundlich gestrichenen Dächern Stanleys nichts mehr zu sehen war. Sobald die Sichtverhältnisse es erlaubten, brachte Rufe die *Durable* hinaus aufs offene Meer. Der antarktische Sommer stand vor der Tür, und Rufe hatte den Befehl, die fast nicht endende Helligkeit der Tage zu nutzen, um die Gewässer rund um den eisbedeckten Kontinent zu erforschen. Rufe setzte Kurs auf die Südlichen Orkneyinseln und sichtete an einem trüben Tag, der Sturm verhieß, die Coronation Insel. Nachdem sie die Orkneyinseln hinter sich gelassen hatten, gab er Befehl, Kurs nach Süden zu nehmen und in den als Weddellmeer bekannten Teil der antarktischen Gewässer einzudringen.

Die *Durable* war nicht für die Bequemlichkeit der auf ihr lebenden Männer konzipiert worden. Der Wind, der den klaren Geruch von ewigem Eis mit sich brachte, blies durch die offene

Brücke, und die Unterkünfte sowohl der Offiziere als auch der Mannschaft waren nur unzureichend beheizt. Während die Wellen sich immer höher auftürmten und das Schiff winzig klein erscheinen ließen, rollte und stampfte es durch die eisigen Wassermassen. Wenn es ganz unten in einem Wellental angelangt war, befand sich selbst der Schornstein unterhalb des Wellenkamms. Es herrschte Windstärke sieben. An Land konnte ein solcher Sturm große Bäume biegen; auf See und ganz besonders in diesen Breiten war das jedoch etwas völlig Normales.

Als die eisige Dünung ständig höher wurde und sich zu knapp zwanzig Meter hohen Wellen auftürmte, glich die Reise immer stärker einer Fahrt in der Berg- und Talbahn auf dem Jahrmarkt. Die *Durable* kämpfte gegen die hohe Dünung und führte dabei alle Bewegungen aus, die ein auf der Wasseroberfläche treibender Gegenstand überhaupt nur ausführen kann: Sie stieg auf, drehte sich, drehte sich erneut, hielt sich einen Augenblick in der Schwebe, tauchte dann ab, drehte sich und donnerte in ein Wellental hinab, während die eiskalte Gischt an den vorderen Geschütztürmen entlang über das gesamte Deck spritzte.

»Ziemlich spektakulärer Auftritt«, bemerkte Rufe Broome. Niemand in der gesamten Marine konnte sich mit Rufe Broome messen, der seit seinem vierzehnten Lebensjahr zur See gefahren war. Trotzdem hatte er ein ungezwungenes Verhältnis zu seinen jungen Offizieren, solange diese seine Freundlichkeit nicht auszunutzen versuchten.

»Ich bin mir ziemlich sicher, Sir, dass da ein Missverständnis vorliegt«, erwiderte James Camber. Es war seine Wache, doch der Kapitän stand gemeinsam mit ihm auf der Brücke. Beide Offiziere hatten sich dick in ihre Kaltwetterausrüstung eingepackt. »Sind Sie sicher, dass unser Befehl nicht lautet, auf schnellstem Weg in die Korallensee zu fahren?«

Rufe lachte. »Zu schade, dass Sie nicht der ranghöhere Offizier sind. Sonst würde ich mich einfach dumm stellen und zulassen, dass Sie unsere Befehle genau in diese Richtung interpretieren.« Nichts hätte Rufe lieber getan, als direkten Kurs auf diese ruhigen Gewässer vor der australischen Nordostküste zu nehmen.

Aufgabe der *Durable* war es, im eisigen Weddellmeer Wetterbeobachtungen vorzunehmen und die Bedingungen des Packeises zu untersuchen. Anschließend sollte sie in Richtung Westen durch die Drake Passage fahren und sich so nah an der antarktischen Küste halten, wie die Witterungsbedingungen es nur zuließen, bis sie das Rossmeer und das Ross Schelfeis erreichte – eine Eismasse fast so groß wie Frankreich.

Hier, am unteren Ende der Welt, brachte eine verhältnismäßig kurze Reise ein Schiff rasch über viele Längengrade. Folglich würde die Fahrt vom Weddellmeer zum Rossmeer die *Durable* von einem Punkt südlich von Südafrika zu einem entsprechenden Punkt südöstlich von Australien und Neuseeland bringen. Nach dem schwierigen Abdrehen an der antarktischen Küste würde Rufe sich zumindest damit trösten können, sich näher an seiner Heimat zu befinden.

Die Erforschung hoher Breitengrade hatte in Marinekreisen äußerste Priorität. Auch andere Schiffe waren mit dieser Aufgabe betraut. Die Tatsache, dass die *Durable* nicht zu dem Zweck gebaut worden war, sich durch das Packeis vorzuarbeiten, hatte die Admiralität offenbar nicht weiter gestört. Zum Glück waren Rufes Befehle mit vorsichtigen Formulierungen versehen, wie beispielsweise ›falls möglich‹. Und er würde nicht zögern, im Notfall von dieser Befreiungsklausel Gebrauch zu machen. Sobald das Eis allzu bedrohlich wurde, würde er umkehren. Denn falls die *Durable* erst einmal im Packeis festsäße, könnten ihre Metallwände viel leichter zusammengedrückt werden als die der Holzschiffe, die speziell für die Erforschung der Arktis und der Antarktis konstruiert worden waren.

Die Männer, die die Wetterbeobachtungen vornehmen sollten, führten ihre Aufgabe mit großer Sorgfalt aus. Wenn später die Wissenschaftler die von der *Durable* im Weddellmeer vorgenommenen Aufzeichnungen mit denen im Rossmeer oder auch mit den von anderen Schiffen notierten Beobachtungen verglichen, ließe sich genauer sagen, welche Klimabedingungen an den verschiedenen Stellen des eisbedeckten Kontinents herrschten.

Innerhalb der nächsten halben Stunde drehte der Wind um neunzig Grad. Er erreichte Windstärke zehn und wurde somit zu einem richtigen Sturm. Eine riesige Dünung mit weißen Schaumkronen und immer dichter werdenden Wellentälern und -kämmen türmte sich zischend und brodelnd um das Schiff herum auf. Die *Durable* bockte und drehte sich, tauchte ab und wurde mit eiskalter salziger Gischt besprüht, die über das gesamte Deck bis hin zum Heck ablief. Während der Sturm weiter wütete, wurden das Deck, die Takelage und die Aufbauten mehr und mehr von einer dünnen Eisschicht überzogen. Rufe gab Befehl, das Heck in den Wind zu drehen und auf nordöstlichen Kurs zu gehen. Zwar wäre es bequemer gewesen, den Sturm mit dem Bug abzureiten, aber in dieser Richtung lagen die Palmer Halbinsel und das küstennahe Packeis.

Die Sicht war nicht beeinträchtigt, denn es stand keine einzige Wolke am Himmel. Der Sturm rührte von einem kräftigen polaren Unwetter her, und bis zum Morgen war das Schiff stark vereist und wurde von dieser tonnenschweren Last immer tiefer ins Wasser gedrückt. Rufe schickte die Besatzung mit Äxten hinaus, um die zunehmend gefährliche Last abzusplittern.

Der Sturm hielt unvermindert an. An Land wären bei dieser Sturmstärke Bäume entwurzelt worden. Die Wellen hoben das Heck der *Durable* an, fegten unter ihr hindurch und ließen sie rückwärts von den Wellenkämmen in die Tiefe fallen. Die Matrosen, die das Eis abhackten, mussten sich rasch abwechseln, damit sie keine Frostbeulen bekamen. Der Boden unter ihren Füßen war glatt und rutschig durch das Eis, sodass die Männer sich nur unter schwierigsten Bedingungen und unter größten Mühen fortbewegen konnten. Sie lehnten sich gegen den

Wind, und große Stücke von den Äxten abgeschlagenes Eis flogen dicht an ihnen vorbei.

Dass das Unglück nicht schon früher passierte, war eigentlich ein Wunder. Plötzlich rutschte eine der Äxte am Eis ab und glitt einem Seemann mit voller Wucht ins Knie. Sofort schoss das Blut aus der offenen Arterie. Der Mann stürzte, stöhnte verzweifelt auf und hielt sich mit beiden Händen das Bein.

James Camber konnte den Unfall von der Brücke aus beobachten und rannte sofort an Deck. Einige Seeleute versuchten, die starke Blutung zu stillen. Genau in dem Moment, als Camber bei dem Verletzten eintraf und die Matrosen zur Seite scheuchte, war auch der Schiffssanitäter zur Stelle. Dieser brachte auf der Kleidung des Verletzten eine Aderpresse an und befahl einigen Männern, ihn ins Schiffslazarett zu bringen. Camber folgte ihnen.

Im Schiffslazarett angekommen, musste Camber stark schlucken, um nicht sein Frühstück abzugeben, als der Schiffssanitäter das Bein freilegte. Die Axt hatte die Kniescheibe und die Knorpel des Matrosen durchtrennt, sodass der Unterschenkel nur noch an einem dünnen Streifen Fleisch sowie an den starken Bändern in der Kniekehle hing.

»Das ist ein Fall für den Chirurgen«, sagte der Sanitäter.

»Das meinen Sie doch nicht im Ernst«, erwidere Camber.

Der verletzte Matrose war bewusstlos.

»Wenn das Bein nicht abgenommen und die Blutung gestillt wird, gibt der Mann bald den Geist auf«, fuhr der Sanitäter fort. »In der Walfangstation auf Südgeorgien gibt es einen Arzt.«

»Ich werde das mit dem Captain besprechen«, sagte Camber.

Sobald Rufe Broome sich den Bericht angehört hatte, sah er in die Karten und stellte einige Berechnungen an. Die *Durable* befand sich mehr als eintausendfünfhundert Meilen von Südgeorgien entfernt inmitten eines antarktischen Sturms. Rufe überließ das Kommando auf der Brücke seinem Stellvertreter, Lieutenant Camber, und begab sich unter Deck.

Der Verletzte war zwar bei Bewusstsein, aufgrund des verabreichten Morphiums aber halb betäubt. »Wie geht es Ihnen, mein Sohn?«, fragte Rufe ihn.

»Der Doc sagt, ich werde mein Bein verlieren«, antwortete der Matrose mit schwacher Stimme.

»Das steht fest«, sagte Rufe. »Aber da ist noch etwas. Sind Sie Manns genug, um sich einer unangenehmen Wahrheit zu stellen?«

»Mir bleibt wohl keine Wahl, Sir, oder?«

»Zumindest keine große«, bestätigte Rufe. »Der nächste Bauchaufschneider befindet sich auf Südgeorgien. Eine Möglichkeit wäre, nach Norden abzudrehen und Kurs auf Südgeorgien zu nehmen, wobei wir den ganzen Weg von einem Wellental ins andere schlingern müssten. Und bis wir dort ankämen, wären Sie wahrscheinlich längst verblutet.«

Der Mann schüttelte abwehrend den Kopf.

»Die andere Möglichkeit wäre, dass der Doc und ich das Wenige, was noch von Ihrem Bein übrig ist, durchschneiden und die Arterien abbinden. Gleichzeitig könnten wir versuchen, den Sturm auf offener See abzuwettern und danach sofort nach Südgeorgien zu fahren, damit der dortige Arzt unser Werk zu einem hübschen, ordentlichen Abschluss bringen kann.« Er legte dem jungen Burschen die Hand auf die Schulter. »Ich denke, Ihnen ist klar, was wir tun müssen.«

Der Matrose nickte mit grimmiger Miene.

Nervös suchte der Sanitäter die erforderlichen Instrumente zusammen und stellte den Äther bereit. Rufe, der sich seine Hände und Arme sorgfältig geschrubbt und einen Arztkittel übergezogen hatte, untersuchte das verletzte Bein, während der Sanitäter dem Patienten den Äther verabreichte.

Die Sehnen am Bein des jungen Burschen waren überraschend fest, und Rufe musste sich tüchtig anstrengen, bis er sie endlich durchtrennt hatte. Gemeinsam mit dem Sanitäter machte er die Hauptarterie ausfindig und band sie ab. Durch den Druck ließ auch die Blutung aus den übrigen Adern nach.

Als schließlich nur noch eine kleine Menge Blut in den Verband sickerte, wickelte Rufe den amputierten Unterschenkel in ein Laken, wusch sich die Hände und ging zurück auf die Brücke.

Während der kommenden Stunden ließ der Sturm etwas nach, und das Schiff kam allmählich weiter nach Norden, musste aber nach wie vor gegen hohe Wellen ankämpfen. Das Bein des Matrosen erhielt eine Seebestattung, allerdings ohne jegliches Zeremoniell.

Die südgeorgische Walfangstation war ein rauer, unwirtlicher Ort. Das Auslassen von Walfett und das Auskippen der Abfälle in die Bucht, wo Tausende von Seevögeln sich um die besten Bissen zankten, verbreiteten einen unerträglichen Gestank. Der ortsansässige Arzt roch stark nach Rum. Als er den Stumpf des jungen Seemanns untersuchte, blieben seine Hände jedoch ruhig.

»Ich würde hier nicht gerade von einer ordentlichen Arbeit sprechen«, sagte der Arzt.

Er sah Rufe offen an und lächelte. »Aber Sie haben dem Burschen ganz offensichtlich das Leben gerettet, Captain. Außerdem habe ich von zugelassenen Ärzten schon Schlimmeres gesehen.«

Mithilfe des Sanitäters gab er dem Matrosen erneut eine Narkose und stutzte den Stumpf zurecht, zog die Haut vom Oberschenkel teilweise bis über das rohe Fleisch und nähte sie dort an. Der junge Seemann wurde im Lazarett der Walfanggesellschaft auf Südgeorgien zurückgelassen, damit der Arzt sich weiter um ihn kümmern konnte. Die *Durable* fuhr in Richtung Südwest davon.

Durch den Umweg zu der Südgeorgia-Insel war einiges an Zeit für die Erforschung der antarktischen Gewässer verloren gegangen. Statt ins Weddellmeer zurückzukehren, fuhr die *Durable* direkt durch die Drake Passage in Richtung Rossmeer, überquerte die unsichtbare Linie, die den Südlichen Polarkreis markierte, bog am 150. westlichen Längengrad ins Rossmeer ein und umschiffte damit einen großen Teil der Erdkugel.

Bei strahlendem Wetter erreichte die *Durable* das Rossmeer. Der Himmel war so tiefblau, wie Rufe es noch nirgendwo auf dieser Erde gesehen hatte. In der Ferne glitzerte ein hochfliegender Seevogel wie ein weißes Juwel in der Sonne, und die Wellen, die sich leicht unter dem Schiff durchschoben, waren so farblos wie ein Eisklumpen aus Süßwasser. Die *Durable* bahnte sich vorsichtig ihren Weg durch Treibeis. Riesige Tafeleisberge, so hoch wie eine Kathedrale, glitten an ihr vorbei. Die Luft war kalt und von einer geradezu berauschenden Reinheit.

Am Horizont sah man schneebedecktes Eis funkeln, doch allmählich verwandelte das Meer sich in Schneematsch, und Eisschollen von zerbrochenem Packeis erforderten häufige Kursänderungen. Ein Schwarm Pinguine schwamm in Reih und Glied an der *Durable* vorbei. Die schmucken kleinen Schwimmer tauchten ins Wasser, kamen wieder an die Oberfläche und hielten auf das ferne weiße Funkeln zu. Ein Stück Treibeis krachte an Backbord voraus mit solcher Wucht auf die *Durable,* dass Rufe lieber Vorsicht walten ließ.

»Tja, Lieutenant«, sagte er zu Camber, »mir scheint, wir sind so weit, wie das Eisaufkommen es zulässt.«

»Zu dieser Schlussfolgerung war ich bereits gestern gekommen, Sir«, entgegnete Camber.

»Ist schon irgendwie enttäuschend«, meinte Rufe. »Wo wir jetzt so nah sind, würde ich doch gern den Eissockel sehen. Und sei es nur, um später sagen zu können, dass ich so nah an den weißen Kontinent herangekommen bin.«

»Wir geben einfach vor, wir wären nah genug gewesen, um den Eissockel zu sehen. Ich schwöre, ich werde es keiner Menschenseele erzählen, wenn Sie die Wahrheit ein wenig hinbiegen, Sir.«

Rufe seufzte. Er gab Befehl, die *Durable* zu wenden. Wie zur Bestätigung, dass seine Entscheidung, nicht weiter in das dem

Eisschelf vorgelagerte Packeis einzudringen, richtig war, verdunkelte sich der Himmel mit erschreckender Geschwindigkeit und machte den antarktischen Tag plötzlich zur Nacht. Riesige Wellen türmten sich auf, und eisiger Regen überzog das Schiff mit einer feinen Eisschicht. Der Schneematsch, durch den die *Durable* sich vorgeschoben hatte, gefror nach und nach zu einer dünnen, harten Eiskruste. Rufe befahl halbe Kraft voraus. Die *Durable* kämpfte gegen die hohen Wellen an und schmetterte ihnen herausfordernd ihren Bug entgegen, bis sie zwei Tage später aus der Dunkelheit des Sturms auftauchte und sich in einer ruhiger gewordenen See wiederfand, wo die Dünung nur noch gut fünfzehn Meter hoch war und glatte Wellenkämme hatte.

Rufe brachte die *Durable* westlich an der Macquarie-Insel im Südwesten von Neuseeland vorbei und fuhr östlich an Tasmanien entlang. In einem Klima, das ihm weit angenehmer war, fuhr er mit seinem Schiff langsam in den neuen Hafen von Sydney ein, den Sydney Harbour. Er war nach Hause gekommen.

TEIL 1

1

Westaustralien

Im Land der »riesigen Schlange, so groß wie ein umherwandernder Berg« herrschte drei Jahre lang ununterbrochen die Dürre mit ihrem glutroten Taumel aus Hitze, Hunger und Durst. Eine Gruppe vom Stamme der Baadu aus Warrdarrgana hatte sich auf ihren Wanderungen weit entfernt von ihrem Zuhause, das ihren Vorfahren in der lange zurückliegenden Traumzeit gegeben worden war. Die Leute litten große Not und Entbehrung, und ohne Ganba wären sie längst verhungert.

Doch ebenso, wie die Baadu ihr Stammesmitglied Ganba respektierten, war er unter ihnen auch gefürchtet und verhasst.

Ganba hatte grobe, ausdrucksstarke Gesichtszüge. Über seiner vorspringenden fleischigen Nase und seinen buschigen Augenbrauen erhob sich eine flache, fliehende Stirn, die in einen dick eingefetteten dichten, auf dem Hinterkopf spitz zulaufenden Haarschopf überging. Für einen Baadu war Ganba ein sehr behaarter Mann. Er hatte eine starke, dunkle Gesichtsbehaarung, und seine breite Brust war von zahlreichen zeremoniellen Narben übersät.

Die Alten sagten, Ganba sei so groß und stark, weil man ihn als Kind während einer ähnlichen Dürreperiode und Hungersnot nach und nach mit dem Fleisch seiner jüngeren Schwestern gefüttert und seine Haut als Schutz gegen die sengende Sonne mit ihrem Fett eingerieben hatte. Daher war Ganba schneller gewachsen als die gleichaltrigen Jungen, und die Initiationsriten waren gemeinsam mit älteren Jungen an ihm vorgenommen worden, die sich trotz ihrer Jahre nicht an Kraft und Körpergröße mit ihm messen konnten.

Der Leib seiner kleinen Schwestern aber hatte ihn nicht nur breit und fett gemacht, sondern ihn auch mit einem unstillbaren Hunger auf menschliches Fleisch versehen.

In seinem Stamm wusste niemand genau, was Ganbas Einstellung zu seinen Mitmenschen geprägt hatte. Es hieß, dass ihm in seinem ganzen Leben noch nie ein Mann, eine Frau oder ein Kind begegnet seien, die er leiden mochte. Sogar seine leibliche Mutter hatte er gehasst, ebenso wie seine verschiedenen Stammesmütter und seine älteren Geschwister. Am liebsten hätte er sie alle aufgegessen. Doch da sie älter oder stärker waren als er, hatte er keine Chance gegen sie gehabt. Kaum aber war er kräftig genug, machte er es sich zur Gewohnheit, seine Mutter und jede andere Frau zu verprügeln, die es wagte, sich seinen Wünschen und Bedürfnissen zu widersetzen. Einmal warf Ganba einem jungen Mädchen Sand in die Augen, sodass sie erblindete. Offenbar war er noch stolz auf diese Tat.

Aus all diesen Gründen ließen die Männer ihn bei den Initiationsriten während des *Wawarning,* bei dem sie ihn in die Luft warfen, mehrmals auf den Boden fallen, statt ihn aufzufangen. Und die Schläge, die sie ihm verabreichten, waren nicht wie bei den übrigen Jungen nur zeremonieller Art. Ganba reagierte wütend, doch als es ans Bluttrinken ging, vergaß er rasch seinen Zorn. Die Baadu tranken allesamt Blut, doch nur wenige von ihnen entwickelten eine solche Vorliebe für menschliches Blut wie Ganba.

Nachdem Ganba die Initiationsriten überlebt hatte und zum Mann herangewachsen war, wurde er zum Träger der »Tötungssandalen« – zeremonieller Fußspangen ohne Sohlen. Nur derjenige durfte sie tragen, der von seinem Stamm dazu auserwählt worden war, Hinrichtungen vorzunehmen. Auf diese Weise machte Ganba nun Jagd auf menschliches Wild. In Zeiten des grässlichsten Hungers wurde er allerdings auch zum Hauptnahrungslieferanten für die umherwandernde Gruppe vom Stamme der Baadu.

Als die Sonne weiterhin gnadenlos vom Himmel brannte

und sich auch im dritten Jahr keinerlei Wolken zeigten, die eine Unterbrechung der Dürreperiode prophezeit hätten, traf Ganba zwei wichtige Entscheidungen. Zum einen würde er das Land der »riesigen Schlange, so groß wie ein umherwandernder Berg« verlassen, und zum anderen würde er nicht allein gehen. Er suchte sich ein junges, dralles, hart arbeitendes Mädchen und teilte ihrer Familie mit, dass er sie zur Frau nehmen würde. Zu bitten hatte er nicht nötig. Als Brautpreis bot er an, der Familie Nahrung zu beschaffen.

Bildana, das junge Mädchen, wurde von blankem Entsetzen ergriffen. Sie war sich nicht sicher, ob Ganba sie als Bettgenossin oder als Mahlzeit haben wollte. Am liebsten wäre sie weggelaufen. Nur die noch größere Angst vor den unsichtbaren Dingen im Busch, vor den Ungeheuern und Geistern, die noch schrecklicher waren als die Möglichkeit, dass sie wie mehrere frühere Frauen Ganbas auf seiner Feuerstelle braten würde, hielt sie davon ab.

Da Bildana nicht fliehen konnte, bat sie ihren *Kommuru,* den Bruder ihrer Mutter, um Hilfe. »Das Töten der Ehefrauen muss aufhören«, sagte sie. »Ich weiß, dass Frauen, die sich freiwillig einem Mann hingeben, nach unserer Sitte in Zeiten der Hungersnot gegessen werden. Ganbas Ehefrauen aber waren unberührt, und indem er sie tötete, hat er das Stammesrecht verletzt.«

Der *Kommuru* nickte.

Seit der Traumzeit, als die Menschen noch in Gestalt von Kängurus, Barramundis und Bergkängurus über die Erde gingen, waren Zeremonien ein wichtiger Bestandteil im Leben der Baadu. In diesem Jahr unerbittlicher Dürre bereiteten sich gemeinsam mit Ganba vier weitere junge Männer auf ihre Hochzeit vor. Bildanas *Kommuru* wollte versuchen, Ganba während einer bestimmten Phase des sich in die Länge ziehenden Festes zu töten.

Die fünf heiratswilligen Männer standen den *Kommurus* ihrer künftigen Ehefrauen in einer Reihe gegenüber. Unter ihnen befand sich auch Bildanas *Kommuru*. Ein jeder der älteren Männer hielt die Leber eines Unglückseligen von einem anderen Stamm in der Hand, der von den Baadu-Jägern erlegt worden und somit zu einem Bestandteil der Festlichkeiten geworden war. Die *Kommurus* warfen Stücke der rohen Leber in die Luft. Die jungen Männer, die sich auf ihre Hochzeit vorbereiteten, mussten sie mit dem Mund auffangen. Dabei war es ihnen streng verboten, die glitschigen Fleischbrocken mit den Händen oder mit den Zähnen zu berühren. Bei diesem Zeremoniell handelte es sich um eine todernste Angelegenheit. Falls einer der künftigen Ehemänner die Leber mit den Händen berührte oder dabei beobachtet wurde, wie er seine Zähne benutzte, oder falls er die rohen, blutigen Stücke erbrach, musste auch er sterben und bereicherte danach den Hochzeitsschmaus.

Bildanas *Kommuru* schnitt nach und nach immer größere Stücke ab und warf sie in den weit geöffneten Mund des Mannes, der seine Lieblingsnichte zur Frau haben wollte. Fieberhaft versuchte er, Ganba dazu zu zwingen, das ihm zugeworfene Leberstück zu verfehlen, es mit den Händen oder Zähnen zu berühren, an den immer dicker werdenden Stücken zu ersticken oder sich zu erbrechen.

Zu Ganbas Linker ertönte ein unterdrücktes Stöhnen. Ein junger Mann, durch Krankheit und die lange Dürre geschwächt, krümmte sich und würgte blutige Leberstücke aus. Aus dem Dunkel hinter den lodernden Flammen schrie ein junges Mädchen vor Kummer laut auf, als einer der Stammesältesten den in den Überlieferungen vorgesehenen Schlag ausführte.

Der schwächliche junge Mann würde nie das Vergnügen erfahren, eine Frau zu besitzen.

Ganba lachte nur und öffnete den großen Mund, um ein noch dickeres Stück Leber aufzufangen, das Bildanas *Kommuru* ihm zuwarf. Er ließ das glitschige Fleisch über seine Zunge gleiten, ohne es mit den Zähnen zu berühren, und schluckte krampfhaft. Mit dem frischen Blut der Leber löschte er gleichzeitig seinen Durst.

»Du hast versagt, alter Mann«, spottete Ganba. Wütend warf der *Kommuru* ein letztes Stück Leber in die Luft, und Ganba schluckte es gierig, rülpste zufrieden und warf der sich windenden Bildana einen lüsternen Seitenblick zu. »Der da« – er schob seinen staubigen Fuß unter die Leiche des jungen Mannes neben sich und hob sie ein wenig an – »wird für eine Mahlzeit nicht viel hergeben.«

Bildanas Hochzeitsnacht war schmerzlich, aber zum Glück sehr kurz. Ganba nahm sie schnell und brutal und schob sie danach verächtlich mit dem Fuß zur Seite. Sie hockte sich, so nah es ging, an die andere Seite des Feuers und zitterte in der kalten Nachtluft.

In der Totenstille der frühen Morgenstunden rollte sie sich nackt in die noch warme Asche und schlief.

Als Bildana von den Absichten ihres Ehemannes erfuhr, wäre es ihr fast lieber gewesen, er hätte sie sofort aufgegessen. Ganba plante eine lange Wanderung nach Westen, immer der aufgedunsenen, glühend heißen Sonne entgegen. Einen so endlos langen Marsch ins Ungewisse an der Seite eines Mannes wie Ganba sah Bildana als unerträgliches Schicksal an. Weinend und stöhnend, beladen mit sonnengetrocknetem Menschenfleisch, folgte sie ihrem Herrn und Gebieter in das ausgedörrte *Never Never Land.*

Im letzten Moment entschlossen sich einige der Baadu, Ganba auf seinem Weg zu begleiten. Ganba grinste sie höhnisch an, machte sich über sie lustig und fragte sie, wie sie den Marsch durch die Wüste wohl überleben wollten. Er hätte jedenfalls nur gerade genug Nahrung für sich und seine Frau bei sich.

»Wenn die alle mitkommen wollen«, vertraute er Bildana an, »werden wir genug zu essen haben, ohne dass wir noch mehr mitschleppen oder unterwegs jagen müssen!« Seine Lippen verzogen sich zu einem breiten, selbstzufriedenen Grinsen und entblößten seine faulenden Backenzähne.

Bildana schauderte. Zu gern hätte sie die Narren gewarnt, die ihren Ehemann freiwillig begleiteten, dass sie nichts weiter als ein Festmahl auf zwei Beinen für ihn waren. Doch sie fürchtete Ganbas Zorn zu sehr, um ihn zu hintergehen.

Die Nahrung, die Bildana bei sich trug, war bald verzehrt. Bildana hatte Hunger und Angst, sie könnte die Erste sein, die Ganbas Appetit zum Opfer fiel. Deshalb war sie insgeheim froh über den Unfall einer der Frauen aus ihrer Gruppe. Diese war in einen Felsspalt gestürzt und lag nun laut stöhnend auf dem Boden. Frisches rotes Blut schoss an den Stellen, an denen die scharfen Kanten ihrer gebrochenen Knochen sich durch die Haut schoben, aus beiden Beinen. Ganba kletterte in den Felsspalt hinab, machte dem Schreien der Frau ein rasches Ende und zerlegte sie sogleich an Ort und Stelle. Ihren Körper im Ganzen aus dem tiefen Spalt zu befördern, wäre zu schwierig geworden. Deshalb reichte Ganba die einzelnen Fleischstücke zu den anderen hinauf.

Der Ehemann der getöteten Frau erhob keinerlei Einwände, denn er sah die Notwendigkeit von Ganbas Handeln vollkommen ein. Im Grunde handelte es sich um einen Akt der Gnade. Hätte Ganbas Axt dem Leiden der Verletzten nicht ein rasches Ende bereitet, hätte sie einen langsamen, qualvollen Tod erlitten. Nun würde sie den Geistern der Traumzeit zumindest mit dem Verdienst gegenübertreten können, einigen ihrer Stammesmitglieder in Notzeiten mehrere Tage lang als Nahrung gedient und ihnen somit beim Überleben geholfen zu haben.

Ganbas kleine Gruppe erreichte die Anhöhen unweit des Meeres und eine Stadt der Weißen, die an einem Fluss erbaut worden war. Außer der einen Frau war niemand aus ihrer kleinen Schar verloren gegangen oder getötet worden. Denn als sie näher zur Küste kamen, hatten sich Ganbas Speer genug Ziele in Form von Kängurus geboten.

Nun stand Ganba auf einer der Anhöhen und sah zu der

Stadt hinunter, die die Weißen Perth nannten. In den Straßen herrschte reges Treiben, und soeben fuhr ein kleines Schiff aus dem Hafen ins offene Meer hinaus und zog eine dunkle Rauchwolke hinter sich her.

»Diese Weißen, sind die wild und gefährlich?«, fragte Bildana.

Ganba antwortete nur mit einem Knurren. Als junger Mann war er im Outback hin und wieder auf Gruppen von Weißen gestoßen. Er hatte gesehen, wie sie ihre Fleischnahrung mit Feuerwaffen erlegt hatten. Magischer Rauch war aus den Mündungen ihrer langen schwarzen Stöcke gedrungen und hatte die Kängurus über eine Entfernung zu Fall gebracht, die der Speerwurf des stärksten Mannes nie hätte erreichen können. Schon damals hatte er die Weißen gehasst, denn er wusste, dass sie Eindringlinge in seinem Land waren. Ihre Waffen jedoch hätte er gerne besessen.

Bei anderer Gelegenheit hatte er gesehen, wie ein Weißer einem anderen im Austausch gegen kleine runde Metallscheiben einen Schießstock gegeben hatte. Einer der Ältesten seines Stammes hatte ihm den Gebrauch des Geldes der Weißen erklärt, und wieder war Ganba von Gier erfüllt gewesen.

Beim Anblick der Stadt Perth empfand er großes Selbstvertrauen. »Der weiße Mann wird uns nichts tun«, sagte er zu Bildana. »Wir gehen da hinunter und werden unter unseresgleichen sein.« Er zeigte auf einen Außenbezirk mit verfallenen Behausungen, den sogenannten *Humpies,* armseligen Hütten, die die Aborigines aus allen möglichen von den Weißen ausrangierten Materialien errichtet hatten.

Als Ganba seine Gefährten in die Barackensiedlung führte, erkannte er sofort, dass die dort lebenden Menschen Vertreter unterschiedlicher Stammesgruppierungen waren. Die verschiedensten Dialekte wurden hier gesprochen und außerdem eine Art gebrochenes Englisch als eine von sämtlichen Stammesmitgliedern akzeptierte Möglichkeit, um sich untereinander zu verständigen.

Ganba wusste nicht noch hätte es ihn gestört, dass die ursprünglich an dieser Küste lebenden Aborigines schon vor langer Zeit den Waffen und Krankheiten der Weißen zum Opfer gefallen und die derzeitigen Bewohner der *Humpy-Town* so wie auch er Außenseiter waren, die es aus dem trockenen Landesinneren an die Küste verschlagen hatte. Ebenso wenig wusste er, dass Westaustralien – wie die Weißen Ganbas Heimat nannten – inzwischen Teil einer vereinten Nation war, die sich über den gesamten Kontinent erstreckte: der Australische Staatenbund. Ganba wusste nur zweierlei. Er wollte bestimmte Dinge, über die die Weißen verfügten, in seinen Besitz bringen. Und dazu müsste er das Geld der Weißen entweder verdienen oder stehlen. Letzteres entsprach zwar eher Ganbas Talenten, doch kannte er auch Mittel und Wege, sich das Geld zu verdienen.

Zunächst einmal vertrieb Ganba einen schwächeren Mann mitsamt seiner Familie aus dessen ärmlich gebauter Hütte. Durch das Zusammenspiel von Einschüchterung, Betrügereien und Diebstahl gelang es ihm, genug Nahrung zu beschaffen, um seine Gruppe am Leben zu erhalten und dafür zu sorgen, dass Bildanas Hinterteil rund und attraktiv blieb. Dies war mehr als wünschenswert, denn er hatte mit ihr bestimmte Pläne.

Ganba ging regelmäßig hinunter zum Hafen und beobachtete die ankommenden und auslaufenden Schiffe, bis ein japanischer Perlenfischer am Kai anlegte und schnatternde kleine Männer an Land eilten. Diese braunhäutigen Männer wurden von einem grimmig dreinblickenden, grauhaarigen, gefährlich aussehenden Aborigine mit einem breithüftigen Mädchen an der Seite erwartet – einem Mädchen, das man, wie sie bald erfuhren, mieten konnte.

Solange das japanische Schiff im Hafen vor Anker lag, fehlte es Ganba an nichts. Doch schließlich fuhren die Japaner ab, und die folgenden Schiffe brachten nur Weiße an Land, von denen die meisten keinen Gefallen an einem Aborigine-Mädchen fanden. Hin und wieder wurde Ganba von weißen Constables wegen Diebstahls gefasst und bestraft. Und wenn er wieder aus dem Gefängnis der Weißen entlassen wurde, gab es in seiner *Humpy* nichts zu essen. Er sehnte sich nach einer ausgiebigen Mahlzeit von halb durchgebratenem Menschenfleisch. Doch Perth wurde vom Gesetz der Weißen beherrscht, und er wagte es nicht, auf eine solche Jagd zu gehen.

An diesem Punkt seines Lebens, als er beinahe bereit war, aufzugeben und ins *Never Never Land* zurückzukehren, hörte er von dem jungen Weißen, der einen Führer ins Landesinnere suchte.

2

Misa Masons Stellvertreter in Perth, der ihre Interessen bei den weit gestreuten Geschäftsbeteiligungen des Mason-Unternehmens vertrat, war Robert Endicott, Rechtsanwalt, Geschäftsmann und Familienvater. Endicott hasste Australien und insbesondere Westaustralien mit großer Leidenschaft. Und er schwor sich, solange der Herrgott ihm seine Empfindungsfähigkeit erhielt, würde sich daran auch nie etwas ändern. Er war ein gut gebauter Mann mittleren Alters und trug mit Stolz einen ordentlich gestutzten Spitzbart, der durch ein Stückchen fast unnatürlich blasse englische Haut von seinem Backenbart getrennt war. Wenn er durch die Straßen ging, kleidete er sich – zumindest behaupteten das die waschechten australischen Urtypen – wie ein Londoner Zuhälter.

Endicott war beunruhigt.

Als der Sohn der Frau, die das Jon-Mason-Geschäftsimperium geerbt hatte, plötzlich gemeinsam mit seiner jungen Frau in seinem Vorzimmer auftauchte, fühlte der Handelsvertreter sich etwas überrumpelt. Die Mason-Geschäftsinteressen in Perth beschränkten sich größtenteils auf reine Routine-Verschiffungen. Alltägliche Gebrauchsgegenstände kamen herein, und Rohstoffe sowie Nahrungsmittel gingen hinaus. Dieser Güterverkehr machte nur einen kleinen Anteil des Mason-Handelsunternehmens aus. Jon Masons Witwe hatte sich den Ruf erworben, eine schonungslose, überaus tüchtige Geschäftsfrau zu sein. Gleich nach Übernahme des Unternehmens ihres verstorbenen Gatten hatte Misa Mason es von korrupten Angestellten gesäubert und auch einige der unabhängigen Vertreter entlassen. Endicott hatte sich in seinem Geschäftsgebaren nicht das Geringste vorzuwerfen. Da seine Anwaltstätigkeit in Perth nicht gerade lukrativ war, machten die hohen Gebühren, die er für die Abfertigung der Mason-Schiffe berechnete, einen beträchtlichen Teil seines Einkommens aus. Mrs Mason, die in sicherer Entfernung an der gegenüberliegenden Seite des Kontinents in Sydney lebte, hatte diese Gebühren nie infrage gestellt. Vielleicht würde sich das jedoch bald ändern.

Endicott betrachtete nervös Thomas Mason, der bei ihm zur Tür hereinkam. Er war von dem auffälligsten Merkmal des jungen Mannes, dessen Größe, zutiefst beeindruckt. Der junge Mason hatte seine imposante Statur von den samoanischen Vorfahren seiner Mutter geerbt und überragte Endicott bei Weitem. Trotz seines gut sitzenden, teuren Straßenanzugs hatte es den Anschein, als wollten seine breiten Schultern den Stoff jeden Moment zum Platzen bringen. Auf Endicott, mit seinen ein Meter dreiundsiebzig und knapp siebzig Kilo ein normaler Durchschnittsmann seiner Generation, wirkte diese geballte Kraft beinahe bedrohlich.

Endicott taxierte den jungen Mann. Thomas Mason hatte dichtes pechschwarzes Haar und ein wohlgeformtes Gesicht. Seine Haut war nur unwesentlich dunkler als die eines Weißen, der die meiste Zeit seines Lebens im Busch verbracht hatte. Seine Nase war schmal – typisch englisch wie die seines Vaters – und die Augen dunkelbraun. Der junge Mann hatte eine natürliche, gelassene Haltung und ein sicheres Auftreten.

Erst nach einer halben Minute richtete Endicott seine Aufmerksamkeit auch auf das junge Mädchen, das sich bei Thomas eingehängt hatte und ihm nur knapp bis zur Schulter reichte. Endicott war beeindruckt von ihrer strahlenden Schönheit. Er räusperte sich verlegen, bevor er das Paar stammelnd begrüßte.

Die rothaarige Java Gordon Mason war erst achtzehn, besaß aber die Ausstrahlung und Würde einer seit Jahren glücklich verheirateten Frau. Trotz aller Vorsichtsmaßnahmen war ihr Gesicht durch die kürzliche Reise von Sydney durch halb Australien sonnengebräunt, was ihr ausgezeichnet stand. Sie trug ein schlichtes, dunkelblaues Reisekleid. Ihr Arm, mit dem sie sich bei ihrem Mann untergehakt hatte, war zart, ihre Hände schmal mit langen Fingern und sorgsam manikürten Nägeln.

Sie hielt den Blick auf Endicott gerichtet, als wollte sie sich ein Bild von seiner Größe machen. Dann schaute sie zufrieden zu ihrem Ehemann auf, den sie mit Tolo ansprach. Bei ihrem Augenausdruck fühlte der ältere Mann sich peinlich berührt. Er hatte das schon bei anderen jungen Paaren erlebt: Manche von ihnen strahlten eine so deutlich spürbare sexuelle Energie aus, eine so beunruhigende Leidenschaft, dass sie bei jüngeren Männern Neid und Begehrlichkeit auslösen mochten. In Endicotts Fall aber verursachten sie nur ein einfühlsames Lächeln, gefolgt von einem Anflug von Traurigkeit. Diese jugendliche Flamme, dachte er, würde sich nur allzu rasch verzehren.

»Ah, Mr Mason«, sagte Endicott, ging um seinen Schreibtisch herum und schüttelte dem jungen Mann die Hand. »Es ist mir eine Ehre und ein großes Vergnügen, dass Sie uns besuchen.« Erneut räusperte er sich. »Erst vergangenen Monat erhielt ich eine offizielle Mitteilung Ihrer Mutter.« Er holte tief Luft. »Oder ist es schon zwei Monate her?«

»Wir sind nicht wegen der Mason-Geschäfte hier«, erwiderte Tolo.

Als Endicott hörte, dass der junge Mason nicht in seinen Geschäftsbüchern herumschnüffeln würde, stieß er einen erleichterten Seufzer aus. Doch dann sah er ihn verdutzt an. Perth hatte nicht gerade den Ruf eines Badekur- oder Urlaubsortes. »Wie kann ich Ihnen helfen?«, fragte er schließlich.

»Wir haben die Absicht, ins Landesinnere zu reisen«, erklärte Tolo schlicht und einfach. »Ich möchte Studien über die Aborigines betreiben.«

»Ach du lieber Himmel«, entgegnete Endicott. »Das kann doch nicht Ihr Ernst sein!«

»Das ist uns sogar sehr ernst«, bestätigte Java.

»Könnte sein, dass ich für den Kauf der Ausrüstung auf Reserven Ihrer Konten zurückgreifen muss«, fügte Tolo hinzu.

Endicott nickte bloß. Er nahm an, dass der Sohn dieser außergewöhnlichen Frau, die die Mason-Geschäftsangelegenheiten regelte, nicht das Geringste über den mörderischen Busch wusste, der Perth ans Meer drängte. Doch schließlich war es nicht seine Aufgabe, dem jungen Mann Instruktionen zu erteilen. »Sie werden einen Führer benötigen«, sagte er.

»Haben Sie jemand Bestimmten im Sinn?«, fragte Tolo.

»Ja, allerdings«, antwortete Endicott. »Sein Name ist Terry Forrest. Ich schätze, er weiß mehr übers Outback als sonst ein Sterblicher.« Er errötete. Die Sprache aufs Überleben zu bringen, kam ihm beinahe taktlos vor. Doch falls Thomas Mason auf dieser Reise ins Landesinnere bestand, würde er Endicotts Ansicht nach ungeachtet seiner Körpergröße sterben müssen. Eine Schande, dachte er, wenn der junge Narr seine hübsche Frau mitnähme und sie in der sengenden Hitze verschrumpeln, verhungern und verdursten würde. Aber er war nun einmal der Mason-Vertreter in Perth, und der Sohn der Eigentümerin hatte ihn um seine Dienste gebeten. Also sollte er sie haben.

Tolo und Java waren erst am Tag zuvor in Perth eingetroffen. Das Schiff war in den frühen Morgenstunden eines sonnigen Maitages in Fremantles großem Hafen eingelaufen, sodass sie genug Zeit hatten, in Ruhe an Bord einer Barkasse die zwölf Meilen den Swan River hinaufzufahren bis nach Perth Water, der breiten Bucht vor der Stadt.

Jetzt, da das Abenteuer seinen Lauf nahm, kamen Tolo immer wieder Zweifel. Nach den langen, ruhigen, glücklichen Monaten, die er und Java auf der Mason-Viehfarm verbracht hatten, wo er Java mit niemandem teilen musste, ärgerte er sich beinahe über die Anwesenheit anderer Leute. Java jedoch blühte regelrecht auf. Sie hatte die Reise entlang der australischen Südküste sehr genossen. Sie kannte den Namen und die Lebensgeschichte sämtlicher Offiziere sowie der meisten Besatzungsmitglieder an Bord der Mason-Schifffahrtslinie. Ihr hatte es gefallen, neue Leute kennenzulernen, und sie hatte sich auf ihre Ankunft in

Perth gefreut. Mehr noch als Tolo hatte sie auf das Verlassen der heimatlichen Viehfarm hingewirkt, denn sie war begierig darauf, die Expedition nach Westaustralien fortzuführen.

Tatsächlich war es nicht ihr erster Besuch in Perth. Vor fast zwei Jahren, als Java noch nicht ganz siebzehn Lenze zählte, waren die beiden von zu Hause durchgebrannt und hatten in Sydney bei Javas Eltern, Sam und Jessica Gordon, für eine Familienkrise gesorgt. Die Flucht der jungen Leute war zwar völlig impulsiv und überstürzt vonstatten gegangen, aber trotzdem hatte Tolo alles sorgsam durchdacht. Er hatte seine Braut zunächst nach Perth gebracht, wo für den Fall, dass die Gordons versuchen sollten, die Ehe ihrer noch minderjährigen Tochter annullieren zu lassen, der Arm des Gesetzes von Neusüdwales sie nicht erreichen konnte.

Tolo hatte überlegt, seine Braut direkt auf die alte Mason-Viehfarm außerhalb von Melbourne zu bringen. Auch dort wären sie vor eventuellen gesetzlichen Maßnahmen der Gordons sicher gewesen. Doch falls es Sam in den Sinn gekommen wäre, hätte er dem Paar auf die Viehfarm folgen und seine Tochter zurückholen können. Nein, hatte Tolo sich überlegt, es wäre besser, Java so weit wie möglich fortzubringen an einen unbekannten Ort.

Sam und Jessica aber unternahmen keinerlei Schritte, um Java nachzureisen oder die Ehe für ungültig erklären zu lassen. Stattdessen hatte Sam seiner Frau, die völlig von Sinnen zu sein schien, ernsthaft geraten, sich mit der Heirat ihrer Tochter abzufinden. Schließlich war Tolo kein schlechter Bursche. Eher ein Erfolgstyp. Immerhin hatte er sich bereits als erfolgreicher Grundstückskäufer erwiesen und würde sich höchstwahrscheinlich auch zu einem treusorgenden, liebevollen Ehemann entwickeln.

Diese Empfindungen wurden deutlich aus einem Brief, den Sam über die Mason-Schifffahrtsgesellschaft an Java versandt hatte, da er keine Adresse von ihr besaß. Der Brief erreichte sie schließlich in Perth. Beruhigt durch seinen Inhalt entschlossen sich Java und Tolo, auf die Mason-Farm unweit von Melbourne zurückzukehren – in Tolos Zuhause, wo er als Kind zum ersten Mal die wundersamen Geschichten über die Traumzeit der Aborigines gehört hatte.

In den kommenden Monaten lernte Java die Viehfarm fast ebenso lieben wie ihr junger Ehemann. Weitere Briefe wurden nach Sydney gesandt und immer nur von Sam beantwortet. Die Antwortschreiben drückten seine große Liebe zu Java aus – und auch Jessicas, obwohl Jessica selbst nie schrieb. Das war Java nicht entgangen, und es schmerzte sie. Java sehnte sich danach, ihre Mutter zu sehen und natürlich auch ihren Vater. Sie glaubte, sie könnte erst dann wirklich Frieden mit ihnen schließen, wenn sie sich Aug in Aug gegenüberstanden. Und sie sehnte sich auch danach, ihre Großmutter wiederzusehen, Jessicas Mutter Magdalen, deren Briefe zwar weniger häufig kamen, aber sehr liebevoll waren und vernünftige Ratschläge zum Eheleben enthielten. Doch die Monate verstrichen wie im Flug, und das junge Paar ging völlig auf in seinem Glück und der täglichen Routine auf der geschäftigen Viehfarm. Tolo erwies sich als fähiger junger Verwalter. Nie war er zu stolz, eine Lehre anzunehmen von einem der alten Hasen, die seiner Familie schon seit vielen Jahren gedient hatten und wussten, wie man einen so großen Besitz effizient am Laufen hielt.

Tolo schrieb an seine Mutter, Misa Mason, die inzwischen ständig in Sydney lebte. Zuerst war sie über das Durchbrennen der beiden jungen Leute entsetzt gewesen, doch dann hatte sie sich für ihren Sohn gefreut und gebetet, sein Lebensweg möge durch seine überstürzte Entscheidung nicht beeinträchtigt werden. Als gebürtige Samoanerin hatte sie unter den weißen Australiern genug Vorurteile erfahren, und ihrer Ansicht nach sollten Rassenüberlegungen bei Herzensangelegenheiten keine Rolle spielen – ebenso wenig wie bei allen anderen Dingen. Mit ihrer liberalen Ansicht fand sie volle Unterstützung bei ihrer Freundin und Geschäftspartnerin Bina Tyrell. Gemeinsam brachten sie bei einem feierlichen Abendessen in Binas elegantem Restaurant in Abwesenheit des jungen Paares einen Toast auf die beiden aus. Misa berichtete Tolo in einem ihrer Briefe von diesem Ereignis und fügte hinzu, sie hoffe, dasselbe mit ihm und seiner jungen Frau wiederholen zu können, wann immer sie nach Sydney zurückkehren wollten.

Nach einigen Monaten voller Glückseligkeit in Tolos altem Zuhause wurde Java allmählich unruhig. Sie wollte zu gern das Land bereisen. Außerdem war sie der Ansicht, dass Tolo seinen lange gehegten Wunsch, die Aborigines zu erforschen, nicht noch länger aufschieben sollte. Die Viehfarm war bei den erfahrenen Mitarbeitern und ihrem Aufseher in den besten Händen, und es würde auch während Tolos Abwesenheit alles gut laufen. Also war bei der zweiten Reise nach Westaustralien letztlich Java die treibende Kraft.

In Perth angekommen, ließ die Unterbringung immer noch genauso zu wünschen übrig wie auf ihrer Hochzeitsreise. Tolo hätte es sich durchaus leisten können, sich und seine Frau ein wenig zu verwöhnen. Doch wo es keinen Luxus gab, konnte man ihn sich auch nicht erkaufen. In ihrem Hotel mangelte es an vielem. Das Zimmer jedoch war sauber, und es hatte ein wundervoll weiches Doppelbett, von dem Tolo und Java ausgiebig Gebrauch machten.

Nachdem sie Robert Endicott aufgesucht hatten, mussten sie einige Tage warten, bis ihr in Aussicht stehender Führer ausfindig gemacht und ein Treffen arrangiert worden war. Tolo und Java nutzten die Zeit, um in Perth eine Reihe von Sehenswürdigkeiten zu besichtigen, die sie im Glückstaumel ihrer Hochzeitsreise kaum wahrgenommen hatten. Tolo hatte sämtliche verfügbaren Bücher zu Perths Geschichte verschlungen und musste feststellen, dass seine Frau ihm mit ihrer Leselust in nichts nachstand. Also kannten sich nun beide mit dem Thema bestens aus. Sie schlenderten durch die Straßen, sahen sich die drei Stockwerke hohe Einfahrt im Tudorstil an, die zum Hauptquartier der Enrolled Pensioner Forces führte, den Soldaten-Siedlern, die Perth gegründet hatten. Der von Sträflingen erbaute Torweg sowie der Uhrenturm des Rathauses waren glänzende Beispiele für das filigrane flämische Verbundmauerwerk. Gleich neben der Stadt erstreckte sich der King's Park: ein Gebiet, in dem man den natürlichen Busch in seiner ursprünglichen Form belassenen hatte, damit auch in tausend Jahren die Kinder noch eine Vorstellung davon haben würden, wie der Busch ausgesehen hatte, als die ersten Siedler hier eingetroffen waren.

Dieser Park und die Stadt selbst lagen an den unteren Abschnitten des Swan River. In Perth Water, wo der Swan River über eine halbe Meile breit wurde, konnten Java und Tolo unzählige kleine Segelschiffe und Barkassen beobachten sowie die Dampfschiffe, die die Passagiere zum Hafen von Fremantle brachten.

Perth schien ein recht netter Ort zu sein. Bei durchaus angenehmen Temperaturen schlenderten Java und Tolo durch die häufig ziemlich engen Straßen und beobachteten die Passanten – eine Mischung aus Leuten in grober Arbeitskleidung und Geschäftsmännern mit Schlips und Kragen. Als sie aber eines Morgens zu den Außenbezirken der Stadt spazierten, trafen sie auf eine völlig andere Szenerie. Wie angewurzelt blieben sie stehen und schauten einen kleinen Hügel hinab auf einen Dschungel von behelfsmäßigen Hütten: auf die den Aborigine-Einwohnern von Perths gehörenden *Humpies*.

Die windschiefen Bauten folgten keiner erkennbaren Anordnung. Die meisten bestanden lediglich aus Segeltuchfetzen, die über ein Gerüst aus Buschholz gespannt waren. Nur wenige der stabileren Behausungen waren mit Wellblechdächern versehen. Tolo nahm an, dass die Böden aus nichts anderem als festgestampftem Lehm bestanden.

Den Blicken der Betrachter bot sich ein Chaos unvorstellbarer Armut. Zwischen diesen Elendsquartieren bewegten sich ausschließlich Aborigines, oder sie lungerten halbnackt an jedem noch so kleinen schattigen Fleckchen herum. Splitternackte Kinder mit aufgeblähten Bäuchen spielten mitten im

Dreck zwischen zersplitterten Knochen, aus denen das Mark herausgesaugt worden war, verfaultem Abfall und den Exkrementen von Mensch und Tier.

Lange sprachen Tolo und Java kein Wort. Dann nahm Tolo seine Frau am Arm und führte sie so weit fort zwischen die gepflegten Häuser der weißen australischen Herren des Landes, bis die *Humpy-Town* ihren Blicken entzogen war. Schließlich brach Tolo das Schweigen.

»Diese Menschen kommen in die Städte, weil sie von den Errungenschaften unserer sogenannten Zivilisation gekostet haben: vor allem Alkohol und Tabak. Aber sie sind auch hinter anderen materiellen Gütern her, die wir besitzen. Nur verfügen sie weder über das Wissen noch über die Fähigkeiten, um das Geld zu verdienen, mit dem sie sich diese Dinge kaufen können. Deshalb bleibt ihnen nichts anderes übrig, als die Reste aus unseren Abfalltonnen zu essen und unsere weggeworfene Kleidung zu tragen. Und sie sterben an so harmlosen Krankheiten wie den Masern.«

Java musste zugeben, dass sie kein so brennendes Interesse an den Ureinwohnern ihres Kontinents hatte wie ihr Ehemann. Natürlich bedauerte sie die Leute und hätte gern versucht, ihr Elend zu mildern, doch konnte sie nicht die gleiche Faszination für sie aufbringen wie Tolo. Was machte es für den Mann, den sie liebte, nur so ungeheuer wichtig, genauere Kenntnis über diese unglückselige Rasse zu erlangen?

Schon lange, bevor sie die *Humpy-Town* am Stadtrand von Perth gesehen hatte, war sie zu dem Schluss gekommen, es könne nur daran liegen, dass er selbst ein Mischling war. Er hatte ihr gesagt, es störe ihn nicht mehr, wenn er beleidigende Äußerungen gegenüber Leuten mit brauner oder schwarzer Haut höre. Aber sie hatte es bereits miterlebt, dass er in Wut geriet. Und Gott stehe demjenigen bei, der in Tolos Gegenwart eine verunglimpfende Bemerkung über Samoaner machte, besonders wenn sie gegen seine Mutter, eine reinrassige Samoanerin, gerichtet war.

Javas Liebe zu Tolo war aus ihrem ursprünglichen Mitgefühl für ihn erwachsen. Das wusste sie sehr wohl, denn sie war reif genug, um ihre eigenen Schwächen zu erkennen. Von Beginn an hatte sein Kampf gegen die Ausgrenzung von Farbigen sie tief beeindruckt. Java war in einem Haus aufgewachsen, in dem offene Diskussionen zu jedem Thema die Regel waren, und sie hatte sich mit den gegensätzlichen Einstellungen zum Rassenproblem beschäftigt. Sie hatte dem Schriftsteller Henry Lawson zugehört, einem der deutlichsten Verfechter eines weißen Australiens, der die Aborigines für eine aussterbende Rasse hielt und meinte, dies sei auch das Beste für sie. Und sie hatte einige religiöse Wortführer gehört, die oft mit fieberhaftem Eifer ihre Argumente für die Gleichheit der Menschen vorgetragen hatten. Ihre persönliche Einstellung zur Rassenfrage betrachtete Java als liberal. Schließlich verdankte sie ihr Leben einem alten Mann mit brauner Hautfarbe, einem sogenannten Wilden, der in einer Hütte im javanischen Hochland wohnte. Der Mann hatte ihre Mutter gerettet, als diese hochschwanger bei dem Krakatau-Ausbruch und der nachfolgenden Flutwelle beinahe ums Leben gekommen wäre. Mithilfe der Frauen seines Dorfes hatte der Alte Jessica wieder gesundgepflegt und sich darum gekümmert, dass ihr Baby unbeschadet auf die Welt kam.

Java war sehr wohl an den Überlieferungen der Aborigines interessiert. Das hieß aber nicht, dass sie – bräuchte sie diese Entscheidung nur für sich allein zu treffen – dermaßen große Anstrengungen unternommen hätte, um die Geschichten der Traumzeit aus dem Munde eines Nachfahren der ersten Einwohner Australiens zu hören. Zugegeben, einige der Mythen fand sie in ihrer Naivität und Einfachheit rührend amüsant, andere Geschichten wiederum kamen ihr wie einfallslose ständige Wiederholungen vor.

Trotz alledem würde sie Tolo in das weit entlegene *Never-Never* folgen aus dem einfachen Grunde, weil er ihr Ehemann war, der Mann, den sie liebte. Und sie würde ihn bei seiner selbst gewählten Mission nach Kräften unterstützen. Sie zweifelte nicht einen Augenblick daran, dass er sein erklärtes Ziel, gründliche Studien zum Leben der Aborigines zu betreiben und seine Erkenntnisse in einem Buch zu veröffentlichen, auch erreichen würde. Da Java Ende des neunzehnten Jahrhunderts an Australiens intellektueller Erweckung teilgenommen hatte, war ihr das Wissen um seiner selbst willen zu einem Wert geworden, den sie nicht hinterfragte. Auch wenn sie ihre Schwierigkeiten damit hatte, den Begriff Kultur auf die Lebensweise der Aborigines anzuwenden, hielt sie Tolos Wunsch, deren Mythen und Legenden schriftlich festzuhalten, für durchaus löblich. Seine Forschungen würden ein Geschenk für künftige Generationen darstellen. Wenn die Ureinwohner Australiens erst einmal ausgestorben wären, könnten spätere Wissenschaftler sich an Tolos Buch orientieren, um die eigentümlichen Gewohnheiten und Glaubensvorstellungen einer erloschenen Rasse zu untersuchen. Und dass es diese Rasse schon bald nicht mehr geben würde, stand für Java fest. Ein Blick auf die *Humpy-Town* hatte sie davon überzeugt, dass die Aborigines in der modernen Welt nicht überleben konnten. Darwins Theorien schienen sich wieder einmal zu bestätigen: Die am besten an das moderne Leben Angepassten, die Weißen, würden überleben, während die Blackfellows allmählich von der Erde verschwinden würden.

Als sie in ihr Hotel zurückkehrten, wo sie sich mit dem von Endicott empfohlenen Führer treffen wollten, befand Java sich in getrübter Stimmung. In der Hotelhalle blieben sie kurz stehen. Tolo holte seine Uhr aus der Tasche und zog sie auf, während er nachsah, wie spät es war. »Wie wäre es mit einer Tasse Tee, bevor dieser Forrest auftaucht?«

»Das wäre wunderbar«, willigte Java ein. Die Vorstellung von etwas so Zivilisiertem wie Tee erschien ihr nach ihrem Abstecher zu den *Humpies* geradezu himmlisch.

Im Speisesaal waren noch genug Plätze frei. Am frühen Nachmittag hielten sich hier fast nur männliche Gäste auf, und alle Blicke richteten sich auf Java, die durch ihren festen Schritt und ihre stolze Haltung ebenso viel Aufmerksamkeit auf sich zog wie durch ihr hübsches Gesicht und ihre auffällige Haarfarbe. Einigen der Anwesenden war auch das bronzefarbene Gesicht ihres hochgewachsenen Begleiters nicht entgangen. Einer der Männer beugte sich vor und flüsterte seinem Gegenüber etwas zu. Doch als Tolo ihm direkt ins Gesicht sah, wandte er seinen Blick sofort wieder von ihm ab.

Noch bevor sie ihre erste Tasse Tee ausgetrunken hatten, traf Terry Forrest ein. Von dem Augenblick an, als er den großen Raum betrat, wusste Java, dass er der Mann war, mit dem sie sich verabredet hatten. Er war groß und hatte sonnengebräunte Haut. Am Eingang machte er Halt und sprach kurz mit dem Oberkellner. Dann durchquerte er leichtfüßig den Raum, während er seinen breitkrempigen Buschhut abnahm und sein lockiges, kurz geschnittenes Haar zum Vorschein kam. Seine Augenbrauen wirkten ausgeblichen durch die unablässig scheinende Wüstensonne, und seine Augen unter den blonden Wimpern waren von jenem Eisblau des Wassers, das Tolo und sie in der Bass Straße durchquert hatten.

»Tag, Kumpel«, sagte Forrest, als er den Tisch erreichte. Tolo stand auf und schüttelte ihm die Hand, woraufhin Forrest ihm ein breites Lächeln schenkte. »Ohmannomann, das nenne ich einen Zuchthengst. Kommt nicht so oft vor, dass ich aufschauen muss, um einem Mann in die Augen zu sehen.«

»Freut mich, Sie kennenzulernen, Mr Forrest«, erwiderte Tolo. »Nehmen Sie doch Platz.«

»Mit Vergnügen«, sagte Forrest, machte aber erst noch eine Verbeugung vor Java. »Und das ist Mrs Mason?«

»Meine Frau«, bestätigte Tolo.

Tolo wartete, bis Forrest sich gesetzt und seinen Hut nachlässig auf den vierten, unbenutzten Stuhl am Tisch geworfen hatte. Dann nahm auch er Platz. Forrest taxierte Java völlig unverblümt, und sein breites Grinsen verriet deutlich, dass ihm sein Gegenüber sehr gut gefiel.

»Sie wollen also durch das Land der Dürre und Enttäuschung wandern«, begann Forrest. »Zumindest hat Endicott mir das gesagt.«

»Ja, das stimmt«, erwiderte Tolo. »Ich habe vor, mich draußen in der Wildnis mit den Aborigines zu befassen, die noch als Nomaden leben.«

Forrest blickte zur Decke und schwieg.

»Mr Endicott behauptet, Sie würden die Wüsten besser kennen als irgendjemand sonst«, sagte Tolo.

»Jedenfalls besser als jeder andere Whitefellow«, bestätigte Forrest, »und gut genug, um einen großen Bogen darum zu machen.«

»Ich würde Sie gut bezahlen, Mr Forrest, wenn Sie bereit wären, uns in die Nullarbor zu bringen.«

»Wenn Sie hinter Aborigines her sind, ist das bestimmt der letzte Platz, wo Sie hin wollen«, erwiderte Forrest. »Außer Salzbusch und Blaubusch gibt es da absolut nichts. Höchstens die Jeedarra.«

»Die Jeedarra«, sagte Tolo, »die mächtige, magische Schlange, die Menschen frisst.«

Forrest kniff die Augen zusammen und betrachtete Tolo etwas genauer. »Stimmt, Kumpel. Die Blackfellows verfolgen ab und an ein Känguru über wenige Meilen in die Nullarbor, aber sie sehen auf jeden Fall zu, dass sie sich noch vor Sonnenuntergang wieder hinausbewegen. Denn wenn sie sich nach Einbruch der Dunkelheit noch dort aufhalten, werden sie von der Jeedarra erwischt oder durch ein Zugloch gesaugt.«

Als Java zum ersten Mal das Wort ergriff, hing Forrest wie gebannt an ihren Lippen, und seinen Mund umspielte ein träumerisches Lächeln. »Die mächtige, magische Schlange ist mir vertraut«, sagte sie, »aber von … wie haben Sie es noch gleich genannt … von Zuglöchern habe ich noch nie etwas gehört.«

»Man findet sie meilenweit von der Küste entfernt«, antwortete Forrest. »Die gesamte Nullarbor-Ebene ist von Höhlen und unterirdischen Gängen durchzogen. Bei einigen von ihnen besteht eine direkte Verbindung zu den Unterwasser-Höhlen an der Küste. Wenn das Wasser sich bewegt, kann es passieren, dass über eine große Entfernung hinweg mitten in der Nullarbor aus einem der Löcher plötzlich ein starker Wind bläst und die heiße Luft der Ebene in ein anderes Loch gesaugt wird. Bei manchen hört es sich an wie Donner.«

»Wo kann man denn noch eingeborene Nomaden finden, wenn nicht in der Nullarbor?«, fragte Tolo.

Forrest seufzte und fuhr sich mit der sonnengebräunten Hand durch sein lockiges rotblondes Haar. »Auf dem Weg hierher hatte ich angenommen, ich hätte es mal wieder mit einem Weichei aus Sydney zu tun, das in diese Gegend kommt, um ein aufregendes Abenteuer im ach so wilden Outback zu erleben. Vielleicht sogar mit einem Aborigine-Jäger. Von dieser Sorte tauchen immer wieder mal welche hier auf. Sie halten die Blackfellows für ein Relikt aus grauer Vorzeit, für ein Hindernis, das auf dem Weg des weißen Fortschritts beseitigt werden muss, verstehen Sie?«

»Sie wollen doch wohl nicht behaupten, dass Sie sie … jagen?«, fragte Java mit erregter Stimme.

»O nein. Das verstößt gegen das Gesetz unseres vereinigten Australiens, Missy. Klar, von einigen von uns weiß man, dass sie hin und wieder ein paar Aborigines dazu verholfen haben, sich zu verbessern.«

»Sich zu verbessern?«, fragte Java mit schwankender Stimme.

»Indem sie sie von der Erdoberfläche woandershin befördert haben«, erklärte Forrest. »Abgeschossen. Wir sind eben ein bisschen, ähm, altmodisch hier draußen. Wir richten uns immer noch nach dem alten Motto der ersten Siedler: Wenn es sich bewegt, erschieß es. Wenn es sich nicht bewegt, schneid es ab.«

»Tolo«, sagte Java, die vor Schreck errötete, »ich habe das Gefühl, Mr Forrest ist nicht unser Mann.«

Doch Tolo drückte nur ihre Hand unterm Tisch.

»Wie ich schon sagte«, fuhr Forrest fort. »Sie sind ganz anders, als ich Sie mir vorgestellt habe. Sie wollen keine Aborigines jagen. Und Sie suchen auch nicht nach Gold?«

»Nein«, sagte Tolo. »Wir wollen uns den umherwandernden Aborigines anschließen, um ihre Lebensweise, ihre Mythen und Gewohnheiten zu erforschen.«

»Ich fürchte, Kumpel, das werden Sie ohne mich tun müssen.« Forrest nahm seinen Hut. »Hören Sie, es geht mich zwar nichts an, aber ich an Ihrer Stelle würde mit ein paar von diesen zahmen Blackfellows in der *Humpy-Town* reden. Für eine Flasche Fusel oder ein paar Münzen finden Sie rasch ein Dutzend Aborigines, die mit Fug und Recht von sich behaupten können, von hohem Rang zu sein. So bezeichnen sie ihre weisen Männer. Mit ihrem Singsang blasen die Ihnen die Ohren voll.«

»Danke für den Vorschlag«, sagte Tolo. »Aber diese Leute haben wir schon zu Gesicht bekommen. Wir hätten zweifellos mehr davon, wenn wir unsere Informationen von Ureinwohnern beziehen könnten, die noch nicht dem verderblichen Einfluss der Weißen erlegen sind.«

Forrest sah Java tief in die Augen. »Und Sie wollen mitgehen?«

»Selbstverständlich«, sagte sie sofort.

Forrest schüttelte den Kopf.

»Die werden Sie auffressen«, sagte er, beugte sich zu ihr und senkte die Stimme. »Die werden Sie nicht vergewaltigen. Das ist nicht ihr Stil. Ihr Hauptanliegen ist es, in einer der menschenfeindlichsten Gegenden dieser Erde am Leben zu bleiben. Die werden nicht einen Augenblick zögern, sich über ihr Fleisch herzumachen. Ja, wirklich, die schlachten Sie ab, als wären Sie ein Schwein. Mit dem ausgelassenen Fett aus Ihren Nieren reiben sie sich die Haut ein – wegen des Geruchs und damit sie nicht verbrennen in der Sonne.«

»Das reicht, Mr Forrest!«, mischte Tolo sich ein.

»Ja, das finde ich auch«, sagte Forrest und erhob sich. »Aber meine menschenfreundliche Ader zwingt mich, Ihnen noch das Eine mit auf den Weg zu geben, Mr Mason. Sie sind ein verdammter Narr, wenn Sie in die Wüste rausgehen und anfangen, nach wilden Schwarzen zu suchen. Und wenn Sie diese reizende Kleine mitnehmen, sind Sie ein doppelter Narr. Sollten die Schwarzen Sie nicht verspeisen, wird die Wüste Sie umbringen. Die hat schon bessere Männer getötet, auch wenn sie nicht so groß waren wie Sie.« Tolo machte Anstalten, sich von seinem Platz zu erheben, doch Forrest streckte abwehrend die Hand aus, als wollte er ein Friedensangebot machen.

»Schönen Dank, Mr Forrest«, sagte Tolo mit erhobener Stimme.

»Noch ein letztes Wort.«

»Davon haben Sie offensichtlich einen unerschöpflichen Vorrat«, konterte Tolo.

»Wenn Sie unbedingt nach wilden Aborigines Ausschau halten müssen, wäre die Gibson der richtige Ort für Ihre Zwecke. Am besten können Sie von Carnarvon aus aufbrechen.«

»Das sind fünfhundert Meilen die Küste hinauf«, sagte Tolo, dessen Interesse trotz seiner Verärgerung geweckt war.

»Erspart Ihnen weite Strecken zu Fuß«, erwiderte Forrest und wandte sich zum Gehen.

»Mr Forrest«, rief Java. Er drehte sich um. »Möchten Sie sich das Angebot meines Mannes, Sie als Führer anzustellen, nicht doch noch einmal überlegen?«

Forrest ging mit dem Hut in der Hand zurück an den Tisch und sah auf Java hinab. »Plötzlicher Sinneswandel, wie?«, fragte er lächelnd. »Tja, mein Schatz, ich muss Ihnen sagen, ich habe es mir bereits überlegt.«

»Schade, dass Sie nicht interessiert sind«, entgegnete sie.

Er setzte sich wieder hin, stützte beide Ellbogen auf den Tisch und beugte sich vor. »Die Gibson trägt ihren Namen nach Alfred Gibson, dem Begleiter des Entdeckers. Und wie Sie vermutlich wissen, wird ein Ort immer erst dann nach einem bestimmten Kerl benannt, wenn der längst tot ist. Gibson ist bei dem Versuch, diese Wüste zu durchqueren, jämmerlich umgekommen. Glauben Sie mir, das sind vierhundert Meilen quer durch die Hölle. Außer Stein, Sand und Hitze und ein paar Büscheln Spinifex-Gras gibt es da draußen absolut nichts. Sobald Sie Carnarvon verlassen, sind Sie schon in der Gibson.

Und dann ist zwischen Ihnen und dem Ayers Rock im Northern Territory nichts, aber auch gar nichts mehr.«

»Das ist doch der große Felsen, der den Aborigines heilig ist, stimmt's?«, fragte Java.

»Ganz genau, Mrs Mason. Er ist riesengroß und erhebt sich gut dreihundertfünfzig Meter aus der Wüste. Man sieht ihn von allen Seiten schon aus großer Entfernung, auch wenn man noch meilenweit weg ist.«

»Haben Sie die Gibson durchquert?«, fragte Tolo.

»Das habe ich.«

»Mr Forrest, ich möchte mich nicht ausplündern lassen. Aber wenn Sie mir für Ihre Begleitung einen fairen Preis nennen, würde ich eine ziemlich hohe Summe akzeptieren«, bot Tolo ihm an.

»Wie ich Ihrer Missus schon sagte«, erklärte Forrest, »ich habe es mir bereits überlegt. Um die Wahrheit zu sagen, reizt Ihr Angebot mich schon. Angenommen, ich würde mitkommen ins *Never-Never* und, sagen wir mal, nach etwa zweihundert Meilen eine Schar Wilder für Sie ausfindig machen, die Sie verspeisen würden. Dann blieben nur noch ich und die Kleine übrig, stimmt's?«

»Gehört es zu Ihren Gewohnheiten, andere Leute zu beleidigen?«, fragte Java, die Tolos Anspannung sah und eine Konfrontation abwenden wollte.

»Nur bei starrköpfigen Mischlingen«, sagte Forrest.

Forrest war schnell. Doch die blitzschnelle Reaktion des jungen Mannes, der von seinem Stuhl aufgesprungen war, überraschte selbst ihn als erfahrenen Buschmann. Er hatte den Arm noch nicht schützend vors Gesicht gehoben, als Tolos Faust ihn am Kinn traf.

Der große Buschmann ging zu Boden. Die Aktion war so schnell vor sich gegangen, dass kaum jemand etwas davon bemerkt hatte. Mitleidig stöhnend beugte ein Kellner sich über die reglos am Boden liegende Gestalt.

»Holen Sie Hilfe«, wies Tolo ihn an, »und schaffen Sie Mr

Forrest in die Hotelhalle. Vielleicht sollten Sie einen Arzt benachrichtigen.«

Der Kellner eilte davon. »Ach ja«, rief Tolo ihm nach, »und schicken Sie bitte sofort jemanden, damit wir unser Mittagessen bestellen können.«

Java beobachtete mit großen Augen, wie zwei Kellner sich mit Forrests schlaffem, kräftigem Körper abmühten. Tolo zwinkerte ihr zu. »Ich denke, dein erster Eindruck hat dich nicht getäuscht«, sagte er lächelnd. »Er ist nicht unser Mann.«

Draußen in der Hotelhalle kümmerte sich ein Arzt um Terry Forrest. Er hielt ihm Riechsalz unter die Nase und schob ihm das Augenlid hoch, um die Reaktion der Pupillen zu prüfen. Forrest ächzte und rührte sich allmählich, und nach wenigen Minuten konnte er schon wieder aufrecht sitzen. Er sah zu dem Türbogen hinüber, der in den Speisesaal führte, und versuchte aufzustehen. In seinem Kopf aber drehte sich alles, und er sackte erneut in sich zusammen. Sobald er wieder aufstehen und sich bewegen konnte, ging er in den Speisesaal zurück.

Tolo und Java aßen Känguruschwanzsuppe. Tolo legte seinen Löffel beiseite und bereitete sich innerlich darauf vor, dass Forrest ihn angreifen würde.

»He, Kumpel«, sagte Forrest, »als ich das letzte Mal so hart getroffen wurde, war es der Tritt von einem Maultier. Ich konnte ja nicht wissen, dass Sie auf Ihre, ähm, Herkunft so empfindlich zu sprechen sind.«

»Falls das eine Entschuldigung sein soll, nehme ich sie an«, sagte Tolo mit leiser, fester Stimme.

»Oh nein, verdammt, ganz und gar nicht«, entgegnete Forrest. »Das war nur ein Zugeständnis, dass Sie einen ordentlichen Schlag haben.« Grinsend sah er auf Tolo herab. »Ich kriege beinahe Lust, mit Ihnen nach Carnarvon zu gehen. Wenn wir erst mal in der Wüste wären, hätten wir ausreichend Gelegenheit festzustellen, wer von uns beiden mehr Pfeffer im Hintern hat. Aber das wäre so, als würde man in die Hölle gehen, um seinen Körper dafür zu bestrafen, dass er in der Kälte gezittert hat, finden Sie nicht? Nein. Sollten Sie zufällig überleben, könnte es ja sein, dass wir zwei uns noch mal irgendwo begegnen, stimmt's, Kumpel?«

»Schon möglich«, sagte Tolo.

»Tja«, meinte Forrest. »Wie Ned Kelly schon sagte, als man ihm die Schlinge um den Hals legte: So ist das Leben.«

Tolo sah dem hochgewachsenen, sonnengebräunten Mann nach, der soeben den Raum verließ. »Zu schade«, sagte er. »Ich glaube, er wäre für unsere Zwecke wirklich gut geeignet.«

»Das Großmaul riskiert 'ne ziemlich große Lippe«, sagte Java.

Tolo grinste. »So langsam verfallen auch wir schon in den Busch-Jargon, was, Kumpel?«

Zwei Tage später traf Tolo sich auf dem Bürgersteig vor dem Hotel mit dem Aborigine, der um ein Treffen mit ihm gebeten hatte. Der Mann, der sich Ganba nannte, durfte die Hotelhalle natürlich nicht betreten.

»Sir, Sie wollen Führer ins *Never-Never?*«

Tolo sah einen typischen Blackfellow vor sich, vielleicht ein wenig größer als die meisten, mit breiterem Brustumfang und kräftigeren Armen und Beinen.

»Ich benötige Blackfellows als Träger«, sagte Tolo. Ganba sah ihn verdutzt an.

»Blackfellows tragen«, sagte Tolo und deutete an, wie er sich eine Last auf die Schulter lud. »Dieser Blackfellow nicht tragen«, antwortete Ganba mit beleidigter Miene und warf sich stolz in die Brust. »Dies Ganba« – er trommelte sich mit der Faust auf die nackte Brust mit ihren rituellen Narben – »Ganba ist Führer. Verdammt bester Führer weit und breit.«

»Verstehe«, sagte Tolo. »Du kennst dich also aus in der Gibson-Wüste?«

»Ganba kennt, was Whitefellows Gibson nennen«, erwiderte Ganba. »Ganba kennt ganzen Weg bis Großer-Roter-Heiliger-Fels.«

Tolo hatte noch weitere ergebnislose Versuche unternommen, einen geeigneten weißen Führer in die Gibson zu finden. Und er war drauf und dran, seinen Stützpunkt in die kleine, weiter nordwestlich gelegene Stadt Carnarvon zu verlegen. »Dein Name ist Ganba?«

Ganba nickte.

»Ganba, ich suche nach Blackfellows, die im Busch leben.«

»Ich finden. Ich kennen alle Blackfellows in Gibson.«

Tolo unterhielt sich noch einige Minuten mit dem Aborigine. Tolo kannte sich zwar im ausgedörrten Busch von Neusüdwales sehr gut aus, doch über die Wüste wusste er nur recht wenig. Vergeblich wollte er sich ein paar Fragen einfallen lassen, um Ganba zu testen, ob er die Gibson wirklich so gut kannte, wie er behauptete. Tolo zog ernsthaft in Betracht, es mit dem Mann zu versuchen. Er könnte ihn ja nach Carnarvon mitnehmen. Vielleicht fände sich dort noch ein weißer Führer, und falls nicht, hätte er wenigstens Ganba.

»Ich werde darüber nachdenken, was du gesagt hast«, erklärte Tolo schließlich. »Wie kann ich dich wiedersehen?«

»Ganba wiederkommen«, sagte Ganba.

»Also dann, bis morgen«, antwortete Tolo.

Auf ihrem Zimmer besprach Tolo die Lage mit Java. »Das Problem ist, dass wir überhaupt nichts über diesen Ganba wissen«, sagte er, »und ich habe keine Möglichkeit, seine Behauptung zu überprüfen, ob er sich in dem Gebiet wirklich auskennt.«

»Bleibt uns denn eine Wahl?«, fragte Java.

Tolo grinste. Er hatte schon mehrfach die Erfahrung gemacht, dass seine Frau eine Sache genau auf den Punkt bringen konnte, wenn er unschlüssig war. »Überhaupt keine«, stimmte er ihr zu. »Ich gehe hinüber zu Endicotts Büro und besorge uns ein kleines Schiff. Sonst müssten wir extra auf den Küstendampfer warten. Wir sollten uns lieber sofort auf den Weg machen, damit wir unsere Wüstenreise in den Wintermonaten durchführen können statt in der Frühjahrs- oder Sommerhitze.«

Es schien ratsam, die Expedition in Perth auszurüsten, denn Carnarvon war nur eine Kleinstadt. Drei Tage lang hatten sie alle Hände voll damit zu tun, das Notwendige zu beschaffen sowie Ausrüstung und Nahrungsvorräte auf das kleine Dampfschiff zu verfrachten, das Endicott ihnen besorgt hatte. Verzweifelt versuchten sie, Ganba und den übrigen Aborigines, die er mitgebracht hatte, klarzumachen, dass die Expedition schneller aufbrechen könnte, wenn sie bei der Verladung mit anpacken würden. Schließlich brachte Ganba seine Leute dazu, mitzuhelfen, während er selbst als Oberaufseher seiner Hafenarbeiter fungierte und Verwünschungen ausstieß, sobald Bildana oder die anderen langsamer wurden.

Als das Schiff in den Indischen Ozean hinausfuhr, schliefen Ganba und seine Leute an Deck, das sie im Handumdrehen in eine seefahrende Nachbildung der chaotischen *Humpy-Town* von Perth verwandelt hatten. Neben Bildana war Ganbas Wahl auf drei junge Paare gefallen, die allesamt das Leben in der *Humpy-Town* satt hatten. Die Frauen der kleinen Gruppe waren erstaunlich fett. Ohne dass Tolo oder Java auch nur das Geringste davon ahnten, hatte Ganba sie nur für den Fall mitgebracht, dass die von dem weißen Mann angeschafften beträchtlichen Lebensmittelvorräte verderben oder verloren gehen sollten.

Terry Forrest redete sich ein, er wäre nur zufällig zu dem Kai an der Küste von Perth Water gekommen, um einen letzten Blick auf Tolo Masons Kleine zu werfen. Doch Tatsache war: Nun stand er hier. Mit dem Fuß auf einen der Poller gestützt, beobachtete er, wie die Bande Schwarzer sich auf dem offenen Deck des kleinen Küstendampfers einrichtete. Java Mason erschien an Deck und trug dasselbe blaue Reisekleid, in dem er sie bei ihrer ersten Begegnung gesehen hatte. Mit ihrem roten Haar, das sich teilweise aus ihrer Frisur gelöst hatte und keck im Winde flatterte, bot sie einen aufsehenerregenden Anblick. Tolo Mason war in Hemdsärmeln. Als Terry den Bizeps des jungen Burschen sah, wurde ihm klar, wie er ihn auf Anhieb k.o. schlagen konnte. Tatsächlich wäre es nicht uninteressant, sich an einem einsamen Ort mit diesem Mason-Jungen zu messen.

Terry zuckte mit den Schultern und ging davon, hielt aber gleich wieder an und kehrte um. Als das Schiff vom Kai ablegte, sah er, wie Java an der Reling lehnte und sich anmutig das vom Wind zerzauste Haar aus dem Gesicht strich.

»Ach, mein kleines Schätzchen«, murmelte Terry. »Was hat dieser Mischling nur außer seinem Geld, dass er dich zu einem so blödsinnigen Unternehmen überreden kann?«

Mit schnellem Schritt ging er in eine Hafenkneipe, bestellte ein großes Dunkles und blickte sich streitlustig um. Sollte einer der Anwesenden Terry Forrest für einen Weichling halten, würde er die Gelegenheit zu einem kleinen Schlagabtausch nur allzu gern beim Schopfe fassen. Seine Körpergröße und seine finstere Miene aber schüchterten von vornherein sämtliche Kneipenbesucher ein, die ihm nur verstohlene, erstaunte Blicke zuwarfen. Terry trank sein Bier und versuchte, sich Javas Gesicht vorzustellen. Ihren Körper konnte er sich in allen Einzelheiten ins Gedächtnis rufen: wie sie sich in den Hüften wiegte und was für straffe Brüste sie hatte. Ihr makelloses Gesicht aber tauchte nur verschwommen vor seinem inneren Auge auf.

Ach Gott, murmelte er leise vor sich hin, *lass die süße Kleine nicht draufgehen. Lass sie nicht auf dem steinharten Wüstenboden austrocknen und für die Aasfresser oder die Mägen der Wilden bestimmt sein.*

Aber es war umsonst. Verdammt, er wusste, es wäre umsonst.

3

Neusüdwales

Der Pfarrer nickte der Witwe über das offene Grab hinweg zu. Kitty Broome unterdrückte ein Schluchzen. Sie bückte sich, nahm mit ihren weißen Handschuhen eine Handvoll australischer Erde und warf sie ins Grab. Mit gedämpftem Klang, wie leichter Regen, prasselten die Erdklümpchen auf den Sarg ihres verstorbenen Gatten. Die immer noch schlanke Magdalen Broome, die in ihrer tadellosen schwarzen Kleidung und mit ihrem modisch hochgesteckten dichten Silberhaar geradezu majestätisch wirkte, drückte ihrer Schwägerin mitfühlend den Arm.

Es war ein strahlender Herbsttag am Stadtrand von Sydney. Einige sagten: »Ein schöner Tag für eine Beerdigung.« Andere meinten: »Irgendwie passt es nicht zueinander, an einem so wundervollen Tag auf einer Beerdigung zu sein.« Rings um den Friedhof warteten Kutschen und einige Automobile, während die ungewöhnlich große Trauergemeinde sich um das offene Grab versammelt hatte, um den selbst als hochbetagten Mann allgemein als Johnny bekannten John Lachlan Broome zur letzten Ruhe zu betten.

Da es sich bei Johnny um einen von Australiens führenden Zeitungsverlegern handelte, waren Männer und Frauen von Rang und Namen erschienen. Unter ihnen auch Alfred Deakin, der Premierminister des Australischen Staatenbundes. Deakin hatte ein paar Worte gesprochen.

»All diejenigen unter uns, die ein öffentliches Amt bekleiden, bekamen immer wieder einmal Johnny Broomes spitze Feder zu spüren. Dessen ungeachtet lasen wir treu und brav seinen täglichen Kommentar. Denn das war eine Möglichkeit, das Sehnen und Trachten der Australier – sowohl der Arbeiter und kleinen Geschäftsleute in unseren Städten als auch der Männer, die im Busch arbeiten – hautnah mitzuerleben. Wenn Johnny Broome als Herausgeber Stellung bezog, tat er es ohne Kompromisse. Und auf lange Sicht sollte er mit seiner Meinung gewöhnlich recht behalten. Wenn künftige Historiker den Kurs skizzieren wollen, den unsere Nation in der letzten Dekade des neunzehnten sowie zu Beginn des zwanzigsten Jahrhunderts genommen hat, werden sie berichten, dass die Stimme des Verlegers John Lachlan Broome eine der ausschlaggebenden Kräfte war, die unser vereinigtes Australien geprägt haben. Johnny, alter Freund, deine täglichen Weisheiten werden uns fehlen, und wir werden dich selbst bitter vermissen.«

Kitty Broome, ihre Kinder ihr zur Seite, trocknete sich die Tränen. Sie war dankbar für den Schleier, der ihre geröteten Augen verbarg. Nachdem sie die Beileidsbezeugungen des Premierministers und der vielen anderen Kondolierenden entgegengenommen hatte, konnte sie endlich mit Magdalens Unterstützung zu Sam Gordons glänzendem Daimler gehen.

Magdalen, die den Verlust ihres eigenen Ehemannes – Johnny Broomes Bruder Red – durchlebt hatte, war für ihre Schwägerin sozusagen die starke Schulter. Von dem Augenblick an, seit Kitty erfahren hatte, dass Johnny in seinem Büro zusammengebrochen war und der Arzt bei seinem Eintreffen nur noch den Tod hatte feststellen können, hatte sie sich bei ihr angelehnt.

Magdalens Sohn Rufe Broome in seinem makellosen großen Dienstanzug öffnete die Tür des Daimlers und half seiner Mutter und seiner Tante Kitty in den Wagen. Die Bestattung seines Vaters vor dreizehn Jahren hatte er versäumt, da er sich zu jener Zeit mit einem Schiff der Royal Navy irgendwo auf dem Atlantik befunden hatte. Da sein Schiff jedoch dem australischen Geschwader zugeschlagen worden war und derzeit im Hafen von Sydney vor Anker lag, konnte er dieses Mal an der Beerdigung seines Onkels teilnehmen. Dazu gehörte auch die traurige Pflicht, seine beiden weinenden Verwandten in das Haus auf dem Hügel zu begleiten – sein ehemaliges Zuhause, bevor er in die Fußstapfen seines Vaters getreten und zur Marine gegangen war.

Auf dem Rücksitz des Wagens wandte Magdalen sich an Kitty. »Du kannst deinen Tränen ruhig freien Lauf lassen, mein Liebes«, sagte sie.

Als hätte Kitty Broome nur auf die Erlaubnis gewartet, schluchzte sie hemmungslos und verzweifelt, während sie sich an ihre Schwägerin klammerte. Magdalen, die aus Sympathie mitweinte, tätschelte sanft Kittys Schulter.

Sobald der Daimler in einen niedrigeren Gang zurückschaltete und die Anhöhe zum Broome'schen Haus, wie es immer noch von vielen genannt wurde, hinauffuhr, sagte Magdalen: »Also, meine liebe Kitty. Jetzt wird es allmählich Zeit, uns wieder zusammenzureißen, meint du nicht?«

Magdalen begleitete Kitty die Treppe hinauf in ihr eigenes geräumiges, luftiges Schlafzimmer, von dessen Fenstern aus man den gesamten Hafen überblicken konnte. »Ruh dich eine Weile aus«, sagte Magdalen. »Ich komme später und helfe dir, dich fürs Dinner frisch zu machen.«

»Ach bitte«, wandte Kitty ein, »ich würde ja doch keinen Bissen herunterbekommen und ...«

»Kommt gar nicht infrage«, entgegnete Magdalen mit vorgetäuschter Strenge. »Im Augenblick erscheint dir das Alleinsein als der größte Luxus. Aber da täuschst du dich.« Sie lächelte. »Solltest du einschlafen, werde ich dich auf jeden Fall rechtzeitig wecken.«

Erstaunliche Frau, dachte Rufe, als er kurz vor dem Abendessen unten an der Treppe stand und beobachtete, wie seine Mutter zu ihm herunterkam. Ihr Gesicht war zwar faltig, und ihr Körper wirkte allmählich ein wenig zerbrechlich, aber sie hatte einen schärferen Geist als die meisten jungen Menschen. Er bewunderte zutiefst ihre Energie und ihre breit gefächerten Interessen.

Da Rufes Marinelaufbahn ihn bereits in frühester Jugend von zu Hause fortgeführt hatte, war seiner Familie sein Reifungsprozess völlig entgangen. Sie hatte nicht miterlebt, wie er die Würde erlangt hatte, die er heute ausstrahlte. Hin und wieder war es den Seinen natürlich schon vergönnt gewesen, ihn zu Gesicht zu bekommen, doch hatten sie sich mit seinen langen Abwesenheiten abgefunden. Als echte Australier hatten sie die Tyrannei der Entfernung stoisch ertragen, denn trotz des Fortschritts und der zunehmenden Beherrschung der Meere durch die Dampfschiffe blieb Australien vom Mutterland und anderen Zentren des zivilisierten britischen Empires immer noch weit entfernt. Selbst innerhalb Australiens erlegten die großen Entfernungen den Bewohnern Beschränkungen auf, denn es war ein riesiges Land – ein Kontinent für eine Nation und eine Nation für einen Kontinent. Beispielsweise hätte Rufes Nichte Java, die bei Johnnys Tod in Westaustralien weilte, sich ebenso gut auf dem Mond aufhalten können. Auch wenn man mit ihr hätte Kontakt aufnehmen können, läge ihr Großonkel schon wochenlang im Grab, bevor sie in Sydney eingetroffen wäre.

Da Rufe sowohl durch die große Entfernung als auch durch seine Pflicht davon abgehalten worden war, die entscheidenden Momente von Freude und Trauer in seiner Familie mitzuerleben wie die Hochzeit seiner Schwester oder den Tod seines Vaters, war seine Heimkehr in diesem Jahr besonders ergreifend gewesen. Er hatte in all den Jahren nur so selten in diesem alten Haus in Sydney sein können, dass ihm jeder einzelne Besuch noch deutlich vor Augen stand. Sein Elternhaus war ihm vor allem als ein Mikrokosmos australischen Gedankenguts lebhaft im Gedächtnis geblieben. Obwohl seine Offizierskollegen ihn längst nicht mehr als einen Mann aus den Kolonien ansahen, war er doch stolz darauf, Australier zu sein. Und es gefiel ihm, dass das Broome'sche Haus, dessen Besitzer nun der

Mann seiner Schwester war, der Schotte Sam Gordon, ein Versammlungsort einflussreicher und mächtiger Leute blieb.

Auch wenn inzwischen eine Menge passiert war wie seine Ernennung zum Kapitän, der Tod seines Vaters und seines Onkels sowie der Zusammenschluss Australiens, blieben viele Dinge sich doch erstaunlich gleich. Inzwischen nahm zwar Jessica Broome Gordon den Platz der Dame des Hauses gegenüber Sam Gordon ein, aber Magdalen saß entweder zur Rechten von Sam oder auf einem Platz, den sie selbst gewählt hatte, weil einer der Gäste sie besonders interessierte. Rufe freute sich zu sehen, dass seine Mutter mit großem Respekt behandelt wurde. Und es amüsierte ihn, dass ihre Ansichten zu allen Dingen australisch gefärbt waren und dass sie diese ebenso unnachgiebig zum Ausdruck brachte, wie es früher sein Vater getan hatte.

Neue Gesichter am Tisch hatten diejenigen der Verstorbenen oder derer ersetzt, die momentan der Tyrannei der Entfernung zum Opfer gefallen waren, was zum Leben in Australien unabdingbar dazugehörte. Politiker kamen und gingen wie eine Modeerscheinung. Hin und wieder saß ein Schiffskapitän zu Sams Linker, und die Gespräche wurden salzig und nostalgisch. Schließlich war Sam einst der Captain des besten Klippers von allen, der *Cutty Sark*.

Manchmal wurde auch Geschäftliches besprochen. Meistens drehte die Unterhaltung sich jedoch um die unterschiedlichsten Themen und reichte von hochfliegenden Träumen von einer strahlenden Zukunft Australiens bis hin zu gegensätzlichen Meinungen, die ab und an verblüffend oder gar beleidigend sein konnten.

An diesem besonderen Abend im Herbst 1902, dem Abend von Johnnys Bestattung, verlief die Unterhaltung zunächst angemessen ruhig. Da Magdalen darauf bestanden hatte, war Kitty zum Dinner heruntergekommen, und die Gäste – gute Freunde und der engste Familienkreis – sprachen aus Rücksichtnahme auf die vermeintlichen Gefühle der Witwe in gedämpftem Ton über belanglose Themen. Rufe bemerkte, dass selbst für ein Beerdigungsessen eine unnatürlich gedrückte Stimmung im Raum herrschte. Wie er aus Erfahrung und von den Erzählungen seiner Mutter wusste, verlief die Unterhaltung am Broome-Gordon-Tisch normalerweise viel lebhafter, und bisweilen wurde sogar so trefflich gestritten, dass die ungewöhnlich bedrückende Atmosphäre an diesem Abend auf allen zu lasten schien.

Offenbar hatte am Ende sogar Kitty ein Gespür dafür und sorgte für Abhilfe.

»Ach bitte«, sagte sie mit fester Stimme, »ich bin so froh, dass ihr heute Nachmittag alle bei mir sein konntet, denn ich weiß, wie sehr ihr Johnny geliebt und respektiert habt. Aber um seinet- und auch um meinetwillen sollte die Beerdigung sich nicht lähmend auf die Unterhaltung auswirken. Wenn Johnny jetzt hier wäre, würde er mit Sicherheit irgendetwas Provokatives sagen, nur um die Leute aufzuschrecken und das Gespräch in Gang zu bringen!«

Magdalen legte ihre Hand auf Kittys. »Ich denke, meine Liebe, du hast vollkommen recht.«

Sofort plätscherte die Unterhaltung leichter dahin, und die Diskussionen wurden schärfer und mit lauterer Stimme geführt. Doch schließlich erlangte eine Reihe ziemlich überraschender Äußerungen einer Frau, deren Haltung, gutes Aussehen und großes Selbstvertrauen Rufe auffielen, die Aufmerksamkeit aller am Tisch.

»Anwesende ausgeschlossen«, sagte Bina Tyrell mit einem verstohlenen kleinen Lächeln, »aber den australischen Männern fehlt es zu Beginn dieses neuen Jahrhunderts in gewissem Maße an Charme.«

Auch Rufe, der seiner Schwester Jessica zugehört hatte, wie sie von Javas und Tolos Aufenthalt weit draußen im Westen sprach, wandte der Restaurantbesitzerin seine Aufmerksamkeit zu. Bina Tyrell war eine zierliche Frau, der man den irischen Akzent immer noch leicht anhörte und deren irische Schönheit sich besonders in ihren dunklen Augen und ihrem schwarzen Haar zeigte. Sie sah einfach fantastisch aus.

»In der Regel«, fuhr Bina fort, »ist der Aussie mit seiner offen zur Schau gestellten Heuchelei einfach nur langweilig. Er vertritt hoffnungslos einseitige Ansichten und wird dabei oft ziemlich brutal …«

Neben Bina saß eine weitere Dame, die für Rufes Geschmack sogar noch viel fantastischer aussah. Hinter vorgehaltener Hand ließ sie ein kleines, beunruhigtes Lachen ertönen. Im Laufe des Abends waren Rufes Blicke häufig zu ihr hinübergewandert. Sie war die Witwe eines sehr reichen Mannes, Jon Mason. Und wie er von seiner Mutter erfahren hatte, war sie eine selbstverantwortliche harte Geschäftsfrau.

»Er schießt gern auf irgendwelche Dinge, aber ein Kämpfchen mag er noch lieber. Und am allerliebsten betrinkt er sich«, erklärte Bina soeben.

»Also wirklich, Bina«, sagte Misa Mason. Sie warf einen Blick zu Kitty hinüber. »Ich weiß, Kitty hat gesagt, dass Johnny eine klare Meinungsäußerung zu schätzen wusste, aber es gibt für alles eine Zeit und einen Ort …«

»Nein, nein, das ist schon in Ordnung«, warf Kitty ein. »Bitte fahren Sie ruhig fort, Bina.«

»Nun ja, man hört so viel über dieses große, typisch männliche australische Etwas, das sie Kameradschaft nennen.« Sie ahmte bei ihrer Aussage den australischen Busch-Jargon nach. »Der waschechte Australier ist jedermanns Kumpel, selbstverständlich … wenn Sie mir die Bezeichnungen gestatten … mit Ausnahme von Kaffern, Kanaken, Niggern, Juden, Schwarzen, Schlitzaugen, Japsen, Poms, Itakern, Franzmännern, Krauts, Schwuchteln, Weicheiern und Hasenfüßen.« Sie machte eine kurze Pause und zwinkerte Rufe verstohlen zu. »Und selbstverständlich auch mit Ausnahme von Süßen, Kleinen und Mäuschen.«

Jessica Gordons Stimme war ein wenig der Ärger anzuhören, als sie fragte: »Wollen Sie etwa damit sagen, Bina, eine Frau müsse eine Männerfeindin sein, um es in unserer Gesellschaft zu etwas zu bringen?«

»Darf ich darauf antworten?«, fragte Misa und legte ihre Hand auf Binas Arm, damit sie ihr kurz das Wort überließ. »Bina hat in der Tat einen weit schwierigeren Weg hinter sich als ich, denn mein Mann hatte sich vor seinem Tod eine gute Geschäftsbasis geschaffen. Daher stand mir, als ich die übliche Einstellung australischer Männer den Frauen gegenüber zu spüren bekam, ein ziemlich gutes Druckmittel in Form des Mason-Vermögens zur Verfügung. Bina dagegen hatte nichts. Sie hatte sich vergeblich auf einer kleinen Schaffarm abgerackert und war schließlich gezwungen, sie mit nur einem Wagen, zwei erschöpften Pferden und ein paar persönlichen Dingen zu verlassen. Außerdem hatte ich meinen Sohn Tolo, als ich anfing, die Mason-Geschäftsinteressen auf das Bankwesen auszudehnen. Bina hatte nur sich selbst.«

»Wirklich lieb von dir, dass du mich verteidigst, liebe Misa«, sagte Bina, »aber das ist eigentlich nicht nötig. Ich musste schon so manchen Kampf mit … gewissen Musterbeispielen australischer Männlichkeit ausfechten.« Bina lächelte, aber ihre Stimme klang hart.

»Trotzdem finde ich nicht«, entgegnete Misa, »dass man dich als Männerfeindin bezeichnen kann, Bina.«

»Ganz bestimmt nicht. Kerls sind schon zu etwas zu gebrauchen«, sagte Bina schelmisch.

Jessica verkrampfte sich, doch Magdalen stimmte aufgrund Binas Anzüglichkeit ein helles Lachen an, in das alle übrigen Anwesenden mit einstimmten.

»Bina hat wie jede Frau, die im öffentlichen Leben steht, nur die Erfahrung gemacht«, fügte Misa hinzu, »dass Frauen um ihre gottgegebenen Rechte ein wenig härter kämpfen müssen als Männer.«

»Die Schwierigkeit, euch rohe Gesellen davon zu überzeugen, dass wir Frauen verantwortungsvoll mit dem Wahlrecht umgehen können«, äußerte Magdalen, »ist doch wohl Beweis genug.«

Rufe hatte Misa Mason genau beobachtet. Sein ursprüngliches Interesse an der Samoanerin war zunächst aus reiner Neugierde erwachsen. Er wusste von den Spannungen zwischen seiner Schwester und Misa, weil Jessica nach wie vor nicht akzeptieren konnte, dass ihr Küken Java mit Misas Sohn davongeflattert war. Rufe nahm an, auch seine Schwester sei in ihrem tiefsten Innern ein wenig heuchlerisch veranlagt und störe sich vor allem daran, dass ihr Schwiegersohn zur Hälfte ein Südseeinsulaner war.

Als Mann mit einer langen Marinelaufbahn war Rufe immer wieder mit Leuten von schwarzer, brauner, rotbrauner oder gelblicher Hautfarbe zusammengekommen – also mit all jenen Rassen, die die Briten als »Farbige« über einen Kamm scherten. Er selbst hegte keinerlei Vorurteile gegenüber anderen Rassen, hatte allerdings auch nie eine engere Beziehung zu ihnen aufgenommen. Nie hatte er sich mit einer Eingeborenenfrau eingelassen. Die Versuchung war groß gewesen, besonders als er in seiner Jugend Monate in der Südsee verbracht hatte, wo sein Schiff häufig vor den unter französischer Herrschaft stehenden Inseln vor Anker lag. Doch irgendwie lastete ein unausgesprochenes Stigma auf den Offizieren, die den Verlockungen des braunen Fleisches erlagen. Rufe hatte von Anfang an versucht, das zu vermeiden, und seine Karriere stand stets an oberster Stelle. Er verurteilte keinen seiner Offizierskollegen, der sich mit polynesischen oder asiatischen Frauen angefreundet hatte, noch predigte er den anderen die von ihm selbst praktizierte Enthaltsamkeit. Tatsache war, dass er über die Köpfe dienstälterer Kollegen hinweg befördert worden war. Auch wenn er nicht beweisen konnte, dass sein Verhalten in irgendeinem Zusammenhang damit stand, beschränkten seine amourösen Abenteuer sich auch fernerhin auf einige sehr diskrete Begegnungen mit Ladys seiner eigenen Rasse.

Als sein Interesse an Misa Mason allmählich über bloße Neugierde hinausging, wurde ihm klar, dass er in all den Jahren und in all den fernen Orten, an die die unterschiedlichsten

Schiffe ihn gebracht hatten, auch nichts halb so Schönes gesehen hatte. Außerdem hatte er noch nie etwas gesehen, das er mehr haben wollte. Nicht einmal, als er zum ersten Mal einen Klipper in vollen Segeln gesehen hatte. Da er noch nie im Leben wirklich verliebt gewesen war, hatte er das Verlangen, einer Frau nahe zu sein, bislang nicht kennengelernt. Er verübelte es Misa förmlich, dass sie in seine Gedanken eingedrungen war.

Die angeregte Unterhaltung hatte sich von den beiden attraktiven Witwen wegbewegt. Magdalen saß neben einem Neuankömmling, dem zweiten Sohn eines englischen Adligen. Er war nach Australien gekommen, um sein Glück zu machen, und war als Anfänger bei Johnny Broomes Zeitung gelandet. Magdalen und er sprachen gerade über Australien.

»Vor allem darf man nicht vergessen«, sagte Magdalen zu ihm, »dass Australien ein geistiges Gebilde ist. Australien hat man sich bereits vorgestellt, lange bevor es entdeckt wurde. Schon im vierten Jahrhundert vor Christus schrieb Theopompus über ein Land mit grünen Wiesen und Weiden und mit großen, mächtigen Tieren, das von der damals bekannten Welt weit entfernt liegen sollte. Die griechischen Kartographen zeichneten Theopompus' imaginären Kontinent tatsächlich in ihre Karten ein, weil sie ihn als Ausgleich für die nördlichen Kontinente als notwendig erachteten. Sie sprachen dabei von den Antipoden.«

»Wo die Lebewesen mit dem Kopf nach unten laufen«, bemerkte der junge Reporter.

»Wörtlich übersetzt sind es die ›Gegenfüßler‹«, erklärte Magdalen. »Die Römer nannten Theopompus' Kontinent Terra Australis Incognita.«

»An was für einem außergewöhnlichen Ort wir doch leben«, sagte der Reporter. »Entstanden in der Vorstellung eines Griechen aus dem vierten Jahrhundert vor Christus, benannt durch die Römer und – wenn man diejenigen reden hört, die durch die Dürre alles verloren haben – vergessen von Gott.«

Magdalen lächelte. »Na ja, Sie wissen ja, was man so sagt:

Das Einzige, was Australien fehlt, um ein Garten Eden zu sein, ist Wasser. Aber dasselbe kann man auch von der Hölle behaupten, oder?«

Zu Sam Gordons Rechter saß Kelvin Broome, gleich neben Kitty. Kelvin war noch nicht lange aus dem südafrikanischen Krieg zurück und hatte den ganzen Abend kaum ein Wort gesprochen. Nicht einmal an der Diskussion über die australischen Männer hatte er sich beteiligt. Seine wenigen Bemerkungen waren ausschließlich an Kitty gerichtet.

Auch sie hatte bislang nur schweigend zugehört, während die Gespräche das Klappern des Bestecks auf dem Porzellan übertönten und von einem Thema zum anderen wechselten. Vielleicht weil sie selbst eine unbeschwertere Unterhaltung angeregt hatte, traute sich niemand, über Johnny oder die Erfolge seines langen Lebens zu reden. Vermutlich fürchtete jeder, die Nennung seines Namens würde Kitty nur Schmerz bereiten. Wie auch immer, jedenfalls wurde ihr plötzlich bewusst, dass die Anwesenden ihn mit keiner Silbe erwähnten, als hätte der wichtigste Mensch in ihrem Leben nie existiert.

Mit fester Stimme füllte sie eine dieser eigentümlichen Gesprächspausen, die bei Unterhaltungen in jeder Gruppe hin und wieder vorkommen. »Sam«, sagte sie an ihren Gastgeber gewandt, »nun, wo Johnny nicht mehr da ist, habe ich beschlossen, Kelvin als verantwortlichen Herausgeber der Zeitung vorzuschlagen.«

Sie sah, wie Kelvins Gesicht vor Freude errötete, und war froh. Johnny hätte gewollt, dass ihm diese Aufgabe übertragen wurde. Sie war sich völlig sicher. Denn während Kelvin in Südafrika gewesen war und seine ausgezeichneten Berichte über diesen abscheulichen Krieg zwischen dem britischen Empire und den Buren geschickt hatte, waren mehrfach entsprechende Äußerungen gefallen.

Natürlich war Kelvin nur ein entfernter Cousin des Verstorbenen, aber keiner von Johnnys und Kittys eigenen Kindern hatte je Interesse gezeigt, in die Fußstapfen ihres Vaters zu treten. Der Jüngste, Patrick, der nur wenige Monate älter war als Java Gordon Mason, besuchte das anglikanische Trinity College in Melbourne, und die anderen hatten bereits ihren Platz im Leben gefunden.

»Ich denke, du könntest keine bessere Wahl treffen, Kitty«, sagte Sam. Er wandte Kelvin seinen Blick zu. »Nun, Herr Verleger, wo wird es hingehen?«

»Gib mir wenigstens die Chance, die Sache erst einmal zu verdauen, bevor ich firmenpolitische Entscheidungen treffe«, sagte Kelvin lachend. »Immerhin bin ich fast zwei Jahre lang außer Landes gewesen. Ich glaube, ich weiß mehr über Südafrika als über mein Heimatland, zumindest im Augenblick.«

»Dann berichte uns über diesen Krieg aus deiner Sicht«, schlug Sam Gordon vor.

»Tja, aus meiner Sicht wäre viel mehr über diesen Krieg zu berichten, als du vermutlich hören willst. Jedenfalls mehr, als es für den heutigen Abend angemessen wäre.« Kelvin legte seine Gabel hin und sah nachdenklich vor sich hin. »Aber da du danach fragst, möchte ich sagen, dass es für diejenigen, die dabei waren, verdammt scheußlich war. Spion Kop zum Beispiel werde ich nie vergessen. Ein hirnverbrannter Angriff auf einen wertlosen Hügel, den ein britischer General aus unerfindlichen Gründen befohlen hatte und bei dem nichts weiter herauskam als ein allgemeines Abschlachten.«

»Es heißt, die Buren seien gute Kämpfer«, meinte Sam.

»Das stimmt«, erklärte Kelvin, der sich allmählich für das Thema erwärmen konnte. »In einem frühen Stadium des Krieges, bevor die britischen Streitkräfte in großer Zahl an Land gingen, hätten die Buren blitzschnell ganz Südafrika durchqueren, die Häfen von Kapstadt und Durban einnehmen und die Landung der Briten verhindern können. Aber stattdessen hat ihre Heeresleitung so einiges verpfuscht und zugelassen, dass ihre Armeen sich in nutzlosen Belagerungen von Ladysmith und anderswo festbissen. Damit haben sie den Briten ausreichend Zeit gegeben, eine Armee nach Südafrika zu bringen, die zahlenmäßig größer war als die gesamte Burenbevölkerung – Männer, Frauen und Kinder. Dass letztlich auf dem Feld die Streitkräfte des britischen Empires den Sieg davontragen würden, war abzusehen.«

»Aber der Krieg hat doch so lange gedauert«, sagte Magdalen. »Es war schrecklich, die Berichte zu lesen.«

»Die Buren sind ein hartnäckiges Volk«, erklärte Kelvin. »Als sie in konventionellen Schlachten nicht gewinnen konnten, nahmen die burischen Kommandanten – allen voran General Koos De La Rey und General Christiaan De Wet – die Hügel ein und ließen ihre Männer nur kurz zuschlagen und gleich wieder verschwinden. Lange Zeit sind diese Kommandotruppen all unseren Versuchen, sie zur Strecke zu bringen, erfolgreich entwischt. Und hätten die Briten nicht damit begonnen, burische Farmen niederzubrennen und Zivilisten in Internierungslager zu stecken, damit sie keine Nahrung mehr anbauen und ihren Kampftruppen Unterstützung geben konnten, hätten sie vermutlich noch viel länger durchgehalten.«

»Lord Kitcheners berüchtigte Konzentrationslager-Politik«, sagte Magdalen verärgert. »Wir haben eine Menge davon mitbekommen. Allen Berichten zufolge herrschten in diesen Lagern erschreckende Zustände.«

»Ich fürchte, Sie haben recht. Die Lager waren überfüllt und verdreckt, und das Essen und die medizinische Versorgung waren völlig unzureichend. Viele Unschuldige starben. Weit mehr, wie es in Berichten heißt, als Soldaten im Kampf gefallen sind. Traurig, aber wahr. Dies ist der erste Krieg – zumindest in unserer Zeit –, in dem die Familienangehörigen eines Soldaten zu aktiven Kriegsteilnehmern gemacht und Frauen und Kinder genauso bestraft und getötet werden wie die Soldaten.«

»Für Korrespondenten ist der Aufenthalt in solchen Gegenden ja auch nicht gerade ungefährlich«, sagte Sam. »Das sollten wir nicht vergessen.«

»Gott sei Dank sind Sie wohlbehalten zurück«, warf Kitty ein. »Ich brauche Sie jedenfalls bei der Zeitung. Außerdem haben Sie es verdient, auch einmal etwas anderes zu sehen. Jetzt haben Sie die Gelegenheit, zur Abwechslung einmal einen gründlichen Blick auf Australien zu werfen. Mit Sicherheit gibt es auch von der Heimatfront genug zu berichten.«

»Zweifellos«, erwiderte Kelvin lächelnd. Er war erleichtert, das Thema Krieg fallen zu lassen, und nickte in Richtung Misa Mason und Bina Tyrell. »Zum Beispiel könnte ich mir vorstellen, dass das TNT-Trio« – diesen Namen hatten Bina, Misa und Magdalen Broome erhalten – »bestimmt gern hören wird, dass der neue Herausgeber für das Frauenwahlrecht ist.«

»Hört, hört«, rief Bina aus.

»Und wie steht der Herausgeber in Zukunft zu unserem Mutterland, Sir?«, fragte der junge Reporter, der neben Magdalen saß.

»Natürlich sind wir immer noch an England gebunden«, antwortete Kelvin. »Diese Bindungen sind durch unseren Kriegsdienst sogar noch intensiviert worden, obschon es eine Menge australischer Soldaten gibt, die im nächsten Krieg lieber nicht unter einem britischen Offizier kämpfen möchten. Aber wir müssen auch an unsere Handelsbeziehungen denken. Und wir können unsere Blutsbande nicht leugnen. Schließlich dürfen wir nicht vergessen, dass wir bei unserem Mutterland ziemlich hoch verschuldet sind. Außerdem werden die britischen Inseln vermutlich auch künftig unsere Hauptquelle neuer Immigranten sein.«

»Werden Sie denn die Position der Arbeiterpartei unterstützen, dass der zentrale Punkt jedes Parteiprogramms ein weißes Australien sein sollte, und zwar ohne jegliche Kompromisse?« Diese Frage kam von Magdalen.

Nur sie allein wagte es, in Anwesenheit von Misa Mason die Rassenfrage in diesem Hause anzusprechen.

»Bitte, Mrs Broome«, sagte Kelvin und hob abwehrend die Hände. »Ich habe doch gerade erst erfahren, dass ich der neue

Herausgeber sein soll. Gönnen Sie mir ein wenig Zeit, mich darüber zu freuen, bevor ich meinen Kopf unter das Fallbeil lege.«

Sam Gordon ergriff das Wort. »Kelvin, vielleicht kannst du den Briten – sehr diplomatisch natürlich – erklären, dass Australien inzwischen erwachsen ist und wir unsere Nase nicht mehr an der königlichen Schürze abwischen müssen.«

Rufus Broome lachte.

»Du weißt, wovon ich rede, stimmt's, Rufe?«, fragte Sam.

»Ich fürchte, ja«, sagte Rufe. »Die Briten haben gegenüber Australien und den Australiern immer noch die überhebliche Einstellung eines Erwachsenen, der hochnäsig auf ein quengelndes Kind herabschaut. Ich bin schon so lange bei der Marine, dass man dort meine australische Abstammung häufig vergisst. Einer meiner Vorgesetzten hat mir einmal gesagt, die einzige Möglichkeit, dass die Kolonisten – gemeint waren wir Australier – nicht ständig mit dem Finger am Abzug herumlaufen, ist, dass sie nie ein großes Schiff in die Hände bekommen. Das heißt im Klartext: Die Royal Navy will das australische Geschwader fest unter der Kontrolle britischer befehlshabender Offiziere halten.«

»Sogar dann, wenn wir die Schiffe bauen, oder wie?«, fragte Sam.

Kelvin erwiderte: »Von britischem Standpunkt aus ist das nichts als unsre Pflicht gegenüber unserem Mutterland und unserem Souverän. Genauso, wie es unsere Pflicht war, Männer nach Südafrika zu schicken, wo sie unter der Führung der Pommy-Offiziere kämpfen mussten.«

Magdalen erhob sich. »Diese Herren werden zweifellos bald gewalttätig, Ladys«, sagte sie. »Überlassen wir sie ihren Zigarren und ihrer Politik.«

Magdalen half Kitty beim Zubettgehen. Die Gäste waren allesamt gegangen, und Sam und Jessica hatten sich in ihr Schlafzimmer am anderen Ende des Flurs begeben.

»Ich will dich nicht vom Schlafen abhalten«, sagte Kitty. »Du musst furchtbar müde sein.«

»Ach was«, entgegnete Magdalen. »Ich fühle mich höchstens wie eine nicht aufgezogene Uhr, die aber immer noch tickt.«

»Du hast mir das Leben gerettet, indem du mich heute Abend mit einbezogen hast«, sagte Kitty. »Aber ich denke, es wird Zeit, dass ich lerne, auf eigenen Füßen zu stehen. Morgen gehe ich zurück nach Hause. Weiß der Himmel, wie es dort aussieht, wenn die Dienstboten sich selbst überlassen sind.«

»Du kannst so lange bleiben, wie du möchtest, liebste Kitty, das weißt du.«

»Ja, ich weiß«, sagte Kitty und tätschelte Magdalens Hand.

»Es ist wirklich schön, dich bei uns zu haben«, erklärte Magdalen. »Das Haus erscheint mir neuerdings so leer.«

»Wegen Java«, sagte Kitty.

Magdalen nickte. »Dass sie sich über den ausdrücklichen Wunsch ihrer Mutter hinweggesetzt und geheiratet hat, kann ich ihr ohne Weiteres verzeihen. Aber nicht, dass sie uns vollkommen verlassen hat.« Sie seufzte. »Ach, ich meine das gar nicht so. Sie und Tolo müssen sich im Recht gefühlt haben, und vielleicht waren sie es sogar. Jessica hätte zweifellos versucht, die Ehe der beiden zu annullieren, wenn Sam sie nur gelassen hätte. Aber ich vermisse Java so sehr. Und jetzt haben sie sich erneut auf den Weg nach Westaustralien gemacht.«

»Tolo wird gut auf sie aufpassen. Er ist ein feiner Junge.«

»Ja, genau das ist es«, sagte Magdalen. »Er ist noch ein Junge.«

Kitty ging ins Bad und kam wenige Augenblicke später im Nachthemd wieder heraus. Magdalen saß noch am Frisiertisch.

»Magdalen, hast du je aufgehört, Red zu vermissen?«, fragte Kitty mit heiserer Stimme.

»Nie«, antwortete Magdalen. »Aber du wirst merken, dass du lernen kannst, die Leere hier drinnen zu ertragen.« Sie deutete mit der Hand auf ihre Brust. »Wann immer du mich brauchst, komm zu mir. Aktivität. Das ist das Geheimnis. Wir werden zusammenhalten. Wir werden jeden Abend ins Bina's gehen und zu viel Wein trinken.«

Kitty musste lachen. »Das würde mein Magen nicht mitmachen.«

Magdalen erhob sich. »Meinst du, du wirst schlafen können?«

»Ich denke schon.«

»Falls nicht, und du dich aussprechen möchtest …«

»Oh, es wird schon gehen.«

Magdalen blieb an der Tür stehen. »Ich hoffe, der Abend hat dir gefallen. Bina ist schon heftig, aber sie ist immer so.«

»Oh, das macht mir wirklich nichts aus. Es war ein sehr schöner Abend«, sagte Kitty.

»Ich wünschte, Adam und Emily hätten dabei sein können«, sagte Magdalen.

»Ich bin sicher, Adam hätte …« – Kitty brach ab, schluckte und schaffte es, ihren Gedanken auszusprechen – »hätte alles getan, um bei Johnnys Beerdigung zugegen zu sein, wenn es ihm nur möglich gewesen wäre.«

»Ja«, bestätigte Magdalen. Adam Shannon, ursprünglich Adam Vincent, war nun der elfte Earl of Cheviot. Er und Emily waren nach Südafrika gereist, um ihren Sohn Slone zu sehen. Danach hatten sie ihre Reise fortgesetzt und waren nach England gefahren, um all die Angelegenheiten zu regeln, die sich durch den plötzlichen Tod von Adams älterem Bruder ergeben hatten. Dieser hatte Adam nicht nur den Titel hinterlassen, sondern auch ein Landgut, um das er sich kümmern musste. »Es ist ziemlich einsam, wenn man die einzige Überlebende der alten Garde ist. Deshalb bin ich froh, wenn du hier bist. Dann sind wir wenigstens zu zweit«, sagte Magdalen und seufzte.

»Sie werden bestimmt bald wieder nach Hause kommen«, sagte Kitty. »Wie ich Adam kenne, würde ich mich nicht wundern, wenn er den Titel an Slone weitergibt und nach Brisbane zurückkehrt.«

»Ich schätze, das wird nicht möglich sein. Der Titel wird wohl erst nach seinem Tod auf seinen Sohn übergehen«, erwiderte Magdalen. »Wir leben schon in einer seltsamen Welt, meinst du nicht? Plötzlich ist unser alter Freund ein Earl und Slone ein Viscount.« Sie geriet einige Augenblicke ins Grübeln. »Und Tolo ist der Enkel eines Earls.«

»Vermutlich gibt es genug Leute, die der Auffassung sind, dass selbst das adlige Blut die braune Haut nicht aufwiegt«, sagte Kitty.

»Wirklich eine seltsame Welt«, wiederholte Magdalen.

4

Südafrika

Während der zweieinhalbjährigen Berichterstattung Kelvin Broomes aus dem Burenkrieg für die Broome'sche Zeitung waren die Mitglieder der australischen Streitkräfte, die in Südafrika kämpften, aus politischen Gründen jeweils nach einjähriger Dienstzeit abgelöst worden. Lieutenant Matthew Van Buren hatte dieses Rotationsprinzip nach Ablauf seines ersten Jahres ohne große Schwierigkeiten umgehen können und war freiwillig länger bei der Queensland Mounted Infantry geblieben. Als jedoch sein zweites Jahr vorüber und immer noch kein Ende des Krieges in Sicht war, hatte er schon einige Fäden ziehen müssen, um weiterhin in der Kapkolonie zu bleiben.

Je näher das festgesetzte Datum für seine Ablösung rückte, desto aufgeregter wurde Matt. Immerhin hatte er inzwischen zwingendere Gründe, in Südafrika zu bleiben, als beim ersten Mal. Nach Ablauf des ersten Jahres hatte Matt nur bleiben wollen, weil der Job, der ihn nach Südafrika gelockt hatte, noch nicht vollkommen erledigt war. Nachdem nun aber auch das zweite Jahr zur Neige ging, konnte selbst der optimistischste Verfechter der burischen Interessen nicht mehr auf einen Sieg hoffen. So halsstarrig De La Rey und De Wet sich mit ihren Kommandotruppen im *Veld* auch behaupten mochten, war doch für jedermann offensichtlich, dass dieser Krieg bald zu Ende gehen musste. Die den britischen Soldaten sowie den Truppen aus den unterschiedlichsten Kolonien des britischen Empires zugeteilte Aufgabe war beinahe erledigt.

Dieses Mal aber hatte Matt sich verliebt, und seine Leidenschaft überdeckte alles andere. Seine Liebe zu Kit Streeter drängte alle anderen Wünsche – nach Queensland in sein Zuhause zurückzukehren und vor allem seine Mutter, aber auch seinen Vater wiederzusehen – in den Hintergrund. Zuhause? Ohne Kit konnte er sich kein Zuhause mehr vorstellen.

Matt gehörte seit einiger Zeit zum Stab von Colonel Roland Streeter. Seine Aufgabe war es, den neu eintreffenden Einheiten australischer und kanadischer Freiwilliger die Eingliederung in die riesige britische Armee im Feld zu erleichtern.

Er fand, dass er ziemliches Glück gehabt hatte. Von allen denkbaren Aufgaben, die ihm hätten übertragen werden können, bot nur sein Dienst in Streeters Büros ihm diesen begehrten Vorzug: Er konnte hin und wieder einen Blick auf Kit Streeter werfen, erhielt ab und zu die Chance, mit ihr zu sprechen und sie unaufdringlich, aber beständig wissen zu lassen, dass er sie unbedingt für sich gewinnen wollte.

Matt hatte Kit Streeter bei einer für ihn und für Adam und Emily Shannon überaus glücklichen Gelegenheit kennengelernt. Slone Shannon, Adams und Emilys Sohn, war wohlbehalten nach Kapstadt zurückgekehrt, nachdem er eine Zeit lang als im Kampf gefallen gegolten hatte. Matt war Kit kurz vorgestellt worden – eine reine Formalität. Colonel Roland Streeter hatte Matt als jungem Offizier und Slones persönlichem Freund nur routinemäßige Höflichkeit entgegengebracht. Damals war Kit noch inoffiziell mit Slone verlobt, und sie hatte gerade die lange, qualvolle, unheilbare Krankheit ihrer Mutter durchlebt. Bei diesem ersten Zusammentreffen war Matt dem schönsten Mädchen gegenübergestanden, das er je gesehen hatte. Die Situation aber hatte ihm keinerlei Grund zu Optimismus gegeben. Beim Anblick von Slone Shannon war Kit in Ohnmacht gefallen, denn Slone hatte ein hübsches blondes Mädchen an seiner Seite, das er den Anwesenden stolz als seine Frau Sianna De Hartog Shannon vorstellte.

Inzwischen war der Krieg beinahe vorüber, und die Vorbereitungen liefen, um sämtliche australischen Einheiten nach Hause zu schicken. Matt würde zu den Letzten gehören. Falls er nicht seine Entlassung aus der Armee in Südafrika beantragen würde und sich somit die Zeit seiner Abreise selbst aussuchen könnte, müsste er Kapstadt aller Voraussicht nach noch vor Anbruch des südafrikanischen Winters verlassen. Deshalb verstärkte er sein Werben um Kit.

Kit Streeter hatte kurz nacheinander gleich zwei emotionale Katastrophen erlebt. Zum einen den Verlust ihrer ersten großen Liebe, und zwar in einer Weise, die den Schock noch verstärkte und sie der Neugierde aller Anwesenden aussetzte. Und kurz darauf den Tod ihrer Mutter nach einer langwierigen Krankheit. Danach war sie mit ihren Kräften ziemlich am Ende.

Als nun also der nächste junge australische Offizier ihr zu verstehen gab, dass er gern seine Zeit mit ihr verbringen wollte, blieb Kit zu Beginn standhaft. Schließlich hatte die Tatsache, dass Slone Australier war, anfangs die Abneigung ihres Vaters gegen ihn hervorgerufen. Sobald Streeter erfahren hatte, dass der junge Mann der Erbe eines Earls war, hatte er eine überraschende Kehrtwendung gemacht und Slone vorbehaltlos akzeptiert. Doch auch das hatte Kits Enttäuschung und Erschöpfung nicht mildern können, da sie bis zum bitteren Ende Zeugin des unerbittlichen und unaufhaltsamen körperlichen und geistigen Verfalls ihrer Mutter geworden war.

Für Kit war die Demütigung, Slone mit einer anderen Frau zu sehen, nur ein Kapitel in einer langen Leidensgeschichte. Doch es war das denkwürdigste von allen. Die Scham, bei Slones Anblick mit seiner jungen Ehefrau an seiner Seite – einem hübschen kleinen Dickerchen, einem hellblonden, rosigen, stets lächelnden Burenmädchen – ohnmächtig geworden zu sein, brannte nach wie vor in ihr. Immer wenn sie Matt Van Buren sah, musste sie wieder an dieses Fiasko denken, denn er war es gewesen, der sie bei ihrem Ohnmachtsanfall aufgefangen und vor einem Sturz bewahrt hatte.

Merkwürdigerweise war es aber gerade Matts Erwähnung dieser Episode, die Kits Gleichgültigkeit und Kälte ihm gegenüber ein wenig aufbrach. Nachdem Matt sie wochenlang nur mit ausgesuchter Höflichkeit behandelt hatte, wenn sie ihren Vater in seinem Militärbüro aufsuchte, und nachdem Matt die üblichen Einladungen zum Abendessen im Hause seines befehlshabenden Offiziers angenommen und Kit wiederholt sehr höflich und in aller Form um ein Treffen gebeten hatte, spielte er – eine reine Verzweiflungstat – tollkühn auf den Vorfall an.

»Ich verstehe das nicht ganz, Miss Streeter«, sagte er ihr eines Tages, nachdem sie wieder einmal eine Einladung zum Abendessen mit ihm abgelehnt hatte. »Als ich Sie das erste Mal sah, sind Sie mir buchstäblich in die Arme gefallen.«

Kit errötete, wusste Matts trockenen Humor aber durchaus zu schätzen. »Ich nehme an, Lieutenant Van Buren, da ich Sie so schändlich hinters Licht geführt habe, indem ich Ihnen in die Arme gefallen bin, wie Sie es nennen, sollte ich vielleicht doch mit Ihnen zum Essen gehen. Dann habe ich ausreichend Zeit, Ihnen zu erklären, dass ich keinerlei neue Beziehungen anknüpfen oder mich in weitere Verwicklungen stürzen möchte.«

»Ich werde mir Ihre faire Warnung merken«, konterte Matt. »Keine Sorge.«

Kit Streeter besaß diesen unglaublichen, berühmt gewordenen zarten Teint einiger weniger, von der Natur privilegierter englischer Mädchen. Dass ihre blasse, rosige Haut auch nach mehreren Jahren in der afrikanischen Sonne noch so makellos und cremig zart war, grenzte fast an ein Wunder. Matt war nicht als Erstem aufgefallen, dass ihr Haar die atemberaubend rote Pracht eines herbstlichen Sonnenuntergangs in sich vereinte und dass der Blick ihrer großen grünen Augen die Macht hatte, jedes männliche Wesen im Umkreis von sechs Metern in seinen Bann zu ziehen. Mit ihrer mädchenhaft schlanken Figur wirkte sie auf Matt beinahe zerbrechlich. Als er sie an einem Abend mit Dinner und Tanz zu einem Walzer in seine Arme nahm, spürte er die volle jugendliche Kraft ihres weiblichen Körpers. Eine geradezu übersprudelnde Energie ging von ihr aus.

Sie trug blau an ihrem ersten gemeinsamen Abend. Und sie trug es wieder an diesem Abend, an dem sie ihm zum ersten Mal gestattete, sie zu küssen. In Blau wirkte sie so typisch englisch wie die in die Gegenwart versetzte britannische Königin und Heerführerin Boadicea, so heiter wie die Feenkönigin beim Spiel, so schön wie die schaumgeborene Venus. Für Matt war sie die Verkörperung aller Frauen und sämtlicher guter Eigenschaften, die sich in diesem schmalhüftigen, langbeinigen, biegsamen und energiegeladenen Wunder vereinten. Er konnte es kaum glauben, dass er sich so viel Zartheit und Schönheit mittels eines Kusses zu eigen machen konnte. Sein ungläubiges Staunen, seine Scheu und seine Leidenschaft mussten sich wohl auf Kit übertragen haben, denn sie war plötzlich völlig atemlos. Sie löste ihre Lippen von den seinen und starrte ihn erschrocken aus ihren großen, grünen Augen an. Kit spürte noch die Hitze seines Kusses auf ihren Lippen. Und in diesem Moment begriff sie, dass alles, was sich zuvor in ihrem Leben ereignet hatte, nur das Präludium war.

»Matt«, flüsterte sie, als fürchtete sie sich.

»Tut mir leid. Hab ich dir wehgetan?« In seiner Begierde war er nicht gerade rücksichtsvoll gewesen.

»Nein, nein.« Jetzt überkam sie wirkliche Furcht, und einen Augenblick lang versuchte sie, sich ihm zu entziehen. Als seine Finger sich aber noch fester um ihre Arme schlossen, widerstand sie ihm nicht länger. Sie fragte sich, ob sie sich den seelischen Aufruhr, den der Kuss in ihr ausgelöst hatte, vielleicht nur einbildete. Zu ihrer eigenen Überraschung – zeitlebens sollte sie sich an diesen Augenblick erinnern – hörte sie sich flüstern: »Noch einmal?«

»Ja«, antwortete er.

»Ich werd verrückt!«, sagte sie leise, da der zweite Kuss sie sogar noch atemloser gemacht hatte. Ihr erster Australier hatte keine fünf Minuten, nachdem sie sich kennengelernt hatten, vergnügt verkündet, dass er sie heiraten wolle. Ihr zweiter Australier war nicht so übereilt vorgegangen. Doch die Wirkung war letztlich die gleiche, nur dass ihre Gefühle dieses Mal viel tiefer und stärker und viel überzeugender waren. Während dieses zweiten Kusses schenkte sie Matt Van Buren ihr Herz und ihre Seele.

In der verhältnismäßig kurzen Zeit, in der Matt ihr den Hof machte, sprachen sie nur ein einziges Mal über ihre lange, aber zum Schluss doch ergebnislose Beziehung zu Slone Shannon. Kit war diejenige, die das Thema anschnitt.

»Offenbar ist es mir vom Schicksal bestimmt, einen Australier zu heiraten«, sagte sie.

Selbstverständlich wusste Matt darüber Bescheid, dass Slone und Kit lange Zeit einander heimlich versprochen waren. Schließlich hatte er zusammen mit Slone einige seiner besten und seiner schlimmsten Augenblicke dieses Krieges erlebt. Matt war es, dem die unangenehme Pflicht zugefallen war, Slones Vater und Mutter die Nachricht vom Tod ihres Sohnes zu überbringen. Als Kit allmählich in der Lage war, erst sich selbst und dann auch Matt gegenüber einzugestehen, dass sie sich ein zweites Mal in einen Australier verliebt hatte, wäre ihm niemals in den Sinn gekommen, Slone hätte seine Braut an ihn abgetreten. Deshalb schwieg er auch jetzt zu Kits Feststellung, dass es wohl ihr Schicksal sei, sich mit einem Australier zu verheiraten.

»Du hast mir wegen Slone nie irgendwelche Fragen gestellt«, sagte sie.

»Nein.«

»Aus ihm wird nun ein Peer. Was für ein unvorstellbares Glück.«

»Schön für ihn«, erwiderte Matt und fügte dann hinzu: »Nein, ehrlich. Ich freue mich für ihn.« Er gab ihr einen flüchtigen Kuss. »Pech für dich, mein Mädchen.«

Sie wich zurück, und einen Moment lang fürchtete er, er hätte etwas Falsches gesagt.

»Na ja, ich meine, Slone ist immerhin ein gut aussehender Bursche. Ich dagegen bin nur ein gewöhnlicher Buschranger.«

»Nicht doch«, sagte sie mit strahlendem Lächeln. »Eigentlich war es nur Pech für meinen Vater. Der arme Dad. Hat seine Chance vertan, seine Tochter zu einer Countess zu machen.«

»Da wir gerade von deinem Vater sprechen …«

»Ja, ich schätze, es wird Zeit, dass wir von ihm sprechen«, stimmte Kit ihm zu. »Matt, er war strikt dagegen, dass ich Slone heirate. Auch bevor meine Mutter erkrankte, war er schon dagegen. Und als sie dann von … dieser langsam wachsenden, schrecklichen Geschwulst in ihrem Kopf betroffen wurde, nutzte er ihre Krankheit und ihre permanente Pflegebedürftigkeit als Vorwand, damit ich jegliche Gedanken an eine mögliche Heirat in weite Ferne schieben sollte.«

»Also muss ich mich bei deinem Vater bedanken, dass er dich für mich aufgespart hat«, sagte Matt.

»Vermutlich ja«, erwiderte sie ernsthaft.

»Slone ist ein Gentleman, auch wenn er aus Australien stammt.« Matt grinste. »Wenn eure Verlobung offiziell gewesen wäre, hätte der alte Slone in jedem Fall zu seinem Wort gestanden. Deshalb erwähne ich in meinen Gebeten auch immer deinen Vater und Sianna De Hartog.«

»Du fragst mich also nicht, ob ich Slone geliebt habe?«, wollte sie wissen.

»Hast du?«

»Ich muss darauf zunächst mit ja antworten«, sagte sie, »aber dann muss ich das näher erläutern. Ja, ich hatte mich in ihn verliebt. Ich hatte nie zuvor jemanden kennengelernt, der so forsch, so ungestüm und so … impulsiv war.«

»Typischer Aussie.«

»Ich will gar nicht die Ausrede benutzen, dass ich noch so jung war. Außerdem denke ich nicht, dass ich überhaupt eine Ausrede brauche. Aber ich war tatsächlich noch sehr jung, und es war eine junge Liebe.« Sie nahm seine Hand. »Matt, es war, als würde ich erst lernen, jemanden zu lieben. Das war so etwas wie eine Vorübung, ein erstes Ausprobieren, damit ich meine Gefühle einem Mann gegenüber intensivieren konnte, bis ich dich treffe.«

Eine Welle der Rührung überspülte ihn. Seine Augen wurden feucht, und er hielt sie wortlos an sich gedrückt.

»Jetzt habe ich dir alles gestanden«, sagte Kit.

»Alles noch nicht.«

»Oh, er hat mich ein paar Mal geküsst.«

»Ein paar Mal?«

»Das ist alles. Ich wette, du hast schon eine Menge Mädchen geküsst.«

Er lachte. »Eigentlich nicht.«

»Lügner. Du kannst viel zu gut küssen, um nicht schon Übung zu haben.«

»Ich habe dir doch gesagt, ich bin ein alter Buschranger. Das Küssen habe ich mit meinem Pferd geübt.«

»Igitt!«

»Dicke, weiche Lippen. Die Stute war darin sehr bewandert. Eine richtig gute Lehrerin.«

Kit stieß ihm den Ellbogen in den Magen. Er ächzte, fasste sie unters Kinn und hob lachend ihr Gesicht.

Als Kit ihrem Vater mitteilte, dass sie Matt Van Buren heiraten würde, verlief das Gespräch genauso, wie sie es erwartet hatte.

»Mein Gott, Kit, nicht schon wieder so ein verdammter Kerl aus den Kolonien!« Streeter bekam rote Flecken im Gesicht. »Ich weiß, mein liebes Kind, du kommst allmählich in die Jahre, wo du dir brennend einen Ehemann wünschst und deinen Drang kaum noch unterdrücken kannst, aber …«

»Werde nicht grob und beleidigend, Vater«, sagte Kit in barschem Ton.

In all ihren zweiundzwanzig Lebensjahren hatte seine Tochter noch nie so mit ihm geredet. Im ersten Moment war er sprachlos.

Kit nutzte sein Schweigen. »Du wirst mich nicht – nie

wieder – um mein Glück bringen«, sagte sie mit ruhiger Stimme.

Auch Streeters Ton klang wieder ruhig und beherrscht. »Meinst du nicht, dass deine Gefühle mit dir durchgehen? Zuerst der Tod deiner Mutter. Dann der, ähm, unglückselige Zwischenfall mit diesem jungen Kerl …«

Ihr Vater hatte sie mit seinem Verhalten zutiefst beschämt, als er erfahren hatte, dass Slone der Erbe eines Earls geworden war. Die Art, wie er plötzlich um die Shannons herumscharwenzelt war und die Verbindung hochleben ließ, die er vorher mit aller Macht bekämpft hatte, empfand Kit als geradezu abstoßend. Auch wusste sie, wie bitter enttäuscht er gewesen war, als Slone mit seiner burischen Ehefrau nach Kapstadt zurückgekehrt war. Bis zu diesem Augenblick hatte sie nie Salz in seine alten Wunden gestreut. Doch nun kochte sie vor Wut.

»Dieser junge Kerl? Meinst du Slone Shannon, den Viscount, den Sohn des Earl of Cheviot? Den Mann, den ich nicht heiraten sollte, weil er aus den Kolonien stammte?«

»Also wirklich, Kit«, sagte Streeter. »Dieser junge Kerl, dieser Van Buren …«

»Der ebenfalls aus den Kolonien stammt, aber kein Viscount ist …«

»Das ist der erste Mann, der dir nach deiner, ähm, Enttäuschung mit Shannon über den Weg gelaufen ist. Du wirst doch nicht so dumm sein, die erste sich dir bietende Gelegenheit beim Schopf zu fassen und zu heiraten, um eine Krise zu verarbeiten.«

»Ich kann dir versichern, Vater«, sagte sie mit zuckersüßem Lächeln, aber mit zornfunkelnden Blicken, »wenn ich auch nur den geringsten Zweifel an meiner Liebe zu Matt hätte, würde deine Ablehnung sie zerstreuen. Deine Erfolge, mir in Herzensfragen Ratschläge zu geben, sind nicht gerade … sagen wir … berauschend.« Als Kit daraufhin die Armesündermiene ihres Vaters bemerkte, ging sie zu ihm und nahm ihn in den Arm.

»Freu dich doch für mich, ja?«

Erschrocken sah sie, wie er sich mit dem Handrücken eine Träne von der Wange wischte.

»Ich werde es versuchen, mein Kleines«, sagte er. »Es hat mich nur schwer getroffen, mir vorzustellen, dass du letztlich doch nach Australien gehen willst.«

»Ich weiß«, sagte sie. »Aber Australien liegt ja nicht am Ende der Welt. Du wirst doch bald in den Ruhestand treten, und in Australien gibt es jede Menge Möglichkeiten. Sprich doch mal mit Matt. Wie lange ist es noch bis dahin? Zwei Jahre oder drei? Dann kannst du nachkommen und bei uns bleiben. Matt wird dir helfen, ein kleines profitables, aber hochanständiges Unternehmen aufzubauen. Und dann bist du wenigstens da, um deine Enkelkinder auf den Knien zu wiegen.«

Er rang sich ein Lächeln ab. »Das ist also der Preis, den wir zahlen müssen, wenn wir unsere Kastanien nicht selbst aus dem Feuer holen, sondern die Kolonien um Hilfe bitten.«

»Du bist unverbesserlich«, sagte sie, stellte sich auf die Zehenspitzen und gab ihm einen Kuss auf die Wange.

Bald darauf sollte ein junger australischer Offizier mit hochrotem Kopf vor Streeter strammstehen und ganz formell um die Hand der jungen Dame anhalten. Der ältere Offizier bedankte sich für den Antrag und gab ihm würdevoll statt. Mit einem Seufzer der Erleichterung von allen Seiten standen dic drei dann in gelockerter Atmosphäre um den glänzenden Mahagonitisch und stießen mit *Cape Smoke,* einem guten, aber feurigen Brandy aus dieser Gegend, auf die Verlobung an.

Kit nippte nur an ihrem Glas. Streeter und Matt kippten den Brandy hinunter und hielten Kit schweigend ihr Glas hin, damit sie es noch einmal füllte. Während Kit zwischen Salon und Küche hin- und herpendelte, um sich davon zu überzeugen, dass die Köchin das Dinner nach ihren Wünschen zubereitete, tat der Brandy rasch seine Wirkung und löste die anfängliche Spannung zwischen den beiden Männern. Streeter wirkte locker und erzählte Matt alles über Kits wenn auch nicht gerade aufsehenerregende, so doch immerhin respektable Vorfahren. Matt hörte ihm mit großem Interesse zu. Er wollte alles wissen, was mit Kit zusammenhing. Auch als Kit die beiden Männer zum Esstisch schleuste, redete Streeter immer noch weiter.

Das Essen war ausgezeichnet, und der Wein passte sehr gut dazu. Kit sprach von ihrer Mutter und erzählte, wie die beiden sich während Streeters längeren Abwesenheiten gegenseitig getröstet hatten.

»Dieses Problem wird uns wenigstens erspart bleiben«, sagte Streeter. »Zum Glück ist dieser Bursche so vernünftig, keine Militärlaufbahn anzustreben. Da die Buren inzwischen so gut wie geschlagen sind, darf man nicht vergessen, wie langsam man in Friedenszeiten in der Armee nur vorankommt.«

»Für die Armee ist es ein Verlust und für mich ein Gewinn«, erklärte Kit. »Aber alles in allem hat Mutter, glaube ich, kein so schlechtes Leben geführt, oder?« Sie lächelte. »Nachdem ich dem unschuldigen Kindesalter entwachsen war und das Leben etwas unparteiischer betrachten konnte, kam es mir immer so vor, Vater, als hätten deine häufigen Abwesenheiten eure Beziehung nach deiner Rückkehr nur umso inniger gemacht.«

Streeter errötete bei der Erinnerung und lachte glucksend. Doch gleich darauf verdüsterte sich seine Miene, da ihm sein Verlust wieder schmerzlich bewusst wurde.

Matt feierte den Erfolg seines schwierigen Unterfangens vermutlich mit etwas zu viel *Cape Smoke* und bekam daher Streeters veränderte Gemütsverfassung nicht sogleich mit. »Ich fürchte, Kit, dass ich über meinen Familienstammbaum nie so genau Bescheid wissen werde wie du über den der Streeters. Schon oft habe ich bedauert, dass ich mich nicht häufiger mit Großvater Van Buren unterhalten habe, als er noch lebte. Ich habe ihn ein paar Mal gesehen, bevor ich ungefähr zwölf Jahre alt war. Aber damals fand ich meine Pferde viel interessanter als meine Abstammung. Ich weiß nur, dass Claus Van Buren der … ungewollte Sohn …« Er machte eine Pause und verzog das Gesicht. »Wenn dir ein passenderer Ausdruck einfällt, setze ihn im Stillen ein. Dass er der Sohn eines holländischen Händlers und einer Javanerin war.«

Matt bekam auch jetzt nicht mit, dass aus Roland Streeters Gesicht sämtliche Farbe wich.

»Er hat seine Laufbahn als niedriger Bediensteter begonnen und wurde zu einem der reichsten und bestangesehenen Männer in Neuseeland. Später weitete er seine Geschäfte mithilfe seiner Handelsflotte auch nach Australien und in andere, weiter entfernte Länder aus. Meistens nahm er meine Großmutter mit auf seine Reisen. Sie war Amerikanerin, doch über ihre Herkunft weiß ich leider ebenso wenig. Ich nehme an, die Leute in Australien hatten damals überhaupt keine Zeit, sich um ihre Abstammung zu kümmern. Jeder wollte nur einen Neubeginn wagen. Vermutlich hat man durch das Vergessen der langen Ahnenlisten, auf die die Engländer offenbar so stolz sind, die Weste der Vergangenheit wieder weißgewaschen.«

Matt hatte Kit nie von seinem Großvater Van Buren erzählt, weil sie bislang immer mit anderen Dingen beschäftigt waren. Sie mussten einander erst einmal richtig kennenlernen und die Erfahrung machen, dass jeder Kuss aufregender war als der vorhergehende. Außerdem stammte Matt aus Australien, wo es keinerlei Titel gab und der Wert eines Mannes sich nicht nach seinen Vorfahren bemaß, sondern nach seinen Fähigkeiten, seinen Fäusten und seinem Mut im ständigen Kampf mit den widrigen Elementen. Er bemerkte nicht Kits leicht überraschten Gesichtsausdruck und den ängstlichen Blick, den sie ihrem Vater zuwarf.

»Wir waren alle sehr stolz auf den alten Knaben«, plauderte er weiter. »Er musste sich gegen handfeste Widrigkeiten behaupten und zwang die Welt zu einem Stillhalteabkommen. Ein paar Runden hat er sogar klar gewonnen.«

Streeters Stimme klang eisig. »Verstehe ich das richtig? Sie behaupten, dass Ihr Großvater väterlicherseits ein Halbasiate war?«

»Javaner«, präzisierte Matt. »Das ist wirklich ein außergewöhnliches, arbeitsames Volk. Mein Vater sagt immer, dass Claus Van Burens Arbeitseifer von seinen javanischen Vorfahren stammte.«

»Und ich soll einfach ruhig dasitzen, wenn mein erstes Enkelkind womöglich mit der braunen Haut eines Wilden zur Welt kommt?«, fragte Streeter in gefährlich leisem Ton.

»Vater, bitte«, warf Kit ein.

Streeter erhob sich und richtete sich drohend über dem sitzenden Paar auf. Kit griff nach Matts Hand. Mit leichtem Druck ihrer Finger deutete sie ihm an, lieber zu schweigen.

»Ich hätte es ja hingenommen, dass du dich an einen Mann aus den Kolonien verschleuderst, und gebetet, alles möge gut gehen. Ich wäre ja noch bereit gewesen, darüber hinwegzusehen, dass du die englische Zivilisation verlassen und in ein Land reisen willst, das vom Abschaum der britischen Gesellschaft, von Huren, Dieben und Mördern gegründet worden ist. Doch zu allem Überfluss muss ich auch noch erfahren, dass meine Tochter beabsichtigt, einen Mischling zu heiraten.«

Matt machte sich von Kits Hand los, sprang auf und stellte sich dem Colonel mit hochrotem Kopf gegenüber. Seine Vernunft sagte ihm, er solle den Mund halten, sich schweigend zurückziehen und es Kit überlassen, ob sie mit ihm gehen oder lieber bleiben wollte. Die Gedanken zuckten durch seinen Kopf, und ihm fiel ein, dass Slone in etwa so gehandelt hatte. Er war fortgegangen und hatte Kit vor dieselbe Wahl gestellt. Sie hatte sich für ihre Familie entschieden, was in Anbetracht des Gesundheitszustandes ihrer Mutter zu jener Zeit auch nicht verwunderlich war. Daher hielt Matt es nicht für ratsam, Kit in dieser Situation ein Ultimatum zu stellen.

Eine Weile hielt er Streeters wütendem Blick stand. Dann zuckte er nur mit den Schultern und wandte sich an Kit. »Tut mir leid, dass ich dir nicht schon eher von meinem Großvater erzählt habe.«

»Keine Sorge, Kumpel«, sagte Kit. Sie spie die Worte zornig aus und benutzte ganz bewusst einen starken Aussie-Akzent.

Sowohl die Worte als auch ihr Blick sagten Matt bereits alles, was er wissen wollte.

»Sir«, begann er, »ich werde versuchen, Ihre Bedenken zu verstehen. Allerdings kann ich Ihre Schlussfolgerung nicht nachvollziehen, dass das javanische Blut meines Großvaters in mir ein Makel sein soll. Ehrlich gesagt, ist in unserer Familie noch nie jemand auf einen solchen Gedanken gekommen. Mein Großvater war ein Pionier in einem verdammt schwierigen Teil dieser Welt, und ich bin stolz darauf, seinen Namen zu tragen. Ich hoffe, Sie werden eines Tages für diesen Stolz Verständnis haben«.

»Ich lasse mir von Ihnen nichts vorschreiben!«, brauste Streeter auf. »Muss ich Sie ausdrücklich dazu auffordern, dieses Haus zu verlassen, Lieutenant?«

»Das würde ich an deiner Stelle lieber nicht tun, Vater«, sagte Kit, die sich ebenfalls von ihrem Platz erhoben hatte und sich ihm entgegenstellte.

»Du hältst dich da heraus, Kit«, befahl Streeter.

»Wohl kaum, verdammt noch mal«, erwiderte Kit mit feurigem Blick. »Vater, ich liebe Matt, und ich werde ihn heiraten. Ich hoffe, du bist Manns genug, dich für das, was du ihm heute Abend an den Kopf geworfen hast, bei ihm zu entschuldigen. Falls nicht ...«

»Du widersetzt dich also meinem ausdrücklichen Willen?«

»Falls es so weit kommt, ja«, sagte sie in ruhigem Ton. Sie nahm Matt bei der Hand. »Wir gehen jetzt. Wenn du mich wiedersiehst, sind wir bereits verheiratet.«

Streeters Blicke loderten vor Zorn. »Lieutenant, ich möchte Sie gleich morgen früh in meinem Büro sehen. Dort werden einige Befehle auf Sie warten.«

»Vater, wenn du das tust ... wenn du ihn fortschickst ...«

»Zum Glück ist die Leitung der Armee noch nicht in die Hände hirnverbrannter junger Mädchen übergegangen«, sagte Streeter. »Und Sie, Lieutenant, gehören immer noch der Armee an und unterstehen meinem Kommando.«

»Ich werde pünktlich sein«, erwiderte Matt unterkühlt. »Und ich werde Ihnen bei dieser Gelegenheit ein Schreiben überreichen, mit dem ich mein Offizierspatent zurückgebe.«

»Wie dem auch sei«, beharrte Streeter, »morgen früh sind Sie jedenfalls noch Offizier und werden meine Befehle empfangen.«

Kit zog Matt aus dem Zimmer und ließ sich von ihm in den Mantel helfen. Arm in Arm entfernten sie sich vom Streeterschen Hause. Jeder von ihnen war tief in seine eigenen Gedanken versunken und wartete darauf, dass der andere etwas sagte. Über ihnen stand der Vollmond am sternenübersäten Himmel.

»Kit, falls auch du dich daran störst ...«, fing Matt schließlich mit leiser, sanfter Stimme an zu sprechen.

»Verdammter Bastard, du«, zischte sie ihn an.

Erschrocken sah er sie an.

»Dass du überhaupt auf so eine Idee kommst«, sagte sie. »Mir würde es nicht einmal etwas ausmachen, wenn du mir erzählst, dass dein Großvater ein Zulu war.«

Lachend zog er sie näher an sich.

»Wie ist das mit deiner Unterkunft? Können wir da wohl hineinschleichen, ohne dass der alte Drachen von Vermieterin uns bemerkt?«

»Ich denke schon.«

»Also gut.«

Er blieb stehen, drehte sie zu sich und küsste zärtlich ihre Lippen. »Was heißt das, Kit?«

»Er wird dich nach Norden beordern. Er wird versuchen, dich mitten ins dichteste Kampfgetümmel zu schicken, das es noch gibt. Wie ich dich kenne, wirst du die Befehle nicht verweigern. Aber wehe dir, Matt, wenn du zulässt, dass mein Vater dich auf diese Art aus dem Weg räumt ...«

»Ach Gott, das wollen wir doch nicht hoffen.«

»Dann bringe ich dich um«, fuhr sie etwas unlogisch fort. »Und jetzt will ich, dass du mich auf dein Zimmer mitnimmst.«

»Sag mir erst, wozu«, wiederholte er.

»Damit du verdammter Buschranger dein Bestes tust, um mir ein Baby zu machen«, sagte sie. »Falls die Befehle meines Vaters lauten, dass du dich schon morgen einschiffen musst, bleibt uns zum Heiraten keine Zeit. Auch heute Abend lässt sich in dieser Hinsicht nichts mehr machen, aber wir können trotzdem eins werden. Wir werden einfach vorab unsere Ehe vollziehen und vor dem Angesicht Gottes Mann und Weib werden. Und da du ein australischer Gentleman bist, wirst du es nicht wagen, mich zu verlassen.«

»Ach, Kit«, stieß Matt aus.

»Mir ist es verdammt ernst«, sagte sie.

Bei dem bloßen Gedanken, sie zu besitzen und alle Geheimnisse ihres Körpers zu entdecken, begann er zu zittern.

Sie kamen tatsächlich ohne Schwierigkeiten und ohne die Vermieterin aufzuwecken, in sein Zimmer. Die Alte hatte wie üblich seine Bettdecke zurückgeschlagen, und im Kamin schwelte ein allmählich erlöschendes Feuer. Matt schürte die Glut und schüttete noch ein wenig Kohle auf. Und bald darauf berührte der Himmel die Erde – mit kurzen Unterbrechungen, in denen die Zwei beobachteten, wie der Vollmond weiter am Himmel emporstieg und später langsam zu sinken begann, bis er im ersten Morgengrauen mehr und mehr verblasste. Ohne auch nur einen Augenblick geschlafen zu haben, kleideten die beiden sich wieder an und gingen hinaus in den neuen Tag.

»Ich wüsste gern, ob ich deinen Befehl ausführen konnte«, flüsterte Matt, während seine Lippen zärtlich Kits Ohr berührten, was ihr einen angenehmen Schauder verursachte.

»Hmm?«, fragte sie.

»Du hast mir doch befohlen, dir ein Baby zu machen. Falls es nicht geklappt hat, liegt es nicht daran, dass ich mich nicht genug bemüht hätte.«

»Du warst sehr tapfer«, sagte sie.

»Sollte ich es trotzdem nicht geschafft haben, verzeihst du mir, nicht?«

»Das nehme ich doch an.«

»Wenn dieses Mal nichts daraus geworden ist, werden wir es auf jeden Fall wieder versuchen«, sagte er und spürte bei der bloßen Vorstellung ein schwaches, unerwartetes Wiederaufleben seines Verlangens.

Da er darauf bestand, verließ Kit ihn vor dem Armee-Hauptquartier. Matt suchte als Erstes die Waschräume auf und machte sich, so gut es ging, ein wenig frisch. Danach setzte er sich an einen leeren Schreibtisch, nahm Papier und Stift und verzichtete schriftlich auf sein Offizierspatent. Er steckte das Schreiben in einen Umschlag und verwahrte es in seiner Tasche.

Fünf Minuten später stand er stolz aufgerichtet vor Roland Streeter. Über den Schreibtisch hinweg schlug ihm der Geruch nach Brandy entgegen. Streeters Augen waren blutunterlaufen, seine Wangen unrasiert.

»Sir, Lieutenant Matthew Van Buren meldet sich, wie befohlen, Sir.«

»Stehen Sie bequem, Lieutenant«, sagte Streeter. »Wir sind gebeten worden, eine Überprüfung der Konzentrationslager in der nördlichen Kapkolonie, im Oranje Freistaat und im Transvaal durchzuführen. Logischerweise hatte ich bei dieser Aufgabe an Sie gedacht, Lieutenant Van Buren. Sobald Sie Ihre Ausrüstung zusammengepackt haben, werden Sie aufbrechen. Sie werden sich für den Besuch jedes einzelnen Lagers ausreichend Zeit nehmen, um die Verpflegung und die medizinische Versorgung der Insassen, das jeweils dort tätige medizinische und militärische Personal sowie den Gesundheitszustand der Häftlinge zu überprüfen.«

»Jawohl, Sir«, sagte Matt.

»Das ist alles«, bemerkte Streeter abschließend und überreichte ihm die handschriftlichen Befehle.

Matt nahm sie entgegen und zog den Umschlag aus seiner Tasche. »Sie wissen sicher, was das ist, Sir«, sagte er und übergab dem Colonel den Brief.

Streeter starrte auf den Umschlag, öffnete ihn aber nicht. »Ja. Ich werde ihn über die üblichen Kanäle weiterleiten.«

»Vielen Dank, Sir.« Matt schlug die Hacken zusammen, machte eine Kehrtwendung und ging zur Tür. Dort drehte er sich noch einmal um. »Sie will mich immer noch heiraten, Colonel«, sagte er. »Und Ihnen als dem Vater meiner Zukünftigen strecke ich immer noch meine Hand entgegen, Sir.«

Streeter verzog keine Miene. »Das habe ich mir schon gedacht, Lieutenant, da meine Tochter die ganze Nacht nicht nach Hause gekommen ist. Aber ein so lasterhaftes Benehmen ist wohl kaum verwunderlich, wenn man sich bewusst macht, dass sie unter dem Einfluss eines Mischlings aus den Kolonien steht, oder?«

Noch bevor Matt das Lager sah, roch er es schon von Weitem. Auf dem Sandweg, dem er an einem schlammigen, kleinen Fluss folgte, einem Zufluss des Vaal River, stank es nach menschlichen Exkrementen.

Der Wind wehte ihm entgegen, und zuerst hielt er den aus dem Lager kommenden scharfen Geruch für den alles durchdringenden, ekelerregenden Gestank verwesender Leichen, den er während seines Kriegsdienstes nur allzu gut kennengelernt hatte. Als er dann aber langsam eine Anhöhe hinaufritt und von oben aus ins Tal blickte und all die Baracken und Zelte entlang des Flusses sah, erkannte er die einzelnen Ursachen, aus denen sich der fürchterliche Gestank zusammensetzte: Erbrochenes, offene Latrinengräben und Massen ungewaschener, eng zusammengepferchter Menschen. Auch ein leichter Verwesungsgeruch mischte sich darunter, obwohl Matt keine Leichen sah. Er entdeckte nur auf einem öden Friedhof kleine aufgereihte, in Zeltleinwand gehüllte Bündel jeweils von der Größe eines Kindes. Etwa ein Dutzend Soldaten, die sich teils mehr, teils weniger ihrer Uniform entledigt hatten, hoben lethargisch Gruben in der Erde aus, deren Größe gerade zu den Leichensäcken passte.

Auf Anhieb war zu erkennen, dass in diesem Lager keine strenge Disziplin herrschte. Am Tor wurde Matt von einem schludrigen Soldaten in verdreckter Uniform begrüßt, der sich offenbar seit Wochen nicht mehr gebadet hatte. Ohne das geringste Interesse an Matt zu zeigen, ließ er ihn ein.

Matt ließ sich das Zelt des Aufsehers zeigen. Es lag hinter einer vermutlich ursprünglich mit Gras bewachsenen, inzwischen jedoch mit Abfall übersäten Fläche, etwas abseits des Gewirrs aus Baracken, Schuppen und weiteren Zelten. Dort erfuhr er von einem anderen, auch nicht viel ordentlicher aussehenden Soldaten, dass Captain Fortesque sich im Hauptlazarettzelt aufhielt. Der Mann deutete mit dem ausgestreckten Arm in die entsprechende Richtung.

An den offenen Planen zu dem großen Zelt, das dem Lager gleichzeitig als Lazarett und Apotheke diente, herrschten andere Gerüche vor: starke Desinfektionsmittel, der unvergessliche, ekelhafte Gestank von brandigen Wunden und Hühnersuppe.

Hühnersuppe.

Die auf ihren Pritschen sitzenden Patienten nahmen gerade ihr Mittagessen zu sich. Die Suppe wurde ihnen in normalen Metalltassen serviert, und nur wenige Frauen und Kinder hatten einen Löffel. Die meisten von ihnen setzten gierig die Tasse an den Mund und schlürften die lauwarme Brühe mit deutlichem Heißhunger.

Matt sah einen Offizier in einem weißen Kittel und bahnte sich zwischen den Bettenreihen seinen Weg zu ihm. Burenfrauen mit strähnigem Haar starrten ihn mit ausdrucksloser Miene an, während er an ihnen vorbeiging. Nur ein kleines Mädchen, das einen Verband am Bein hatte, blickte ihm mit hellen, neugierigen Blicken hinterher.

»Captain Fortesque?«

Der Arzt beugte sich über eine Frau, deren Bein von einem Pom-Pom-Geschütz zerschmettert worden war. Er wandte eine Methode an, von der Matt zwar schon gehört, die er aber noch nie mit eigenen Augen gesehen hatte. Bei dem Anblick in Kombination mit dem Geruch drehte sich ihm der Magen um.

Der Arzt hatte auf dem abgestorbenen und weiter absterbenden Gewebe rings um die Wunde der Frau Dutzende von Maden ausgesetzt, und die Larven führten die ihnen zugewiesene Aufgabe gewissenhaft aus und fraßen so eifrig, dass Matt seinen Blick abwenden musste.

»Was zum Teufel wollen Sie?«, fragte Fortesque. »Sehen Sie nicht, dass ich zu tun habe?« Doch dann richtete er sich auf, stemmte sich die Hände ins Kreuz und streckte sich stöhnend. »Sie wollen mir doch wohl nicht erzählen, dass Sie Arzt sind, einer der Ersatzmänner, die ich wiederholt dringend angefordert habe?«

»Nein, Sir. Ich komme aus dem Armee-Hauptquartier in Kapstadt und bin auf Inspektionstour für Colonel Streeter aus Kitcheners Stab.«

»Schweinerei«, schimpfte der Arzt. Er war ein kleiner Mann mit einem scharf geschnittenen Gesicht, dessen Bart aus mangelnder Pflege buschig geworden war. Er roch nach Desinfektionsmittel und anderen unangenehmen, nicht identifizierbaren Dingen. Auf seinem weißen Hemd war ein großer frischer Blutfleck. »Ich nehme an, meine Anforderung von zusätzlichem medizinischem Personal ist im Hauptquartier nicht einmal angekommen, was?«

»Das weiß ich nicht, Sir«, sagte Matt. »Ich bin hier, um mir einen Überblick über Ihr Versorgungssystem zu verschaffen …«

»Fehlanzeige!«, fauchte Fortesque. »Wir bekamen vergangene Woche eine Ladung halb verfaulter Hühnchen. Ich versuche, fünftausend Frauen und Kinder mit Rationen für fünfhundert durchzufüttern. Ich versuche, Patienten in einem Zelt am Leben zu halten, die dringend in ein Hospital in der Stadt verlegt werden müssten. Verflucht, Lieutenant, die Leute sterben uns hier unter den Fingern weg. Allein in diesem Lager gibt es Tag für Tag mehr Verluste als auf den sogenannten Schlachtfeldern. Sie stehen soeben verdammt noch mal mitten auf dem Schlachtfeld, und vor sich sehen Sie die Kämpfenden.« Er machte eine weit ausladende Geste mit den Armen. »Frauen und Kinder aller Altersgruppen. Sie kämpfen gegen Hunger, Typhus, Fieber und Infektionen, die schon durch den kleinsten Kratzer ausgelöst werden. Sie besitzen keine ausreichende Kleidung. Die Nächte sind kalt, und die Menschen hier sind geschwächt. Wenn sie auskühlen, bekommen sie rasch ein Lungenödem, die Ruhr oder was man sonst noch alles kriegen kann.

»Sie sollten eigentlich ihre Versorgung aus dem Armee-Feldhauptquartier in Kimberley beziehen. Meine Aufgabe besteht unter anderem darin, herauszufinden, warum die Lager nicht mit genügend Nahrung und Medizin versorgt worden sind. Haben Sie eine Ahnung, was der Grund sein könnte?«

»Weil es ihnen schlicht und einfach egal ist«, erwiderte Fortesque. »Als ich das letzte Mal nach Kimberley gereist bin, konnte ich mir anhören, ich solle mir über die Produzenten weiterer Burenbabys keine Sorgen machen. Mein Gott, es ist, als wären die Frauen und Kinder unsere Feinde und nicht die Kommandotruppen unter De Wet und De La Rey da draußen im *Veld*.«

»Ich werde tun, was ich kann, um Ihnen zu helfen«, versprach Matt.

»Gut, fein. So, wenn es Ihnen nichts ausmacht, ich habe genug Patienten für fünf Ärzte und verflixt wenig, womit ich sie behandeln kann. Fühlen Sie sich nur ganz wie zu Hause. Holen Sie sich eine Tasse Hühnersuppe. Wenn Sie genug scharfen Pfeffer hineinstreuen, überdeckt das den Geschmack nach verdorbenem Fleisch. Aber keine Sorge. Wir kochen das Fleisch so lange, bis man es essen kann, ohne davon todkrank zu werden. Das Schlimmste, was Ihnen passieren kann, ist die Legionärskrankheit.«

»Wenn es Ihnen recht ist, würde ich lieber auf die Suppe verzichten«, entgegnete Matt. »Ich möchte mich zuerst ein wenig im Lager umsehen.«

Er sah eine Frau, die ihn stark an Slone Shannons Frau erinnerte. So etwa könnte Sianna in rund zwanzig Jahren aussehen, falls sie monatelang unter solch erbärmlichen Bedingungen leben und ihre Kleidung in einem Eisentopf über einem Holzfeuer waschen müsste. Eine junge Frau saß auf der schmutzigen Erde und lehnte sich an die Wand einer der Baracken. An einer ihrer dürren, verschrumpelten Brüste saugte ein Baby mit aufgeblähtem Bauch. Matt wusste, dass es bei den sittsamen Burenfrauen völlig unüblich war, ihre Brüste in der Öffentlichkeit zu entblößen – auch wenn sie ein Kind säugten.

»Wann dürfen wir wieder nach Hause?«, fragte die ältere Frau.

»Es dauert nicht mehr lange«, antwortete Matt. »Sobald der Krieg vorüber ist.«

»Bis dahin sind wir längst tot«, sagte die junge Frau mit schwacher Stimme.

»Vielleicht sollten Sie Ihre Wachen lieber verdoppeln, Brite«, sagte die Frau am Waschkessel in heftigem Ton. »Haben Sie keine Angst, dass wir Sie angreifen und überwältigen könnten?«

An den Latrinengräben gab es so gut wie keine Privatsphäre. Der vorgebliche Sichtschutz konnte die Dutzende von Frauen und Kindern nicht verbergen, die dort mit schmerzverzerrtem Gesicht hockten und sich den von der Ruhr krampfenden Bauch hielten.

Aus einem der Schuppen mit den vor Schmutz starrenden Dächern ertönte ein qualvoller Aufschrei. Erschrocken zog Matt den Kopf ein und spähte durch die Tür. Er traute seinen Augen nicht. Entsetzt starrte er auf einen winzigen haarlosen Kopf, während die Schultern noch in der nassen, unglaublich gedehnten Vaginalöffnung einer ausgezehrten jungen Frau steckten. Noch während er wie gebannt dem Geburtsvorgang zuschaute, drehte eine Frau das kleine Wesen mit geschickten Händen so herum, dass eine Schulter freikam, und zog. Kurz darauf hob sie das Baby an den Knöcheln hoch und gab ihm einen Klaps auf den blutbeschmierten, nassen Popo. Das Gewimmer eines Neugeborenen hörte sich inmitten all der Verwahrlosung und des Elends beinahe unanständig fehl am Platze an. Matt ergriff die Flucht aus diesem Lager und setzte eilig seine Inspektionstour fort.

Endlich kam die Nachricht, dass auch die letzten standhaften Buren sich ergeben hatten und der Krieg vorüber war. Doch bis dahin hatte Matt noch weitere sechs Lager inspiziert. Die Zustände waren überall die gleichen. Frauen, Kinder und die alten, kampfunfähigen ehemaligen Soldaten waren allesamt unter unglaublich unhygienischen Bedingungen zusammengepfercht. In sämtlichen Konzentrationslagern war das Sterben an der Tagesordnung.

»Man muss hilflos zusehen, wie einem die eigene Tochter wegstirbt«, sagte eine Frau zu Matt, »und keiner kann etwas dagegen tun. Die Ärzte mühen sich ab, aber es sind einfach zu wenige von ihnen da. Sie haben auch nicht die richtigen Medikamente. Meine Tochter ist unten an den Latrinen auf einen rostigen Nagel getreten. Ihr Fuß hat sich entzündet. Gestorben ist sie an einem Kaumuskelkrampf. Haben Sie je gesehen, wie jemand an einem Kaumuskelkrampf stirbt, Lieutenant?«

»Nein«, gab Matt zu.

»Dann bitten Sie Gott, dass Ihnen das erspart bleibt.«

Nachdem Matt die ganze Nacht im Zug verbracht hatte, traf er schließlich wieder in Kapstadt ein. Er ging in seine Unterkunft, wo er ein Erinnerungsstück an die zauberhafte Nacht mit Kit vorfand: einen Schal, den sie bei ihm vergessen hatte. Wochenlang war er fort gewesen, und doch bewahrte der Schal noch einen Hauch ihres Parfüms.

Matt meldete sich kurz vor Mittag bei Colonel Streeter und legte ihm die schriftliche Zusammenfassung seiner Beobachtungen sowie seine Verbesserungsvorschläge vor.

»Fassen Sie sich kurz«, sagte Streeter.

»Sir, meine dringendste Empfehlung ist, ein Soforthilfeprogramm zu starten und unter allen Umständen auf der Stelle medizinisch ausgebildetes Personal und Verpflegung in die Konzentrationslager zu schicken. Nahrungsmittel und Medikamente werden am dringendsten benötigt. Gleich danach kommt die Kleidung. Außerdem habe ich empfohlen, dass die Lager aufgelöst und die Insassen so schnell wie möglich wieder in das zivile Wirtschaftsgefüge integriert werden. Für Tausende von Menschen zu sorgen oder ihnen auch nur annehmbare hygienische Bedingungen zu schaffen liegt völlig außerhalb unserer Möglichkeiten.«

»Unsere oberste Priorität ist es, Lieutenant, unsere Armeen vom Schlachtfeld zurückzuholen und sie nach Hause einzuschiffen. Die Krone zahlt tagtäglich ein Vermögen, um eine so große Anzahl von Männern zu unterhalten.«

»Die Menschlichkeit sollte oberste Priorität haben, Colonel«, sagte Matt.

»Ich werde mir ihren Bericht durchlesen«, erwiderte Streeter.

Als Matt das Büro verließ, hatte er das dumpfe Gefühl, seine dringenden Empfehlungen würden nur irgendwo abgelegt werden und schon bald in Vergessenheit geraten. Gott allein wusste, wie lange es dauern würde, bis die Armee alle Leute in den Lagern versorgt und sie allmählich wieder über das Land verteilt hätte. Ließe man sämtliche Lagerinsassen auf einmal frei, würden noch viel mehr Menschen sterben müssen, denn viele von ihnen würden bei ihrer Heimkehr nur noch verbrannte Farmen und zerstörtes Ackerland vorfinden. Matt hatte bereits im Voraus darüber nachgedacht und war zu dem Schluss gekommen, dass er sich mit einer solchen Situation nicht abfinden konnte, ohne wenigstens den Versuch zu machen, die Missstände abzustellen. Zu diesem Zweck hatte er sich Kopien von seinem Bericht gemacht.

Unmittelbar vor dem Mittagessen erwischte Matt den obersten zivilen Vertreter des australischen Diplomatischen Corps in Kapstadt. Der Diplomat überflog den Bericht.

»Ein ziemlich heißes Eisen, Van Buren«, sagte er. »Ich finde, das sollten wir ruhig den Briten überlassen, meinen Sie nicht?«

»Sir, ich denke, die Menschen zu Hause haben ein Recht zu erfahren, wie dieser Krieg geführt wird, in den sie ihre Söhne und Ehemänner geschickt haben. Wenn Sie das nicht veranlassen ... ich habe noch mehr Abschriften. Ich bin sicher, dass einige australische Journalisten dieses Papier oder zumindest das Wesentliche daraus nur allzu gern veröffentlichen werden.«

»Tja, Lieutenant, wenn Sie unbedingt Ihr eigenes Nest beschmutzen wollen ...«

Matt beschmutzte es, doch sah er es nicht als sein eigenes Nest an. Es war ein britisches Nest, und wie er richtig vermutet hatte, waren die australischen Journalisten aufgrund fehlender Kriegsberichterstattung nur allzu froh, der gesamten britischen Nation mit ihrer Kritik an der Konzentrationslager-Politik in den Rücken zu fallen.

Und dann suchte er Kit auf. Sie trug ein ausgeblichenes Hauskleid. Ihr Haar in den leuchtenden Herbstfarben hatte sie unter einem alten blauen Tuch versteckt. Durch ihren Hausputz hatte sie dreckige Hände, und auch auf ihrer linken Wange prangte ein dicker Schmutzfleck. Sie war die schönste Putzfrau, die Matt je gesehen hatte.

Am nächsten Morgen wurde Matt in Streeters Büro beordert. Streeter trug den Stern eines Brigadegenerals.

»Herzlichen Glückwunsch, Sir«, sagte Matt und grüßte.

»Was für ein verdammtes Glück Sie doch haben, dass heute Morgen dieses Schreiben angekommen ist ...«, sagte Streeter und händigte Matt ein einseitiges Dokument aus. Es war die Bestätigung von Matts Rückgabe seines Offizierspatents.

»Danke, Sir«, erwiderte Matt.

»... sonst würde ich Sie vor ein Kriegsgericht bringen«, beendete Streeter seinen Satz.

»Dann habe ich ja wirklich Glück, dass das hier gekommen ist«, entgegnete Matt ungerührt.

»Was Sie getan haben, ist zutiefst verabscheuungswürdig«, erklärte Streeter. »Ist es Ihnen nicht einen Augenblick in den

Sinn gekommen, dass wir britische Menschenleben gerettet haben, indem wir die Mitglieder der burischen Kommandotruppen durch das Abbrennen ihrer Farmen und die Internierung derer, die sie sonst mit Nahrungsmitteln versorgt hätten, um ihre moralische Unterstützung, ihr Essen und sonstige Versorgung von Zuhause gebracht haben?«

»Ich fürchte, die Anzahl der Menschen, die ihr Leben in den Lagern verloren haben, übertrifft die der geretteten Briten um ein Vielfaches«, sagte Matt.

»Sie haben mein Heimatland in den Augen der Weltöffentlichkeit in Misskredit gebracht«, fuhr Streeter fort. »Mit Ihrem widerwärtigen Versuch, die Dinge mithilfe der Presse völlig aus dem richtigen Verhältnis zu bringen, schmälern Sie den wohlverdienten Ruhm all derer, die tapfer gegen einen entschlossenen und fähigen Feind angetreten sind. Ich hoffe nur, Van Buren, dass Ihnen eines Tages bewusst wird, welchen Schaden Sie angerichtet haben. Ich bete zu Gott, er möge Ihnen eines Tages die Strafe zuteil werden lassen, die ich Ihnen leider nicht auferlegen kann.«

»Ist das alles?«, fragte Matt.

»Gehen Sie mir aus den Augen.«

»In zwei, drei Tagen werde ich nach Australien aufbrechen«, sagte Matt. »Ich habe bereits mit Kit gesprochen. Sie hat die erforderlichen Papiere beschafft. Um ihretwillen, wollen Sie nicht bei der Hochzeit Ihrer Tochter zugegen sein?«

»Ich habe keine Tochter«, sagte Streeter.

Da Matt Van Buren in Begleitung seiner Ehefrau nach Australien zurückreiste, geschah das nicht auf einem Truppentransporter wie bei seiner Hinfahrt nach Afrika. Er buchte eine Kabine erster Klasse auf einem Kühlschiff der Mason-Linie, das ein Deck teilweise für Passagiere reserviert hatte. Kit machte es sich dort bequem und genoss ihre Hochzeitsreise.

Colonel Roland Streeter war bei der kleinen Hochzeitsfeier in Kapstadt nicht dabei gewesen und hatte Kit auch nicht zum

Kai begleitet, um sich vor der Überfahrt in ihre neue Heimat von ihr zu verabschieden.

»Keine Sorge, Kumpel«, hatte sie gesagt und sich bemüht, heiter zu klingen. Aber ihr standen die Tränen in den Augen, und Matt übernahm nur allzu gern und ausdauernd die Pflicht, ihr die Tränen von den Wangen zu küssen, während das Schiff vom Kai ablegte, die Table Bay verließ und in den riesigen Indischen Ozean auslief.

Bei der Landung des aus London kommenden Schiffs in Kapstadt waren sämtliche Kabinen belegt gewesen, doch die meisten Passagiere waren in Südafrika an Land gegangen. Matt und Kit gehörten nun zu den drei Passagieren, die mit am Tisch des Kapitäns aßen. Der dritte war ein sehr umgänglicher Engländer in einem makellosen weißen Anzug mit perfekt sitzender schwarzer Krawatte. Er hatte einen tadellosen Haarschnitt, und seine grauen Augen strahlten dasselbe Lächeln aus wie seine Lippen. Er stellte sich als Trevor Gorel vor und sagte, er werde in Sydney umsteigen und nach Neuguinea weiterreisen.

»Das Land der ungeahnten Möglichkeiten«, behauptete Trev Gorel mit Blick auf die große Insel nördlich von Australien. »Es gibt dort Gold und so viel Holz, dass eine Million Männer es in einer Million Jahren nicht abholzen könnten. Es gibt Kopra und genug fruchtbares Land für den Anbau von Kaffee oder Tee.«

»Und Eingeborene, die Menschenfleisch essen«, sagte Kit.

»Wenn's mehr nicht ist«, erwiderte Trev und machte eine wegwerfende Handbewegung. »Die verspeisen sich nur gegenseitig. Da es keine großen Tiere auf Neuguinea gibt, müssen die Eingeborenen schließlich irgendwie an Proteine kommen.«

Matt und Kit verbrachten viele Stunden zu zweit, da Matt seine Aufgabe immer noch nicht erfüllt hatte. Bislang gab es noch keinerlei Anzeichen, dass Kit ein Baby erwartete. Trotzdem blieb ihnen an Bord des Schiffes immer noch sehr viel Zeit, von der sie eine Menge mit Trev im Salon verbrachten.

»Ich mag ihn, du nicht auch?«, fragte Kit am Ende eines sehr angenehmen Abends, an dem Trev die sich bietenden Möglichkeiten auf Neuguinea in den prächtigsten Farben geschildert hatte.

»Für einen Pom ist er ein richtig netter Kerl«, bestätigte Matt.

»Du bist mit einer Pom verheiratet, Kumpel«, sagte Kit und stieß ihm sanft den Ellbogen in den Bauch.

»Du entwickelst allmählich einen tüchtigen Schlag«, meinte Matt. »Ein kleines Stück tiefer, und dein Ehemann hat eine Sopranstimme.«

»Ich werde schon gut auf die Familienjuwelen aufpassen.«

»Wie unfein«, sagte er neckend.

»Immerhin bin ich ein Soldatenkind. Das wusstest du doch, als du mich zur Heirat gedrängt hast.«

Er machte grunzende Geräusche und stubste sie mit geschürzten Lippen an ihren intimsten Körperteilen.

5

In der Kronkolonie Natal in Südafrika stand ein hochgewachsener, wettergegerbter Bure auf der Türschwelle seines solide gebauten Hauses und beobachtete, wie ein vierrädriger Wagen, dessen Verdeck mit Fransen geschmückt war, hinter einem Gespann Brauner langsam den Zufahrtsweg herauffuhr. An seiner Seite stand seine Schwester Anna De Hartog mit einem strahlenden Lächeln und winkte der anmutigen jungen Frau auf dem Wagensitz eifrig zurück.

Zweieinhalb Jahre Krieg hatten Dirk De Hartog nicht allzu sehr zugesetzt. Seine Schläfen waren silbrig gefärbt, sein sorgfältig gestutzter Bart wirkte wie eine Mischung aus Salz und Pfeffer, und in sein sonnengebräuntes Gesicht hatten sich vom ständigen Blinzeln in die Sonne scharfe Falten eingegraben. Doch er hatte einen klaren, harten Blick, und er war noch stark und kräftig genug, um die Arbeit auf seiner Farm in der Nähe von Pietermaritzburg, Natals Hauptstadt, ohne Schwierigkeiten zu verrichten.

Anna hielt den Atem an. »Sieh sie dir nur an, Dirk. Sieh sie dir doch bloß mal an!«, rief sie aus, als ein großer, schlanker Mann in der Uniform der Queensland Mounted Infantry ihrer Tochter vom Wagen half.

»Das Eheleben bekommt ihr, Anna«, bemerkte Dirk. »Sie sieht dir von Mal zu Mal ähnlicher.«

Anna rannte die Treppe hinab. Sianna De Hartog Shannon traf sie auf der untersten Stufe, und die beiden Frauen warfen sich mit Freudengeschrei einander in die Arme. Dirk gesellte sich zu ihnen und reichte Slone Shannon die Hand. »Willkommen, Captain«, sagte er.

Slone Shannon war kurz nach Ausbruch des Krieges in Südafrika eingetroffen. Er war mit dem Schiff aus Ägypten gekommen, wo er als einer von »Kitcheners Boys« – einer ausgewählten Gruppe von Ingenieuren für den Bau einer Eisenbahnlinie durch die ägyptische und die sudanesische Wüste – seinen Dienst verrichtet hatte.

Damals wollte er eine militärische Laufbahn einschlagen, doch der Tod eines Mitglieds des britischen Hochadels in England und die zufällige Begegnung mit einem blauäugigen Burenmädchen im südafrikanischen *Veld* ließen ihn seine Lebensplanung noch einmal überdenken.

Durch den Tod von Slones Onkel war sein Vater der Earl of Cheviot geworden, und Slone war der Erbe dieses Titels. Das allein hätte ihn jedoch nicht dazu veranlasst, die Armee zu verlassen. Im Gegenteil: In der Armee befanden sich viele Offiziere adliger Abstammung, Männer, deren Titel ihnen einen raschen Aufstieg ermöglicht hatte. Die mit diesem Titel verbundene Verantwortung aber, ebenso wie seine Hochzeit mit Sianna De Hartog hatten bei Slone zu endlosen Überlegungen geführt. Je genauer er Herbert Kitcheners Verhalten in den letzten Stadien dieses Krieges verfolgte, desto stärker bemächtigte sich seiner eine Scham, die unaufhörlich an seinem Gewissen nagte.

Kurz nachdem der tot geglaubte Slone in Kapstadt aufgetaucht und mit seinem Vater und seiner Mutter wiedervereint war, kam seine Beförderung zum Captain. Seine Eltern waren nach Südafrika gekommen, um ihren Sohn von dem plötzlichen und völlig überraschenden Aufstieg der Familie zur Peerswürde zu informieren. Da anlässlich dieser Wiedervereinigung die Armeeberichte korrigiert werden mussten, die Slone als Gefallenen der Schlacht am Zilikiats Nek aufgeführt hatten, war es für ihn ein freudiges Ereignis. Gleichzeitig handelte es sich aber um die denkwürdige Begebenheit, bei der Kit Streeter ohnmächtig in Matt Van Burens Arme gesunken war, als sie Slone in Begleitung seiner Burenbraut gesehen hatte.

Slone war sich einfach nicht sicher, ob er seine Beförderung seinen eigenen Verdiensten zuzuschreiben hatte oder nur der Tatsache, dass sein Vater, General Adam Shannon, nun der Earl of Cheviot war. Aber er hatte die Beförderung angenommen. Und er hatte auch keinerlei Einwände erhoben, als er vom Militärdienst beurlaubt worden war, um seine junge Frau auf seiner Reise nach England und zu den Besitzungen mitzunehmen, die eines Tages ihm gehören würden. Später hatten sie Slones Eltern in England zurückgelassen und waren nach Südafrika zurückgekehrt, um Slones Entlassung aus der Armee einzuleiten und um die restliche Zeit seines Urlaubs oder vielleicht sogar noch länger bei Siannas Familie in dem geräumigen alten Haus in Natal zu verbringen.

Mutter und Tochter, eng umschlungen und mit Freudentränen in den Augen, stiegen gemeinsam die Stufen hinauf und betraten das Haus. Bedienstete eilten herbei, um das Gepäck des jungen Paares zu holen. Dirk zog Slone beiseite, um es sich mit ihm bei einem Glas Gin Tonic auf der Veranda bequem zu machen. Er hob das hohe Glas und sagte mit ernster Miene: »Auf den Frieden«.

»So sei es«, antwortete Slone.

In den südafrikanischen Kolonien war am 16. Mai 1902 um 23.00 Uhr der Friede ausgerufen worden. Die Buren hatten tapfer gekämpft. Doch der Krieg hatte zu lange gedauert, wie Dirk De Hartog es denen, die den hoffnungslosen Kampf immer noch weiter fortsetzen wollten, mehrfach gesagt hatte. Bis Koos De La Rey und der schwer zu fassende Christiaan De Wet schließlich die zerlumpten Männer ihrer Kommandotruppen nach Hause geschickt und Louis Botha gemeinsam mit Jan Smuts an der Friedenskonferenz von Pretoria teilgenommen hatten, gab es bereits viel zu viele Opfer zu beklagen – sowohl Soldaten als auch Zivilisten.

»Koos De La Rey hat nicht mit am Konferenztisch gesessen«, bemerkte Slone, nachdem er einen ordentlichen Schluck von dem ziemlich starken Drink genommen hatte.

»Er hat es nicht über sich gebracht«, sagte Dirk. »Und auch

De Wet ist nur deshalb dort erschienen, weil Louis Botha und Jan Smuts Druck auf ihn ausgeübt haben.«

Während der kurzen Gesprächspause ließ Slone seine Blicke über die Felder und Obstgärten der De-Hartog-Farm schweifen. Er hatte eine sehr angenehme Zeit hier verbracht, während er sich von seinen Verletzungen erholt und sich immer mehr in seine Krankenschwester, die blonde, stets lächelnde Tochter des Hauses verliebt hatte. Er wünschte beinahe, er könnte für immer in Natal bleiben.

»Ihr Burschen habt den britischen Generälen ja ein paar gute Lektionen erteilt«, sagte Slone. »Die von eurem De La Rey entwickelten Taktiken werden die Art und Weise der Kriegsführung für immer verändern.«

Dirk seufzte. Zumindest zu Beginn des Krieges konnte man tatsächlich von einer gewissen Größe der burischen Kampfhandlungen sprechen. Wenn auch in der Politik Männer wie De La Rey und De Wet den Ton angegeben hätten, wären sie wie die Geißel Gottes über ganz Südafrika gefegt. Die überaus vorsichtige politische Führung aber hatte die Truppen zurückgehalten statt sie auf den Feind loszulassen. Die späten Grabenkämpfe der letzten Kommandotruppen nach dem Fall der burischen Hauptstädte Bloemfontein und Pretoria besaßen ihren eigenen Glanz. Doch waren sie ihn wirklich wert?

»Ich fürchte, sie machten alles nur noch schlimmer«, sagte Dirk traurig.

»Auf die Briten trifft das allemal zu«, erwiderte Slone. »In Kapstadt fängt man allmählich an, Bilanz zu ziehen. Bislang belaufen sich die Schätzungen auf zweiundzwanzigtausend britische Gefallene gegenüber weniger als siebentausend toten Buren. Die Buren haben bewiesen, dass eine kleine mobile Streitkraft, die sich von ihrem Land ernährt, die konventionellen Truppen umzingeln und deutlich höhere Verluste bei ihnen hervorrufen kann, als sie in ihren eigenen Reihen zu verzeichnen hat.«

»Aber wir können nicht nur diejenigen zählen, die bei

Kampfhandlungen getötet worden sind«, sagte Dirk. »Wie viele Tausende mögen wohl in Kitcheners Konzentrationslagern gestorben sein?«

Slone verzog das Gesicht. »Ich finde, wir sollten dem alten Kitchener nicht sämtliche Verantwortung für die Lager aufbürden«, meinte er. »Schließlich hatte ursprünglich sein Vorgänger, Lord Roberts, die Politik betrieben, die Kommandotruppen von ihren Nachschubquellen abzuschneiden, indem er Farmen niederbrennen und Frauen und Kinder internieren ließ.«

Dirk zuckte nur mit den Schultern. »Spielt das denn eine Rolle, welcher militärische Führer mit diesen Maßnahmen begonnen hat? Wäre ich ein Brite, wäre ich heute jedenfalls alles andere als stolz.«

Slone nickte. »Einige unserer eigenen Leute stimmen Ihnen da vollkommen zu und haben sich sogar öffentlich in der Presse dazu bekannt. Auch mein ehemaliger Kamerad Matt Van Buren hat, als er sein Offizierspatent abgab, einen überaus kritischen Augenzeugenbericht über die schlimmsten Lager an die Presse weitergegeben und damit in ein ziemliches Wespennest gestochen.«

»Ich bin froh, dass es auf beiden Seiten noch verständige Männer gibt«, erwiderte Dirk. Er seufzte noch einmal. »Die Frage ist doch wohl, mein lieber Freund, ob wir aus alledem etwas gelernt haben. Oder wird die Geschichte sich in künftigen Kriegen stets wiederholen?« Er stand auf und füllte erneut die Gläser. »Ich nehme an, dass die öffentliche Meinung maßgeblich daran beteiligt ist. Sagen Sie mir, was halten die Leute in *Ihrem* Land vom Ausgang dieses Krieges?«

»Ehrlich gesagt, Sir«, begann Slone, »war ich von einigen Meinungsäußerungen in den Zeitungen ein wenig überrascht. Meine Freunde schicken mir immer die neuesten Ausschnitte. Ich denke, der Brisbane *Worker* drückt die Gefühle der australischen radikalen Arbeiterführer sehr gut aus. Er schreibt, es sei unerträglich, mit anzusehen, wie auf beiden Seiten unschuldige

Menschen leiden müssen, während die Kriegshetzer sich an ihrem unrechtmäßigen Profit erfreuen. Ferner schreibt der *Worker,* Australien habe nur als Handlanger für gierige Goldräuber herhalten müssen. Im Sydney *Bulletin* heißt es, alle von Moses abstammenden Briten seien nun noch reicher als je zuvor.«

Dirk musste lachen. »Und uns Buren hat man den Vorwurf gemacht, wir hätten Vorurteile gegen Leute, die nicht unserem Volk angehören.«

»Der *Melbourne Tocsin* äußert die Befürchtung, dass unsere Jungs, die in Südafrika gekämpft haben, völlig militarisiert und verroht seien, wie die Herausgeber es nennen. Er bezieht sich auf einen Fall in Fremantle, wo fünfzehn Soldaten ein fünfzehnjähriges Mädchen vergewaltigt haben – ein Mann für jedes Lebensjahr des Mädchens.«

»Fürchterlich«, warf Dirk ein.

»Die Herausgeber des *Tocsin* sind offenbar ziemliche Schwarzseher«, sagte Slone. »Von dieser einen brutalen Tat einer Gruppe betrunkener Soldaten leiten sie die Behauptung ab, die Gesellschaft sämtlicher zivilisierter Nationen – Australien, Europa, Amerika und der britischen Kolonien Afrikas – lebe am Rande eines Vulkans, der jeden Augenblick ausbrechen könne.«

»Und was denken Sie persönlich?«, fragte Dirk.

»Sie haben es doch selbst mit angesehen, als die Pom-Pom-Geschütze und die Maxims in Aktion traten.«

Dirk nickte grimmig. Tatsächlich hatte er mit seinen Leuten einen der ersten Anschläge in diesem Krieg ausgeführt und war entsetzt gewesen über die Verwüstung, die seine eigenen Maxim-Maschinengewehre im Einsatz gegen eine britische Eisenbahn angerichtet hatten.

»Wenn der nächste Krieg, wie einige glauben, die technisch hochentwickelten Nationen Europas mit einbezieht …«

»Allein die Vorstellung ist entsetzlich«, warf Dirk ein. »Niemals wieder dürfte Männern befohlen werden, gegen die

Mündungen von Pom-Pom-Geschützen und Maxims vorzurücken.«

»Aber so wird es kommen.«

»Höchstwahrscheinlich«, bestätigte Dirk. »Glauben Sie wirklich, dass die öffentliche Meinung in Australien völlig gegen den Krieg ist?«

»Nein, eher nicht. Die erwähnten extremen Meinungen stammen aus Blättern, die entweder stark sozialistisch orientiert sind oder die die britische Welt vor dem Tod der alten Queen als Viktorias Nigger-Empire bezeichnet haben. Ich habe gehört, dass man die aus dem Krieg Zurückkehrenden als Helden begrüßt hat und dass in den großen Städten ausufernde Feiern veranstaltet wurden. Aber es wird auch viel über diesen Krieg nachgedacht und darüber gesprochen. Immerhin hat das britische Empire mehr als zweihundertfünfzig Millionen Pfund dafür ausgegeben. Der *Bulletin,* der nicht gerade als demagogisches Blatt bezeichnet werden kann, schreibt, die Errungenschaften dieses Krieges seien lediglich eine gigantische Pyramide von Totenschädeln und die Einnahme zweier holländischer Inseln inmitten des dunklen Kontinents.«

Slone holte seine Brieftasche hervor, aus der er einen Zeitungsabschnitt zog. »Den hier habe ich extra verwahrt, weil er von einem Freund von mir stammt, von Kelvin Broome. Er hat das Schrecklichste selbst miterlebt. Auch er ist der Ansicht, dass Witwatersrand, das Gebiet von Transvaal, in dem sich die meisten Goldminen befinden, der eigentliche Grund der britischen Reaktion auf den Burenaufstand war. Kel ist alles andere als ein Aufwiegler. Aber er prangert die Tatsache an, dass Australier unter dem Kommando britischer Offiziere sterben mussten, die ihren Rang nicht durch Erfahrung, sondern durch ihren Titel erworben haben. Ebenso wie Matt Van Buren spricht er sich in aller Deutlichkeit gegen die Konzentrationslager und das Abbrennen der Farmen aus. Vor allem aus diesem Grunde habe ich den Zeitungsausschnitt aufbewahrt.«

Er hielt das Stück Papier in das schwindende Abendlicht und

las mit leiser, ruhiger Stimme: »*Ob die Mehrheit der Australier dem Motto ›Für das Empire, sei es nun im Recht oder im Unrecht‹ auch weiterhin treu ergeben ist, bleibt abzuwarten. Australien hat 16 175 Soldaten und Offiziere nach Südafrika in den Kampf geschickt. 518 von ihnen werden nicht mehr nach Hause zurückkehren. 251 Männer sind im Kampf gefallen, 267 an irgendwelchen Krankheiten gestorben.*«

»Ich bin überrascht, dass die Verluste so gering sind«, sagte Dirk.

Slone grinste. »Na ja, es waren einige hartgesottene, waschechte australische Buschranger im Einsatz.« Wieder ernst, fügte er hinzu: »Nein, wir hatten wirklich verdammtes Glück. Zu Beginn zeigten die Briten auf eine befestigte Stellung und sagten« – er sprach in affektiertem Ton und setzte eine herablassende, verächtliche Miene auf – »›Hören Sie zu, Sie unbedeutender Haufen aus den Kolonien. Würde es Ihnen etwas ausmachen, auf elende Art ein wenig zu sterben, während Sie die Anhöhe dort einnehmen? Die Kanonen und Maschinengewehre der Buren ignorieren Sie bitte einfach.‹«

Dirk musste herzhaft lachen.

»Doch dann merkten die Pommy-Offiziere, dass die Queensland Mounted Infantry viel sinnvoller auf dem *Veld* als Späher eingesetzt werden konnte als bei Angriffen auf felsige Anhöhen, auf denen die Buren sich mit ihren Maxims und Pom-Pom-Geschützen verschanzt hatten. Ich denke, auf einem guten Pferd draußen im Gelände kamen die Australier fast an die Fähigkeiten der burischen Kommandotruppen heran.«

»Das will ich ihnen gern zugestehen«, sagte Dirk.

»Jetzt haben die Buren-Republiken also die Oberherrschaft von Edward VII. anerkannt und von den Briten Wiedergutmachungszahlungen in Höhe von drei Millionen Pfund für die niedergebrannten und zerstörten Farmen akzeptiert. Und die Goldminen von Witwatersrand fördern wieder«, sagte Slone. Er warf Dirk einen fragenden Blick zu. »Werden die Buren mit diesem Rechtsstatus leben können?«

Dirk nickte grimmig. »Ja, wenigstens eine Zeit lang. Aber wenn Sie eine Abschrift des *Vereeniging*-Abkommens lesen, werden Sie eine kleine Klausel darin finden, die besagt, dass an Privatschulen die holländische Sprache unterrichtet werden darf. Ich wundere mich sehr, dass die Briten das zulassen. Schließlich ist es ein offenes Bekenntnis, dass die Buren an ihrer Nationalität und an ihren Sitten ungehindert festhalten wollen und nicht die leiseste Absicht haben, sich anglisieren zu lassen.«

Er grinste. »Mich würde es nicht überraschen, wenn sich in Zukunft sämtliche Kolonien in Südafrika zu einer Buren-Union zusammenschließen.«

»Sie meinen, die Buren könnten auf politischem Wege erreichen, was sie mit dem Gewehr nicht geschafft haben?«

»Der verlorene Krieg hat tatsächlich dazu beigetragen, unter der Bevölkerung Südafrikas ein neues Nationalbewusstsein zu schaffen«, sagte Dirk. »Einige Bürger haben bereits Privatschulen eröffnet, auf denen die englische Sprache völlig ignoriert und nur in unverfälschtem Holländisch unterrichtet wird. Außerdem ist eine Bewegung entstanden, die durchsetzen will, dass Afrikaans offiziell anerkannt wird. Einige Verleger in der Kapkolonie und in Natal bringen bereits Geschichtsbücher und Gedichtbände in Afrikaans heraus.« Er lächelte. »Wie Sie wissen, handelt es sich bei den Buren um halsstarrige Burschen.«

»Tja, ich kann dazu nur sagen: Mir soll es recht sein, solange ich nicht wieder gegen die Buren kämpfen muss«, äußerte Slone.

»Ganz meine Meinung«, sagte Dirk. Er erhob sein Glas, als Sianna und Anna auf sie zukamen.

»Na, habt ihr zwei sämtliche Probleme dieser Welt gelöst?«, fragte Anna.

»Die meisten«, erwiderte Dirk.

»Für eins reicht die Zeit gerade noch, bevor das Essen fertig ist«, sagte Anna.

»Wenn es dir nichts ausmacht, Onkel Dirk«, bat Sianna, »hätte ich auch gern so etwas.«

Dirk warf ihr einen finsteren Blick zu. »Und seit wann, Missy, trinkst du Alkohol?«

»Das ist die britische Dekadenz«, gab Sianna lächelnd zur Antwort. »Mein verdorbener Ehemann erlaubt es mir, und ich habe Geschmack daran gefunden.«

Später am Esstisch, der bis zum Rand mit allem beladen war, was die Felder der De-Hartog-Farm zu bieten hatten, lehnte Slone sich übersättigt zurück und klopfte sich stöhnend auf den Bauch. »Anna, bitte sagen Sie Ihrer Tochter, sie soll Ihnen bei der Essenszubereitung nicht nacheifern.«

»Ach nein?«, fragte Anna errötend, weil sie im ersten Moment dachte, es sei eine Kritik an ihren Kochkünsten.

»Wenn sie das tut«, fuhr Slone fort, »wiege ich bald eine Tonne.«

Anna lächelte. Diese Australier waren schon ein merkwürdiger Haufen. Einst hatte ein anderer Australier ihr erzählt, in seinem Land sei alles absonderlich: angefangen von Riesenvögeln, die nicht fliegen, über Flüsse, die in der Wüste im Nichts versanden, bis hin zu Tieren, die nicht laufen, sondern nur hüpfen oder einfach herumsitzen und friedlich an irgendwelchen Bäumen knabbern. Auch dieser Mann hatte ihr so manches versteckte Kompliment gemacht. Aber das war lange her. Und obwohl sie außer ihm keinen anderen wirklich geliebt hatte, war sie nicht traurig. Sie bedauerte nur, dass Slone Shannon ihre Tochter bald in seine Heimat mitnehmen würde, in dieses eigentümliche Land auf der anderen Seite des Indischen Ozeans.

Wie zur Bestätigung ihrer Befürchtungen begann Sianna, von Australien zu reden. Eifrig teilte sie ihrer Familie mit, was sie seit ihrer Heirat mit einem Australier alles darüber erfahren hatte. »Wenn ihr uns besuchen kommt, müsst ihr fast eine komplett neue Sprache lernen«, sagte Sianna. »Da gibt es Eukalyptusarten wie *Bimbils* und *Coolabahs* und überhaupt jede Menge wundersamer Dinge wie *Billabongs* und Tiere wie *Bandicoots* und *Barramundis*.«

Anna lachte, aber tief im Innern stockte ihr das Herz. Jahre könnten vergehen, bis sie ihre Tochter wiedersehen würde – falls überhaupt. Sie sah es als Ironie des Schicksals an. Denn erst vor Kurzem hatte sie ihre Tochter als ihr eigen Fleisch und Blut anerkennen können, nachdem sie ihren Lieben eine verzwickte Geschichte über familiäre Bindungen und Verwicklungen erzählt hatte, die mehr als zwei Jahrzehnte zurücklagen.

Während der ersten zwanzig Lebensjahre ihrer Tochter Sianna hatte sie sich damit zufriedengeben müssen, von ihr mit »Tante Anna« angesprochen zu werden. Nachdem Annas jugendlicher Liebster, Jon Mason, sie vor über zwanzig Jahren verlassen hatte und zurück nach Australien gegangen war, hatte sie sich in ihrem Schmerz einem der hiesigen Burenfarmer hingegeben und war von ihm schwanger geworden. Doch Anna hatte Dirk gegenüber behauptet, Jon sei der Vater des Kindes. Um einen Skandal zu vermeiden, hatte Dirk seine Schwester eine Zeit lang von zu Hause fortgeschickt, damit sie heimlich entbinden konnte. Zu Annas Begleitung hatte Dirk ihr seine junge Frau mitgegeben, und als die beiden Frauen mit dem Baby zurückkehrten, war es vor der Welt als das Kind von Dirk und seiner Frau ausgegeben worden. Sianna war in dem Glauben aufgewachsen, ihr Onkel sei ihr Vater und ihre Mutter ihre Tante.

Erst vor zwei Jahren war die Wahrheit ans Licht gekommen, als Sianna von ihrer Tätigkeit als Krankenschwester aus dem Burenkrieg heimgekehrt war und sich mit Slone, Jon Masons Halbbruder, verlobt hatte. Anna war es schwer genug gefallen, Sianna zu erzählen, dass sie ein uneheliches Kind war. Doch sie hatte eine noch viel schwierigere Beichte ablegen müssen: Da Dirk davon ausging, dass Sianna einen Blutsverwandten heiraten würde, hatte Anna ihrer Tochter den Weg zu ihrem Glück bahnen und ihrem Bruder von dem Burenfarmer erzählen müssen, der in Wahrheit Siannas Vater war und dessen Namen sie nie preisgeben würde. Für die Scham, die ihr dieses Geständnis bereitete, war Anna andererseits reich belohnt worden. Zum ersten Mal im Leben hatte sie Sianna in die Arme nehmen und sagen können: »*Oh, meine Tochter, meine liebe Tochter.*« Und nun sagte ihr Herz es wieder: »*Oh, meine liebe Tochter.*«

Sianna spürte, was in ihrer Mutter vorging, und sah sie mit großen Augen an: »Komm mit uns, Mutter.«

Annas Augen füllten sich mit Tränen. »Also werdet ihr bald aufbrechen?«

»Ich fürchte, ja«, sagte Slone. »Ich habe mein Offizierspatent abgegeben. Allerdings habe ich gute Chancen, trotzdem im Staatsdienst zu bleiben. Vermutlich aufgrund meines neuen hohen Standes …« Slone unterbrach sich. Er hatte sich noch nicht daran gewöhnt, zum britischen Hochadel zu gehören, und war sich nicht sicher, ob ihm das überhaupt gefiele. Zum Erben eines Earls zu werden passierte einem Aussie schließlich nicht alle Tage. »Ich wurde gebeten, mich nach meiner Rückkehr nach Sydney mit Mr Alfred Deakin zu treffen. Mir soll wohl irgendein Staatsamt übertragen werden.«

»Ich werde eine große Dame sein und bei öffentlichen Anlässen sehr gewagte Kleider tragen«, sagte Sianna.

»Vergiss nicht deine gute Erziehung«, entgegnete Anna unwillkürlich. Doch dann lächelte sie.

»Nein, ganz sicher nicht«, versprach Sianna. »Mutter, hast du gehört? Ich habe dir vorgeschlagen, mit uns zu kommen.«

»Ich habe es gehört.«

»Und?«

»Was soll denn aus Onkel Dirk werden ohne eine Frau, die sich um sein Haus kümmert und aufpasst, dass er auf dem Pfad der Tugend wandelt?«

»Geh nur, Anna, wenn du magst und wenn Slone damit einverstanden ist«, sagte Dirk. »Vielleicht könnte ich mir ja eine dralle, junge Witwe suchen. Weiß Gott, davon gibt es nach dem Krieg genug.«

»Eine fremde Frau in meinem Haus?«, fragte Anna und lächelte erst wieder, als sie Sianna ansah. »Nein, mein Liebling. Einem frisch vermählten Paar tut es nicht gut, wenn eine Mutter mittrabt, die ihr Kind abgöttisch liebt. Außerdem würde ich mich, glaube ich, auch nicht wohlfühlen in einem Land, in dem mir alles völlig fremd ist.«

»Aber du kommst uns eines Tages besuchen, nicht?«, bat Sianna und warf Dirk einen flehentlichen Blick zu. »Du kommst doch mit ihr, damit sie uns besuchen kann, oder?«

»Vielleicht, mein Kleines«, sagte Dirk. »Aber was auch immer geschieht, Gott hat euch zwei zusammengebracht, und nach Gottes Gebot ist der Platz einer Frau bei ihrem Ehemann. Wir werden traurig sein, wenn du gehst. Wir werden euch beide vermissen. Die große Entfernung aber kann unserer Liebe zu dir nichts anhaben, und wenn es Gottes Wille ist, sehen wir uns eines Tages wieder.«

6

Der Gascoyne, Westaustraliens längster Fluss, entspringt in den Bergen, die nach dem Earl of Carnarvon benannt sind, und mündet in der Stadt gleichen Namens ins Meer. Dieser Fluss, dessen Verlauf von den Bergen aus fast schnurgerade nach Westen verläuft, ist die meiste Zeit des Jahres ausgetrocknet. In der Regenzeit aber wird er zu einem reißenden Strom.

Bereits Anfang des 19. Jahrhunderts war Carnarvon zum beherrschenden Zentrum der Nordwestküste geworden. Seine Bewohner bestanden vehement darauf, ihr Gebiet sei der Teil Australiens, den die Weißen zuerst entdeckt hatten. Im Jahre 1616 waren die Holländer auf einer küstennahen Insel gelandet.

Ihre Existenz verdankte die Stadt Carnarvon vor allem dem unerschöpflichen Salzreichtum aus dem nahegelegenen Lake McLeod. Tonnenweise wurde das Salz auf Schiffe verladen, die den Hafen von Carnarvon verließen. Dazu gehörten unter anderem Schiffe der Mason-Linie, und auch in dieser Stadt lebte und arbeitete ein Vertreter des Mason-Unternehmens. Hinter der Stadt erstreckten sich weit verstreute Rinderfarmen ins Landesinnere. Und dahinter begann die Gibson.

Tolo und Java Mason kamen mit einem kleinen gemieteten Schiff nach Carnarvon und sorgten für einiges Aufsehen. Den Männern fiel zuerst die Kleine auf. Danach bemerkten sie überrascht, dass der sonnengebräunte, beeindruckend große junge Mann an ihrer Seite einen Haufen Aborigines aus dem Süden mitgebracht hatte. Als gäbe es im Nordwesten nicht schon genug davon.

Tolo brachte Java in einem Hotel unter. Danach hatte er große Schwierigkeiten, für die Aborigines einen Platz zu finden. In Carnarvon konnte man nicht so ohne Weiteres Zimmer für Blackfellows mieten – weder in Carnarvon noch in irgendeiner anderen Stadt in Australien. Ganba regelte die Angelegenheit auf seine Weise. Er behauptete steif und fest, er könne für sich und seine kleine Gruppe schon selbst sorgen, wenn der Boss ihm nur ein wenig Geld überließe.

Eigentlich hätte Ganba kein Geld gebraucht, denn er hatte freien Zugang zu den riesigen Lebensmittelvorräten, die Tolo in Perth gekauft hatte. Mit ausreichend Bargeld in der Hand aber sah Ganba zu, dass es ihm nicht zu langweilig wurde, bis der Weiße endlich so weit wäre, ins *Never-Never* zu gehen. Die meisten Etablissements, die Alkohol ausschenkten, hatten an der Rückwand kleine Fenster, die sogenannten *Dog Windows,* an denen die Blackfellows bedient wurden. Noch bevor Ganba außerhalb von Carnarvon einen guten Lagerplatz gefunden hatte, war er schon an einem der *Dog Windows* gewesen und hatte eine große Flasche Rum gekauft.

Nachdem Tolo sich um seine Mannschaft gekümmert hatte, holte er Java vom Hotel ab. Durch ein richtiges Bad in einer richtigen Wanne erfrischt und mit sauberer, wenn auch ein wenig zerknitterter Kleidung war sie ein strahlend schöner Anblick, als sie an Tolos Seite das Büro des ortsansässigen Mason-Vertreters betrat.

Das ungewöhnliche Paar machte einen so starken Eindruck auf ihn, dass er erschrocken von seinem Stuhl aufsprang. »Ich hatte schon von Ihrer Ankunft in der Stadt gehört, Sir«, sagte er, nachdem die Masons sich vorgestellt hatten. »Ihnen und Ihrer Frau ein herzliches Willkommen. Möchten Sie sich nicht setzen und mir sagen, was ich für Sie tun kann?«

Als Tolo dem Vertreter darlegte, was er benötigte, unter anderem auch einige Pferde, hörte dieser ihm erstaunt zu.

»Lassen Sie mich mal sehen, ob ich das alles richtig mitbekommen habe«, sagte der Vertreter. »Sie wollen mit Pferden in die Gibson reiten, und Sie haben vor, diese süße kleine Maus mitzunehmen?«

»Piep, piep«, machte Java verschmitzt. Ihr Leben lang hatte

sie sich mit dem überheblichen Verhalten australischer Männer den Frauen gegenüber auseinandersetzen müssen. Seit sie erwachsen war, machte es ihr Spaß, die echten Aussies hin und wieder ein wenig aufzuziehen.

»Entschuldigen Sie, Miss«, sagte der Vertreter. »Aber verflucht, Sie sind beide *troppo,* wenn Sie glauben, Sie könnten die Gibson auf dem Pferderücken durchqueren.«

Tolo lächelte. Bereits in Perth war ihm dieser westaustralische Ausdruck begegnet. Als *troppo* – durch die Tropen dem Wahnsinn verfallen – bezeichnete man hier einen Verrückten. Tolo verstand die Bemerkung allerdings nicht als Beleidigung.

Der Vertreter machte auf Tolo eigentlich einen recht guten Eindruck. Er war das Paradebeispiel eines dieser geradlinigen Männer, die sich an den wildesten, unzugänglichsten Orten des Kontinents angesiedelt hatten und einem frisch von der Leber weg ihre Meinung sagten. Tolo respektierte diesen Menschenschlag. Wenn er in eine aus Brettern zusammengehauene Kneipe voller Buschranger ging, fühlte er sich dort genauso sicher wie in Bina Tyrells stinkvornehmem Restaurant in Sydney. Ab und an müsste er hier vielleicht von seinen Fäusten Gebrauch machen, und sei es auch nur aus dem Grunde, weil einer dieser strammen Burschen sein Geschick an einem Mann von Tolos immenser Größe ausprobieren wollte. Doch Tolo hatte gegen eine gelegentliche wüste Keilerei nichts einzuwenden, und Männer wie der Vertreter würden ihn bestimmt nicht absichtlich mit ihren Worten beleidigen. In der Miene des Mannes spiegelte sich sogar ernsthafte Besorgnis.

»Doppelt *troppo*«, sagte der Vertreter und schüttelte den Kopf. »Pferde. Und Sie wollen dieses Kük… diese Lady mitnehmen.«

»Wenn nicht Pferde, was dann?«, fragte Java.

»Kamele. So viel steht fest.«

»Kamele?«, wiederholte Tolo.

»Kamele.« Der Vertreter nickte.

»Und wo sollen wir Kamele hernehmen?«, fragte Tolo, nachdem er eine Weile vergeblich auf weitere Informationen des Vertreters gewartet hatte.

»Ziemlich geringe Nachfrage, müssen Sie wissen.«

»Aber?«

»Oh, die rennen frei im Outback herum. Goldsucher und ähnliche Kerle brachten sie in den fünfziger Jahren des 19. Jahrhunderts mit hierher, um dieses trockene Land zu erforschen. Aber heute ist die Nachfrage nach diesen Tieren nicht mehr so groß. Der Busch ist voll von wilden Kamelen. Ich nehme an, Sie wollen aber wohl keine Zeit damit verschwenden, welche zusammenzutreiben und zu zähmen?«

»Eigentlich nicht«, bestätigte Tolo.

»*Goodonyer*«, sagte der Vertreter. »Wenn die Kamelbullen im Winter in der Brunst sind, können sie verdammt gefährlich werden. Ich schätze, wenn Sie wirklich verrückt genug sind, Ihr Vorhaben durchzuziehen, dann ist es wohl das Beste, Sie gehen zu dem alten Jonas Mayhew da draußen in Yinnietharra. Vielleicht verkauft er Ihnen ein paar zahme Kamele. Kommt ganz darauf an, was für eine Laune er gerade hat.«

»Vielen Dank«, erwiderte Tolo.

»Haben Sie genug zu Beißen dabei?«

»Ein paar Kleinigkeiten müssen wir uns noch beschaffen. Das meiste haben wir schon in Perth zusammengestellt.«

»Falls ich irgendetwas für Sie tun kann, sagen Sie es nur.«

»Vielleicht kennen Sie jemanden«, sagte Tolo, »der sich im Landesinneren auskennt, vor allem in der Gibson.«

»Da müsste ich lügen«, antwortete der Vertreter. »Die meisten Jungs hier in Carnarvon sind clever genug, sich von ihr fernzuhalten. Ich würde sagen, am besten suchen Sie sich einen verlässlichen Blackfellow und füttern ihn gut durch, damit er nicht in Versuchung kommt, Sie aufzufressen, wenn's in der Wüste mal nicht so gut läuft.«

»Sie sind uns wirklich eine große Hilfe gewesen«, sagte Tolo und zwinkerte Java verstohlen zu. »Wie komme ich nach Yinnietharra?«

»Nach Osten führt nur eine einzige Straße«, sagte der Vertreter. »Folgen Sie der. Sie kommen an einer Reihe von Viehfarmen vorbei. Die Leute dort können Ihnen zeigen, wo der alte Jonas wohnt.« Er neigte den Kopf zur Seite und betrachtete Tolo eine Zeitlang grüblerisch. »Sie wollen doch nicht wirklich da raus, nur um sich anzusehen, wie eine Horde Aborigines in der Wildnis lebt?«

»Doch, genau das habe ich vor«, erwiderte Tolo.

»Ehrlich?« Der Vertreter zwinkerte ihm zu. »Sie wollen nicht zufällig nach Gold suchen?«

»Ach du Schreck«, sagte Java, »er hat uns durchschaut, Tolo.«

»Pssst«, sagte Tolo und versuchte, sich das Lachen zu verkneifen.

Der Vertreter beugte sich eifrig zu ihm vor. »Verflucht, hab ich's doch gewusst. Und ein Mann wie Mr Thomas Mason würde auch nicht auf die Jagd nach wilden Dingos gehen. Sie haben Männer da draußen, die für Sie nach Gold graben, stimmt's?«

»Wir wollen untersuchen, wie die Aborigines in ihrer natürlichen Umwelt leben«, sagte Tolo.

»Ich hab schon immer gesagt, das ganze Gold kann doch nicht schon gefunden worden sein«, fuhr der Vertreter mit funkelnden Blicken fort. »Ich hab schon immer gewusst, der gute Gott hat das Outback doch nicht umsonst geschaffen. Dafür gibt es viel zu viel davon, Tausende von Quadratmeilen. Er hat es doch nicht dafür geschaffen, dass es nur ein riesengroßes Nichts ist.«

»Ich finde, wir sollten es ihm sagen, Tolo«, meinte Java.

Tolo verdrehte die Augen und gab schließlich mit einem Schulterzucken nach.

»Lassiters Gold«, flüsterte Java.

»Oh, Gott«, sagte der Vertreter. Dann machte er ein ernstes Gesicht. »Von dieser Seite her? Wenn Sie auf Lassiters Gold aus wären, würden Sie doch von Alice Springs im Northern Territory aufbrechen, und nicht von der Westküste aus.«

»Das hat offenbar bisher jeder gedacht«, erwiderte Java. Das Interesse des Vertreters war geweckt. »Ja, das hat schon seinen Sinn, wenn man darüber nachdenkt. Der arme Kerl ist in den Sandhügeln unweit des Ayers Rock umgekommen. Als man ihn fand, hielt er einen Nasenpflock in der Hand, den Nasenpflock eines Kamels. Man nimmt an, seine Tiere wären aus irgendeinem Grunde durchgegangen, und er war allein zurückgeblieben und musste verdursten. Sie glauben also, er wäre viel weiter nach Westen gelangt, als man bisher allgemein angenommen hat? Sie meinen, Lassiters Goldmine befindet sich in der Gibson?«

»Es macht uns wirklich nichts aus, unsere Gedanken laut auszusprechen«, entgegnete Java. Um weitere Fragen im Keim zu ersticken, fügte sie aber hinzu: »Übrigens handelt es sich um vertrauliche Geschäfte des Mason-Unternehmens.«

Der Vertreter warf sich in die Brust. »Selbstverständlich. Ich jedenfalls kann meinen Mund halten.«

»Milliarden«, flüsterte Java ihm zu. »In einem einzigen riesigen Vorkommen. Der arme Lassiter. Man sagt, er sei als Milliardär gestorben und habe sein Geheimnis mit ins Grab genommen.«

»Mr Mason«, sagte der Vertreter, »ich habe mir, was Sie da vorhin über einen Mann sagten, der sich in der Gibson auskennt, nochmal durch den Kopf gehen lassen. Na ja, ich habe sie nicht vollständig bereist, aber zumindest am Rand entlang. Und das ist immerhin besser als nichts.«

Tolo drückte Javas Hand, damit sie den Mund hielt. »Hier in Carnarvon sind Sie viel wertvoller für uns«, sagte er. »Wir brauchen eine sichere Basisstation, einen Mann, der uns die notwendige Verpflegung und Ausrüstung nachsendet, wenn wir etwas anfordern.«

»Sie können auf mich zählen«, versicherte ihm der Vertreter.

Tolo fasste Java am Arm und führte sie zur Tür.

»Ach, übrigens«, sagte der Vertreter, »möchten Sie, dass ich Ihr Heimatbüro, Ihre Mutter oder sonst wen benachrichtige?«

»Nein, vielen Dank«, antwortete Java. »Wir haben unsere eigenen Kommunikationskanäle.«

»Dürfte von der Gibson aus nicht ganz leicht sein«, sagte der Vertreter, der unbedingt das letzte Wort haben wollte. »Wie lange soll ich warten, wenn Sie nicht zurückkommen, bevor ich Ihr Heimatbüro in Kenntnis setze?«

Tolo zuckte angesichts der pessimistischen Einstellung des Vertreters nur mit den Schultern. »Das überlasse ich Ihrem gesunden Menschenverstand«, erwiderte er.

Als sie außer Sichtweite des Vertreterbüros waren, tat Tolo so, als wolle er Java den Hintern versohlen. Sie machte sich von ihm los und sprang lachend zur Seite. »Deinetwegen träumt der arme Kerl jetzt von großen Goldfunden«, warf er ihr vor.

»Das macht sein Leben zumindest ein wenig interessanter.«

»Aber ich will nicht, dass jeder Buschranger in Westaustralien unseren Spuren folgt und glaubt, wir würden ihn zu Lassiters Gold führen.«

Java kam zur Vernunft. »Daran habe ich nicht gedacht«, gab sie zu. »Aber der Mann hat mir doch nicht im Ernst geglaubt, oder?«

Auf einer kargen Ebene, die sich bis zu dem fernen, von der Hitze verzerrten Horizont erstreckte, schlummerte die Jonas Mayhew gehörende Farm neben dem ausgetrockneten Flussbett des Gascoyne in der Sonne. Inmitten verfallener Nebengebäude, zwischen denen Unkraut und Wüstengras wuchs, stand ein kleines Steinhaus mit einem rostenden Metalldach. Von der vorderen Veranda aus konnte Mayhew das scheinbar trockene Flussbett und die Wasserlöcher überblicken, an denen seine Kamele tranken. Der Gascoyne sah nur so aus, als würde er kein Wasser führen. In Wirklichkeit floss unterhalb des sandigen Flussbettes in einer Hunderte von Meilen langen Senke immer noch reines, klares Süßwasser.

Die Aborigines kannten das Geheimnis des unterirdischen Wassers bereits so lange, wie sie in Westaustralien lebten. Für die

Vieh- und Schafhirten, die einen wesentlich größeren Bedarf an Wasser hatten, war der Gascoyne in der Trockenzeit eher eine Enttäuschung. Für die Bedürfnisse von Jonas und seinen Kamelen reichte der Fluss jedoch allemal aus.

Zu Jonas' abgelegener Farm verirrten sich nur selten Besucher. Wenn die räudigen Dingos, die der auf seinem Besitz lebenden Aborigine-Familie gehörten, ihre Nase unruhig nach Westen streckten, wusste er, dass irgendwer oder irgendetwas in seine Richtung kam – und sei es auch nur ein vereinzeltes Känguru. Dieses Mal war es eine kleine Karawane, bestehend aus einem weißen Mann und einer weißen Frau auf Pferden, gefolgt von Packpferden und einer Horde Blackfellows. Als die Karawane den Hügelkamm erreicht hatte, ging Jonas ins Haus, nahm seinen Kamm mit den ausgebrochenen Zinken und brachte sein Haar und seinen Bart in Ordnung. Er wusch sich sogar das Gesicht. Hätte er Kleidung zum Wechseln gehabt, hätte er sogar frische Sachen angezogen. Aber er besaß nur das, was er am Leibe trug. Also mussten das Flanellhemd und die einfache Hose genügen, auch wenn sie noch so staubig waren. Zum Glück hatte er sie erst in der vergangenen Woche von den Blackfellow-Frauen waschen lassen.

Als Tolo und Java Mason in seinem Hof, der nur aus Sand bestand, aus dem hier und da ein paar Büschel hartes Wüstengras hervorlugten, ihre Pferde zügelten, wartete Jonas auf der Veranda.

»Kommen Sie nur herauf und ruhen Sie sich aus«, lud Jonas seine Besucher gastfreundlich ein, während sie von den Pferden stiegen.

Java ging als Erste die steinerne Treppe hinauf, und Jonas bot ihr einen ledernen Wasserbeutel an. Sie nahm ihn dankend an und trank geschickt daraus. Das Wasser war warm und ein wenig sandig.

»Haben Sie vor, die Pferde noch weiter mitzunehmen?«, fragte Jonas, als sich auch Tolo zu ihnen gesellte und den Wasserbeutel nahm.

»Wir hofften, wir könnten sie bei Ihnen eintauschen«, sagte Tolo, hob den Beutel und ließ das Wasser in seine Kehle rinnen.

»Pff!«, stieß Jonas verächtlich aus und kratze sich seinen schneeweißen Bart. »Für so zerbrechliche Tiere hätte ich wohl kaum Verwendung.«

»Sie könnten sie an die Viehfarm verkaufen, an der wir zuletzt vorbeigekommen sind«, erklärte Tolo.

»Schon alles gut durchdacht, wie?« Jonas war ein verhutzelter, knochiger Alter mit fülligem weißen Haar, das ihm ungeschnitten bis zu den Schultern reichte, mit blassblauen Augen und einer Nase, die von den jahrelangen verheerenden Sonnenstrahlen ständig gerötet war.

»Wir wollen in die Gibson, Mr Mayhew. Wie ich gehört habe, ist das nichts für Pferde.«

»Die machen es dort nicht lange«, stimmte Jonas ihm zu.

»Man hat uns gesagt, Sie könnten uns zeigen, wie man mit Kamelen umgeht und uns einige zum Reiten und als Lasttiere verkaufen.«

Jonas kniff die Augen zusammen. »Wer hat Ihnen das gesagt?«

»Wir wären Ihnen wirklich sehr dankbar«, sagte Java, die in dieser Unterhaltung zum ersten Mal das Wort ergriff.

»Wir, haben Sie gesagt?« Jonas sah sie überrascht an, und durch seinen weißen Bart zeichnete sich ein Lächeln ab. »Wo dieser junge Narr hingeht, da gehen auch Sie hin, stimmt's?«

»Ja«, sagte sie und erwiderte sein Lächeln.

»Sie mögen die Wüste, wie?«

»Nun ja«, antwortete sie, »sie ist doch … recht interessant.«

»Meine Annie hat sie auch gehasst«, sagte Jonas, der ihren zurückhaltenden Ton richtig zu deuten wusste. »Und trotzdem ist sie bei mir geblieben. Selbst auf den längsten Strecken konnte sie mithalten. Sie hatte einen besseren Blick für erzhaltiges Gestein als ich, aber wir haben kein Gold gefunden. Stattdessen fanden wir diese Stelle hier, genug Wasser, ein bisschen Gras und haufenweise wilde Kamele. Annie hatte ein besonderes Händchen für Tiere. Sie konnte einen Kamelbullen in der

Brunst mit ein paar Worten und einem Tätscheln ihrer Hand zur Ruhe bringen. Wir haben die Tiere gezähmt und sie dann an andere Narren verkauft, die in der Wüste nach Gold suchen wollten.« Er sah Java noch einmal ungläubig an. »Sie wollen wirklich da raus?«

»Ja«, sagte sie. »Wollen Sie uns helfen? Bitte.«

»Dem Lächeln einer hübschen Frau konnte ich noch nie widerstehen, erst recht nicht, wenn sie ›bitte‹ sagt«, meinte Jonas. »Und wenn Sie von einem Kamel fallen und sich den einen oder anderen Knochen brechen, werden Sie sehen, dass der alte Jonas auch ein ziemlich guter Arzt ist. Mein Leben lang habe ich Tiere kuriert und hin und wieder auch ein menschliches Wesen. Ich richte Ihnen die Knochen, dass sie wieder wie neu sind.«

»Beruhigend zu wissen«, sagte Java.

»Kamele stammen nicht aus Australien«, erklärte er.

»Ich weiß.«

»Doch wir ja schließlich auch nicht«, fuhr Jonas fort. »Nicht mal der Blackfellow, wenn die gelehrten Köpfe mit ihrer Behauptung recht haben, dass er ursprünglich über eine Landbrücke von irgendwo anders herkam. Den Dingo hat er mitgebracht, aber um das Kamel herzubringen, musste erst der weiße Mann kommen. Damals in den fünfziger Jahren des vergangenen Jahrhunderts brachten afghanische Kameltreiber sie mit und bauten mit ihrer Unterstützung die Telegrafenleitungen und die Eisenbahnlinien. Also sind mithilfe dieser Tiere genau die Dinge errichtet worden, durch die die Kamele überholt waren. Die Weißen haben die Afghanen auf Schiffen wieder zurück nach Hause geschickt, und die Kamele haben sie einfach losgebunden. Der Busch ist voll von ihnen. Für Kamele ist dieses Land genau das, was sie lieben, geradezu das Paradies. Mit Ihren Pferden können Sie so viele Kamele einfangen, wie Sie nur wollen.«

»So viel Zeit wollten wir dafür eigentlich nicht aufwenden«, sagte Tolo. »Und da wir keine Ahnung haben, wie man Kamele abrichtet, hatten wir gehofft, Sie würden uns zahme Tiere verkaufen.«

»Dann kommen Sie mit.«

Jonas führte Tolo und Java zu einem aus grob zugeschnittenen Brettern errichteten Stall. Drinnen standen zwei Kamele, die damit beschäftigt waren, friedlich ihr Futter wiederzukäuen.

»Als Erstes müssen Sie wissen, dass Kamele ziemlich schlau sind«, erklärte Jonas. »Jedenfalls schlauer als der Durchschnitts-Aborigine und fast so schlau wie ein guter Hund oder eine Frau. T'schuldigung, kleine Lady. Und halsstarrig sind sie. Manchmal muss man sie einschüchtern und manchmal verhätscheln. Der Trick an der Sache ist nur: Man muss wissen, wann was angesagt ist.«

Eines der Kamele wandte Java seinen eigentümlich geformten Kopf zu und zuckte mit den weichen, samtigen Nüstern.

»Bleiben Sie nur still stehen«, sagte Jonas, »damit sie Ihren Geruch aufnehmen kann.«

Die Kamelschnauze kam näher, und mit einem Würgen spie das Tier eine schleimig grüne Substanz auf Javas Bluse. Angeekelt sprang Java zurück.

»Davon passiert Ihnen nichts«, sagte Jonas lachend. »Sally hat Ihnen nur mitgeteilt, dass Sie in ihr Terrain eingedrungen sind. Kamele sind auf diesem Gebiet genau wie Menschen. Sie wissen ja selbst, dass es einem etwas unbehaglich wird, wenn einem jemand zu nahe kommt oder beim Sprechen zu aufdringlich ist. Ein Kamel empfindet das genauso. Es lässt Sie an sich heran, wenn es einen Grund dafür gibt: wenn Sie es beispielsweise satteln oder ihm einen Nasenpflock anlegen wollen. Aber wenn Sie sich nur mit ihm unterhalten wollen, halten Sie drei Meter Abstand, oder Mr Camel teilt sein wiedergekäutes Futter mit Ihnen.«

»Ich finde, Sally hätte sich auch in einer weniger ekligen Weise mit mir unterhalten können«, entgegnete Java und sah angewidert an ihrer Kleidung herab.

»Was man bei Kamelen auch nie vergessen darf«, fuhr Jonas

fort, »sie können in alle Richtungen austreten. In einem Umkreis von einem Meter achtzig besteht die Gefahr, jederzeit getroffen zu werden. Das Tier tritt auch mit den Vorderläufen aus, und mit den Hinterläufen kann es vorwärts, rückwärts und seitwärts treten.«

»Charmant«, kommentierte Tolo.

In den folgenden Tagen lernten Tolo und Java mehr über Kamele, als sie eigentlich wissen wollten. Sie lernten, wie man einem Reitkamel den seltsam geformten Sattel aufsetzte, wie man bei einem Packtier die Ladung ausbalancierte und sicherte und wie man den Tieren nachts die Vorderbeine fesselte, damit sie nach Futter suchen konnten, ohne sich allzu weit vom Lager zu entfernen.

Tolo verbrachte viele Stunden mit dem alten Jonas, um zu entscheiden, was er von der großen Menge an Ausrüstung und Versorgung, die er auf dem Rücken der Pferde zur Mayhew-Farm mitgebracht hatte, mitnehmen sollte. Abgesehen von Javas und Tolos Reittieren würden zwei Kamele Wasser tragen, jedes von ihnen vier Behälter zu einhundertundzwanzig Litern, von denen jeder einzelne über zwanzig Kilo wog. Zwei weitere Tiere würden den Proviant tragen.

»Insgesamt nur sechs?«, protestierte Tolo.

»Das reicht«, erwiderte Jonas. »Wenn Sie mehr mitnehmen, haben Sie eine so große Karawane, dass Sie und die kleine Lady mit den Tieren nicht mehr fertig werden.«

»Ganba und seine Leute können uns doch dabei helfen.«

Der Alte schüttelte den Kopf. »Blackfellows können mit Tieren nicht umgehen.«

Doch Tolo wollte es selbst ausprobieren. Er rief Ganba zu sich und stellte zufrieden fest, dass er nüchtern war. Ganba hatte all seine in Carnarvon angelegten Alkoholvorräte schon ausgetrunken. Rasch musste Tolo einsehen, dass Jonas recht gehabt hatte. Laut protestierend erklärte Ganba, er hätte keine Angst vor Kamelen, aber er könne sie einfach nicht ausstehen. Ganbas Widerwille wurde von den Tieren doppelt so stark erwidert, sodass er sich keine drei Meter an sie heranwagen konnte, ohne nicht einen Tritt oder einen Biss zu riskieren.

»Tja, Jonas, Sie haben auch hierin recht behalten«, gab Tolo zu.

»Nachdem wir jetzt genug Zeit verschwendet haben«, sagte der Alte nicht unfreundlich, »lassen Sie uns weitermachen.«

Das Essen wurde in Reisetaschen verpackt. In anderen Taschen befand sich Leder und Werkzeug, um im Bedarfsfall das Kamelzaumzeug zu reparieren, außerdem die Campingausrüstung einschließlich Moskitonetzen und Öllampen, Kleidung zum Wechseln, Ersatzfesseln für die Kamele, Tolos Kartentasche und immerhin drei Kompasse. Das Beladen der Kamele war ein langwieriges Unternehmen. Diese Aufgabe wurde endlos wiederholt, bis Jonas sich schließlich zufriedengab. Tagelang lernten Tolo und Java, die Last eines jeden Kamels so zurechtzurücken, dass die ziemlich empfindliche Haut der Tiere von der ungleichmäßig verteilten Last nicht wundgescheuert wurde. Am Ende brauchten sie fürs Beladen nur noch fünfundvierzig Minuten.

»Das wird von Tag zu Tag leichter gehen«, versicherte Jonas ihnen. »Von den Lebensmitteln werden Sie im Laufe der Zeit ja ständig welche verbrauchen. Denken Sie nur immer daran, dass Sie das fehlende Gewicht wieder ausgleichen und aus den vollen Säcken etwas umladen müssen.«

Java würde ihren ersten Kamelritt nicht vergessen, solange sie lebte. Das Kamel – Sally, die sie am ersten Tag so charmant begrüßt hatte – gab Jammerlaute von sich, als es sich auf Jonas' Befehl aus seiner liegenden Position erhob. Während das Tier zuerst mit den Hinter- und dann mit den Vorderbeinen aufstand, wurde Java nach vorne und dann zurück geworfen. Nachdem sie ihre anfängliche Angst, von ihrem hohen Sitz auf dem unbequemen Reitsattel herunterzufallen, erst überwunden hatte, war es gar nicht einmal so schlecht. Allerdings bestand auch weiterhin die Gefahr, seekrank zu werden, da beim Gehen die Bewegungen des Kamels denen eines in Seenot geratenen Schiffs mit tonnenförmigem Rumpf ähnelten. Doch schon bald hatte Java den Dreh heraus und rief wie ein langjähriger Kamelreiter »wuusch-wuusch«, wenn sie wollte, dass das Tier sich hinlegte.

Als Tolo seiner kleinen Reisegesellschaft mitteilte, dass sie nun in die Wüste aufbrächen, erhob sich unter Ganbas Blackfellows deutliches Murren. Neben dem Flussbett hatten sie ein sehr bequemes Leben geführt, sich von Tolos reichhaltigen Vorräten ernährt und hin und wieder ein Schaf gebraten, das sie von der Weide einer Farm gestohlen hatten.

Tolo und Java war nicht entgangen, dass die Bekleidung der Aborigines umso spärlicher wurde, je weiter sie sich von der Küste entfernten. Auf Mayhews Farm trugen Ganba und die anderen Männer nur noch ein Lendentuch. Bildana, Ganbas Frau, hatte sich eine Schnur um die Taille gebunden, an der ein kleiner, dreieckiger Stofffetzen hing, der kaum ihre Genitalien bedeckte. Ihre kleinen, festen Brüste, die von unten mit einem Brustgürtel gestützt wurden, einem Band aus zusammengerolltem Stoff, den sie sich V-förmig um den Hals gebunden hatte, waren jedermanns Blicken ausgesetzt. Die beiden jüngeren Frauen trugen nur den Stofffetzen um die Lenden. Ihre kleinen Brüste waren völlig unbedeckt. Jedes Fleckchen Haut, das der Sonne ausgesetzt war, hatten die Aborigines mit dem Fett aus den Nieren und dem Fleisch der gestohlenen Schafe eingerieben. Sobald sich einer von ihnen näherte, bemerkte man seine Anwesenheit sofort, auch wenn er kein Wort sagte – es sei denn, ein starker Wind trug den Geruch mit sich davon.

Kurz nachdem die Reisegruppe die Mayhew-Farm verlassen hatte, änderte sich das Aussehen der Landschaft. Der erste Eindruck, den die Lehmmulden und Sanddünen im westlichen Teil der Gibson auf Leute machten, die in Australiens fruchtbarem Küstenstreifen aufgewachsen waren inmitten grüner, hochgewachsener Bäume und tadellos gepflegter Parkanlagen innerhalb der Städte, war der einer unermesslichen Weite. Ein

Gefühl neu entdeckter Freiheit stieg in Java und Tolo auf. Rückblickend kamen ihnen die baumbedeckten Küstengebiete wie eine Art geistiges Gefängnis vor. In der Wüste konnte das Auge seine maximale Sehfähigkeit über weite Strecken unter Beweis stellen und die Entfernung bis zu der lila Hügelkette abschätzen, die am unteren Rand des völlig unverdeckten Horizonts lag.

Mit dumpfem Klang trafen die weichen Fußballen der Kamele auf den lehmhaltigen Boden der Mulden und spreizten sich auf dem Sand, um den Tieren sicheren Halt zu bieten. Die Vegetation bestand hauptsächlich aus Büscheln von hartem Spinifex-Gras. Hin und wieder wurde die flache Monotonie von einem Creek unterbrochen, einer durch Bodenerosion entstandenen Rinne, in der die Kamele kleine Leckerbissen an Grünfutter vorfanden.

Nachdem Tolo sich mit Ganba beraten hatte, setzte er seinen Kurs ziemlich genau nach Osten, sodass ihre Route parallel zu dem trockenen Flussbett verlief. Ganba meinte, die Blackfellows würden sich unweit des Flusses aufhalten, um aus den Wasserlöchern zu trinken und die Tiere zu jagen, die ebenso wie die Aborigines seit der Traumzeit wussten, wie man im Bett des Gascoyne nach dem lebensspendenden Wasser gräbt.

Tolo schlug schon früh sein Lager auf, solange die Sonne noch am Himmel stand, denn das Abladen der Kamele und das Aufbauen des Zeltes war eine zeitraubende Angelegenheit. Der nächste Tag lehrte ihn, dass man sich in der Wüste nie schnurgerade fortbewegen kann. Er musste mit seiner Gruppe Gebiete mit dichtem Dornengestrüpp umrunden, dessen Stacheln so spitz waren, dass sie ohne Weiteres ein Stück Leder durchstechen konnten. Auch flache, harte Lehmstrecken, auf denen lauter kleine, scharfkantige Felsstückchen so dicht beieinander lagen wie Erbsen auf einem Teller, zwangen sie zu Umwegen, weil die losen Steine sich sonst in die weichen Kamelpfoten gebohrt hätten. Und Java entdeckte Kletten von der Größe ihrer Faust, deren Stacheln sehr schmerzhafte Wunden verursachen konnten.

Der alte Mayhew hatte Tolo und Java davor gewarnt, tagsüber zu viel Flüssigkeit zu sich zu nehmen. Also tranken sie zum Frühstück Tee und Wasser, ritten danach den ganzen Vormittag, ohne zu trinken, und stürzten erst gegen Mittag wieder eine halbe Tasse Wasser hinunter. Die Sonne saugte mit wilder Gier die Feuchtigkeit aus ihrem Körper. Deshalb kamen ihnen an Jonas' Ratschlag allmählich Zweifel, und sie tranken im Laufe des Tages deutlich mehr. Doch sie bemerkten rasch, dass sie dadurch nur noch mehr schwitzten und immer durstiger wurden. Also verringerten sie wieder ihre tägliche Ration.

Nach drei Tagen Wüstenritt, als ihre lange Reise kaum begonnen hatte, schmerzte Java von dem holprigen, schwankenden Gang ihres Kamels jeder einzelne Muskel. Obwohl sie sich regelmäßig mit einer Schutzcreme einrieb, nahmen ihr Gesicht und ihre Hände eine dunklere Farbe an. Ihre linke Wade hatte mit einer der Riesenkletten Bekanntschaft gemacht und tat ihr seither ziemlich weh. Als Tolo ihr an diesem Abend ihren Campingstuhl aufgestellt hatte, ließ sie sich dankbar darauf fallen und sah Bildana bei der Zubereitung des Abendessens zu. In einiger Entfernung hatten die Aborigines es sich bereits bequem gemacht und aßen Pfirsiche aus der Dose, weil sie sich das Trockenfleisch für danach aufbewahren wollten.

Jäh brach die Dunkelheit über sie herein, und die Temperaturen fielen mit jener erschreckenden Schnelligkeit, die für die kalten Wüstennächte charakteristisch war. Im Lager der Aborigines flammten Feuer aus trockenem Gestrüpp auf. Der Rauch verströmte einen aromatischen, angenehmen Duft. Bevor die Sonne zurückkehrte und die mörderische Hitze mit sich brachte, würden die Aborigines sich in der warmen Asche ihrer Lagerfeuer zusammenrollen, um sich vor der nächtlichen Kälte zu schützen. Die Temperaturen lagen nachts nur wenige Grad über dem Gefrierpunkt. Immer wieder kam es vor, dass sich jemand von ihnen im Schlaf in die Glut wälzte und an seiner Haut deutliche Brandwunden aufwies.

Von Anfang an, gleich als der Treck sich von der Küste aus in

Bewegung gesetzt hatte, sah Bildana die Bedienung der weißen Herrin als ihre spezielle Aufgabe an. Und sie hatte im Laufe der Wochen viel gelernt. Sie brachte Java ihren Teller, schenkte ihr Tee in ihren Zinnbecher ein, ging dann in respektvoller Entfernung in die Hocke und wartete, ob ihre Herrin noch irgendwelche Wünsche hatte.

»Also«, sagte Tolo und setzte sich neben Javas Stuhl auf den Sand, »was denkst du jetzt über das Leben im *Waly?*« Es gab so viel davon, dass die Australier mehrere Namen für die meist trockene, dürre Wildnis hatten, die das Innere ihres Kontinents ausfüllte. *Waly* bedeutete so viel wie der extreme Busch.

»Darauf antworte ich lieber nicht, weil es sich sonst sehr undamenhaft anhören würde«, erwiderte Java.

Tolo setzte eine so besorgte Miene auf, dass Java gleich wieder einlenkte.

»Ist nicht gerade ein Picknick im Park oder eine Übernachtung am Strand, wie?« Sie lächelte und klopfte Tolo auf die Schulter. »Keine Sorge, Kumpel. Wie Jonas Mayhews Frau ihren Mann, so lasse auch ich dich nicht im Stich.«

Ihre Worte sollten leicht und beruhigend klingen, doch auf Tolo wirkten sie eher unheilverkündend. Immerhin war Jonas Mayhews Frau in der Wüste umgekommen.

Nachdem Terry Forrest mit ansehen musste, wie die süßeste Kleine, die er je gesehen hatte, auf einem gecharterten Schiff aus seinem Leben entschwand, verbrachte er sehr viel Zeit in irgendwelchen Kneipen. Mit ein, zwei Gläsern hatte er es zunächst geschafft, sich Java Mason aus dem Kopf zu schlagen. Und ein bisschen Herumgeknutsche mit der Kellnerin im *Nugget* hatte ihn ein wenig abgelenkt – zumindest für ein paar Stunden. Doch was er auch tat, das hübsche kleine Ding tauchte stets aufs Neue vor seinem inneren Auge auf. Immer wieder träumte er davon, wie er mit seinen Lippen die rosigen Knospen auf Java Masons Brüsten berührte.

Wenn Terry sich vorstellte, wie dieser zarte, köstliche Körper aussehen würde, nachdem die Aasfresser mit ihm fertig waren, sobald der junge Narr von einem Ehemann sie draußen in der Gibson auf dem Gewissen hatte, wurde er zunehmend verdrießlicher. Allein der Gedanke tat ihm weh, denn in seiner Vorstellung sah selbst Javas Skelett noch hübsch und ansehnlich aus.

So eine Verschwendung holder Weiblichkeit, sagte er sich. *Aber mich geht das ja nichts an.*

Doch nicht einmal Terrys großes Bedauern, dass er die Vorzüge von Javas verlockendem Körper nicht gekostet hatte, war Grund genug, sein Leben in Perth aufzugeben und nach Norden zu reisen. Um aktiv zu werden, musste er erst mit einem Matrosen von einem Schiff der Mason-Schifffahrtslinie zusammentreffen, das von Carnarvon aus die Küste herabgefahren war.

»Kannst mir ruhig glauben, Kumpel«, erzählte der Matrose Terry bei einem Glas Ale im *Nugget*. »Er ist zwar noch jung, dieser Thomas Mason, aber er ist nicht auf den Kopf gefallen. Dem gehört halb Neusüdwales, ehrlich. Eine Farm nach der anderen hat er aufgekauft, weil die Dürre ihnen tüchtig zugesetzt hatte. Und sobald die Trockenperiode abbricht, ist er der reichste Mann in Australien.«

»Was will der verdammte Kerl denn dann in der Gibson? Noch mehr Land kaufen und beten, dass es endlich anfängt zu regnen?«

»Wo denkst du hin«, sagte der Matrose beinahe beleidigt. »Hinter Gold ist der Junge her. Hab's mit meinen eigenen Ohren gehört. Er ist dem Geheimnis von Lassiters Gold auf der Spur. Thomas Mason weiß genau, wo das Vorkommen ist – reines, pures Gold. Man braucht nur eine Spitzhacke zu nehmen und die Klumpen aus dem Gestein zu hacken, Millionen von Dollar.«

»Mir hat er erzählt, er wollte untersuchen, wie die Schwarzen draußen in der Wildnis leben«, sagte Terry.

»Hör zu, ich hab meine Informationen direkt von dem Mason-Vertreter. Hab gehört, wie er es einem Kerl in seinem Büro erzählt hat, streng vertraulich, und er sollte es bloß keinem weitererzählen. Der Vertreter hat gesagt, er hätte es von Thomas Mason höchstpersönlich.«

»Verdammt«, sagte Terry und ging.

Die Neuigkeit aber ließ ihm keine Ruhe. Zum Teufel, ja, er kannte die Gibson. Ein vierhundert Meilen langes wasserloses Nichts, übersät mit Spinifex-Gras. Man konnte sie schon durchqueren. Aber bestimmt nicht so ein Stadtmensch aus Sydney mit seiner kleinen Braut. Und das nur mithilfe einer Horde Blackfellows, die von dem Körper der Kleinen nicht allzu viel für die Aasfresser übrig lassen würden, wenn sie erst hungrig genug waren. Gold? Konnte er sich irgendwie nicht vorstellen.

Und doch … ein Mann vom Format eines Thomas Mason würde doch nicht ohne guten Grund im *Never-Never* herumwandern. Je mehr Geld einer hatte, umso mehr wollte er, hieß es. Vielleicht gehörte auch der Mason-Junge zu dieser Sorte und gab sich nicht damit zufrieden, den halben Busch von Neusüdwales zu besitzen, wie der Matrose ihm erzählt hatte. Millionen in Gold. Ja doch, das würde sogar einen Reichen in die Wüste locken, oder?

Terry verfluchte sich, dass er die Gelegenheit verpasst hatte, Masons Führer zu sein. Er verfluchte sich, weil er bereits so viele Tage vergeudet hatte. Doch schließlich fand er sich an Bord eines Schiffes wieder, das nach Norden die Küste hinauf in Richtung Carnarvon fuhr. Mason hatte zweifellos einiges an Zeit für die Organisation gebraucht, bevor er mit einer Horde Aborigines von Carnarvon aus nach Osten zog. Außerdem würden die erfahrenen Buschmänner in Carnarvon dem Greenhorn aus Sydney klarmachen, dass man für eine längere Reise in die Gibson Kamele bräuchte. Und es gab nur einen einzigen Ort, an dem man welche kaufen konnte.

Als Terry in Carnarvon eintraf, erfuhr er, dass die Mason-Gruppe einschließlich einer süßen kleinen Maus erst vor einer Woche die Stadt verlassen hatte. Und wie er richtig vermutet hatte, waren sie zur Farm des alten Jonas Mayhew aufgebrochen, um dort Kamele zu kaufen.

Nur zwei Tage, nachdem die Mason-Gruppe sich in den Busch aufgemacht hatte, traf Terry auf der Mayhew-Farm ein und nahm sich die Zeit, mit dem Alten um etwas zu Futtern zu feilschen. Doch schon bald folgte er der deutlichen Spur der sechs Mason-Kamele und der Horde Blackfellows in die Wüste. Er fühlte sich wunderbar. Das Ganze schien so einfach. Er war völlig flexibel und konnte alles ruhig auf sich zukommen lassen. Er brauchte nichts zu erzwingen, und er brauchte sich auch keinerlei Sorgen zu machen. Sollte Thomas Mason tatsächlich über das Geheimnis von Lassiters Gold verfügen, umso besser. Terry würde sich nützlich machen und sich mit einem Anteil begnügen. Ein kleiner Anteil an mehreren Milliarden Dollar würde ihm jeden nur vorstellbaren Luxus verschaffen. Schließlich konnte ein Mann nicht beliebig viele Steaks auf einmal vertilgen und nicht in mehreren Betten gleichzeitig schlafen. Und wie viele Frauen er in seinem Bett aufstapeln konnte, hing allein von seiner körperlichen Verfassung ab.

Sollte die Gibson diesen Stadtmenschen fertigmachen, na ja, dann würde er allein mit der Kleinen übrig bleiben. Terry wusste, dass er gar nicht so übel aussah, zumindest nicht, wenn er an die Reaktion der meisten Süßen dachte, die er bisher kennengelernt hatte. Und in der Wüste mit ihren brütend heißen Tagen und eiskalten Nächten, die das Zusammenkuscheln zu einem Vergnügen machten, konnte es ziemlich romantisch sein. Unter solchen Umständen wäre es für einen Mann absolut kein Ding der Unmöglichkeit, die trauernde Witwe zu trösten, zu umwerben und nach angemessener Zeit eine gute Partie zu machen. Das würde ihm das lästige Graben nach Gold ersparen.

Die Spur war noch so frisch, dass Terry sicher sein konnte, in spätestens einem Tag die Mason-Gruppe einzuholen. Er nutzte den Vorabend, um seine Begrüßungsrede einzustudieren.

7

Jessica Broome Gordon hatte so viel von der Welt gesehen, dass Marco Polo sich im Vergleich zu ihr wie ein Waisenknabe ausnahm. Noch bevor sie den Klipperkapitän Sam Gordon geheiratet hatte, war sie mit ihrer Mutter nach Hongkong gereist. Nach ihrer Hochzeit mit Sam hatte sie an Bord des Schiffes gelebt, dessen Kapitän er war, des schönsten von allen, der *Cutty Sark*. Sie hatten in den Häfen sämtlicher Kontinente angelegt, außer einem, der Antarktis. Doch Jessica war auch diesen riesigen gefrorenen Landmassen nahe genug gekommen, um die eisige Kraft der Polarstürme zu erleben. Sie hatte die größte Naturkatastrophe des modernen Zeitalters überlebt, den Ausbruch des Krakatau. Sie hatte sich im Dschungel von Java verlaufen und in einer Eingeborenenhütte in den javanischen Bergen ihr einziges Kind zur Welt gebracht, das sie nach seinem Geburtsort benannt hatte.

Auf ihren Reisen hatte Jessica Menschen aller Rassen, Größen und Hautfarben getroffen. Überlebt hatte sie dank der Javaner im Gebirge, so primitiv ihre Lebensweise auch sein mochte. Mit ihrer einheimischen Heilkunde und Säuglingspflege hatten diese einfachen Menschen ihr Leben und das ihres Babys gerettet. Unter der Besatzung ihres Ehemanns hatten sich Matrosen aller nur denkbaren Hautfarben befunden, weiße, schwarze und sämtliche Farbtöne dazwischen. An Bord eines Schiffes war nicht die Hautfarbe ausschlaggebend. Jeder Matrose musste sich an seiner Geschicklichkeit und seinem Durchhaltevermögen messen lassen.

Deshalb empfand Jessica wie zahlreiche andere gebildete Australier, zumindest prinzipiell, angesichts der allgemein akzeptierten Politik eines den Weißen vorbehaltenen Australiens ein gewisses Unbehagen. Häufig sprach sie sich deutlich gegen die Absichten der neuen nationalen Regierung aus, eine solche Politik in die Tat umzusetzen. Erst als reife Frau – als sie die fünfundvierzig bereits überschritten hatte, immer noch hübsch aussah und gut in Form war, in gesicherten Verhältnissen und angesehener gesellschaftlicher Stellung lebte – entdeckte sie schließlich, dass sie das christliche Gebot der Nächstenliebe auch nicht besser beachtete als jeder andere heuchlerische Durchschnitts-Aussie. Ihr wurde klar, dass die Absicht, seinen braun-, schwarz- oder gelbhäutigen Nächsten zu lieben, größtenteils davon abhing, wie stark dieser farbige Nächste in die eigene Privatsphäre eindrang.

Während ihre Tochter an einem weit entfernten Ort soeben die Erfahrung machte, dass die Regeln der eigenen Privatsphäre sogar auf Kamele zutrafen, hatte Jessica ein weiteres traumatisches Erlebnis. Zwar war es nicht ganz so schrecklich wie der erlittene Schock, als ihre Tochter sich in einen Mischling von den Südseeinseln verliebt hatte, gehörte aber zur gleichen Kategorie. Ihr Bruder erkundigte sich nämlich immer häufiger, und nicht etwa nur beiläufig, nach Misa Mason.

Selbstverständlich entwickelte sich sein Interesse an ihr nicht von einem Tag auf den anderen. Als eingefleischter Junggeselle und überzeugter Marineoffizier war er, was seine Gefühle anging, eher schwerfällig. Und da er seinen Dienst nun bei einem australischen Geschwader verrichtete und häufig auf See war, saß er nur gelegentlich als Gast an der unrunden Tafel, wie Magdalen den neuen langen Esstisch aus Teakholz mit den geschnitzten Beinen nannte, den Sam Gordon bei einem Sydneyer Möbelschreiner in Auftrag gegeben hatte.

Wenn Rufe jedoch anwesend war, wurde er sowohl von Sam als auch von den übrigen Stammgästen am Broome'schen Tisch als so etwas wie eine Autorität betrachtet. Zumindest, wenn es um Ereignisse in der großen weiten Welt ging, der Welt, die vom britischen Empire bestimmt wurde. Für einen bloßen Kapitän war Rufe in der Tat sehr gut informiert, da er mit hohen

Offizieren der Pazifikflotte und durch diese auch mit der Admiralität in London in ständiger Verbindung stand. Bei den weitgefächerten Gesprächsthemen über weltweite Angelegenheiten teilte er sein Wissen gern mit dem Gastgeber und den übrigen Tischgenossen.

Australien befand sich durch seine große Entfernung vom Mutterland in einer ziemlich isolierten Lage. Doch seine Sicherheit und Zukunft als Nation waren weitgehend abhängig von den Handlungen und Einstellungen der alten europäischen Staaten, die es im Laufe ihrer langen Geschichte nicht verstanden hatten, über einen längeren Zeitraum hinweg Kriege untereinander zu vermeiden.

Viele Australier, die sich ihre Gedanken machten, glaubten ebenso wie Sam Gordon, der Lauf der Ereignisse im Pazifik brächte es zwangsläufig mit sich, dass viele der dortigen Inseln irgendwann unter australischer Herrschaft stehen würden. Zum einen lag Australien in unmittelbarer Nähe. Zum anderen war Australien die einzige zivilisierte Macht im gesamten Pazifik – abgesehen von den Aktivitäten amerikanischer, deutscher, englischer, schottischer, holländischer, französischer und russischer Händler, die auf der Suche nach vorteilhaften Handelsbeziehungen regelmäßig auf den Inseln aufkreuzten; abgesehen von den Goldsuchern, die die Erde durchwühlten; abgesehen von den Plantagenbesitzern, die den Einheimischen ihr Land stahlen, um Kopra und Zucker zu gewinnen; abgesehen von den Sklavenschiffen, deren Besitzer die Einheimischen immer noch zwangen, zu Hungerlöhnen in Australien zu arbeiten; und abgesehen von den Missionaren, die sämtliche Probleme zu lösen versuchten, indem sie die Seelen der noch nicht erleuchteten Heiden retteten.

Den Australiern war bewusst, dass ihre Nation nicht über eine so große Bevölkerung verfügte wie die Kolonialmächte. Sogar das kleine Holland besaß mehr Einwohner. Doch war allen ebenso klar, dass ihre Nation eine große Zukunft vor sich hatte.

Neuseeland gab bereits ein gutes Beispiel für den Kolonialismus der Antipoden, indem es die Savage-, die Suvorov-Insel und die Cook-Inseln annektiert hatte. Obwohl Großbritannien Australiens Interessen im Pazifik nach Ansicht der Australier nicht mit genug Elan vorantrieb, zeichnete sich deutlich ab, dass Britisch Neuguinea im Laufe der kommenden Jahre zu Australien gehören würde. Solche Dinge entwickelten sich nur langsam. Unterdessen waren australische Händler dem Union Jack auf den Pazifikinseln längst zuvorgekommen, und Männer mit Weitblick drängten das Kolonialministerium in London, Australiens Anspruch auf die Neuen Hebriden anzuerkennen.

»Meiner Einschätzung nach«, vertraute Rufe den am Tisch Anwesenden kurz nach seiner Rückkehr von einer Kreuzfahrt durch den westlichen Pazifik an, »ist die australische Regierung mit ihrer Behauptung, die Neuen Hebriden seien unsere ›Kanalinseln‹ und daher zu unserer Verteidigung überaus wichtig, ein wenig zu weit gegangen. So wie ich das sehe, ist von Osten her am wenigsten mit einer Bedrohung durch eine feindliche Flotte zu rechnen.«

»Denkst du dabei an unsere deutschen Cousins?«, fragte Kelvin Broome.

»Es gibt andere. Im Norden«, erwiderte Rufe.

»Unsere kleinen gelben Brüder, die Japaner«, sagte Sam.

»Die kann man doch wohl nicht allen Ernstes als Bedrohung der Royal Navy ansehen?«

»Heute vielleicht noch nicht«, sagte Rufe.

»Wir brauchen eine eigene Kriegsmarine«, erklärte Magdalen. »Und nicht nur eine bunte Mischung veralteter Kanonenboote, die wir von einigen unserer Bundesstaaten erben.«

»Das können wir uns nicht leisten«, sagte Kelvin. »Aus diesem Grunde lassen wir uns von den Briten deren Bedingungen diktieren. Genau deshalb hat Mr Deakin vor Kurzem zugestimmt, den Beitrag Australiens zur Pazifikflotte von einhundertsechsundzwanzigtausend Pfund pro Jahr auf zweihunderttausend Pfund zu erhöhen, obwohl wir nicht einmal die Garantie haben, dass die Schiffe in australischen Gewässern bleiben. Da wir es uns nicht leisten können, große Kriegsschiffe zu bauen, müssen wir uns unseren Schutz eben billig erkaufen.«

»Nun, sieh es als ein Handelsabkommen an«, sagte Rufe. »In den zweihunderttausend bin ich schließlich schon mit eingeschlossen.«

»An wen müssen wir uns wenden, um unser Geld zurückzufordern?«, fragte Jessica.

»Ich hatte nicht angenommen, dass meine eigene Schwester meinen wahren Wert erkennt«, beharrte Rufe. »Der Prophet gilt nichts im eigenen Land, das kennt man ja …«

»Ich weiß, es würde einen allgemeinen Aufschrei aller Steuerzahler auslösen«, begann Kelvin, »aber ich frage mich oft, ob es nicht eine gute Idee wäre, wenn wir unseren hochkarätigen Politikern ein Gehalt zahlen, das vergleichbar ist mit dem eines Geschäftsführers in einem privaten Unternehmen. Ist natürlich nur so eine Überlegung …«

»Großer Gott«, rief Magdalen aus.

»Dann könnten wir statt des zurückhaltenden Mr Deakin einen Mann wie Sir James Burns an die Spitze setzen.« Burns, der Leiter eines der größten Handelsunternehmen, Burns Philp, war allen Anwesenden bestens bekannt.

»Fahr bitte fort, Kel«, forderte Sam ihn auf.

»Burns hat gesagt, es wäre das Natürlichste, dass die Pazifikinseln unter australische Herrschaft kommen. Es sei denn, sie kämen unter die Herrschaft der Krauts, der Franzmänner, der Yankees, der Poms, irgendwelcher Farbigen oder sonst wem von dieser Sorte. Ich weiß das, weil ich die Story für unsere Zeitung selbst geschrieben habe.«

»Würdest du deswegen auch die Deutschen bekämpfen?«, fragte Jessica. »Oder die Amerikaner?«

»Um es auch hier wieder mit den Worten von Mr Burns zu sagen«, erklärte Kelvin, »er meint, nur der Schnelle und der Starke macht das Rennen, und der Schwache wird umgehauen und überrannt.«

»Haben wir denn nicht schon genug Land?«, fragte Jessica. »Bis auf den heutigen Tag gibt es schließlich noch Teile unseres Kontinents, auf die noch nie ein Weißer seinen Fuß gesetzt hat.«

»Da wir gerade von unseren wilderen Gegenden sprechen«, sagte Sam an Kelvin und Rufe gewandt, »wir haben gestern Post von unserer umherwandernden Tochter und unserem Schwiegersohn erhalten. Die Briefe kamen mit einem von Misas Schiffen aus Carnarvon …«

»Habe ich schon von gehört, aber ich weiß im Moment nicht, wo das liegt«, sagte Kelvin.

»An der Nordwestküste, südlich vom Nordwestkap«, erklärte Sam. »Hauptsächlich Salzgewinnung.«

»Ach, ja«, bestätigte Kelvin.

»In ihrem letzten Brief schreibt unser kleines Javamädchen im Brustton der Überzeugung, sie und Tolo hätten vor, Kamele zu kaufen …«

»Das Kamel ist ein Säugetier«, ließ Rufe sich mit tiefer Stimme vernehmen und machte ein gescheites Gesicht.

»Vielen Dank«, erwiderte Sam. »Sie wollen die Kamele von einem Farmbesitzer am Westrand der Gibson-Wüste kaufen.«

»Oh, Sam, sei bloß still«, sagte Jessica. »Ich darf gar nicht daran denken.«

»Mir erscheint es durchaus vernünftig, Kamele mitzunehmen, wenn man eine Wüste durchqueren will«, erklärte Magdalen.

Rufe lachte glucksend.

»Rufe ist offenbar etwas Lustiges in den Sinn gekommen«, bemerkte Jessica.

»Nein, nein, gar nichts«, protestierte Rufe, lachte aber weiter in sich hinein.

»Du durchtriebener Kerl«, sagte Sam. »Das machst du absichtlich, damit wir dich fragen, worüber du dich so amüsierst.«

»Nein, wirklich nicht«, antwortete Rufe und musste laut lachen.

»Einer von seinen Späßen«, sagte Magdalen. »Ich kenne dich doch, junger Mann. Habe ich nicht recht?«

»Nein. Ich bin ganz ernst«, entgegnete Rufe und unterdrückte ein weiteres Lachen. »Ich musste nur gerade an die Methode denken, ein Kamel zu behauen.«

»Zu beklauen?«, fragte Kelvin.

»Ermutigen Sie ihn nicht noch, um Himmels willen«, sagte Magdalen.

»Behauen«, verbesserte Rufe. »Diese Methode wurde in Westaustralien erfunden, schon kurz nachdem die Tiere von Indien und Afghanistan mit ihren Treibern hergebracht wurden. Wie ihr wisst, hat selbst die Sahara ihre Oasen und Wasserlöcher. Australien aber bot eine echte Herausforderung. In den westlichen Wüstengebieten gab es nämlich Strecken, auf denen man über Hunderte von Meilen überhaupt kein Wasser finden konnte. Nicht einmal die Kamele schafften es ohne Wasser über derart lange Strecken. Tatsächlich gibt es in der Gibson-Wüste, also genau da, wo Java und Tolo hinwollen, eine Strecke, die für ein Kamel nach einmaligem Sattsaufen um ein paar Meilen zu lang war.«

»Rufe, sollten Jessica und ich uns lieber entschuldigen?«, fragte Magdalen.

»Natürlich nicht, Mutter. Ich will euch nur einen weniger bekannten Aspekt der australischen Geschichte vermitteln.« Rufe nickte zur Bestätigung und trank einen Schluck Wein. »Also kam einer der Aussies auf eine geniale Idee. Er musste sich lediglich etwas einfallen lassen, wie er ein Kamel dazu bringen konnte, vor dem Start in die Gibson ein paar Liter Wasser mehr in den Magen zu bekommen – oder in seinem Höcker zu speichern, wie man damals glaubte. Er suchte sich zwei Ziegelsteine ...«

»Jessica, ich denke, wir sollten gehen«, sagte Magdalen.

»Psst, Mutter«, erwiderte Jessica und zwinkerte Magdalen zu.

»... und gerade, als das Kamel seine Schnauze in den Wassertrog steckte und trank, nahm der Aussie die beiden Ziegelsteine, hielt sie zu beiden Seiten der Hoden des Tieres ...«

»Ach du lieber Himmel«, sagte Magdalen.

»... und knallte sie zusammen, so.« Rufe demonstrierte das Gesagte mit den Händen. »Das Kamel war, gelinde gesagt, überrascht und schnappte erschrocken und schnaufend nach Luft. Und da habt ihr die Lösung. Das Kamel nahm ein paar Liter Wasser mehr auf und schaffte die Strecke durch die Wüste und ...«

Rufes Worte gingen in dem brüllenden Gelächter von Sam und Kelvin unter. Jessica kicherte hinter vorgehaltener Hand. Nachdem Magdalen die Schrecksekunde überwunden hatte, warf sie den Kopf in den Nacken und stimmte ihr kehliges Lachen an.

»Das ist also die Methode, ein Kamel zu behauen«, sagte Rufe.

»Und das ist typisch mein Sohn«, sagte Magdalen, immer noch lachend. »Wir können uns nur auf eine Art davor schützen, Jessica, dass sich so etwas noch einmal wiederholt. Wir müssen dafür sorgen, dass außer den Familienangehörigen dieses rauen Seemanns noch andere weibliche Wesen am Tisch sitzen. Wenn unter den Gästen auch Damen anwesend sind, dann ist er ganz der Sohn seines Vaters und benimmt sich wie ein Gentleman.«

»Hört, hört«, sagte Rufe. »Das überrascht mich wirklich sehr, Mutter. Jetzt bin ich seit ein paar Jahren erwachsen ...«

»Mehr als ein paar«, unterbrach ihn Magdalen.

»... und immer noch Junggeselle. Ich hätte erwartet, dass du und meine liebe Schwester mich mit unverheirateten Damen förmlich bombardieren würdet.«

»Wir sind durchaus in der Lage, für Vertreterinnen unseres eigenen Geschlechts Mitleid aufzubringen«, sagte Jessica.

»Ja, wenn das so ist«, entgegnete Rufe, »dann erzähle ich euch noch von den beiden Kameltreibern aus Palästina, die ihre Kamele zuerst gar nicht zum Wassersaufen bringen konnten. Einer von beiden entschied sich dafür, es mit Saugen zu versuchen …«

»Jetzt gehen wir aber wirklich«, sagte Magdalen und erhob sich. Jessica folgte ihr. Kaum hatten sie die Tür hinter sich geschlossen, brach im Esszimmer dröhnendes männliches Gelächter aus.

Als Kelvin etwas später an diesem Abend bereits nach Hause gegangen war, saß Jessica in einem Schaukelstuhl auf der Veranda und sah über die Lichter der Stadt bis hin zu den Leuchten am Masttop der Schiffe, die im Hafen vor Anker lagen. Rufe gesellte sich mit einer brennenden Zigarre in der Hand zu ihr.

»Wie wäre es mit ein wenig Gesellschaft?«, fragte er.

»Gegen die deine habe ich nichts einzuwenden«, antwortete sie.

Er zog einen weiteren Schaukelstuhl heran. »Der Qualm macht dir doch nichts aus, oder?«

»Nein. Sam raucht auch Zigarren.«

Sie verfiel in Schweigen, und nach einer Weile nahm Rufe das Gespräch wieder auf. »Einen Penny für deine Gedanken.«

»Die sind nicht so schwer zu erraten«, erklärte sie. »Java. Ich denke so oft an sie.«

»Wird schon alles in Ordnung sein, Kumpel«, sagte Rufe und benutzte absichtlich diesen alles abdeckenden Ausdruck, um sie zu beruhigen.

»Manchmal wünschte ich, ich bekäme sie zwischen die Finger«, sagte Jessica energisch. »Dann wüsste ich wirklich nicht, ob ich sie umarmen und küssen oder lieber windelweich prügeln sollte.« Sie lachte. »Vielleicht ist deine Lebensweise als eingefleischter Junggeselle, mein lieber Bruder, gar nicht so schlecht. Zumindest bleibt dir der Schmerz erspart, dein Kind zu verlieren.«

»Ich kann mir nicht vorstellen, dass du sie verloren hast«, sagte Rufe. »Und ehrlich gesagt, hätte ich gar nichts dagegen, wenn eine Bande kleiner Strolche durchs Haus liefe. Aber dafür ist es vermutlich jetzt zu spät.«

»Heirate doch eine junge Frau«, sagte Jessica. »Du hast noch genug Zeit, ein ganzes Haus mit Kindern zu füllen, wenn du das möchtest.«

»Ja«, sagte er in Gedanken versunken. »Das könnte ich wohl tun. Mein Gott, Jessica, aber dann müsste ich ja nicht nur die Kinder großziehen, sondern die Frau noch dazu.«

»Ich nehme an, sie hätte alle Hände voll damit zu tun, dich großzuziehen«, gab Jessica zurück. »Nach deinem Auftritt heute Abend kann man wohl behaupten, dass auch dir ein wenig nachträgliche Erziehung nicht schaden würde.«

Rufe lachte schallend. »Da hast du wahrscheinlich recht, liebe Jess.« Er seufzte und blies eine Rauchwolke in die Luft, die sich in dem durch die Fenster fallenden Lampenlicht kringelte. »Eigentlich war ich immer davon ausgegangen, dass ich mir eines Tages eine Frau nehmen würde. Aber bisher ist entweder noch nicht die richtige Zeit oder nicht die richtige Frau gekommen. Ich fürchte, mein Geschmack an Frauen hat sich mit fortschreitendem Alter geändert.«

»Sprich nicht wie ein alter Mann«, sagte Jessica. »Schließlich bist du mein kleiner Bruder, und ich bin noch nicht alt, verdammt noch mal.«

»Selbstverständlich nicht«, sagte er. »Gott möge es verhüten, aber stelle dir nur einmal vor, du wärest plötzlich wieder frei. Hättest du es gern, dass dir ein zarter Bursche von Anfang zwanzig den Hof macht?«

»Was für eine schreckliche Vorstellung«, sagte sie.

»Siehst du?«

»Also doch kein Haus voll kleiner Matrosen?«

»Wohl eher nicht.«

»Dann werde ich in Zukunft ein Auge auf Frauen haben, die dem zarten Alter bereits entwachsen sind«, sagte Jessica lächelnd.

»Keine alten Matronen, aber auch keine engen kleinen Jungfrauen«, sagte er.

»Du bist einfach abscheulich, Rufe, findest du nicht?«

»Nicht schlimmer als die Männer an Bord der Klipper, auf denen du jahrelang gesegelt bist.«

Sie musste lachen. »Ich werde versuchen, einige deiner Äußerungen lieber zu überhören.«

»Wie die mit Misa Mason«, sagte Rufe.

Jessicas Lachen erstarb auf ihren Lippen. »Was meinst du damit?«

»Ich meine, ich hätte nichts dagegen, wenn du Misa Mason häufiger zum Dinner einladen würdest. Vielleicht schon bald einmal, wenn nur wenige von uns dabei sind? So ein netter kleiner, intimer Kreis, weißt du?«

Jessica spürte, wie es ihr eiskalt ums Herz wurde, als befände sie sich plötzlich in einem Polarsturm im Südatlantik. *Oh, nein, das wirst du nicht tun,* dachte sie. *Auf keinen Fall, Mister. Wir haben bereits einen Mischling in der Familie, denjenigen, der mir meinen wertvollsten Schatz entführt, mir meine Tochter gestohlen hat. Die braunhäutige Mutter dieses Diebes wird mit Sicherheit kein Mitglied meiner Familie werden. Dafür werde ich schon sorgen. Nur über meine noch zuckende, zerstückelte und zerfetzte Leiche kommt mir ein weiterer Kanake in unsere Familie.*

Laut sagte sie: »Wir werden sehen. Mrs Mason ist häufig mit anderen Dingen beschäftigt.«

8

Joseph Van Burens Schaffarm in Queensland gehörte zu jenen Besitzungen, die unter der sozialistischen Arbeiterpartei und anderen Linksgerichteten Zorn und Empörung auslösten. Solchen Leuten erschien es gegen alle Logik, dass ein einzelner Mann dermaßen viel Grund und Boden besitzen sollte, während sehr viele andere Menschen sich mit so wenig begnügen mussten.

Seit Joseph das kleine Anwesen von Sabina Caldwell und ihrem Mann Lester übernommen hatte, nahm er während der lang anhaltenden Dürreperiode jede Gelegenheit wahr, um so viel Land wie nur möglich aufzukaufen – so wie Tolo Mason es in Neusüdwales getan hatte. Durch seine ständigen Ankäufe hatte Joseph seinen ursprünglichen Grundbesitz am Barcoo River immer weiter nach Süden in fruchtbarere Gebiete und immer weiter nach Westen in die kargen Ebenen ausgedehnt, sodass die Van-Buren-Farm nun über zwei Millionen Morgen umfasste.

Matt Van Buren hatte während seines zweieinhalbjährigen Aufenthalts in Südafrika vielleicht ein halbes Dutzend Briefe von seinem Vater erhalten. Seine Mutter dagegen hatte ihm häufiger geschrieben. Joseph ließ nur dann etwas von sich hören, wenn er der Farm wieder ein ordentliches Stück Land hinzugefügt hatte – mindestens eineinhalbtausend Morgen –, dessen Lage und Beschaffenheit er in dem jeweiligen Brief kurz beschrieb.

Matt hatte sich nie die Mühe gemacht, die Grundfläche der neu erworbenen Besitzungen zu addieren. Von der Existenz einiger kleinerer Grundbesitzungen wusste er nicht einmal etwas, da Joseph offenbar der Ansicht war, für ein paar hundert

Morgen lohne es sich nicht, einen Brief quer über den Indischen Ozean zu schicken.

Queensland war der zweitgrößte Staat Australiens, der immerhin ein Fünftel der gesamten Fläche bedeckte. Innerhalb seiner Grenzen befanden sich einige der größten Reichtümer sowie einer der ertragreichsten Böden des gesamten Kontinents. Seine Hauptstadt Brisbane aber stand den beiden Städten Sydney und Melbourne in Ausdehnung, Ansehen und Einfluss immer noch nach. Das galt auch für die Passagierschiffverbindungen. So kam es, dass das Schiff, auf dem Matt und Kit von Kapstadt gekommen waren, den Hafen von Sydney anlief und Kit auf diese Weise ihre erste Bekanntschaft mit Australien machte.

Noch als die Schlepper das Schiff im Hafen zu den Kais zogen, verabschiedeten Matt und Kit sich von Trev Gorel. Er wollte nämlich keine längere Zwischenstation in Sydney einlegen, sondern gleich am nächsten Tag planmäßig mit einem Handelsschiff weiter nach Neuguinea reisen. Matt wünschte Gorel viel Glück und meinte, er verdiene es, in Neuguinea eine Goldmine zu finden. Dann trennte er sich mit aufrichtigem Bedauern von seinem Freund, denn er hatte den vor Tatendrang strotzenden Engländer sehr zu schätzen gelernt. Matt war zu dem Schluss gekommen, dass das Zivilleben sich gar nicht so sehr von dem in der Armee unterschied. Hier wie dort kamen neue Menschen in den eigenen Wirkungskreis, in dem sie für eine gewisse Zeit ihren Platz einnahmen und dann wieder verschwanden. Doch wenigstens verschwand in Friedenszeiten ein Freund normalerweise nicht aus dem eigenen Leben, weil er verletzt oder getötet worden war. Trev würde irgendwo da draußen sein, und vielleicht würden sie sich ja irgendwann einmal wieder begegnen.

Als erste Australier lernte Kit während ihres Aufenthalts in Sydney, wo sie auf einen Küstendampfer nach Brisbane warten mussten, Sam und Jessica Gordon kennen. Die Familie Van Buren kannte man im Hause Broome sehr gut, denn Matts Großvater Claus war mit Red und Magdalen Broome eng befreundet gewesen. Daher wurde das junge Paar von den Stammgästen an der »unrunden Tafel« auf das Herzlichste willkommen geheißen.

Obwohl Matts junge Frau beträchtlich jünger war als Jessica, kamen die beiden auf Anhieb gut miteinander aus. Stundenlang plauderten sie unbeschwert miteinander, tauschten Lebenserfahrungen aus und ergingen sich gründlich in dem Lieblingsthema junger Ehefrauen, den wunderlichen Einfällen der Männer.

Jessica und Sam bestanden darauf, dass Matt und Kit bei ihnen wohnten. Platz war genug vorhanden. Matt erneuerte seine Bekanntschaft mit Kelvin Broome, tauschte Kriegsgeschichten mit ihm aus und stöhnte demonstrativ, als Kit von einem Einkaufsbummel mit Jessica und Magdalen schwer beladen zurückkehrte. Eines Abends beim Dinner erfuhr Matt Dinge über seinen Vater, die er bis dahin noch nicht wusste.

Das Thema hatte sich ergeben, als Jessica fragte, was Matt denn nun im Anschluss an seine Militärzeit zu tun gedenke.

»Tja, mein Vater möchte, dass ich bei ihm auf der Farm arbeite«, sagte Matt.

»Vermutlich wird er deine Hilfe brauchen«, warf Kelvin ein, »denn er besitzt ja eine der größten Farmen in ganz Australien. Selbst wenn man die riesigen Grundbesitzungen in Westaustralien mit einbezieht, gehört seine Farm zu den größten. Und das will schon was heißen.«

»Ich weiß, dass er noch weiteren Grund und Boden dazugekauft hat«, sagte Matt.

»Mehrere hunderttausend Morgen«, bestätigte Kelvin.

Kit flüsterte Jessica zu: »Matt hat mir gar nichts davon gesagt, dass seine Familie reich ist.«

»Dein Vater steht für die Parlamentswahl an«, fuhr Kelvin fort. »Dass er gewählt wird, ist so gut wie sicher. Die Konservativen in der Regierung überlegen sich schon, wie sie sich Van Burens Geld und Einfluss zunutze machen können.«

»Dass mein Vater zu den Konservativen gehören würde, war mir schon klar«, sagte Matt mit einem Grinsen, »aber es überrascht mich, dass er in die Politik geht, wo er doch zuerst so sehr gegen den Zusammenschluss Australiens war.«

»Vermutlich denkt er sich, wenn er sie schon nicht schlagen kann, sollte er lieber gemeinsame Sache mit ihnen machen. Dann kann er wenigstens ein Auge auf sie werfen«, bemerkte Kelvin. »Er wird ziemlich viel Macht besitzen, Matt, denn die Hilfe und Unterstützung eines jeden Squatters auf dem Kontinent ist ihm sicher.«

Squatter nannte man die reichen Großgrundbesitzer, von denen viele in den Anfängen sich einfach ein Stück unbesiedeltes Land genommen und es zu einer großen, gewinnbringenden Farm ausgebaut hatten. Joseph Van Buren dagegen hatte erst ziemlich spät Vermögen und Ansehen erlangt, doch gehörte er eindeutig zur Squatter-Klasse.

»Außerdem kann dein Vater mit der Unterstützung der großen Unternehmer sowie all derer rechnen, die den Status quo aufrechterhalten wollen«, fuhr Kelvin fort. »Er hat sich bereits gegen jedes von der Regierung durchgeführte oder vorgesehene Hilfsprogramm ausgesprochen.«

»Ich denke, er entstammt noch der alten Linie«, sagte Matt. »Mein Großvater Claus gehörte nicht zu den ehemaligen Sträflingen. Doch vermutlich hatte er mit ihnen und ihren Nachkommen gemeinsam, dass er jeglicher Autorität misstraute. So wie ich meinen Vater kenne, wird er bestimmt den Standpunkt vertreten: Aufgabe der Regierung ist nicht, den Leuten zu helfen, sondern sie dabei zu unterstützen, sich selbst zu helfen.«

»Das werden viele ebenso sehen«, sagte Kelvin. »Meiner Ansicht nach spiegelt die öffentliche Meinung, zumindest in Neusüdwales, die Politik der alten Staatsregierungen vor dem Zusammenschluss wider. Wenn es damals Arbeitslosigkeit gab, hat der Staat keine Almosen verteilt, sondern für Beschäftigung in Form von gemeinnützigen Arbeiten gesorgt. Als der Staat Großgrundbesitz aufspaltete, um Familien kleinere Parzellen zuzuteilen, wurde von der Erwartung ausgegangen, dass diese Familien hart arbeiten und sich selbst versorgen können. Auch im Geschäftsleben hat der Staat nie versucht, den Platz des Unternehmers einzunehmen. Er hat nie den Versuch gemacht, seine Bürger vor den Unwägbarkeiten des Marktes zu schützen, sondern sich bemüht, das Wachstum des Privathandels zu fördern und dessen Konkurrenzfähigkeit sicherzustellen.«

»Wenn du all dem noch ein Australien nur für Weiße hinzufügst, hast du die politische Einstellung meines Vaters in aller Kürze umrissen«, bestätigte Matt.

»Klingt eigentlich logisch«, warf Kit ein.

»Sparen Sie sich die Mühe, sich zu politischen Themen zu äußern, mein liebes Kind«, sagte Magdalen mit funkelnden Augen und zwinkerte Kit zu. »Wir Sterblichen niederen Ranges, wir Frauen, besitzen ja doch kein Wahlrecht. Wir sind nämlich zu wankelmütig, als dass man uns eine solche Macht anvertrauen könnte.«

Nach Ablauf einer überaus angenehmen Woche in Sydney hieß es wieder Abschied nehmen. Matt versprach, Kit häufig nach Sydney zu bringen, und lud alle ein, Urlaub im Busch zu machen und die Van-Buren-Farm zu besuchen. Danach folgten weitere angenehme Tage an Bord eines Schiffes, dann eine Nacht in Brisbane und schließlich eine lange Zugfahrt durchs Gebirge. Die Strecke führte aus dem fruchtbaren Küstenstreifen hinein in den Busch, durch Städte mit Namen wie Chinchilla, Roma oder Charleville. Matt zeigte seiner Frau per Eisenbahn, später per Postkutsche und schließlich von einer Privatkutsche aus seine Heimat Australien, ein Land der Gegensätze.

Als sie von der öffentlichen Straße auf Van-Buren-Land abbogen, befanden sie sich immer noch meilenweit vom Haupthaus entfernt. Sie fuhren über kargen, nach der jahrelangen Dürre völlig ausgetrockneten Boden. Matt war über das Ausmaß der Verwüstung sehr erschrocken. Hin und wieder entdeckten sie Schafe, die in der Nähe eines schlammigen Billabongs grasten. Sie hielten an und sprachen mit den Schafhirten, von denen einige schon auf der Farm gearbeitet hatten, noch bevor Matt zur Armee gegangen war.

»Harte Zeiten, Sir«, bekam Matt zu hören. »Seit Sie weg sind, haben wir nicht immer gebratenen schwarzen Schwan in Weinsauce gegessen. Aber keine Sorge, Kumpel, es wird ihr hier schon gut gehen.«

Als Kit das Haus sah, schnappte sie unwillkürlich nach Luft. Es lag nah am Fluss, und sein schmiedeeisernes Geländer glänzte in der Sonne. Das Dach war aus Kupfer, mit einer wundervollen grünen Patina überzogen. Kleine runde Säulen unter einem Filigrangiebel schmückten den Eingang zum Hauptwohnbereich, zu dem eine geschwungene, zum Himmel hin offene Doppeltreppe hinaufführte.

»Wie wunderschön«, flüsterte Kit.

»Ja, wird wohl stimmen«, sagte Matt. Er hatte sich nie Gedanken darüber gemacht, ob das Haus schön war oder nicht. Es war sein Zuhause, das Haus, das er mit den Erinnerungen an seine früheste Kindheit verband. Nun sah er es plötzlich mit anderen Augen. Der Rasen war offenbar regelmäßig gesprengt worden, denn er sah weich und grün aus. Und die Pflanzen rings ums Haus, die während seiner langen Abwesenheit stark gewachsen waren, vermittelten den Eindruck luxuriöser Kühle.

Matt hielt die Kutsche vor dem Eingang an, überließ die schweißbedeckten Pferde einem untersetzten Aborigine-Halbwüchsigen und gab Anweisungen, man möge das Gepäck ins Haus schaffen.

Mathilda Van Buren befand sich im Wohnzimmer. Matt stand im Türbogen und beobachtete sie. Seine Mutter hatte sich nicht verändert. Sie trug wie üblich ein schwarzes Kleid aus schwerem Stoff, hatte das Haar nach traditioneller ländlicher Manier frisiert und las immer noch in derselben Bibel. In diesem Buch hatte sie nach seiner Geburt Matts Namen eingetragen ebenso wie die Namen von zwei Söhnen, die bereits vor Matt geboren, aber noch in frühester Kindheit gestorben waren.

Anscheinend spürte Mathilda, dass Matts Blick auf ihr ruhte. Sie sah von ihrer Lektüre auf, und ein friedliches Lächeln ließ ihr Gesicht für einen kurzen Moment in seiner einstigen jugendlichen Schönheit erstrahlen.

So wie Matt dort im Licht stand, das durch die Fenster einfiel, machte er beileibe keine schlechte Figur. Seine sandfarbene Uniform war maßgeschneidert und brachte seinen muskulösen Körper gut zur Geltung, und der hohe, enge Kragen seines Waffenrocks hob sein gut aussehendes, regelmäßig geschnittenes Gesicht besonders hervor. In der Linken hielt er seinen breitkrempigen Hut.

»Du bist zurück«, sagte Mathilda in ruhigem Ton. »Der Herr sei gepriesen.«

Dann sprang sie auf, kam etwas schwerfällig auf ihn zu und drückte ihn eng an sich. Ihr Kopf reichte Matt nur bis zum Kinn. Er bückte sich und küsste sie auf die Stirn.

»Mutter«, sagte er, »kannst du einen angenehmen Schreck verkraften?«

»Was könnte denn ein noch angenehmerer Schreck sein, nachdem du so plötzlich und ohne jede Vorankündigung hier aufgetaucht bist?«, fragte sie.

Er drehte seine Mutter um und streckte Kit die Hand entgegen. »Mrs Van Buren«, sagte er, »darf ich dir Mrs Van Buren vorstellen?«

Zu Matts Überraschung traten seiner Mutter Tränen in die Augen. Aber er merkte rasch, dass es Freudentränen waren.

»Ach, mein liebes Kind«, sagte Mathilda. »Wie wunderschön du bist.« Sie nahm Kits Hände in die ihren. »Ja, ja«, sagte sie und wandte sich an Matt, »und du, du ungeschlachter Kerl, was für Lügen hast du diesem reizenden Kind erzählt, dass sie einen Buschranger wie dich geheiratet hat?«

»Matt hat mir erzählt, ich würde Sie lieben lernen, Mrs Van Buren«, sagte Kit. »Ich glaube, ich fange bereits damit an.«

Mathilda nahm Kit bei der Hand und führte sie in die Eingangshalle, wo sie die Dienstboten anwies, das Gepäck in den großen, luftigen Raum zu bringen, der auch früher schon Matts Zimmer gewesen war. Dann wandte sie sich an ihren Sohn. »Deinen Vater findest du unten beim Scherstand. Lauf nur hin. Das Kind hier braucht ein wenig Ruhe nach der langen Reise.«

Matt tat wie ihm geheißen, ging wieder hinaus in die Sonne und wanderte zu den weiter entfernten Nebengebäuden. Unten am Scherstand hatte man eine Desinfektionsgrube vorbereitet. Noch bevor Matt die Schafe sah, hörte er ihr verzweifeltes Blöken. Mit lauten Schreien wurden sie von den Männern einen Laufsteg hinaufgetrieben, der auf eine Rutsche führte und in der Grube mündete. Joseph Van Buren lehnte an einem Bretterzaun. Den einen Fuß, der in einem dicken Stiefel steckte, hatte er auf das unterste Brett gestützt und sah dem quirligen Treiben zu. Unter den hochgekrempelten Ärmeln seines Flanellhemdes lugten kräftige braune Arme hervor. Er trug Hosen aus dickem, grobem Stoff, einen staubigen, breitkrempigen Hut und ein rotes Tuch um den Hals.

Matt gelangte unbemerkt bis zu seinem Vater. Erst als er sich neben ihn an den Zaun stellte und ebenfalls seinen Fuß auf das unterste Brett stützte, sah Joseph sich zu ihm um.

»Bei Gott«, rief er aus. Eine Weile sah er Matt nur schweigend an. Doch dann schlang er in einem für ihn völlig untypischen Gefühlsausbruch die Arme um seinen Sohn und drückte ihn kurz an sich.

»Siehst gut aus, mein Junge«, sagte Joseph und trat einen Schritt zurück. »Und wenn du diesen Affenanzug ausgezogen hast, siehst du gleich noch besser aus.«

»Lass mir doch wenigstens ein paar Minuten Zeit«, erwiderte Matt lachend.

»Schön, dich zu sehen«, sagte Joseph, dem die Worte nicht leicht über die Lippen kamen. Er gehörte noch zur alten Schule und wollte seine Gefühle nicht zeigen.

»Dich auch«, entgegnete Matt. »Du hast den Besitz also noch ein wenig vergrößert?«

»Ja, ein bisschen«, gab Joseph zu. – »In Brisbane heißt es, wenn du deinem Besitz noch tausend Morgen hinzufügst, kannst du einen eigenen Staat beantragen«, sagte Matt grinsend.

»Gar nicht so verrückt, wie es sich anhört«, sagte Joseph. »Aber keine Eigenstaatlichkeit, sondern Unabhängigkeit.«

»Der unabhängige Van-Buren-Staat?«, fragte Matt.

»Wäre eine Möglichkeit, um die sentimentale Fraktion abzuschütteln«, sagte Joseph. »Hör zu, mein Sohn, wir befinden uns mitten in der schlimmsten Dürreperiode der letzten zwei Jahrzehnte. Die Weizenernte war eine Katastrophe. Wenn es nicht bald regnet, wird sich die Anzahl der Schafe auf der Weide bis zum Jahresende um fünfzig Prozent verringern. Die besten Teile des Landes sind von der Dürre betroffen, die fruchtbaren Gebiete von Queensland und Neusüdwales. Die gesamte nationale Nahrungsproduktion steht vor einer Katastrophe. Und das Einzige, was diesen Stadtmenschen in der Regierung dazu einfällt, sind Almosen, die sie an Nichtstuer und Herumtreiber ausgeben.«

»Ich habe gehört, dass du da tüchtig mitmischen willst«, sagte Matt.

»Jedenfalls habe ich das vor«, bestätigte Joseph. »Hängt natürlich von den lieben Wählern in dieser Region ab.«

»Zweifelst du etwa daran, dass du gewählt wirst?«

»Ich weiß genau, dass alle vertrauenswürdigen Leute genauso denken wie ich«, sagte Joseph. »Aber heutzutage, wo jeder Vagabund und Viehdieb wählen darf ...«

Es war schön, wieder zu Hause zu sein, dachte Matt, und nahm begierig die gewohnten Gerüche und Geräusche in sich auf sowie das Gefühl von Weite und Freiheit. Es tat gut, in alle vier Himmelsrichtungen zu sehen und zu wissen, dass alles, so weit das Auge reichte, Grund und Boden der Van Burens war. Er seufzte zufrieden. Dann fiel ihm ein, dass er seinem Vater noch gar nichts von Kit erzählt hatte.

»Dad, könntest du vielleicht eine Weile aufhören zu arbeiten? Ich habe etwas mitgebracht, das dich bestimmt interessieren wird.«

»Sicher, die Kerle kommen hier auch ohne mich zurecht«, erwiderte Joseph. Er ging mit langen Schritten. Früher hatte Matt immer rennen müssen, um mit seinem Vater Schritt zu halten. Doch inzwischen hatten Vater und Sohn etwa den gleichen Schritt – zwei kräftige, gesunde Männer, die Seite an Seite gingen. Ihre Gesichter zeigten deutliche Ähnlichkeit, doch Joseph war noch stärker von der Sonne gebräunt als Matt.

»Du weißt, was ich von Überraschungen halte«, knurrte Joseph.

»Wenn ich mich recht erinnere, hältst du nicht besonders viel davon.«

»Meistens handelt es sich um unangenehme Überraschungen.«

»Bei dieser hier nicht, Dad.« Matt grinste und legte seinem Vater den Arm um die Schultern. »Du wolltest doch immer gern Großvater werden, oder?«

»Ja, ich habe schon mal darüber nachgedacht«, sagte Joseph, und seine bärtigen Lippen verzogen sich zu einem Lächeln. »Also hast du dir eine Frau mitgebracht.«

»Überrascht?«

»Nein. Das musste ja früher oder später so kommen. Schließlich bist du mein Sohn. Und kein Van Buren, den ich je gekannt habe, angefangen von dem alten Herrn« – er meinte seinen Vater Claus – »war über längere Zeit ohne eine Frau im Haus zufrieden.« Er klopfte Matt auf den Rücken. »Hast dir sicher so ein dralles Burenmädchen ausgesucht wie Slone Shannon, was?« Die Neuigkeiten über die Shannons waren durch sämtliche Zeitungen in Queensland gegangen, da Slones Eltern Adam und Emily, der jetzige Earl und die Countess, außerhalb Brisbanes gewohnt hatten. In der Regionalpresse waren Fotos der gesamten Familie Shannon erschienen, auch von Sianna.

»Nein«, sagte Matt. »Kits Vater ist Colonel in der Armee.«

Joseph zog seinen Arm von Matt weg und blieb unvermittelt

stehen. »Welcher Armee?«, fragte er. »Da wir bei den australischen Streitkräften ja nicht so viele Generäle haben, sprichst du wohl von der britischen Armee?«

»Ja«, sagte Matt.

»Du hast also eine verdammte Pommy-Frau geheiratet?«, rief Joseph mit finsterer Miene.

»Sie ist Engländerin, ja«, sagte Matt in ruhigem Ton.

Eine Weile starrten Vater und Sohn sich schweigend an.

Zu Josephs Ehrenrettung muss gesagt werden, dass er sich mächtig bemühte, seine Wut und Enttäuschung zu verbergen. Doch es fiel ihm schwer, seine starren Ansichten zu ändern. Schließlich besaß er den ausgeprägten australischen Charakter, der sich in mehr als einhundert Jahren herausgebildet hatte, seit die ersten Sträflingsschiffe in australische Gewässer gekommen waren. Joseph war – zumindest wie er in der Presse bereits portraitiert wurde – der Inbegriff des »neuen Australiers«. Und das hieß in jedem Fall ein weißer und äußerst selbstbewusster Australier.

Für Männer wie Joseph begann das wahre Australien erst da, wo man den fruchtbaren, kultivierten Küstenstreifen verließ und in den Busch eindrang. Der Buschmann war Australien, denn er war es, der sich gegen all die Schwierigkeiten behauptet hatte, die ein feindlicher Kontinent ihm überhaupt nur in den Weg legen konnte. Und vom Busch aus betrachteten Männer wie Joseph eine Welt, die durch den Verfall des britischen Empires kraftlos geworden war, und die Briten, deren Stärke sich allmählich erschöpfte. Das bunt-scheckige Empire, das Nigger-Empire der alten Queen, verweigerte den Australiern ihren Anspruch auf den Pazifik und gab den Krauts, den Franzmännern und den verdammten Yankees nach. Auch der neue König verstand es nicht besser als die alte Queen, mit Nachdruck darauf zu bestehen, dass das asiatische Geschmeiß genauso ausgemerzt wurde wie die Kaninchen.

Joseph hatte die Kriegsnachrichten aus Südafrika verfolgt,

insbesondere die Berichte von Banjo Paterson und Kelvin Broome. Das Fiasko am Spion Kop sah er als das direkte Resultat des verfallenden britischen Volkscharakters an. Als eine nationale Krankheit, die dazu führte, dass gute Truppen von schlechten Generälen fehlgeleitet wurden. Diesen alten Kerlen wurde nur aus dem einen Grunde das Kommando übertragen, weil irgendwo in grauer Vorzeit einer ihrer Vorfahren einem König in den Hintern gekrochen war und dafür einen Titel verliehen bekommen hatte. Wenn dieser Verfall nun auch Australien berührte und dazu führte, dass aufrechte Männer völlig unnötig getötet wurden, dann musste dringend etwas dagegen unternommen werden.

Kurz und gut, Joseph verachtete inzwischen alles, was aus England kam. Schließlich war er der Nachfahre einer Javanerin, und seine Mutter war eine Amerikanerin gewesen. Er hatte England nichts zu verdanken, und er war der Ansicht, Australien sollte endlich auf eigenen Füßen stehen. Die Zeiten der Abhängigkeit, in denen Australien lediglich dazu gedient hatte, Englands Tische mit Fleisch zum Dinner und Englands Textilfabriken mit Wolle zu versorgen, gehörten längst der Vergangenheit an.

Wenn es nach Josephs Willen ginge, hätte er sich nur allzu gerne zu dem vorgesehenen Ausweisungsgesetz für Südseeinsulaner geäußert, das demnächst vom Parlament verabschiedet werden sollte. Er hätte darauf bestanden, dass es zu einem Ausweisungsgesetz für Pommys erweitert würde.

Und nun war sein Sohn, der junge Mann, auf den er gezählt hatte und der die Dinge auf der Farm am Laufen halten sollte, während er sich in Sydney aufhielt und Politiker spielte, mit einer englischen Ehefrau heimgekehrt. Hätte Matt eine Burenfrau geheiratet, wäre Joseph nicht so unglücklich gewesen. Wenigstens gehörte eine Burin nicht einer Nation an, die derzeit ein Viertel der gesamten Welt unter ihre Zwangsherrschaft gebracht hatte.

Joseph kämpfte gegen seine Wut an und sagte sich, vielleicht wäre Matts Frau ja ein ungewöhnliches englisches Mädchen. Aber er kämpfte auf verlorenem Posten.

»Du hast also eine verdammte Pommy-Frau geheiratet?«, wiederholte er mit hochrotem Kopf. »Mein Gott, Junge, und ich dachte, ich hätte dir, als du aufgewachsen bist, ein wenig Vernunft eingehämmert. Ein englisches Weibsbild als Schwiegertochter? Als Mutter meiner Enkelkinder?«

Im ersten Moment war Matt viel zu entsetzt, um etwas darauf erwidern zu können.

»Ich habe Neuseeland verlassen, einen Großteil meines Erbes aufgegeben und mir fast ein Bein ausgerissen, um für meinen Sohn etwas aufzubauen, worauf er stolz sein kann. Etwas, das den Namen Van Buren ins neue Jahrhundert und auch noch bis ins übernächste weitertragen würde. War es denn zu viel verlangt, dass mein Sohn sich eine Australierin zur Frau nimmt?«

»Dad, gib ihr doch wenigstens eine Chance. Du wirst sie mögen«, sagte Matt.

»Das eine kann ich dir versichern«, sagte Joseph, den der Gedanke, dass in seinen Enkeln das kraftlose Blut einer Engländerin fließen würde, regelrecht zur Verzweiflung brachte, »ich werde sie weder jetzt noch später mögen.«

Matts gesamter Körper hatte sich verkrampft. Ungläubig starrte er seinen Vater an. »Komm wenigstens mit, damit ich sie dir vorstellen kann«, sagte er, und seine Stimme wurde ein wenig barsch.

»Ja, das tue ich«, sagte Joseph.

Mathilda empfing sie an der Küchentür. Sie sah, was für eine Miene ihr Mann aufgesetzt hatte, und wurde blass. »Joseph ...«

»Jetzt nicht, Mathilda«, entgegnete Joseph. »Wo ist das verdammte Pommy-Mädchen?«

»Oh, mein Gott«, sagte Mathilda. »Nur das nicht. Nicht, dass es sich am Ende auch noch gegen deinen eigenen Sohn richtet, Joseph.«

»Willst du etwa seine Partei ergreifen?«, brüllte Joseph. »Seit die Australier damit begonnen haben, aus dem, was *die dort* für eine unbrauchbare Wildnis hielten, etwas zu machen, seitdem versuchen *die,* alles an sich zu reißen. Seit der sogenannte Abschaum der Gesellschaft sich aufgerappelt und sich in dieser Wildnis einen Lebensraum geschaffen hat, erheben *die dort* Ansprüche darauf und wollen den gesamten Kontinent zu einer Verlängerung Englands machen. Doch wir haben das nicht zugelassen. Und Gott ist mein Zeuge – ich werde auch jetzt nicht zulassen, dass sie mir das, was ich dieser Wildnis mühsam abgerungen habe, durch Heirat wieder abnehmen.«

»Joseph, du bist wütend«, wollte Mathilda einlenken. »Sag nichts, was dir später leid tut.«

»Ich sage nur so viel: Keine Engländerin und kein halbenglisches Kind wird jemals diese Farm besitzen!«

Matt stand mit offenem Mund da, und in seinem Kopf drehte sich alles. Allmählich begriff er, dass sein Vater das alles todernst meinte.

Noch bevor er etwas sagen konnte, stand Kit plötzlich in der Türöffnung zum Esszimmer. Sie war in einen seidenen Morgenrock geschlüpft. Ihre Augenlider waren vom Schlafen geschwollen, ihr sonnenuntergangsfarbenes Haar ein wenig in Unordnung geraten. Als Joseph sie erblickte, hielt er in seinem Wortschwall inne und musterte sie mit finsteren Blicken.

»Ich sehe schon, wie das passieren konnte«, sagte er. »Sie ist ein hübsches Weib.«

»Dad …« sagte Matt in warnendem Ton.

»Na, Missy«, sagte Joseph. »Haben Sie alles mitbekommen?«

Kit eilte mit bleichem Gesicht zu Matt und ergriff seine Hand. »Matt?«

»Geh wieder nach oben, Kit«, sagte Matt. »Ich bin gleich bei dir.«

»Nein«, fiel Joseph ihm ins Wort. »Wir werden das hier und jetzt ausmachen. Ich bin zu dieser Hochzeit nicht gefragt worden. Also konnte ich mich bislang auch nicht dazu äußern.

Jetzt kommst du plötzlich wieder nach Hause, mein Junge. Und zweifellos hast du erwartet, du könntest wieder da anknüpfen, wo wir aufgehört haben, bevor du weggerannt bist und Soldat gespielt hast. Ich hatte beschlossen, dir zu vergeben. Aber das hier kann ich dir nicht vergeben.«

»Matt, was ist denn los?«, flüsterte Kit, und in ihren grünen Augen zeigte sich deutliche Furcht.

»Ich habe meinem Sohn gesagt«, begann Joseph, »dass keine Engländerin oder ein halbenglisches Kind jemals die Van-Buren-Farm besitzen wird. Bevor das passiert, würde ich sie eher der sentimentalen Fraktion in der Regierung überlassen, damit sie sie in Kleinlandbesitz aufsplittert und an die Nichtstuer verteilt.«

»Ach, Joseph«, sagte Mathilda unter Tränen.

»Matt, ich verstehe das nicht«, sagte Kit und rückte noch näher zu ihm.

»Das kommt schon in Ordnung«, sagte Matt, konnte aber selbst nicht recht daran glauben. Er nahm sie am Arm und führte sie zurück zur Tür. »Wir gehen jetzt unsere Sachen packen.«

Während er sie die Treppe hinaufführte, versuchte er, ihr die Situation zu erklären. »Dein Vater hat mich abgelehnt, weil ein wenig javanisches Blut in mir fließt. Mein Vater lehnt dich ab, weil du englisches Blut in dir hast.«

»Das ist doch … idiotisch«, sagte sie.

»Nicht für ihn.«

Als Matt und Kit wieder herunterkamen, stand Mathilda an der Tür. Dienstboten luden das Gepäck in den Wagen. Joseph ließ sich nicht blicken.

»Gib ihm Zeit, mein Sohn«, bat Mathilda und hielt Matt am Arm. »Gib ihm Zeit, sich an den Gedanken zu gewöhnen.«

»Sollte es wirklich dazu kommen, Mutter, werde ich keinen Groll gegen ihn hegen«, sagte Matt.

»Und du, mein liebes Kind«, sagte Mathilda und nahm Kit in die Arme. »Wie sehr habe ich mir immer eine Tochter gewünscht! Und nun, da Gott mir eine so wunderschöne Tochter geschenkt hat, nehmen die Menschen sie mir wieder weg.«

»Wir schreiben dir, Mutter«, sagte Matt.

»Wo wollt ihr denn hin?«, fragte Mathilda.

»Ich bin mir noch nicht sicher«, sagte Matt. »Vielleicht nach Sydney.«

»Dein Onkel könnte dir sicher eine Stelle im Van-Buren-Unternehmen anbieten …«

»Ich weiß nicht, Mutter. Die Vorstellung, mich vom Geld der Van Burens abhängig zu machen, behagt mir nicht. Jedenfalls nicht im Moment.«

»Hier ist noch etwas für dich«, sagte Mathilda und gab Matt einen Umschlag. »Ich habe die notwendigen Papiere unterschrieben. Es ist nicht viel, aber vielleicht reicht es für den Anfang.«

Matt öffnete den Umschlag und fand darin eine Bankanweisung der Brisbane Bank über mehrere hundert Pfund.

»Dieses Geld gehört nicht den Van Burens«, sagte sie. »Das war meine Mitgift. Joseph hat dieses Geld nie angerührt. Noch bevor du geboren warst, lag es schon auf der Bank.«

»Danke, Mutter«, sagte Matt. »Du bekommst jeden Penny davon zurück.«

»Wenn das so ist, gut«, erwiderte sie, »wenn nicht, mach dir keine Sorgen. Schreibt mir oft, ja?«

»Das werden wir«, versprach Kit.

Die Nacht verbrachten sie im Freien und lagerten an einem schlammigen Wasserloch. Als es dunkel wurde, kamen Kängurus zum Trinken. Ein einsamer Dingo, der durch den Dingozaun der Van-Buren-Farm geschlüpft war, heulte auf einem nahen Hügel den Mond an.

Matt hielt Kit dicht an sich gedrückt. Die Ereignisse dieses Tages hatten ihr arg zugesetzt. Ihr eigener Vater hatte ihr gesagt: *»Ich habe keine Tochter.«* Und nun war auch Matt ihretwegen enterbt worden.

»Das spielt keine Rolle«, versicherte ihr Matt. »Nur dass wir zwei zusammen sind, zählt.«

Auf einer Decke im Mondenschein machten sie die Erfahrung vollkommener Zusammengehörigkeit und erneuerten ihre Schwüre. Beide waren sie von ihrer alten, vertrauten Welt abgeschnitten und hatten nur noch einander.

»Auf immer«, versprach Matt, während er sich in einem erneuten Versuch, ihr ein Baby zu schenken, voller Leidenschaft in sie verströmte. »Auf immer und ewig. Es wird nie eine andere für mich geben als dich.«

»Alles kann ich ertragen. Nur nicht, dich zu verlieren«, sagte Kit.

»Keine Sorge.«

9

Im ersten Morgengrauen wachte Java auf. Ihr Mund, ihre Kehle und ihre Lippen waren völlig ausgetrocknet. Sie hörte, wie Bildana sich draußen vor ihrem Zelt zu schaffen machte und ein Feuer anzündete. Java roch den Rauch, erhob sich von ihrem Lager und kleidete sich rasch an.

Tolo gönnte sie noch ein paar Minuten Schlaf. Sie trat hinaus in den neuen Tag, der sie mit empfindlicher Kälte empfing. Die extremen Temperaturunterschiede in der Wüste erstaunten sie mehr als alles andere. Zu dieser frühen Stunde lagen die Temperaturen noch unter dem Gefrierpunkt. Doch in der ersten Dämmerung schimmerte die Wüste wie eine Perle und war ebenso schön. Zu allen Seiten erstreckte sich das Land, so weit das Auge reichte, und die Spinifex-Grasbüschel wirkten in ihren sanften Gold- und Rosatönen unwirklich zart.

Bildana hatte in einem Kessel Wasser zum Kochen gebracht. Sie goss es in den Zinnbecher, und sobald man ihn anfassen konnte, reichte sie ihn Java. Der heiße, aromatische Tee wärmte Javas Hände, und sie trank.

»Körper schüttelt dich warm«, sagte Bildana, als sie und Java so stark zitterten, dass sie mit den Zähnen klapperten. Bildana hatte sich eine undefinierbare, schäbig aussehende Lederhaut um die Schultern gelegt – ihr einziger Schutz gegen die Kälte.

Dann brach am östlichen Horizont die Sonne durch, und das im frühen Morgenlicht so hübsch anzusehende Spinifex-Gras verblasste zu einem langweiligen Graugrün. Obwohl wegen der raschen Aufwärmung der Luft durch die Sonne eine leichte Brise ging und die Samenköpfe des heimischen Grases sich hin- und herbewegten, spürte Java bereits die Vorboten der unerträglichen Hitze.

Der jähe Temperaturunterschied vom Tag zur Nacht und umgekehrt sorgte zumindest für eine gewisse Abwechslung, auf die der Reisende sich einstellen konnte. Das galt nicht für die Wüstenlandschaft. Ihre schrecklich flache Monotonie erstreckte sich scheinbar endlos, sodass die Überquerung einer kleinen, durch Erosion entstandenen Rinne schon zum Hauptereignis des Tages wurde. Traf man nach tagelangem Ritt einmal auf einen richtigen Baum – und sei es nur ein aufgeschossener Trieb, der keinen Schatten spendete –, kam einem dieses Ereignis so bedeutsam vor wie der Höhepunkt eines Jahrtausends.

Inzwischen war Tolo aus ihrem Zelt aufgetaucht. Wie Java aus Erfahrung wusste, kümmerte er sich als Erstes um die Kamele. Sobald er auf die mit Fußfesseln versehenen Tiere zuging, kamen sie ihm schon entgegen und folgten ihm willig, wenn er das erste am Strick führte. Auf Java wirkten die Tiere wie große, unförmige Wesen aus einem Alptraum. Das Reiten auf ihnen war tatsächlich ein Alptraum, der sich tagtäglich wiederholte und sie immer aufs Neue auf ein Foltergerät spannte. Das Sitzen auf diesem harten, sich hin- und herbewegenden Sattel war eine einzige Tortur, und ihr Körper war hinterher so steif, dass selbst die kleinste Bewegung schmerzte.

Auch Tolo hatte entdeckt, dass das Reiten eines Kamels weit unbequemer war als das eines Pferdes. Um sein wundes Hinterteil zu schonen, war er dazu übergegangen, lieber zu Fuß zu gehen. Java war seinem Beispiel gefolgt. Bei ihrem ersten Marsch war sie allerdings so erleichtert gewesen, nicht auf diesen teuflischen Geschöpfen hocken zu müssen, dass sie sich gleich übernommen hatte. Am Morgen darauf hatte sie die Überanstrengung in ihren Gelenken und Beinmuskeln zu spüren bekommen und vor Schmerzen geweint.

Zum Frühstück gab es an diesem Morgen gekochtes Hafermehl, mit braunem Zucker überstreut. Auch wenn sie auf Milch verzichten mussten, schmeckte das feuchte Porridge einfach köstlich. Bildana hatte es zu einer zähflüssigen Konsistenz gekocht. Die dickliche, klebrige Suppe legte sich wohltuend auf Javas ausgetrocknete Zunge und an ihre Lippen, sodass sie sich gleich besser fühlte.

Das Beladen der Packkamele dauerte eine geschlagene Stunde, denn das Ausbalancieren der Ladung erforderte äußerste Sorgfalt. Zuerst brüllten die Kamele in lautem Protest, akzeptierten aber schließlich ihre Last. Ganba hatte während dieser Aktion das Lager verlassen. In seinen Augen war das Beladen eine Arbeit für die Weißen. Doch wenigstens die Aborigine-Frauen, insbesondere Bildana, halfen ein wenig mit.

Ganba hatte sich drei Aborigine-Männer ausgesucht, bei denen er sicher sein konnte, dass sie ihn als Autoritätsperson anerkennen würden. Er führte sie genau nach Osten zu einer dunklen Anhöhe, auf der es vermutlich genügend Vegetation geben würde, damit die Kamele ein wenig zu grasen hatten. Vielleicht hatten dort sogar irgendwelche Tiere Unterschlupf gesucht, die das über den Feuern zubereitete Essen bereichern könnten. Doch das war eher zweifelhaft.

Die leichte Anhebung führte sie tatsächlich zu einer Stelle, wo die Kamele ein wenig grasen konnten. Als sie sich außer Sichtweite der Weißen befanden, gab Ganba den übrigen Männern durch Zeichen zu verstehen, sie sollten sich zu einer Jagdformation aufstellen. Zu viert krochen sie vorsichtig in eine leichte, staubige Senke. Doch sie fanden keinerlei Wild.

Einer der Aborigines, Nookar, glaubte, als Blutsverwandter von Ganbas Frau habe er das Recht auf einen Sonderstatus innerhalb der kleinen Gruppe. In dem spärlichen Schatten eines aufgeschossenen Baumes machte er Halt, stützte seinen Fuß zum Ausruhen auf dem anderen Bein ab und sah Ganba fragend an. Die beiden anderen waren ein Stück von ihnen entfernt, denn sie hatten die Hoffnung noch nicht aufgegeben, die Spur eines Tieres zu finden.

»Heute Abend wird es kein Fleisch zu essen geben«, sagte Nookar.

»Dann gibt es eben die Dosen des Weißen«, knurrte Ganba. Bei ihm hatte kein Mensch einen Sonderstatus. In Zeiten der Hungersnot würde Bildanas Blutsverwandter seinen Platz als Braten in den Feuern nicht früher oder später einnehmen als irgendwer sonst. Alles würde nur von der jeweiligen Situation abhängen.

»An einem Kamel ist ziemlich viel Fleisch dran«, sagte Nookar. Er warf Ganba einen verstohlenen Blick zu. »Aber zuerst müssten wir die Whitefellows essen.« Nookar kannte Ganbas Ruf. Er hatte keinen Augenblick daran gezweifelt, dass dieser Mann, der Tötungssandalen trug, sich nicht nur für ein paar Münzen des Weißen zuerst auf die pfadlose See hinausgewagt und sich danach ins *Never-Never* begeben hätte.

Ganba antwortete nur mit einem undefinierbaren Knurren und befahl Nookar, zu den Whitefellows zurückzukehren und sie an die Stelle zu führen, wo es für die Kamele etwas zu Fressen gab. Dann suchte er sich einen erhöhten Platz – so hoch, wie es in dieser flachen Landschaft überhaupt nur ging – und beobachtete, wie die kleine Karawane näherkam. Beim Anblick der Pistole am Gürtel des großen Whitefellows sowie des guten Gewehrs in der Scheide am Kamelsattel des Weißen begannen Ganbas Augen zu funkeln. Er wusste, diese Waffen würden bald ihm gehören, und dann könnte er mit dem Zauber des weißen Mannes ein ausgewachsenes Känguru über eine unglaublich große Entfernung hinweg niederstrecken.

Aber nicht nur die Waffen des Weißen ließen Ganbas Blut in Wallung geraten, sobald er nur daran dachte, was die Geister der Traumzeit ihm beschert hatten. Wie Nookar schon sagte, würden die Kamele, diese unnatürlichen Tiere, ihnen für viele Tage gutes Fleisch liefern. Außerdem gab es die warmen Decken und das wasserdichte Zelt der Whitefellows. In den Städten der Whitefellows hatte Ganba viele Reichtümer gesehen, doch sie waren für ihn allesamt unerreichbar, denn sie wurden durch das Gesetz der Weißen geschützt. Im *Never-Never* aber, in seinem Land, sahen die Dinge völlig anders aus. Das Gesetz der Whitefellows galt hier nicht. Hier lagen die Besitztümer des Weißen in seiner unmittelbaren Reichweite, und zwar so nah, dass er den Gewehrlauf förmlich in seinen Händen spürte und den Geschmack von warmem, halbrohem Fleisch auf der Zunge hatte.

Er würde die Whitefellows nicht selbst töten. Denn die Weißen verfügten über Mittel und Wege, in die Vergangenheit zu schauen und herauszufinden, wie jemand den Tod gefunden hatte. Nein, er würde es der Wüste überlassen, sie zu töten. Es war nur bedauerlich, dass es so lange dauern würde. Bis die Whitefellows endlich tot wären, hätte die Sonne ihnen sämtliche Flüssigkeit entzogen. Ihre Haut wäre verschrumpelt, und ihre jetzt noch so saftigen Flanken und Hinterbacken wären bis dahin stark zusammengeschrumpft.

Ganba fuhr sich mit der Zunge über die Lippen und schmeckte das ranzige Fett, das Bildana ihm zum Schutz gegen die stets hungrige Sonne ins Gesicht geschmiert hatte. Er müsste beim Zerlegen ihrer Körper sehr vorsichtig vorgehen, damit man den Knochen später nichts anmerkte. Sollten andere Whitefellows zufällig die Überreste finden, dürften an den Knochen keine Anzeichen von Axthieben zu sehen sein. Man dürfte ihnen nicht das Mark aussaugen, und auch sonst dürfte nichts darauf hindeuten, dass Ganba oder seine Leute von dem, was die Geister ihnen darboten, Gebrauch gemacht hatten.

Ebenso wie die meisten australischen Ureinwohner konnte Ganba nicht begreifen, warum die Whitefellows eine natürliche und oft lebensnotwendige Handlung so überaus entsetzlich fanden. In der Vergangenheit hatten die Blackfellows die Erfahrung gemacht, dass es schon schlimm genug war, einen Weißen zu töten. Das allein löste unter den weißen Stämmen große Aufregung aus. Wenn aber ein Blackfellow einen Whitefellow auch noch aufaß, schlug die Aufregung in rasende Hysterie um, und die Weißen zogen mit Gewehren bewaffnet aus. Weshalb die Weißen so empfindlich darauf reagierten und man gutes, brauchbares Fleisch einfach vergeuden sollte, würde für Ganba immer ein Geheimnis bleiben.

Er sah, dass Nookar bereits zurückkam und vor den sich langsam bewegenden Kamelen schon einen beträchtlichen Vorsprung hatte. Der große Whitefellow ging zu Fuß und führte sein Reitkamel und drei Packtiere. Die Frau führte von ihrem eigenen Reittier aus das andere Packkamel. Ganba wartete, bis die Whitefellows die kleine Senke erreicht hatten, in der die Kamele sich sofort über die grünen Halme hermachen wollten, und fragte: »Wir hier Lager machen?«

»Ja«, stimmte der Whitefellow ihm zu. Obwohl er an diesem Tag nicht besonders weit vorangekommen war, stand ihm die Erschöpfung deutlich ins Gesicht geschrieben.

»Morgen wir gehen da weiter«, erklärte Ganba und zeigte genau nach Osten.

Nookar, der die Gibson bereits durchquert hatte und sie ebenso gut kannte wie Ganba, wandte seinen Blick in die von Ganba angedeutete Richtung. Nach Osten. Mitten ins Herz der Wüste.

Nachdem die Whitefellows ihr Zelt aufgeschlagen und sich zum Schutz vor der Nachmittagssonne darin verkrochen hatten, kam Nookar erneut auf Ganba zu. »Sind Blackfellows dort?«, fragte er und zeigte nach Norden.

Doch Ganba ignorierte die Frage.

»Du hast gesagt, du bringst die Whitefellows zum Blackfellow-Lager«, beharrte Nookar. »Gut, wenn du Nookar deine Gedanken mitteilst, mein Verwandter, denn vielleicht brauchst du Hilfe.«

»Ganba braucht von dir keine Hilfe«, erwiderte Ganba, ließ sich dann aber weicher stimmen. »Spar dein Wasser und warte ab. Das hier« – er wirbelte mit den Zehenspitzen ein wenig von dem trockenen roten Sand auf – »und die da oben« – er deutete auf die Sonne – »brauchen Zeit, um zu wirken.«

Nookar grinste. Also war es genauso, wie er gedacht hatte.

Ganba war nicht wegen Geld ins *Never-Never* gekommen. Nookar hoffte, es würde möglichst bald geschehen. Er zog die Nase kraus und konnte das gebratene Fleisch förmlich riechen.

In dieser Nacht grollte ferner Donner, und im Osten sah man Wetterleuchten. Ganba zeigte sich beunruhigt. Es regnete nur selten im *Never-Never,* aber wenn, dann brachte der Regen sofort neues Leben hervor. Nicht nur frisches Wasser wäre reichlich vorhanden, um die sich allmählich leerenden Fässer auf den Rücken der Kamele nachzufüllen, sondern überall würde zartes Grün aus dem Boden sprießen und den Tieren reichlich Nahrung bieten. Der Regen würde das todbringende Werk der Wüste und der Sonne nur verzögern, und es würde noch länger dauern, bis er endlich seine Zähne in gebratenes Fleisch schlagen konnte.

Auch in der folgenden Nacht bot sich am östlichen Himmel ein grandioses Schauspiel, wie ein weit entferntes Feuerwerk mit lang anhaltendem, leisem Grollen. In der dritten Nacht wählte Ganba den Lagerplatz mit Bedacht. Ein trockener Creek wand sich in einer Reihe von Biegungen und Krümmungen durch die ausgedörrte Wüste. Darin fand sich genug Treibholz für die Lagerfeuer. Außerdem bot es Schutz gegen den Wind, der bei Sonnenuntergang aufkam und einem schmerzhaft feine Sand- und Steinpartikel ins Gesicht blies. Gleich nach Einbruch der Dunkelheit suchten Tolo und Java ihr Zelt auf, in dem sie vor dem stärker werdenden Wind behaglich geschützt waren. Gegen die rasch aufkommende kalte Nachtluft schmiegten sie sich eng aneinander. Ganba schlief nicht in dieser Nacht. Er saß mit dem Gesicht nach Osten und beobachtete die aus der Ferne heranziehenden Wolken.

»Heute Nacht kommt der Regen«, sagte Bildana und setzte sich zu Ganba.

Auch die übrigen Baadu fanden keine Ruhe. Ihre Feuer flackerten noch, und nur eine der Frauen schlief.

»Ich werde ihnen sagen, sie sollen da unten herauskommen«, sagte Bildana, »und dann an einer anderen Stelle ihr Zelt aufschlagen.«

Ganba holte blitzartig aus und gab Bildana eine schallende Ohrfeige. »Habe ich dir etwa gesagt, dass du das tun sollst?«

»Nein«, erwiderte sie und zog sich rasch aus seiner Reichweite zurück. »Aber wenn der Regen kommt …«

Ganba war bester Laune. Eine gute Gelegenheit hatte sich ihm geboten, und er würde sie beim Schopfe fassen. Vielleicht würde er dabei einige der Reichtümer verlieren, die dem Whitefellow gehörten. Doch wenn die Geister es so vorgesehen hatten, würde er sich ihrem Willen beugen. Die Kamele, deren Vorderbeine gefesselt waren, befanden sich weit genug von dem Creek entfernt. Auf Ganbas Anraten waren die Vorräte oben am Ufer gelagert worden. Nur das Gewehr und die Pistole des Weißen sowie einige Decken und das Zelt standen auf dem Spiel.

Nun konnte er nichts anderes tun, als abzuwarten. Ganba sah zu Bildana hinüber, auf ihre geschwungenen Pobacken und ihre vorstehenden Brüste. »Bring deine Decke her«, befahl er. Sie gehorchte. Ohne jede Umschweife drang er in sie ein und machte rasche, hüpfende Bewegungen, bis er sein Ziel erreicht hatte. Das war das Ärgerliche an dieser Sache mit den Frauen. Es war immer so schnell vorüber. All die Leidenschaft und Energie, die ein Mann auf dieses flüchtige Vergnügen verwandte – und dann war es so schnell vorbei, dass man nie länger als ein paar kurze Augenblicke etwas davon hatte.

Ganba schlief. Als der Wind seine Richtung änderte und aus den sich im Osten auftürmenden Wolken blies, wachte er auf. Die Luft roch nach Feuchtigkeit. Ganba schlich schweigend zwischen den schlafenden Baadu umher und weckte sie einen nach dem anderen. Flüsternd gab er ihnen den Befehl, sich aus dem Creek zu entfernen. Nachdem seine Anweisungen befolgt worden waren, gesellte er sich zu Bildana, die zitternd im kalten Wind hockte und am Ufer ein neues Feuer entfachte. Von dort aus konnte man die Bodenrinne überblicken, in der der Whitefellow und seine Frau ruhig weiterschliefen.

Doch der Regen blieb noch aus. Die Wolken entluden sich weiter im Osten, wie Ganba an dem Geruch erkannte. Vielleicht würde sich dort genug Regenwasser ansammeln, um seinen Zweck zu erfüllen. Ganba lauschte und beobachtete. Er wartete auf ein fernes Donnergrollen. Doch es kam nicht. Schließlich schlief er ein und klammerte sich an Bildana, um sich an ihrem Körper zu wärmen.

Bei Tagesanbruch wachte er auf. Die Wolken hatten sich verzogen, und bald wieder würde die Sonne die schier endlose Wüste erwärmen. Unten in der Rinne war die Whitefellow-Frau aus ihrem Zelt aufgetaucht, reckte und streckte sich und hielt der Morgendämmerung zur Begrüßung das Gesicht entgegen.

Bildana stand neben Ganba und lachte. Er warf ihr einen wütenden Blick zu. Als sie mit ihrem Gelächter nicht aufhörte, schlug er sie. Bildana flüsterte ihm zu: »Siehst du, die Geister haben sie beschützt.«

Sein Ärger entflammte zu einer roten Zorneswolke, die ihn völlig umhüllte. Zuerst schlug er mit der Faust auf Bildana ein. Dann nahm er einen dicken Stock und fing an, sie damit zu verprügeln. Sie versuchte, dem Knüppel auszuweichen. Doch Ganba hielt sie an der Hacke fest und ließ die Hiebe mit voller Wucht auf ihre sandbedeckte, eingefettete Haut niederprasseln.

Java sah, dass die Aborigines sich aus dem Schutz des Creeks zurückgezogen hatten, und fragte sich, warum sie das wohl getan hatten. Es war ein Morgen, der wie üblich unbarmherzige Sonnenstrahlen und brütende Hitze versprach. Als Java sich mit einem tiefen Seufzer streckte, hörte sie plötzlich einen Schmerzensschrei und sah, wie Ganba mit einem Stock auf Bildana eindrosch.

»Ganba, was tust du da?«, rief sie. »Hör sofort damit auf!«

Die Schläge hielten an. Bildana stöhnte leise auf, und ihre Hände gruben sich in den Sand, während sie versuchte, wegzukriechen.

»Aufhören, habe ich gesagt!«, schrie Java, aber Ganba ignorierte sie.

Mit einem wütenden Aufschrei tauchte Java angewidert zurück ins Zelt und kam mit Tolos Pistole wieder zum Vorschein. Sie hielt sie mit der Rechten fest umklammert und arbeitete sich mühsam ans Ufer hinauf. Bei jedem Schritt versanken ihre Stiefel im weichen Sand, doch schließlich war sie nur noch wenige Schritte von Ganba entfernt. Da er immer noch wie rasend auf Bildanas nackten Rücken einschlug, hob Java die Pistole und feuerte eine Kugel ab, die nur einen Fußbreit vor Ganbas schwarzem Bein in den Sand schlug. Er hielt inne und stand da wie erstarrt.

»Du wirst jetzt, verdammt noch mal, damit aufhören«, zischte Java. »Lass sie los.«

Sein Griff um Bildanas Fuß lockerte sich, und sie kroch wimmernd und jammernd davon.

»Ganba, mach das nicht noch einmal«, sagte Java. »Solltest du Bildana noch ein einziges Mal schlagen, werde ich dafür sorgen, dass mein Mann dich verdrischt.«

Ganba verkrampfte sich, warf den Kopf in den Nacken und schnaubte verächtlich. Kein Whitefellow würde ihn je schlagen.

»Also gut«, sagte Java, »dann werde ich dich ins Bein schießen, damit du lange Zeit nur mit einem Stock laufen kannst. Hast du mich verstanden?«

Sie konnte deutlich sehen, wie er nun zögerte. Unsicher starrte er sie an. Zweifellos überlegte er sich, dass sie ebenso war wie die Frauen seiner eigenen Rasse: irrational und deshalb unvorhersehbar und möglicherweise gefährlich.

»Hast du mich verstanden, Ganba?«, wiederholte Java.

Sowohl Java als auch Tolo hatten sich sehr bemüht, ein paar Brocken von der Baadu-Sprache aufzuschnappen. Sie waren zu dem Schluss gekommen, dass einige Laute für die Zunge eines Weißen schwer auszusprechen waren. Alles in allem aber war es eine recht einfache Sprache mit einem ziemlich starren Satzbau. Java hatte ihre Frage zweimal gestellt, einmal in Pidgin-Englisch und einmal in Baadu.

»Ich habe es gehört«, erwiderte Ganba.

»Gut.«

Tolo kam aus dem Zelt und stellte sich neben sie. »Hat der Alte schon wieder seine Frau geschlagen?«

»Zum letzten Mal«, erklärte Java.

»Nun, erschieß ihn bitte noch nicht«, sagte Tolo mit unbewegter Miene, denn auch ihn hatte es gestört, dass Ganba seine Frau wiederholt geschlagen hatte. »Schließlich brauchen wir ihn noch, um die wilden Aborigines zu finden, stimmt's?«

»Wie auch immer«, sagte Java und funkelte Ganba böse an, »wenn er Bildana noch einmal schlägt, schieße ich ihm ins Bein.«

Der Hass, der ihr aus Ganbas dunklen, zusammengekniffenen Augen entgegenschlug, ließ sie erschaudern. Aber nur für einen kurzen Moment. Java hatte die Erfahrung gemacht, dass sie mit Ausnahme von Bildana nur dann eine gewisse Autorität über diese Aborigines erlangen konnte, wenn sie genug Stärke demonstrierte. Sie wagte nicht, diesem behaarten, finsteren Ganba zu zeigen, wie sehr sein bösartiger Blick sie verunsicherte.

10

Nachdem Matt die Van-Buren-Rinder- und Schaffarm mit ihrem stilvollen, weit ausladenden Haus verlassen hatte, mietete er für sich und Kit in Brisbane eine Wohnung.

Joseph Van Burens überraschende, beleidigende Ablehnung der jungen Ehefrau seines Sohnes mit der Begründung, dass englisches Blut durch ihre Adern floss, hatte Matt völlig aus der Bahn geworfen. Von dem Geld, das seine Mutter ihm überlassen hatte, würde das junge Paar einige Jahre sorglos leben können. Doch verspürte Matt den ständig wachsenden Wunsch, seinem Vater zu beweisen, dass er weder das Geld der Van Burens noch den riesigen Landbesitz Joseph Van Burens brauchte, um seine Spuren in dieser Welt zu hinterlassen. Die Frage war nur: Wo sollte er beginnen?

Kit hegte offenbar nicht die geringsten Bedenken. Sie hatte grenzenloses Vertrauen in ihren Ehemann. »Du wirst schon das Passende finden«, sagte sie zu Matt. »Welche Entscheidung auch immer du triffst, es wird die richtige sein. Da bin ich mir ganz sicher.«

Im Moment gaben sich beide vollkommen damit zufrieden, ihr noch ungewohntes Eheleben miteinander zu genießen. Nach Kits ersten zaghaften, etwas ängstlichen Versuchen hatte sie eine so große Sinnlichkeit unter Beweis gestellt, dass sie es mit dem gesunden Appetit eines kraftstrotzenden jungen Mannes auf die Befriedigung seiner fleischlichen Gelüste durchaus aufnehmen konnte. So wurden aus Tagen rasch Wochen und aus einem Monat bald zwei.

Plötzlich schienen beide gleichzeitig aus ihren strahlenden Nebelschwaden des ungetrübten Glücks zu erwachen. Und als sie sich umsahen, erkannten sie, dass die Welt um sie her noch existierte und für ihre eigennützige Zeit der Zweisamkeit und des Müßiggangs ihren Preis forderte.

Für einen jungen Mann mit begrenzten Mitteln waren die Möglichkeiten recht eingeschränkt. Matt verfügte nicht über eine berufliche Ausbildung oder ein technisches Studium. Er hatte die Schule abgebrochen und war der Armee beigetreten, um gegen die Buren zu kämpfen. Er war kein Ingenieur wie sein Freund Slone Shannon. Und sein Militärdienst in Südafrika hatte ihn nur dazu befähigt, durch den Busch zu streifen und andere Männer in Gefahrenzonen zu führen – Fähigkeiten, die in der zivilen Welt nicht sehr gefragt waren.

Matt besaß nicht genug Geld, um Grund und Boden in einer Größenordnung zu kaufen, die für eine erfolgversprechende Vieh- oder Schafzucht erforderlich war. Nicht einmal bei den derzeitigen, durch die lang anhaltende Dürre stark reduzierten Preisen. Von den Marktgesetzen verstand er nichts, hielt sich aber durchaus für lernfähig, wenn sich die entsprechende Gelegenheit ergäbe. Problematisch war nur die starke Konkurrenz bei Handelsgeschäften in Brisbane. Trotz des durch die Dürre verursachten geringen Angebots standen die Wollpreise derzeit schlecht, und der Handel mit Zucker war ein so hoch spezialisiertes Gebiet, dass man es besser den Experten überließ.

Selbstverständlich blieb Matt immer noch die Wahl, sich irgendwo eine Anstellung zu suchen. Er war sich sicher, er würde auch eine Anstellung finden, wenn er sein Glück in einer größeren Stadt wie Sydney versuchte. Sam Gordon würde einen ehrgeizigen jungen Mann in seinen Unternehmungen der Handelsmarine bestimmt gut gebrauchen können. Und Misa Mason, die Matt am Tisch der Gordons kennengelernt hatte, war auf vielerlei Gebieten tätig. Vielleicht hätte Mrs Mason in einer ihrer Banken Verwendung für einen fähigen, jungen Mann von angenehmem Äußeren.

»Die Entscheidung liegt natürlich bei dir«, sagte Kit. »Ich mochte Jessica Broome. Eigentlich waren alle, die wir dort kennengelernt haben, sehr nette, interessante Leute. Ich hätte nichts dagegen, in Sydney zu leben. Und ich bin sicher, du würdest dort eine gute Anstellung finden.«

Matts Ablehnung war seiner Miene deutlich anzusehen. »Du hast noch nie gegen Bezahlung gearbeitet, stimmt's?«, fragte Kit vorsichtig.

Matt grinste. Diese einfache Frage ersparte ihm langes Grübeln. »Ich glaube, du hast den Finger genau in die Wunde gelegt«, sagte er. »Nicht, dass mir vor dem Arbeiten bange wäre. Weiß Gott, jeder, der auf einer Vieh- und Schaffarm aufgewachsen ist, weiß, was Arbeit bedeutet. Aber ich musste noch nie jemanden Chef nennen. Oh, meinem Vater habe ich gehorcht, weil ich Respekt vor ihm hatte. Und in der Armee musste ich verdammt oft grüßen und ›Sir‹ sagen. Aber die Armee ist die Armee, und da geht es nun mal so zu. Wenn man strammsteht, dann tut man das vor einer Uniform, den Abzeichen eines höheren Offiziers. Und wenn der Kerl ein Idiot ist, ignoriert man ihn und blickt zurück auf die ehrenwerte Militärtradition der Völker des englischen Sprachraums. Aber wenn du jeden Morgen aufstehst und weißt, du musst für einen Mann arbeiten, der dein Leben und deine Finanzen beherrscht ...« Er schüttelte den Kopf. »›Ja, Chef, ich werde in einem Haus wohnen, das Sie für mich aussuchen, indem Sie die Höhe meines Gehaltes festsetzen. Ja, Chef, ich werde die Kleidung tragen, die Sie für diesen Job als angemessen erachten. Ja, Chef, ich werde Ihnen in den Hintern kriechen, weil ohne Ihr Wohlwollen für meine hungrige englische Frau und ihre lärmende Rasselbande kein Essen auf dem Tisch steht.‹«

»Ich verstehe allmählich, was du meinst«, sagte Kit. »Und ich kann dir deswegen keine Vorwürfe machen. Auch ich würde mich nicht gern einem Chef unterordnen. Ich hatte schon genug mit meinem Vater – Gott segne seinen Dickschädel. Aber was bleibt dann noch, mein prächtiger fahrender Ritter?«

»Neuguinea«, sagte er spontan und fragte sich, wo diese Antwort plötzlich herkam. Doch dann fiel ihm Trev Gorel und

Trevs begeisterte Beschreibung dieser wundersamen großen Insel und ihrer Reichtümer ein, die nur darauf warteten, von einem beherzten Mann geerntet zu werden.

»Neuguinea?«, fragte Kit zweifelnd. »Nach allem, was ich bisher darüber gehört habe, ist das ein äußerst unangenehmer Aufenthaltsort. Viel zu heiß und feucht.«

»Erinnerst du dich noch an Trev Gorel?«

»Selbstverständlich«, erwiderte sie. »Vermutlich wusste er auch nicht mehr über Neuguinea als wir.«

»Aber was ist, wenn er recht hatte?«, fragte Matt mit strahlendem Blick. »Was ist, wenn wir dort hingingen und uns innerhalb einiger Jahre etwas Anständiges aufbauen könnten? Meinst du, du könntest eine Zeit lang ein wenig Hitze und Feuchtigkeit ertragen?«

»Solange ich mit dir zusammen bin, ja«, sagte sie schlicht.

Auch wenn Matt nur wenig über Neuguinea wusste, hatten andere Australier, insbesondere die Bewohner von Queensland, diese Insel schon seit Jahrzehnten mit gierigen Blicken betrachtet. Die Darstellung der auf dieser riesigen Insel zu erwartenden Reichtümer war häufig maßlos übertrieben. Viele hatten jedoch bereits Mittel und Wege gefunden, aus den dichten Urwäldern der Insel sowie aus deren Küstengewässern Profit zu schlagen. Sie trieben Handel mit den exotischen Hölzern der Insel: mit Ebenholz, Zedern- und Sandelholz. Die Palmen der Küstenregionen dienten der reichlichen Kopragewinnung, und das Meer bot außer Perlen auch allerlei Essbares: Bêches-de-Mer – Trepang oder Seeschnecken, auch als Seegurken bekannt. In getrocknetem oder gekochtem Zustand galten sie selbst bei einigen Weißen als Delikatesse und wurden vor allem in China für die Zubereitung von Suppen stark nachgefragt.

Im Jahre 1877 war im Gebiet des Mai-Kusa-Flusses Gold gefunden worden. Daraufhin hatte ein kurzer Goldrausch eingesetzt. Doch wie bei allem in Neuguinea waren die Erwartungen viel zu hoch geschraubt.

Die Realität sah deutlich anders aus: Insekten, Äquatorhitze und eine menschenfeindliche Landschaft. An den Küsten Neuguineas waren die sandigen, korallenhaltigen Böden durch sintflutartige Regenfälle ausgelaugt, sodass sie für importierte Landwirtschaft kaum infrage kamen. An vielen Stellen drang bei jeder Flut das Meerwasser in ausgedehnte Sumpfgebiete. Weiter im Landesinneren machten schwer zugängliche Gebirge und von undurchdringlichem Dschungel bewachsene Schluchten den Durchgang zu den höher gelegenen Dörfern, in denen überraschend gemäßigte Temperaturen herrschten, beinahe unmöglich.

Doch nach wie vor glaubte man, Neuguinea verfüge über unermessliche Reichtümer, die nur auf ihre Entdeckung warteten. Und viele Australier waren der Ansicht, die dolchartige Verlängerung von Queensland, die sich nach Norden in die Torres-Straße bis nah an Neuguineas Südküste erstreckte, sei eine Verlockung und Herausforderung für jeden ehrgeizigen Abenteurer. Hinzu kam, dass sich der Einsatz auf Neuguinea auch durch patriotische Gründe unterstützen und rechtfertigen ließ. Bismarck hatte deutschen Händlern bei ihren Geschäften auf den Pazifikinseln ausdrücklich seine »Protektion« zugesagt. Die Queenslander empfanden diese Zusage als Bedrohung, da auch Neuguinea davon betroffen war, das sie fast schon als ihre Heimat betrachteten. Tatsächlich konnte kein vernünftiger Mensch in Australien sich mit der Vorstellung anfreunden, dass die Deutschen die alleinigen Beherrscher eines ihrem Kontinent so nahe gelegenen Territoriums sein sollten.

Die Bedenken gegenüber einem weiteren Eindringen der Deutschen auf Neuguinea, die etwas verspätet große Anstrengungen unternahmen, eine Kolonialmacht zu werden, waren nicht neu. Bereits knapp zwanzig Jahre früher hatte der Premierminister von Queensland, Sir Thomas McIlwraith, nachdem 1884 in Berlin eine Organisation zum Zweck der Ausbeutung der Ressourcen Neuguineas gegründet worden war, im Namen des britischen Empires die Annektierung des östlichen Teils von

Neuguinea erklärt. Das britische Kabinett hatte dieser Vorgehensweise jedoch nicht zugestimmt, denn Großbritannien war an Neuguinea in keiner Weise interessiert. Und ob Queensland oder auch ganz Australien ein Interesse daran hätten, kümmerte die Politiker in London nur wenig. Erst nach Bismarcks »Protektions«-Zusage fanden die englischen Politiker sich dazu bereit, ein nicht genau definiertes Gebiet im Osten Neuguineas zeitweise zu ihrem Protektorat zu erklären, während die australischen Kolonien die politische und finanzielle Verantwortung für diese jüngste Frucht im britischen Imperialismus übernehmen mussten. Nach einem Jahrzehnt sollte die gemeinsame Herrschaft Australiens und des Mutterlandes erlöschen. Großbritannien sollte sich zurückziehen und Australien den Besitz überlassen. Die Finanzierung des Ausbaus der heimischen Landwirtschaft, die Grundbesitzregulierung, der Schutz heimischer Arbeitskräfte, die Einführung moderner Medizin – kurz, einem der rückständigsten Gebiete der Welt die »Zivilisation« überzustülpen – sollte hauptsächlich die Aufgabe Queenslands sein, mit Unterstützung von Victoria und Neusüdwales.

Auch nach dem Zusammenschluss Australiens änderte sich nicht viel. In fast allen Lagern wurde Neuguinea – je nach Blickwinkel – als Queenslands gehätscheltes Kind oder Queenslands Kopfschmerz betrachtet.

Der Sitz des britischen Gouverneurs, Sir George Le Hunte, befand sich in Port Moresby, der bedeutendsten australischen Siedlung an Neuguineas Südküste. Wenn man sich der allgemeinen Ansicht anschloss, dass Neuguinea auf der Landkarte die Form einer missgestalteten Echse hätte, dann lag Port Moresby am Schwanzende der Echse, unterhalb der ausgedehnten Landmassen genau zehn Grad unterhalb des Äquators. Gleich hinter der Stadt begann der dichte Dschungel, der sich über die Gebirgsgegend der Owen Stanley Range erstreckte.

Als Matt und Kit sich für Neuguinea als ihre nächste Anlaufstation entschieden, kannte keiner von beiden diesen Hintergrund. Da jedoch weder er noch sie völlig blauäugig waren, begannen sie ihr Abenteuer mit einem Abstecher in die Geschäftsräume des Van-Buren-Unternehmens in Brisbane.

Einer von Matts Cousins fungierte dort als Geschäftsführer. Er war nur wenig älter als Matt und trug den Namen ihres gemeinsamen Großvaters Claus Van Buren. Eine gewisse Familienähnlichkeit zwischen den beiden jungen Männern ließ sich nicht leugnen, nur dass Claus um die Taille herum schon etwas mehr Gewicht zugelegt hatte. Jeder von ihnen war recht neugierig auf den anderen.

»Ich glaube, ich habe dich schon einmal gesehen«, sagte Claus. »Damals in Wellington, als du noch ein kleiner Pimpf warst.«

»Tut mir leid, aber daran erinnere ich mich nicht«, sagte Matt.

»Also, mein lieber Cousin, wie kann ich dir helfen?«, fragte Claus.

»Erzähl mir etwas über Neuguinea«, antwortete Matt.

»Heiß und feucht ist es dort«, sagte Claus mit unschuldiger Geste.

Matt lachte. Um seinen Cousin zu mögen, bräuchte er sich nicht besonders anzustrengen, dachte er. »Vielen Dank«, entgegnete er mit schiefem Lächeln.

»Keine große Hilfe, wie?«, fragte Claus und grinste zurück.

»Laufen viele Van-Buren-Handelsschiffe Neuguinea an?«

»Nicht so viele, wie wir es uns wünschen würden«, sagte Claus und nickte zur Bekräftigung. »Warum fragst du? Hat Onkel Joseph etwa vor, nach Neuguinea zu gehen?«

»Nein, mein Vater nicht«, antwortete Matt.

Claus entfernte umständlich mit dem Brieföffner den Schmutz unter einem seiner Fingernägel. »Ich hatte gehofft, dein Besuch bei mir hätte zu bedeuten, dass Onkel Joseph meinem Vater gegenüber inzwischen freundlicher gesinnt wäre.«

»Nein, leider nicht«, sagte Matt. Der Name Nathan Van Buren war in Matts Elternhaus selten gefallen. Auch den genauen

Grund, weshalb die beiden Brüder sich vor langer Zeit entzweit hatten, kannte er nicht. Er wusste nur, dass die Brüder sich auseinandergelebt hatten und ihren Briefverkehr auf Geschäftliches rund um die Führung des Familienunternehmens beschränkten, an dem beide nach wie vor ihren Anteil hatten. »Um ehrlich zu sein, Claus«, fuhr Matt fort, »habe ich mehr geahnt als gewusst, dass es zwischen meinem und deinem Vater Unstimmigkeiten gibt. Mein Dad hat nie darüber gesprochen. Keine Ahnung, weshalb sie sich gestritten haben, und offen gestanden, ist mir das auch ziemlich egal. Ich benötige lediglich ein paar Informationen über Neuguinea und dachte, eine große Handels- und Schifffahrtsgesellschaft wie Van Buren wäre der richtige Ort, um mich danach zu erkundigen. Was mich angeht, freue ich mich, dich kennengelernt zu haben. Und wenn das auch für dich in Ordnung ist, könnten wir doch ungeachtet der Probleme zwischen unseren Vätern Freunde sein.«

»Verzeih meine Neugierde«, sagte Claus, »aber es kommt mir so vor, als würde ich aus deinen Worten einen gewissen Unwillen gegenüber deinem Vater heraushören.«

»Dazu möchte ich nur Folgendes sagen«, bemerkte Matt vorsichtig. »Ich werde in absehbarer Zukunft nicht die Van-Buren-Farm leiten … vielleicht sogar nie.«

»Aha«, sagte Claus. »Wir Van Burens sind offenbar ein bisschen starrköpfig, wie?«

»Ein bisschen? Von wegen!«, erwiderte Matt.

»Na dann«, fuhr Claus fort und rieb sich die Hände. »Hin und wieder schaffen wir es, in Port Moresby eine volle Schiffsladung exotischer Hölzer zusammenzustellen, oder wenigstens eine Teilladung. Jedenfalls bringt sie uns immer einen guten Gewinn ein. Genug Nachfrage ist ständig vorhanden, kann aber durch die vereinzelten Lieferungen nicht gedeckt werden. Die Engländer mit ihrer Ansicht ›My home is my castle‹ haben an Ebenholz, Sandel- und Zedernholz sowie anderen exotischen Hölzern aus dem Fernen Osten großen Geschmack gefunden. Falls du daran denkst, dich geschäftlich in Neuguinea umzutun, wäre der Holzhandel sicher ein guter Start.«

Claus lud Matt in seinen Club zum Essen ein, und die beiden Cousins führten bei einem ausgezeichneten Lunch ihr Gespräch fort. Alles, was Matt weiter über Neuguinea erfuhr, bestärkte ihn nur in seiner Überzeugung, dass sich ein Versuch lohnte.

»Ich würde unbearbeitetes Nutzholz zu einem fairen Preis kaufen«, sagte Claus, »und zwar so viel, wie du nur liefern kannst.«

»Hältst du das für klug?«, fragte Matt.

»Meinst du, weil unsere Dads es nicht so gut miteinander können?« Claus zuckte mit den Schultern. »Müssen sie es denn überhaupt erfahren?«

»Claus«, sagte Matt und nippte an seinem Cream-Sherry, den er nach dem Essen zu sich nahm, »ich kann dich wirklich gut leiden. Aber nach dem Debakel mit meinem Dad möchte ich ihn, glaube ich, nicht noch mehr enttäuschen. Ich will nicht, dass er den Eindruck hat, ich hätte ihm den Rücken gekehrt und wäre zu seinem Bruder übergelaufen. Vermutlich wird er eines Tages versuchen, seine harten Äußerungen mir gegenüber wieder geradezurücken. Und dem möchte ich nichts in den Weg legen.«

»Also soll jetzt ich für die alten Sünden meines Vaters und meines Onkels bestraft werden, indem ich eine vielversprechende Geschäftsbeziehung einbüße?«, fragte Claus. »Hör zu, ich arbeite zwar für das Familienunternehmen, aber natürlich habe ich auch meine privaten Interessen. Und dazu gehört, dass ich meinen Geschäftszweig größer und profitabler ausbauen will als den meines Bruders. Der Holzhandel in Neuguinea wirft gute Gewinne ab. Du könntest unter einem anderen Namen tätig werden, den man nicht mit dir in Verbindung bringt.« Er beugte sich vor. »Ich habe eine Idee. Wenn du Bedenken hast, dass dein Vater glaubt, du hättest nur deshalb Erfolg, weil du von meinem Vater und unserer Gesellschaft unterstützt wirst, lass uns das Risiko einfach teilen. Wir könnten mit dem von dir gelieferten Holz auf dem Markt spekulieren. Meine Schiffe bringen es nach Europa, und meine Vertreter verkaufen es dort zum bestmöglichen Preis. Den jeweiligen Gewinn teilen wir uns. Wenn die Holzpreise auf dem Markt fallen, teilen wir uns eben den Verlust.«

Matt zögerte. Wenn man mit Holz aus Neuguinea tatsächlich Geschäfte machen konnte, würde er auch andere Käufer und andere Schiffe finden. Beispielsweise gab es die Mason-Schifffahrtslinie, mit deren Geschäftssitz in Brisbane er leicht Kontakt aufnehmen konnte. Aber er mochte Claus. Einen Mann wie ihn würde er gern zum Geschäftspartner haben.

»Claus, ich würde sagen, du hast mich überzeugt.«

»Gut.«

»Ich werde also nach Neuguinea gehen und mich dort umsehen. Wie ich gehört habe, ist es wohl ein echtes Problem, Arbeitskräfte zu finden.«

»Menschen aus so rückständigen Gebieten sind selten bereit, gegen Bezahlung zu arbeiten«, sagte Claus.

»Dann gehöre ich also auch in diese Kategorie«, erwiderte Matt grinsend. »Deshalb habe ich durchaus Verständnis dafür. Ich werde sehen, was ich tun kann, um in regelmäßigen Abständen Holz zur Küste zu schaffen. Sobald ich so weit bin, lasse ich es dich wissen. Faires Angebot?«

»Faires Angebot«, stimmte Claus zu und reichte Matt die Hand. »Vielleicht gelingt es uns im Laufe der Jahre sogar, unsere alten Herren umzustimmen, dass sie ihren alten Groll vergessen und sich gegenseitig wieder wie Brüder behandeln.«

»Wenn Onkel Nathan so ist wie mein Vater, dann wird dazu schon Hilfe von oben nötig sein«, meinte Matt.

»Übrigens«, sagte Claus beim Verlassen des Clubs, bevor sie auseinandergingen, »bist du mit genügend Kapital ausgestattet?«

»Was ich habe, wird wohl reichen«, erwiderte Matt. Auch wenn er sich dazu entschloss, Holz in Van-Buren-Schiffen zu transportieren, würde er unter keinen Umständen ein Darlehen von Claus annehmen.

In Port Moresby regnete es. In dem Haus, in dem Matt und Kit sich einquartiert hatten, war das Dach undicht. Das ständige Platschen der Regentropfen in einen Eimer am Fußende ihres Bettes brachte sie um den Schlaf und trieb sie beinahe zum Wahnsinn.

Wenn sie durch die Straßen gingen, stapften sie knöcheltief durch den Schlamm. Horden von blutsaugenden Insekten drangen auf schändlichste Weise in die Kleidung ein oder bahnten sich des Nachts ihren Weg unter die Moskitonetze an Bett und Fenstern. Die Luft war erfüllt vom Geruch des Dschungels, dem Gestank nach Verfaultem, aus dem der Urwaldboden bestand.

Matt entdeckte bald, dass die Präsenz der Briten in Papua, dem östlichen Teil der großen Insel, die formal unter britischem Protektorat stand, hauptsächlich symbolischen Charakter hatte. Der britische Gouverneur Sir George Le Hunte war ein angenehmer Zeitgenosse, der zu den kolonialen Idealen, die ökonomischen Lebensbedingungen der Eingeborenen zu verbessern und die Wunder der modernen Medizin in Neuguineas Dschungel zu bringen, großartige Lippenbekenntnisse ablegen konnte.

Auf Matt machte Sir George allerdings den Eindruck, dass die Briten nur deshalb auf Neuguinea waren, damit die Insel nicht völlig in deutsche Hand geriet.

»Von mir aus, mein Junge«, sagte der Gouverneur, »können Sie im Umkreis von zweihundert Meilen so viele Bäume umhauen, wie Sie nur wollen. Es gibt weiß Gott genug davon. Wissen Sie, dass die Farbigen nur eine Tagesreise mit dem Schiff von hier entfernt in Pfahlbauten leben, weil mit jeder Flut das Wasser bis unter ihre Hütten dringt?« Er lachte glucksend. »Geniale Art, um das sanitäre Problem zu lösen, finden Sie nicht? Man braucht nur ein kleines Loch in den Fußboden zu schneiden, und der Ozean spült die Fäkalien zweimal täglich weg. Gut, was?«

Die englischen Staatsbeamten, Sir Georges Mitarbeiter, verrichteten ihren Dienst ähnlich lasch. Matt brauchte mehr als zwei Wochen für die Erlangung der erforderlichen Papiere, die ihn als rechtmäßigen Holzhändler auswiesen und ihn zu Geschäften nicht nur in Britisch Neuguinea, sondern auch auf den Salomoninseln berechtigten. Man legte ihm nahe, sich nicht zu dicht an die von den Deutschen beherrschten Gebiete heranzuwagen: die Nordostküste Neuguineas sowie New Britain und andere Inseln im Bismarck-Archipel und die Bougainville-Inseln im Osten.

Das Aussehen der Ureinwohner, die in Port Moresby aus- und eingingen, ließ in Matt keine großen Hoffnungen aufkommen, einen Trupp verlässlicher Arbeitskräfte zusammenzustellen. Die Menschen hier waren von kleinem, beinahe zwergenhaftem Wuchs, hatten einen stämmigen Körper und einen großen Kopf. Anscheinend beschränkte die Kleidung der Männer und Jungen sich größtenteils auf einen Lendenschurz, oder sie trugen gar nichts. Die Frauen, die ebenso klein und untersetzt waren, trugen nur Grasröcke, die sie mit geflochtenen Bändern um ihre breite Taille befestigt hatten, und schmückten sich mit auffälligen Halsketten. Der Dreck und Schmutz, in dem die Eingeborenen in ihren Behausungen lebten, rührte Matt zu tiefstem Mitleid.

Arbeitskräfte zu finden, war für Matt absolut notwendig und daher logischerweise der erste Schritt. Er überlegte sich, dass es hilfreich wäre, jemanden zu haben, der unter all den Bäumen des Urwalds das Zedern-, Sandel- und Ebenholz herausfinden könnte. Er selbst war nicht in der Lage, einen Sandelholzbaum von einer Kokospalme zu unterscheiden. Zu seinem großen Glück traf er auf Gihi.

Gihi, ein eher hagerer Mann, der fünfundzwanzig Zentimeter kleiner war als Matt, trug das übliche Lendentuch. Sein Haar war zu vielen kleinen Zöpfen geflochten, die ihm bis auf die Schultern reichten. Seine Stirn zierten einige billige Perlenschnüre, und um den Hals trug er einen großen, halbmondförmigen Anhänger.

Sein Kopf starrte vor Schmutz, der mit dem ranzigen Schweinefett verkrustet war, mit dem die Eingeborenen ihre Haut vor Insekten und Sonnenbrand schützten.

Gihi hockte auf den Fersen, als Matt auf ihn zuging. Auf dem Boden lagen die Überreste eines gebratenen Hähnchens, und Gihi zupfte das Fleisch von den Knochen und legte es auf ein Bananenblatt.

»Ich suche nach dem Mann Gihi«, sagte Matt.

»Dann ist Ihre Suche beendet«, erwiderte Gihi.

»Man hat mir gesagt, Gihi kennt den Urwald und Gihi kann gut arbeiten.«

Gihi gab ein Geräusch von sich, das irgendwo zwischen einem Seufzen und einem Stöhnen lag. »Also hat man mich doch wieder ausfindig gemacht«, sagte er. Er wischte sich seine fettigen Finger an der Brust ab und machte eine einladende Geste. »Setz dich. Du kannst gerne bei mir mitessen.«

»Nein danke, ich habe schon gegessen«, antwortete Matt und sah auf den Schwarm Fliegen, der sich auf dem zerrupften Hähnchenfleisch niedergelassen hatte. Er hockte sich ebenfalls auf die Hacken. »Du sprichst sehr gut englisch.«

»Weil die Engländer meine Sprache nicht gut sprechen«, sagte Gihi.

»Will Gihi jetzt über Geschäfte sprechen, oder soll ich lieber wiederkommen, wenn du gegessen hast?«

»Sprich«, sagte Gihi und stopfte sich Hähnchenfleisch in den Mund, bis nichts mehr hineinpasste.«

»Ich möchte mit möglichst vielen Männern in die Wälder«, sagte Matt, »um Ebenholz- und Sandelholzbäume zu fällen. Man hat mir gesagt, Gihi könne Männer besorgen, und Gihi wäre für die Holzfäller ein guter Boss.«

»Das habe ich schon gemacht«, sagte Gihi. »Ich weiß nicht, ob ich es noch einmal machen will.«

Matt schwieg. Gihi aß seine Stücke Hähnchenfleisch rasch weiter, als wollte er den hartnäckigen Fliegen zuvorkommen.

»Ich habe daran gedacht, nach Hause zurückzukehren«, sagte Gihi und zeigte in östliche Richtung. »Dorthin. Im Hochland ist das Wetter angenehmer. Man schwitzt nicht so wie hier am Meer.«

»Vielleicht möchtest du dir ja einen Notgroschen zurücklegen ...«

Gihi runzelte verblüfft die Stirn.

»Geld verdienen«, sagte Matt, »und dir Handwerkszeug kaufen, Decken und andere schöne Dinge, die du dann später mit nach Hause nehmen kannst.«

Gihi knurrte und stopfte sich das letzte Stück Fleisch in den Mund. Das fettige Bananenblatt ließ er einfach auf der Erde liegen, wischte sich die Hände an seinen Oberschenkeln ab und stand auf.

Matt tat es dem kleinen Eingeborenen nach und erhob sich.

»Ich werde für Sie Holz fällen«, sagte Gihi. »Wie viele Männer brauchen Sie?« Er hielt eine Hand hoch, spreizte die Finger und zog fragend die Augenbrauen hoch. Matt hob beide Hände und spreizte die Finger.

»Zehn Mann?«, fragte Matt.

Gihi streckte alle zehn Finger aus und nickte. »Sie werden bereit sein.«

Matt fragte sich allmählich, ob er Kit nicht lieber in Australien hätte lassen sollen. Sie beklagte sich nicht, wenn die schwüle Hitze des Tages sie so undamenhaft zum Schwitzen brachte oder wenn das unablässige Tropfen durch das undichte Dach zu einer wahren Folter wurde. Matt bekam keine einzige Klage zu hören, dafür aber umso mehr Flüche. Kit war ein Soldatenkind. Wenn sie sich mitten in der Nacht in ihrem Bett aufsetzte und auf das Klima in Neuguinea schimpfte und die gesamte Ahnentafel eines jeden verfluchte, der so dumm war hierherzukommen oder sogar noch vorhatte zu bleiben, hätte selbst ein hartgesottener Sergeant Major noch etwas von ihr lernen können.

Zuerst war Matt schockiert. Dann folgten die Schuldgefühle, denn schließlich hatte er sie an diesen dunstigen, feuchten Ort mit seiner allnächtlichen chinesischen Wasserfolter gebracht. Als ihre Flüche immer einfallsreicher wurden, musste er zum Schluss doch lachen.

»Verdammt, ich bin stolz auf dich«, sagte er, als sie endlich schwieg und sich offenbar erschöpft in ihre feuchten Kissen zurückfallen ließ. »Ich habe noch nie eine so gute Schimpfkanonade gehört.«

»Ach, sei still«, sagte sie und versuchte, ein aufkeimendes Grinsen zu verbergen.

»Fühlst du dich jetzt besser?«, fragte er amüsiert.

»Oh ja, bei Gott«, erwiderte sie. »Ich fühle mich sehr viel besser. Und wenn du dich nun hinlegst und ruhig bist, könnte ich die Wasserfolter vielleicht sogar aus meinem Bewusstsein verdrängen und einschlafen.«

Er legte sich zurück und schwieg einen Augenblick. »Kit?«

»Hmm.«

»Ich habe zehn Mann und einen Teamchef besorgt.«

»*Goodonyer*«, sagte sie. Nach diesem in reinem Oxford-Englisch ausgesprochenen Australianismus hatte Matt sie gleich noch einmal so gern.

»Ich werde bald in den Wald aufbrechen.«

Kit setzte sich wieder auf. »Was heißt hier ›ich‹? Wie kommst du dazu, in der ersten Person Singular zu reden?«

»Ich finde, du solltest lieber nicht mitk…«

»Unsinn«, sagte sie. »Was soll ich deiner Meinung nach denn tun? Hier bleiben und zuhören, wie es tropft? Ich habe gehört, die besten Bäume wachsen in den höheren Lagen, wo es kühler ist.«

»Wir werden die Bäume nahe am Wasser fällen müssen, da wir noch keine Möglichkeit haben, die Stämme von den höheren Bergen hinab an die Küste zu schaffen.«

»Ich komme trotzdem mit.« – Matt seufzte. »In Ordnung. Wir werden es versuchen. Wenn es zu hart wird, bringe ich dich wieder hierher zurück.«

Sie prustete.

»Oder ich schicke dich zurück nach Australien.«

»Wehe dir«, sagte sie und rückte trotz ihrer klebrigen, verschwitzten Körper näher an ihn heran. »Nicht mal im Traum brauchst du daran zu denken.«

»Vielleicht hätte ich doch in Australien bleiben sollen. Wir könnten immer noch zurückkehren. Es hat keinen Zweck, wieder nach Brisbane zu gehen, aber ich könnte mir einen Job in Sydney suchen.«

»Nein«, antwortete sie schlicht und einfach. »Darüber haben wir bereits gesprochen, und es würde dir nicht zusagen.«

»Man hat mir gesagt, ich sei ein Narr, wenn ich im Ernst daran glaubte, ich könnte Männer aus der Steinzeit ans Arbeiten bringen«, erklärte er. »Man sagt, die Eingeborenen seien einfach zu dumm, um gute Arbeit zu leisten.«

»*Man*«, wiederholte Kit geringschätzig.

»Kit, wir werden es in diesen küstennahen Sumpfgebieten mit ihrem Fieber, der Hitze und der Feuchtigkeit vermutlich nicht lange aushalten. Ich verspreche dir, dass ich dich sehr schnell aus diesem nassen Ort wegbringen werde. Das Holzfällen ist nur eine vorübergehende Sache. Wir können noch andere Dinge versuchen. Zum Beispiel Kaffeeanbau. Obwohl man sagt …« Er hielt inne.

»Man sagt …« wiederholte sie, um ihn zum Weiterreden zu drängen.

»Man sagt, die Temperaturen im Hochland wären recht angenehm, und von Zeit zu Zeit würde sogar ein frischer Wind wehen. Obwohl es der ideale Standort für Kaffee ist, könnte man aber keine Kaffeeplantagen errichten. Auch da kommen wir wieder auf die Dummheit und Faulheit der Farbigen zurück. Keine Arbeitskräfte. Ich habe mit einem Mann gesprochen, der schon im Hochland war. Er sagt, die Leute dort sind mit ihrem Leben zufrieden und haben keine Lust, für die Weißen zu arbeiten.«

»Wenn du immer nur darauf hören willst, was *man* sagt, würdest du morgens erst gar nicht mehr aufstehen. Man hätte dich nämlich davon überzeugt, dass es für so ein menschlich geformtes Ding unmöglich ist, auf zwei Beinen zu balancieren.« Sie küsste ihn auf die Wange. »Lass uns zuerst ein paar Stämme schlagen, und wenn wir dann ein bisschen Geld beisammen haben, sehen wir uns mal im Hochland um.«

»Was hatte ich nur für ein Glück, dass ich dich zur Heirat mit mir überreden konnte!«

»Du hast mich eben in einem schwachen Moment erwischt«, sagte sie. »Würdest du jetzt bitte eines von zwei Dingen für mich tun?«

»Was denn?«

»Entweder liebst du mich auf der Stelle, oder du schläfst augenblicklich.«

»Darf ich nur eins von beidem?«

»Nicht, wenn du dich für die richtige Reihenfolge entscheidest.«

Und er traf die rechte Wahl.

Kit begleitete Matt, als er wieder in die Elendssiedlung ging, in der Gihi wohnte. Der Eingeborene hockte vor seinem aus Holzplanken und Wellblech gebauten Verschlag. Als er Matt sah, stand er auf und entblößte mit breitem Lächeln die Zähne.

»Also, Gihi, wie viele Männer hast du auftreiben können?«, fragte Matt.

»Sie ist viel zu weiß«, bemerkte Gihi und sah auf Kit. »Sie müssen eine so weiße Haut vor der Sonne schützen.« Er duckte sich, holte aus seinem Verschlag einen Bierkrug und gab ihn Kit.

Beim Geruch des ranzigen Fetts verzog sie das Gesicht. »Reiben Sie sich das ins Gesicht«, sagte Gihi, »und auf Arme und Hände.«

»Vielen Dank«, sagte Kit. »Das ist wirklich sehr freundlich.« Sie versuchte, Gihi den Krug zurückzugeben.

»Meine Frau hat ihr eigenes, ähm, Fett, mit dem sie ihre Haut vor der Sonne schützt«, sagte Matt.

»Gut«, gab Gihi sich zufrieden und nahm den Krug.

»Wie viele Männer?«

»Keine Sorge«, erwiderte Gihi und bewies mit seinem Tonfall, dass er zumindest einen Teil seiner Englischkenntnisse einem Australier verdankte.

»Wie viele?«, bohrte Matt weiter.

»Sie werden bald da sein«, sagte Gihi. »Ich habe meinen jüngeren Bruder losgeschickt, um sie zu holen.«

»Wohin hast du deinen jüngeren Bruder denn geschickt?«, fragte Matt mit wachsendem Argwohn.

»Dorthin«, sagte Gihi und zeigte nach Osten. »Bis der Mond einmal ganz zugenommen hat, wird er mit vielen Männern zurück sein.«

Matt stand mit offenem Mund da. Seine Pläne hatten sich zerschlagen. Der Eingeborene musste die Männer also extra aus einer Gegend im Hochland kommen lassen, die weiß Gott wie weit entfernt lag. Er machte eine hilflose Geste.

»Macht dieser alte Schurke dir etwa zu schaffen?«, ertönte eine vertraute Stimme hinter ihm.

»Mr Gorel!«, rief Gihi glücklich.

Matt drehte sich um. »Trev«, sagte er mit breitem Grinsen.

»Höchstpersönlich«, sagte Gorel. »Was faselt dieser nichtsnutzige Alte da? Welche Lügengeschichten will er dir auftischen?«

»Er meint, er könnte zehn Arbeiter zusammentrommeln«, sagte Matt. »Schön, dich zu sehen, Trev. Ich habe mich nach dir erkundigt. Die Nichtstuer im Amtssitz von Sir George glaubten, du wärest auf die Inseln gefahren.«

»Stimmt«, sagte Trev. »Hör zu, ich habe tausend Fragen, die ich dir bestimmt am besten bei einem großen, kühlen Drink im *Southern Cross* stellen könnte.«

»Zeig uns den Weg«, stimmte Kit zu. »Sonst bin ich womöglich doch noch gezwungen, die einheimische Sonnenschutzcreme zu benutzen.«

Bei dem *Southern Cross* handelte es sich um ein Holzgebäude unweit des Hafens. Drinnen roch es nach schalem Bier und kaltem Zigarettenrauch. Die Seitenwände des Raumes bestanden aus Rollläden, die man, wenn es nicht allzu heftig regnete, an Stricken hochziehen konnte. Da sie im Augenblick hochgezogen waren, bot die Kneipe einen Tummelplatz für die unterschiedlichsten stechenden Insekten. Aber zumindest war es etwas kühler als auf der offenen Straße.

Trev zahlte die Runde – dunkles australisches Ale – und begann mit einem Schwall von Fragen. Kit sagte zum Spaß, das alles wäre nur seine Schuld, weil er an Bord des Schiffes die Vorzüge Neuguineas zu stark gepriesen hätte.

Trev lachte. »Seit die Portugiesen 1512 diese Küste zum ersten Mal gesichtet haben, wurden Neuguineas natürliche Reichtümer allgemein überbewertet«, sagte er. »Ich habe gar nicht lange gebraucht, um das herauszufinden.«

»Was hast du denn seitdem hier gemacht?«, fragte Matt.

»Dasselbe, was du auch vorhast. Nutzholz. Und ich habe dieselben Probleme wie du: die Arbeitskräfte.«

»Du meinst, der alte Gihi hat mich belogen, als er mir versprach, er könnte mir Männer besorgen?«, fragte Matt.

»Vielleicht, vielleicht auch nicht. Mir hat er vor ein paar Wochen dasselbe versprochen.«

»Verdammt!«, entfuhr es Matt.

»Tja, mein Freund«, sagte Trev, »so sieht man sich wieder. Du bist gerade noch rechtzeitig gekommen. Ich plane nämlich, mit dem nächsten Schiff auf die Inseln zu fahren. Da gibt es wenigstens etwas Kopra und genügend Männer, die es gegen Bezahlung für dich gewinnen. Für eine volle Schiffsladung müsste es jedenfalls wieder reichen.«

»Sag mal«, begann Matt, »wenn wir Arbeitskräfte hätten, könnten wir aus dem Holzhandel Gewinne erwirtschaften?«

»Auf jeden Fall«, erwiderte Trev.

»Wenn ich also genug Arbeiter auftreiben kann, was hältst du davon, wenn wir uns zusammentun?«, schlug Matt vor.

»Na ja, eigentlich ist die Konkurrenz im Koprageschäft viel zu groß, da die Deutschen einem jede verdammte Kokosnuss im Pazifikraum vor der Nase wegschnappen.«

»Gib mir ein paar Tage, ja?«

»Einverstanden«, sagte Trev. »Wo wohnt ihr zwei eigentlich?«

Matt sagte es ihm.

»Ach du lieber Himmel«, rief Trev aus. »Ich wette, das Dach ist immer noch undicht.«

»Wir haben ein Doppel-Eimer-Zimmer«, sagte Kit.

»Bestimmt dasselbe, das ich hatte, als ich das erste Mal hier war«, meinte Trev. »Ich mache euch einen Vorschlag. Wir gehen kurz zu euch rüber, ihr packt eure Sachen und zieht zu mir. Ich wohne recht ordentlich, und Platz ist genug.«

Kit sah Matt an, der nur mit den Schultern zuckte. »Überall ist es besser als da, wo wir derzeit wohnen«, erklärte sie.

Trevs Haus lag auf einem Hügel, von dem aus man einen schönen Blick über die Stadt hatte. Gleich hinter dem Haus begann der Dschungel. Doch als sie dort ankamen, wehte eine angenehm kühle Brise vom Meer herüber. Das Haus war in karibischem Stil erbaut und hatte an drei Seiten eine breite, schattige Veranda.

»Es ist wunderschön«, sagte Kit. »Wie bist du daran gekommen?«

»Indem ich ein kleines Vermögen hingeblättert habe«, erklärte Trev. »Aber ich brauche ein anständiges Haus. Guinevere wird bald eintreffen, wisst ihr?«

»Nein, weiß ich nicht«, sagte Matt.

»Guinevere«, wiederholte Trev, und der Name kam ihm beinahe wie ein Lied über die Lippen. Seine Augen bekamen einen feuchten Glanz. »Meine Frau.«

11

Als Enkel eines Earls besaß Tolo Mason genug englisches Blut und Erbgut, dass die anscheinend jedem Briten innewohnende Vorliebe offen zutage trat: dieser für sämtliche Bewohner der britischen Inseln – seien es nun Waliser, Engländer, Iren oder Schotten – charakteristische Hang zu einsamen Orten, zugefrorenen Weiten, heißen Wüsten oder tropischem Dschungel. Spötter in Australien machten sich ihre Gedanken über diese typisch britische Gewohnheit, weit entfernte Wohnorte der unterschiedlichsten heidnischen Rassen als ihr Eigentum zu bezeichnen, und nannten dafür folgende Gründe: mangelnde Gelegenheit zu Hause, das kalte Klima der britischen Inseln und die Kälte der dortigen Frauen. Nur deshalb würden Großbritanniens Söhne bis in die Sahara gehen, bis ins Innerste Indiens, in die afrikanischen Weiten und auf die von der Antarktis bis hin zum nördlichen Polarkreis verstreuten Inseln.

Von allen durch die Briten besiedelten Orten – mit Ausnahme Nordamerikas – hatte Australien die bedeutendsten Möglichkeiten geboten. All denjenigen, die dieses entlegene, eigentümliche Land nur als Abladeplatz für englische Kriminelle angesehen hatten, war diese Tatsache zunächst nicht aufgegangen. Und vermutlich gerade durch dieses Sträflingserbe war Australien unter allen hauptsächlich durch britische Abkömmlinge bevölkerten Gebieten wohl dasjenige, das sich dem Mutterland am meisten entfremdet hatte.

Wenn es um wichtige Angelegenheiten des Empires ging, stand der australische Staatenbund England loyal zur Seite. Im täglichen Leben aber war die Geringschätzung der Australier den Poms gegenüber nicht zu übersehen. Falls also am Westrand der Gibson-Wüste jemand zu Tolo Mason gesagt hätte, seine Vorliebe für einen so abgelegenen Ort sei typisch britisch, hätte er das abgestritten. Er hätte nicht wahrhaben wollen, dass das englische Blut seines Vaters sein Recht forderte.

Ein Tag begann wie der andere. Wenn Tolo erwachte, spürte er Javas süße Wärme neben sich. Wegen der Kälte lagen sie stets eng aneinandergekuschelt. Und obwohl sie von ihrem Zelt aus hörten, wie die Aborigines in einiger Entfernung in ihrem Lager erwachten, blieben sie an so manchem Morgen noch ein wenig liegen und begannen den neuen Tag, indem sie sich liebten. Danach kam der unvergleichliche Moment, in dem sie ihre Lunge mit der reinen, trockenen Wüstenluft füllten. Beim Frühstück drang ihnen der aromatische Duft des in den Lagerfeuern brennenden Wüstengestrüpps in die Nase. Nachdem die Packkamele beladen waren und Tolo sich kurz mit Ganba beraten hatte, der stets nach Osten zeigte, machten sie sich wieder auf den Weg. Normalerweise waren sie schon vor Sonnenaufgang und dem Beginn der Hitze unterwegs, die am Mittag – so kam es ihnen zumindest vor – Temperaturen wie im Innern eines Schmelzofens erreichte.

Wenn am Ende des Tages die Sonne unterging, die ausgedörrten Weiten sich nicht weiter aufheizten und die abendliche Kühle die eiskalte Nacht ankündigte, hockten Tolo und Java über ihren mitgebrachten Büchern und verliebten sich immer mehr in ihr Heimatland Australien. Beide konnten sich sehr gut in die Mentalität des rauen Buschmanns hineinversetzen, der Westaustralien bevölkerte. Sie begriffen, dass ihr Land mehr war als die boomerangförmige Ostküste von Queensland bis hinunter hinter Melbourne. Fünfundsiebzig Prozent aller Leute in Australien lebten in diesem fruchtbaren halbmondförmigen Gebiet, aber das war nicht das einzige Australien.

Geologen unterteilten den Kontinent in drei Zonen. Die erste war das Hochland entlang der Ostküste einschließlich des Gebirgszugs der Great Dividing Range, bestehend aus einzelnen Hochplateaus, die sich in einem dreißig bis einhundert Meilen breiten Band mit einer durchschnittlichen Höhe von knapp vierhundert Metern aneinanderreihten. Die zweite Zone bestand aus dem östlichen zentralen Flachland, das den Kontinent von Norden nach Süden durchzog und an keiner Stelle höher als gut zweihundert Meter über dem Meeresspiegel lag. Und die dritte Zone bestand aus dem westlichen Plateau.

Der Westen. Das Outback, *Waly, Never-Never,* die weit entlegene Gegend, der extreme Busch. Dieses Gebiet machte drei Viertel der Landmassen des Kontinents aus. Von Osten her betrachtet erstreckte es sich über eintausendvierhundert Meilen bis zur Küste am Indischen Ozean. Die Landschaft war flach, trocken und manchmal geradezu grotesk. Für Menschen herrschten dort lebensfeindliche Bedingungen. Sie waren ständiger Todesgefahr ausgesetzt. Für Tolo aber war dies das wahre Australien. Er sah es weniger als geographische Einteilung, sondern als eine ungeheure Herausforderung. Man nannte diese Gegend das tote rote Herz Australiens, doch Tolo fühlte sich hier quicklebendig. Hier im *Waly* fand seine Wissbegier zu den geologischen Gegebenheiten sowie zur Flora der trockenen Gibson reichlich Nahrung, und seine Begeisterung wirkte ansteckend. Java und er hatten viel darüber gelesen und diskutiert. Sie sammelten und bewunderten vom Wind blank polierte Mineralien und durchscheinende Quarze. Sie mussten eine mit *Gibber* bedeckte Ebene weiträumig umgehen – Felsgestein, von dem der Wind auch das letzte Krümchen Erde weggeweht hatte. Die Größe der *Gibber* variierte von kleinen Kieselsteinen bis zu dicken Felsblöcken, auf denen sich nicht einmal die auf ihren vier Beinen so sicheren Kamele fortbewegen konnten.

Solange es trocken blieb, bekamen Tolo und Java von jenen wundersamen Pflanzen, die kurz nach einem heftigen Regenfall wie durch ein Wunder aus der Erde sprießen, blühen, sich vermehren und rasch wieder verdorren, nichts zu sehen. Bei ihrem Eindringen in die Gibson hatten sie Mulgabäume entdeckt, und hin und wieder trafen sie auf Salzbusch und Blaubusch, deren Blätter die wenige Feuchtigkeit bei Nacht aufsaugten und den Kamelen ein wenig Futter boten. Die Hauptvegetation bestand jedoch aus dem in Büscheln wachsenden Spinifex-Gras, das außer auf den *Gibber*-Ebenen überall wuchs.

Von Anfang an hatte Tolo seine Aborigines genau beobachtet. Ihr Verhalten war vorhersehbar – vielleicht, weil sie sich nicht in ihrer gewohnten Umgebung befanden. Wegen der beladenen Packkamele blieben die Aborigines dicht bei der Karawane des Weißen. Da Tolo von Carnarvon reichlich Nahrungsmittel mitgebracht hatte, brauchten die Aborigines nicht auf ihre Eingeborenenfähigkeiten und das Wissen ihrer Vorfahren zurückzugreifen, um in der Wüste zu überleben. Sie sahen immer noch wohlgenährt aus. Die Nahrungsvorräte aber schwanden erschreckend schnell.

»Ganba«, sagte Tolo eines Abends zu seinem Führer, »ab morgen müssen wir das Essen rationieren.«

Ganba ließ sich sein Missfallen nicht anmerken.

»Wenn du und deine Leute etwas zu den Essensportionen beisteuern könntet, indem ihr eure heimische Nahrung sammelt«, fuhr Tolo fort, »wäre das eine große Hilfe.«

Ganba nickte, aber seine Miene verriet deutliche Zweifel. Abgesehen von Wurzeln und Echsen gab es hier tatsächlich nichts.

»Und, Ganba«, sagte Tolo, »wir sind inzwischen eine ziemlich große Strecke nach Osten gezogen. Nach allem, was ich über die Gibson gelesen habe und was ich den – wenn auch unvollständigen – Karten entnehmen kann, liegt zwischen uns und dem Ayers Rock nichts als Wüste. Wo also glaubst du auf Blackfellows zu treffen?«

Ganba hatte sich schon gefragt, wann der Whitefellow wohl Verdacht schöpfen würde. »Morgen gehen wir dort hin«, sagte er und zeigte in Richtung Nordost. »Zwei, drei Tage, und wir haben Wasser. Blackfellows leben dort.«

Als Java und Tolo allein an ihrem Feuer saßen, das sie mit trockenem Gras und Gestrüpp unterhielten, fragte sie ihn:

»Hast du den Eindruck, dass Ganba wirklich weiß, wo man Nomadenstämme findet?«

Tolo lachte. Um ihn her erstreckte sich, so weit das Auge reichte, zu allen Seiten die Wüste. »Falls nicht, ziehe ich ihm das Fell über die Ohren, weil er uns angelogen hat.« Er legte seinen Arm um Java. »Keine Sorge, Liebste. Wir haben ausreichend Nahrung und Wasser, um nach Yinnietharra zurückzukehren. Ich werde dem alten Ganba nicht ewig blind folgen. Wenn er nicht bald Ergebnisse zeigt, machen wir einen Schwenk nach Nordwest in der Hoffnung, auf dem Rückweg zur Küste in der Gebirgsregion der Hamersley Range auf wild lebende Aborigines zu treffen.«

Java lächelte ihn an. »Ich wusste doch, dass du schon einen Plan hast«, sagte sie, und er konnte ihrem Tonfall deutliche Erleichterung anhören. »Ich muss zugeben, angesichts unserer rasch schwindenden Nahrungs- und Wasservorräte war ich tatsächlich etwas in Sorge. Aber wenn du sagst, wir hätten genug, um an unseren Ausgangsort zurückzugelangen, bin ich beruhigt. Ich habe vollstes Vertrauen in dich, und solange ich bei dir bin, fühle ich mich vollkommen sicher.«

Tolo strahlte sie an, dann sah er sich um. »Ist das nicht ein wahnsinniger, unglaublicher Anblick?«, fragte er mit ehrfürchtiger Stimme.

Die Sonne war nur noch als halbe Scheibe am Horizont zu sehen. In großer Entfernung erfüllte ein Sandsturm die Luft, und die letzten Sonnenstrahlen glühten in roten, lila und grünlichen Farbtönen. Eine leichte Brise fächelte ihnen die kühlere Abendluft zu.

»Ich liebe diesen Ort, Java«, sagte er, »auch wenn er noch so leer und nutzlos sein mag. Aber etwas treibt mich voran, und ich würde am liebsten immer weiter und weiter reiten, bis ich schließlich doch irgendwann ans andere Ende komme. Bis wir sehen, wie sich dieser gewaltige rote Fels aus dem Sand erhebt, und wir wissen, wir haben diese Wüste durchquert und gleich da drüben sind andere Whitefellows.«

»Wenn es dir nichts ausmacht«, sagte Java lachend, »plädiere ich für ein Drittel der Wegstrecke hin und zurück.«

»Jaul, jaul«, zog er sie auf.

»Ich beschwere mich nicht«, sagte sie. »Noch nicht. Wenn ich mich dazu entschließe, zu jaulen, wirst du es schon merken.«

»Ja, mein Liebling«, sagte er. »Du hast die Sache angepackt wie ein echter Buschmann.«

»Was soll das ganze australische Getue?«, fragte sie.

»Oh, vermutlich bekomme ich ein Gespür für meine Nationalität«, sagte er. »Ich könnte mir vorstellen, dass noch nicht allzu viele Whitefellows das, was wir derzeit sehen, zu Gesicht bekommen haben. Und vermutlich gerate ich auch ab und zu ins Träumen. Ich stelle mir vor, wir kämen an ein Feld voller Goldnuggets, die wie die Felsbrocken auf einer *Gibber*-Ebene an der Erdoberfläche liegen. Goldklumpen von solcher Größe, dass das Welcome-Stranger-Nugget dagegen klein erscheint.« Besagter Goldklumpen hatte ein Gewicht von über siebzig Kilo.

»Dann musst du das aber alles tragen«, sagte Java.

»Wir türmen alles auf zu einer goldenen Pyramide, reiten zur Küste zurück und heuern tausend Männer an, die das Gold aus der Wüste herauskarren.«

Keinem von beiden war aufgefallen, dass Ganba leise auf sie zugekommen war und den Rest von Tolos Fantastereien mit angehört hatte. Als Tolo die Anwesenheit des Aborigine bemerkte, sagte er: »Ja, Ganba?«

»Blackfellows sagen: Kein Essen rationieren.«

Tolo stand auf und dachte einen Moment nach. »Wollen die Blackfellows denn verhungern, wenn das Essen aufgebraucht ist?«

»Blackfellows machen sich dann Sorgen ums Verhungern, wenn kein Essen mehr da ist«, sagte Ganba.

»Dieser Whitefellow macht sich eben schon jetzt Sorgen, Ganba«, sagte Tolo und deutete auf sich. »Ab morgen gehen wir auf halbe Ration. Tut mir leid, aber so ist es nun mal. Sag den Blackfellows, wenn ihnen das nicht gefällt, können sie ja auf die Jagd gehen und nach Essbarem graben.« Einen Augenblick lang beobachtete er Ganbas ausdruckslose Miene. »Und wenn Ganba ein wenig hungrig wird, erinnert er sich vielleicht besser daran, wo wir das Lager der Busch-Blackfellows finden.«

Nachdem Ganba zurück an sein Lagerfeuer gegangen war, wandte Java sich an Tolo: »Sah nicht so aus, als wäre er begeistert.«

»Ich glaube, so langsam verstehe ich ein bisschen mehr von den Aborigines«, sagte Tolo. »Die bloße Behauptung, dass sie wie Kinder sind, die über die sofortige Befriedigung ihrer Bedürfnisse nicht hinausblicken können, wäre zu einfach.«

»Du hast also wieder in dem Anthropologiebuch gelesen«, stellte Java fest.

Tolo lachte in sich hinein. »Ich fürchte, ja. Hast du die Theorie über die Erfindung der Traumzeit durch die Aborigines gelesen?«

»Ziemlich schwere Kost«, erwiderte Java.

»Es heißt in dem Buch, dass die Traumzeit der Aborigines durchaus mit den besten metaphysischen Gedankengebäuden der europäischen Welt auf einer Stufe steht. Es heißt, dass die Blackfellows mit dem zivilisierten Menschen zumindest zwei Dinge gemeinsam haben: die Gabe zur Metaphysik, die sich in der jeweiligen Vorstellungskraft äußert, und das Bedürfnis, nach dem Warum zu fragen. Warum bin ich hier? Wer bin ich? Bei den Erzählungen aus der Traumzeit zeigen die Aborigines eine große Vorstellungskraft. Sie haben sich damit einen Grund für ihr Dasein geschaffen, und sie erklären in ihren Legenden, wie sie hierhergekommen sind.«

»Faszinierend«, sagte Java und täuschte ein Gähnen vor. »Ich bin reif fürs Bett. Wie steht's mit dir?«

»Noch nicht ganz«, erwiderte Tolo. »Heute Nacht haben wir Vollmond. Den sollten wir uns noch genau ansehen, bevor wir ins Zelt gehen.«

»Mein liebster Tolo«, sagte Java, »tut mir leid, dass ich dein profundes Wissen über die Aborigine-Legenden nicht teile.« Er wollte etwas erwidern, doch sie streckte abwehrend die Hand aus. »Aber ich bezweifle nicht, dass es wirklich sehr wichtig ist, mit den Ältesten einiger wilder Stämme zu reden. Ich denke, ein solches Werk, wie du es im Sinn hast, ist unbedingt notwendig.«

»Danke«, sagte Tolo.

»Wenn die Erzählungen der Aborigines nur als isolierte Geschichten dargestellt werden, haben sie nicht viel Sinn«, fuhr sie fort. »Mir ist klar, dass ich zum Beispiel die Religion der Aborigines nicht verstehe. Ich lese zwar immer wieder, dass sie viel mit Totemismus zu tun hat. Aber ich bin mir nicht sicher, was das genau bedeutet. Bildana sagt, wenn das Totem eines Menschen ein Dingo ist, dann sind alle Dingos – menschliche und tierische Dingos – seine Brüder. Sie gibt wirklich ihr Bestes, um es mir zu erklären, aber ich verstehe es trotzdem nicht. Beispielsweise sagt sie, dass alle natürlichen Dinge, seien sie nun lebendig oder unbeseelt, von den Geistern der Traumzeit erschaffen worden sind. Daher besteht eine wechselseitige Abhängigkeit zwischen den Menschen und dem Land und allen Dingen, die um ihn herum existieren, wie Felsen, Flüsse, Tiere. Die Aborigines sind mit gewissen Dingen so eng verbunden, dass sie völlig durcheinandergeraten, wenn man sie aus ihrer Heimatgegend verpflanzt, so wie es mit diesen Menschen hier geschehen ist. Bildana sagt, das ist, als wäre man in einem fremden Land, dessen Sprache man noch nicht einmal spricht. Und das ist es unter anderem, was mit Ganba nicht stimmt.«

»Interessant«, sagte Tolo.

»Wenn Mr Thomas Mason also in der Lage ist, den gesamten Korpus an überlieferten Geschichten der Aborigines zusammenzutragen und all die verschiedenen, aber aufeinander bezogenen Einzelteile zu verknüpfen, dann wird das zweifellos von großem Vorteil sein.«

Tolo nickte. »Das ist dringend notwendig. Im Laufe der

Jahre werden immer mehr Stämme aus ihren angestammten Gebieten vertrieben werden oder sich der Lebensweise der Weißen anpassen. Die Älteren werden sterben, und die Jungen werden das überlieferte Wissen nicht mehr mitbekommen haben. Was über Jahrhunderte mündlich weitergegeben wurde, wird verloren gehen, wenn es nicht jemand aufschreibt.«

Aus dem Lager der Aborigines ertönte eine Frauenstimme. Die Frau sang, und die übrigen stimmten in regelmäßigen Abständen ein. Es klang merkwürdig, und die Geräusche reichten von so schrillen, hohen Tönen, dass einem die Ohren schmerzten, bis zu gutturalen Klängen, die sich fast wie ein Husten anhörten.

Tolo übersetzte den Wortlaut:

Die Schwalbe kommt, sie fliegt durch den Westwind und die Regenwolken.
Die Schwalbe, deren Federn vom Wind geblasen werden.
Sie ist immer da über der weiten Wasserfläche.
Sie fliegt durch den Wind, nah den Wolken,
sie fliegt durch den Wind, nah der weiten Wasserfläche …

Terry Forrest hatte nicht das Gefühl, er müsse sich beeilen, als er Jonas Mayhews Farm verließ. Das wäre auch gar nicht gegangen, da er zu Pferd unterwegs war. Das Tier, das er von Carnarvon aus geritten hatte, zeigte deutlichen Kräfteverfall. Selbst wenn Wasser zur Verfügung stand, konnten Pferde in der Wüste nicht lange überleben. Terry machte sich keinerlei Sorgen darum. Von dem Augenblick an, als er die Mayhew-Farm verlassen hatte, war das Pferd dem Untergang geweiht. Mit etwas Glück würde es wenigstens noch so lange leben, bis Terry die kleine Karawane vor sich eingeholt hatte. Dann bekäme wenigstens jeder aus der Gruppe eine ordentliche Fleischmahlzeit. Falls nicht, müsste Terry das letzte Stück zu Fuß gehen und könnte nur ein wenig Trockennahrung und Wasser mitnehmen.

Die Spur führte genau nach Osten. Tag für Tag ging Terry davon aus, sie würde bald nach Norden abbiegen. Um zu den nächsten Blackfellows zu gelangen, die im Osten in dem sandigen Gebiet unweit des Ayers Rock lebten, müsste man nämlich fast die gesamte Gibson durchqueren. Der Aborigine, den Mason in Perth angeheuert hatte, führte ihn offensichtlich an der Nase herum. Die ganze Sache konnte nur so ausgehen, dass der Besitz des Whitefellows in den Händen der Aborigines und der Kerl selbst und auch die knackige Kleine in den Bäuchen der Schwarzen landeten.

Früher als erwartet war er Mason und seiner Gruppe auf den Fersen. Terry fand Kameldung, der von der Wüstenhitze noch nicht völlig ausgetrocknet war, sodass er nur wenige Stunden hinter ihnen sein konnte. Er schlug sein Lager in einer Senke auf, wo er vor dem Wind geschützt war, stand am nächsten Morgen schon vor Sonnenaufgang auf und legte ein rasches Tempo vor.

Noch bevor er die Lagerfeuer aus Spinifex-Gras und Salzbusch sah, konnte er sie schon riechen. Kurz darauf schaute er von einer kleinen Erhebung und sah, wie Tolo Mason und das Mädchen die Kamele beluden. Die verdammten Schwarzen ruhten sich aus. Die Männer hatten ihre kurzen Speere in den Boden gesteckt, damit sie das Gleichgewicht besser halten konnten, und stützten auf einem Bein stehend das andere darauf ab.

»G'day«, rief Terry und schwenkte den Hut. Er trat dem erschöpften Pferd in die Flanken. Das Tier wankte auf schwachen Beinen zum Lager und wäre beinahe gestürzt, noch bevor Terry abstieg.

Tolo Mason stand da und stemmte die Hände in die Hüften. Terry Forrest hatte ihm doch ausdrücklich gesagt, dass er von Tolos Abenteuer im Busch nichts hielt. »G'day«, sagte Tolo. »Ich dachte, Sie würden sich im Busch gut auskennen. Wissen Sie etwa nicht, dass Pferde für die Gibson nichts taugen?«

»Ließ sich nicht ändern«, entgegnete Terry, nahm den Hut

ab und machte vor Java eine kleine Verbeugung. Dann drehte er sich zu den Aborigines und winkte sie zu sich heran. Ganbas Miene verriet nichts über seine Bedenken wegen der unerwarteten Ankunft eines weiteren Whitefellows, der weit gefährlicher zu sein schien als sein junger Boss. Er kam langsam näher und blieb ein paar Schritte von Terry entfernt stehen.

»Außerdem ist das Fleisch eine gute Mahlzeit«, fügte Terry hinzu. Er zog seine Pistole und brachte mit einer schnellen Bewegung und einem gut gezielten Schuss zwischen die Augen das entkräftete Pferd zu Fall.

Java schrie auf vor Entsetzen.

»Tut mir leid«, sagte Terry. »Ich habe mich extra beeilt, um Sie einzuholen. Vermutlich haben Sie inzwischen schon genug Wasser und Proviant aufgebraucht, dass Sie ein Reitkamel für mich erübrigen können, oder?«

»Ich muss zugeben, dass ich sehr überrascht bin«, erwiderte Tolo.

»Verflucht, Kumpel«, sagte Terry. »Da sind Sie nicht der Einzige. Ich liege da unten in Perth bequem in meinem Bett, denke an Sie und die Missus hier draußen im *Never-Never* und kann nicht schlafen. Dann fällt mir plötzlich ein, dass Sie bestimmt zu guter Letzt bei dem alten Jonas gelandet sind, um Kamele zu kaufen.« Er zog den Hut vom Kopf und sah zur Sonne hinauf. »Wir könnten ruhig noch einen Tag hierbleiben«, sagte er, »und den Aborigines Zeit lassen, das Pferdefleisch zu essen. Man kann es schließlich nicht einfach vergeuden.«

»Ich wusste gar nicht«, sagte Java spitz, »dass mein Mann es Ihnen überlassen hat, die Entscheidungen zu treffen.«

»Das hat er auch nicht«, gab Terry zu. »Verzeihen Sie mir meine Vermessenheit. Wenn ich es mir richtig überlege, dürfte es wohl das Beste sein, dieses schwarze Pack hier bei dem Pferd zurückzulassen. Ein, zwei Tage lang können die Schwarzen ein Festessen veranstalten und danach zur Küste zurückgehen. Jetzt, wo ich da bin, brauchen Sie sie ja nicht mehr.«

»Ich habe immer noch nicht ganz begriffen, weshalb Sie überhaupt gekommen sind«, sagte Tolo.

»Schlechtes Gewissen, Kumpel«, erwiderte Terry. »Sie kamen mit einem ehrlichen Angebot zu mir, und ich habe Sie abgewiesen, obwohl ich die ganze Zeit wusste, dass das nicht richtig ist und dass Sie einen ganzen Kerl brauchen, der sich in der Wüste auskennt.«

»Wir sind auch ohne Sie ganz gut zurechtgekommen«, bemerkte Java.

»Na klar, das sieht doch jeder Blinde, Mrs Mason«, sagte Terry mit deutlichem Spott. »Ein Drittel der Strecke quer durch die Gibson haben Sie bereits zurückgelegt, und Ihnen bleibt noch genug zu futtern für ein weiteres Drittel. Ich dachte, Sie wären auf der Suche nach Schwarzen in freier Wildbahn.«

»Ich wollte Ganba tatsächlich gerade den Befehl geben, die Richtung nach Nordwesten zu ändern«, sagte Tolo, »damit wir in die Gegend der Hamersley Range kommen, wo auf jeden Fall Aborigines leben.«

»Sehr vernünftig«, stimmte Terry ihm zu. »Ich glaube, ich werde mich mit diesem Ganba einmal unter vier Augen unterhalten um herauszufinden, warum er Sie schnurstracks nach Osten in die Wüste geführt hat, wo kein halbwegs vernünftiger Schwarzer zu finden ist. Die nächsten Aborigines leben in den Dünen am Ayers Rock.«

»Vermutlich hielt er das für eine gute Möglichkeit, um von den Weißen Nahrung zu schnorren«, sagte Tolo.

»Vielleicht«, erwiderte Terry. »Die sehen alle so aus, als hätten sie nicht schlecht gelebt. Haben alle einen so fetten Hintern wie ein zahmer Dingo. Vielleicht dachten sie aber auch, sie kämen auf diese Art an ein Zelt, an leckeres Kamelfleisch und an ein paar Schmuckstücke wie Gewehre oder Ihre Uhr, sobald die Gibson Ihnen den Garaus gemacht hätte.«

Java kochte schon die ganze Zeit vor Wut über Terry Forrests Arroganz. »Das ist eine ziemliche Beleidigung, verdammt noch mal«, entgegnete sie. »Wir brauchen Sie nicht, Mr Forrest. Keine Ahnung, wie Sie ohne Pferd zurück nach Yinnietharra kommen wollen, da Sie es ja erschossen haben. Aber das ist schließlich Ihre Sache, stimmt's?«

»Ach, süße Maus«, sagte Terry grinsend. »Ich soll also rausgeschmissen werden, nachdem ich mir bald ein Bein ausgerissen habe, um Sie einzuholen und Sie bei Ihrem Vorhaben zu unterstützen?«

Tolo lachte. Javas grüne Augen waren wunderschön, wenn sie vor Zorn funkelten. Außerdem freute es ihn, dass sie ihm spontan zu Hilfe kam, nachdem Forrest Zweifel an seiner Fähigkeit angedeutet hatte, vernünftig auf sie aufzupassen. »Ich finde nicht, dass wir uns einfach davonmachen sollten«, sagte Tolo beschwichtigend. »Es gibt immer noch eine Menge, was ich über die Gibson lernen muss, Mr Forrest. Dass ich einfach nicht weiß, wie ich die Lebensbereiche der Wüstennomaden ausfindig machen soll, lässt sich nicht leugnen. Sollte Ihnen das gelingen, sind Sie mir willkommen.«

»Danke, Kumpel«, sagte Terry. »Bald wird es wieder verdammt heiß. Was halten Sie davon, wenn Sie Ihr Zelt als Sonnendach ausbreiten, damit wir alle drei darunter Platz haben?«

Im Lager der Aborigines hatte Ganba dem toten Pferd die Kehle aufgeschlitzt. Jedes Mitglied der Gruppe, einschließlich Bildana und der anderen Frauen, hatte einen kräftigen Schluck Blut zu schätzen gewusst. Nun machten die Männer sich mit Äxten und Messern an dem Kadaver zu schaffen und zerlegten das tote Tier, während die Frauen sich in der weiteren Umgebung zerstreuten und genügend Brennmaterial sammelten, um das Fleisch zu braten. Die Pferdeleber reservierte Ganba für sich, zog sich ein wenig von der Horde zurück und ließ sich mit blutverschmiertem Gesicht das noch dampfende Organ gut schmecken.

Java versuchte, gar nicht hinzusehen. Doch so, wie man vom Anblick einer giftigen Schlange oder einer verbotenen Handlung in den Bann gezogen wird, so wanderten ihre Blicke immer wieder zu dem Geschehen rund um das tote Pferd. Als Ganba dem Tier jedoch die Leber herausriss und anfing, sie roh zu essen, musste sie würgen und wandte sich ab.

»Reizend, was?«, war Terrys Kommentar.

Javas Gesicht verlor die Farbe, und sie sah aus, als müsse sie sich jeden Moment übergeben.

»Wenn Sie sich erbrechen müssen, altes Mädchen, stellen Sie sich bitte in Windrichtung«, sagte Terry.

Augenblicklich vergaß Java ihren rumorenden Magen und funkelte ihn zornig an.

»Na, prima.« Er zog die Schultern hoch. »Also hab ich's geschafft, Sie so wütend zu machen, dass Sie Ihren Ekel vergessen haben, stimmt's?«

Java lag neben Tolo und versuchte zu schlafen. Sie hatten die Zeltplane über so niedrige Stangen ausgebreitet, dass man darunter nicht stehen konnte und die brütende Hitze sich staute. Die Aborigines dösten mit vollem Bauch in der Sonne.

Terry Forrest wartete. Ein Hinterlauf schmorte noch im Lagerfeuer der Eingeborenen in der glühenden Asche. Terry schlenderte hinüber, schnitt sich eine dicke roséfarbene Scheibe Pferdefleisch ab und begann auf dem Rückweg zum Sonnendach genussvoll zu essen.

»Ach, bitte«, sagte Java und schnitt eine Grimasse, als Forrest näherkam.

»So ist es gerade richtig, Schätzchen«, sagte er. »Schmeckt gar nicht schlecht. Möchten Sie ein Stück probieren?«

»Nein, danke«, antwortete Java.

»Wie steht's mit Ihnen, Kumpel?«, fragte er Tolo.

»Ich hole mir selbst ein Stück«, erwiderte Tolo. Er stand auf und ging zum Feuer.

»Wird lange dauern, bis wir wieder ein Stück Fleisch zu essen bekommen«, sagte Terry zu Java.

Als Java sah, wie die beiden Männer zufrieden das roséfarbene Fleisch kauten und anerkennende Laute von sich gaben, verspürte sie trotz ihrer Ablehnung Hunger. Schließlich probierte sie bei Tolo, und dann bat sie um mehr. Tolo ging ein zweites Mal ans Feuer und schnitt zwei große Stücke ab.

»Sehen Sie«, sagte Terry, als alle drei mit den Händen aßen und mit den Zähnen an dem zarten Fleisch nagten, »so große Unterschiede gibt es gar nicht zwischen denen und uns, stimmt's? Nur, dass die ihr Fleisch weniger durchgebraten mögen als wir.«

Erst am späten Nachmittag brachte Terry ein Thema zur Sprache, das ihn schon lange beschäftigt hatte, aber er sprach es nicht direkt an. »Sie haben eine Route genommen, auf der vorher noch nie jemand gereist ist«, sagte er zu Tolo. »Normalerweise verläuft der Track nordöstlich am Gascoyne entlang. Sie dagegen sind schnurstracks nach Osten gezogen.«

»Das war Ganbas Entscheidung«, sagte Tolo. »Er meinte, die Baadu bräuchten nicht dem Pfad der Whitefellows zu folgen.«

Später bemerkte Terry: »Als ich beim Ausbreiten der Zeltplane die Sachen verrückt habe, bin ich auf etwas gestoßen, das wie ein Beutel mit Gesteinsproben aussah. Irgendwas Interessantes dabei?«

»Ja, ziemlich«, erwiderte Tolo und streckte die Hand nach dem Beutel aus. Die beiden Männer hockten sich hin. Tolo schüttete die Steine, die er und Java für wert hielten, aufbewahrt zu werden, auf die Decke. Darunter befanden sich einige vom Wind blank polierte Quarze und Mineralien. Terry befühlte einige der Steine.

»Keine Spur zu sehen in dem Quarz«, sagte er.

»Spur wovon?«, fragte Tolo.

»Gold.«

»Nein, vermutlich nicht«, sagte Tolo.

»Irgendein Hinweis auf goldführende Gesteinsformationen?«

»Nicht der geringste«, antwortete Tolo.

»Na ja, vermutlich muss man kein Geologe sein, um die

Grabungen des alten Lassiter zu erkennen«, sagte Terry. »Es heißt, das pure Gold strahlt einem so hell entgegen, wenn die Sonne sich darin reflektiert, dass einem die Augen wehtun.«

Tolo sprang abrupt auf. »Falls Sie auch nur eine Minute lang glauben, Mr Forrest, ich wäre hergekommen, um Gold …«

»Aber nein, Kumpel«, sagte Terry und sah zu ihm hoch. »Sie suchen nur nach schwarzen Wilden. Gold eignet sich nur als Gesprächsthema für lange, heiße Nachmittage, stimmt's?«

Im abendlichen Zwielicht gab es noch ein weiteres gutes Essen mit Pferdefleisch. Terry Forrest hatte sich zwei Ersatzdecken ausgeliehen und rollte sich ein Stück weiter darin zum Schlafen ein.

Gerade als Java und Tolo in ihr Zelt schlüpfen wollten, tauchte Ganba bei ihnen auf.

»Wer ist jetzt der Boss?«, fragte er.

Tolo antwortete nicht sofort.

»Mr Mason ist der Boss«, erwiderte Java.

»Ja«, sagte Tolo. »Aber Mr Forrest ist ebenfalls Ihr Boss.«

»Ganba arbeitet nicht für zwei Bosse.«

»Nimm es nicht so schwer, Ganba«, sagte Tolo. »Mr Forrest hilft uns, die Blackfellows zu finden. Ich schlage vor, wenn er dich um etwas bittet, dann tu es einfach. Keine Sorge.«

Als Tolo aber im Morgengrauen aus dem Zelt kam, sich streckte und sich nach den Kamelen umsah, die nur ein kleines Stück abgewandert waren, entdeckte er keinen Rauch im Lager der Aborigines. Die Feuer hatten sie am späten Abend bereits ausglühen lassen, und von Ganba und den übrigen Blackfellows war weit und breit nichts zu sehen.

Terry Forrest saß mit dem Rücken an einen Felsbrocken gelehnt und nagte an einem Stück Pferdefleisch. »Wie Sie sehen, Kumpel, sind die Schwarzen bei Nacht und Nebel abgehauen.«

»Aber warum?«, fragte Tolo.

»Ich nehme an, Kumpel, der Dicke hat nach meiner Ankunft die Hoffnung aufgegeben, dass die Gibson Sie umbringen wird. Wahrscheinlich haben die inzwischen schon einige Meilen in Richtung Gascoyne zurückgelegt. Die wären wir los, würde ich sagen.«

Tolo fiel siedend heiß etwas ein. Er rannte zu der Stelle, an der sie ihre Essens- und Wasservorräte deponiert hatten.

»Oh, die haben nichts mitgehen lassen«, sagte Forrest. »Darauf habe ich schon geachtet. Sonst hätte der Dicke sich bedient.«

»Sie haben gesehen, dass sie auf und davon sind und haben sie nicht zurückgehalten?«, fragte Tolo.

»Das hier ist ein freies Land, Kumpel, oder etwa nicht?«

Ganba hatte während der Nacht ein rasches Tempo vorgelegt. Kurz nachdem die Whitefellows schlafen gegangen waren, hatte er seine Gruppe aus dem Lager geführt, und am nächsten Morgen waren er und seine Leute schon meilenweit entfernt. Ganba hielt bis zum späten Nachmittag seinen schnellen Schritt bei. Dann machte er an einer Stelle Halt, an der Wasser durchgesickert war und die ihm auf dem Hinweg bereits aufgefallen war, ohne dass er den Whitefellow darauf aufmerksam gemacht hatte.

Wegen Terry Forrests Anwesenheit hatte Ganba nicht einmal eine einzige Decke stehlen können, geschweige denn einen Wasserbehälter. Wütend kniete er sich in den pudrigen Sand und fing an, mit den Händen zu graben, bis der Sand allmählich feucht wurde und ein wenig aneinanderhaftete. In einer Tiefe von drei Fuß war der Sand schließlich feucht genug, dass Ganba seinen Mund damit füllen und eine kleine Menge Wasser aussaugen konnte, bevor er den Rest wieder ausspie.

Bildana spürte, in welcher Gemütsverfassung ihr Mann war. Deshalb kam sie ihm lieber nicht zu nah und benutzte die feuchte Stelle als Letzte. Als Ganba sich wieder Richtung Westen in Bewegung setzte, bildete sie die Nachhut.

In dieser Nacht gab es an ihrem Lager kein Wasser. Jeder der Aborigines aber hatte ein Stück Pferdefleisch mitgebracht, sodass sie wenigstens etwas zu essen hatten. Sie brieten es an ihren Lagerfeuern. Und kurz darauf legten sie sich so nah es nur ging, ohne sich zu verbrennen, an die erlöschende Glut und schliefen.

Nur Bildana tat kein Auge zu. Sie lag auf dem Sand und stellte sich all die geisterhaften Dinge vor, die in dieser Nacht auf sie zukommen mochten. Ihr Vorhaben ängstigte sie, aber noch mehr Angst hatte sie davor, bei Ganba zu bleiben. Spätestens am folgenden Abend würde er zweifellos seine Tötungssandalen anziehen, denn vor ihnen lagen noch viele Meilen trockener Sand und Fels. Und am Ende des nächsten Tages oder allerspätestens am übernächsten würde Ganba seinen Durst mit Blut stillen wollen, bevor er sich zu seiner Mahlzeit mit seinem Lieblingsfleisch setzen würde. Ganbas wachsendem Unmut auf dem Hinweg nach zu urteilen, auf dem Bildana sich die meiste Zeit um die junge Missus gekümmert hatte, käme sie für seine Mahlzeit wahrscheinlich als Erste infrage.

Als die Luft gegen Mitternacht eiskalt war und der Mond mit seinem schaurigen, einsamen Licht auf die verdorrte Landschaft schien, stahl Bildana sich langsam und lautlos von ihren schnarchenden Stammesmitgliedern davon. Die ersten Meter kroch sie nur auf dem Bauch, bevor sie es wagte, sich auf allen vieren weiter fortzubewegen. Erst als sie in einer Sandmulde angelangt war, die sie vor den Blicken der anderen verbarg, stand sie auf. Mit laut pochendem Herzen und halb wahnsinnig vor Angst vor all dem, was in der Nacht auf sie lauern mochte, lief sie los und rannte um ihr Leben.

Sie trug nur ein kleines Stück Pferdefleisch bei sich, welches sie sich vom Abendessen aufgespart hatte. Zwischen ihr und den Whitefellows, die sie zu treffen hoffte, lag nur die eine feuchte Stelle, an der die kleine Gruppe am vorigen Nachmittag ihren Durst gelöscht hatte. Sie bat die Geister der Traumzeit, ihr beizustehen, um diese Stelle in der Dunkelheit wiederzufinden.

12

Das Spinifex-Gras, der Hauptbewuchs der westlichen Wüsten, wurde nicht umsonst auch Igelgras genannt. Jedes einzelne Büschel bestand scheinbar nur aus Stacheln, deren Spitzen mit kleinen, klebrigen Fasern versehen waren, die selbst beim leichtesten Kontakt mit der menschlichen Haut sofort tief ins Fleisch drangen und mörderisch brannten und juckten. Auf ihrer geänderten Route, die nun nach Nordwest verlief, traf die deutlich reduzierte Mason-Expedition auf Spinifex-Grasbüschel mit einem Durchmesser von über einem Meter achtzig. Oft standen sie so dicht beieinander, dass es schwierig war, sich einen Weg hindurchzubahnen.

Die dahinziehenden Kamele wirbelten ständig kleine Staubwolken auf, und gegen Abend war Java mit einer dicken orangefarbenen Schmutzschicht bedeckt. Wasser zum Waschen oder Baden gab es natürlich nicht. Die Kamele, denen man beinahe mythische Fähigkeiten nachsagte und die angeblich riesige Wüstengebiete ohne Wasser durchqueren konnten, beanspruchten einen unverhältnismäßig großen Anteil an den rasch schwindenden Vorräten. Javas abendliche Körperreinigung sah folgendermaßen aus: Zuerst wartete sie ab, bis sich auch die letzten Spuren der täglichen Schweißausdünstungen – kleine feuchte Stellen, die von der sengenden, dehydrierenden Kraft der Sonne nicht getrocknet worden waren – verflüchtigt hatten. Danach wischte sie sich mit den Händen den Staub ab. Wonach sie sich auf dieser Welt am meisten sehnte, war Wasser. Nicht zum Trinken, sondern um sich das Gesicht und den Hals damit zu benetzen. Wasser, um darin zu planschen und sich darin zu aalen. Wäre es allein nach ihrem innigen Wünschen und Sehnen gegangen, hätte sie sich kopfüber in eine große Wanne mit kaltem Wasser gestürzt und so lange darin herumgeplanscht und ihre Haut einweichen lassen, bis auch das letzte rote Staubkörnchen der Gibson-Wüste verschwunden wäre.

Dass Tolo und Java in Terry Forrests Augen hilflose Stadtmenschen und blutige Anfänger waren, ließ sich nicht leugnen. Aus irgendeinem Grunde aber versuchte er nicht, die Führung an sich zu reißen. Die überließ er Tolo und warf nur hin und wieder einen prüfenden Blick auf dessen Kompass und Karten. Tolo hatte Kurs auf die ferne Hamersley Range genommen in der Hoffnung, dort Gruppen von Aborigines anzutreffen, die noch unverdorben waren von dem Einfluss der Weißen.

Java kannte inzwischen ihren Ehemann sehr gut und wusste – auch wenn er sich nichts anmerken ließ –, wie es ihn wurmte, gönnerhaft als Greenhorn behandelt zu werden. Schließlich hatte er den ausgetrockneten Busch von Queensland und Neusüdwales durchstreift. Und bevor Forrest zu ihnen gestoßen war, hatte Tolo seine kleine Gruppe immerhin ein Drittel der Strecke allein durch die Gibson geführt.

Tagsüber kam es kaum zu einer Unterhaltung. Im Lauf des Vormittags verfielen die Reisenden in eine Art Lethargie. Kurz vor Mittag war die Sonne am unerträglichsten. Die kahlen Felsen, die Sanddünen und die lila und rosafarbenen Anhöhen rings um sie her wanden sich in der Hitze, als wären sie lebendig und würden von einem grausamen Tanzlehrer, nachdem sie sich vor Schmerzen längst verkrampft hatten, unerbittlich zum Weitertanzen gezwungen. Java hatte die Angewohnheit entwickelt, im Sattel zusammenzusinken, sich im Einklang mit dem eigentümlichen Gang ihres Kamels zu wiegen und sich in einen schlafähnlichen Zustand gleiten zu lassen, der sie unempfindlich machte gegen die Hitze und das schmerzliche Verlangen jeder einzelnen Körperzelle nach Wasser.

Es sollte nicht lange dauern, bis Terry Forrest wieder anfing, Tolo mit seinen Fragen zu löchern. Als er nach zwei Reisetagen sichergehen konnte, dass Tolo tatsächlich auf dem Rückweg zur Westküste war, kamen ihm erste Zweifel. Nach dem Abendessen schnitt er dann auch das Thema an, das ihn unentwegt beschäftigte.

Das Feuer brannte, und am westlichen Horizont zeigte sich noch eine letzte rotgoldene Spur. Die kühle Abendluft war nach dem brütendheißen Tag eine willkommene Erfrischung. »Ich kann nicht begreifen, Kumpel, warum Sie erst so weit nach Osten gereist sind, und jetzt einfach umkehren«, bemerkte Terry. »In den vergangenen zwei Tagen haben Sie durchaus bewiesen, dass Sie den richtigen Kurs setzen und halten können. Wozu also der weite Weg umsonst und die vertane Zeit?«

»Wie schon gesagt, habe ich mich darauf verlassen«, antwortete Tolo ihm, »dass Ganba mich zu einem Nomadenlager führt. Ich hatte gehofft, dass neben einem der *Bores* vielleicht irgendein kleiner Stamm lagern würde …«

»Sie waren verdammt weit entfernt vom nächsten *Bore!*« Terry hielt inne. Die *Bores* – Brunnen, von denen Mensch und Tier gleichermaßen abhingen – waren in dieser Gegend eine absolute Seltenheit. »Nach Ihner anfänglichen Route sah es eher so aus, als wären Sie schnurstracks zu dem großen roten Felsen unterwegs, der den Schwarzen heilig ist.«

»Nein, so weit wollten wir nicht«, sagte Tolo. »Ich habe genug Aborigines im Northern Territory gesehen, und ich fürchte, die Stämme rund um Alice Springs und den Felsen haben sich durch den Kontakt mit den Whitefellows schon weitgehend verändert.«

»Von dieser Geschichte gehen Sie nicht ab, wie?«, fragte Terry leicht gereizt.

»Wie bitte?«

»Bei Gott, allmählich fange ich an zu glauben, dass Sie so einfältig sind und das tatsächlich vorhaben«, erklärte Terry und sprang auf.

Tolo erhob sich bewusst langsam. »Forrest, seit Sie zu uns gestoßen sind, benehmen Sie sich permanent daneben«, sagte er gelassen. »Falls Sie uns demonstrieren wollen, was für ein tolles Exemplar australischer Männlichkeit Sie sind, ist das zweifellos angekommen. Aber offen gestanden verstehe ich nicht, wo Ihr Problem liegt. Was glauben Sie wohl, wozu wir in diese Wüste gekommen sind? Falls Ihnen mein Vorhaben nicht passt … da steht ein Kamel, und nach Carnarvon geht es da lang.« Er richtete sich zu seiner vollen Größe auf und deutete in die genannte Richtung.

»Sie sind schon ein verdammt langer Kerl. Das muss der Neid Ihnen lassen«, meinte Terry nachdenklich. »Also gut, Kumpel.« Seine Stimme hatte einen versöhnlichen Ton angenommen. »Der Einfaltspinsel ist hier offenbar der alte Terry. Dieses ganze Geschwafel der Leute über Gold. Haben Sie überhaupt schon mal was von Lassiter gehört?«

Java musste als Erste lachen. Und sobald auch Tolo begriff, verflog sein Zorn augenblicklich.

»Gütiger Himmel, wer hat Ihnen denn *den* Floh ins Ohr gesetzt? Wer hat behauptet, wir wären an Lassiters Gold interessiert?«, fragte Tolo und lachte glucksend.

Terry antwortete mit Gelächter, doch es klang hohl. »Fast halb Carnarvon. Ich habe mindestens mit einem halben Dutzend Leuten gesprochen, die es direkt aus dem Munde Ihres Vertreters gehört hatten.«

»Das war doch nur ein Scherz«, kicherte Java. »Ich habe ihm erzählt, wir wären auf der Suche nach Lassiters Gold, weil er einfach nicht glauben wollte, dass wir nur deshalb hier draußen sind, um Studien über die Aborigines zu betreiben.«

»Nur ein Scherz«, wiederholte Terry. »Wenn wir das *Never-Never* eines Tages hinter uns gelassen haben, kann ich vielleicht darüber lachen.«

Am folgenden Tag übernahm Terry Forrest eine Zeit lang die Führung und folgte dem von Tolo mit dem Kompass festgesetzten Kurs. Die Kamele waren zum letzten Mal getränkt worden. Tolo wollte auf direktem Wege zu einem in seinen Karten verzeichneten *Bore,* um die leeren Wasserfässer für den Weg in die Hamersley Range zu füllen. Mit einem stummen Nicken musste Forrest eingestehen, dass Tolo problemlos den richtigen Kurs halten konnte.

»Hoffen wir, dass dieser *Bore* nicht ausgetrocknet ist«, sprach Terry seine Gedanken laut aus, als die drei mittags im Schatten einer kleinen Düne rasteten. »Hoffen wir, dass wir ihn nicht um ein paar Meilen verfehlen.«

»Laut Karte ist dieser *Bore* verlässlich«, sagte Java.

»Na ja, das *Never-Never* ist unberechenbar«, erklärte Terry. »Die Schwarzen werden Ihnen schon noch sagen, dass die Wasserlöcher kommen und gehen.« Er grübelte noch eine Weile nach. »Merkwürdig, aber von sich aus graben die Schwarzen nie nach Brunnen. Sie sagen, das Wasser bewegt sich unter der Erde. Und wenn die Whitefellows einen *Bore* graben, wenden sie einen Zauber an.« Er lachte in sich hinein. »Allerdings haben die Schwarzen keine Ahnung, wie viele *Bores* schon gegraben worden sind, ohne dass man Wasser gefunden hätte. An manchen Stellen ist der Boden unterhalb der Erdoberfläche genauso trocken wie oben. In der Nullarbor gibt es eine Mine, die über eintausend Meter in die Tiefe geht, ohne auf einen Tropfen Wasser gestoßen zu sein.« Er grinste Tolo an. »Die Nullarbor. Da wollten Sie doch hin, um nach Schwarzen zu suchen, stimmt's?«

Und so ging es auch während der nächsten drei Tage in einem fort. Terry ergriff jede Gelegenheit, um seine spitzen Bemerkungen anzubringen. Nach dem im Busch üblichen Verhaltenskodex war sein Drangsalieren durchaus zulässig. Echte Buschmänner lieben nichts so sehr, wie sich gegenseitig bunt und blau zu schlagen. Ein schönes wildes Gerangel, bei dem die Boxkampfregeln des Marquess of Queensberry zwar nicht völlig außer Acht gelassen, aber eben doch sehr freizügig ausgelegt werden. Terry Forrest stachelte sich selbst an, weil er unbedingt herausfinden wollte, ob hinter Tolos Größe und Körperkraft auch genug Kampfesgeist steckte. Das tief sitzende

Bedürfnis, sich mit dem großen, kräftigen Burschen aus Sydney zu messen, wurde in ihm immer stärker.

Für Terry war ein Ritt durch die Wüste nichts anderes als ein Schmerz im Hinterteil, doch er schreckte nicht davor zurück. Hätte er nun die Wahl, wäre er am liebsten gar nicht ins *Never-Never* gekommen. Er verfluchte sich, dass er sich von seinem Verlangen, die Kleine wiederzusehen, und von dem unhinterfragten Gefasel dieser Kerle in Carnarvon über Lassiters Gold hatte verleiten lassen, sein bequemes Zuhause in Perth ebenso aufzugeben wie den Trost, den er im Suff in seiner Lieblingskneipe fand. Dass Terry ein Glas Bier wollte und keines bekam, reichte schon aus, um ihn in reizbare Stimmung zu versetzen. Doch nicht genug damit, dass er auf sein Bier verzichten musste. Da die Kleine ihm eine Abfuhr nach der anderen erteilt hatte, baute sich ein fast unerträglicher Druck in ihm auf.

Die drei suchten mit ihren Blicken den Himmel ab und hofften auf ein Anzeichen, dass es über ihnen regnen würde, noch bevor sie den *Bore* erreicht hätten. Allabendlich – besonders im Osten – veranstaltete der Himmel für sie ein spektakuläres Feuerwerk. Damit war klar, dass es irgendwo dort draußen regnete. Wie weit im Osten, ließ sich allerdings beim besten Willen nicht sagen.

Als sie am Rand eines Creeks anhielten, um ihr Lager aufzuschlagen, und Tolo seine Kamele dazu brachte, sich hinzulegen, verhielt Terry sich zunächst schweigsam. Er wollte abwarten, bis dieser Großstadtjunge sein Zelt zum Schutz vor dem Nachtwind in der trockenen Rinne aufschlagen würde, damit er sich über Tolos Unwissenheit lustig machen konnte. Verdrossen musste er jedoch feststellen, dass Tolo den Creek als Zufluchtsort mied und anfing, die Kamele in sicherer Entfernung von dem sandigen, bröckelnden Ufer zu entladen. Von dem denkwürdigen Zwischenfall, als Ganba seine Leute mitten in der Nacht aus der Bodenrinne geholt hatte, um sie in sicherer Entfernung lagern zu lassen, konnte Terry schließlich nichts wissen. Jedenfalls hatte Tolo bei dieser Gelegenheit aus Ganbas Verhalten geschlossen, dass das Lagern in einem Creek eine potenzielle Gefahr in sich barg.

»Ich gehe und suche Feuerholz«, kündigte Tolo an. Er machte sich auf und verschwand schon bald hinter der ausgewaschenen Kante der Rinne. Er würde eine Zeit lang brauchen, bis er genug von den weit verstreuten Mulgazweigen gesammelt hatte, um ein vernünftiges Feuer zu entfachen.

»Jetzt sind wir zwei allein«, sagte Terry, sobald Tolo nicht mehr zu sehen war.

»Sie können sich nicht vorstellen, wie aufregend ich das finde«, sagte Java mit unverkennbarem Spott.

»Wie kann eine so süße Kleine nur so unfreundlich sein?«

»Mr Forrst, mir fällt es wirklich nicht leicht, Ihnen freundliche Gefühle entgegenzubringen«, erklärte Java. »Sie sind egoistisch, anmaßend und grausam.«

»Aber doch irgendwie ein hübscher Kerl, finden Sie nicht?«, fragte er und trat mit einem Lachen näher an sie heran. »Wenn Sie sich nicht so dagegen sträuben würden, wäre Ihnen nicht entgangen, dass ich auf Sie fliege.«

»Auch Stechmücken fliegen an feuchten Orten auf fremde Leute«, entgegnete sie.

Er wollte ihr die Hand auf die Schulter legen, doch sie entzog sich ihm.

»Ist schon interessant, nicht?«, meinte er. »Wir drei so ganz allein im Busch, und ohne die Garantie, dass wir alle zur Küste zurückkommen. Wenn man die Sache mal so betrachtet, stimmt einen das doch irgendwie nachdenklich, oder?«

Java kehrte ihm wortlos den Rücken und ging in die Richtung, in die Tolo entschwunden war. Terry beobachtete, wie sie sich beim Gehen durch den losen Sand in den Hüften wiegte. Dann lief er mit großen Schritten hinter ihr her und holte sie rasch ein. Am Rand des Creeks angelangt, packte er sie unsanft am Arm und hielt sie fest.

»Hören Sie, Miss Hochwohlgeboren«, knurrte er wütend.

»Ich bin nicht der letzte Dreck, auf dem man nach Belieben herumtrampeln kann. Ich finde, Sie könnten wenigstens höflich zu mir sein.«

»Ach, und ich hatte bisher den Eindruck, dass ich das immer war«, entgegnete sie. »Ich werde auch jetzt so höflich sein und ›bitte‹ sagen, wenn ich Sie darum ersuche, Ihre Hand von meinem Arm zu nehmen.«

»Sind wohl was Besseres und können sich nicht einfach anfassen lassen, wie?«, fragte er und sah sie grinsend an.

Plötzlich spürte er, wie ihn jemand mit so stahlhartem Griff am Oberarm packte, dass er seine Muskeln nicht mehr bewegen konnte. Er stieß einen unterdrückten Schrei aus, drehte sich um und erblickte Tolo, der lautlos aus dem Creek aufgetaucht war. Terry ließ die Hand von Javas Arm sinken und wollte Tolo die Faust ins Gesicht schlagen. Doch Tolo wich ihm geschickt aus und starrte ihn mit finsteren Blicken an. Eine Weile standen die beiden sich schweigend gegenüber. Sie befanden sich etwa auf Augenhöhe. Terry war allerdings ein wenig kleiner und drahtiger.

»Das hat verdammt wehgetan, Kumpel«, sagte Terry. Sein Zorn befahl ihm, es sofort zu tun, damit er es ein für allemal hinter sich brachte. Seine Vernunft mahnte ihn, dass er dabei zur Hölle fahren würde, da ein Verletzter in der Wüste so gut wie keine Überlebenschance hatte.

»Rühr sie nicht noch einmal an«, sagte Tolo in ruhigem Ton. »Nie wieder. Sieh zu, dass du ihr nicht zu nahe kommst.«

Die Herausforderung war deutlich genug. Angesichts einer so direkten Konfrontation und unverblümter Männlichkeit hätte kein Buschmann ruhig bleiben können. »Und was passiert, wenn ich es doch tue?«, fragte Terry.

»Oh, nicht doch«, warf Java ein. »Lasst es um Himmels willen gut sein. Es ist ja nichts passiert. Das Tier im Manne hat nur seinen Geschlechtstrieb gespürt.«

»Lady, was nehmen Sie für unanständige Sachen in den Mund«, bemerkte Terry ziemlich verblüfft.

»Das hast du nicht zu beurteilen«, sagte Tolo. – »Ihr hört euch an wie zwei kleine Jungs auf dem Spielplatz, von denen einer den anderen herausfordert, eine bestimmte Grenze zu überschreiten«, erklärte Java. »Hört jetzt damit auf und lasst uns lieber etwas essen.« Sie ging zum Lager.

Anscheinend hatte die Situation sich entschärft, doch Terry Forrest konnte das nicht einfach so hinnehmen. Er hatte sein Gesicht verloren. »Tolle Kiste, was?«, sagte er und starrte auf Javas Hinterteil. »Kann's dir nicht verdenken, Junge, dass du bereit bist, darum zu kämpfen. Pass nur auf, dass sie nie einen richtigen Mann ausprobiert.«

Terry war schon einmal von der Kraft und Schnelligkeit dieses Jungen beeindruckt gewesen. In weniger als fünf Sekunden war er aufs Neue von ihm beeindruckt. Zuerst hatte er diesen unglaublich festen Griff gespürt, von dem sein Arm sich immer noch leicht taub anfühlte. Mit überraschender Schnelligkeit fand er sich plötzlich auf dem Boden wieder. Er saß im Sand, und vor seinen Augen zerplatzten kleine Lichtpunkte.

Er ächzte. »Na gut, jetzt hast du mich also zum zweiten Mal umgehauen, Kumpel«, sagte er und kam langsam wieder auf die Beine. »Schätze, das reicht.«

Wie bei typischen Kneipenprügeleien und Straßenkämpfen verlegte Terry Forrest sich instinktiv auf Tiefschläge. Mit geballten Fäusten hieb er Tolo mehrfach in die Magengrube. Vor Schmerz und Anstrengung stöhnte Tolo laut auf, doch sein Gegenschlag war zu hoch angesetzt und verfehlte Forrests Kopf.

»Aufhören«, schrie Java. »Sofort aufhören.«

Terry tänzelte rückwärts und entging nur knapp Tolos Rechter, die ihn sonst wieder wie ein Vorschlaghammer getroffen hätte. Seine Faustschläge prasselten mit solcher Wucht in Tolos Gesicht, dass sie die meisten Männer längst zu Fall gebracht hätten. Wie aus dem Nichts tauchte auf einmal Tolos Linke auf und traf Terry mit einem so lauten Krachen, dass ihm die Luft wegblieb und er sich fragte, ob nicht ein paar Rippen gebrochen waren. Augenblicklich rückte Terry Forrest wieder gegen seinen Gegner vor. Ihm war klar, dass er den Burschen rasch bezwingen musste, wenn er nicht dessen jugendlicher Schnelligkeit und Ausdauer zum Opfer fallen wollte.

Tolo stürzte und traf mit dem Kopf auf einen dicken Stein. Er stöhnte. Seine Beine hatten ihn offensichtlich im Stich gelassen. Er spürte seitlich einen schmerzhaften Aufprall. Als Forrest wieder mit dem Fuß auf seine Rippen zielte, rollte er sich blitzschnell davon. Forrest aber holte ihn sogleich ein, und seine Stiefelspitze traf Tolo erneut in die Seite.

Java schrie laut auf. Sie rannte los und sprang auf Forrests Rücken. Einen Moment lang war Terry mit Java beschäftigt, bis er sie abschüttelte und sie unsanft im Sand landete. Dieser kurze Aufschub gab Tolo Zeit, wieder auf die Beine zu kommen. Als der Buschmann zum vernichtenden Schlag ausholen wollte, erhielt er einen solchen Hieb in den Magen, dass er das Gefühl hatte, Tolos granitharte Faust würde hinten an seinem Rückgrat wieder herauskommen. Er bekam keine Luft mehr und konnte Tolo mit seinem Gegenschlag nur streifen, bevor er dessen Faust aufs Neue zu spüren bekam und nur noch Sterne sah.

Terry wankte zurück und wartete. Er wusste aus Erfahrung, dass jeden Kämpfenden ein übersteigertes Selbstvertrauen überkam, sobald er glaubte, seinen Gegner besiegt zu haben. Er zog sich noch weiter zurück, um wieder einen klaren Kopf zu bekommen. Es hatte den Anschein, als machte er sich vor Tolos stierähnlichem Ansturm davon. Doch im letzten Moment wich er dem größeren Mann geschickt aus und hieb ihm gleich dreimal hintereinander die Faust ins Gesicht. Tolo ging wieder zu Boden. Terry wusste, er sollte verdammt noch mal zusehen, dass sein Gegner dieses Mal auch wirklich da unten blieb. Er konnte nur hoffen, dass ihm das gelänge, ohne den Kerl umzubringen.

Als Java sah, wie Tolo am Boden lag und Forrest ihn erneut zu treten versuchte, rannte sie zum Lager. Forrest blieb nur gerade so viel Zeit, um noch einmal kräftig zuzutreten, bevor sie mit Tolos Gewehr in der Hand zurückkehrte. Sie lud es und rief beinahe hysterisch: »Hör sofort damit auf. Tritt ihn nicht noch einmal.«

Forrest drehte sich zu ihr um und sah das Gewehr. »Verflucht«, flüsterte er, als er Tolo gerade einen Tritt ins Gesicht geben wollte.

Tolo raffte sich auf und kam wieder auf die Beine.

Der Schuss zerriss die abendliche Stille, prallte nur wenige Zentimeter von Forrests linkem Fuß an einem Stein ab und sauste heulend in die dunkle Ferne. Forrest jaulte auf, da ihm das aufgewirbelte Sand- und Steingemisch schmerzhaft gegen den Stiefel prallte. Mit einem Satz sprang er von Tolo weg.

»Java, nicht!«, rief Tolo, aber sie lud gleich wieder nach. Sofort ging Tolo zum Angriff über, und seine Arme schlossen sich fest um seinen noch immer erschrockenen Gegner.

Die beiden Kämpfenden kamen dem ausgewaschenen Rand des Creeks immer näher, wo sie sich gegen die Blitze im Osten deutlich vom Himmel abhoben. Java kam es vor wie eine Ewigkeit, als plötzlich unter Tolos Füßen der Sand abbröckelte und die beiden Männer gemeinsam in die ausgetrocknete Rinne hinabstürzten.

Java rannte los und sah über den Rand hinweg nach unten. Durch den Sturz hatte Forrest sich von Tolos Griff befreien können, und die beiden standen sich mit erhobenen Fäusten gegenüber und droschen aufeinander ein. Keiner von ihnen besaß noch genug Kraft, um zum letzten entscheidenden Schlag auszuholen.

Java hob das Gewehr. In diesem Augenblick hätte sie Forrest bedenkenlos erschossen, denn seine Fäuste krachten gnadenlos in Tolos Gesicht und richteten es fürchterlich zu. Trotz all ihrer Angst und Wut schwoll ihre Brust vor Stolz, denn für jeden Hieb, den Tolo einstecken musste, gab er Forrest mindestens einen zurück. Forrest wankte und stolperte rückwärts bis zur Mitte des Creeks.

An dieser Stelle hatte die Rinne eine Breite von gut dreißig Metern. Das trockene Creekbett war mit verwitterten Felsbrocken gefüllt, die nur teilweise mit rotem Sand bedeckt waren. Immer wenn einer der Männer zu Boden ging, war es überaus schmerzhaft für ihn, und beide hatten an Händen und Knien schon mehrfach mit den Steinbrocken des Creekbettes nähere Bekanntschaft gemacht. Keuchend und blutend standen die zwei sich gegenüber, doch jeder von ihnen war wild entschlossen weiterzumachen. Jeder von ihnen wollte noch auf seinen eigenen zwei Beinen stehen, wenn der andere nicht mehr hochkam.

Java hob das Gewehr und versuchte, einen Schuss auf Forrest abzufeuern. Aber jedes Mal, wenn sie so weit war, drang Tolo wieder auf ihn ein. Außerdem sahen die beiden kämpfenden Gestalten durch die Blitze wie eine Luftspiegelung aus. In den zuckenden Lichtstrahlen flimmerten sie und verschoben sich ständig. Java schrie unentwegt, sie sollten endlich aufhören. Vor lauter Wut, Angst und Hilflosigkeit flossen ihr die Tränen über die Wangen. Ihr Herz schlug wie wild, und sie hörte ein starkes Dröhnen, das ihren Schreckenslaut und das rasende Hämmern ihres Herzens übertönte. Das Dröhnen wurde von Sekunde zu Sekunde lauter.

Ein Schlag von Tolos Rechter ließ Forrests Kopf zurückschnellen. Nach seinem Gegenschlag schoss frisches Blut aus Tolos bereits zerschmetterter Nase. Tolo zog den Arm zurück. Mit dem Aufflackern der Blitze kam Forrests blutiges Gesicht näher auf ihn zu und entfernte sich wieder. Außerdem rutschte es jedes Mal tiefer.

Der Buschranger sackte auf die Knie. Tolo erkannte seine Chance, der Sache ein Ende zu machen, und zielte einen Fausthieb auf Forrests Kinn. Doch Tolo verfehlte es, und auch er sank erschöpft auf die Knie und starrte dem ebenfalls knienden Forrest in die Augen. Forrest holte mit der Linken aus und schmetterte sie Tolo ins Gesicht. Tolo konterte mit einem kräftigen, bleischweren rechten Schwinger.

Keiner der beiden Männer bemerkte die Wasserwand, die mit lautem Getöse von Osten her um eine Biegung des ausgetrockneten Creekbettes auf sie zuraste.

Java sah sie und schrie aus Leibeskräften, konnte den Klang ihrer eigenen Stimme aber nicht hören. Mit panischer Angst starrte sie zu dem donnernden Tosen hinüber, das schon ganz in ihrer Nähe war, und ihr Magen drehte sich um. Sie sah das Ende all ihrer Hoffnungen und Träume vor sich, das Ende ihrer Liebe. Flussaufwärts an der Biegung wurde die trockene Rinne von einem Ufer zum anderen durch eine tosende, mit Treibgut gefüllte Wasserwand überschwemmt. Mit einer derartigen Flutwelle hatte Ganba gerechnet, als er seine Leute mitten in der Nacht aus einem ähnlichen Creekbett geholt hatte. Java schrie erneut. Weiter unten in der trockenen Rinne hieben die beiden Männer immer noch aufeinander ein. Beide lagen auf den Knien und waren zu schwach, um aufzustehen. Und ihre Warnrufe gingen in dem rasenden Getöse unter. Java feuerte das Gewehr in die Luft ab, doch sie hörte den Knall kaum.

Sie rannte an den Rand der Rinne und sprang hinab. Doch unterhalb der Böschung löste ihr elementarer Überlebenswille eine so starke Panik vor dem Ertrinken und eine solche Todesangst in ihr aus, dass sie die Angst um Tolo überdeckten. Statt hinab zu ihrem Ehemann kroch sie sofort wieder den Hang hinauf.

Dann sah sie zurück. Die beiden Männer drehten sich um und hatten den Tod vor Augen. Tolo raffte sich auf und wollte ans Ufer rennen. Doch Java wusste, dass es in seinem Zustand unendlich weit für ihn war. Tolo machte zwei Schritte und warf einen Blick zurück auf Terry Forrest, der sich vergeblich mühte, auf die Beine zu kommen.

Tolo rief Java etwas zu. Sie sah nur, wie seine Lippen die Worte formten. Forrest versuchte aufzustehen, doch seine Beine trugen ihn nicht.

»Nein, o nein«, stöhnte Java, als Tolo sich umdrehte und

Forrest zu Hilfe eilte. »Nein, Tolo, bitte.« Tolo stand bereits neben Terry und schob ihm die Hände unter die Achseln.

In hilflosem Entsetzen musste Java mit ansehen, wie die hohe Wasserwand, die entwurzelte Büsche und mörderisch scharfe Stücke von altem Treibgut mit sich führte, auf die sich vergeblich abmühenden Männer traf und sie in einer trüben, wirbelnden Kaskade verschwinden ließ.

Die donnernden Wassermassen schossen an Java vorbei, während sie am Ufer entlangrannte und verzweifelt Tolos Namen rief.

13

Selbstverständlich hätte Kit Van Buren lieber ein eigenes Haus gehabt, aber sie beschwerte sich nicht über die Wohnverhältnisse, die Trevor Gorel ihnen zur Verfügung gestellt hatte. In ihrer ersten Unterkunft hatten Matt und sie lange genug mit dem ständigen Tropfen durch das undichte Dach leben müssen, und ein anderes annehmbares Haus stand ihnen nun einmal nicht zur Verfügung.

Trevors Haus am Hang über dem Hafen von Port Moresby war noch verhältnismäßig neu. Trotzdem hatten die Wände durch die Feuchtigkeit des äquatorialen Papua bereits Schimmel angesetzt, der sich Kits Bemühungen, ihn zu entfernen, hartnäckig widersetzte. Im Großen und Ganzen aber war es in dem Haus erträglich frisch, da seine offene Bauweise eine gute Lüftung gewährleistete. Im Schlafzimmer von Kit und Matt standen sämtliche Fenster offen, und Moskitonetze schützten das Bett, sodass man den Raum beinahe als gemütlich bezeichnen konnte. Das Bettgestell war eines dieser speziell für die in tropischen Ländern lebenden, moskitogeplagten Söhne und Töchter des britischen Empires entworfenen Messingmodelle mit hoch aufragenden Bettpfosten. An dem hohen Kopfende waren feine schmiedeeiserne Messingflügel angebracht, über denen das Netz wie ein Baldachin schwebte und sich sanft zu dem flacheren Fußende neigte. Das zarte Netzgewebe berührte die Schläfer nicht. Es schloss die meisten Insekten aus, ließ aber eine gelegentliche frische Brise vom Golf von Papua hindurchwehen.

Kit richtete sich ein. Sie brauchte nicht lange, da sie und Matt nur mit Handgepäck nach Neuguinea gereist waren. Die beiden Männer hielten unterdessen eine Marathonsitzung ab, in der sie ausgiebig Pläne schmiedeten und ihren Traumvorstellungen freien Lauf ließen. Sie saßen am Tisch auf einer der breiten Veranden, eine Karte von Neuguinea und der angrenzenden Gebiete vor sich ausgebreitet, und fällten verbal so viele Bäume, als wollten sie dem sagenhaften Holzfäller Paul Bunyan nacheifern. Kit half derweil den Dienstboten, das Haus zu putzen, und legte sich tüchtig ins Zeug. Bei den beiden Hausmädchen handelte es sich um zwei junge Südseeinsulanerinnen, deren vertragliche Verpflichtungen im Kaufpreis des Hauses enthalten gewesen waren.

»Nanu, Kit«, rief Matt, als er sie in der Küche aufgestöbert hatte, wo sie gerade die übel aussehende Herdplatte eines mit Holz befeuerten Ofens scheuerte. »Trev und ich gehen zum Hafen runter, um uns sein Boot anzusehen. Hast du Lust, mitzukommen?«

»Gib mir fünf Minuten«, sagte sie und schob das Tuch zurück, das sie sich um die Stirn gebunden hatte, damit ihr der Schweiß nicht in die Augen rann. Am liebsten wäre sie kurz in die Wanne gehüpft, aber zehn Minuten später wäre sie ja doch wieder schweißgebadet. Also bestäubte sie ihren Körper gründlich mit Talkumpuder, brachte rasch ihr Haar in Ordnung und zog ein locker sitzendes Gingham-Kleid über, weil dieser Stoff angenehm kühl auf der Haut lag.

Port Moresby war eine kleine Stadt, jedoch mit einer kosmopolitischen Einwohnerschaft. In den Straßen sah man Engländer, Holländer, Franzosen, Japaner, Javaner, hin und wieder einen Amerikaner und natürlich die untersetzten schwarzen Eingeborenen von Papua. Inmitten dieses Völkergemisches vernahm man ein vielsprachiges Stimmengewirr. Weiter unten am Hafen mischte sich der allgegenwärtige Gestank nach Abfall und vermodertem Holz mit dem Salzgeruch des Meeres. Kit, Matt und Trev entdeckten ein Segelschiff, das soeben in die offene Korallensee auslief und vermutlich nach Australien fuhr. Im Hafenbecken lagen zwei kleinere Dampfschiffe vor Anker, während an dem baufälligen Kai eine Reihe unbestimmter kleiner Boote vertäut waren. Unter ihnen befand sich auch die *Annamese Princess,* Trevs schnittige, gut instand gehaltene Schaluppe.

Ein Javaner sprang auf und salutierte kurz, sobald er Trev sah.

»Das ist Kandi«, stellte Trev ihn grinsend vor. »Aber glaubt mir, er ist nicht halb so süß, wie sein Name klingt.«

Der Javaner entblößte beim Lachen saubere, strahlendweiße Zähne.

»Er hält das alte Mädchen gut für mich in Schuss«, erklärte Trev.

»Segeln wir?«, fragte Kandi und machte eine weit ausholende Geste in Richtung Meer.

»Bald«, erwiderte Trev. »Bald segeln wir los, um nach Holz zu suchen.«

»Das ist gut, Boss«, sagte Kandi. »Die *Princess* braucht es, mal wieder richtig schnell vor dem Wind zu segeln und den Algenbewuchs in den Wellen abzuschütteln.«

»Ist das Boot nicht etwas zu klein?«, fragte Kit. Die *Annamese Princess* war keine zehn Meter lang. Sie hatte nur einen Mast und eine so niedrig liegende Kajüte, dass die Schlafstellen weit unterhalb ihres Teakholzdecks lagen. In ihrem offenen Ruderstand am Heck wäre die Besatzung jeder Laune des Wetters ausgesetzt.

»Um durch die Riffe an der Küste zu navigieren, hat sie genau die richtige Größe«, erwiderte Trev. »Unten ist es bequemer, als du denkst. Für uns drei ist Platz genug.«

»Dann bleibt dein Matrose also hier?«, fragte Kit.

Trev warf Matt einen raschen Blick zu. »Hoppla«, sagte er.

»Na ja, du siehst ja selbst, Kit«, protestierte Matt, »dass die Kajüte auf einem Boot von dieser Größe kein Ort ist für eine Besatzung beiderlei Geschlechts.«

»Auf einem so kleinen Boot muss man die Schicklichkeit an Land zurücklassen«, sagte Trev. »Ich bin sicher, eine Lady wie du …«

»Ich bin keine Lady«, entgegnete Kit mit strahlendem Lächeln. »Ich bin die Frau eines der Geschäftspartner dieses Unternehmens. Wo Matt hingeht, da gehe auch ich hin. So ist das nun mal, Gentlemen. Also bitte, keine Diskussion.«

»Verdammt noch mal, Kit«, sagte Matt und machte eine ratlose Geste. »Los, Trev, erzähl ihr von den sanitären Einrichtungen.«

»Die bestehen aus dem gesamten Ozean«, erklärte Trev, wobei er sichtlich errötete, »und einem Eimer für raues Klima.«

»Als mein Vater in Kairo stationiert war«, sagte Kit, »hat er eines dieser Flussboote der Einheimischen gekauft – ähnlich modern ausgestattet wie dieses. Und ich war nicht immer nur allein mit meinen Eltern an Bord. Einmal hatten wir einen General dabei, mit dem wir die ganze Strecke nilaufwärts bis nach Luxor gefahren sind.«

»Kit ...«

»Bitte«, sagte sie. Als sie Matt ansah, traf ihn die geballte Kraft ihrer erstaunlich strahlend grünen Augen, und wieder machte er eine hilflose Geste.

»Was meinst du dazu, Trev?«, fragte er.

»Na ja, wenn sie das aushält, können wir das auch«, sagte er. »Wenn ich daran denke, was meine Guinevere zu dem Vorschlag sagen würde, wochenlang auf einem so kleinen Boot zu verbringen ... Deshalb dachte ich, du würdest vielleicht lieber zu Hause bleiben, Kit.«

»Absolut nicht«, antwortete Kit.

»Kandi spannt ein Stück Segeltuch«, schlug der Javaner vor. »Wenn die Lady auf Eimer sitzt, sehen wir nichts.«

»Danke, Kandi«, sagte Kit. »Wenigstens haben wir *einen* echten Gentleman an Bord.«

Die *Princess* hatte sich noch rechtzeitig weit genug von Port Moresby entfernt, um ihrer Besatzung einen fantastischen Sonnenaufgang auf See zu bieten. Der östliche Himmel war kupferrot, bevor das orangefarbene Licht den neuen Tagesanbruch ankündigte. Sie hatten südöstlichen Kurs gesetzt und fuhren so nah an der Küste entlang, dass sie die Berge sehen konnten, die sich fast unmittelbar hinter den sumpfigen Randgebieten der Insel erhoben. Auf der Rückfahrt von seiner Handelsreise zu den britischen Salomoninseln hatte Trev einige Stellen mit geeignetem Baumbestand gesichtet.

Nur eine Tagesreise von Port Moresby entfernt machten sie den ersten Halt. Trev und Kandi manövrierten die *Princess* an die mit dichtem Dschungel bewachsene Küste. Kandi stand im Bug und deutete per Handzeichen auf die tieferen Kanäle zwischen den Korallenbänken, durch die Trev vorsichtig hindurchsteuerte.

»Einige dieser Schönheiten könnten einem leicht den Schiffsboden aufreißen«, bemerkte Matt. Er hockte auf der Reling und hielt sich an der Takelage fest. In dem klaren blauen Wasser sah es so aus, als befänden die Korallen sich oft nur wenige Zentimeter unter der Oberfläche.

»Und erst recht den Kiel«, sagte Trev.

Als die kleine Schaluppe endlich innerhalb des Korallenriffs sicher vor Anker lag und die Segel eingeholt waren, ließ Kandi das Beiboot zu Wasser und hielt es fest, damit Trev hineinklettern konnte. Matt hob Kit in das kleine Boot und folgte ihr.

»Das Wasser ist so wundervoll«, schwärmte Kit. »Wenn ihr zwei eure Arbeit beendet habt, würde ich gern schwimmen gehen.«

Trev lachte glucksend und zeigte auf ein unheilvoll aussehendes Objekt, das die glatte Oberfläche der Lagune zerschnitt. »Aber nur, wenn dir die Gesellschaft dieses Burschen da drüben nichts ausmacht«, sagte er. »Und bei dem handelt es sich noch um ein kleines Exemplar, so um die ein Meter achtzig. Das Dumme ist nur, dass man nie weiß, wann sein großer Bruder vorbeikommt.«

»Dann werde ich wohl lieber doch nicht schwimmen gehen«, schloss Kit aus seiner Bemerkung.

»Oh, so schlimm ist das auch wieder nicht«, sagte Trev. »Wir können ruhig ein wenig baden, wenn wir vom Brett am Heck ins Wasser springen. Einer von uns hält solange Ausschau nach den Viechern. Und für alle Fälle hat derjenige ein vernünftiges Gewehr in der Hand, um sie zu verscheuchen.«

»Der gute alte Trev ist ganz schön erfinderisch. Das muss man ihm lassen«, meinte Matt.

»Der gute alte Trev ist zu liebenswürdig«, sagte Kit, während das Boot in kleinen Schüben auf die dicht verstrickte Vegetation zutrieb, die über dem dunklen, schmalen Ufer wogte.

Sobald sie in den Dschungel eindrangen, umhüllte die Hitze sie wie eine flüssige Decke. Trev übernahm die Führung und schlug sich mit dem Buschmesser den Weg durch die Schlingpflanzen frei. »Na, wenn das kein Prachtexemplar ist«, sagte er und zeigte auf einen majestätischen Baum, der stolz und kerzengerade in das Dschungelblätterdach aufragte.

»Was für eine Schande, etwas so Herrliches in Gottes Schöpfung einfach abzuholzen«, entfuhr es Kit.

»Na hör mal«, sagte Matt. »Keine Frau, die mit einem Van Buren verheiratet ist, ergreift die Partei der sentimentalen Fraktion. Außerdem dachte ich, du wolltest reich werden.«

»Es gibt noch genug andere«, warf Trev ein. »Um die paar Bäume, die wir uns holen, braucht man nicht zu jammern.«

»Und wie wollt ihr sie auf ein Schiff bekommen, wenn ihr sie erst mal gefällt habt?«, frage Kit.

»Da fängt der Spaß erst so richtig an«, antwortete Trev. »Dir ist sicher nicht entgangen, dass wir durch ziemlich viel Schlamm waten mussten.«

»Wie hätte mir das entgehen sollen?«, fragte Kit. Sie hatte ihre Röcke zu pumphosenähnlichen Stoffmassen zusammengerafft und bis über ihre Stiefel angehoben, während sie bei jedem Schritt fast bis zum Stiefelschaft im Schlamm versunken war.

»Bei Flut dringt das Wasser bis weit in den Dschungel ein«, sagte Trev, »manchmal sogar bis zu zwei, drei Meilen. Unsere Arbeiter werden einen Pfad in den Dschungel schlagen und die gefällten Bäume an Ort und Stelle zurechtschneiden. Sobald die Flut in den Graben dringt, können sie die Stämme auf dem Wasser treiben lassen. Die Stämme werden bis hinter das Riff geschwemmt, und vom Schiff aus kann man sie dann mit einem Kran an Bord hieven. Einige der Stämme werden wir auf eine bestimmte Länge zuschneiden, damit sie im Schiffsrumpf verstaut werden können. Die anderen müssen an Deck festgezurrt werden. Das eigentliche Problem ist: Wir müssen unsere Fracht fix und fertig vorbereitet haben, bevor das Schiff hierherkommt. Schließlich können wir nicht erwarten, dass ein Schiff vor dem Riff liegt und wartet, bis wir die Bäume gefällt haben.«

»Und um eine Ladung fertigzustellen, müssen wir über genug Arbeitskräfte verfügen«, fügte Matt hinzu.

Den ganzen Vormittag über stapften sie durch den Schlamm, während in den letzten paar Stunden das Wasser ständig stieg. Trev und Matt waren zu dem Schluss gekommen, dass es unweit des Ufers genug brauchbare Bäume gab, um eine Schiffsladung voll zusammenzustellen.

Als sie später wieder an Bord der *Princess* waren, empfanden sie das als große Erleichterung. Ein leichter Wind war aufgekommen.

Auch wenn die Luftfeuchtigkeit so hoch war, dass ihre nasse Kleidung nicht trocknete, gab der Windhauch ihnen zumindest die Illusion von Kühle. Trev und Kandi gingen nach vorn und machten sich vorgeblich an der Takelage zu schaffen, während Matt mit dem Gewehr in der Hand Wache hielt, damit Kit in das badewannenwarme Meerwasser gleiten und sich den Schweiß und Schmutz von der Haut und aus ihrer Kleidung spülen konnte.

Wenn die *Princess* im Schatten der Regenwälder dieser großen Insel vor Anker lag, schliefen die vier häufig an Deck, um der erdrückenden Hitze der kleinen Kajüte zu entgehen. Manchmal fiel nachts feiner Regen und kühlte sie ein wenig ab. Dann konnten sie dort in Ruhe »vor sich hin modern«, wie Kit es nannte, bis die Morgensonne sie mit ihrer Hitze rasch wieder trocknete.

Eigentlich bestand kein Zweifel daran, dass sie ausreichend Bäume zum Fällen finden würden. Trotzdem fuhr die *Princess* in der ruhigen See immer weiter nach Südost an der Küste von Papua entlang bis ans Ende des Echsenschwanzes. Vermutlich wäre eine so gründliche Erforschung gar nicht nötig gewesen, doch die Erkundungstour ähnelte mehr und mehr einer Vergnügungsfahrt. Immer wieder gerieten Trev, Matt und Kit in Versuchung zu schauen, was hinter der nächsten Küstenbiegung lag. Und schließlich umrundete die kleine Schaluppe den Samarai Point, und zwischen der *Princess* und dem Südpazifik mit seinen zahlreich verstreuten Inseln lag nicht mehr das große Neuguinea.

Also kehrte die *Princess* wieder um und fuhr erneut um den Samarai Point. Unter vollen Segeln flog sie dann förmlich in Richtung Port Moresby. Munter hüpfte sie über, in und durch das schäumende blaue Wasser, und der Fahrtwind war angenehm kühl. Stundenlang sprachen Matt und Trev ihre Pläne durch. Das Einzige, was ihnen fehlte, waren die Arbeitskräfte. Ochsen wären hilfreich, um die Stämme ins Wasser zu ziehen. Sobald sie das Arbeiterproblem gelöst hätten, würde Matt seinem Cousin Claus eine Nachricht schicken.

Als der Hafen von Port Moresby nur noch eine Tagesreise von ihnen entfernt lag, fing die Schaluppe an, ein wenig zu eifrig und zu lebhaft vor dem Wind zu springen. Trev und Kandi refften die Segel. Außer den üblichen tropischen Kumuluswolken, die wie dicke Wattebäusche aussahen, waren keinerlei Wolken zu sehen. Doch es wehte eine immer steifere Brise, bis die *Princess* nur noch mit dem Focksegel gesetzt durch immer höhere Wellen rauschte.

Anfangs nahm Trev es gelassen. »Mal ganz ehrlich«, sagte er, »würde der Wind nicht ein wenig blasen, hätte man gar nicht das Gefühl, auf See zu sein.«

Der »blasende Wind« kam aus einer plötzlich am Horizont

auftauchenden dunklen Wolkenwand, und als wollte er in böser Absicht die Schaluppe jagen, versuchte er, sie zu überholen. Bis zum Nachmittag hatte der Himmel über der *Princess* sich gänzlich verdüstert, und immer wieder strömten kurze heftige Regenschauer nieder, die einem jegliche Sicht nahmen.

»Werden wir es bis Port Moresby schaffen?«, fragte Kit.

»Keine Sorge, Kumpel«, erwiderte Trev in einem misslungenen Versuch, Matts Akzent nachzuahmen.

Bei dem grimmigen Sturm fiel der Regen beinahe waagerecht. Und in dem Bemühen, Kurs auf Port Moresby zu halten, schnellte die *Princess* mit der Leereling unter Wasser vorwärts. In dieser Situation richtete Kit erneut ihre Frage an Trev: »Immer noch keine Sorge, Kumpel?«

»Keine Sorge«, sagte er. »Ist nur unbequem und lästig, sonst nichts.« Zu diesem Zeitpunkt gab er es jedoch auf, Port Moresby noch vor Einbruch der Nacht erreichen zu wollen. Stattdessen reffte er die Segel und ließ das Steuer nach, bis die *Princess* genau vor dem Wind fuhr.

»Wir werden am Hafen vorbeifahren müssen«, erklärte er. »Ist aber kein Problem. Schließlich haben wir den gesamten Golf von Papua vor uns. Wir werden vor Anker treiben und den Sturm auf See abwettern.« Noch während er sprach, zogen Kandi und Matt den Treibanker heraus. Kandi warf ihn über Bord und gab Tau nach, bis er gut dreißig Meter hinter ihnen war. Das beinahe ängstliche Springen und Hüpfen der *Princess* ließ augenblicklich nach. »Wenn es dann aufhört zu blasen, kreuzen wir vor dem Wind, zurück in das gute alte Port Moresby.«

Matt brachte Kit unter Deck. Sie zogen ihre durchnässte Kleidung aus und schlüpften in etwas weniger Feuchtes. Kit hatte erkannt, dass man auf einem kleinen Segelboot nie richtig trocken war. Es gab nur verschiedene Abstufungen von Nässe. Trev kam zur Tür herein, und mit ihm ein kräftiger Windstoß. Kandi folgte Trev auf den Fersen.

»Und wer passt jetzt auf den Laden auf?«, fragte Kit.

Trev zuckte nur mit den Schultern. »Sämtliche Segel sind gerefft. Die *Princess* weiß selbst am besten, wie sie auf sich aufpassen muss.«

Trev und Kandi brauchten einige Minuten, um sich hinter dem Sichtschutz, den Kandi für ein wenig Privatsphäre angebracht hatte, abzutrocknen und halbtrockene Kleidung überzuziehen.

»Trev, das meinst du doch nicht im Ernst, dass das Boot auf sich selbst aufpassen kann«, sagte Kit.

»Das ist kein Scherz«, entgegnete Trev. »Der Sturm bläst uns nach Nordwest, parallel zur Küstenlinie. Durch den Treibanker bleibt das Heck im Wind. Kandi nimmt an, dass der Sturm sich entweder legt oder noch vor Ende der Nacht an uns vorbeizieht. Es hat keinen Sinn, dass einer von uns oben an Deck völlig aufweicht. Ich schlage vor, wir legen uns alle ein bisschen aufs Ohr.«

Zu Kits großer Überraschung sollte sie tatsächlich einschlafen. Matt lag außen, damit Kit nicht aus der Koje geworfen wurde, wenn die *Princess* sich in den Sturmwellen hob und senkte. Kit vergrub den Kopf unter ihrem Kissen und sprach ihre stummen Gebete mit größerer Inbrunst als sonst. Und dann schlief sie, während der Wind durch die Takelage heulte und die Wellen Kaskaden von weißem schäumenden Wasser über das Heck der Schaluppe warfen, das diese aber sogleich wieder über ihre Teakplanken ablaufen ließ. Wenngleich es sich bei der *Princess* um ein kleines Boot handelte, war sie in einer Bootswerft von Sydney doch genau zu diesem Zweck entworfen worden: Wie ein Korken hüpfte sie über die höchsten Wellen, die der Südpazifik ihr in den Weg legte. Sie konnte tatsächlich auf sich selbst aufpassen und tat das auch recht gut … bis fünfzehn Meilen westlich der Küste von Papua ihr Kiel plötzlich ein nicht in den Karten verzeichnetes Riff streifte.

Dem javanischen Seemann fiel die veränderte Bewegung der Schaluppe sogleich auf. Es war, als hätte sie mitten im Sprung innegehalten. Für den Bruchteil einer Sekunde glitt sie wie erstarrt dahin, während ihr tiefes Kielbrett einen Graben durch die lebenden Korallen zog. Kaum war sie frei, schoss sie sogleich weiter vor. Das Schlingern beim Freikommen hatte auch Trev Gorel geweckt. Er und Kandi erreichten die Luke im selben Augenblick, wollten gleichzeitig hindurch und knurrten beide beim Scheitern ihrer Bemühungen. Kandi ließ Trev den Vortritt, der sogleich in den Ruderstand stürzte.

»Verflucht«, brüllte er.

Unmittelbar vor der *Princess* war die See eine brodelnde weiße Masse, denn die Schaumkämme der vom Sturm gepeitschten Wellen wurden auf ein Korallenriff geschmettert. Über dem Heulen und Tosen des Sturms und über dem Zischen der Wogen, die sich unter die Schaluppe schoben, war das Donnern der Brecher kaum zu hören.

»Segel«, schrie Trev in den Sturm. »Gib mir Segel!«

Kandi beeilte sich, den Befehl auszuführen. Er entrollte das kleine Segel vom Mast, das sich beim Auffangen des Windes dick aufblähte und wie ein Gewehrschuss krachte. Trev drehte mit aller Kraft an der Ruderpinne, doch die Schaluppe reagierte nicht.

»Trenn das Tau an dem verdammten Treibanker!«, schrie Trev.

Davon befreit, schoss die *Princess* vor, drehte sich vor dem Wind und legte sich so weit auf die Seite, dass ihre Leereling unter Wasser war.

Matt kam an Deck. Sobald Trev im ersten schwachen Licht der Morgendämmerung, die anscheinend nur eine Verlängerung der Nacht und des Sturms war, Matts Gesicht aus der Luke auftauchen sah, schrie er: »Matt, hol die Schwimmwesten, hast du gehört?«

Nach kurzem Zögern tauchte Matt sogleich wieder in die Kajüte ab. Als Erstes legte er Kit eine Schwimmweste um, danach sich selbst. Dann hielt er Kit fest am Arm und stieg mit ihr in den Ruderstand, wo sie sofort vom Sturm erfasst wurden, der an ihrer Kleidung zerrte und ihnen ihre bereits nassen Sachen um die Beine schlug.

Trev mühte sich in seine Schwimmweste. Kandi hatte sie im Nu an. »Wir schaffen es«, brüllte Trev in den Sturm, während die *Princess* wie eine echte Königin der Meere ihren Kiel ins Wasser grub, sich fest an den Wind lehnte und dem Griff der Ruderpinne gehorchte und vor der Linie des weißen Todes abdrehte, wo die Schaumkämme auf die offenliegenden Korallen herabdonnerten. »Die Sache ist die: Dieses verdammte Riff dürfte eigentlich gar nicht hier sein.«

Für das plötzliche Auftreten der Riesenwelle, dieses seltene, Ehrfurcht einflößende Phänomen, das nur wenige Seeleute je zu Gesicht bekommen, hat es nie eine zufriedenstellende Erklärung gegeben. Bei ruhiger See mit leichter Dünung kann diese Welle sich plötzlich weiß schäumend aus dem sonst ununterbrochenen Blau oder Grün der Wasseroberfläche aufbäumen. In einem Sturm mit über fünfzehn Meter hohen Wellen – wie im Golf von Papua, wo die *Princess* sich tapfer mühte, von der Front eines in den Karten nicht eingezeichneten Korallenriffs davonzusegeln – kann die Riesenwelle plötzlich zischend und knurrend aus dem Nichts auftauchen, die Wellenkämme der sturmgepeitschten See winzig klein erscheinen lassen und sich zu einer beängstigenden schwarzen, mächtigen Wand auftürmen. An einem ruhigen Tag auf offener See fährt ein kleines Boot einfach an der aufgeblähten Vorderseite der Riesenwelle hinauf und lässt sich an der Rückseite wieder hinabfallen – wie bei einer Schiffschaukel auf dem Jahrmarkt, bei der die Insassen sich an die Geheimnisse und die Macht des Meeres erinnert fühlen. Tritt die Riesenwelle jedoch in einem Sturm auf, erlebt man weit mehr als eine bloße Berg- und Talfahrt, bei der sich einem der Magen umdreht.

Die Besatzung der *Annamese Princess* hörte die Welle bereits, bevor sie sie sah. Zuerst war es nur ein fernes Zischen, ein Geräusch in einer anderen Tonart, anders als der tosende Sturm und die sich auf dem Riff brechenden Wogen. Das Zischen wurde lauter und verstärkte sich zu einem leisen, ständigen Donnern. Und dann tauchte die Welle aus dem fahlen Morgenlicht auf, eine weißgekrönte dunkle Wand – eine so entsetzliche Bedrohung, dass Trev Gorel mehr aus Ehrfurcht als aus Angst einen lauten Schrei ausstieß.

Die der Welle vorgelagerte Brandung schob sich unter das Heck der Schaluppe, hob sie an und brachte sie in den richtigen Steigungswinkel, sodass sie die Welle erklimmen konnte wie das Surfbrett eines polynesischen Jungen. Die *Princess* begann ihren Anstieg. Verglichen mit der Kraft der Welle war der Wind in ihrem einen Segel nur eine geringfügige Kraft. Während die *Princess* das Wasser durchschnitt, hörte man ein mächtiges Zischen und Tosen, und über ihrem Heck ragte finster der geschwungene Wellenkamm auf.

»Haltet euch fest«, brüllte Trev Gorel, dessen Stimme in dem Tosen völlig unterging. »Haltet euch gut fest!«

Jeder von ihnen wusste, dass die *Princess* mit Windeseile in das Riff getrieben wurde. Matt hielt Kit mit eisernem Griff fest. Es sah aus, als würde die Welle sie jeden Augenblick allesamt verschlingen, auf sie niederstürzen und sie mit ihrer tonnenschweren Last aufs Riff schmettern. Doch die *Princess* floh immer noch vor der gigantischen Woge. Sie rannte förmlich um ihr Leben und überquerte Korallenbänke, die unweigerlich ihren Kiel aufgeschlitzt und sie umgerissen hätten, wäre sie nicht von den Wassermassen der Riesenwelle getragen worden.

Doch plötzlich traf die *Princess* knirschend und krachend auf das Riff. Durch den Aufprall verlangsamt, verlor sie das Rennen mit der Welle, und der Ozean brach über ihr zusammen. Matt, der sich mit einem Arm an die Seitenwand des Ruderstands klammerte und mit dem anderen seinen Griff um Kit noch verstärkte, spürte, wie eine unvorstellbare Kraft ihn niederdrückte. Er wurde zu Boden geschmettert, schaffte es aber irgendwie, sowohl Kit als auch die Seitenwand des Ruderstands fest umklammert zu halten. In seinen Ohren dröhnte das Chaos. Er hörte, wie der Kiel sich in die Korallen grub, und spürte, wie das Boot unter ihm auseinanderbrach. Sein einziger Gedanke war: Es ist noch viel zu früh. Viel zu früh, um Kit zu verlieren, die er nur so kurze Zeit für sich gehabt hatte.

Kit sah, wie der hoch über ihnen aufragende Wellenkamm zu kippen begann und sie mitsamt der tapferen kleinen Schaluppe in eine schlauchartige Umarmung nahm. Sie wollte laut aufschreien. Doch wäre sie ihrem ersten Impuls gefolgt, wäre sie vermutlich umgekommen. Statt zu schreien, sog Kit so viel Luft in ihre Lungen, wie sie nur konnte. Sie krallte sich an Matt und der Seitenwand des Ruderstands fest, während eine Welt aus Dunkelheit und tosenden Wassermassen über ihnen zusammenbrach.

Gab es die Schaluppe überhaupt noch? Kit war fest an die Wand des Ruderstands gedrückt worden. Das Wasser rauschte mit solcher Macht und Geschwindigkeit um sie her, dass sie fürchtete, aus Matts fester Umklammerung gerissen zu werden und ihren Halt an der Wand des Ruderstands zu verlieren. Und das nahm anscheinend kein Ende, bis sie vor ihren geschlossenen Lidern kleine weiße Sterne aufflackern sah und ihre Lunge sich verkrampfte, weil sie unbedingt den verbrauchten Atem ausstoßen und wieder Luft holen musste. Ihr Verstand sagte ihr, sich loszureißen und den Versuch zu unternehmen, zur Wasseroberfläche zu gelangen, um gierig nach Luft zu schnappen. Matt aber ließ einfach nicht los, und sie kämpfte vergeblich gegen die zunehmende Dunkelheit an. Zum Glück gab die See plötzlich ihre Anstrengungen auf, Kit aus dem Ruderstand zu zerren. Kit öffnete die Augen. Sie sah das schwache Licht der Morgendämmerung und dicke weiße Blasen. Und im nächsten Moment war ihr Gesicht an der Luft, und sie rang verzweifelt nach Atem.

Matt war immer noch neben ihr. Er holte zweimal tief Luft, dann brüllte er: »Trev, Kandi!«

»Hier bin ich«, rief Kandi.

»Verdammt!«, sagte Trev hustend und spie Salzwasser aus. Die Riesenwelle zog weiter nach Nordwest, und das Wasser lief rasch vom Deck ab. Die *Princess* saß fest wie ein eingekeilter Stein. Der Schaum einer sich brechenden Welle spritzte Matt ins Gesicht. Die Wellen brachen sich, noch bevor sie das Boot erreichten. Nicht eine einzige gelangte bis an Deck.

»Wir sitzen hoch und trocken«, rief Kandi. »Wir stecken fest auf dem verfluchten Riff.«

»Sieh mal unten nach, Kandi«, befahl Trev.

»Das kann ich übernehmen«, meinte Matt, der der Luke am nächsten stand. Er steckte den Kopf zur Kajüte hinein und sah sich um. Die Kajüte stand knietief unter Wasser, und ständig sprudelte mehr hinein. Sowohl an Backbord als auch an Steuerbord ragten die Korallen durch die Seitenwände der *Princess*. Matt zog den Kopf wieder zur Luke heraus. »Wir sind zwischen zwei Korallenbänken eingeklemmt«, berichtete er. »Das Boot ist eindeutig hinüber. Solange wir nicht zwischen den Korallen durchrutschen und in tieferes Wasser abgleiten, ist alles in Ordnung.«

Trev stieg in die Kajüte hinab, um sich selbst einen Überblick zu verschaffen. Der Wasserspiegel würde sich etwa in Brusthöhe einpendeln. Trev reichte den anderen Nahrungsvorräte und Decken nach oben. Der Regen hatte aufgehört, und der Sturm war bereits an ihnen vorbeigezogen, als hätte die Monsterwelle, die sie außerhalb der Reichweite der Brandung auf das Riff gehoben hatte, den Sturm verjagt.

Die Sonne ging auf. Ein Regenbogen spannte sich am Himmel. Weit im Osten, tief und dunkel am Horizont, waren die Berge Neuguineas zu sehen. Die Nahrungsmittel würden für mehrere Tage reichen, das Wasser allerdings nicht.

»Kandi, du und Matt nehmt etwas Segeltuch und formt daraus ein Becken, damit wir Regenwasser auffangen können«, sagte Trev. »Kit, könntest du bitte einen Happen zu essen für uns heraussuchen? Es wäre sicher vernünftig, sowohl mit dem Essen als auch mit dem Wasser sparsam umzugehen.«

»Wir sind doch höchstens zwölf bis fünfzehn Meilen von der Küste entfernt«, warf Matt ein.

»Es könnten ebenso gut tausendfünfhundert sein«, entgegnete Trev und zeigte auf die Flossen von zwei Haien.

»Wie sieht es denn mit dem Schiffsverkehr aus?«, fragte Matt.

»Früher oder später wird hoffentlich ein Schiff vorbeikommen«, meinte Trev. »Wir befinden uns fernab der normalen Fahrrouten. Hier verkehrt höchstens mal ein Küstenboot. An der Nordküste des Golfs tut sich eh nicht viel. Da drüben im Osten liegt das Delta des Fly River. Dort leben ein paar Eingeborene, aber nur wenige von denen fahren an der Golfküste entlang.«

»Wird das Boot halten?«, fragte Kit.

»Wenn uns nichts Schlimmeres erwartet, als das, was wir schon hinter uns haben«, antwortete Trev.

»Na, dann steht es ja gar nicht so schlecht um uns«, verkündete Kit strahlend. »Wir sind auf hoher See« – nur die weißen, sich brechenden Wellen ein Stück von ihnen entfernt deuteten auf die Anwesenheit des Riffs – »und brauchen uns nicht einmal mit dem üblichen Geschaukel des Boots abzufinden.«

»Armes, altes Mädchen«, sagte Trev und tätschelte die *Princess* zärtlich. »Mein armes, altes Mädchen.«

14

Rasch brach die mondlose Wüstennacht herein. Nur am östlichen Horizont zeigte sich das schaurige Licht des Wetterleuchtens. Die Flutwelle, die Java Masons Herz mit sich fortgerissen hatte, war vorüber. Die ehemals trockene Rinne aber war immer noch randvoll mit Wasser gefüllt.

Java kam es vor wie eine Ewigkeit, als sie in der Finsternis am Ufer entlanglief und verzweifelt Tolos Namen rief. Um ihre eigene Sicherheit machte sie sich keine Gedanken. Sie stolperte, schlug der Länge nach hin und raffte sich wieder auf. Dann kroch sie auf allen vieren weiter, ohne auf das Spinifex-Gras zu achten, das sich ihr in die Handflächen grub.

Von weither drangen eigentümliche Laute an ihr Ohr: ein kehliges Jammern, ein wortloses Wehklagen urzeitlicher Qual. Das Dröhnen der wirbelnden Flutwelle hatte sie längst überholt. Java hielt an, setzte sich in den Sand und versuchte, zu Atem zu kommen.

Erst in diesem Moment wurde ihr bewusst, dass die sonderbaren Laute aus ihrer eigenen Kehle drangen.

Und erst in diesem Augenblick spürte sie den Verlust, der sich wie ein ungeheures Gewicht auf ihre Schultern legte, sie in den Sand drückte und ihr jede Hoffnung nahm. Tolo war nicht mehr da. Kein Mensch hätte diese in Aufruhr geratene Kaskade aus Wasser und Treibgut überleben können. Wo hätte Tolo die Kraft hernehmen sollen, um es bis ans Ufer zu schaffen – so erschöpft, wie er nach dem Kampf mit Terry Forrest war. Nun war Java vollkommen allein. Nach Westen hin trennten sie einhundertfünfundzwanzig Meilen wasserlose Einöde vom nächstgelegenen weißen Außenposten, der Farm des alten Jonas Mayhew in Yinnietharra. In Richtung Osten erstreckte sich über dreihundert Meilen die Gibson-Wüste. Im Norden und Süden lag das Ungewisse.

Mühsam stand Java auf und wankte. Die Wüste um sie her erschien ihr weit und leer, der Himmel über ihr hart, kalt und gleichgültig. Sie machte sich auf zu ihrem Lager und stolperte im Dunklen über dicke Grasbüschel. Nach einiger Zeit erkannte sie die an den Füßen gefesselten Kamele, die als bloße Schatten in der Dunkelheit zu sehen waren. Natürlich rochen sie das Wasser, hielten sich aber instinktiv von der bröckeligen Kante der bis oben hin gefüllten Rinne fern.

Kein Feuer brannte. Plötzlich hatte Java das Gefühl, das einzig Wichtige in ihrem Leben wäre, ein Feuer und damit etwas Licht zu haben. Es gelang ihr, ein Feuer zu entzünden. Die nächste Stunde streifte sie in der Nähe des Lagers umher, um noch mehr Brennbares, einschließlich getrockneten Kamelmist, zu beschaffen. Dann saß sie im flackernden Feuerschein und versuchte, mit den Fingernägeln die Spinifex-Stacheln aus ihren Handflächen zu ziehen. Sie war wie betäubt und spürte eine innere Kälte, die nicht nur von den rasch fallenden Temperaturen herrührte. Der Schock hatte einen Schutzwall um sie errichtet, der abgesehen von dem Bedürfnis, die ärgerlichen Stacheln aus ihren Händen zu entfernen, alle Gedanken ausblendete.

Die erste Ration ihres abendlichen Wassers hatte sie noch nicht getrunken. Ihre nach Wasser lechzenden Zellen sandten kleine Botschaften aus, die sich in einem rasenden Durst äußerten. Verzweifelt stellte sie fest, dass sie nun getrost so viel trinken konnte, wie sie nur wollte. Wenn sie mochte, konnte sie sich die Ration für drei Leute einverleiben. Das warme, mit Mineralien angereicherte Wasser wirkte auf Java geradezu berauschend. Sie trank, bis ihr Magen sich vorwölbte und sie bei jeder Bewegung hören konnte, wie das Wasser in ihrem Bauch hin- und herschwappte. Dann schraubte sie den Verschluss wieder auf den Wasserbeutel und spähte hinaus in die Dunkelheit. Als sie sah, dass ihr Feuer heruntergebrannt war, sprang sie auf, um weiteres Brennmaterial nachzulegen. Gleich darauf hockte sie sich wieder neben die Flammen. Sie hatte nicht genug Brennbares, um das Feuer lange in Gang zu halten, aber Tolo würde mehr besorgen. Er hatte ausgesprochenes Talent zum Feuerholzsammeln.

Tolo. »Oh, Tolo«, flüsterte sie, und der schützende Damm, durch den der Schock sie davor bewahrt hatte, sich der Tatsachen in ihrer vollen Tragweite bewusst zu werden, brach entzwei. Eine Woge von Gefühlen brach über ihr zusammen – auf ihre Weise genauso verheerend wie die Flutwelle. Niemand war da, der ihr Schluchzen hörte, niemand, der das Leid mit ihr teilte, während sie sich vor Schmerz krümmte.

In der rasch abkühlenden Nachtluft wickelte Java sich in Decken ein und saß neben der allmählich verlöschenden Glut ihres kleinen Feuers. Zuerst war an Schlaf nicht zu denken, doch irgendwann sackte ihr Kopf auf die Brust, und ein gnädiger Schlummer blendete Angst und Kummer aus ihrem Bewusstsein aus. Schließlich legte sie sich, zusammengerollt wie ein Fötus, auf die Seite.

Die Sonne weckte sie, und sie tastete nach Tolo. Er war nicht da. Manchmal stand er schon vor ihr auf. Java öffnete die Augen, sah das Tageslicht und erkannte die Realität. Sie schrie laut auf.

Ein Geräusch hinter ihrem Rücken versetzte sie in panische Angst. Mühsam warf sie die Decken ab, kroch auf allen vieren und drehte sich in die Richtung, aus der das Geräusch kam. Vor ihr stand Bildana und hielt den Teekessel in der Hand. Java empfand unendliche Erleichterung. Sie sprang so schnell auf, dass Bildana fast den heißen Tee verschüttet hätte. Java achtete nicht auf den strengen Geruch nach ranzigem Fett und ungewaschenem Körper, sondern warf der dunklen Frau die Arme um den Hals.

»Willst du essen?«, fragte Bildana.

»Wie bist du hierhergekommen?«, fragte Java. »Ganba hat dich doch mitgenommen.«

»Ganba«, sagte Bildana und spie aus. Das erklärte für sie alles. »Wo sind die Whitefellow-Männer?«

Bildanas Reaktion auf Javas plötzliche Tränenflut war ein sanftes Tätscheln am Arm und ein saugendes Geräusch mit der Zunge: »Tse, tse, tse«. Als sie Javas tränenerstickte Versuche, das Geschehene zu erklären, endlich verstanden hatte, sagte sie: »Komm.« Sie nahm Java an die Hand. »Das Wasser ist bald nicht mehr da.«

Java hatte Bildana zunächst so verstanden, dass sie Tolo finden könnte, sobald die Wüste die plötzliche Flut verschluckt hatte. Doch Bildanas Absichten richteten sich auf praktischere Dinge.

Zu Javas Überraschung floss kein Wasser mehr durch die Rinne. Nicht weit vom Lager entfernt befand sich eine felsige Vertiefung, in der sich ein Billabong gesammelt hatte, ein flacher Tümpel. Die Wüste hatte die Flut tatsächlich bereits gierig aufgesaugt, und das Creekbett war schon wieder trocken. Bildana rollte die Wasserfässer zum Tümpel und begann, die bereits leeren Behälter wieder zu füllen.

Zuerst stand Java nur tatenlos am Rand, den Blick flussabwärts gerichtet, und fragte sich, bis wohin die Flutwelle wohl gelangt sein mochte. Und endlich akzeptierte ihr Verstand die Wahrheit, sodass sie in Gedanken zum ersten Mal das Wort *Leiche* benutzte.

Tolo war tot. Irgendwo im Westen musste das fallende Wasser seine Leiche abgelegt haben, dort, wo die Geschöpfe der Wüste – Vögel, Reptilien, Insekten – ihn finden würden. Das dürfte sie nicht zulassen. Ihr Verstand arbeitete wieder, und der Gedanke, die Aasfresser könnten an dem Körper zerren und kauen, der des Nachts so eng neben ihrem gelegen hatte, war ihr unerträglich. Doch Java widerstand dem Drang, allein an dem Creek entlangzulaufen. Nicht, dass ihr Leben ohne Tolo so wertvoll war, dass sie es nicht aufs Spiel setzen wollte, indem sie einfach in die Wüste hinauslief. Doch ihr war klar, dass sie ohne Wasser und Nahrung nicht lange durchhalten würde –

vielleicht nicht einmal lange genug, um Tolos Leiche zu finden und zu vergraben.

Sie trieb die an den Füßen gefesselten Kamele zusammen und führte sie in die Rinne hinab, damit sie sich an dem Billabong satttrinken konnten. Danach half sie Bildana, die restlichen Wasserbehälter zu füllen. Das Beladen der Kamele dauerte zwangsläufig länger als sonst, da Bildana mit den Tieren nichts zu tun haben wollte und ohne Tolos Hilfe die gesamte Arbeit auf Java fiel. Als sie endlich ihr Kamel bestieg und die kleine Karawane nach Westen führte, immer der trockenen Rinne folgend, war es bereits fast Mittag.

»Oh, nein«, protestierte Bildana, als sie sah, dass Java nach Westen wollte. »Da ist Ganba.«

»Ich muss Tolo finden«, sagte Java.

»Er ist tot«, antwortete Bildana. »Wir sind auch tot, wenn Ganba uns findet.« Sie zeigte nach Osten. »Wir müssen dort hingehen, zu dem Großen-Roten-Heiligen-Fels. Da finden wir Menschen. Meine Leute und deine Leute. Wir haben Wasser. Wir haben zu essen. Und unterwegs können wir die Packkamele aufessen. Ganba hat nichts zu essen. Er kann uns nicht bis dahin folgen.«

Java packte Tolos Gewehr, das im Futteral an ihrem Sattel hing. »Ganba wird uns nicht behelligen«, sagte sie. »Bist du deshalb weggelaufen, weil du Angst hattest, dass Ganba dich töten wollte?«

»Falls Ganba nicht schon eine Fleischmahlzeit hatte, wird es nicht mehr lange dauern«, erklärte Bildana.

»Das verstehe ich nicht«, sagte Java. »Du hast doch gerade gesagt, er hätte nichts zu essen.« Sie hatte das Kamel angetrieben, schneller zu laufen, und Bildana lief neben ihr her.

»Ganba hat mich satt«, sagte Bildana. »Er wollte mich bestimmt aufessen, aber ich bin weggerannt. Und jetzt folgst du seiner Spur. Du findest ihn, und er isst uns beide.«

»Bildana, das kann doch nicht dein Ernst sein«, sagte Java. »Aber keine Sorge. Falls wir Ganba und die anderen einholen, werde ich schon dafür sorgen, dass dir nichts passiert.« Sie war nicht in der Verfassung, sich diesen Aborigine-Unsinn noch länger anzuhören. Natürlich hatte sie Geschichten über Kannibalismus unter Aborigines gehört, doch das war schon lange her. Durch den Kontakt mit den Weißen und seinen Gesetzen war dieser Brauch der Blackfellows, sich gegenseitig aufzuessen, bereits vor Jahren ausgemerzt worden. Java hatte keine Zeit, sich Bildanas Geschwätz länger anzuhören und auf ihre Forderung einzugehen, sich nach Osten zu wenden. In ihrem Verstand war nur Platz für ihren Schmerz und die dringende Notwendigkeit, Tolos Leiche zu finden und im Wüstensand zu vergraben, damit die Aasfresser sie nicht schändeten.

Sie war noch keine zwei Meilen geritten, da entdeckte sie schon in einem Strauch am Ufer der Rinne einen farbigen Stofffetzen. Es war, als rammte ihr jemand ein Messer in den Bauch. Sie trieb das Kamel zu einem leichten Trab an, ließ es sich neben dem Strauch hinlegen und sprang ab. Dann rannte sie los, fand aber nichts weiter als einen abgerissenen Fetzen aus Tolos Hemd.

Am Mittag stieg die Temperatur auf neunundvierzig Grad Celsius, doch Java bemerkte es offensichtlich nicht. Auch dann nicht, als die Hitze ihren Höhepunkt erreichte und in ihrer Lunge brannte und ihr Körper keine Flüssigkeit mehr hatte, um einen kühlenden Schweißfilm zu bilden. Sie ritt weiter, und ihre Blicke suchten den Creek ab. Die durch die restliche Feuchtigkeit in der Rinne angelockten Fliegen schwärmten in regelrechten Wolken um sie her. Doch ebenso wie die Hitze ignorierte Java auch diese geringere, aber stetige Folter.

Auf ihrem Weg nach Osten hatte sie diesen speziellen Abschnitt der Wüste bereits durchquert. Selbst für die Gibson war der Boden hier äußerst karg, nichts als eine flache Einöde aus Gipsablagerungen. Nicht einmal das robuste Spinifex-Gras wuchs hier. Nur eine salzige, dickfleischige Strauchart war an vereinzelten Stellen über die trostlose Ebene verstreut.

»Missy, Missy«, rief Bildana und zeigte nach vorn. In der flirrenden Hitze schimmerten geisterhafte Gestalten auf und verschwanden wieder. Erschrocken hielt Java ihr Kamel an. Die Packtiere hinter ihr fingen an zu schnauben und zu brüllen, während die schauerlichen Gestalten erneut aus der schimmernden Ferne auftauchten, mit der sie scheinbar verschmolzen waren. Es handelte sich um Kamele, ein Haufen wilder Tiere, die von einem großen, kampferprobten Bullen angeführt wurden.

»Wird schon werden«, sagte Java und spürte sogleich den schmerzlichen Verlust, denn diesen Ausdruck hatte Tolo besonders gern benutzt. Sie zog das Gewehr aus dem Futteral und lud es.

Die wilden Kamele kamen unentwegt auf sie zugetrabt, und ihre eigenen Tiere wurden immer unruhiger. Unmittelbar vor dem Bullen, der die wilde Meute anführte, feuerte sie einen Schuss in den Sand ab. Die riesige Leere saugte den Knall buchstäblich auf; die aufdringlichen Tiere aber machten kehrt und rannten nach Süden davon.

Am späten Nachmittag bemerkte Java, dass sich in der Rinne etwas bewegte. Zuerst sah sie, wie die Strahlen der tief am westlichen Himmel stehenden Sonne sich auf dem Wasser spiegelten. Und dann entdeckte sie neben dem Billabong etwas Lebendiges. Ihr Herzschlag setzte aus, und sie trieb ihr Kamel an, sodass der Trab ihr kräftig die Wirbelsäule durchschüttelte. Sie hörte, wie Bildana nach ihr rief, und schaute sich um. Bildana war stehen geblieben und fuchtelte wild mit den Armen.

Doch Java konnte sich nicht zurückhalten. Mit Macht drängte sie vorwärts, denn die Bewegung in der Rinne an dem stehenden Wasser gab ihr Hoffnung und stimmte sie beinahe fröhlich … bis sie näher kam und das buschige Haar und den struppigen Bart Ganbas erkannte.

Der Aborigine stand neben dem Feuer. Er hielt seinen Speer in der Hand und war splitternackt. Seine Genitalien hingen schlaff herab, sein Gesicht war völlig ausdruckslos. Die anderen saßen um das Feuer herum und aßen.

Java hielt ihr Kamel an. Bildana kam bis auf wenige Meter auf sie zugerannt. Sie weinte. »Ich gehe«, sagte sie und zeigte nach Osten.

»Du kannst nicht allein gehen, Bildana«, sagte Java ungeduldig. Sie selbst regte sich nicht so sehr darüber auf wie Bildana, dass sie Ganba und die anderen wiedergefunden hatten. Schließlich verfügte sie über Waffen, und sie besaß die Autorität einer Weißen. Die Aborigines würden ihr helfen, Tolos Leiche zu finden und in die Zivilisation zurückzukehren.

»Eher will ich sterben und meinen Tierbrüdern im *Never-Never* als Nahrung dienen, bevor ich mich von *ihm* aufessen lasse«, sagte Bildana und wandte sich zum Gehen. Java glitt von ihrem Kamel und rannte der Aborigine-Frau hinterher. Sie packte sie und drehte sie zu sich herum. In der Hitze keuchte Java vor Anstrengung.

»Verdammt, jetzt habe ich allmählich genug von diesem Unsinn«, sagte Java. »Du kommst mit, und zwar auf der Stelle!«

Bildana gehorchte, doch ihre Tränen liefen ihr in schmalen Rinnsalen über die staubigen Wangen.

Mit dem Gewehr in der Hand ging Java bis an den Rand der Rinne. »Ganba«, sagte sie, »Mr Mason und Mr Forrest sind von der Flut mitgerissen worden. Ich möchte, dass du und die anderen nach … ihren Leichen sucht. Hast du verstanden?«

Ganba sah sie erstaunt an.

»Als vergangene Nacht die Flut kam«, erklärte sie, »waren die beiden Whitefellow-Männer in der Rinne und wurden mit fortgespült. Ich möchte, dass ihr in diese Richtung geht« – sie zeigte flussabwärts – »und die Leichen sucht, damit wir sie begraben können.«

Ganba zuckte nur mit den Schultern. »Schon lange nicht mehr da. Unter Sand begraben. Die finden wir nicht mehr. Wenn nicht unter Sand begraben, dann von unseren Brüdern der Nacht gefressen.«

»Trotzdem werdet ihr nach ihnen Ausschau halten«, sagte Java.

»Missy«, zischte Bildana und zupfte Java am Ärmel. »Missy, hast du Blackfellows gezählt?«

Das hatte Java nicht getan. Nun bemerkte sie, dass es nur noch sechs waren. Eine der Frauen fehlte. »Ganba, wo ist die andere Blackfellow-Frau?«, fragte sie.

Ganba antwortete nicht sofort. »Sie ist gestürzt. Tot.«

»Da drüben«, sagte Bildana und zeigte auf das Feuer.

Erst jetzt sah Java zu dem ziemlich großen Feuer hinüber. In der Glut schmorte ein etwa fünfzig Zentimeter langes Fleischstück. Es war rund und erinnerte an ein kleines gebratenes Schwein, das weder Kopf noch Beine hatte.

»Da ist sie«, sagte Bildana. »Eine Fleischmahlzeit.«

Der Geruch, der in der Luft lag, war nicht unangenehm. Während ihrer Reise hatte Java schon viele Male das Fleisch gerochen, das an den Feuern der Aborigines briet – eine Mischung aus appetitanregendem Duft und scharfem Geruch nach verkohlter Haut. Sie trat näher an das Feuer heran und sah sich das garende Fleisch genauer an. Als sie erkannte, dass es sich eindeutig um einen menschlichen Oberschenkel handelte, drehte sich ihr der Magen um. Ähnlich wie bei einem Grillschinken war das Fleisch an der einen Seite zusammengeschmort, sodass man den dicken Knochen sah. Java hob das Gewehr. Sie war so entrüstet über diese Gräueltat, dass Ganbas Leben in diesem Augenblick nur an einem seidenen Faden hing.

»Sie gestürzt. Tot«, wiederholte Ganba. Hinter ihm wollte einer der anderen Männer nach seinem Speer greifen.

»Missy, wir gehen«, sagte Bildana. »Wir gehen, jetzt sofort.«

Java überlegte, was sie tun sollte. Entweder konnte sie Bildanas Drängen nachgeben, oder sie konnte bleiben und diese Wilden, die dort unten in der Rinne standen oder hockten und sich an dem Fleisch einer der ihren gütlich taten, wie wilde Tiere töten. Sie zögerte einen Moment. Dann spie sie die aus ihrem Magen aufsteigende Säure aus und zielte mit dem Gewehr genau auf das Gesicht des Mannes, der nach seinem Speer griff.

»Ich lasse dich am Leben, Ganba«, sagte sie. »Aber falls ihr uns folgt oder uns sonst irgendwie in die Quere kommt, bist du der zweite, den ich töten werde … gleich nachdem ich den Kerl da erschossen habe, der seinen Speer aufheben will.«

Der Aborigine zog sofort die Hand zurück.

Ganba wirkte nicht sonderlich beunruhigt. »Lass uns ein Kamel«, sagte er. »Damit wir Fleisch haben und nicht verhungern, bis wir Jagdgründe erreichen.«

»Kommt nicht infrage«, erwiderte Java. »Hier gibt es genug wilde Kamele. Ihr könnt euch eins fangen und töten.«

Sie ging zu Fuß und führte ihre Kamele. Da Bildana ihr bei den Tieren keine Hilfe war, hatte sie Schwierigkeiten, allein mit allen fertig zu werden. Ganba und die anderen machten keine Anstalten, ihnen zu folgen. Nachdem sie eine halbe Meile die Rinne hinabgewandert waren, stieg sie auf ihr Kamel und versuchte, Bildana dazu zu bringen, auf Tolos Kamel zu reiten. Doch die Aborigine-Frau weigerte sich. Da sie ohne Weiteres mit den Tieren Schritt halten konnte, akzeptierte Java ihre Entscheidung.

Die einbrechende Dunkelheit zwang Java anzuhalten. Beim Schein eines flackernden Feuers mühte sie sich, die Kamele zu entladen. In der klaren Wüstenluft warf das riesige Sternenfeld über ihnen einen schwachen Schein auf die Einöde. Daher war es nicht verwunderlich, dass Java zu sehen glaubte, wie sich dort draußen zwischen den Grasbüscheln etwas bewegte. Mit zunehmender Dunkelheit wuchs ihr Grauen über das, was sie in Ganbas Lager neben dem Billabong gesehen hatte.

Bildana bereitete das Essen zu. Während Java aß, wanderten ihre Blicke ruhelos über die Spinifex-Grasbüschel. Das Gewehr lag griffbereit neben ihr. Sie versuchte, Bildana die Notwendigkeit klarzumachen, abwechselnd Wache zu halten. Bildana willigte ein, war aber im Nu fest eingeschlafen.

Java wusste, sie würde nicht ewig wach bleiben können. Doch sie sagte sich, sie könnte zumindest eine Nacht lang auf ihren Schlaf verzichten und gleich vom frühen Morgen an die Tiere hart antreiben, um einen größeren Vorsprung vor Ganba zu gewinnen.

Ihr Zelt hatte sie gar nicht erst aufgeschlagen. Bildana konnte ihr dabei nicht helfen, und für eine Person allein war es zu viel Arbeit. Java überdachte ihre Lage. Sie befand sich mehr als hundert Meilen von Mayhews Farm entfernt. Wasser hatte sie reichlich. Das Wasser, das ein Kamel tragen konnte, müsste eigentlich ausreichen. Ein weiteres Kamel könnte den restlichen Proviant befördern, während ihr eigenes Reittier noch eine Tasche mit Decken und Kleidung tragen könnte. Mit drei Kamelen würde sie allein fertig werden, nicht aber mit sechs. Kamele gediehen in der Wüste offenbar gut, wie man an den wilden Tieren sah, die einen ziemlich frechen Eindruck gemacht hatten. Also beschloss sie, drei Kamele freizulassen, damit sie sich entweder selbst durchschlagen oder sich den wilden Horden anschließen konnten. Auf diese Weise würde sie deutlich schneller vorankommen. Wenn sie weiter an dem Creek entlangritt, müsste sie früher oder später auf den Gascoyne stoßen, dem sie dann bis zur Mayhew-Farm folgen konnte. Sollte sie unterwegs Tolos Leiche finden, würde sie sie begraben.

Am Himmel erhob sich eine schmale, silberne Mondsichel, die zum Sternenschein nur wenig Licht beitrug. Von einem gelegentlichen Seufzen des Windes und den Bewegungen der mit Fußfesseln versehenen Kamele abgesehen, herrschte nächtliches Schweigen. Um sich wach zu halten, fing Java an zu singen. Ihr Gesang wurde von stillen Tränen begleitet, denn »Waltzing Matilda« war eines von Tolos Lieblingsliedern gewesen. Der Text stammte von Banjo Paterson, und die Melodie war eine traurige Weise, angeblich eine alte schottische Ballade. Während sie die letzten Zeilen sang, durchlief ihren Körper ein Zittern:

»Vielleicht hört man seinen Geist, wenn er im Billabong singt:
Gehe mit mir auf die Walze.«

Nie mehr würde sie Tolos Arme um sich spüren, nie mehr mit ihm tanzen, so wie damals in Bina Tyrells Restaurant in Sydney. Nie mehr würde sie seine Stimme hören, wenn er sich stolz einen Australier nannte, wenngleich die anderen ihn als Halbblut bezeichneten …

Mit allem, was zu Australien gehörte, hatte Tolo sich gründlich beschäftigt. Er hatte den Slang und den Akzent der Buschmänner gemocht und ziemlich gut nachgeahmt. Und er hatte auch Patersons Verse gemocht. Vor allem die Geschichte von dem unerschrockenen Buschläufer, der einem Squatter ein Schaf für sein Abendessen gestohlen hatte und dann, um der Polizei zu entkommen, ins Wasser gesprungen war und sich ersäuft hatte. Der Buschläufer hatte den Behörden eine lange Nase gezeigt, auch wenn er dabei sein Leben lassen musste. Oh ja, Tolo hatte diese Geschichte gefallen, und …

Java weinte bitterlich. Tolos Tod hatte nichts von dem Draufgängertum eines Buschmanns, nichts von einer anmaßenden Herausforderung. Tolo hatte versucht, Forrest zu helfen und war von dem plötzlich durch die Rinne donnernden, reißenden Wasser mitgerissen worden. Sein Körper war von der mit Treibgut gefüllten, unaufhaltsam vorrückenden Flutwelle hilflos hin- und hergeschleudert worden, und bevor er endgültig ihren Blicken entzogen wurde, war noch ein totes Känguru mit ihm zusammengeprallt.

Als Java zitternd in der eisigen Morgenluft erwachte, wusste sie nicht mehr, wann ihre Tränen versiegt waren und der Schlaf sie übermannt hatte. Höchste Zeit, den neuen Tag zu beginnen. Als Erstes würde sie, wie geplant, ihre Karawane verkleinern.

Zwei der Kamele fand sie tot vor. Dem einen hatte man einen Hinterlauf abgetrennt. Die Tiere waren abgeschlachtet worden, während sie schlief. Sie schauderte. Also hatte Ganba sich in der Nacht keine fünfzig Meter von der Stelle befunden, an der sie in ihre zwei Decken gehüllt geschlafen hatte.

Nun brauchte sie nur noch ein Kamel freizulassen.

Bildana zündete ein Feuer an, während Java die Nahrungsvorräte aussortierte und eines der Kamele damit bepackte, ihr Reittier sattelte und die Wasserfässer an die jeweilige Stelle im Gurt des Wasserträger-Kamels hievte. Die Luft war erfüllt vom Duft nach gebratenem Fleisch. Da Bildana einer Rasse angehörte, die ständig von Proteinmangel bedroht war, hatte sie von dem bereits zum Teil zerlegten Tier ein paar Steaks abgeschnitten. Java meinte, ihr sei nicht nach Fleisch zumute, nicht nach dem, was sie an Ganbas Feuer gesehen hatte. Als das Fleisch jedoch gar war – zumindest nach Bildanas Ansicht, also außen versengt und innen saftig, heiß und noch blutig – lief Java das Wasser im Munde zusammen. Sie hockte sich zu Bildana, nahm das Fleisch in beide Hände und zerrte mit ihren ebenmäßigen, weißen Zähnen daran. Auf Bildanas unausgesprochene Frage hin knurrte sie anerkennend. Und als Bildana sich daranmachte, von dem Tier ein großes Stück blutiges Fleisch abzuschneiden, erhob Java keinerlei Einwände.

Dann machten sie sich auf den Weg. Java versuchte, das freigelassene Kamel wegzuscheuchen, doch das Tier folgte ihnen in einiger Entfernung. Schon bald ragte vor ihnen eine Sanddüne auf, und Java überließ es ihrem Reittier, sich selbst seinen Weg nach oben zu suchen. Bildana blieb am Fuße der Düne kurz stehen, blickte sich um und schrie laut auf. Java drehte sich um und konnte gerade noch sehen, wie die Aborigines hinter den Salzbüschen hervorsprangen. Die Sträucher waren so dürr, dass sie einen Menschen nur notdürftig verbargen. Das freigelassene Kamel bekam einen Speer in die Brust und einen weiteren in den Magen und ging zu Boden, während die Männer von allen Seiten über das Tier herfielen.

»Sie können doch unmöglich drei Kamele aufessen, bevor das Fleisch verdorben ist«, sagte Java.

»Das frische Blut«, erklärte Bildana. »Ganba trinkt lieber Blut als Süßwasser.«

»Die Pest soll ihn holen«, entgegnete Java.

Bei Anbruch der Dunkelheit lagerten sie im Schatten einer weiteren Düne. Auf der Spur hinter ihnen konnte Java kein Anzeichen von Ganba und seinen Leuten entdecken und fühlte sich nun etwas sicherer. Hätte Ganba tatsächlich vorgehabt, sie zu töten, und hätte ihm nicht der nötige Mut gefehlt, wäre in der vergangenen Nacht die beste Gelegenheit dazu gewesen. Java hatte so tief und fest geschlafen, dass er etwa dreißig Meter von ihrer Schlafstatt entfernt unbemerkt ihre Kamele abschlachten konnte.

Ebenso wie Bildana aß sie mit großem Appetit ein weiteres Kamelsteak, trank reichlich Wasser und wickelte sich für die Nacht in ihre Decken. Innerhalb weniger Minuten war sie eingeschlafen. Als sie wach wurde und nach dem Gewehr greifen wollte, musste sie einsehen, dass sie Ganba wieder einmal unterschätzt hatte. Das Gewehr war fort. Der Revolver samt Gurt und Munitionsschachtel waren ebenfalls nicht mehr da.

»Ganba«, sagte Bildana und zeigte auf die Spuren eines barfüßigen Mannes, die rings um Javas Schlafplatz führten.

Java schauderte bei dem Gedanken, dass Ganba dort gestanden und sie im Schlaf betrachtet hatte. Das Gewehr hatte direkt neben ihr gelegen und der Pistolengurt an ihrem Kopfende. Wie leicht hätte Ganba sie töten können. »Aber warum?«, fragte sie. »Was will er überhaupt?«

»Jetzt hat er das Zelt und die Waffen«, sagte Bildana. »Vielleicht ist das schon alles, was er will, und er geht weg.«

»Schön«, erwiderte Java. »Waffen brauchen wir nicht.« Dann dachte sie an die Nahrungsvorräte und an das Wasser und sah sich rasch um. Die Wasserfässer waren noch da, und die Beutel mit dem Essen hatte niemand angerührt. Java ging und fing die Kamele ein, während Bildana Hafermehl mit Wasser zum Frühstück kochte.

Schon bald waren sie wieder am Ufer der trockenen Rinne in

Richtung Westen unterwegs. Java hielt immer noch Ausschau nach einem Anzeichen von Tolos Leiche. Plötzlich sah sie, wie in einiger Entfernung eine große Schar Aasfresser am Himmel kreiste. Sie bekam weiche Knie, und es kostete sie ziemliche Überwindung, sich den Vögeln zu nähern. Etwas, das in der Rinne lag, musste die Aufmerksamkeit der Vögel erregt haben, und dieses Etwas war von krächzenden, flatternden, miteinander streitenden Vögeln bedeckt. Java warf einen Stein mitten in die stinkende, wimmelnde Versammlung.

In der Rinne sah man die Überreste eines toten Kamels. An den Stellen, an denen die Aasfresser sich schon zu schaffen gemacht hatten, lagen die Knochen frei. Java schickte ein stummes Dankgebet zum Himmel. Sie kam zu der Überzeugung, es müsse wohl Gottes Wille sein, dass Tolos Leiche ebenso wie die von Terry Forrest unter dem aufgewühlten Sand der Rinne begraben lag. Nachdem sie gesehen hatte, wie die Aasfresser das Kamel zugerichtet hatten, fürchtete sie, den Verstand zu verlieren, wenn sie Tolo in einem ähnlichen Zustand vorfände.

Damit hatte sie eine weitere emotionale Schranke niedergerissen. Sie hatte die Hoffnung aufgegeben, Tolos Leiche zu finden. Irgendwie kam es ihr vor, als sei es Lichtjahre her und nicht nur wenige Tage, dass Tolo sie zum letzten Mal angelächelt hatte. Das Gefühl, die Tragödie sei in weite Ferne gerückt, milderte keineswegs ihre tiefe Trauer. Aber zumindest war sie inzwischen in der Lage, auch an andere Dinge zu denken: beispielsweise daran, wie sie zu Mayhews Farm zurückgelangen sollte; wie sie Misa Mason die Nachricht vom Tod ihres Sohnes überbringen sollte; was sie mit Ganba, dem Kannibalen, der sie bestohlen und seine Frau verprügelt hatte, anstellen sollte. Letzteres schien ihr im Moment das dringlichste Problem zu sein. Wenn sie daran dachte, wie Ganba sich zu ihr ins Lager geschlichen, sie im Schlaf beobachtet und ihr Eigentum gestohlen hatte, fühlte sie sich regelrecht geschändet.

Als die Aasfresser, die sie mit ihrem Steinwurf aufgescheucht hatte, sich darum rauften, bei ihrem Festmahl wieder einen guten Platz einzunehmen, wandte sie den Blick ab. »Also gut, Bildana«, sagte sie und drehte sich um. Das Packtier mit den Essensbeuteln, ein Kamelbulle, blickte aufgeregt in Richtung Busch, gab ein lautes Brüllen von sich und wollte sich langsam nach Süden davonmachen.

»Oh nein, mein Freundchen«, murmelte Java, rannte los und fasste die Leine. Der Kamelbulle warf so heftig den Kopf hin und her, dass sie fürchtete, er würde sich seinen Nasenpflock ausreißen. Er brüllte zum Busch hinüber, als wollte er jemanden rufen.

»Ich nehme an, er riecht seine wilden Brüder«, sagte Java. Sie führte ihn zurück und band ihn mit der Leine an ihr Reitkamel.

Zwei Stunden später tauchte die wilde Kamelherde wieder auf. Java sah sich gerade nach einem guten Platz neben dem Creek um, an dem sie ihr Nachtlager aufschlagen konnten. Ihr kam es vor, als nähme der große Leitbulle urplötzlich hinter einem erstaunlich kleinen Strauch Gestalt an. Kurz darauf kam aus einer kleinen Senke auch die restliche Herde zum Vorschein. Die Tiergestalten waren von der flimmernden Hitze verzogen und verzerrt. Java schrie und fuchtelte mit den Armen, während die wilden Kamele schnaubten und kräftig mit den Köpfen schlugen. Einige kehrten in die Senke zurück, die sie zuvor verborgen hatte.

»Ich glaube nicht, dass sie uns belästigen«, sagte Java zu Bildana und lud ihren Tieren die Lasten ab. »Wenn sie allzu neugierig werden, reichen ein oder zwei gut gezielte Steinwürfe, um sie von ihrem Vorhaben abzubringen.«

Doch ihre eigenen Kamele wurden zunehmend unruhiger. Java überzeugte sich noch ein zweites Mal davon, dass sie ihnen die Fußfesseln richtig angelegt hatte, bevor sie sie an den verkümmerten, stacheligen Sträuchern am Rand des Creeks zum Fressen entließ.

Gerade als Bildana das Feuer entzündet hatte, drang die wilde Herde ins Lager ein. Der Leitbulle griff lautlos an, doch alle übrigen Tiere hinter ihm schnaubten und brüllten. Bildana schrie auf und fing an, mit Steinen nach ihnen zu werfen. Noch bevor Java es ihr gleichtun konnte, sah sie, wie ein Stein vom Kopf des anführenden Bullen abprallte. Der Kamelbulle geriet in Wut, brüllte und attackierte die auf dem Boden liegenden Proviantsäcke mit Fußtritten. Einer der Säcke war aufgeplatzt, und sein Inhalt lag auf dem Boden verstreut. Die übrigen Kamele liefen wild durcheinander. Die männlichen Tiere versuchten offenbar, an Bildana und Java vorbeizukommen, um zu den drei Kamelen mit den gefesselten Vorderbeinen zu gelangen. Doch sobald der Leitbulle sich zum Gehen entschloss, folgte ihm die gesamte Herde.

Java fasste Bildana am Arm und zog sie mit sich hinter einen der stacheligen Grasbüschel. Die Kamele rannten an ihnen vorbei. Eines von ihnen trat im Vorbeilaufen mit dem Hinterbein aus und hätte Java beinahe am Kopf getroffen. Die zahmen Tiere hinkten mit ihren Fußfesseln den anderen hinterher und versuchten, sich ihnen bei ihrer Flucht anzuschließen. Die starke Kamelkuh, die das Wasser trug, zerriss ihre Fußfesseln und holte die wilde Herde ein. Die beiden anderen Tiere humpelten mühsam hinterdrein. Obwohl sie – durch die Fußfesseln gehindert – mit der wilden Herde nicht Schritt halten konnten, waren sie jedoch immer noch schneller als Java, die ihnen vergeblich nachlief.

»Ich muss sie zurückholen«, rief sie.

»Nein«, protestierte Bildana. »Die Geister böser Männer sind in sie gefahren.«

»Aber wir haben sonst keine Möglichkeit, unseren Proviant und unser Wasser zu transportieren«, erklärte Java. »Du bleibst hier und passt auf das Lager auf. Sammle den Proviant wieder zusammen, den der Bulle verstreut hat.«

Sie rannte hinter den Kamelen her. Da die Sonne bereits am Horizont verschwand, ließ die Hitze allmählich nach. Java sah deutlich die von den wilden Kamelen aufgewirbelte Staubwolke. Und sie sah auch ihre beiden Kamele, die trotz der Fußfesseln versuchten, zu ihren wilden Brüdern zu gelangen. Java holte sie allmählich ein. Sie würde sich wohl mit diesen zwei Tieren begnügen müssen, denn die Wahrscheinlichkeit, die Kamelkuh mit den zerrissenen Fußfesseln einzuholen, war äußerst gering. Sie rief die Tiere mit Namen. Eines von ihnen blieb stehen und sah sich um. Auch das zweite Kamel hielt an. Nur noch wenige hundert Meter trennten Java von den Tieren, und sie war sich sicher, sie würden sich von ihr einfangen lassen. In diesem Moment flogen von zwei Seiten Speere auf die Kamele zu und bohrten sich ihnen ins Fleisch. Eins der Tiere stieß vor Angst und Schmerz einen lauten Schrei aus.

Java rannte noch ein paar Schritte weiter, blieb dann aber wie angewurzelt stehen. Ganba beugte sich über das sich sträubende Kamel und schnitt ihm mit einem kräftigen Messerhieb die Kehle durch.

»Ganba, du verfluchter Bastard!«, schrie sie.

Ganba richtete sich auf und sah sie mit ausdrucksloser Miene an. Am liebsten wäre sie weggerannt, aber ihre Vernunft sagte ihr, es hätte keinen Zweck. Wenn er sie einholen wollte, könnte er das mit Leichtigkeit tun. Sie straffte die Schultern und ging auf Ganba und die drei übrigen Männer der Gruppe zu.

»Deinetwegen bleibt mir kein einziges Packtier mehr, das meinen Proviant und mein Wasser trägt«, sagte sie. »Da du so begierig bist, Fleisch zu essen, bediene dich. Sieh zu, dass du stark genug bist, denn ab sofort wirst *du* alles für mich tragen.«

Ganba lachte. Nur seine Lippen bewegten sich und öffneten sich zu einem schmalen Schlitz, doch das Gelächter kam tief aus seiner Kehle. Er grinste und entblößte dabei die Zähne, und Java musste daran denken, was diese Zähne in den vergangenen Tagen gekaut hatten.

»Ganba, ich gehe jetzt zurück ins Lager«, sagte sie. »Du und die anderen werdet die Tiere zerlegen und das Fleisch ins Lager bringen. Hast du verstanden?«

Ganba nickte und zeigte beim Grinsen immer noch seine Zähne.

Bildana hatte von fern beobachtet, was passiert war. Sie hatte mit den Essensvorbereitungen aufgehört und wartete mit angsterfüllter Miene auf Java. »Nun werden wir beide sterben«, sagte sie.

»Wenn Ganba mich tötet, wird das Gesetz der Whitefellows nicht ruhen, bis man ihn gehängt hat. Das weiß er«, antwortete Java.

»Dich wird er nicht töten«, erwiderte Bildana traurig, »aber mich und die anderen Frauen, sobald das Kamelfleisch aufgegessen ist. Vielleicht wird er sogar die Männer einen nach dem anderen töten, aber dich nicht. Das überlässt er dem *Never-Never,* damit er nach dem Gesetz der Whitefellows unschuldig ist.«

15

Die *Annamese Princess* war gestrandet und saß fest. Die Korallenbänke umklammerten ihre gebrochenen Spanten, und ihr zerschmetterter Kiel war im Felsen eingeklemmt. Rings um sie her wirbelte rastlos das blaue Wasser des Golf von Papua, ohne sie zu stören. Wundersamerweise war das Boot in einer ziemlich aufrechten Position auf dem Riff gelandet. Das Deck wies lediglich eine Neigung von fünf Grad auf. Es war, als läge die *Annamese Princess* in einer völlig ruhigen See vor Anker, in einer See ohne Wellen und Gezeiten. Tagsüber schmorte sie in der Sonne, was ihre Besatzung fast in den Wahnsinn trieb, bis Trev und Kandi schließlich aus einem Ersatzsegel ein Sonnendach über dem Teakholzdeck errichteten. Nachts erhob sich ein leichter Wind, sodass die vier an Deck angenehm schlafen konnten. Zu essen war reichlich vorhanden. Außerdem konnte man zahlreiche Fische fangen, und nach einem Nachmittagsschauer am zweiten Tag nach dem Auflaufen des Bootes gab es auch genug Trinkwasser.

Die bewegungsunfähige *Princess* war von Korallenbänken umgeben, deren bizarre Spitzen aus den Wellentälern ragten, wenn durch einen fernen Sturm lange, hohe Wellen herangespült wurden und sich am Riff brachen. Die Riesenwelle hatte die *Princess* über den Rand des Riffs gehoben. Hätte das Boot die äußeren Felsen gestreift, wäre es völlig auseinandergerissen, und die Bordbesatzung wäre elendig umgekommen. Ihr derzeitiger sicherer Standort schützte sie vor den anstürmenden Wellen.

Die Korallenbänke um sie her bildeten ein geschlossenes Areal, dessen ruhiges Wasser bald zu Kits bevorzugtem Swimmingpool wurde. Die großen umherziehenden Haie, die oft sowohl außerhalb des Riffs als auch in Richtung Küste gesichtet wurden, machten keinen Versuch, die schützenden Dämme der lebenden Korallen zu durchbrechen. Trotzdem stand immer einer der Männer mit dem Gewehr in der Hand Wache, solange sich einer der Besatzung im Wasser aufhielt. Während Kit schwamm, tauchte Matt und sah sich die Korallen an, die den geschlossenen Pool säumten, bestaunte die Farben und brachte Kit wunderschöne Muscheln mit, damit sie sie in Ruhe bewundern konnte.

Somit war es gar nicht so unangenehm, für ein paar Tage gestrandet zu sein. Das Ganze hatte einen Hauch von Abenteuer und erinnerte eher an einen Urlaub. Trev, Matt und Kit genossen den strahlenden Sonnenschein, die dunstigen Abende, die angenehmen Nächte sowie das Schwimmen und die anregende Unterhaltung. Sie konnten nichts anderes tun als abzuwarten und auf ein Schiff zu hoffen, das in der einen oder anderen Richtung – am besten natürlich in Richtung Port Moresby – die Küste entlangkäme. In dieser Zeit sprach Trevor Gorel zum ersten Mal über seine Vergangenheit. Er hatte sein abenteuerliches Leben als kleiner britischer Beamter im diplomatischen Dienst im Fernen Osten begonnen. Er war nicht versessen darauf, sich in Einzelheiten zu ergehen, sondern wirkte eher verlegen, als er über sich selbst sprach. Auf Kits beharrliches, einfühlsames Fragen jedoch verriet er schließlich, seine erste Anstellung sei in Annam in Französisch Indochina gewesen.

»Aha«, sagte Kit, »jetzt haben wir einen Hinweis darauf, weshalb du dein Boot *Annamese Princess* genannt hast.«

»Wegen meiner Frau«, sagte Trev mit stolzem Lächeln.

»Erzähl uns von ihr«, forderte Kit ihn auf.

»Nun, ihr Name ist Guinevere. Ihre Mutter war die Tochter von Kaiser Nguyen III. von Annam.«

»Verdammt noch mal, wir befinden uns in Gesellschaft einer eingeheirateten Hoheit«, zog Matt ihn auf.

Trev knuffte Matt leicht in die Schulter, und Matt entzog

sich ihm lachend. »Na ja, deine Frau ist doch eine Prinzessin, oder nicht?«

»Ich bin begeistert«, sagte Kit. Die drei lagen auf ihren Decken im Schatten des aufgespannten Sonnensegels. Kit richtete sich interessiert auf und stützte sich auf den Ellbogen. »Sie muss sicher sehr schön sein.«

Trevs Augen leuchteten. »Manche Männer sind der Ansicht, Eurasierinnen seien die schönsten Frauen der Welt, besonders die indochinesisch-französischen.«

»Deine Frau Guinevere ist auch französischer Abstammung?«, fragte Kit.

Trev nickte. »Als die Franzosen Nguyen III. zwangen, Annam dem Handel mit ihnen zu öffnen, war Guineveres Vater der bedeutendste Vertreter Frankreichs in der Stadt Huê. Wie so häufig, wurde das politische Abkommen zwischen Nguyen und den Franzosen – zumindest aus Nguyens Sicht – durch die Heirat von Nguyens Tochter mit einem Franzosen besiegelt. Natürlich war sie eine Prinzessin von königlichem Geblüt. Bei dem Franzosen handelte es sich offenbar um das Schwarze Schaf einer französischen Familie, die einst Frankreichs Thron sehr nahegestanden hatte.« Er grinste. »Guinevere hat also von beiden Seiten königliches Blut in sich, sowohl von ihrer Mutter als auch von ihrem französischen Vater.«

»Oh verflucht, ich bin wirklich tief beeindruckt«, musste Matt zugeben. »Müssen wir ab sofort einen Hofknicks vor dir machen?«

»Du verflixter Buschranger«, rief Trev und wollte nach Matt greifen. Doch der war schneller und machte einen Kopfsprung in Kits Swimmingpool. Trev sprang hinter ihm her, und einige Minuten lang kämpften die beiden zum Spaß miteinander, planschten und prusteten.

Kit musste also auf eine andere Gelegenheit warten, um die restliche Geschichte über Trevs Ehefrau zu hören, die aus königlichem Geblüt war. Schließlich blieb ihnen noch genug Zeit. Die Tage zogen sich dahin, und kein Schiff kam in Sicht.

Eines schönen Abends, nachdem sie den von Kandi geangelten und frisch zubereiteten Fisch verzehrt hatten, gelang es Kit, Trev zu überreden, erneut von seiner Frau zu sprechen.

»Ihr französischer Vater nahm die politisch motivierte Heirat nicht so ernst wie die Annamesen«, sagte er. »Als die familiäre Lage sich für den Franzosen so weit verbessert hatte, dass er wieder nach Paris zurückkehren konnte, verließ er Huê offenbar von einem Tag auf den anderen. Und die Prinzessin, Guineveres Mutter, ließ er mit einem kleinen Kind zurück. Da die Prinzessin bei ihrer Eheschließung mit dem Franzosen erst vierzehn war …«

»Das arme Kind«, warf Kit ein.

»… war es bestimmt nicht einfach für sie. Alles hatte sich in Chaos aufgelöst. Die Franzosen waren dabei, ganz Indochina zu erobern und zu annektieren. Auch wenn sich im ganzen Land alles änderte, hielten die Menschen doch an ihren alten Traditionen fest. Die Prinzessin wurde von ihrem eigenen Volk verhöhnt, obwohl ihr kaiserlicher Vater die Heirat mit dem Franzosen selbst arrangiert hatte. Ebenso wie die Chinesen hielten auch die Annamesen sämtliche Ausländer für minderwertige Wesen. In ihren Augen war es sogar für eine Prinzessin eine Schande, sich mit einem Mann aus der westlichen Welt zu vermählen. Trotz ihres königlichen Geblüts wurde Guinevere als Halbblut zum Gegenstand von Hass und Spott. Zum Glück verfügten die Prinzessin und der alte Großvater über die Mittel, Guinevere vor der öffentlichen Meinung zu schützen. Aber sie wuchs völlig isoliert auf.«

»Wenn bei den Annamesen so starke Vorurteile gegenüber Ausländern herrschten, wie kam Guinevere dann dazu, dich zu heiraten?«, fragte Matt.

»Das habe ich mich auch oft gefragt«, erwiderte Trev grinsend.

Nur zwei Personen auf der ganzen Welt wussten, warum Guinevere einen kleinen britischen Diplomaten geheiratet hatte.

Eine davon, die Prinzessin aus königlichem Geblüt, war bereits tot. Die andere, Guinevere selbst, stand am Heck eines Dampfschiffs der Van-Buren-Schifffahrtslinie, das vor Kurzem im Hafen von Gibraltar abgelegt hatte und sich nun mit einem geplanten Zwischenstopp auf den Kapverdischen Inseln unterwegs nach Kapstadt befand.

Guinevere Gorel war in einen weißen Seidenschal gehüllt. Der Stoff umschmeichelte ihren Körper und verbarg die Linien ihrer schlanken Figur. Ein Stehkragen schmiegte sich an ihren anmutigen langen Hals, und das dicke ebenholzschwarze Haar war hochgesteckt.

Guinevere blickte hinauf zu den Sternen. Sie dachte an die große Entfernung, die sie auf diesem Schiff, das sie von England fortbrachte, zurücklegen musste. Und sie fragte sich, ob sie wohl die richtige Entscheidung getroffen hatte, als sie der Bitte ihres Ehemanns gefolgt war, ihm in sein Haus in Neuguinea zu folgen, das er ihr als ein angenehmes Zuhause beschrieben hatte.

Hätte Trev sich nach Verlassen des diplomatischen Dienstes dazu entschließen können, mit seiner Frau nach Frankreich zu gehen statt in das kalte, feuchte Suffolk, hätten die Dinge für Guinevere vermutlich anders ausgesehen. Sie sprach fließend Französisch. Von den Franzosen, die ihre Heimat langsam, aber sicher in ein Teilgebiet der französischen Kolonialmacht umwandelten, und von ihrem Vater hatte sie vor seinem plötzlichem Verschwinden gelernt, sich den äußeren Anschein französischer Kultiviertheit zu geben und Manieren zu zeigen, die zwar hervorragend zu ihrem exotischen Aussehen passten, sie in England aber zu einem Kuriosum machten. Ob es ihr in Frankreich so viel besser ergangen wäre, würde sie wohl nie erfahren. Wenn Trev sie statt nach Suffolk nach Paris gebracht hätte, wäre das der adäquate Platz für sie gewesen. Ein Platz, der ihr als annamesischer Prinzessin durchaus zustand. Sie war wie besessen von diesem Gedanken, denn die Franzosen wussten weibliche Schönheit mehr zu schätzen und waren toleranter gegenüber Menschen, deren Hautfarbe nicht ihrer eigenen glich.

Nach Guineveres Ansicht hatten die Schwierigkeiten in ihrem Leben an jenem Tag begonnen, als ihre Mutter sich entschlossen hatte, sie mit einem unbedeutenden britischen Diplomaten zu verheiraten. Nun, da ihre Mutter und ihr Großvater nicht mehr lebten, ihr Land fest in französischer Hand lag und ihr Mischlingsblut in ihrer Heimat nur von Nachteil war, blieb ihr keine große Wahl in ihrem Leben.

Als Trevor zum ersten Mal davon gesprochen hatte, nach Neuguinea auszuwandern, war ihr dieser Schritt als gute Gelegenheit erschienen, dem feuchten, kühlen England zu entfliehen. Sie war noch jung genug. Daher hatte sie diesen Schritt vielleicht auch als Möglichkeit angesehen, ihrer Heimat wieder näherzukommen. Wenngleich ihre sozialen Kontakte durch die ablehnende Haltung ihrer Mitmenschen wegen ihres Mischlingsbluts nur sehr begrenzt gewesen waren, hatte sie ihre Kindheit doch als eine glückliche Zeit in Erinnerung.

Auf dem Weg nach Port Moresby, wo sie Trevor treffen sollte, würde sie zwei australische Städte kennenlernen: Sydney und Townsville. Sie wollte gern mehr über Australien erfahren. Denn Trevor hatte ihr gesagt, sie würden sich, sobald er in Neuguinea sein Glück gemacht hatte, wahrscheinlich in Australien ansiedeln, weil das Klima angenehmer war als in Neuguinea und weil es dort mehr Annehmlichkeiten der Zivilisation gab.

Im Moment hatte Guinevere allerdings keine allzu hohe Meinung von diesem Kontinent. An Bord des Schiffes der Van-Buren-Linie, einem Kühlschiff mit einigen wenigen Kabinen, die man für die Überfahrt buchen konnte, waren ihr hauptsächlich australische Passagiere begegnet. Und sie hatte die Erfahrung gemacht, dass sie argwöhnisch und reserviert waren und sich anscheinend hüteten, eine Halb-Orientalin als gleichwertig zu betrachten.

Auch in England war sie verdeckten Rassenvorurteilen begegnet. Doch als Produkt einer Gesellschaft, die für Mischlinge nichts übrig hatte, schmerzten diese Vorurteile sie nicht. So weit sie zurückdenken konnte, hatte sie die Ablehnung ihrer eigenen Landsleute erfahren, obwohl ihre Position als Enkelin des Kaisers sie vor dem ganzen Ausmaß dieser Schmach geschützt hatte. Sie hatte gelernt, damit umzugehen und sich niemals von der Meinung derer verletzen zu lassen, die nicht direkt für die Befriedigung ihrer Bedürfnisse und Wünsche zuständig waren.

Es war eine laue Nacht. Der Fahrtwind war kühl und wohltuend. Die scharfkantigen Sterne sahen aus wie Diamanten. Trevor hatte ihr Diamanten versprochen.

Trevor. In einigen Wochen wäre sie bei ihrem Ehemann in Neuguinea. Sie würde in Trevor Gorels Haus leben, und sie würde in Trevor Gorels Armen liegen. Dieser Gedanke war gar nicht so unangenehm. Trevor hatte sich stets begierig gezeigt, ihr zu gefallen, und beim Liebesakt war er sofort auf jeden ihrer kleinsten Wünsche eingegangen.

Guinevere zog ihren Seidenschal enger um sich und senkte den Blick von den Sternen zum Horizont. Ihre vollen Lippen teilten sich, und mit der Zunge liebkoste sie gedankenvoll ihre Unterlippe. Sie sah sich um. Auf dem Schiff herrschte allmählich Nachtruhe. Das Abendessen war beendet, und die Nachtwachen hatten ihren Posten eingenommen. Die Kapitänskabine lag vorn und war über einen kleinen Laufgang zu erreichen, der ihr ein wenig Privatsphäre verlieh.

Der Kapitän Simon Yates Jr., ein Australier, war nicht mehr ganz jung, vielleicht Ende vierzig. Zum Missfallen der übrigen Passagiere zählte Guinevere vom ersten Abend der Reise an zu denjenigen Fahrgästen, die er an seinen Tisch eingeladen hatte. Auch wenn Yates vermutlich die Vorurteile seiner Landsleute gegenüber Farbigen teilte, so war sein Appetit auf attraktive Frauen immer noch der eines jungen Mannes, und er war durchaus bereit, bei seinen Rassenansichten eine Ausnahme zu machen. Bereits seit frühester Jugend arbeitete er für die Firma

Van Buren. Zunächst war er an Bord eines Van-Buren-Klippers gefahren, unter seinem Vater als Kapitän. Sein Leben auf See, wo nicht immer Frauen zur Verfügung standen, ließ ihn die weibliche Schönheit nur umso mehr bewundern.

Captain Yates hatte Mrs Trevor Gorel, eine Mischlingsfrau, also trotz der Vorbehalte der übrigen Passagiere an seinen Tisch geladen. Ursprünglich hatte er ihr diese Ehre nur am ersten Abend erweisen wollen. Doch sobald er spürte, wie Guineveres feuriger Blick auf ihm ruhte, lud er sie auch an den folgenden Abenden an den Kapitänstisch ein.

Guinevere hatte von ihren annamesischen Vorfahren den selbstherrlichen Moralkodex einer Familie übernommen, deren Mitglieder über Leben und Tod von Millionen bestimmten. Ihre prägenden Jahre hatte sie als Günstling am Hof eines Kaisers verbracht. Zu jener Zeit war Kaiser Nguyen zugegebenermaßen bereits auf den Status einer Galionsfigur abgesunken und kämpfte darum, wenigstens sein Privatvermögen und ein wenig seiner Herrscherautorität zu behalten. Doch trotz allem handelte es sich um einen Kaiser, und Guinevere war seine Enkelin. Eine Prinzessin aus königlichem Geblüt brauchte nur einen Wunsch zu äußern, und schon wurde er ihr erfüllt.

An einem Abend wie diesem, mit ruhiger See und schier endlos weit entfernt von ihrem nächsten Anlaufhafen, hatte Guinevere nicht die Absicht, eine schlaflose Nacht in ihrer kargen Kabine zu verbringen. Sie ging nach vorn. Das Deck war leer, abgesehen von einem Pärchen in mittleren Jahren, das an der Reling stand und in das phosphoreszierende Kielwasser schaute. Guinevere zog ihren Schal enger ums Gesicht und ging zur Tür der Kapitänskabine. Anzuklopfen brauchte sie nicht. Der Captain wartete, und sie trat ein.

Guinevere hatte herausgefunden, dass ältere Männer meist gute Liebhaber sind. Zumindest eine Zeit lang brauchte sie nicht darüber nachzugrübeln, was sie auf einer Insel direkt unterhalb des Äquators wohl erwarten mochte. Sie ließ ihren Schal, in den sie sich gehüllt hatte, demonstrativ langsam zu

Boden fallen. Darunter trug sie das Kleid einer Kurtisane des alten Annam, ein spärliches seidenes Etwas, das sich eng um Hüften, Taille und Brust schmiegte. Simon Yates, der gleich in der zweiten Nacht, nachdem sie England verlassen hatten, diesen delikaten Leckerbissen probiert hatte, hielt überwältigt den Atem an. Die Schönheit dieser dunkelhäutigen Kleinen überraschte ihn stets aufs Neue. Jedes Mal, wenn sie zu ihm kam, beeindruckte ihre Erscheinung ihn dermaßen, dass selbst die prachtvollen Erinnerungen an die Nächte verblassten, die er bereits mit ihr in seiner Kabine verbracht hatte.

Erst an Bord der gestrandeten *Annamese Princess* wurde Kit klar, dass Matt den Befehl, den sie ihm an jenem aufregenden Abend in Kapstadt gegeben hatte, endlich erfolgreich ausgeführt hatte. Zunächst war ihr gar nicht aufgefallen, dass ihre Monatsblutung längst überfällig war. Erst als sie schon drei Wochen über die Zeit war, bemerkte sie es. Der Gedanke kam ihr, als sie gerade in dem von den Korallen geschützten Pool planschte. Sollte ihre Periode jetzt plötzlich einsetzen, würden die Haie von dem Blut im Wasser angelockt werden. Sofort kletterte sie an Bord der *Princess*. Dann fing sie an, die Tage zu zählen. Matt beobachtete sie.

»Du siehst aus wie ein Kätzchen, das gerade eine ganze Untertasse voll Sahne aufgeschleckt hat«, sagte er, legte sich neben sie und gab ihr einen flüchtigen Kuss. Wegen der drangvollen Enge – einem weiteren Nachteil bei nicht gleichgeschlechtlicher Besatzung auf einem kleinen Boot – waren sie nicht mehr zusammengekommen, seit sie Port Moresby verlassen hatten. Matts Verlangen nach Kit stieg von Tag zu Tag.

»Ich werde meine Sahne gekühlt essen, vielen Dank«, sagte sie, »und über Erdbeeren.«

»Hmmm«, sagte er und küsste sie wieder.

»Hör auf damit«, zischte sie ihn lächelnd an. Ihr Verlangen nach ihm wurde durch das Wissen, dass er sein Kind in sie eingepflanzt hatte, noch verstärkt.

»Du bist sehr schön«, flüsterte er. – »Ach was, obwohl meine Haut so braun ist wie die von Kandi und außerdem knochentrocken?«

»Trotzdem.«

»Buschranger.«

»Pommy-Girl.«

Sie gestattete ihm einen Kuss auf den Mund und schob ihn dann beiseite. »Matthew …«

»Huch«, sagte er, »was habe ich denn jetzt verbrochen? So nennst du mich doch sonst nie. Das erinnert mich an die Zeit, als ich klein war. Nur wenn ich etwas ausgefressen hatte, rief meine Mutter mich mit meinem vollen Namen. Sie nannte mich ›*Matthew Van Buren!*‹, und dann wusste ich schon, dass ich dran war.«

»Matt.«

»Ja, Liebes.«

»Ich denke, du wirst dich freuen, dass deine Buschranger-Ausdauer und deine angeborenen Fähigkeiten auf gewissen Gebieten Früchte getragen haben.«

»Wie bitte?«

»Im wahrsten Sinne des Wortes.« Kit lächelte, und ihre Wangen glühten vor Vergnügen.

»Lass mich mal überlegen«, meinte er. »Klingt wie ein Ratespiel. Ich soll also bestimmte Fähigkeiten besitzen, die, ähm, Früchte getragen haben.« Sein Blick war auf die ferne Küste gerichtet. Der flache grüne Horizont flimmerte in der tropischen Hitze. »Ich gebe es auf«, sagte er.

»Du Dummkopf«, schalt sie ihn. »Erinnerst du dich nicht mehr an den Auftrag, den ich dir damals in Kapstadt erteilt habe?«

Seine Miene hellte sich auf, und sein Mund verzog sich zu einem breiten Lächeln. »Nein!«, rief er.

Sie nickte. »Ja.«

»Du bist …«

»Ja! Ja! Ja!«

In diesem Moment war es ihm egal, was Trev und Kandi von ihm denken mochten. Er legte sich mit seinem ganzen Gewicht auf sie, umarmte sie und bedeckte ihren Mund mit Küssen. Plötzlich zog er sich erschrocken von ihr zurück und wurde blass. »Ich habe dich doch hoffentlich nicht verletzt, ich meine zerdrückt?«

»Nein.«

»Bist du sicher?«

»Ganz sicher.«

Kit runzelte die Stirn. Schließlich befanden sie sich in einer Situation, die man bestenfalls als recht ungewöhnlich bezeichnen konnte. Es wäre ja auch möglich, dass ihre Periode sich durch die Nervenanspannung aufgrund ihrer derzeitigen Lage verzögert hatte. Andererseits empfand sie nicht die geringste Anspannung, höchstens leichte Besorgnis darüber, wie lange es wohl dauern mochte, bis ein Schiff käme und sie retten würde. Hätte sie vielleicht besser noch warten sollen? Nicht, dass ihre Monatsblutung womöglich später kam und Matt dann enttäuscht wäre. Nein, sagte sie sich, da gab es gar kein Vertun. Ihre Periode kam stets so pünktlich wie die Königlich-Britische Post.

»Guter Gott«, sagte er. »Wir müssen dich irgendwie nach Hause schaffen.«

»Sollen wir gleich losschwimmen?«, fragte sie.

»Das ist mein voller Ernst«, entgegnete er. »Wir müssen etwas unternehmen, und zwar schnell.«

Er erhob sich und ging mit langen Schritten über das Deck, wobei er den Kopf einziehen musste, um nicht an das Sonnensegel zu stoßen. Kit legte sich zufrieden zurück und schloss die Augen.

In der großen Hitze des Tages verdunstete die Feuchtigkeit rasch aus ihrer Kleidung, und auf ihrer Stirn und ihrer Oberlippe glänzten Schweißtropfen.

Matt blieb stehen, sah auf das Gesicht seiner Frau und schickte ein stummes Gebet zum Himmel. Kaum drehte er sich um und blickte wieder über das offene Meer, entdeckte er tief am westlichen Horizont einen kleinen, dunklen Rauchfleck. Er wartete, bis er ganz sicher sein konnte. Dann rief er laut, und sogleich kamen Trev und Kandi angerannt. Auch Kit gesellte sich zu ihnen, und gemeinsam hielten sie Ausschau nach dem schwarzen Schiffsrumpf, der sich deutlich gegen den Horizont abzeichnete.

»Sie werden zu weit seewärts an uns vorbeifahren«, sagte Matt. »Kandi, mach alles bereit, um das Signalfeuer zu entzünden.«

Als Matt meinte, nun sei der richtige Zeitpunkt, wurden in einer großen Waschschüssel ölgetränkte Lappen angezündet. Trev hielt sich am Mast der *Princess* fest und wedelte mit seinem Hemd. Das Dampfschiff änderte den Kurs, bis der Bug genau in ihre Richtung zeigte. Erst da bemerkte Matt, dass das Schiff viel näher war, als er gedacht hatte. Größe und Entfernung täuschten auf See. Ein kleines Schiff in der Nähe konnte man leicht für ein großes in weiterer Entfernung halten.

Das Schiff, das nun auf die *Annamese Princess* zusteuerte, war eine seetüchtige Barkasse von etwa fünfzehn Meter Länge. Als sie sich dem äußeren Riff näherte und die Geschwindigkeit drosselte, konnte man deutlich sehen, dass ihr Rumpf schuppig war vor Rost, ihr Heck schmierig vom auslaufenden Öl und ihre oberen Aufbauten dringend einen neuen Anstrich gebraucht hätten. Aber der Besatzung auf dem gestrandeten Segelboot erschien sie so schön wie das beste Luxus-Linienschiff.

An der Reling der Dampfbarkasse tauchte eine Gestalt auf. In der Hand hielt sie ein Megaphon, durch das ihre Stimme hohl klang: »Näher kann ich nicht kommen.«

»Können Sie uns ein Boot schicken?«, rief Trev zurück. Das Beiboot der *Princess* war in der wirbelnden Riesenwelle verlorengegangen.

»Sind Sie in Seenot?«

Trev verzog das Gesicht. »Der gierige Bastard denkt über die Bergungsrechte an der armen alten *Princess* nach.« Er formte die Hände zum Trichter und rief: »Wir sind gestrandet und brauchen Hilfe. Bitte lassen Sie ein Boot zu Wasser.«

Ein aus der Südsee stammender Matrose ruderte ein Skiff über das äußere Riff. Mit fünf Leuten war das kleine Boot ziemlich voll beladen, doch Trev meinte, eine zweite Fahrt sei nicht nötig. Kurz darauf half Matt seiner Frau, die Strickleiter hinaufzuklettern, um in die Barkasse zu gelangen. Er folgte ihr, drehte sich um und half auch Trev und Kandi.

Der Mann, der sie an Bord erwartete, trug einen ausgeblichenen, häufig gewaschenen Arbeitsanzug. Er lief barfuß, und seine Füße waren von der tropischen Sonne tiefbraun gebrannt. Auf seinem dschungelartigen Haar, das so schwarz war, dass man königsblaue Lichtreflexe darin zu sehen glaubte, saß eine schäbige Schirmmütze. Ein ebenso schwarzer Bart verdeckte seine untere Gesichtshälfte, und seine große, mit blauen Adern durchzogene Nase verriet die Tatsache, dass er sich gerne einen zur Brust nahm. Das hervorstechendste Merkmal dieses Mannes aber, das sofort die Aufmerksamkeit seines Gegenübers auf sich zog, waren seine leicht vorstehenden wasserblauen Augen.

»Wer ist der Kapitän dieser kleinen Schönheit?«, fragte der Mann mit den auffallend blauen Augen.

»Trev Gorel, Sir, zu Ihren Diensten.«

»Sie haben Ihr Schiff verlassen, Sir.«

»Aye«, sagte Trev.

Der Mann mit den blauen Augen drehte sich um und brüllte Befehle in einem unverständlichen Kauderwelsch. Zwei Südseematrosen sprangen ans Heck der Barkasse und machten sich an einem Tau zu schaffen. Einer von ihnen kletterte in das Skiff, während Trev sprach.

»Falls Sie vorhaben, die *Annamese Princess* ins Schlepptau zu nehmen, sollten Sie Ihre Männer lieber zurückrufen. Selbst wenn es Ihnen gelingt, sie von ihrem Sitz auf dem Riff freizubekommen, ohne sie in Stücke zu reißen, wird sie trotzdem untergehen wie ein Stein. Sie ist backbord und steuerbord eingequetscht.«

»Sie wollen Blue Jack erzählen, dass sie nichts mehr wert ist?«, fragte der Kapitän der Barkasse.

»Ich fürchte, so ist es«, musste Trev eingestehen.

Der Bärtige erging sich in einem Wortschwall in verschiedenen Sprachen, was nichts anderes als Flüche sein konnten.

Trev grinste. »Natürlich dürfen Sie sich gern bedienen und sich den Mast und die Segel nehmen oder was Sie sonst noch abmontieren können.«

Der Mann mit dem schwarzen Bart grinste, zog sich die Schirmmütze vom Kopf und machte vor Kit eine kleine Verbeugung. »Willkommen an Bord der *Canadian Queen*«, sagte er. »Tut mir leid, dass wir nicht unter günstigeren Umständen zusammentreffen. Allerdings muss ich zugeben, dass Sie nicht besonders abgerissen aussehen, keiner von Ihnen.«

»Wir hatten Glück«, erklärte Matt. »Haben Sie uns schon Ihren Namen genannt, Sir? Falls ja, habe ich ihn nicht mitbekommen.«

»Blue Jack«, erwiderte der Mann. »Ich weiß nicht, wo Sie in diesen gottverlassenen Gewässern hinwollten. Jetzt geht es jedenfalls nach Port Moresby. Ganz gleich, wo Sie hinwollen, Sie fahren nach Moresby, weil ich dort die Post abliefern muss. Blue Jack erfüllt auf jeden Fall seinen Vertrag mit der Regierung seiner Majestät.«

»Das ist ja wunderbar, Captain Jack«, sagte Kit. »Genau da wollen wir hin.«

»Sie haben nicht zufällig noch was Hochprozentiges an Bord gelassen?«, fragte Blue Jack an Trev gewandt, der nur traurig den Kopf schüttelte.

Ganz anders als Trev war der Kapitän der *Canadian Queen* nur allzu gern bereit, über sich selbst zu reden. Die *Queen* konnte man nicht gerade als Schnellschiff bezeichnen. Als sie gemächlich die Küste nach Port Moresby hinabdampfte, wurde rasch deutlich, wie gut Blue Jack sich in diesen Gewässern auskannte. Er hielt sich dicht an der Küste und lenkte das Schiff durch seichte Stellen und um Riffe herum, die die anderen immer erst dann bemerkten, wenn sie schon kurz davor waren.

Blue Jack hatte einen Vertrag mit der britischen Regierung, die Königlich-Britische Post bis in die entlegensten Siedlungen an der Küste Neuguineas auszuliefern. »Nicht, dass sie die Uhr nach mir stellen können«, sagte er. »Kein Wunder bei den Entfernungen und dem Wetter. Außerdem weiß man nie, wann die nächste Postlieferung in Moresby eintrifft. Aber sie können sich darauf verlassen, dass ich komme. Sogar die Krauts oben an der Nordostküste verlassen sich auf mich.«

»Sie fahren bis in die Gebiete der Deutschen?«, fragte Trev.

»Das deutsche Gold aus dem Seehandel lässt sich genauso gut ausgeben wie das englische Gold«, erwiderte Blue Jack. »Um ehrlich zu sein, gibt es nicht viele Postsendungen, die über die Königlich-Britische Post befördert werden und an die Deutschen gerichtet sind. Aber die wenigen, die geschickt werden, verschaffen mir Zugang zu den deutschen Gebieten. Und nebenbei betreibe ich noch recht einträgliche Geschäfte mit Dingen wie Tabak und Gin. Für guten britischen Gin müssen die Krauts natürlich ordentlich bluten.«

»Gibt es oben im Norden ausreichend Holz, das für gute Möbel geeignet ist?«, fragte Trev.

»Daran herrscht kein Mangel«, antwortete Blue Jack. »Sie sind also im Holzgeschäft tätig, stimmt's? Na ja, um sein Auskommen zu haben, ist vermutlich ein Job so gut wie der andere. Aber Gold ist immer noch das Beste. Damals in den frühen Neunzigern, noch vor dem Glückstreffer am Bonanza Creek in Klondike, hatte ich eine kleine Mine, ganz für mich allein. Die brachte pro Tag reine Goldnuggets im Wert von vier- bis fünftausend kanadische Dollars. Ich hab's geheim gehalten, bis dieser alte Dämon wieder über mich kam.«

»Welcher Dämon?«, fragte Kit.

»Ach, zum Teufel, ich war reich. Tausende hatte ich auf der Bank und wusste, es waren noch Millionen in der Mine. Hab versucht, die Welt vom Allo-hool in all seinen wohlschmeckenden Variationen leer zu trinken.« Er leckte sich über die Lippen. »Die Mine verlor ich beim Kartenspiel. Ich war völlig pleite. Danach verschaffte ich mir in jeder Bar in Kanada meine Drinks, indem ich den Leuten etwas vorsang und sie unterhielt.« Lachend warf er den Kopf in den Nacken und sang mit einer Stimme, die furchtbar an den Nerven zerrte, so als kratze jemand mit den Fingernägeln über eine Schiefertafel:

»Das alte Kübelmaul McGinty trank wie'n echter
Mann,
Captain der Barkasse nannten sie den Peter
Pan …«

»Wir können uns das schon gut vorstellen«, sagte Matt und zwinkerte Kit zu. »Sie haben die Leute so lange, ähm, unterhalten, bis sie …«

»Bis sie mir einen Drink spendierten oder mir ein paar Münzen zuwarfen.« Er entblößte mit einem breiten Grinsen seine Zähne. »Manchmal sang ich mit großer Eindringlichkeit.« Erneut warf er den Kopf in den Nacken.

»Immer wenn er voll war, rief er laut:
›Zum Wohl
Rettet nach Frauen und Kindern sofort den
Allo-hool‹«

»Einen Abend in Seattle sang ich zweiundfünfzig Verse«, erzählte Blue Jack. »Fünfunddreißig davon musste ich mir an Ort und Stelle aus den Fingern saugen. Danach war ich so besoffen, dass ich mich am Gras festklammern musste, um noch auf dieser Erde zu bleiben. Am liebsten wäre ich gestorben. Damals kam ich zu der Einsicht, dass es Zeit wäre, etwas anderes zu versuchen. Ich wurde Tellerwäscher auf einem Kreuzfahrtschiff und kam nach Hawaii. Danach arbeitete ich als Leichtmatrose auf verschiedenen Frachtern, bis ich mich schließlich hier wiederfand. Der Allmächtige hatte offenbar Erbarmen mit mir. Nachdem ich mehr als zwei Jahre trocken war, gewann ich beim Kartenspiel die *Queen*. Irgendwie kommt nach einer gewissen Zeit alles wieder ins Lot, stimmt's? Die millionenschwere Mine habe ich verloren, weil ich mit so viel Wohlstand vermutlich nichts anzufangen wusste. Aber dafür habe ich zu einem guten Leben gefunden.«

In diesem Augenblick kam eine kleine braunhäutige Frau an Deck. Sie trug einen farbenprächtigen Sarong. Ihr dunkles Haar war zu einem ordentlichen Knoten zusammengesteckt, und über dem einen Ohr hatte sie sich eine frische Blüte ins Haar gesteckt.

»Blue Jack, du jetzt essen«, sagte sie. »Alle Männer und Frauen jetzt essen.«

»Wie gut, dass ich dich habe, du treue Seele«, sagte Blue Jack und zog die lächelnde Frau an seine Seite. »Das hier ist meine Frau«, sagte er stolz. »Ich habe Ihnen ja schon gesagt, dass der Herr es in letzter Zeit gut mit mir meint.«

Bei einem schmackhaften Essen, bestehend aus gebackenem Fisch und Jamswurzeln, wurde Jack sogar noch gesprächiger. Seine Frau, die er Saraba nannte, war Jacks beste Zuhörerin und lachte jedes Mal entzückt, wenn er versuchte, eine witzige Bemerkung zu machen.

»Dieses hübsche kleine Frauenzimmer habe ich in Kieta gekauft, drüben auf Bougainville«, erklärte er. »Zuerst konnte sie gar nicht verstehen, dass ich sie nicht als Sklavin, sondern als meine Ehefrau haben wollte.«

»Jetzt verstehen«, sagte Saraba kichernd. »Ehefrau müssen härter arbeiten als Sklavin.«

Blue Jack schüttelte den Kopf. »Das nenne ich Dankbarkeit!«

Aber er lachte und tätschelte Saraba zärtlich die Schulter. »Na klar hatte ich hier und da schon mal eine Frau kennengelernt, aber die hier ist meine erste Ehefrau. Meine einzige Ehefrau, eh, Mäuschen?«

»Wollen wir hoffen«, sagte Saraba und schwang zum Spaß drohend das Küchenmesser.

»Sie behauptet, sie wäre eine Eingeborene von den Salomon-Inseln«, erklärte Blue Jack, »aber ich weiß genau, dass sie lügt. Zumindest zur Hälfte stammt sie von einem Affen ab.«

»Affenehefrau von altem Wildschweineber«, gab Saraba zurück.

Sie lächelte Jack an, und aus ihrem Blick strahlte ihre Liebe zu ihm, was Kit unmöglich entgehen konnte. »Wir uns gut verstehen, nicht?«

»Verdammt gut sogar«, bestätigte Blue Jack.

Als Port Moresby in Sicht kam, waren alle an Deck. Blue Jack stand am Steuer, während seine Südseematrosen sich an Deck bereithielten. Sobald Jack das Schiff an einen baufälligen Kai manövriert hatte, sprangen die Matrosen an Land und vertäuten die *Queen*. Jack stellte die Motoren ab und wandte sich an seine Gäste. »Hinter welcher Art Holz seid ihr Burschen denn her?«, fragte er. »Teak?«

»Teak, Zedernholz und Mahagoni«, erwiderte Trev.

»Na, davon gibt es reichlich«, sagte Blue Jack. Er sah Trev an, dann richtete er den Blick seiner vorstehenden blauen Augen auf Matt. »Ich an Ihrer Stelle würde das Holz südlich von Moresby fällen. Vielleicht noch an der unteren Nordostküste. Halten Sie sich aber vom Golf von Papua fern, und in der Gegend der Frederik-Hendrik-Insel würde ich es lieber gar nicht erst versuchen.«

»Warum sagen Sie das, Jack?«, fragte Matt, denn Jacks Stimme hatte auf einmal einen ernsten Ton angenommen, den sie vorher nicht an ihm gehört hatten.

»Unsere Freunde, die Krauts, nehmen ihren Anspruch, eine Kolonialmacht zu werden, verdammt ernst«, sagte Jack. »Sie sehen ganz Neuguinea als ihren rechtmäßigen Besitz an. Zuerst wollen sie die Holländer vertreiben und deren Gebiet dem von ihnen annektierten Territorium hinzufügen. Danach wollen sie den gesamten Rest.«

»Britisch Papua?«, rief Trev schnaubend. »Keine Chance. Sie wollen doch wohl nicht die Royal Navy herausfordern.«

»Im Moment vielleicht noch nicht«, sagte Blue Jack gelassen.

Es war schön, wieder an Land zu sein. Die Bediensteten hatten Trevs Haus tadellos in Schuss gehalten. Das Bett in dem gut durchlüfteten Zimmer, das Kit und Matt überlassen worden war, fühlte sich verflixt gut an. Und dass sie sich wieder nach Herzenslust lieben und danach einfach liegen bleiben und sich in den Armen halten konnten, war wirklich himmlisch.

Trev betrübte der Verlust der *Annamese Princess* anscheinend nicht allzu sehr. »Für den Holztransport wäre sie uns kaum von Nutzen gewesen«, meinte er. »Was wir brauchen, ist ein solider, kräftiger Schlepper oder ein, zwei Lastkähne.«

»Und Ochsen«, sagte Matt.

»Von den Männern ganz zu schweigen«, erinnerte Kit.

Dieses Problem sollte Gihi lösen, der am Morgen nach ihrer Rückkehr in aller Herrgottsfrühe mit zehn untersetzten, breitschultrigen Eingeborenen auftauchte.

»Sie können sofort mit der Arbeit beginnen«, sagte er. »Die stammen alle aus den Bergen und sind gute Arbeiter, darauf können Sie sich verlassen.«

Trev und Matt beeilten sich, ihr Holzunternehmen in Gang zu bringen, bevor Gihis Bergbewohner anfingen, sehnsuchtsvolle Blicke nach Osten zu werfen. Bevor sie jedoch so weit waren, ereigneten sich noch zwei wichtige Dinge. Das erste war, dass Trev ein Telegramm erhielt. Darin stand, seine Ehefrau befände sich an Bord eines Schiffes, unterwegs von England nach Kapstadt. Das Telegramm konnte nicht sofort übermittelt werden, weil die Leitungen unterbrochen waren. Daher war die Nachricht schon einige Wochen alt, als sie Trev erreichte, löste aber nichtsdestoweniger große Freude in ihm aus.

Das zweite Ereignis war recht amüsant, zeigte aber keine so raschen Auswirkungen. Matt traf zufällig Blue Jack, der aus dem Amtssitz des Gouverneurs kam. Blue Jack schüttelte Matt kräftig die Hand und grinste ihn vergnügt an. »Musste dem Gouverneur in einer Angelegenheit mit der Königlich-Britischen Post erst mal den Kopf zurechtrücken«, erklärte Jack. »Der Kerl droht mir immer wieder, dass er den Postvertrag lieber mit einem anderen abschließen möchte, der ein schnelleres Boot besitzt.« Er lachte. »Und ich sage ihm immer wieder, er hat verdammtes Glück, dass ihm für das bisschen Geld, was die Krone zu zahlen bereit ist, überhaupt ein Boot zur Verfügung steht.«

Da Matts eigenes Anliegen bei den britischen Behörden eine reine Routineangelegenheit war, wurde er an einen kleinen Angestellten verwiesen. Dieser hatte Matts und Blue Jacks Begrüßung per Handschlag und ihre kurze Unterhaltung beobachtet und sah Matt mit zweifelnden Blicken an.

»Woher kennen Sie diesen eifrigen Postboten?«, fragte er mit einem spöttischen, missbilligenden Lächeln auf den Lippen.

»Bin ihm zufällig auf See begegnet«, erwiderte Matt.

»Ich an Ihrer Stelle wäre vorsichtig mit meinen Äußerungen diesem Mann gegenüber«, sagte der Angestellte. »Hören Sie, er spioniert für die verdammten Deutschen.«

Matt versuchte, sich Blue Jack als finsteren Bösewicht vorzustellen. Doch dieses Bild wollte einfach nicht zu ihm passen. Matt ließ sich seine Erheiterung nicht anmerken. »Ich glaube kaum, dass ich irgendwelche Regierungs- oder Militärgeheimnisse auszuplaudern hätte.«

»Man weiß nie, wann eine scheinbar harmlose Information sich in ein größeres Bild einfügt«, sagte der Angestellte. »Durch diesen Vertrag mit der Königlich-Britischen-Post hat Blue Jack jedenfalls die perfekte Deckung. Wenn es nach mir ginge, würde ich den Kerl überprüfen lassen. Es kommt mir so vor, als würde er viel häufiger nach Norden in das Gebiet der Deutschen fahren, als die Postverteilung es erfordert.«

Simon Yates' Schiff fuhr weiter die westafrikanische Küste hinab. Eines Nachts, als Guinevere wieder in der Kapitänskabine weilte, antwortete sie auf seine Frage: »Ich bin in der Stadt Huê geboren.«

»Schon merkwürdig, ich habe Fracht an Bord für die Franzmänner in Huê«, erwiderte er. »Wir laufen Südindien an, Singapur, dann geht es rauf nach Bangkok und um die Halbinsel Indochina herum nach Huê.«

»Warst du schon mal in Huê?«

»Nein, das ist meine erste Reise dorthin.«

»Du wirst sehen, es ist eine wunderschöne Stadt«, versicherte sie ihm, »trotz allem, was die Franzosen daraus gemacht haben.«

»Zu schade, dass ich niemanden habe, der mich in der Stadt herumführen kann«, überlegte er. Er hob den Kopf und stützte sich auf den Ellbogen. »Hör mal, dir würde es doch nichts ausmachen, den langen Weg über Sydney zu nehmen, oder? Ich meine, bei mir an Bord zu bleiben – natürlich ohne zusätzliche Fahrtkosten. Gute Unterbringung. Deine Kabine ist ab Kapstadt gebucht. Du müsstest also bei mir einziehen und ein spartanisches Leben führen.«

»Ich fürchte, das ist unmöglich«, sagte sie.

»Mein Fahrplan ist einigermaßen flexibel. Ich könnte dir ein paar Tage Aufenthalt in Huê verschaffen.«

Dass ihr Interesse geweckt war, ließ sich nicht leugnen. Sie stand auf. Ihre bräunliche Haut schimmerte im fahlen Lampenlicht, und ihre sinnliche Gestalt warf reizende Schatten, während sie zwei Gläser Brandy einschenkte, sich umdrehte und mit wiegenden Hüften zum Bett zurückkehrte.

Ihm kam es vor, als wechselte sie mit ihrer Frage absichtlich das Thema: »Warst du schon mal in Neuguinea?«

»Ja.«

»In Port Moresby?«

»Ja.«

»Erzähl mir davon.«

Er seufzte. »Nun, diese verrückten Tropenstädte sehen sich alle ziemlich ähnlich. Du weißt schon, flache Holzbauten mit

Metalldach. Entweder sind die Dächer neu und strahlend hell oder völlig verdreckt und verrostet. Dazwischen gibt es nichts. Das kommt durch die Hitze und die Feuchtigkeit. Und meiner Meinung nach verrosten dort auch die Menschen.«

»In Huê ist es auch heiß und feucht«, sagte sie schlicht. »Ein heißes Klima stört mich nicht.«

»Aber die Leute dort … oh, du wirst sie lieben!«, fuhr er mit spöttischem Grinsen fort. »So rückständige Gebiete wie Papua ziehen nicht gerade elitäre Kreise an, Schätzchen. Die sind bevölkert mit Kerlen, die es sonst nirgendwo zu etwas gebracht haben. Ferner mit Misanthropen, die der zivilisierten Menschheit so weit wie möglich entfliehen wollen. Und mit Männern, die eine Vorliebe für dunkles Fleisch haben – wenn du verstehst, was ich meine. Sollte es dir einmal nach einer anregenden Unterhaltung zumute sein, kannst du auf Pidgin-Englisch mit den Farbigen reden. Abgesehen von unseren Aborigines in Australien gehören die Eingeborenen von Papua zu den bemitleidenswertesten Exemplaren der menschlichen Spezies, die ich je gesehen habe.«

»So wie du es schilderst, hört es sich nicht gerade verlockend an«, sagte sie. »Mein Ehemann lobt die Insel in den höchsten Tönen.«

»Ich kann dazu nur sagen, Schätzchen: Es ist eine Schande, ein so süßes Püppchen wie dich in Port Moresby zu vergraben.«

Guinevere war jahrelang nicht mehr in Annam gewesen, und sie war neugierig, wie es ihr wohl gefallen würde. Nach allem, was sie gelesen hatte, waren die Franzosen dort immer stärker präsent. Hin und wieder hatte sie in England eine französische Zeitung auftreiben können, in der sich ein Journalist über die Anmut und Schönheit französischer Kolonialarchitektur in Indochina ausließ und behauptete, durch den französischen Einfluss und Geschmack verwandele Huê sich allmählich in das Paris des Ostens.

Seit Trevor sie in sein Heim nach Suffolk mitgenommen hatte, war ihr klar, dass ihre Mutter und sie mit ihrem Ehemann eine schlechte Wahl getroffen hatten. Denn Trevor Gorel war nie ein reicher Mann gewesen, und es bestand wenig Aussicht, dass er je einer werden würde. Wer weiß, vielleicht könnte sie mit ihren perfekten Französischkenntnissen und ihrer eurasischen Schönheit in Huê eine bessere Partie machen. Den französischen Zeitungen war zu entnehmen, dass Geschäftsleute mit Unternehmungsgeist in den französischen Kolonien ein kleines Vermögen erwerben konnten. Guinevere kam zu dem Schluss, ein Leben als Ehefrau eines reichen Franzosen in ihrem Heimatland sei dem in Port Moresby unter den von ihrem Schiffskapitän beschriebenen Umständen allemal vorzuziehen.

Falls sie tatsächlich einen kurzen Aufenthalt in Huê einplante, würde Trevor ihre Entscheidung akzeptieren. Das wusste sie aus Erfahrung. Er konnte ihr einfach nichts abschlagen, auch dann nicht, wenn es für ihn selbst ein Opfer bedeutete. Sollten sich die Dinge in Huê nicht zu ihrer Zufriedenheit entwickeln, konnte sie ja immer noch ein Schiff nach Neuguinea nehmen. Dort würde sie dann von Trevor nur umso herzlicher in Empfang genommen werden, weil sie ihre Abwesenheit von ihm noch etwas länger ausgedehnt hatte.

»Überlegst du dir meine Einladung?«, fragte Simon.

Sie setzte sich neben ihn aufs Bett und hielt ihm den Cognacschwenker an den Mund. Dann legte sie sanft und erregt die Hand auf eine bestimmte empfindliche männliche Zone. »Muss ich warten, bis wir in Kapstadt sind, oder kann ich schon vorher in diese bequeme Kabine umziehen? Meine eigene ist dagegen so … einfach.«

Von Kapstadt aus schickte sie Trevor ein Telegramm: GELEGENHEIT HUE ZU BESUCHEN, BRIEF FOLGT. Den Brief setzte sie ganz in Ruhe auf, während das Schiff an der afrikanischen Küste entlangfuhr. Bevor es in Richtung Norden und Osten den Indischen Ozean überquerte, legte es noch in Durban an, von wo aus sie den Brief abschickte.

Da Guinevere in den vor ihr liegenden Tagen reichlich Zeit

hatte, kümmerte sie sich mit Interesse um den Speiseplan für die Passagiere. Gebieterisch gab sie den Köchen Anweisungen und nahm gern die Komplimente des Kapitäns entgegen, als immer häufiger ausgezeichnete exotische Gerichte auf dem Tisch standen. Ihr war klar, dass sie nicht den Rest ihres Lebens in einem schwimmenden Hotel verbringen wollte. Aber für eine gewisse Zeit empfand sie es als angenehme Abwechslung. Und sie hatte in dem Kapitän ein solch leidenschaftliches Verlangen nach ihrem seidig zarten Körper entfacht, dass er wie ein kleiner Junge versuchte, ihr zu gefallen.

Weder sie noch der Kapitän scherten sich auch nur einen Deut darum, dass die englischen Passagiere an Bord über ihr offenes Zusammenleben zutiefst schockiert waren.

16

Der Beginn von Javas und Bildanas Wanderung mit Ganba ließ nichts Gutes erwarten. Wie es aussah, würden sie die Wasserfässer zurücklassen müssen. Kamele besaßen sie keine mehr, und ein Mensch konnte unmöglich auch nur eine der Tonnen tragen.

Ganba und seine Gruppe – drei Männer und zwei Frauen – tranken so viel Wasser, bis Java den Eindruck hatte, bei keinem von ihnen würde auch nur ein Tropfen mehr hineinpassen. Im Laufe des Abends tranken auch sie und Bildana sich satt. Außerdem gönnte Java sich den Luxus, sich gründlich zu waschen. Als sie in der Nacht aufwachte und sich von dem vielen Wasser, das sie getrunken hatte, Erleichterung verschaffen musste, bemerkte sie, dass die Aborigines sich auch an ihrem Proviant gütlich getan und dabei viel verschwendet hatten. Ganba schlief in zwei von Tolos Decken gehüllt. Der Gewehrlauf ragte oben neben seinem Gesicht heraus. Sich die Waffe wiederzubeschaffen, ohne ihn dabei zu wecken, wäre allerdings unmöglich gewesen.

Am Morgen suchte Java den restlichen Proviant zusammen und teilte die Überreste – Reis, Linsen, Tee und Zucker, Hafer- und Weizenmehl – in gleich große Lasten auf. Ganba hatte die Wasserschläuche gefüllt und die leeren Tonnen im roten Sand liegen lassen. Er hatte sich eine von Tolos Hosen und eines seiner Hemden übergezogen. Die Sachen waren ihm viel zu groß. Damit die Hosenbeine nicht auf dem Boden schleiften, hatte er sie einfach abgeschnitten. Einer der anderen Aborigine-Männer hinkte in Tolos Ersatzstiefeln umher, die ihm locker an den Füßen schlackerten und ihm das Aussehen eines Kindes gaben, das sich verkleiden wollte.

Als Java sah, dass die Aborigines sich über Tolos Sachen hergemacht hatten, wurde sie wütend. Aber sie hatte sowieso vorgehabt, sie in der Wüste zurückzulassen. Wenn die Aborigines sie gebrauchen konnten, warum also nicht.

Sie wies Ganba an, er und seine Leute sollten jeder einen Packen Proviant tragen, doch er schüttelte nur seinen großen Kopf. Zwei seiner Männer würden allein schon an dem Zelt, der Ersatzkleidung und den Decken genug zu tragen haben.

»Sei doch vernünftig, Ganba. Wir können doch das verflixte Zelt nicht essen«, sagte sie.

»Sehr wertvoll. Ganba wird teures Zelt für dich aufbewahren.«

Java konnte nichts dagegen tun. Sie sorgte dafür, dass Bildana das Bündel hatte, in dem sich der Tee und der Zucker befanden. Dann packte sie Bildana und sich eine viel zu schwere Last an Reis und Linsen auf. Außerdem trug Bildana die Kochutensilien. Zögernd ließ Java ihre Ersatzkleidung zurück und beschränkte sich auf eine einzige Decke. Nun stand sie der Gibson nur in Leinenbluse und Reithosen gegenüber, die sie bislang bei ihren Kamelritten getragen hatte. Kopf und Gesicht waren durch einen staubigen, abgetragenen Buschhut vor der Sonne geschützt. Ihr blieb nur ein kleiner Behälter mit Sonnencreme, und in ihrer Hosentasche steckten eines von Tolos Klappmessern sowie wasserdicht verpackte Streichhölzer.

Ganba sagte: »Es wird Zeit.« Dann ging er los, und zwar in Richtung Norden.

»Wo willst du hin?«, fragte Java und musste rennen, um ihn einzuholen. »Die Mayhew-Farm liegt dort drüben im Westen.«

»Da ist Wasser«, sagte Ganba und zeigte nach Norden.

»In dem Creek und im Gascoyne sind genug feuchte Stellen.«

»Wir gehen dahin«, sagte Ganba und zeigte nach Norden.

»Er wird dich nicht töten«, hatte Bildana gesagt. *»Das überlässt er dem Never-Never.«*

Java fiel zurück und ging neben Bildana her. Im Laufe des

Vormittags merkte sie, dass Ganba seine Richtung nach Nordost geändert hatte.

»Was liegt in dieser Richtung?«, fragte sie Bildana.

»Ich weiß nicht«, sagte Bildana. »Bin noch nie dort gewesen.«

Von den Landkarten her wusste Java, dass die Hamersley Range im Nordwesten und die Bergkette der Macdonnells genau im Osten lagen. In Richtung Nord und Nordost dehnte sich nur die Gibson weiter aus und wurde zur Great Sandy Desert. Wenn sie Ganbas Route folgten, würden sie nur immer tiefer in Australiens riesiges rotes Herz gelangen. Zurück nach Yinnietharra waren es nur etwas über hundert Meilen. In jeder anderen Richtung, insbesondere in der von Ganba eingeschlagenen, betrug die Entfernung zur nächsten weißen Siedlung oder Stadt ein Vielfaches.

Bildana kam nicht so schnell mit. Java verlangsamte ihren Schritt, damit die Aborigine-Frau sie einholen konnte. »Er führt dich ins *Never-Never,* damit du dort stirbst«, sagte Bildana mit fester Überzeugung.

Ganba hatte eindeutig die Führung übernommen. Er trug Tolos Gewehr, schritt allen voran und bestimmte die Richtung. Seine Gefährten, die das Zelt und die Decken trugen, folgten ihm. Java wandte sich an Bildana. »Würdest du Wasser finden? Könnten wir zwei es allein bis zur Mayhew-Farm schaffen?«

Bildana nickte. »Du hast selbst gesagt: Es gibt feuchte Stellen im Flussbett.«

»Der Proviant würde kaum reichen, bis wir dort ankommen«, bemerkte Java.

»Wir essen, was der Busch uns gibt«, erwiderte Bildana. »Besser, wir gehen nach Yinnietharra als Ganba zu folgen.«

Java blieb stehen. Einmal drehte Ganba sich um, hielt aber nicht an. Java und Bildana machten kehrt und gingen in Richtung des Creeks.

Sie waren noch keine hundert Meter gelaufen, da krachte hinter ihnen ein Schuss, und Sand und zerborstene Steinpartikel schnitten Java schmerzhaft ins Bein. Java fuhr herum und sah, wie Ganba sogleich nachlud. Als er auf sie zielte, dachte sie einen Augenblick lang, nun müsse sie sterben. Der Aborigine aber kam nur langsam auf sie zu und hielt die Gewehrmündung unentwegt auf ihren Körper gerichtet.

»Ganba, bist du verrückt geworden?«, herrschte Java ihn an und zwang ihre Stimme, nicht zu zittern.

»Die Verrückte bist du«, sagte Ganba. »Whitefellows sind tot. Ganba passt jetzt auf dich auf. Lässt Ganba zu, dass du stirbst, sagt Whitefellow-Gesetz, das ist Ganbas Schuld.«

»Wir gehen zur Mayhew-Farm«, entgegnete Java. »Du kannst mitkommen oder nicht, ganz wie du willst.«

»Wasser ist in der Richtung«, beharrte er und zeigte nach Norden.

Java drehte sich um und marschierte los, während sie rief: »Komm, Bildana.«

Ganbas Sprachkenntnisse hingen offenbar von seinem Gemütszustand ab. Java war schon früher aufgefallen, dass er fast fehlerloses Englisch sprach, wenn ihm etwas besonders wichtig erschien. »Wenn du dich nicht anders von dieser Dummheit abbringen lässt«, rief er, »dann muss ich eben die da töten, die dir folgt!«

Java hörte, wie er den Hahn spannte. Sie drehte sich um. Das Gewehr war auf Bildanas Kopf gerichtet.

»Ich will nicht, dass das Whitefellow-Gesetz hinter Ganba her ist, nur weil die Whitefellow-Frau unbedingt sterben will und dahin geht, wo es kein Wasser gibt.«

»Also gut, wir gehen mit dir«, lenkte Java ein.

Während sie Ganba folgte, ging Bildana an ihrer Seite und sang ein trauriges kleines Lied vom Tod.

»Hör auf damit«, fuhr Java sie an. Und mit einer Überzeugung in der Stimme, die sie selbst gar nicht empfand, fuhr sie fort: »Ich werde schon dafür sorgen, dass er dir nichts antut.«

Ganba machte früh halt, lange bevor die Sonne untergegangen war. Java sah zu, wie er und seine Männer das Zelt aufbauten und drinnen die Decken ausbreiteten. Dann packte Ganba eine der Frauen, zog sie hinein und klappte die Plane am Eingang herunter. Dieses ungezwungene Handeln sagte über Ganbas wahre Absichten weit mehr aus als alles, was vorher passiert war. Hätte er wirklich gewollt, dass Java die Zivilisation lebend erreicht, hätte er nie gewagt, sich so dreist ihr Eigentum anzueignen. Nun bestand für Java kein Zweifel mehr daran, dass er ihren Tod wollte. Aller Wahrscheinlichkeit nach hatte Bildana mit ihrer Vermutung recht, dass Ganba sie nicht selbst töten würde. Die Wüste war ungeheuer groß, und eine Weiße konnte darin auf vielerlei Arten umkommen, von denen die eine ebenso schrecklich war wie die andere. Eine von Ganba zu ihr gelenkte Giftschlange könnte sich in ihrem Nachtlager einen warmen Ruheplatz suchen. Ein wilder Kamelbulle in der Brunft könnte sie zertrampeln. Vermutlich würde Ganba jedoch einfach einen so schnellen Schritt vorlegen, dass sie irgendwann völlig verausgabt und entkräftet der unbarmherzigen Sonne und Hitze ausgesetzt wäre und an ihrem Durst zugrunde gehen müsste. Verdursten war ein langwieriger, qualvoller Tod.

Java breitete ihre Decke in einiger Entfernung von dem Zelt und den Feuern der anderen Aborigines aus. Es wurde bereits dunkel, und Bildana kauerte sich zu ihr. Sie aßen Reis und Linsen, die sie über dem offenen Feuer gekocht hatten.

»Der da drüben ist wütend«, sagte Bildana und zeigte auf einen Aborigine-Mann, der neben dem Zelt auf- und abging. »Ganba hat ihm die Frau weggenommen.«

»Wird es zu einem Kampf kommen?«

»Nein, Ganba ist viel zu mächtig. Er ist der Träger der Tötungssandalen und ist unbesiegbar.«

Als Ganba wieder aus dem Zelt kam, sich streckte und sich an den Genitalien kratzte, kehrte der wütende Mann ihm den Rücken. Ganba sagte etwas, und eine der Frauen kam zu Java ans Feuer. »Ganba will Tee und Zucker.«

»Sag Ganba, er soll zur Hölle fahren«, erwiderte Java.

Kaum hatte die Frau Ganba die Nachricht überbracht, nahm er das Gewehr und begab sich persönlich zu Javas Feuer. Bildana verkroch sich hinter Java. Ganba kam ziemlich nah, so nah, dass Java seine Körperausdünstungen nach ranzigem Fett vermischt mit dem moschusartigen Sexgeruch in die Nase stiegen. »Sei nicht so selbstsüchtig, Mrs Mason«, sagte Ganba. »Natürlich wirst du deinen Tee und deinen Zucker mit mir teilen.«

»Gib es ihm«, flüsterte Bildana ihrer Herrin ins Ohr.

Ohne Vorwarnung holte Ganba aus und schlug Bildana mit der flachen Hand auf die Wange. Sie wankte aus ihrer Deckung hinter Java zur Seite und fiel hin. Ganbas Arm hatte durch den kräftigen Schlag noch so viel Schwung, dass er Java seitlich am Kopf traf und auch sie der Länge nach auf dem Sand landete. Augenblicklich sprang sie wieder auf und versuchte, Ganba mit ihren Fingernägeln die Augen auszukratzen. Er lachte nur glucksend und stieß sie mit einer Hand von sich, sodass sie ein zweites Mal unsanft im Sand landete. Dann hob er den Tee und den Zucker auf und ging zu seinem Feuer zurück.

»Ich werde die Erste sein, die in seinem Feuer schmort«, jammerte Bildana leise.

Doch sie hatte Unrecht. Der Mann, dessen Frau Ganba sich »ausgeliehen« hatte, machte einen groben Fehler: Er bestand auf seinem Anteil am Tee und Zucker. Sich Ganba zu widersetzen und ihn daran zu hindern, sich einfach seiner Frau zu bedienen, hatte er nicht gewagt. Aber dass ihm der gesüßte Tee verweigert wurde, wollte er sich nicht so ohne Weiteres bieten lassen und protestierte lauthals. Als Ganba ihn völlig unerwartet ins Gesicht schlug, machte er eine Bewegung, als wollte er sich zur Wehr setzen. Ganba hielt schon in der anderen Hand die Axt bereit und schlug zu. Aus der Halsschlagader des Aborigine schoss helles Blut. Der Mann stürzte, und Ganba griff nach einer Pfanne, um das herausspritzende Blut aufzufangen.

Java versuchte, nicht hinzusehen. Aber der Singsang der Aborigines und das grausame Gelächter – als Ganba den Gestürzten zerlegte und ein großes Lendenstück zum Braten aufs Feuer warf – fesselten Javas Aufmerksamkeit. Sie konnte sich von der grauenhaften Szene nicht abwenden. Nun bestand Ganbas Gruppe nur noch aus fünf Personen: Außer ihm lebten noch zwei Männer und zwei Frauen.

Das Festessen zog sich so lange hin, bis die blasse Mondsichel am Himmel aufgestiegen war und die Nacht sich deutlich abgekühlt hatte. Java sagte Bildana, sie solle sich hinlegen und so tun, als ob sie schliefe. Java selbst sammelte sorgsam ihren Proviant zusammen und steckte ihn in den Beutel, um sofort aufbrechen zu können. Als die übersättigten Aborigines endlich schliefen und ihre Feuer allmählich erloschen, rüttelte sie Bildana wach. Trotz ihrer panischen Angst war Bildana fest eingeschlafen. Sie schlichen aus dem Lager und machten sich auf zu dem Creek. Die Natur kam Java zu Hilfe. Die starken Regenfälle, die sie am östlichen Himmel beobachtet hatten – die Regenfälle, die sich Abend für Abend mit Wetterleuchten und fernem Donnergrollen angekündigt, die ausgetrocknete Rinne überflutet und Tolo und Terry Forrest mit sich fortgerissen hatten –, brachen so plötzlich über ihnen aus, dass es Java den Atem verschlug. Wie ein Faustschlag traf sie der Wind, und wenige Sekunden darauf spürte sie, wie er ihr den Regen beißend ins Gesicht peitschte.

»Die Geister sind uns gut gesinnt«, sagte Bildana. »Der Regen verwischt unsere Spuren, und Ganba kann uns nicht folgen. Aber wir dürfen nicht in die Richtung gehen, die er erwartet.« Sie fasste Java am Arm und drehte sie nach Osten, sodass der starke Wind ihr die Regengüsse direkt ins Gesicht blies.

»Bildana, wir haben so wenig zu essen und noch weniger Wasser. Wir können es uns nicht erlauben, Zeit zu verschwenden und einen Umweg nach Osten zu machen.«

»Keine verschwendete Zeit«, sagte Bildana. »Wir gehen zum Großen-Roten-Heiligen-Fels. Whitefellows haben dort eine Stadt.«

»Verdammt noch mal«, rief Java. »Den ganzen Weg durch die Gibson?«

»Bei Ganba ist uns der Tod sicher. Mit der Wüste …« Sie zuckte mit den Schultern. »Sie ist zwar grausam, aber sie gibt uns wenigstens Nahrung.«

»Und was ist mit Wasser?«

»Mithilfe der Geister werde ich die feuchten Stellen und die Brunnen finden«, sagte Bildana. »Falls nicht, werden die Aasfresser ein Festessen haben und nicht Ganba.«

Die Regenfälle hielten fast bis zum nächsten Morgen an. Nach Javas Schätzungen waren sie mindestens fünf Meilen vorangekommen, vielleicht sogar mehr. Sie war froh über die Sonne, denn im Regen war es doch recht kalt gewesen. Die Kleidung trocknete rasch auf ihrer Haut, war aber ebenso schnell wieder feucht vom Schweiß, bis die Sonne ihr einen guten Teil ihrer Körperflüssigkeit entzogen hatte und die Kleidung erneut auf ihrer Haut trocknete. Bildana legte auch weiterhin einen schnellen Schritt vor und behielt ihn den ganzen Tag über bei.

Als sie gegen Abend endlich ihr Lager aufschlugen, sagte Bildana: »Kein Feuer. Er sieht den Rauch.«

Drei Tage lang hatten sie kein Problem mit dem Wasser. Das Regenwasser hatte sich in den Felsvertiefungen gesammelt und bot ihnen reichlich zu trinken, ja sogar ausreichend Wasser zum Baden – ein Luxus, den Java ausgiebig genoss. Und rings um sie her ereignete sich ein Wunder. Ein Ereignis von solcher Schönheit, dass Java nur andächtig staunte. Die Wüste fing an zu blühen. Mit erstaunlicher Schnelligkeit spross überall das Grün und verwandelte die kahle rote Einöde in eine nicht endende Pracht. So weit das Auge reichte, erstreckten sich Blüten in allen Farbschattierungen.

Für Java war es die reine Schönheit, ein Wunder Gottes. Für Bildana war es ein Geschenk aus der Traumzeit, denn viele der grünen, blühenden Dinge waren essbar. Die Kunga-Sträucher brachten Beeren hervor, die einfach köstlich schmeckten, und verschiedene Wurzeln verliehen ihrem gekochten Reis mit Linsen eine besondere Würze. In nur wenigen Tagen wären auch die durstlöschenden ›Mulga-Äpfel‹ reif und könnten gegessen werden.

Während dieser reichen Tage kamen die beiden Frauen gut voran und sahen zu, dass sie einen möglichst großen Abstand zwischen sich und Ganba legten. Doch schon bald begann das Grün in der grimmigen Sonnenhitze zu welken, und die Blüten zerfielen zu Staub. Auch die saftigen Knollen waren schwieriger zu finden, denn die grünen Triebe, die ihren Standort markierten, verkümmerten rasch. Mehr und mehr brauchte es Bildanas erfahrenen Blick, um die Stellen zu finden, an denen sich unter der Erdoberfläche essbare Wurzeln versteckt hielten.

Allmählich forderte die Gibson ihren Tribut. Die beiden Frauen rationierten ihr Wasser und erlaubten sich nur ein paar vorsichtige Schlucke aus dem einzigen Wasserbeutel, den Bildana bei sich trug. Wasser war auch erforderlich, um den Reis und die Linsen zu kochen, solange noch welche da waren. Doch wenn man vorsichtig damit umging und die wertvolle Flüssigkeit nicht nutzlos verdampfen ließ, konnte man das zum Kochen verwendete Wasser später noch trinken.

Einmal erlegte Bildana mit einem genau gezielten Steinwurf ein Kaninchen, das sie später über dem Feuer brieten. Selbst halb roh schmeckte das Fleisch einfach köstlich.

Java besaß noch Tolos Kompass, und sie hatte zumindest eine Landkarte gerettet. Bildana und sie gingen zwar genau nach Osten, waren aber oft gezwungen, ganzen Feldern mit dichtem, undurchdringlichem Spinifex-Gras auszuweichen. Für Java stellte das stachelige Gras nun ein größeres Problem dar, weil sie zu Fuß ging, während sie vorher auf dem Kamel geritten war. Hin und wieder wurden sie auch durch eine weit ausgedehnte Gibber-Ebene zu großen Umwegen gezwungen, doch Java kam stets auf ihren östlichen Kurs zurück. Sie schätzte, dass der Ayers Rock mehr als dreihundert Meilen von ihnen entfernt lag. Und Alice Springs mit reichlich Nahrung,

Wasser, Menschen und weichen Betten lag nur ein kleines Stück weiter.

Doch in dem trockenen Herzen Australiens waren bereits genug Menschen umgekommen. Die Gibson hatte einen frühen Erkunder, nach dem sie benannt worden war, fertiggemacht. Zu glauben, dass sie, eine junge Frau, das zuwege bringen könnte, was Gibson nicht geschafft hatte, grenzte für Java an pure Anmaßung. Trotzdem ging sie weiter. Wenn allmorgendlich die Sonne auf sie niederbrannte und ihr der Schweiß in Strömen über den Körper rann, fiel sie beim Gehen allmählich in eine Art Trance. Den Blick hielt sie fest auf Bildanas glänzendes, schwarzes Hinterteil gerichtet, welches diese mit dem übel riechenden Fett eingerieben hatte, das sie als Schutz gegen die Sonne benutzte. Javas eigene Haut fühlte sich sogar unter der Kleidung völlig verbrannt an.

Obwohl ihr abends jeder einzelne Knochen und Muskel wehtat, beteiligte sie sich an der Suche nach Brennmaterial. Bildana bestand darauf, das Essen zuzubereiten. Danach kauerten sie dicht beisammen, um sich gegen die kalten Wüstennächte zu schützen. Schon bald hörte Java auf, die Tage zu zählen. Ein Tag war wie der andere, und die Wüste änderte sich nicht. Manchmal bekam sie panische Angst und glaubte, sie würde immer wieder über denselben roten Sand gehen, immer wieder an denselben roten Felsblöcken vorbeikommen und ständig nur im Kreis laufen. An solchen Tagen, wenn ihr die Hoffnung schwand und ihr Wille zu erlahmen drohte, besann sie sich auf ihre tiefen inneren Kraftreserven.

Die Gedanken an Tolo waren in weite Ferne gerückt, auch wenn sein Tod noch keinen Monat zurücklag. Um die Erinnerungen an ihn bewusst am Leben zu erhalten, ließ Java sie vor ihrem inneren Auge Revue passieren. Sie dachte daran zurück, wie er sie bei ihrer ersten Begegnung angesehen hatte; wie sein starker Arm sie beim Tanz im Bina's so leicht geführt hatte; wie sie sich bei der tumultartigen Feier zur Befreiung der Stadt Mafeking gefühlt hatte, als sie, gefangen in der Menge, dicht aneinandergedrückt worden waren und er sie fest und leidenschaftlich geküsst hatte. Außerdem ließ sie an ihrem inneren Auge all diejenigen vorbeiziehen, die sie liebte: ihre Großmutter, ihre Mutter und ihren Vater.

Nachdem sie das restliche Wasser aus dem Wasserbeutel getrunken hatten, erklärte Bildana: »Wir laufen jetzt nachts.«

Inzwischen war Vollmond, und sie kamen gut voran. Sie wanderten weiter in den neuen Morgen hinein, und als die Sonne wieder auf sie niederbrannte, erklärte Bildana, es sei Zeit für eine Pause. Neben einem großen roten Felsbrocken errichtete sie mit der Decke einen Sonnenschutz, und sie schliefen rasch ein.

Bei Sonnenuntergang machten sie sich wieder auf den Weg. Javas Lippen waren völlig ausgedörrt und aufgesprungen. Jede ihrer Körperzellen verlangte verzweifelt nach Flüssigkeit, sandte Schmerzbotschaften aus und schrie förmlich nach Wasser.

»Noch bevor die Sonne aufgeht, sind wir an einer Wasserstelle«, sagte Bildana.

Aber als der Tag anbrach, erstreckte sich zu allen Seiten nur endlose Öde. Im Südosten war jedoch eine kleine Unregelmäßigkeit am Horizont zu erkennen.

»Da«, sagte Bildana und zeigte in die Richtung.

»Wie weit?«

»Noch vor dem nächsten Morgen sind wir da«, antwortete Bildana.

Java hatte vor, den Tag im Schatten einer Decke auf den Felsen ausgestreckt zu verbringen. Doch irgendetwas sagte ihr, wenn sie jetzt nicht weiter auf den fernen kleinen Höcker am Horizont zuging, würde sie sich überhaupt nicht mehr aus dem Sand erheben können.

»Wir machen keinen Halt«, erklärte sie.

»Nein, machen wir nicht«, stimmte Bildana ihr zu.

Als die Sonne direkt über ihnen stand, pendelte Javas Geist zwischen Realität und Delirium. Ihre Augen gaukelten ihr etwas vor, und sie sah Szenen von übermäßiger Schönheit: riesige

Seen mit kristallklarem Wasser, zauberhafte Bäche, deren frisches Nass mit verlockendem Gemurmel über Felsblöcke sprudelte. In Javas Vorstellung führte Bildana sie geradewegs fort von all dem herrlichen Wasser. Sie versuchte, Bildana beim Namen zu rufen, doch ihrer Kehle entrang sich nur ein unverständliches Krächzen. Sie wollte ihre Schritte beschleunigen, um Bildana einzuholen und ihr zu sagen, dass sie auf dem falschen Weg sei. Doch sie schaffte es einfach nicht, schneller zu gehen. Verzweifelt drehte sie sich um, ließ ihren Proviantbeutel und ihre Decke in den Sand fallen und wollte zu dem Wasser gehen. Dort könnte sie sich satt trinken und hätte wieder genug Kraft, um Bildana einzuholen und auch sie zu dem glitzernden, murmelnden Bach zu führen.

»Sei keine Närrin«, hörte sie die Stimme ihrer Großmutter.

Java blieb stehen und sah sich nach allen Seiten um. Dort war das Wasser, keine hundert Meter von ihr entfernt. Bildana aber ging verbissen auf die ferne Bergkette zu.

Die Stimme war in ihrem Kopf. *»Für dich ist es noch zu früh zum Sterben, mein Kind. Folge Bildana.«*

»Aber da drüben ist Wasser.«

»Nein, sieh doch.«

Vor ihr lag nichts als die einsame, ebene Sandfläche – so karg, dass nicht einmal das robuste Spinifex-Gras dort wuchs.

»Auch deine Mutter war einst dem Tode nahe. Ihre Haut war von der heißen Asche des Vulkanausbruchs verbrannt. Sie trug dich in ihrem Bauch. Da die Flutwelle sie mitgerissen hatte, war ihr Körper übel zugerichtet worden. Auch sie wollte sich nur hinlegen und sterben, doch sie hat es nicht getan. Sie ging weiter.«

»Aber ihr ist jemand zu Hilfe gekommen. Der alte Javaner hat ihr geholfen.«

»Folge Bildana. Sie wird dir helfen.«

»Ich bin so müde, Großmutter.«

»Geh weiter. Richte deinen Blick nach Osten und gehe.«

Java sollte sich später nie mehr an diesen Nachmittag erinnern. Nie würde sie wissen, wie sie es geschafft hatte, sich auf den Beinen zu halten und Bildanas Fußspuren im Sand zu folgen. Hin und wieder hörte sie Stimmen. Manchmal die Stimme von Magdalen, manchmal das leise Summen ihrer Mutter, als ob sie ihrer kleinen Tochter ein Wiegenlied vorsänge. Und als die Sonnenglut erträglicher wurde, weil Java sich im Schatten schroffer Felsen befand, die sich zu beiden Seiten von ihr erhoben und immer enger wurden, stieg ihr der wundervollste Geruch in die Nase, an den sie sich erinnern konnte. Wasser. Sie fing an zu rennen, stolperte, beugte sich vor und zwang ihre Füße, sich zu bewegen, damit sie nicht der Länge nach hinfiel.

Langsam sickerte das Wasser aus der Felswand und sammelte sich in einer gut einen Zentimeter tiefen Felsmulde zu einer kleinen Lache. Java legte sich flach auf den Bauch und tauchte ihre Lippen in das lebensspendende Nass. Bildana hatte bereits getrunken und lächelte, wenngleich ihre breiten Lippen immer noch ausgetrocknet und aufgesprungen waren.

»Ich habe es gefunden«, sagte sie. »Ich hatte schon Angst …«

Java protestierte, weil Bildana ihr die Finger ins Haar grub und ihr den Kopf hochzog. »Trink langsam, Kleine«, sagte Bildana. »Nimm kleine Schlucke und warte.«

Als sie später ihren Magen sowohl mit Wasser als auch mit Nahrung gefüllt hatten und neben einem Feuer lagen, sprach Java laut ihr Dankgebet.

Bildana schüttelte den Kopf. »Dein weißer Gott kann noch so mächtig sein, aber das Wasser hat er nicht hierhergebracht. Das stammt noch aus der Traumzeit.«

»Dann danke ich auch den Geistern der Traumzeit«, sagte Java.

Nach ihrer Schätzung waren sie täglich durchschnittlich zwanzig Meilen gewandert. Manchmal sogar mehr, wenn sie unpassierbaren Gebieten ausweichen mussten. Wenn ihre Schätzung stimmte, hatten sie die Hälfte der Strecke zu dem Großen-Roten-Heiligen-Fels bereits zurückgelegt.

17

Eines Morgens, als die südöstlichen Passatwinde zu wehen begannen und für Port Moresby die trockene Jahreszeit mit sich brachten, schickte Sir George Le Hunte nach Matt Van Buren. In den folgenden Monaten würde die Südküste Neuguineas die niedrigsten Temperaturen des Jahres erreichen. Das bedeutete, es würde nicht kochen, sondern nur dampfen. Als Matt zum Gouverneur vorgelassen wurde, befand dieser sich nicht gerade in bester Laune.

»Ach ja, Van Buren«, sagte Sir George verdrießlich. »Sie haben mich bei Ihrem ersten Besuch doch gefragt, wie die Chancen stehen, im Owen-Stanley-Hochland Kaffee anzubauen.«

»Ja, das stimmt«, entgegnete Matt.

»Und was habe ich Ihnen darauf geantwortet?«

»Dass es unmöglich wäre, einheimische Arbeitskräfte zu bekommen.«

»Aha«, sagte Sir George. »So ist es. Den Poms im Kolonialministerium in London habe ich dasselbe gesagt.«

Matt konnte sich ein Grinsen nicht verkneifen, als er Sir Georges Aussie-Slang hörte. Denn selbst in England würde sich wohl kaum jemand finden, der aus australischer Sicht ein so waschechter Pommy war wie Sir George.

»Und doch ist es Ihnen und diesem Gorel anscheinend gelungen, für Ihr Holzfällerunternehmen genügend Arbeitskräfte zu rekrutieren«, fuhr Sir George fort, als Matt nichts dazu sagte.

»Nicht so viele, wie wir gern hätten«, antwortete Matt.

»Und wie ich gehört habe, sind das alles Leute aus den Bergen.«

»Ja, Sir, das ist richtig.«

Sir George schichtete die Papiere auf dem Schreibtisch von einer Seite auf die andere. »Wie es scheint, haben die Gentlemen im Kolonialministerium eine Vorliebe für Kaffee entwickelt … oder zumindest für die aus dem Anbau und Vertrieb resultierenden Gewinne. Man hat mich gebeten zu prüfen, ob es möglich ist, im Owen-Stanley-Hochland Kaffeeplantagen anzulegen. Dass ich persönlich nicht das geringste Interesse an Landwirtschaft habe, versteht sich wohl von selbst. Ich habe als Junge eine Privatschule besucht und war danach in Cambridge. Und ich habe schon früh eingesehen, dass allzu viel Lernen ungesund ist für den Magen oder wofür auch immer. Aus diesem Grunde bin ich nicht sonderlich darauf erpicht, etwas über den Kaffeeanbau in Neuguinea oder in Newcastle zu lernen. Wie steht es mit Ihnen, Van Buren?«

»Na ja, eine vage Neugierde ist schon vorhanden«, sagte Matt. »Falls das Kolonialministerium zufällig bereit ist, einem Mann, dem der Kaffeeanbau am Herzen liegt, finanzielle Unterstützung zu gewähren, könnte vielleicht sogar ein echtes Interesse daraus werden.«

»Das ist etwas, was ich an euch Kolonisten so sehr bewundere«, sagte Sir George. »Ihr bringt immer alles genau auf den Punkt, stimmt's? Man hat mir tatsächlich geraten, in ein solches Unternehmen … ähm, ein paar Pfund zu investieren. Ich dachte mir, Van Buren, wenn Sie für Ihr Holz auf Erkundungsfahrt gehen, könnten Sie sich im Hochland vielleicht ein wenig umsehen und einen Blick auf mögliche Kaffeeanbaugebiete werfen.«

»Sir George, ich fürchte, wir sind noch nicht so weit, dass wir vom Hochland aus die Holzstämme bis zu einem Hafen schaffen können.«

»Hmmm. Nein, vermutlich nicht. Keine verflixte Eisenbahn, wie? Nicht einmal schwere Rollwagen. Nur die verdammten Ochsenkarren. Das ist alles, und auch davon haben wir nicht viele.« Er überlegte. »Kann ich Sie nicht dazu bewegen, Ihre eigenen Aktivitäten eine Zeit lang ruhen zu lassen und das Hochland aufzusuchen?«

Matt streckte grinsend die Hand aus und rieb mit dem Daumen an Zeige- und Mittelfinger – die altehrwürdige Geste für Bargeld.

»Ich bin ermächtigt, ähm, fünfzig Pfund für die Erkundung zu zahlen«, sagte Sir George.

»Nun, Sir, ich denke, für diesen Betrag werden Sie sicher einen englischsprechenden Eingeborenen finden, der für Sie ins Hochland geht«, erwiderte Matt. »Ich habe absolut nicht den Wunsch, das Hochland zu sehen, nur um für irgendeinen Gentleman im Kolonialministerium einen Bericht zu verfassen. Wenn ich schon dort hingehe, dann will ich auch sicher sein, dass ich nicht bloß meine Zeit vergeude. Ich verlange die Garantie der Krone, dass ich, falls ich tatsächlich Grund und Boden finde, der sich für den Kaffeeanbau eignet, ihn als mein Eigentum bekomme. Außerdem verlange ich eine schriftliche Garantie, dass ich im positiven Falle mit Setzlingen und ausreichend finanziellen Mitteln versorgt werde, bis die Pflanzen Erträge bringen.«

»Ausgeschlossen«, sagte Sir George.

Matt erhob sich. »Guten Tag, Sir. Trev Gorel und ich haben vor, nach Süden zu gehen, um ein paar Bäume zu fällen.«

»Verdammt, warten Sie noch eine Minute«, sagte Sir George. »Ich kann Ihnen eine Garantie geben für bis zu eintausendfünfhundert Morgen …«

»Fünfzehntausend«, sagte Matt.

»Verflucht!«, fuhr Sir George auf. »Hören Sie zu, Mann, wir sind hier nicht im verdammten Australien, wo der Boden so wertlos ist, dass man fünfzehntausend Morgen braucht, um eine Handvoll Schafe zu füttern.«

»Nein, wir sind hier im verdammten Papua«, erwiderte Matt, »wo wir nicht mal wissen, ob fünfzehntausend Morgen überhaupt ausreichen, um eine Handvoll Schafe zu füttern … oder auch nur eine einzige Kaffeebohne hervorzubringen. Sie erwarten allen Ernstes von mir, dass ich meinen Geschäften wertvolle Zeit entziehe, obwohl ich mit meinen Unternehmungen gerade erst begonnen habe und der Erfolg keineswegs sicher ist. Ich würde mir und meinem Partner einen schlechten Dienst erweisen, wenn ich ihn in dieser kritischen Zeit allein lasse. Es sei denn, ich hätte Sicherheiten, dass ich mich nicht auf ein aussichtsloses Projekt einlasse. Wenn Sie möchten, dass ich ins Hochland gehe, Sir George, dann zu meinen unverhandelbaren Bedingungen.«

»In Ordnung«, willigte Sir George ein. »Was Sie soeben gesagt haben, hat auf seine eigenwillige, selbstsüchtige Art schon seinen Sinn …«

»Ich habe das Gefühl, Sie wollen jetzt Seneca oder Horaz zitieren«, sagte Matt. »Irgendetwas über die Tugend, meinem Land zu dienen, ohne nach einem Gegenwert zu fragen. Bemühen Sie sich gar nicht erst. *Ihr* tolles altes England ist nicht *mein* Land, Sir George. Und Neuguinea ist auch nicht *mein* Land, noch nicht.«

»Fünfzehntausend Morgen?«

»In so vielen Parzellen, wie ich sie mir aussuche und die nicht unbedingt zusammenhängen müssen.«

Der Gouverneur nickte zögerlich.

»Außerdem Setzlinge garantiert. Plus das notwendige Kapital, damit ich mir einen anständigen Wohnsitz und einige Mehrzweckgebäude errichten kann, mir die für den Transport benötigten Tiere und Fahrzeuge kaufen und die erforderlichen Werkzeuge und sonstigen Materialien beschaffen sowie meine Lebenshaltungskosten bezahlen kann.«

»Mein Gott, Mann, Sie verlangen einen Blankoscheck auf die britische Staatskasse.«

»Nun, Sir George« – Matt drohte grinsend mit dem Zeigefinger – »Sie vergessen, wie sehr die Gentlemen im Kolonialministerium an Kaffeeplantagen in Neuguinea interessiert sind.«

»Sie australischer Freibeuter«, schimpfte Sir George wütend, doch ein Lächeln huschte über sein Gesicht. Er stand auf und gab Matt die Hand. »Wann können Sie aufbrechen?«

»Lassen Sie mich überlegen. Ich brauche ein paar Tage, um

mir etwas zu Futtern und einige Träger zu beschaffen. Ferner wäre es hilfreich, alles mitzunehmen, was ich an Karten über das Hochland bekommen kann, damit ich wenigstens ansatzweise eine Vorstellung davon habe, wo ich überhaupt hin will. Außerdem muss ich mit Trev Vorkehrungen treffen, damit er das Holzgeschäft eine Weile ohne mich betreiben kann. Übrigens wird er auch bei der Sache mit dem Kaffeeanbau – wenn es denn dazu kommt – mein Partner sein. Ich schätze, in ungefähr einer Woche kann ich mich auf den Weg machen.«

»Großartig«, sagte Sir George. »Gott sei mit Ihnen.«

Matt teilte Trev und Kit die Neuigkeiten beim Abendessen mit. Trev sprang grinsend auf und klopfte Matt auf die Schulter. »Oh Mann!«, rief er, »fünfzehntausend hübsche Morgen.«

»Hoch oben in den Bergen«, sagte Matt. »Ich werde ganz aufgeregt, wenn ich Grund und Boden sehe, auf dem sich Kaffee anbauen lässt.«

»Wie sieht der Boden denn aus, auf dem man Kaffee anbauen kann?«, fragte Kit.

»Ich will verdammt sein, wenn ich das wüsste«, entgegnete Matt mit breitem Grinsen. »Aber wenn ich ihn sehe, weiß ich es bestimmt sofort. Hoch gelegen muss er sein und gut entwässert. Und gemäßigte Temperaturen müssen dort herrschen.«

»Der gute alte Gihi sagt, in dem Tal, in dem sein Heimatdorf liegt, ist es angenehm kühl«, erklärte Trev.

»Erinnere mich daran, dass ich mich einmal ausführlich mit Gihi unterhalte«, sagte Matt.

Während die beiden Männer ihre Pläne schmiedeten und ihre Träume träumten, sprach Kit nicht viel. Als sie und Matt später im Bett lagen und sie ihre Wange an seine Schulter bettete, sagte sie: »Ach Matt, ich bin ja so froh, dass ich eine Zeit lang dieser Hitze entfliehen kann.«

»Moment mal«, antwortete er. »Du kommst nicht mit.«

»Selbstverständlich komme ich mit«, sagte sie. »Und dafür gibt es gleich mehrere Gründe.«

»Du bist doch schwanger«, protestierte er. – »Das ist der beste Grund von allen. Ich komme mit, um dieser ständigen Hitze zu entrinnen. Ich habe das Gefühl, langsam zu schmelzen und mich in meinem eigenen Schweiß aufzulösen. Meinst du etwa, du gehst in die Berge und kühlst dich ab, während ich so lange hierbleibe? Kommt gar nicht infrage. Außerdem wird Trevs Frau bald hier eintreffen. Er hat sie seit Monaten nicht mehr gesehen. Wäre doch sicher nett für die beiden, bei ihrem Wiedersehen das Haus ganz für sich zu haben. Und schließlich und endlich kommt es nicht infrage, Kumpel, dass du einfach von mir wegläufst und mich wochenlang allein lässt, gerade jetzt, wo ich unbedingt ein bisschen Zärtlichkeit so nötig brauche.«

Er küsste sie sanft. »Wie sehr brauchst du sie denn?«

»So sehr«, sagte sie und drückte ihn mit aller Kraft.

»Nur ein *bisschen* Zärtlichkeit?«, neckte er sie.

Kit legte ihre warme Hand auf seine empfindlichste Stelle. »Nun ja, wenn ein Mädchen nicht mehr als ein *bisschen* Zärtlichkeit bekommen kann …«

Matt verbrachte viele Stunden zusammen mit Gihi. Er trug auf seinen Karten, auf denen noch etliche weiße Stellen im Hochland zu sehen waren, allerlei Markierungen ein. Er stellte jede Menge Fragen, notierte sich die Namen der Dorfältesten aus Gihis Heimat und ließ sich den genauen Weg in Gihis Tal beschreiben.

»Werden die Männer dort für mich arbeiten?«, fragte Matt. »Werden sie die Felder anlegen und die Kaffeepflanzen für mich setzen?«

»Das ist Frauenarbeit«, sagte Gihi. »Frauen gibt es genug, und die können gut pflanzen.«

»Und falls wir uns doch lieber zum Bäumefällen entschließen sollten, würden die Männer uns denn dabei mithelfen und die Stämme bergab zur Küste schaffen?«, fragte Matt.

Gihi zuckte mit den Schultern. »Manche von ihnen mögen

Tee und Tabak. Einige hätten auch gern gute Messer und Äxte. Kann gut sein, dass ein paar von ihnen für Sie arbeiten wollen. Werden Sie gehen?«

»Ich werde gehen.«

Gihi holte seinen Farbbehälter heraus, einen geschnitzten Holzkasten, der die Farbstoffe enthielt, mit denen er sich bei festlichen und offiziellen Anlässen das Gesicht bemalte. Er tunkte den Finger in die schwarze Farbe und zeichnete Matt ein stilisiertes Kreuz auf die Stirn. Dann hielt er ihm einen Spiegel vors Gesicht, damit Matt sein Werk begutachten konnte. »Bevor Sie den Gebirgspass betreten, der in das Tal führt, malen Sie sich dieses Kreuz auf die Stirn«, sagte er, »damit meine Leute wissen, dass einer der ihren Sie gesandt hat. Dann kommen Sie nah genug an sie heran, um ihnen zu erklären, dass Gihi Sie schickt.«

»Was würde geschehen, wenn ich ohne dieses Zeichen in das Tal ginge?«, fragte Matt.

Gihi zuckte mit den Schultern. »Vielleicht gar nichts. Vielleicht aber wäre gerade jemand schlechter Stimmung und würde mit seinem Pfeil dorthin zielen.« Er fasste auf Matts Bauch. »Die Pfeile sind vergiftet.«

»Ich werde sorgfältig darauf achten, mir das Zeichen aufs Gesicht zu malen«, sagte Matt.

Im frühen zwanzigsten Jahrhundert gab es im Hochland von Neuguinea noch viele Orte, die nie ein Weißer betreten hatte. Die Südspitze der Insel mit der Owen-Stanley-Range war ein wenig besser bekannt als die Gebiete im Nordwesten, wo der Echsenkörper sich verdickte. Doch selbst hier unten im Süden führten noch keinerlei Straßen in die Berge.

Gihi war es gelungen, einige Träger aufzutreiben. Zwei von ihnen gehörten zu seinem eigenen Stamm. Diese Männer waren an die Küste gekommen, um das Geld der Weißen zu verdienen, damit sie sich blitzende Buschmesser und Kochutensilien für ihre Frauen kaufen konnten. Am ersten Tag kamen

Matt und Kit nur langsam voran, denn der Dschungel war dicht und feucht. Sie schmorten förmlich in ihrer Kleidung und rangen in der Mittagsluft, die einem Dampfbad glich, heftig nach Atem. Dann stieg der Boden allmählich an. Die Vegetation veränderte sich, und man konnte tatsächlich gehen, ohne sich ständig seinen Weg durch das starke Unterholz freischlagen zu müssen.

Nach nur zwei Tagen Fußmarsch empfanden sie das Klima als deutlich angenehmer. Der Wechsel machte sich zunächst dadurch bemerkbar, dass die Luft sich nachts und am frühen Morgen wunderbar abkühlte. Sie erklommen eine weitere Anhöhe und befanden sich nun wirklich im Hochland. Vor ihnen erstreckte sich, so weit das Auge reichte, eine gefurchte Landschaft von ineinandergreifenden Bergkämmen. Kit fiel auf, dass ihr Schweiß verdunstete, woraufhin sie sich ein wenig kühler und angenehmer fühlte.

Um in Gihis Tal zu gelangen, mussten die beiden sich zuerst einen steilen Pass hinaufschlängeln. Von oben hatten sie den Blick auf drei Täler der Eingeborenen, zu denen von mehreren Seiten aus viel benutzte, ausgetretene Pfade führten. Die Träger schlugen den Pfad ein, der sie ins mittlere Tal führte. Bald gingen sie durch ein loses Spalier von Kokospalmen, deren Wedel sich in einer Höhe von fünfzehn Metern über ihnen schlossen und einen kühlen, schattigen Tunnel bildeten. Unweit des Dorfes wuchsen zahllose Bananenstauden mit saftig dunkelgrünen Blättern. In den kleinen Lichtungen dazwischen bauten die Frauen Süßkartoffeln, Jamswurzeln und Taro an. Matt verstand genug von Bodenbeschaffenheit, dass er auf Anhieb erkannte: Der Lehmboden im Tal war vulkanischen Ursprungs und viel fruchtbarer als die ausgelaugten Sandböden in den flachen Küstengebieten.

Hinter dem Dorf mit seinen fruchtbaren Hainen und Feldern erhoben sich sanft und stufenweise die bewaldeten Höhen.

»Na, wenn das kein Kaffeeanbaugebiet ist ...«, sagte Matt zu Kit.

Um in das eigentliche Dorf zu gelangen, mussten sie an einer seichten Stelle durch einen Bach waten. Beim Durchqueren des kristallklaren Wassers entdeckten sie flussabwärts ein tiefblaues Becken, in dem sich eine Horde kleiner Jungen und Mädchen tummelte und mit lautem Geschrei die Stille des Nachmittags durchbrach.

Matt hatte seine Stirn in der von Gihi bezeichneten Weise bemalt. Infolgedessen wurde er vom Häuptling des Dorfes für seinen Geschmack eher ein wenig zu herzlich begrüßt. Die traditionelle freundliche Begrüßung bestand nämlich aus einer Umarmung – begleitet von einem besonders aromatischen Duft nach Schweinefett, das der Häuptling sich auf Haut und Haar geschmiert hatte – sowie aus dem Streicheln der Genitalien. Für Kit sollte letzterer Bestandteil von Brauch und Sitte eine ständige Tortur werden, da er zu einer vollständigen Begrüßung auch zwischen Personen unterschiedlichen Geschlechts gehörte.

Matt setzte sich mit dem Häuptling und den Dorfältesten zusammen, um über den geplanten Kaffeeanbau zu reden. Des Weiteren sprach er über die von ihm zu leistende Zahlung, um sich das Nutzungsrecht an dem Grund und Boden zu verschaffen, sowie über die Entlohnung der Arbeiter, die für ihn sowohl Bäume fällen als sich nach Möglichkeit auch um die Kaffepflanzen kümmern sollten. Der Häuptling machte bei den Verhandlungen ein großes Palaver. Zum Schluss aber einigten sie sich auf Löhne, die Matt als durchaus vernünftig ansah.

Unterdessen war Kit von einer der Ehefrauen des Häuptlings unter ihre Fittiche genommen worden, und bereits eine halbe Stunde später schwamm sie mit mehreren anderen jungen Frauen in dem kristallklaren Wasser inmitten eines tiefen Bachbeckens. Das Wasser war wundervoll kühl, und als sie wieder ans Ufer kam, empfand sie die späten Nachmittagstemperaturen als angenehm mild.

* * *

»Matt, hier bauen wir uns unser Haus«, sagte Kit. Sie saß auf einem Felsvorsprung auf halber Höhe eines Abhangs hinter dem Dorf. Vor ihren Blicken breitete sich das Tal aus. Die Felder und Haine waren so gut in Schuss wie ein ordentlich gepflegter Rasen. Nach Süden hin wurde der Blick begrenzt von einer blauen Bergwand, und im Osten erstreckten sich die Gebirgsausläufer in grünen, mit lila Schatten versetzten Wellen. Auf den Abhängen wuchsen Bäume in federartigen Büscheln sowie luftig anmutiger Bambus. Ein Gefühl von Offenheit und Freiheit lag in der Luft. Das Atmen fiel Kit leicht, und sie sog begierig den schweren Blütenduft und den wundervoll würzigen Geruch der eigentümlich anmutenden Bäume ein.

»Ich könnte das Wasser mit einer Kolbenpumpe aus dem Bach hochpumpen«, sagte Matt. Gleich unter ihnen gluckerte ein Rinnsal aus den Bergen hinab ins Tal. »Oder ich schleuse es von oben nach unten.«

»Das hier wäre ein zauberhafter Ort, um Kinder großzuziehen.«

»Ohne Ärzte«, sagte Matt. »Du müsstest das Baby in Port Moresby zur Welt bringen … oder in Sydney.«

»Pah«, erwiderte sie. »Ich wette, in diesem kleinen Dorf gibt es mindestens ein halbes Dutzend Hebammen, die eine Frau ebenso gut entbinden können wie jeder Arzt. Und das ohne die Infektionsgefahr, der man in einem Krankenhaus ausgesetzt ist.«

»Darüber reden wir noch«, sagte Matt.

»Und ein- oder zweimal im Jahr vielleicht steigen wir aus den Bergen hinab, um zu sehen, ob es noch weitere Menschen gibt«, schwärmte Kit. »Dann nehmen wir die Kinder …«

»Kinder?«

»Zehn mindestens.«

»Ach du Schreck«, entfuhr es Matt.

»… und zeigen ihnen die großen Städte in Australien.«

»Townsville.«

»Oder Sydney. Matt, was braucht man eigentlich alles, um ein angenehmes Leben zu führen?«

»Na ja, als mein Vater und meine Mutter ins Landesinnere von Queensland gingen, stand ihnen auch nicht mehr zur Verfügung, als wir hier haben werden«, antwortete er.

»Wir könnten uns ja die notwendigen Dinge herankarren lassen. Einen Herd zum Kochen bräuchten wir und Küchenutensilien, Öfen zum Heizen, falls es nachts kühl wird, und natürlich einiges Mobiliar wie Betten, Stühle, Tische und Öllampen.«

»Das ist hier ziemlich abgelegen«, gab Matt zu bedenken.

»Mir wird schon etwas einfallen«, erwiderte Kit. »Wenn ich mir vorstelle, dass ich dich ganz für mich allein habe. Nur du und ich und die Eingeborenen …«

Er lächelte sie an und nahm ihre Hand. »Hat dir schon mal jemand vorgehalten, dass du hoffnungslos romantisch bist?«

»Bisher hatte noch niemand Gelegenheit dazu«, sagte sie.

»Ich bin froh, dass du so romantisch veranlagt bist.« Er stand auf und schritt die ebene Fläche ab, die sich neben dem Felsvorsprung befand. »Hier möchtest du also ein Haus haben? Dann sollst du es bekommen.«

»Die Küchenfenster sollten zum Tal rausgehen«, sagte sie. »Und ich möchte so große Veranden haben wie die vor Trevs Haus in Port Moresby. Eines der Mädchen aus dem Dorf werde ich als Hausmädchen anlernen. Aber nur ein einziges, damit uns unsere Privatsphäre erhalten bleibt. Und sobald unser Sohn alt genug ist, komme ich mit und helfe dir, Kaffeepflanzen zu setzen und Kaffeebohnen zu pflücken, wenn sie reif sind, und …«

Er küsste sie. »Pommy-Girl, du überraschst mich immer aufs Neue.«

»Buschranger«, erwiderte sie, »du kennst längst noch nicht alles an mir.«

»Sir George«, sagte Matt, »als Erstes brauchen wir eine Straße, die ins Hochland führt.«

Der Gouverneur prustete.

»Außerdem glaube ich, Sir, Sie werden die offiziellen Schätzungen über die Anzahl der einheimischen Bevölkerung in Papua verdoppeln müssen. Wir sind nur durch zwei Täler gekommen, aber die Leute im Hochland sagen, es gäbe sehr viele davon. Und sie sind wesentlich dichter bevölkert als die Küstengebiete. In den Gebirgstälern gibt es Kokospalmenhaine. Und ich könnte mir vorstellen, dass die Leute sich sicher dazu überreden ließen, einen Überschuss an Jamswurzeln und Süßkartoffeln anzubauen. Die oberen Hänge sind für den Kaffeeanbau einfach ideal, womöglich sogar für den Anbau von Tee. Doch ohne einen Zufahrtsweg werden Sie die Hochlandregion nicht erschließen können.«

»Haben Sie überhaupt eine Ahnung, was Sie da verlangen?«, fragte Sir George.

»Nun ja, Sir, ich hatte den Eindruck, wir sind hier – und mit ›wir‹ meine ich Australien und Großbritannien –, um einem rückständigen Volk die Zivilisation und den Fortschritt zu bringen.« Er grinste. »Wobei wir selbstverständlich ein wenig Profit machen. Ich habe den Eindruck, dass mindestens die Hälfte der Bevölkerung dieses Landes in den Gebirgstälern lebt. Daher sehe ich keine Möglichkeit, wie wir ohne Zufahrtswege überhaupt irgendetwas zustande bringen sollen. Im Moment liegen die Täler noch so isoliert, und die Eingeborenen sind den Weißen gegenüber noch so argwöhnisch, dass der Zugang äußerst gefährlich ist, wenn man nicht das Freundschaftszeichen kennt. Und dieses Zeichen variiert von Tal zu Tal und von Dorf zu Dorf.«

»Es besteht nicht die geringste Chance, Van Buren, dass die Krone Anstrengungen unternimmt, eine Straße zu dem Ihnen überlassenen Grund und Boden zu bauen«, sagte Sir George. »Sie haben die Krone schon genug geschröpft, um Ihre Bedingungen durchzusetzen. Und wie mir scheint, haben Sie sich bereits einen ordentlichen Grundbesitz zugelegt. Ihre Setzlinge bekommen Sie, und Sie bekommen auch Ihre Finanzierung. Wie Sie jedoch zu Ihren Besitzungen gelangen und wie Sie Ihre

Erzeugnisse von dort wegschaffen, falls Sie tatsächlich Kaffee produzieren, das ist Ihre Sache.«

»Ich glaube nicht, dass wir uns Sorgen über eine Straße machen müssen, auch wenn wir nicht sofort eine haben«, meinte Kit.

Sie saßen zu dritt – Matt, Kit und Trev – auf der Veranda von Trevs Haus. Die Männer tranken die britische Wundermedizin, die es den Bewohnern jener kühlen Insel überhaupt erst ermöglicht hat, so viele sonderbare tropische Orte zu erobern und der britischen Krone einzuverleiben. Kit hatte keinen Tropfen Gin mehr angerührt, seit sie wusste, dass sie schwanger war. Sie begnügte sich mit Tee.

»Ich sehe keine Möglichkeit, das Material für den Hausbau und die Nebengebäude dort hinzuschaffen«, erklärte Matt.

»Die Antwort lautet: Wir packen ein kleines Sägewerk ein und benutzen die einheimischen Materialien«, sagte Trev.

»Das ist leicht gesagt«, erwiderte Matt.

»Du solltest es einmal von dieser Seite aus betrachten«, beharrte Trev. »Das Sägewerk wird angeschafft durch die Großzügigkeit der Krone. Vielleicht sind die Einwohner des Tales bereit, uns im Austausch gegen zugeschnittenes Bauholz ihre Arbeitskraft zur Verfügung zu stellen. Was meinst du?«

»Das glaube ich nicht. Anscheinend sind sie mit ihren palmstrohgedeckten Hütten durchaus zufrieden. Die sind solide gebaut und bieten ausreichend Schutz vor schlechter Witterung. Und falls jemand woanders hinziehen will oder nicht aufpasst und seine Hütte abbrennt, baut er sich einfach eine neue.«

»Wir könnten die Eingeborenen sicher dazu bringen, dass sie fertiges Bauholz wollen«, sagte Trev überzeugt. »Zuerst geben wir es ihnen im Austausch gegen ihre Arbeitskraft und später, wenn wir eine Möglichkeit gefunden haben, die Sachen zur Küste zu schaffen, vielleicht gegen landwirtschaftliche Produkte. An Kopra gibt es immer große Nachfrage, und du hast selbst gesagt, dass es da oben reichlich Kokospalmen gibt.«

»Klingt wirklich aufregend, Matt«, sagte Kit. »Wenn das

Haus erst fertig ist, sind wir bestimmt stolz darauf, dass das verwendete Holz auf unserem eigenen Grund und Boden gefällt und zugeschnitten wurde.«

»Zufällig weiß ich, wo es ein Sägewerk gibt«, sagte Trev, »mit Wechselbalken, Hobelmaschinen und allem Drum und Dran. Es wird mit Dampf betrieben und mit Holz befeuert, und ...«

»Und man bräuchte etwa tausend Eingeborene, um das verdammte Ding ins Hochland zu karren«, fiel Matt ihm ins Wort. »Total verrückt, Trev. Jetzt bist du endgültig *troppo*.«

»Nur vorausschauend«, entgegnete Trev. »Wir arbeiten im Holzgeschäft, und einige dieser Harthölzer sind von ausgezeichneter Qualität. Wir wollen eine Straße haben zu unserem Dorf. Derzeit wird jedes Gebäude in Port Moresby mit importiertem Holz gebaut, und das ist unrentabel. Ich gehe jede Wette ein, dass der Gouverneur kaum noch davon abzuhalten ist, uns eine Straße zu bauen, wenn wir ihn mit Bau- und Nutzholz beliefern.«

Nur zögernd willigte Matt ein, sich die Maschinen des Sägewerks wenigstens einmal anzusehen. Sie fingen bereits an zu rosten, wie alles in der Feuchtigkeit im tropischen Papua. Ansonsten waren sie jedoch in gutem Zustand. Wie er sah, würde der Dampfkessel ihnen die meisten Schwierigkeiten bereiten. Zugtiere und ein schwerer Wagen wären notwendig, um ihn die Berge hinaufzuziehen. Und das wiederum würde einen breiten Weg durch den Dschungel erfordern. Um das Sägewerk bis in sein Tal zu befördern, müsste er selbst das tun, was er Sir George aufschwatzen wollte. Er müsste eine Straße bauen.

»Was in Dreiteufelsnamen hat ein Sägewerk, das Sie in Ihr verflixtes Tal schaffen wollen, mit dem Kaffeeanbau zu tun?«, brüllte Sir George.

Matt hatte dem Gouverneur folgenden Vorschlag unterbreitet: Wenn der Gouverneur Kolonialgelder einsetzen würde, um Arbeitskräfte zu beschaffen und zu bezahlen, würde Matt die

Bauarbeiten einer Straße ins Hochland überwachen. Über diese Straße würde er dann ein Sägewerk transportieren, um bereits in kürzester Zeit fertig zugeschnittenes Holz zu produzieren und nach Port Moresby zu befördern, damit der Ausbau der Stadt vorangetrieben werden könnte.

»Wenn ich meiner Frau kein anständiges Zuhause bieten kann, dann gibt es auch keine Kaffeeplantage«, sagte Matt. »So einfach ist das. Ich will nicht, dass meine Frau, die übrigens schwanger ist, in einer Palmenhütte wohnt.«

Sir George überlegte lange, während Matt nur schweigend dasaß und durch das Fenster auf den Hafen blickte. Hier in Port Moresby würden Trev und er schon bald Schiffe – außer mit ganzen Baumstämmen – auch mit äußerst gewinnbringendem zugeschnittenen und gehobelten Nutzholz beladen.

»Fünfzig Südseeinsulaner kann ich Ihnen beschaffen«, sagte Sir George schließlich.

»Sir George, wenn Sie nicht wollen, dass sich der Bau der Straße bis ins nächste Jahrhundert hinzieht, brauchen wir mindestens dreimal so viel Leute.«

»Sie verdammter Freibeuter«, knurrte Sir George. »Dann bleibt mir kein einziger Arbeiter mehr, um die Hafenanlagen weiter auszubauen.«

»Wozu brauchen wir einen Hafen, wenn wir nichts zu verschiffen haben als die Leute, die ihre Versuche, sich in Neuguinea eine Zukunft zu schaffen, längst aufgegeben haben?«

»Einhundertdreißig«, sagte Sir George. »Das ist das äußerste Limit.«

»*Goodonyer*«, erwiderte Matt stolz.

* * *

In den folgenden Wochen und Monaten hatte Matt den Eindruck, alles ginge nur mit qualvoller Langsamkeit voran. Als die Regenzeit begann, war die Straße jedoch fertig. Eigentlich war es nicht mehr als ein gerodeter Weg, der sich bis über die letzte Anhöhe auf den Pass vorschob, von dem aus man in Matts Tal gelangte. Sogar das in seine Einzelteile zerlegte Sägewerk war bereits ins Hochland geschafft und aufgestellt worden. Die Ochsenkarren, die die Südseearbeitskräfte mit Nahrungsmitteln und Werkzeugen versorgten, nahmen auf dem Rückweg sorgfältig bearbeitete Bretter aus Zedernholz und Mahagoni mit. In Port Moresby wurden mit dem von Matt und Trev gefällten Bauholz neue Gebäude errichtet.

In der Zwischenzeit war Trev mit Gihi und seiner Mannschaft an die Südküste gezogen, wo sie bereits zwei Van-Buren-Schiffe mit Teakholzstämmen beladen hatten.

Kit, deren wachsender Bauch sich nun deutlich vorwölbte, hatte darauf bestanden, Matt ins Hochland zu begleiten. Sie lebte mitten im Dorf und fühlte sich in ihrer gut durchlüfteten, palmstrohgedeckten Hütte mit dem festgestampften Lehmboden offensichtlich recht wohl. Ihre Entscheidung hatte sie folgendermaßen begründet: Da die landwirtschaftlichen Aufgaben hier von den einheimischen Frauen erfüllt wurden, sei es nur logisch, dass sie als Frau darüber wachte, dass das Gelände für die Kaffeepflanzen gut gerodet wurde. Und der Erfolg gab ihr recht. Seit zwei Monaten arbeiteten die Frauen nun an den Hängen unweit der Stelle, die Kit sich für ihr Haus ausgesucht hatte. Zunächst wurde das Unterholz auf dem fruchtbaren Boden abgebrannt, und danach machten die Frauen sich mit langen Messern über die Stümpfe her. Die Arbeit ging nur langsam voran. Bis die Setzlinge per Schiff eintrafen, würde Kit jedoch einhundertfünfzig Morgen bepflanzen können.

Und schließlich kam der wundervolle Tag, an dem die Arbeitskräfte aus der Südsee damit anfingen, das Grundstück für das Haus zu roden und zu nivellieren. Das Sägewerk wurde auf den unteren Hängen oberhalb des Dorfes errichtet. Holzverarbeitung war Männersache. Und es fanden sich genug Einheimische, die bereit waren, für die begehrten Luxusgüter der Weißen hart zu arbeiten.

Das steinerne Fundament des Hauses war rasch gelegt, auf dem die Arbeiter nach und nach die hohen, festen Stützpfeiler errichteten. Dann wurden die Wände hochgezogen. Kit beobachtete, wie ihr Haus und ihr Kind von Tag zu Tag weiterwuchsen – und beide waren ihr lieb und teuer. Es war, als würde sie einem spannenden Wettkampf beiwohnen, bei dem es darum ging, wer wohl als Erster fertig wurde.

Inzwischen floss auch schon eine Menge Geld herein. Die Gewinne aus dem Holzgeschäft zusammen mit dem, was Matt dem britischen Kolonialministerium und Sir George hatte abringen können, machten Matt Van Buren und Trevor Gorel zu bedeutenden Männern. Finanzieller Erfolg war in Papua nämlich eher selten. Trev hatte an seinem eigenen Haus in Port Moresby einige Arbeiten vorgenommen. Dort verbrachte er die meiste Zeit, wenn er sich nicht gerade mit Gihi und seiner Mannschaft, die ständig weiter zunahm, in den Wäldern an der Küste aufhielt.

Nur aus einem einzigen Grunde war Trev nicht ganz so euphorisch wie Matt und Kit, als Kits Haus schließlich fertiggestellt war und ein Dach aus Zedernholz-Schindeln erhielt. Der Grund war, dass Guinevere Gorel nicht wie geplant in Kapstadt auf ein anderes Schiff umgestiegen war. Trev hatte das in Kapstadt aufgegebene Telegramm – GELEGENHEIT HUE ZU BESUCHEN BRIEF FOLGT – bereits erhalten und hielt nun auch den versprochenen Brief in Händen. Trev empfand es als Ironie des Schicksals, dass sich die Reise seiner Frau in diesen modernen Zeiten, in denen die Dampfschiffe die Fahrzeit von Europa aus auf wenige Wochen reduziert hatten, zu mehreren Monaten ausdehnte. Guinevere schrieb sehr überzeugend, wie sehr sie sich danach sehnte, die letzten verbliebenen Mitglieder ihrer Familie zu besuchen.

Das Schiff, auf dem ich nach Kapstadt gekommen bin, fährt weiter nach Indien und dann nach Malaya und Indochina. Selbstverständlich sehne ich mich danach, mein lieber Mann, dich zu sehen und zu spüren, wie du mich liebevoll in deine starken Arme nimmst. Und doch habe ich großes Verlangen, diese Gelegenheit zu ergreifen und all diejenigen zu besuchen, die ich sonst nie mehr wiedersehen werde. Wie gern möchte ich noch einmal durch die Straßen meines Geburtsortes gehen. Ich werde mich auch nicht lange dort aufhalten, sondern mich bei einer Reiseagentur um die schnellstmögliche Überfahrt nach Neuguinea kümmern.

Was blieb ihm anderes übrig, als auf sie zu warten?

18

Rufus Broome stieg die Treppe zur vorderen Veranda des Broome-Gordon-Hauses hinauf. Aus dem Wohnzimmer schlug ihm weibliches Gelächter entgegen. Er betätigte den Messingtürklopfer, und seine Schwester Jessica Broome Gordon öffnete ihm mit einem Lächeln. Als sie ihn sah, strahlte sie über das ganze Gesicht, riss die Tür weit auf und fiel Rufus in die Arme.

»Du kommst gerade rechtzeitig zu einer kleinen privaten Feier«, sagte Jessica.

Sobald Rufus an Jessicas Seite das Wohnzimmer betrat, stand Magdalen Broome aus ihrem Sessel auf und nahm die ihr zustehende Begrüßung entgegen, bestehend aus einer flüchtigen Umarmung und einem Kuss auf die wie Pergament zerknitterte Wange.

Rufe verbeugte sich vor Bina Tyrell, deren leuchtend rotes Kleid, das ihr glänzendes schwarzes Haar besonders gut zur Geltung brachte, sofort ins Auge fiel. Mit leichtem Erröten wiederholte er seine höfliche Verbeugung vor der vierten in dem hellen, ansprechenden Raum anwesenden Frau: Misa Mason.

»Und was wird hier gefeiert?«, fragte Rufe und nahm auf dem Sessel Platz, den Jessica ihm angeboten hatte.

»Der australische Mann hat in all seiner Weisheit und Güte das Wahlrecht für das Bundesparlament auch auf die Frauen ausgedehnt«, erklärte Magdalen.

»Glückwunsch«, sagte Rufe. »Ich könnte mir denken, dass eine jede der hier versammelten Ladys eine ausgezeichnete Premierministerin für Australien abgeben würde. Falls eine der Anwesenden nominiert wird, verspreche ich, sie zu unterstützen. Und falls sie kandidiert, werde ich sie wählen.«

»Auch wenn ich einen amüsierten Unterton in der Stimme dieses Mannes vernehme«, sagte Bina, »weiß ich seine Worte doch zu schätzen.«

»Der Mann amüsiert sich nicht, sondern freut sich, in Gegenwart von so viel Schönheit zu sein«, bemerkte Rufe und sah Misa dabei unverwandt an, bevor er auch den übrigen sein Lächeln schenkte.

»Aha, da sieht man es wieder«, warf Jessica ein, »das Tier im Manne legt zu unserem Sieg ein kurzes Lippenbekenntnis ab und verweist uns rasch wieder auf unseren Platz, indem er von weiblicher Schönheit redet.«

»Nun ja, eigentlich ist nur eine der hier Anwesenden wirklich hässlich«, sagte Rufe.

Ein Proteststurm erhob sich.

»Mehrere Statistiken haben das tatsächlich bewiesen«, erläuterte Rufe. »Danach ist jeder dritte Mensch hoffnungslos hässlich. Falls man Zweifel hat, braucht man sich nur die Person links und rechts von sich anzusehen. Und wenn man da keine Hässlichkeit entdeckt, liegt die Annahme nahe …«

Jessica wollte Rufe ein fein besticktes Kissen an den Kopf werfen, doch er hob wie zufällig den Arm und wehrte es ab. »Da wir gerade von Hässlichkeit reden«, fuhr er fort, »ich habe bei mir an Bord einen Offizier, der nicht nur hässlich, sondern geradezu kreativ hässlich ist …«

»Rufe …«, sagte Jessica.

Misa Mason erhob sich und zog sofort Rufes Blicke auf sich. Sie trug ein tadellos sitzendes weißes Kostüm und als einziges Accessoire eine beeindruckende Perlenkette. An ihrer Linken blitzte ein Rubin. Sie sagte: »Wenn wir den Mann füttern, vielleicht …«

Sie servierte ihm auf einem kleinen Teller etwas Gebäck und schenkte ihm Tee ein. Als sie sich zu ihm beugte, um ihm den Tee zu reichen, waren seine Blicke auf das cremig-braune Dekolleté ihres modisch geschnittenen Zweiteilers gerichtet. Sie konnte seinen Blick förmlich auf ihrer Haut spüren, und ihre

Hand begann zu zittern. Am liebsten hätte sie sich mit der Hand den Brustansatz bedeckt.

»He, was ist das?«, fragte Jessica, sprang auf und befühlte das Rangabzeichen auf Rufes Schulter.

»Auch ich habe Grund zu feiern«, sagte Rufe.

»Mutter, sieh nur«, rief Jessica. »Jetzt ist er Kommodore.«

Magdalen kam, beugte sich zu ihrem Sohn und gab ihm einen Kuss auf die Stirn. »Ich bin sehr stolz auf dich«, sagte sie mit sanfter Stimme.

»Vielleicht kann ich den alten Herrn noch einholen«, sagte Rufe, dessen Vater im Rang eines Konteradmirals aus gesundheitlichen Gründen den Dienst quittiert hatte.

»Ja«, pflichtete Magdalen ihm bei, »das wirst du bestimmt.«

»Inzwischen ist die Marine bedeutend größer geworden«, erklärte Rufe, »und es ergeben sich weit mehr Gelegenheiten als früher. Als Dad noch diente, musste man schon ein Pfundskerl sein, um den Rang eines Kommodore zu erlangen.«

»Versuch nicht, dein Licht unter den Scheffel zu stellen«, sagte Magdalen. »Welche Aufgabe hat man dir übertragen?«

»Immer noch die Pazifikflotte«, entgegnete Rufe. »Ich werde ein Geschwader von Zerstörern befehligen. Wir werden hier im Hafen von Sydney stationiert sein, sodass ich euch ab sofort sicher häufiger sehen kann. Mindestens ein paar Monate lang.« Auch bei diesen Worten sah er Misa wieder direkt an.

»Ich hoffe, mein lieber Bruder, dein Fahrplan wird so regelmäßig sein, dass du es mich rechtzeitig wissen lassen kannst, wann du im Hafen bist. Nicht, dass ich etwas dagegen hätte, wenn du unangekündigt bei uns hereinschneist …«

»Einen Moment lang war ich schon etwas besorgt«, warf Rufe grinsend ein.

»… aber wir haben nichts im Haus. Sam ist auf Geschäftsreise in Melbourne. Ich wünschte, die Entscheidung, wo demnächst der Regierungssitz sein soll, wäre schon gefallen. Es ist immer noch die Rede von einem Distrikt irgendwo weit draußen im abgelegenen Busch, und …«

»Vermutlich versucht irgendwer, Australiens Hauptstadt nach dem Beispiel des Washington D.C. der Yankees zu entwerfen«, sagte Bina.

»Wir werden heute im *Bina's* zu Abend essen«, warf Misa Mason zu ihrer eigenen Überraschung plötzlich ein. Ihr Blick traf auf Rufes, der sie so intensiv fixierte, dass sie ihm einfach standhalten musste. »Wenn Sie versprechen, nicht zu arrogant männlich zu sein, werden wir Ihnen gestatten, sich zu uns zu gesellen.«

Jessica errötete und wandte sich ab, damit es niemand sah. Immerhin hatte Rufe schon vor Monaten sein Interesse an Misa Mason bekundet, indem er seine Schwester gebeten hatte, Misa zu einem kleinen intimen Dinner im Hause Gordon einzuladen.

»Es ist mir ein Vergnügen«, sagte Rufe zu Misa und machte eine kleine Verbeugung.

Das intime Dinner hatte nie stattgefunden. Jessica hatte es absichtlich vor sich hergeschoben und versucht, immer wenn ihr Bruder mit seinem Schiff im Hafen vor Anker lag, Misas Anwesenheit in ihrem Hause zu vermeiden. Zum Glück hatten Rufes unvorhersehbarer Fahrplan und seine langen Abwesenheitszeiten auf See ihr das leicht gemacht.

»Ladys«, sagte Misa, »tut mir leid, dass ich die Erste bin, die diese kleine Feier abbrechen muss. Aber ich muss gehen.«

»Ich komme mit«, sagte Bina. Sie und Misa waren gemeinsam in Binas Wagen gekommen.

»Nein, bleib nur«, erwiderte Misa. »Ich werde in der Bank erwartet. Ich laufe rasch zur nächsten Ecke und winke mir ein Taxi heran.«

»Darf ich Sie begleiten?«, bot Rufe sich an und sprang auf.

»Ach, wärst du so nett, Rufe?«, fragte Magdalen. »Sie wollen doch eigentlich noch gar nicht gehen, nicht wahr, Bina?«

»Nicht, wenn es Misa nichts ausmacht, ein Taxi zu nehmen.«

Binas neuer Daimler parkte vor dem Gordon-Haus. »Tolle Maschine«, sagte Rufe, als Misa und er an dem Fahrzeug vorbeigingen.

»Ich habe bei Autos immer gemischte Gefühle«, sagte Misa. »Ist schon aufregend, wenn man drinnen sitzt, sich den Wind durchs Haar wehen lässt und dieses fantastische Gefühl von Schnelligkeit erlebt. Aber wenn ich gerade nicht in einem Wagen sitze, was meistens der Fall ist, dann frage ich mich immer, was wohl passiert, wenn irgendein technischer Fehler auftritt oder der Fahrer sich irrt und das Vehikel gegen einen Baum oder eine Mauer rast.«

»Ich glaube, das tut ziemlich weh«, entgegnete Rufe und lachte in sich hinein.

»Ich weiß, ich weiß«, sagte Misa und schenkte ihm ein kleines Lächeln, »vermutlich bin ich ein ziemlicher Feigling. Und ich weiß, früher oder später werde ich nachgeben und mir ein eigenes Fahrzeug zulegen müssen. Ich schätze, daran führt heutzutage kein Weg mehr vorbei. Man braucht es einfach.«

Ihr Mund sah wirklich fantastisch aus. Ihre vollen Lippen waren sanft geschwungen und wiesen an den Mundwinkeln Lachfältchen auf. Und bei einem tiefen Blick in ihre dunklen Augen konnte ein Mann leicht die Orientierung verlieren.

Seite an Seite gingen sie die abschüssige Straße hinab, sprachen übers Wetter, das einfach wunderbar war, und über den Verkehr im Hafen, der immer mehr zunahm. Misa hörte verständnisvoll zu, als Rufe ihr von seinem eigenen Schiff berichtete, das unten in dem weiten Hafen vertäut lag. Er zeigte auf einen flachen grauen Zerstörer, aus dem vorn und hinten gewaltige Geschütze herausragten. Auf Misa wirkte er ziemlich bedrohlich, doch Rufe beschrieb ihn geradezu liebevoll.

Rufe war groß und schlank, und seine blaue Uniform saß tadellos. Unter seiner Kapitänsmütze lugten ein paar rostrote Haarspitzen hervor, die der Wind ein wenig zerzauste. In seiner Gegenwart fühlte Misa sich wie die Verkörperung reifer, anmutiger Weiblichkeit. Ihr dunkles, bis zu den Schultern reichendes Haar bot einen hübschen Kontrast zu ihrer weißen Kleidung.

Das schöne Paar zog die Blicke der Insassen eines vorbeifahrenden Automobils auf sich. Als die beiden die Straßenecke erreichten und in Richtung Stadtzentrum abbogen, erregten sie auch die Aufmerksamkeit vieler Fußgänger. Doch seltsamerweise drückten diese Blicke keine Bewunderung aus, sondern eher Missbilligung, ungläubiges Staunen oder sogar offene Verachtung.

Misa waren derlei Blicke nicht fremd. Rufe dagegen bemerkte sie nicht einmal, denn er hatte nur Augen für sie. Er hatte ihr seinen Arm angeboten, auf dem ihre Hand ruhte.

Misa hatte diese Form der australischen Heuchelei schon früher erlebt, wenn sie mit ihrem inzwischen verstorbenen Ehemann Jon Mason in der Öffentlichkeit erschienen war. Ebenso hatte sie sie wiederholt ertragen müssen, wenn ein weißer australischer Mann ihr Bankbüro betrat und hinter dem riesigen Teakholzschreibtisch eine Südseeinsulanerin sitzen sah. Die Einstellung der Australier, die nur eine lilienweiße Haut gelten lassen wollten, kümmerte sie normalerweise längst nicht mehr. In diesem Moment aber, da sie sich bei dem großen, gut aussehenden Kommodore der Royal Navy eingehakt hatte, störte sie die unverhohlene Ablehnung der Passanten jedoch empfindlich. Doch nicht etwa ihretwegen, sondern wegen Rufe. Wie konnten diese Leute es nur wagen, an einem solchen Mann Kritik zu üben.

Wie das Hufgeklapper der Pferde verriet, näherte sich ihnen eine Mietkutsche. Aber weder sie noch Rufe machten den Versuch, sie anzuhalten. Es war ein so herrlicher Tag, wie dafür geschaffen, zu Fuß zu gehen. Misa gefiel es, wieder einmal an der Seite eines großen, stattlichen Mannes zu gehen und unter ihrer Handfläche seinen kräftigen, muskulösen Arm zu spüren.

Worüber sie sich unterhielten, war nicht weiter wichtig. Misa konnte sich später an keines der Themen, über die sie während des langen Fußmarsches zu Misas Bank sprachen, richtig erinnern. Umso wichtiger war dagegen ihre stillschweigende Verständigung: ein flammender Blick, das Flattern langer, schwarzer Wimpern, ein männliches Lächeln. Die Aufmerksamkeit dem anderen gegenüber ließ ihre Nerven empfindlicher reagieren und verstärkte die Sinneswahrnehmungen. Und jeder von ihnen fühlte sich einfach fantastisch.

»Ach du heiliger Strohsack«, rief Rufe, als sie plötzlich vor dem Seiteneingang der Bank standen. »Verzeihen Sie, ich habe Sie den ganzen Weg laufen lassen. Ich hätte mich nach einem Taxi umsehen sollen.«

Auch Misa überraschte es, dass die Zeit wie im Flug vergangen und ihr der Weg vom Gordon'schen Haus bis hierher so mühelos erschienen war.

»Ich begleite Sie noch rasch in Ihr Büro«, sagte Rufe.

Misa ging voraus. Selbstsicher stieg sie die Treppen hinauf, denn sie spürte, dass sein Blick auf sie gerichtet war. Und sie wusste, dass sie mit ihrem hübschen Hinterteil in ihrem schicken Kostüm auf einen Mann durchaus Eindruck machen konnte. Oben angekommen, drehte sie sich zu Rufe um, und sein Gesichtsausdruck bestätigte, dass er ihre körperlichen Vorzüge bewunderte. Trotzdem geriet sie nicht in Verlegenheit, sondern genoss nur das warme, angenehme Gefühl, lebendig zu sein.

Sie stand im Eingang zu ihrem Büro und zog die Handschuhe aus, während ihre Sekretärin sie mit einem Stapel wichtiger Papiere in der Hand an ihrem Schreibtisch erwartete.

»Danke«, sagte Rufe. »Es hat mir großen Spaß gemacht.« Er wirkte unsicher wie ein Schuljunge.

»Keine Ursache, mir auch«, erwiderte sie lächelnd.

»Ich freue mich schon darauf, Sie heute Abend im *Bina's* zu sehen.«

»Ja«, sagte sie.

Er küsste ihr die Hand. Aber nicht in jener höflichen europäischen Art, bei der der Mann kurz vor der Berührung innehält, sondern er hauchte ihr mit seinen Lippen einen zarten Kuss auf den Handrücken. Und er ließ sich Zeit, als wollte er ihren Geschmack auskosten. Ein Schauer lief Misa durch den

Arm bis hinauf zur Schulter. Sie war sich sicher, dass er ihre Reaktion bemerkt hatte. Dann sah er ihr tief in die Augen, zögerte noch ein Weilchen, und wandte sich zum Gehen.

Misa sah ihm nach, wie er die Treppe hinabstieg, bis nur noch die Kapitänsmütze auf seinem roten Haar zu sehen war … und schließlich gar nichts mehr. Sie seufzte.

»Ich habe hier ein paar wichtige Nachrichten, Mrs Mason«, sagte die Sekretärin.

»Ja, ich komme«, entgegnete Misa und drehte sich um. Sie sah auf die Uhr. Bis zum Geschäftsschluss dauerte es noch Stunden. Noch viele Stunden, bis sie heimgehen und sich in ihrem leeren Haus umziehen und fürs *Bina's* fertig machen konnte.

»Ist irgendetwas aus Westaustralien gekommen?«, fragte sie und griff nach dem Stapel Post auf ihrem Schreibtisch.

»Von Ihrem Sohn ist nichts dabei, Ma'am«, antwortete die Sekretärin. »Tut mir leid.«

Nichts. Seit Wochen hatte sie nichts mehr von ihm gehört. Ein paar Minuten lang vertrieb das mütterliche Gekränktsein über ihren unaufmerksamen Sohn die Gedanken an Rufus Broome aus ihrem Kopf. »Na warte, wenn ich diesen jungen Schuft in die Finger kriege«, sagte sie. »Schließlich ist es nicht so, als hätten wir ihm kein Lesen und Schreiben beigebracht.«

»Tja, wissen Sie, Ma'am«, entgegnete die Sekretärin, »wenn er draußen im *Waly* ist, wird er da nicht an jeder Ecke einen Briefkasten finden.«

»Sie haben völlig recht«, gab Misa zu. »Lassen Sie mal sehen, was haben wir denn da für dringende Nachrichten?«

TEIL 2

19

Wenn in Wüstengebieten wie der Gibson in Westaustralien plötzlich ein Gewitter mit sintflutartigen Regenfällen ausbricht, bilden sich auf dem pulvertrockenen Boden große Wasserlachen. Dieses merkwürdige Phänomen ist jedem Gärtner vertraut. Je trockener der Boden ist, desto mehr Wasser läuft ab. Die ausgedörrte Staubschicht wirkt wie eine Barriere und lässt die Feuchtigkeit nicht durch. Also bilden die Regenfälle schlammige Rinnsale, die in die ausgewaschenen Rinnen fließen und schließlich in die alten ausgetrockneten Flussbetten. Genau das war an dem Creek passiert, neben dem Tolo Mason an jenem Abend, an dem die Feindseligkeiten zwischen ihm und Terry Forrest ihren Höhepunkt erreichten, sein Lager aufgeschlagen hatte.

Wüstenregen ist ein Beispiel dafür, was geschieht, wenn zu viel Gutes zu schnell auf einmal kommt. Die aufgedunsenen Wolken entladen sich dann mit einem spektakulären Schauspiel an Blitzen und wahren Kanonaden an Donner, und die trockene Wüste schmachtet nach Wasser. Doch verrückterweise verwehrt der Boden ihr dieses Geschenk zunächst. Tausende von Rinnsalen fließen in die Creeks, und das Ergebnis ist eine plötzliche Überschwemmung. Unzählige Tonnen Wasser füllen die ausgewaschene Rinne von einem Ufer zum anderen und stürmen zum Meer. Vorne weg braust eine flache, breite, donnernde Welle – ähnlich dem Schienenräumer an einer Lokomotive. An dieses sich kräuselnde, vorschiebende Wasser schließt sich die von einem Wellenkamm gekrönte vertikale Wasserwand an und bringt Treibholz, entwurzeltes Gestrüpp und Grasbüschel sowie die Kadaver unvorsichtiger Wüstentiere mit sich. Die anrückende Flut, die alles, was sich ihr in den

Weg stellt, gnadenlos mit sich reißt, bewegt sich schneller, als ein Mensch wegrennen kann.

Terry Forrest hatte auch früher schon solche plötzlichen Überschwemmungen erlebt, aber nie aus der Perspektive unmittelbar vor der anrückenden, mit Treibgut gefüllten Wasserwand. Er war erschöpft von seinem langen, zermürbenden Kampf gegen Tolo Mason, und sein Hirn war wie betäubt. Als er die Welle sah, vergingen wertvolle Sekunden, bis er begriff, was da eigentlich vor sich ging. Er versuchte aufzustehen, doch seine Beine gaben nach.

Auch Tolo hatte die heranbrausenden Wassermassen gesehen. Er machte ein paar Schritte aufs Ufer zu. Ihm blieb noch genug Zeit, um es zu schaffen.

»Hilf mir, Kumpel«, rief Terry Forrest.

Tolo zögerte nur einen kurzen Moment. Dann rannte er zurück, schob Forrest die Hände unter die Achseln und zog ihn in Richtung Ufer, das nun meilenweit entfernt zu sein schien. Auch Tolo war durch den Faustkampf mit Forrest, bei dem sie sich gegenseitig grün und blau geschlagen hatten, ziemlich entkräftet. Seine Arme schmerzten vom Gewicht des Mannes. Seine Lungen brannten vor Anstrengung, und die donnernde Wasserwand kam immer näher. Als die ersten kleinen gekräuselten Wellen an seinen Stiefeln leckten, wusste er, dass sie es nicht mehr bis ans Ufer schaffen würden. Der Wellenkamm der Flutwelle war nur noch wenige Fußbreit von ihnen entfernt. Er warf sich flach auf den Boden, denn er hielt es für ihre einzige Überlebenschance, den Wellenkamm auf sich herabstürzen zu lassen, damit die Flutwelle sie überholte. Er überlegte in Bruchteilen von Sekunden. Würden sie von dem Treibgut erfasst, das in der Hauptstoßrichtung der Welle umherwirbelte, würden sie zerschmettert und zermalmt. Sie würden hin- und hergeworfen und umeinandergedreht werden wie das tote Känguru, das kurz aus den Wassermassen auftauchte, sogleich wieder verschwand und anscheinend direkt auf Tolo zugetrieben wurde.

Die Wasserwand brach über ihnen zusammen. Tolo hatte tief und lange Atem geholt. Er versuchte, sich am Bett des Creeks festzuklammern, doch die Gewalt des Wassers war zu groß. Er überschlug sich und spürte den Zusammenprall mit irgendwelchen Gegenständen.

Terry Forrest hielt sich mit der Kraft purer Verzweiflung an ihm fest. Zuerst war das sogar eine Hilfe, denn ihr gemeinsames Gewicht wirkte wie ein Schleppnetz und ließ den tödlichen Wellenkamm über sie hinweggleiten. Doch dann wurde Forrest zu einer gefährlichen Last.

Tolo packte den Mann am Haar und riss feste daran. Dann schlug er auf Forrests Hände ein, die sich um seine Taille klammerten. Sobald Forrest seinen Griff lockerte, stieß Tolo sich vom Boden ab und zog Forrest mit nach oben. Sie wirbelten flussabwärts, getragen von der mächtigen Flut. Als Tolos Lungen zu brennen anfingen, fürchtete er, sie würden beide nicht überleben. Er machte kräftige Beinbewegungen und zog Forrest weiter mit sich. Endlich kam sein Kopf an die Oberfläche, und er holte tief Luft, sog aber hauptsächlich Gischt ein. Er hustete und schnappte erneut nach Luft. Da Wasser in seine Lunge eingedrungen war, empfand der jeden Atemzug als so schmerzhaft, als würde eine grobe Feile an seinem Brustkorb raspeln.

Neben ihm fing Forrest so furchtbar an zu strampeln, dass er ihn trotz seines festen Griffs in dessen Haarschopf fast verloren hätte. Wegen des Wassers in seiner Lunge konnte Tolo nicht sprechen. Er keuchte und hustete und drohte zu ersticken, während sein Körper sich in schmerzhaften Krämpfen wand. Doch endlich spie er das Wasser aus und konnte wieder frei atmen. Forrest gab sonderbare Geräusche von sich, drehte und drehte sich und versuchte, Tolo zu packen. Währenddessen riss die Flut sie immer weiter flussabwärts. Entwurzeltes Gestrüpp und anderes pflanzliches Treibgut schlug auf sie ein und trieb ihnen immer wieder stechende Dornen in die Haut.

Forrest schaffte es, sich zu drehen und Tolo mit einem Arm zu packen. Tolo wusste genau: Auch wenn der Grund nun ein anderer war, ging der Kampf mit Forrest weiter. Dieses Mal war es ein Kampf ums Überleben. Denn wenn es dem Mann gelänge, seinen Arm um Tolo zu schlingen und ihn bewegungsunfähig zu machen, würden sie beide untergehen. Er zielte genau und schlug Forrest mit letzter Kraft die Faust seitlich ans Kinn. Forrests Glieder wurden schlaff, und er hörte auf zu kämpfen. Tolo drehte sich auf den Rücken und machte mit den Beinen kräftige Schwimmbewegungen in Richtung Ufer. Forrests Körper trieb nun schlaff im Wasser, sodass Tolo ihn leicht mit sich ziehen konnte.

Das Wasser war kalt, und Tolo bekam wieder einen klaren Kopf. Da er jedoch ständig schwerem Treibgut ausweichen musste, schwanden ihm zusehends die Kräfte. Allein würde er das Ufer noch erreichen können, aber mit Forrest im Schlepptau wohl kaum. Trotz alledem ließ er den Haarschopf des Mannes nicht los, sondern kämpfte weiter gegen die starke Strömung an und mühte sich langsam, sehr langsam ans Ufer.

Als er es endlich erreichte, zog die Strömung ihn noch eine Weile mit sich fort, bis er an einem Mulgabaum Halt fand. Minutenlang klammerte er sich mit einer Hand an den Stamm, während er mit der anderen Forrest festhielt. Bald fingen seine Arme an zu schmerzen. Stück für Stück zog er sich hoch und war schließlich aus dem Wasser. Gleichzeitig beförderte er Forrest an Land und rollte ihn auf den Rücken. Forrest atmete nicht. Tolo fing an, in gleichbleibendem Rhythmus auf das Zwerchfell des Mannes zu drücken. Ihm kam es vor wie eine Ewigkeit, doch irgendwann würgte Forrest und erbrach Unmengen an Wasser. Dann rang er nach Atem.

Tolo fiel auf den Rücken und schlief sofort ein.

Vor Kälte wachte er auf und zitterte fürchterlich. Er stand auf, sammelte Brennmaterial und zog die Streichhölzer aus ihrem wasserdichten Behältnis, und schon bald züngelten die ersten Flammen. Er sah nach Forrest und merkte, dass er die Augen geöffnet hatte.

»Du hast mich rausgezogen«, sagte Forrest in mürrischem Ton.

Tolo drehte ihm den Rücken zu und kümmerte sich um sein Feuer.

»Hast etwas bei mir gut, Kumpel«, sagte Forrest.

Beim ersten Morgengrauen war Tolo auf den Beinen. »Kannst du laufen?«, fragte er Forrest.

»Kann ein Känguru hüpfen?«, war die Antwort des Buschrangers. Doch als er versuchte aufzustehen, schrie er vor Schmerz laut auf und fiel gleich wieder um.

»Und ich dachte, alles wäre noch heil«, sagte er.

Tolo kniete sich neben Forrest auf die Erde und zog ihm vorsichtig erst das eine, dann das andere Hosenbein hoch. Der Wadenmuskel war auf das Doppelte seiner normalen Größe angeschwollen, und die Haut schillerte in allen Farben.

»Sieht aus, als hätte dir irgendetwas einen ziemlichen Schlag versetzt«, bemerkte Tolo.

»Verflucht«, knurrte Forrest und befühlte behutsam die blauen Stellen. »Durch die ganzen Spinifex-Dornen in meinem Hintern, die fürchterlich jucken und brennen, habe ich das wohl anfangs gar nicht gemerkt. Erst, als ich versucht habe, das Bein zu belasten.«

»Ich nehme an, Java wird flussabwärts reiten und nach uns suchen«, sagte Tolo.

»Hoffentlich ist sie clever genug, die Wasserfässer aufzufüllen, bevor die Wüste alles aufsaugt«, erwiderte Forrest. Die Flut war vorüber, und nun rieselte ganz unten im Creek nur noch ein kleines Rinnsal. In den felsigen Vertiefungen aber war noch genug Wasser vorhanden.

»Was glaubst du, wie weit wir abgetrieben worden sind?«, fragte Forrest.

»Schwer zu sagen«, meinte Tolo.

»Ich habe nicht die geringste Vorstellung«, sagte Forrest. »Offenbar war ich zwischendurch mal weggetreten, wie?«

»Ja«, bestätigte Tolo. – »Ich kann nämlich nicht schwimmen, Kumpel.«

»Das habe ich mir schon gedacht«, sagte Tolo.

»Du hättest mich nicht rausziehen müssen, nicht?«

»Vielleicht verstehst du das nicht, aber ich musste dich herausziehen oder es zumindest versuchen.«

Die Sonne ging auf und überflutete die eintönige Ebene mit einem tiefroten Schimmer. Die beiden Männer befanden sich nun an dem gegenüberliegenden Creekufer, also nicht an der Seite, an der Tolo sein Lager aufgeschlagen hatte. Tolo half Forrest, in die Rinne hinabzuklettern, wo sie sich an einem Billabong satt tranken. Dann zogen sie sich aus und spülten den Sand aus ihren Sachen. Die Flut hatte ihre Taschen bis zur Hälfte mit dem roten Sand der Gibson gefüllt.

Als die Sonne mit aller Macht auf sie herabschien, fanden sie im Schatten unterhalb des Creekufers ein wenig Schutz vor der Tageshitze und warteten.

Von einer Minute zur anderen bekam Forrest plötzlich so hohes Fieber, dass Tolo um das Leben des Mannes bangte. Während Terry eben noch schwitzend dagelegen und an einem Zweig gekaut hatte, wurde sein Kopf im nächsten Augenblick hochrot und glühte vor Hitze. Kurz darauf bekam er Schüttelfrost und klapperte mit den Zähnen.

Während des restlichen Tages und der langen, fast schlaflosen Nacht tat Tolo alles, was er konnte, auch wenn es nicht viel war. Wenn Forrest im Fieber glühte, kühlte er ihm mit Wasser aus dem Billabong die Stirn. Wenn der heftige Schüttelfrost kam, konnte er nur mehr Treibholz aufs Feuer werfen. Er wollte zu Java, denn er wusste, sie wäre halb wahnsinnig vor Sorge. Aber davon abgesehen glaubte er sie in Sicherheit. Schließlich hatte sie die Waffen. Tolo konnte nicht verstehen, weshalb Java sie im Laufe des Tages noch nicht gefunden hatte. Selbst nach seinen wildesten Schätzungen konnte die Flut sie nicht mehr als ein paar Meilen mit sich fortgetragen haben. Sicher würde sie am kommenden Tag bei ihnen auftauchen, und dann könnten sie Forrest Chinin oder etwas anderes verabreichen.

Am übernächsten Tag ließ das Fieber allmählich nach, doch Terry fühlte sich ziemlich schwach. Wasser hatten sie reichlich, aber nichts zu essen. Tolo hielt ständig Ausschau, ob er Java und die Kamele entdeckte. Außer der tanzenden, flirrenden Hitze jedoch bewegte sich nichts. Als der Abend nahte, sagte er zu Forrest: »Wir müssen ihnen entgegengehen, hörst du?«

»Gib mir die Hand, damit ich hochkomme«, antwortete Terry. »Vielleicht schaffen wir es noch bis zum nächsten Billabong, bevor es zu dunkel ist.«

Das Gehen bereitete Terry große Schmerzen, denn er litt sowohl unter seinem verletzten Bein als auch unter den Auswirkungen des Fiebers. Er erzählte Tolo, er habe sich beim Goldschürfen im Northern Territory die Malaria zugezogen, und durch das lange Untertauchen im Wasser und durch die aufprallenden Gegenstände in der Flut sei wohl ein erneuter Schub ausgelöst worden.

Während Tolo den Buschranger beim Gehen stützte, bemerkte er, dass dessen Einstellung sich ihm gegenüber ein wenig geändert hatte. Der Kerl war zwar verdammt unverschämt gewesen, aber er hatte Schneid. Nachdem Tolo ihn aus der Flut gezogen und ihm bei seinen Fieberattacken beigestanden hatte, fühlte der Mann sich durch das ungeschriebene Gesetz der Kameradschaft im Busch mit ihm verbunden. Ob es Tolo nun gefiel oder nicht, die Elemente hatten sich offenbar gegen sie verschworen, um sie zusammenzuschweißen – zumindest zum gegenwärtigen Zeitpunkt.

Bis sie das nächste Wasserloch erreichten, war es fast dunkel. »Eine Bande Schwarzer hat hier campiert«, bemerkte Terry. Im schwindenden Tageslicht konnte er gerade noch die Spuren erkennen. Dann fanden sie die abgebrannten Feuerstellen.

»Ganba?«, fragte Tolo.

»Höchstwahrscheinlich. Die Schwarzen kommen nicht allzu oft bis ins Zentrum der Gibson.«

Tolo suchte die Ufer ab. Er fand Kamelspuren an beiden Seiten, die vom Creek wegführten. Er half Terry auf, der die Fährte untersuchte.

»Wilde Kamele oder unsere?«, fragte Tolo.

»Dies hier hat eine Last getragen«, sagte Terry. »Sieh nur, wie breit der Huf sich auseinanderdrückt.«

»Also ist Java flussabwärts gezogen, um nach uns zu suchen, und ist dabei auf Ganba gestoßen?«

»Sieht ganz so aus«, erwiderte Terry. »Keine Sorge, Kumpel. Ganba ist zwar ein Schurke, aber er ist kein Narr. Wenn sich ihm die Gelegenheit dazu böte, würde er dir die Goldfüllungen aus den Zähnen stehlen. Aber er hätte nicht den Mumm, einer Whitefellow-Frau etwas anzutun.«

Tolo fiel ein, dass man ihm schon mehrfach vorhergesagt hatte, er würde von den Aborigines aufgefressen werden.

»Ich schätze eher, er macht so weiter wie bisher. Er wird sie durch diese verdammte Wüste ziellos hin- und herführen und hoffen, dass die Gibson und die Sonne sie fertigmachen. Aber bevor es so weit ist, haben wir sie längst eingeholt.«

Sie zündeten im Creek neben dem Wasserloch ihr Feuer an. Tolo wusste, das Wasser wäre nicht mehr lange da. Entweder würde es in der Sonne verdunsten oder in das felsige Creekbett sickern. In der Zwischenzeit müssten Terry und er so viel trinken, wie sie nur konnten.

»Sie hatten Fleisch zu essen«, sagte Terry. Beide Männer hatten den Geruch wahrgenommen, der immer noch vage in der Luft hing.

»Wo sollten sie denn Fleisch herbekommen?«, fragte Tolo.

»Kaninchen oder ein wildes Kamel«, vermutete Terry. Der Geruch war unverkennbar. Er schnüffelte, folgte seinem Geruchssinn und entdeckte etwas Weißes, das aus dem Sand des Creeks ragte. Er grub um den Knochen herum und holte ihn heraus. Es war ein menschlicher Oberschenkelknochen. Angewidert schleuderte er ihn so weit er nur konnte von sich.

»Diese verdammten …« Ihm fehlten die Worte.

Tolo holte den Knochen zurück. Als er erkannte, worum es sich handelte, wurde sein Gesicht hochrot vor Angst.

»Ist nicht die Kleine«, sagte Terry. »Sieh mal, wie der Knochen gebogen ist. Der arme Kerl hatte Rachitis oder so was Ähnliches.«

»Aber doch heutzutage nicht mehr«, stammelte Tolo. Er spürte, wie sich ihm der Magen umdrehte. Rasch vergrub er den Knochen mit den Händen und drückte den Sand oben fest. »Sie werden doch nicht immer noch …«

»Verflucht noch mal«, rief Terry. »Natürlich tun sie das. Diese verdammten Schwarzen. Wir sollten sie jagen, bis sie von der Erdoberfläche verschwunden sind.«

»Und sie ist bei ihnen«, sagte Tolo. »Sie muss mit angesehen haben, wie …«

Terry bewegte sich unter großen Schmerzen hin und her. Er hatte einen Mulgastock gefunden, der ihm als Wanderstab diente, damit nicht sein ganzes Gewicht auf dem verletzten Bein lastete.

»Sie ist nach Westen aufgebrochen«, sagte er und untersuchte den Boden. »Ein Aborigine folgte ihr. Und dann kommen die Spuren zurück, durchqueren den Creek und führen nach Norden. Offenbar wollte sie zu Mayhews Farm, und Ganba hat es ihr ausgeredet. Er führt sie jetzt nach Norden.«

»Hör zu«, sagte Tolo, »ich werde morgen in aller Frühe losziehen müssen. Ich komme viel schneller voran als du. Du bleibst hier am Wasser, und sobald ich sie eingeholt habe, komme ich zurück und hole dich.«

»Bis morgen Abend ist sicher schon kein Wasser mehr da«, sagte Terry. »Ich komme lieber mit. Es stimmt zwar, dass du schneller vorwärts kommst als ich, aber alleine wirst du es nicht lange machen.«

»Und wieso sollten wir es länger machen, wenn du dabei bist?«

»Wir essen, was der Busch hergibt«, entgegnete Terry. »Ich wette, deine Schwarzen haben dir nicht beigebracht, wie man hier draußen überlebt. Der gute alte Ganba hat wohl nur zugesehen, dass du möglichst bald stirbst.«

»Ich weiß nur, was ich gelesen habe«, gab Tolo zu.

»Na ja, ein paar Kleinigkeiten gibt es schon, ein paar Wurzeln aus der Familie der Knollengewächse. Einige davon bringen dich innerhalb weniger Stunden um, wenn du auch nur einen einzigen Bissen zu dir nimmst. Andere wiederum sind essbar und besitzen genug Flüssigkeit, um dich ein bisschen länger am Leben zu halten.« Er tätschelte sein verletztes Bein. »Ist schon besser. Immer noch verdammt schlimm, aber trotzdem besser.«

»Also gut«, willigte Tolo ein.

Beim ersten Morgengrauen machten sie sich auf den Weg. Die Spur ließ sich leicht verfolgen. »Wir haben drei oder vier Tage, um sie einzuholen«, sagte Terry. »Danach …«

»Was meinst du damit?«, fragte Tolo.

Terry bückte sich, grub mit seinem Wanderstab eine Knolle aus und hielt sie Tolo hin. »Die hier gibt dir ein bisschen Nahrung und etwa einen Teelöffel voll Wasser, Kumpel. Wenn wir Glück haben, finden wir eine oder zwei pro Tag. Zwei Teelöffel voll Wasser. Genug, um einen Mann zwei, vielleicht drei Tage am Leben zu halten.«

»Verstehe«, sagte Tolo. »Dann sollten wir zusehen, dass wir vorwärts kommen, nicht?«

Als sie auf die toten Kamele trafen, machte Terry seinem Ärger mit ein paar derben Flüchen Luft. »Was für eine Verschwendung«, sagte er. »Aber so sind diese verfluchten Schwarzen nun mal. Sie schlagen sich den Bauch voll und denken nicht an morgen.« Er hatte die aasfressenden Vögel verscheucht und machte sich mit seinem Messer an dem Kadaver zu schaffen. Zuerst schnitt er das äußere verfaulte Fleisch ab, das die Vögel mit ihren Schnäbeln zerhackt und zerfetzt hatten und riss einen langen Muskel aus der Keule heraus.

»Du willst das doch wohl nicht essen?«, fragte Tolo.

»Nein? Bleib nur da stehen und schau zu«, sagte Terry. Er

entfachte ein Feuer und briet das Fleisch in dünnen Streifen, bis es heiß genug und fast schon verbrannt war. Tolo lief das Wasser im Mund zusammen, und er aß eine tüchtige Portion. Er achtete nicht auf den Geschmack und dachte nur, dass sein Körper verzweifelt nach Nahrung verlangte.

»Morgen holen wir sie bestimmt ein«, sagte Terry. An einen Felsbrocken gelehnt, die nackten Füße ans Feuer gestreckt, kaute er auf dem gut durchgebratenen Kamelfleisch. »Sie sind ganz in unserer Nähe. Ich kann sie förmlich riechen.«

In dieser Nacht kam der Regen und löschte sämtliche Spuren aus. Am nächsten Morgen machte Tolo sich in panischer Angst auf nach Norden. Er ging voran und legte ein Tempo vor, das Terry kaum mithalten konnte.

Sie hörten die Aborigines bereits, noch bevor sie sie zu Gesicht bekamen. Hinter einer kleinen Anhöhe ertönte ihr Singsang. Der war manchmal nicht zu unterscheiden von dem Seufzen des Windes, der aus den Gewitterwolken im Osten blies.

Den Hang hinauf führte Terry wieder an. Die letzten Meter kroch er auf dem Bauch, und Tolo hielt sich dicht neben ihm.

Die Aborigines hatten ihr Lager an einer feuchten Stelle aufgeschlagen, an der das Wasser durchgesickert war. Ein dickes Stück Kamelfleisch briet über dem Feuer. Von Java war weit und breit nichts zu sehen.

Terry knuffte Tolo in die Schulter und deutete auf Ganba, der den Tanz und den Singsang anführte. Dieser stolzierte um das Feuer herum und stampfte mit den nackten Füßen so fest auf den Boden, dass man es deutlich hören konnte. In der Hand hielt er Tolos Gewehr.

»Sie sind nur zu fünft«, flüsterte Tolo. »Und Ganbas Frau Bildana ist nicht dabei.«

Außer Ganba waren noch zwei Männer und zwei Frauen da. Die Frauen hockten neben ihrem eigenen Feuer und beobachteten unruhig die stolzierenden, singenden Männer.

»Als Erstes müssen wir zusehen, dass wir ihm das Gewehr abnehmen«, flüsterte Terry.

»Aber wo ist Java?«, fragte Tolo. Die Kamele waren tot. Die Wasserfässer waren geleert und eines nach dem anderen unterwegs zurückgelassen worden.

»Das werden wir wohl den guten alten Ganba fragen müssen, nehme ich an, Kumpel«, meinte Terry. Per Handzeichen gab er Tolo zu verstehen, sie sollten jetzt lieber zurückkriechen. In einer mit Spinifex-Gras bewachsenen Senke zwischen zwei Sandhügeln fanden sie genug Deckung. Dort warteten sie, bis die Sonne unterging und die kalte Nacht über sie hereinbrach. Dann krochen sie zurück auf die Anhöhe. Die Aborigines taten sich an dem Kamelfleisch gütlich und tranken das Wasser aus den Wasserschläuchen.

Tolo und Terry mussten lange warten und tüchtig frieren, bis es im Lager unten endlich ruhig wurde und die Feuer zu Asche heruntergebrannt waren. Ganba und eine der Frauen schliefen am anderen Ende des Lagers. Terry schlich los. Die beiden Männer machten einen großen Bogen um das Lager und kamen genau an der Seite aus, an der Ganba schlief. Immer wenn Terrys Fuß an einem Stein abrutschte, ächzte er vor Schmerz.

»Du«, flüsterte er Tolo zu, als sie sich dem Aborigine-Lager schon ziemlich weit genähert hatten. Er machte eine Geste, als würde er mit einem Gewehr zielen.

Tolo kroch auf allen vieren weiter. Er bewegte sich bewusst langsam und tastete sich ganz vorsichtig vor, damit er kein verräterisches Geräusch verursachte. Er kam Ganba immer näher, der in zwei von Tolos Decken gehüllt schlief und das Gewehr in der Hand hielt. Als Tolo bis unmittelbar neben ihn gekrochen war, erhob er sich lautlos, bückte sich und entriss ihm das Gewehr. Mit erstaunlicher Schnelligkeit machte Ganba sich aus den Decken frei und sprang auf. Tolo drehte das Gewehr in einer reflexartigen Bewegung und traf Ganba mit dem Gewehrkolben so fest am Kinn, dass dieser rückwärts taumelte.

Nun war auch Terry zur Stelle. Er sah, wie Ganba stürzte und sich in Richtung der Decken rollte. Sofort erkannte er, was Ganba vorhatte. Die Pistole samt Gurt lag unmittelbar neben

Ganbas Schlafstätte. Terry hechtete mit einem schmerzhaften Stöhnen auf Ganba zu und schnappte ihm die Pistole vor der Nase weg.

»Das reicht«, sagte Terry, richtete die Pistole auf Ganbas Gesicht und spannte den Hahn.

Tolo hörte hinter sich ein Geräusch. Er fuhr herum und konnte gerade noch sehen, wie einer der Aborigine-Männer einen Speer nach ihm warf. Augenblicklich duckte er sich und hob das Gewehr. Ohne lange nachzudenken, drückte er auf den Abzug. Die Kugel drang dem Aborigine in die Brust, sodass er nach hinten geschleudert wurde.

Ein weiterer Speer streifte Terrys Kopf. Er feuerte die Pistole ab, und der letzte Aborigine sackte zu Boden.

Eine Frau schrie laut auf. Ganba war leicht benommen, als Tolo sich mit gespreizten Beinen über ihn stellte, und die Todesangst stand ihm ins Gesicht geschrieben. »Wo ist sie?«, fragte Tolo.

Ganba zuckte mit den Schultern.

»Soll ich den verdammten Bastard töten, oder machst du das?«, fragte Terry.

Ganba blickte von einem zum anderen. Er hatte begriffen, dass der Whitefellow es ernst meinte mit seiner Drohung. »Sie ist weggegangen«, sagte er rasch und legte flehentlich die Hände zusammen. »Im Regen. Zusammen mit meiner treulosen Frau. Ich schwöre, junger Herr, dass ich ihr nichts angetan habe. Ich hatte ihr erklärt, dass die nächste Wasserstelle im Norden liegt …«

»Er lügt«, warf Terry ein.

»Ganba hat sie beschützt, junger Herr.« Sein großer Mund war angstverzerrt, und seine dunklen Augen waren vor Schreck weit aufgerissen. »Ich habe sie nicht angerührt. Ich weiß nicht, warum sie weggelaufen ist.«

»Hatte sie Wasser?«, fragte Terry.

»Ja«, sagte Ganba. »Und Essen.«

»Weißt du, in welche Richtung sie gegangen ist?«, fragte Terry.

»Eine Fährte habe ich nicht entdeckt«, sagte Ganba. »Aber einmal hat sie versucht, nach Westen zu gehen, zur Mayhew-Farm.«

Terry ließ die Pistole sinken. »Wahrscheinlich sagt er die Wahrheit«, entschied er. »Wenn sie zusammen mit der Schwarzen weggegangen ist, hat sie vermutlich tatsächlich die Richtung zur Mayhew-Farm eingeschlagen. Der Kerl hier hat noch einiges an Proviant. Wir werden uns ein bisschen bei ihm bedienen und uns einen oder zwei Wasserschläuche von ihm ausleihen. Morgen früh können wir dann gleich hinter ihr her.«

»Ganba hilft mit.«

»Ganba kann mir gestohlen bleiben«, sagte Tolo. »Halte dich lieber so weit wie möglich von mir fern. Warum in Gottes Namen hast du alle Kamele getötet?«

»Wir brauchten Fleisch«, antwortete der Aborigine in einem Ton, als hätte Tolo eine überaus dumme Frage gestellt.

»Wir haben gesehen, was von einer deiner Fleischmahlzeiten übrig geblieben ist«, sagte Terry. Er steckte die Pistole in seinen Gürtel und ging ans Feuer. Als er sich ein Stück Kamelfleisch absäbelte und den ersten Bissen nahm, hörte er, wie Tolo laut ächzte. Es klang, als sei er überrascht. Sofort drehte Terry sich um.

In Tolos Rücken steckte ein Speer, den eine der Aborigine-Frauen ihm zwischen die Rippen gerammt hatte. Sie hatte mit angesehen, wie ihr Mann von Tolos Gewehr tödlich getroffen worden war, und hatte auf ihre Chance gewartet. Sie war eine starke Frau und hatte ganz in der Nähe gestanden. Den Speer hatte sie nicht geworfen, sondern war losgerannt und hatte ihn Tolo mit Wucht in den Rücken gebohrt. Doch in letzter Sekunde hatte sie ihr Ziel verfehlt, weil Tolo sich bewegt hatte. Statt ihm den Speer direkt in die Wirbelsäule zu stoßen, steckte er in seiner linken unteren Rückenhälfte. In dem Moment, als Terry sich umsah, fühlte Tolo mit der Hand und traf auf den Speer. Er sah Terry verdutzt an und sank auf die Knie.

Terry fackelte nicht lange und schoss der Frau in den Kopf.

Sie brach tot zusammen. Die andere fing an zu rennen, und Terry musste zweimal schießen, bevor auch sie leblos zu Boden sank. Dann zielte er auf Ganba.

Für den Bruchteil einer Sekunde huschte ein Ausdruck von Überraschung über Ganbas Gesicht, als hätte er geglaubt, er, der große Ganba, sei unbesiegbar. Dann traf ihn Terrys Pistolenkugel genau zwischen die Augen und drang ihm ins Gehirn.

Terry kniete sich neben den gestürzten Tolo. Der Speer war ihm so tief ins Fleisch gedrungen, dass von der Speerspitze nichts mehr zu sehen war. Tolo rang nach Atem. Seine Augen waren zwar geöffnet, aber sein Blick war glasig vom Schock. Terry nahm an, die Speerspitze hätte eine von Tolos Nieren zerstört.

»Na, Sportsfreund«, sagte Terry, dem gerade nichts Besseres einfiel.

»Ich fühle überhaupt nichts«, erwiderte Tolo.

»In deinem Rücken steckt ein verdammt langer Speer, Kumpel.«

Erst in diesem Augenblick spürte Tolo allmählich den Schmerz. Sein Gesicht verzog sich.

Terry seufzte. »Ich schätze, wir müssen versuchen, ihn da herauszuholen.«

Er breitete eine der Decken aus, die Ganba gestohlen hatte, und schob Tolo behutsam darauf. Tolo schrie auf vor Schmerz.

»Tut mir leid, Kumpel«, sagte Terry.

Er entzündete ein Feuer. Dann ging er auf die Suche und fand bei einem der Aborigine-Männer, was er für sein Vorhaben benötigte: ein großes Messer mit breiter Klinge. Er legte sie ins Feuer, bis sie glühendheiß wurde. Als die Flammen hochschlugen, sah er sich die Stelle, in die der Speer eingedrungen war, genauer an und stieß einen Pfiff aus.

»Wird ein bisschen brennen, Kumpel«, sagte er und schnitt Tolo mit dem Messer die Haut auf.

Tolo heulte vor Schreck und Schmerz laut auf. Dann wurden seine Glieder schlaff.

»*Goodonyer*«, sagte Terry. »Jetzt spürst du wenigstens nichts mehr, Kumpel.«

Als er die Speerspitze freibekam, schoss eine Menge Blut aus der Wunde. Terry schüttelte den Kopf. Zu viel Blut. Er legte die große, flache Klinge, die nun weißglühend war, auf die offene Wunde und drückte fest zu. Terry hörte das Zischen und roch das versengte Fleisch und Blut. Nach einiger Zeit aber war die Blutung zum Stillstand gebracht. Nachdem er das Messer entfernt hatte, untersuchte er die ausgebrannte Wunde und schüttelte erneut den Kopf. Er hatte alles getan, was er tun konnte. Dann deckte er Tolo mit der anderen Decke zu und legte sich schlafen.

Als Terry erwachte, glühte Tolo vor Fieber. Von dem Blut der toten Aborigines waren unzählige Fliegen angelockt worden. Bald würde es hier sieben Meilen gegen den Wind stinken. Terry machte Bestandsaufnahme. Er fand ein paar Konservendosen, außerdem Linsen und Reis und zwei volle Wasserschläuche. Das könnte gerade reichen, um lebend zur Mayhew-Farm zu gelangen, dachte er sich … falls Tolo nicht allzu lange brauchte zum Sterben.

Er aß eine Dose Obst zum Frühstück und ließ ein wenig von dem Saft in Tolos Mund träufeln. Tolo schluckte krampfhaft. Später nahm er auch Wasser zu sich, blieb aber in seinem Fieberkoma. Die aasfressenden Vögel machten sich bereits über die Frau her, die am weitesten vom Lager entfernt lag.

»Hör zu, Kumpel«, sagte Terry zu dem bewusstlosen Tolo, »sei ein Freund und kratz ab, hörst du? Bis zum Gascoyne ist es ein verdammt langer Weg.«

Bis zum Abend waren die Leichen der Aborigines durch Verwesungsgase aufgebläht. Tolo hatte das Bewusstsein noch nicht wiedererlangt.

»Na, komm schon, Kumpel«, bat Terry. Der Geruch des Todes stieg ihm in die Nase. Der Gedanke, die Nacht in diesem Lager mit den rings um ihn her verstreuten Leichen zu verbringen, war eine geradezu furchteinflößende Aussicht. Ganbas Leiche lag nur wenige Meter von ihm entfernt. Noch während Terry über die vor ihm liegende endlos lange Nacht sinnierte, rumorten die Gase in Ganbas aufgeblähtem Bauch. Dann ging ihm die Luft ab, und es klang wie ein lang gezogener Seufzer.

»Verflucht«, rief Terry und sprang auf. Er warf einen Blick auf Tolo. »Tut mir leid, Kumpel«, sagte er.

Einer plötzlichen Regung nachgebend, ließ er ihm noch einen der Wasserschläuche da. »Sonst kann ich leider nichts für dich tun«, flüsterte er, drehte sich auf dem Absatz um und floh vor den Leichen mit den rumorenden Bäuchen und vor dem Gestank. Um ein Haar wäre er noch einmal umgekehrt und hätte sich das Wasser geholt. Tolo würde es ja doch nicht brauchen. Selbst wenn er das Bewusstsein wiedererlangen und trinken sollte, würde dies wegen seiner zerstörten Niere nur seinen Tod beschleunigen.

Um das Todesszenarium möglichst weit hinter sich zu lassen, ging Terry so schnell, wie sein lahmes Bein es nur zuließ. Das Gewehr und die Pistole sowie die verbliebenen Lebensmittel hatte er mitgenommen. Terry ging immer weiter, bis der Morgenstern am Himmel stand. Dann legte er sich kurz zum Schlafen. Kaum hatte er ein Auge zugetan, war er bei Tagesanbruch schon wieder unterwegs. Trotz seiner Erfahrung im *Waly* bestand keine Garantie, dass er die Mayhew-Farm lebend erreichen würde.

20

Die zweite Welle der menschlichen Invasion auf den antipodischen Kontinent bildeten Anfang des Zwanzigsten Jahrhunderts jene Weißen, die zur Abrundung ihres einzigartigen Nationalcharakters von den bereits vor ihnen nach Australien Gekommenen die Bezeichnung für einige Dinge übernahmen. Beispielsweise die Namen mancher Orte: Toowoomba, Penong, Kalgoorlie, Meekatharra. Aber auch die oft so musikalisch klingenden Aborigine-Namen für gewisse Tiere, wie *Wallaroos* und *Bandicoots*. Außerdem Worte wie *Billabong* und *Coolabah*. Ähnlich verhielt es sich mit dem Phänomen des *Walkabout*.

Die australischen Buschmänner hatten von ihren weißen Vorgängern nicht nur den Begriff *Walkabout* übernommen, sondern auch den inneren Drang, im entlegenen Busch umherzuwandern. Die weißen Entdecker und jene, die ihren Spuren ins innerste Herz des Kontinents folgten, hatten völlig andere Gründe für ihre Reisen als die Aborigines für ihren *Walkabout*. Die Weißen waren auf der Suche nach Gold, Land oder Abenteuern. Oder sie wurden schlicht von der Neugierde getrieben, was sich wohl hinter der nächsten Erhebung dieses ausgedörrten Bodens befand. Die Aborigines dagegen, die noch den altüberlieferten Lebensmustern der Jäger und Sammler verhaftet waren, machten ihren *Walkabout,* wenn das Wild knapp wurde und die heimische Vegetation aufgezehrt, verbrannt oder überflutet worden war. Bereits seit Urzeiten waren sie ständig unterwegs, und dieses Verhaltensmuster hatte sich ihnen tief eingeprägt. Sogar »angepasste« Aborigines, die sich ihren Lebensunterhalt auf einer Viehfarm verdienten und ihr gutes Auskommen hatten, verschwanden in unregelmäßigen Abständen und sagten bei ihrer Rückkehr einfach achselzuckend: »Walkabout.«

Während der ursprüngliche Antrieb für ein nomadisches Leben die ewige Suche nach Nahrung war, konnte ein Aborigine und seine Stammesgruppe auch aus anderen Gründen von einem Ort zum anderen getrieben werden. Beispielsweise aus dem Bedürfnis heraus, irgendeinen besonders heiligen Ort aufzusuchen: die Gestalt eines Wassers, eines Berges oder eines Felsens, die seit der Traumzeit eine große Bedeutung hatte. Zwischen den Blackfellows und dem Land bestand eine wechselseitige Beziehung, denn die Aborigines glaubten an die Einheit aller Dinge: Sie hingen mit dem Land zusammen, und das Land mit ihnen. Sie und die Felsen, das Wasser und die Bäume … alles war miteinander verbunden. Jene mythischen Gestalten der weit zurückliegenden Traumzeit, jene undefinierbaren Wesen, durch die der erste Mensch entstanden war, befanden sich nach wie vor in diesem Land. Sie waren verkörpert in der Natur, in den Tieren, im Regen, in den Wolken. Und die Anwesenheit eines dieser mächtigen Wesen machte aus einer ganz bestimmten Stelle einen heiligen Ort.

So kam es, dass bereits in jenen längst vergangenen Zeiten, als noch kein Schiff der Weißen an die Küsten dieses abgelegenen Kontinents gelangt war, die hier lebenden Menschen ihrem inneren Ruf zum *Walkabout* folgten. Und das nicht nur, um neue Nahrungsquellen zu suchen, sondern um einem bestimmten Ort die gebührende Hochachtung zu erweisen, der nach der Überlieferung der eigenen Stammesweisheit oder der einer anderen Stammesgruppe als heilig galt. Bevor das Gesetz des weißen Mannes auf die meisten Teile dieses Kontinents ausgedehnt wurde, galten Wanderungen von einem Stammesgebiet ins andere als ziemlich gefährlich und wurden daher nur selten durchgeführt. In jüngster Zeit konnten die Aborigines sich jedoch freier bewegen. Manchmal schlossen sie sich einem umherziehenden Weißen an, der offenbar sämtliche Teile des Kontinents erforschen wollte. Somit drang die Kunde von den geheiligten Orten bis in die Heimatregionen fast aller Aborigine-Stämme, auch wenn sie verschiedene Dialekte sprachen. Und der Drang zum *Walkabout* endete womöglich in einer sehr langen Reise zu einem Ort, der Hunderte von Meilen entfernt lag. Ähnlich wie die Christen, die nach Jerusalem pilgerten, oder die Moslems, die nach Mecca aufbrachen, machten auch die Aborigines sich auf den Weg. Und die größte Anziehungskraft von all den heiligen Stellen, die von Stammesmitgliedern des gesamten Kontinents aufgesucht wurden, hatte der Große-Rote-Heilige-Fels im Südwesten vom Northern Territory, den die Weißen als Ayers Rock kannten.

Die Kenntnis von diesem heiligen Fels war auch bis zu Uwa gedrungen, einem Mann, der bei seinen Leuten hohes Ansehen genoss. Er lebte nahe des großen westlichen Meeres in seinem Stammesgebiet in den Bergen, die die Whitefellows Hamersley Range nannten. Als Uwa zum ersten Mal von dem Großen-Roten-Heiligen-Fels gehört hatte, wo man, wie es hieß, zu den Geistern der Traumzeit zurückkehren und von den Vorfahren lernen konnte, war er längst kein junger Mann mehr. Als er sich auf die größte Reise seines Lebens vorbereitete, weinten seine Ehefrauen mitsamt all seiner Nachkommen und baten ihn inständig, nicht in die ausgedörrten Weiten des *Never-Never* in den sicheren Tod zu ziehen. Nur junge Männer konnten die brütende, wasserlose Einöde durchqueren, doch Uwa war alt.

Als Uwa sich im *Never-Never* bewähren musste, erwies er sich jedoch als ebenso kräftig wie jeder andere Mann. In seiner Jugend hatte er große Entfernungen zurückgelegt und war weit herumgekommen, um die Weisheit zu erwerben, die ihn zu einem Mann von hohem Ansehen machte. Und diese Erfahrung kam ihm nun zugute. Beim Durchqueren des *Never-Never* schlug er einen Schritt an, der selbst die Jüngeren, die er als Weggefährten um sich geschart hatte, an den Rand ihrer physischen Kräfte brachte. Er bezwang die Gibson-Wüste – auch wenn er nicht den Namen der Whitefellows gebrauchte –, ohne selbst Schaden zu erleiden und ohne unterwegs auch nur einen einzigen Mann oder eine einzige Frau zu verlieren. In der weit entfernten Gegend am Großen-Roten-Heiligen-Fels meditierte Uwa und unterhielt sich mit anderen Männern von hohem Ansehen, die den Stämmen angehörten, die von den Whitefellows Northern Territory genannt wurden. Er versetzte sich in Trance und sah die Wesen, die über dem gigantischen roten Felsen zusammenströmten. Und er sah, wie sein Lieblingsenkel sich eine Frau aus einem der Northern-Territory-Stämme nahm.

Auf dem Rückweg, als Uwa und seine aus einem halben Dutzend Familien bestehende kleine Schar – während der Pilgerschaft waren sogar Babys geboren worden – etwa zwei Drittel des *Never-Never* durchquert hatten, machten sie eine längere Rast, um den Geistern für den Regen zu danken, der ihnen gerade noch rechtzeitig das dringend benötigte Wasser beschert hatte. Nun konnten sie sich allmählich auf die Ankunft in ihrer Heimatregion freuen, die sie vermutlich noch vor dem nächsten Vollmond erreichen würden.

Während die Frauen und Kinder sich in den Billabongs vergnügten, die in dem felsigen Untergrund des Creeks entstanden waren, ging Uwa mit zwei der jüngeren Männer auf die Jagd. Auch wenn es nicht gerade das beste Jagdrevier war, konnte Uwa doch sein Geschick unter Beweis stellen, indem er ein Kaninchen erlegte. Dann entdeckte er die Spur eines einsamen Dingos und folgte ihr. Die Sonne stand fast im Zenit, und es wurde zunehmend heißer. Plötzlich erblickte er in einiger Entfernung die aasfressenden Vögel, die in der Luft kreisten. Die Neugierde trieb ihn an. Er hoffte, ein wildes Kamel sei umgekommen und er könne den Aasfressern ein wenig von dem Fleisch stehlen, bevor es allzu stark verdorben war. Doch als ihm der unverkennbare Verwesungsgestank in die Nase stieg, schwand diese Hoffnung rasch dahin.

Er stieg auf eine Anhöhe und blickte hinab auf einen Ort des Todes. Die beiden jungen Männer, die unabhängig von ihm gejagt hatten, stießen nun wieder zu ihm. Auch sie standen schweigend da und sahen zu, wie die Vögel sich um die bereits verstümmelten Leichen von insgesamt fünf Menschen zankten, drei Männern und zwei Frauen. Uwa gab einen Befehl, und die beiden jungen Männer rannten den Hang hinab, schrien und schwangen drohend die Speere. Dann schritt Uwa neugierig von einer Leiche zur anderen. Jede der Personen, einschließlich der Frauen, war durch Schüsse getötet worden. Er fragte sich, was hier wohl vorgegangen sein mochte, bis er bei den Überresten eines besonders kräftigen Mannes angelangt war. Von der Haut an dessen Brust war noch genug übrig, dass Uwa an den zeremoniellen Zeichen seine Stammeszugehörigkeit erkennen konnte: Es handelte sich um einen Baadu aus Warrdarrgana. Uwa schüttelte den Kopf. Auch er hatte schon Menschenfleisch gegessen, aber weder er noch irgendjemand sonst in seinem Stamm trank Blut. Er überlegte, ob dem Kampf, der zum Tode der fünf Baadu geführt hatte, womöglich der Versuch der Baadu vorausgegangen war, sich ihre Lieblingsspeise zu verschaffen.

Ein lauter, eindringlicher Ruf riss ihn aus seinen Gedanken. Schlagartig drehte er den Kopf und eilte zu der Stelle, an der seine beiden Gefährten einen Whitefellow gefunden hatten, der schwerkrank war.

Der überaus große Whitefellow lag auf dem Bauch und glühte vor Fieber. Einer der jungen Männer zeigte auf die ausgebrannte Wunde auf seinem Rücken.

»Das Loch ist so groß, dass sein Leben daraus entweichen kann«, sagte der junge Mann.

»Trotzdem kämpft er immer noch ums Überleben«, erwiderte Uwa.

Neben dem Whitefellow lag ein Wasserschlauch. Uwa hockte sich hin und ließ langsam die trübe Flüssigkeit auf die Lippen des Whitefellow tropfen. Seine geschwollene Zunge bewegte sich und leckte das Wasser auf.

»Heute Nacht wird der *Djugurba* hier umgehen«, sagte einer

der jungen Männer unbehaglich. Er sprach von den Wesen der Wüste, halb Mensch, halb Tier – vielleicht Reptil oder Vogel.

Gierig leckte der Whitefellow die Wassertropfen auf, die Uwa nur äußerst sparsam austeilte. Er wusste, es wäre nicht gut, dem Mann zu viel Wasser auf einmal zu geben. Als Uwa mit dem Tröpfeln aufhörte, stöhnte der Whitefellow und öffnete die Augen.

»Trink nur etwas und später wieder etwas«, wies Uwa ihn an.

»Bitte«, krächzte der Whitefellow.

»Wird er sterben, Großvater?«, fragte einer der jungen Männer.

»Das können nur die Wesen aus der Traumzeit beantworten«, entgegnete Uwa. »Wir bringen ihn von hier weg.«

»Ich bin froh, wenn wir von diesem Gestank wegkommen«, erklärte Uwas Lieblingsenkel.

»Wenn wir ihn bewegen, beenden wir damit vielleicht, was diese hier beabsichtigt haben«, sagte Uwa und zeigte auf die toten Blackfellows.

»Es war noch ein weiterer Whitefellow hier«, erklärte sein Enkel. Er deutete auf die Spuren, die Terry Forrest bei seinem Fortgehen hinterlassen hatte.

»Geht vorsichtig mit ihm um«, wies Uwa sie an.

»Wäre es für ihn nicht besser, wir würden ihn hier liegen und sterben lassen?«

»Wir werden ihm in der Nacht die Wärme unseres Feuers geben. Wir werden ihm Wasser und Nahrung geben«, sagte Uwa. »Wenn er stirbt, ist es der Wille der Wesen aus der Traumzeit und nicht unser Zutun.«

»Das ist wahr«, gestand sein Enkel ein und packte Tolos Füße, während sein Gefährte die Hände unter Tolos Achseln schob und ihn anhob.

»Der ist ganz schön schwer.«

Tolo protestierte ächzend und versank sogleich wieder in eine gnädige Bewusstlosigkeit. Im Lager legten die Frauen ihm einen Breiumschlag auf die Wunde, die sie mit Blättern abdeckten, die sie den weiten Weg von ihrer Heimatgegend aus mitgenommen hatten. Dann wechselten sie sich ab und tropften ihm Wasser auf die Lippen.

Als Uwa ankündigte, sie würden so lange an dieser Stelle lagern, wie der Billabong noch Wasser hatte oder bis der Whitefellow starb, erhob sich allgemeines Murren. Uwa befahl ihnen streng, sie mögen ihre Zeit nutzen und nach essbaren Knollen suchen, die das Überleben im *Never-Never* ermöglichten. Ferner sollten sie *Mamurus* jagen, die langhaarigen Ratten der Spinifex-Ebenen. Der Whitefellow würde entweder überleben oder sterben, wenn seine Zeit gekommen wäre. Dass der Verletzte wohl eher sterben würde, schien allen ziemlich sicher, als er von dem Wasser, das die Frauen ihm langsam, aber unablässig einflößten, zu urinieren begann und sein Urin mit Blut vermischt war. In der kühlen Abendluft aber öffnete er die Augen und nahm etwas Nahrung zu sich.

Nach drei Tagen hatte die Sonne auch das letzte bisschen Wasser an der Oberfläche des Creeks verdunsten lassen. Uwa wusste, sie mussten nun weiterziehen. In den Zeiträumen, in denen der Whitefellow halb bei Bewusstsein war, brabbelte er ständig etwas in seiner eigenen Sprache. Uwas Enkel, der ein wenig Englisch sprach, konnte den Worten des Whitefellow keinerlei Sinn entnehmen.

»Er wird sterben«, sagte der Enkel, »denn beim Wasserlassen tritt immer noch Blut aus. Es wäre gütiger, ihm ein schnelles Ende zu bereiten, als ihn einfach hier liegen und allein sterben zu lassen.«

»Wir werden keines von beidem tun«, erwiderte Uwa. Er zeigte den Jüngeren, wie man die wenigen verfügbaren Mittel nutzen und aus den starken Mulgastöcken und einer Decke eine Trage bauen konnte. Die jungen Männer hatten allerlei Einwände, taten aber, wie ihnen geheißen. Und schon bald war die kleine Schar wieder unterwegs, während der Whitefellow auf der Bahre lag und abwechselnd von jeweils vier Männern getragen wurde.

Das Wasser war nun knapp. Und das Essen reichte nicht einmal für diejenigen, die an die mageren Rationen gewöhnt waren, die ihnen der Busch gewährte. Trotzdem achtete Uwa darauf, dass der Whitefellow eine größere Menge Wasser bekam, als ihm zustand. Und er sah interessiert zu, wenn die Frauen dem Verletzten das zerstampfte Stärkemehl aus den Knollen in den Mund schoben und er es hinunterschluckte.

Der Enkel murrte: »Wie es aussieht, wird der Whitefellow den gesamten Weg bis in unsere Heimatregion überleben.« Tatsächlich wurde der Mann offenbar mit jedem Tag ein wenig kräftiger. Er blieb nun längere Zeit bei Bewusstsein, und seine Worte bekamen allmählich mehr Sinn. Sein Urin enthielt nun kein Blut mehr. Doch als der Enkel versuchte, ihn hinzustellen, gaben seine Beine nach, und er sackte zu Boden. Gerade als es den Anschein hatte, dass der Whitefellow seine Beine wohl bald wieder gebrauchen konnte, fing seine Wunde an zu eitern. Das Fieber kehrte zurück. Und trotz der Bemühungen der Frauen, das stinkende abgestorbene Fleisch rund um die Wunde abzukratzen, fiel ihr Patient wieder ins Koma.

Doch Uwa gab immer noch nicht auf. Nachts im Traum kamen die Geister der Traumzeit zu ihm, und er sah den Whitefellow, den er inzwischen als *seinen* Whitefellow betrachtete. Stark und kräftig war er und ging mit Uwa auf die Jagd. Mit einem Speer der Eingeborenen brachte er über eine unglaublich große Distanz ein prächtiges, saftiges Känguru zu Fall.

»Die Geister der Traumzeit haben zu mir gesprochen«, verkündete Uwa im Morgengrauen. »Der Whitefellow wird leben.« An diesem Tag bestand er darauf, an einem der vier Enden der Bahre mit anzufassen, und das fahle Gesicht des Whitefellows und seine schlaffen Glieder trieben ihn fast zur Verzweiflung. Aber die Geister der Traumzeit hatten gesprochen, und er würde nicht zulassen, dass der Whitefellow starb. Er würde ihn durch seine eigene Willenskraft am Leben erhalten.

* * *

Terry Forrest hatte sich auch früher schon in ausweglosen Situationen befunden. Er war bis nach Südafrika gereist und hatte in dem Krieg der alten Queen mitgekämpft. Und er hatte Männer sterben sehen – Aussies, Briten und Buren. Mehrmals war er selbst dem Tod schon sehr nahe gewesen, aber noch niemals so nahe wie in dem Augenblick, als er zu einem von Jonas Mayhews Wasserlöchern in dem trockenen Flussbett des Gascoyne hinabstolperte.

Selbst nachdem er seinen Durst gestillt und später riesige Scheiben gebratenes Hammelfleisch vertilgt hatte, zeigte Mayhews Waage, dass er bei seinem Marsch von dem Lager, in dem Ganba und die anderen umgekommen waren, bis hierher fast zwanzig Kilo verloren hatte. Tag für Tag hatte er sich selbst das Äußerste abverlangt, nur in der sengenden Nachmittagshitze geruht und war noch lange nach Einbruch der Dunkelheit weitergegangen. Er hatte gewusst, dass seine Überlebenschancen genau in dem Verhältnis zu der Zeit standen, die er brauchte, um den Gascoyne mit seinen lebensspendenden feuchten Stellen zu erreichen. Es war ein heikler Balanceakt gewesen zwischen Anstrengung, der verstrichenen Zeit und dem Vorrat in seinem Wasserschlauch, den er bei sich trug.

Terry schaffte die Strecke in zehn Tagen, wobei er die beiden letzten Tage ohne Wasser ging. Er war schwach und ausgelaugt. Zuerst ging er auf die Fragen des alten Mayhew nicht ein. Doch ihm war klar, dass er irgendjemandem früher oder später über Tolo Mason und seine hübsche kleine Frau Auskunft geben musste. Während seines Wettlaufs gegen die Zeit durch die westliche Gibson hatte er nicht viel darüber nachgedacht. Unter Jonas Mayhews prüfendem Blick aber legte er sich nun eine Geschichte zurecht, die er notfalls später den Behörden erzählen würde.

»Dieser Ganba und seine verdammten Schwarzen«, erklärte er gegenüber Mayhew, »wollten die gesamte Ausrüstung für sich haben. Ganba führte Mason an der Nase herum und brachte ihn in die trockensten Stellen des *Waly*. Er wartete nur darauf, dass Mason und die Kleine endlich sterben würden, damit er den Proviant, die Waffen, das Zelt, die Decken und das Geld, das Mason bei sich hatte, an sich reißen konnte.«

»Der Bursche hat Geld mit ins Outback genommen?«, fragte Mayhew.

Terry nickte. Auf das Pfund genau wusste er, wie viel Geld Tolo bei sich gehabt hatte, denn mittlerweile steckte es wohlverwahrt in Terrys eigener Brieftasche. Er hatte es ihm abgenommen, denn er hatte sich überlegt, dass es einiges kosten würde, eine Expedition in die Wüste zu schicken, um die sterblichen Überreste des Jungen für seine Familie im fernen Sydney zu bergen.

Dann erzählte er Mayhew auch den Rest: Wie er und Mason von der Flutwelle mitgerissen worden waren und auch alle folgenden Ereignisse bis zu dem Moment, in dem die Schwarze Mason den Speer in den Rücken gerammt hatte. Bei seiner Erzählung änderte er nur geringfügig die Tatsachen. Von dem Kampf zwischen Mason und ihm sagte er kein Wort, und er behauptete, der Speer hätte Mason beinahe auf der Stelle getötet.

Das Mädchen? »Na ja, da kann ich nur Vermutungen anstellen«, sagte er. »Sie hatte eine Freundin unter den Schwarzen, die Frau vom alten Ganba. Ihr Name war Bildana. Sie muss wohl gewusst haben, dass die Whitefellow-Lady früher oder später als zartes Fleisch für Ganba und die anderen bestimmt war. Und weil Bildana sich auf die Seite der süßen kleinen Weißen stellte, hatte der alte Ganba es auf sie abgesehen. Als die Schwarzen die Kamele töteten – Sie wissen ja, wie diese Leute sind – eine Mahlzeit sofort ist ihnen mehr wert als irgendein Festessen in ungewisser Zukunft – und als sie einen der ihren auffraßen, muss Mrs Mason wohl klar geworden sein, in welcher Gefahr sie schwebte. Sie und Bildana haben sich während der starken Regenfälle auf- und davongemacht. Der Regen hat all ihre Spuren verwischt. Wir hatten angenommen, die beiden wären unterwegs zu Ihrer Farm.«

»Das wäre nur logisch gewesen. Aber wusste sie genug, um überhaupt logisch handeln zu können?«, fragte Mayhew. »Und wären die Aborigines nicht ebenfalls davon ausgegangen, dass sie sich nach Westen gewandt hatte?«

»Verflucht«, sagte Terry. Bildana hatte das gewusst. Und auch Java Mason war nicht auf den Kopf gefallen. »Die Kleine ist nach Osten gegangen!« Das war ihm vorher noch nie in den Sinn gekommen, aber der Gedanke war gar nicht so abwegig. »Bildana hat bestimmt gewusst, dass Ganba sie hätte einholen können, wenn sie in die von ihm angenommene Richtung gegangen wären. Bildana weiß, wie man im *Waly* überlebt. Ja, bei Gott, sie sind nach Osten gegangen. Sie versuchen, einmal quer durch die Gibson zu laufen.«

»Na, dann wird man ihre Knochen wohl nie finden«, sagte Mayhew.

»Ich würde nichts auf ihren Tod verwetten«, entgegnete Terry. »Das ist eine zähe kleine Maus. Und diese Aborigine-Frau weiß, was man essen und wo man feuchte Stellen und Brunnen finden kann.«

Obwohl Terry immer noch sehr schwach war, traf er in diesem Augenblick seine unumstößliche Entscheidung. Er empfand keinerlei Schuldgefühle aufgrund der Tatsache, dass er Tolo einfach seinem Schicksal überlassen hatte. Mit einem Speer durch die Niere war ein Mann ohnehin dem Tode geweiht. Wenn er versucht hätte, Tolo mitzuschleifen, oder wenn er nach Java Mason gesucht hätte, wäre auch er umgekommen. So viel stand fest. Nein, schuldig fühlte Terry sich nicht. Er spekulierte nur darüber, was wäre, wenn … Wenn er nicht ein Auge auf die süße Maus geworfen und Tolo damit zur Weißglut gebracht hätte … Wenn er nicht auf Teufel komm raus hätte herausfinden wollen, wer von ihnen beiden den härteren Schädel hatte, Tolo Mason oder er … Wenn er besser auf die verdammten Schwarzen geachtet hätte, als er und Tolo in ihr Lager gestürzt waren …

»Mayhew, ich habe dem Burschen sein Geld abgenommen.«

Er zuckte mit den Schultern. »Wozu sollte ich es in der Wüste verrotten lassen? Ich werde das Geld nutzen, um noch einmal hinauszugehen. Zuerst suche ich ihn, um ihn zu vergraben, und dann mache ich mich auf die Suche nach der Kleinen. Das bin ich den beiden einfach schuldig, meinen Sie nicht?«

»Schulden Sie ihnen das wirklich?«, fragte Mayhew.

Bei der Art und Weise, wie der Alte ihn ansah, wurde es Terry unbehaglich zumute. Er war sich selbst nicht sicher, welche Gründe ihn dazu bewegten, dass er aufs Neue in diese verfluchte Hitze und Einsamkeit der Gibson hinaus wollte. Waren es Schuldgefühle? Oder war es nur, weil einer seiner wahnwitzigen Tagträume vielleicht doch noch wahr werden könnte? Immerhin bestand eine kleine Chance, wenn auch nur eine sehr geringe. Schließlich war der Ehemann tot, und das Mädchen befand sich nur mit einer Aborigine-Frau in der Gibson. Von dem Zeitpunkt ab, als er Perth verlassen hatte, fantasierte er immer wieder davon, allein mit Java in der Wüste zu sein. Für ihn stand fest, dass sie noch lebte. Das fühlte er einfach. Gott würde nicht zulassen, dass ein so appetitlicher Leckerbissen vergeudet würde. Außerdem hatte das Mädchen Mumm. Sie würde das *Waly* zu einem Stillhalteabkommen zwingen und überleben.

»Ich brauche vier Kamele«, sagte Terry.

»Sie wollen wohl ganz allein hinaus, wie?«, fragte Mayhew.

»Melden Sie sich freiwillig?«

»Für nichts in der Welt«, gab Mayhew zurück. »Ich habe meine Frau an dieses verfluchte Land verloren. Am Ende kriegt es mich auch. Das ist mir durchaus klar. Aber wenn ich schon ins Gras beiße, dann in meinem Bett oder zumindest in der Nähe davon.« Nach einer Weile schlenderte er bis ans Ende der Veranda und schaute nach Osten. »So wie ich die Aborigines kenne, kommen sie nur sehr langsam voran. Von Eile halten die nichts. Ich halte Sie für einen verdammten Narren, weil Sie wieder hinaus wollen. Aber es ist tatsächlich nicht ausgeschlossen, dass die Kleine noch am Leben ist. Die Aborigines leben an Orten, an denen ein Weißer verhungern und verdursten würde. Und eine von denen hat sie bei sich, die sie führt. Als die Kleine bei mir auf der Farm war, hat sie durchaus bewiesen, dass sie Mumm hat. Wie Sie schon sagten, vielleicht ist sie noch am Leben … falls nicht eine Schlange zu ihr unter die Decke gekrochen ist und falls nicht zufällig eine weitere Horde Aborigines vorbeigekommen ist und sie und die Blackfellow-Frau verspeist hat. Oder falls die beiden nicht eine der feuchten Stellen verpasst haben und verdurstet sind. Natürlich müssen sie von einer Wasserstelle zur anderen gehen. Falls Sie also ausreichend Wasser mitnehmen und ein paar Wasserstellen auslassen können, und falls Sie stattdessen den direkten Weg nehmen und sich beeilen, könnten Sie sie vielleicht in den Dünen noch einholen.«

Terry gönnte sich ein paar Tage, um seinen hageren Körper wenigstens etwas mit dem guten Hammelfleisch zu mästen. Als Jonas sich beschwerte, er würde ihn durch seine Fressorgien noch um Haus und Hof bringen, gab er ihm ein paar Pfund mehr von Tolos Geld. Doch die Verzögerung war nicht nur deshalb notwendig, um es sich selbst gut gehen zu lassen. Es mussten Wasserfässer beschafft werden, und das bedeutete, dass die bei Mayhew lebenden Aborigines zum nächsten Handelsposten gehen und welche besorgen mussten. Doch dann war Terry endlich reisefertig. Die vier Kamele waren ausreichend getränkt und gefüttert worden, die Lasten auf den Packtieren gut verteilt, und das Reittier trug einen Sattel. Terry nickte dem alten Mayhew zu. »Also dann, Kumpel, ich schicke Ihnen eine Postkarte vom Ayers Rock.«

»Tun Sie das«, sagte Mayhew.

21

Louis Sabitier, Résident Supérieur in der annamesischen Hauptstadt Huê, war nicht nur jemand, der zum Politiker ernannt worden war. Seine Position hatte er sich erworben, weil er als Feldkommandeur in dem langen, erbitterten Indochina-Krieg gekämpft hatte. Sowohl in Frankreich als auch in Indochina bestand Einigkeit darüber, dass die Regierung in Paris wenigstens einmal den richtigen Mann an die richtige Stelle gesetzt hatte. Durch seine Fähigkeiten und durch seine Leistungen während seiner Amtszeit war es Sabitier gelungen, den Respekt – um nicht zu sagen die Liebe – der Annamesen zu gewinnen, gegen die er zuvor gekämpft hatte.

Im Jahre 1873 bei der Besetzung der Stadt Hanoi am Roten Fluss in Tongking durch Francis Garnier hatte Louis Sabitier als junger Befehlshaber eine Abteilung der Kompanie angeführt. Gemeinsam mit Garnier hatte er in der entsetzlichen Schlacht am Delta des Roten Flusses gekämpft, bei der die Franzosen sich denselben Guerilla-Taktiken ausgesetzt sahen, die die Briten ein Vierteljahrhundert später in Südafrika in arge Bedrängnis bringen sollten.

Tongking mit Hanoi und dem gesamten Delta am Roten Fluss standen unter der Oberhoheit der Annamesen. Sie waren ein stolzes Volk, und die Herrscherfamilie nahm es den Franzosen immer noch übel, dass diese sie unter der Regierung von Guinevere Gorels Großvater Nguyen III. zu offenen Handelsbeziehungen mit ihnen gezwungen hatten. Die annamesischen Kaiser brachten mit ihrem Gold chinesische Söldner ins Land, die *Black Flag Society* von Yunnan, um die französische Überwachung zu untergraben. Die sich weiter hinziehenden Kämpfe endeten schließlich mit einem Patt. Der französische

Heerführer starb, doch der neue annamesische Kaiser Tu Duc wurde gezwungen, bei der Ausübung seiner Staatspolitik die Beraterfunktion der Franzosen zu akzeptieren und die offenen Handelsbeziehungen zwischen Annam und Frankreich fortzuführen. Frankreich sah dieses Land, in dem es immer noch gärte und brodelte, als sein Protektorat an.

1880 wandte Tu Duc sich von Frankreich ab – wieder mit Unterstützung von Chinas *Black Flag Society*. Und wieder zog Louis Sabitier hinaus ins Feld in einen Dschungelkampf, der anscheinend nicht zu gewinnen war. Hanoi musste zurückerobert werden. Huê, Sitz des Kaisers Tu Duc, geriet unter Belagerung. Nach knapp einem Jahr wurde ein neuer Kaiser, Hiep Hoa, gezwungen, die französischen Bedingungen anzunehmen. Louis Sabitier hatte genug von der Nguyen-Familie und trug wesentlich dazu bei, dass Dong Khanh als Kaiser von Annam ausgerufen wurde. Von seinem eigenen Volk wurde Dong Khanh als folgsamer Hund bezeichnet, als williges Werkzeug der Franzosen. Doch wenigstens herrschte Frieden in Indochina, wenn auch nur ein recht instabiler.

Frankreich hatte die Absicht, die gesamte Halbinsel zu einer Kolonie zu vereinen. Zu diesem Zweck wurde 1887 ein Generalgouverneur ernannt, und 1898 beschlossen die Franzosen, ein Gesamtbudget für den Bau von Straßen und Eisenbahnen einzuführen, um die einzelnen Territorien miteinander zu verbinden. Nur wenige Männer – unter ihnen auch Louis Sabitier – warnten vor einem solchen Schritt, da es zwischen Annam und Tongking sowie dem leichter zu befriedenden Cochinchina im Süden nie irgendwelche sozialen oder wirtschaftlichen Verflechtungen gegeben hatte.

In einem Bericht an seine Vorgesetzten in Frankreich schrieb Sabitier:

Wenn man sich nur anschaut, dass wir im Vergleich zu den schweren Schlachten am Roten Delta die Gebiete von Cochinchina relativ einfach unter unsere Kontrolle gebracht haben, lässt sich meines Erachtens leicht voraussagen, dass die aggressiveren Annamesen in Indochina die Vorherrschaft übernehmen werden, wenn wir wirklich eine Vereinigung anstreben. Wir müssen auf der Hut sein, sonst sind wir in Zukunft mit einem vereinten Indochina konfrontiert, das wir uns so nicht vorgestellt haben: einem vereinten Land unter der Oberhoheit der Annamesen.

Soeben war Louis Sabitier aus einer der regelmäßig stattfindenden Sitzungen des Conseil Supérieur de l'Indochine heimgekehrt und versuchte, sich durch seine Post zu kämpfen. In diesem Augenblick trat sein Sekretär in sein Büro und sagte ihm, eine Mrs Guinevere Gorel, geborene Nguyen, wünsche den Résident Supérieur zu sprechen.

»Schicken Sie sie weg«, erwiderte Sabitier kurz angebunden. »Für Touristen habe ich keine Zeit.«

»Sir«, sagte der Sekretär und räusperte sich, »sie behauptet, sie sei eine Enkelin des Kaisers Nguyen III.«

Sabitier legte die Papiere, in die er gerade vertieft war, aus der Hand und rieb sich das Kinn. »Ja, da gab es mal eine Enkelin, die mit einem Engländer verheiratet war.« Sabitier hatte stets nach dem Motto gehandelt, dass die Kenntnis des Feindes den Mangel an Soldaten wettmache. Die annamesische Geschichte hatte er gründlich studiert. »Lassen Sie sie ein.«

Der Résident Supérieur war ein Mann, ein Franzose, und außerdem ein Soldat, der in den vergangenen zwanzig Jahren viel Zeit im Feld verbracht hatte. Da er die Vorzüge der annamesischen Weiblichkeit bemerkt, bewundert und selbst ausprobiert hatte, wusste er, dass die annamesischen Frauen zu den schönsten der Welt zählten und dass sie, ähnlich wie in China, von Kindheit an traditionsgemäß dazu erzogen wurden, den Männern gefällig zu sein. Daher war er durchaus darauf vorbereitet, eine schöne annamesische Frau zu Gesicht zu bekommen. Als er in Guinevere Gorel jedoch die fantastische Mischung aus französischem und annamesischem Blut sah, wurde er schlagartig aktiv und sprang sofort auf. Er eilte Guinevere um seinen Schreibtisch herum entgegen, gab ihr die Hand und bot ihr einen Stuhl an. Sein Lächeln und sein Interesse an ihr waren echt. Und noch bevor er überhaupt Guineveres Bitte gehört hatte, versicherte er ihr, dass ihr als seinem Gast kein Wunsch abgeschlagen werden würde.

Kurz darauf hatte er mit seinen Fragen bereits ans Licht gebracht, dass Guinevere als Passagier auf einem australischen Frachtschiff hergekommen war. Als er dann ihr Anliegen erfuhr – sie wollte herausfinden, ob bestimmte Familienmitglieder, insbesondere eine gewisse Tante von ihr, noch lebten –, gewann wie immer, wenn es um annamesische Staatsangelegenheiten ging, seine natürliche Vorsicht rasch die Oberhand.

»Worum Sie mich bitten, könnte schwierig zu erfüllen sein«, begann Sabitier vorsichtig. »Wissen Sie nicht, dass die Familie Nguyen nicht mehr den Kaiserpalast bewohnt?«

»Ich habe gehört, dass nun der Emporkömmling Dong Khanh auf dem altehrwürdigen Thron sitzt«, erwiderte Guinevere.

Dass sie dem neuen Kaiser keine freundlichen Gefühle entgegenbrachte, ließ sich nachvollziehen. Schließlich war der amtierende Herrscher kein Nguyen und daher in ihren Augen dem alten Herrschergeschlecht nicht ebenbürtig. Sabitier nickte verständnisvoll und überlegte.

Nach jahrzehntelangem Krieg war es inzwischen verhältnismäßig friedlich in diesem Land. Gerade jetzt, wo alles mit großer Schnelligkeit auf die Vereinigung sämtlicher Territorien Indochinas zusteuerte, war die Anwesenheit eines Familienmitglieds der alten Nguyen-Dynastie, durch das der annamesische Nationalstolz wieder aufleben würde, mit Sicherheit das Letzte, was er gebrauchen konnte. Den kriegerischen Annamesen wäre es durchaus zuzutrauen, dass sie sich um eine Nguyen scharten und die ganze Halbinsel erneut ins Chaos stürzten.

Er sah zu Guinevere, die vor seinem Schreibtisch Platz genommen hatte und ihn anlächelte. Noch nie hatte er einen so anregenden Appetithappen gesehen. Wie die meisten Franzosen hielt er sich für einen Frauenkenner und für einen besonders guten Liebhaber. Er wurde zwischen Liebe und Pflicht hin- und hergerissen. Sein gesunder Menschenverstand sagte ihm, es sei wohl das Beste, diese hübsche Person so schnell wie möglich auf das nächste Schiff zu verfrachten und sie zu ihrem englischen Ehemann nach Neuguinea zu schicken.

Schweigend sah Guinevere den Résident Supérieur an. Ob ihr die Brisanz von Sabitiers politischer Stellung bewusst war, ließ sich bezweifeln. Doch wenn ein Mann zwischen seinen Wünschen und seiner Verantwortung schwankte, erkannte sie das offenbar sofort. Ihre nächsten Worte gaben den Ausschlag. »Es ist schon so lange her, seit ich meinen Geburtsort zum letzten Mal gesehen habe«, sagte sie mit strahlendem Lächeln. »Wäre es wirklich zu viel verlangt, Monsieur, Sie zu bitten, mich durch die Stadt zu führen?«

Sabitiers Entscheidung wurde ihm wesentlich durch die Tatsache erleichtert, dass seine Besucherin nun die Position einer begierigen Bittstellerin angenommen hatte. Zumal sie sich auf ihrem Stuhl vorgebeugt hatte und ihm deutlich zeigte, dass sie nicht wie die meisten Annamesinnen die Brüste eines jungen Mädchens, sondern die einer erwachsenen Frau besaß.

Mit einer solchen Wirkung hatte Sabitier nicht gerechnet. Er unternahm mit Guinevere eine Rundfahrt durch die Stadt, die nur durch ihre Bemerkung über die von den Franzosen vorgenommenen Veränderungen getrübt wurde. Bei einem ausgezeichneten Abendessen in einem französischen Restaurant, welches in Paris zu den besten gezählt hätte, war diese Bemerkung jedoch rasch vergessen. Im Anschluss daran, als sich im Wohnsitz des Résident Supérieur das Mondlicht auf die Veranda ergoss, gab es einen erstklassigen Wein, der über diplomatische Kanäle die lange Reise von Frankreichs Weinbergen bis nach Huê zurückgelegt hatte.

Später in Sabitiers Schlafzimmer hielt Guinevere seinen Kopf in ihrem parfümierten Schoß. »Ich bin nach Hause gekommen«, flüsterte sie, »nicht nur in mein Land, sondern zu einem Mann, der weiß, dass er ein Mann ist.«

Sabitier hatte nicht erwartet, dass seine Eroberung so einfach wäre. Er wusste genau, dass diese Frau irgendetwas von ihm wollte. Er war fasziniert von ihr und zugleich ein wenig neugierig geworden.

Vielleicht ließe sich ja eine Möglichkeit finden, ihre Wünsche zu nutzen, um seine politische Karriere voranzutreiben. Oder suchte er nur eine Ausrede, um ihre duftenden, zarten, erhitzten Glieder zu umschlingen, ihre feuchte, schlüpfrige Weichheit zu erforschen und die begehrenswerteste, sinnlichste und in Liebesdingen gewandteste Frau, die er je kennengelernt hatte, bei sich zu behalten?

Guinevere ging allein an Bord. Als sie Simon Yates Schiff betrat, wartete die offizielle Staatskutsche am Kai auf sie.

Sie hatte Sabitier eine Vorstellung gegeben, die er so schnell nicht vergessen würde, und triumphierte. Noch nie hatte das Schicksal es so gut mit ihr gemeint. Der erste Mann, dem sie in Huê begegnet war, hatte sich nicht nur als reich erwiesen, sondern bekleidete auch eine einflussreiche, mächtige Position. Innerhalb des geschützten Raumes seines Wohnsitzes könnte sie genau das Leben führen, welches sie in dem kühlen alten Haus in Suffolk so sehr vermisst hatte.

Sie stieg zu Simon Yates auf die Brücke. »Simon, ich habe mich entschlossen, in Huê zu bleiben«, sagte sie ohne Umschweife.

Der Australier zog verblüfft die Brauen hoch. »Und das nach einer einzigen Nacht an Land?« Er grinste. »Ich wusste ja, dass du gut bist, Schätzchen. Aber das nenne ich schnelle Arbeit.«

»Ich habe einen alten Freund getroffen«, sagte Guinevere. Sie hatte nicht die geringste Lust, bei ihrer Erklärung ins Detail zu gehen. Schließlich ging es Simon nichts an. Sie hatte die Kreuzfahrt mit ihm durchaus genossen. Doch wenn sie Simons Bemühungen mit dem kultivierten amourösen Raffinement des erfahrenen Louis Sabitier verglich, kam er ziemlich schlecht dabei weg. »Ich habe einen Mann mitgebracht, der meine Sachen abholt.«

»Bleibt dir noch Zeit für ein ausgedehntes Good-bye, Schätzchen?«, fragte Simon.

Sie wusste genau, worauf er hinaus wollte. Aber sie hatte von Anfang an keinen Zweifel daran gelassen, dass ihre Beziehung zu Simon nur ein kurzes Zwischenspiel war. Wie hatte er sie noch genannt? »Die prächtigste, unerschöpflichste Quelle für Unanständigkeiten, der ich je begegnet bin.« Neben Sabitier nahm Yates sich geradezu vulgär aus. Daran bestand kein Zweifel. Doch er war eine ehrliche Haut und mochte sie offenbar wirklich gern. Der Gedanke versetzte ihr einen leichten Stich.

»Nein, tut mir leid«, sagte sie in ernstem Ton. Sie stellte sich auf die Zehenspitzen und küsste ihn sanft auf den Mund. »Ich werde dich nicht vergessen.«

»Keine Nachricht an deinen Männe in Neuguinea?«

»Im Augenblick nicht«, sagte sie mit einem kleinen Lächeln.

Im offiziellen Wohnsitz des Résident Supérieur führte Guinevere ein Leben im großen Stil. Die Dienstboten hatten gleich erkannt, dass Guinevere es gewohnt war, Befehle zu erteilen, und fügten sich fraglos ihren Anweisungen. Louis Sabitier war angenehm überrascht zu sehen, dass sie die Führung seines Haushaltes übernommen hatte. Das Essen war plötzlich viel besser geworden, wie Sabitier dankbar eingestand, und das gesamte Haus blitzte vor Sauberkeit, an der es in dem Junggesellenhaushalt bislang gemangelt hatte.

Dieser Status quo, bei dem Guinevere die unumschränkte Macht in allen Haushaltsdingen besaß, hätte noch ewig so weitergehen können. Doch schon bald bekundete sie ihr deutliches Interesse an Dingen, die sich außerhalb des Hauses abspielten. Als sie von einem Ball für die Mitglieder des ausländischen diplomatischen Corps zurückkehrten, bei dem kaum ein annamesischer Vertreter zugegen gewesen war, fragte sie: »Wo steckten denn die Repräsentanten des Kaisers?«

»Oh, man hat ihnen gesagt, es sei nur ein langweiliger Anlass mit lauter langweiligen Briten, langweiligen Deutschen und anderen langweiligen Ausländern«, teilte Sabitier ihr mit. »Eine reine Routine, um unseren gesellschaftlichen Verpflichtungen nachzukommen, sonst nichts.«

»Waren sie denn nicht verärgert, weil man sie nicht eingeladen hatte?«

»Ganz und gar nicht. Sie waren dankbar, dass ihnen wenigstens ein Abend erspart geblieben ist, an dem sie versuchen müssten, die langweiligen Worte der Ausländer zu verstehen.«

»Wann kann ich mit jemandem aus dem Palast reden?«, fragte sie wie nebenbei. »Ich möchte gern wissen, ob meine Tante und einige andere Verwandte noch leben.«

»Ich kann mich gern für dich erkundigen«, sagte er.

Nach mehreren Wochen ihres überaus angenehmen Lebens in der Residenz wurde Guinevere deutlich bewusst, dass Sabitier nicht die geringste Absicht hatte, sie mit irgendjemandem aus dem Palast in Kontakt treten zu lassen. Sie machte sich ihre Gedanken.

Und schließlich kam eines zum anderen – Argwohn, Missverständnisse, das annamesische Talent für Intrigen und die annamesische Vorliebe für den Krieg sowie die Erfahrungen eines Franzosen in einem Land, das ihn gelehrt hatte, allem Annamesischen zu misstrauen – und führte zu Guineveres Fall. Sie beschleunigte die Ereignisse sogar noch. Denn sie wunderte sich, warum Louis Sabitier wohl so sehr darauf bedacht war, jegliche Kontaktaufnahme mit einem Mitglied aus Dong Khanhs königlicher Familie und sogar mit irgendeinem seiner Bediensteten zu unterbinden. Da der Franzose sie mit allen Mitteln isoliert halten wollte, müsste ihr zwangsläufig ein Vorteil daraus entstehen, wenn sie seine Vorsichtsmaßnahmen geschickt umging. Sie träumte davon, bei Hofe ein willkommener Gast zu sein – gekleidet in die königlichen Farben, geschmückt mit einigen der Kronjuwelen, die sie zu Lebzeiten ihres Großvaters einst hatte tragen dürfen.

Wäre Guinevere bei der Auswahl ihrer Botin etwas umsichtiger gewesen, hätten ihre Pläne, Verbindung zum Kaiser aufzunehmen, durchaus gelingen können.

Doch es sollte so kommen, dass sie ausgerechnet gerade diejenige Hausangestellte damit beauftragte, die allen Grund hatte, sie zu hassen, weil Guinevere sie aus Sabitiers Bett verdrängt hatte. Statt wie geheißen ihre Nachricht im Palast abzugeben, brachte die junge Annamesin sie schnurstracks zu Louis Sabitier ins Büro.

In dem Schreiben ging es um nichts anderes als um die Bitte an den Kaiser, Guinevere mit ihrer Tante in Kontakt zu bringen. Ferner enthielt der Brief ein paar Einzelheiten über jene Tante, wie Alter, Mädchenname und zuletzt bekannter Wohnsitz. Sabitier aber hatte gelernt, dass im Fernen Osten nur allzu oft der Schein trog. Erst vor wenigen Tagen war ein isoliertes Widerstandsnest aufgeflogen und erneut ein Gefecht gegen die Steuereintreiber des Kaisers aufgeflackert. Außerdem kursierten Gerüchte, nach denen der altbekannte Feind, die *Black Flag Society,* in einer der fernen nördlichen Provinzen wieder in Aktion getreten sei.

Sabitier hatte zwar nicht die leiseste Ahnung, welchen Vorteil ein Mitglied der Nguyen-Familie aus der Verbindung zu dem von den Franzosen auf den Thron des letzten Nguyen-Kaisers gesetzten Dong Khanh ziehen könnte, doch ihm stand auch nicht der Sinn danach, es herauszufinden. Er hatte genug um die Ohren und konnte es sich einfach nicht leisten, seine Energie mit derlei Dingen zu verschwenden. Wie ein Jongleur im Zirkus, der mehrere Teller gleichzeitig auf Stöcken drehte und zusehen musste, dass sie alle oben blieben, liefen auch bei ihm zahlreiche wichtige Angelegenheiten gleichzeitig ab. Wie der Jongleur, so war auch er ständig auf dem Sprung. Ihm blieb kaum genug Zeit, einen Teller weiterzudrehen, dann musste er schon zu den anderen rennen, damit auch diese nicht herunterfielen.

Nach einer himmlischen Nacht, in der sowohl Guinevere als auch Sabitier ihr Äußerstes gaben, wurde Guinevere durch dasselbe Hausmädchen geweckt, das sie verraten hatte. »Sie müssen aufstehen«, sagte das Mädchen unhöflich.

»Scher dich weg«, erwiderte Guinevere schläfrig. »Lass mich in Ruhe, sonst bekommst du eine Tracht Prügel.«

Das Hausmädchen ging zur Tür von Guineveres Schlafzimmer und sagte: »Sie weigert sich aufzustehen.«

Die Tür wurde aufgeschoben, und zwei annamesische Gendarmen standen im Flur. »Sie werden sich jetzt sofort anziehen«, forderte einer der beiden sie auf.

»Verlassen Sie augenblicklich mein Schlafzimmer«, sagte Guinevere unterkühlt.

Der Polizist nickte seinem Kollegen zu. Dieser ging ans Bett und schlug das Zudeck zurück. Guinevere war nackt. »Wie können Sie es wagen?«, rief sie und griff nach dem Zudeck.

Der Polizist packte sie am Arm und zog sie grob aus dem Bett. »Ziehen Sie sich an. Oder ist es Ihnen lieber, wenn wir Sie in ein Laken gehüllt mitnehmen?«

Guinevere rief das Hausmädchen beim Namen. »Hol auf der Stelle Monsieur Sabitier!«

Das Hausmächen lachte. Die Polizisten rissen ein Laken aus dem Bett und traten damit auf Guinevere zu, um sie darin einzuwickeln.

»Ich ziehe mich ja schon an«, sagte sie. »Bitte gehen Sie solange hinaus.«

»Fünf Minuten«, gestand der Polizist ihr zu. Dann wandte er sich an das Hausmädchen. »Und du, fang an, ihre Sachen zu packen.«

Niemand kümmerte sich um Guineveres Protest, als sie aus Sabitiers Haus geführt wurde. Nicht einmal, als sie ihre Würde vergaß und laut zu schreien anfing. Vor dem Haus wartete ein

Polizeiwagen, dessen Zugpferde friedlich die Köpfe hängen ließen. »Hilfe«, schrie Guinevere, »ich werde entführt.«

Dann sah sie auf der gegenüberliegenden Straßenseite Louis Sabitier, der neben einem weiteren annamesischen Polizisten stand. Er machte eine knappe Verbeugung und warf ihr eine Kusshand zu. Dann wurde sie in den Polizeiwagen verfrachtet, und nach einer unbequemen, holprigen Fahrt half man ihr aus dem Fahrzeug hinaus und begleitete sie die Landungsbrücke hinauf auf ein Schiff. Ihre Kajüte war mit der luxuriösen Kapitänskabine von Simon Yates nicht zu vergleichen. Es handelte sich um ein japanisches Schiff. Sie wurde nicht dazu eingeladen, am Tisch des Kapitäns zu speisen, sondern bekam ihre Mahlzeiten in ihre Kajüte gebracht.

Kurz nach dem Auslaufen aus dem Hafen von Huê wurde ihr ein Brief überbracht.

»Meine schönste annamesische Blume«, hatte Louis Sabitier geschrieben. *»Warum konntest Du Dich nicht damit zufriedengeben, ohne weitergehende Ambitionen nur über mein Heim zu herrschen? Mir ist es unendlich schwergefallen, dich wegzuschicken. Ich hoffe, dass auch Du mich wenigstens ein bisschen vermisst.«*

Sie murmelte ein paar alte annamesische Flüche. Selbstverständlich hätte sie sich damit zufriedengegeben, allein über Sabitiers Haus zu herrschen. Hatte er sie denn allen Ernstes in irgendeiner Form für eine Bedrohung der in Annam bestehenden Ordnung gehalten? Hätte er doch nur offen mit ihr darüber geredet. Dann hätte sie ihm versichern können, dass sie nicht das geringste Interesse an Politik und an der Regierung hatte. Sie fühlte sich leer und hoffnungslos. Nicht etwa, weil sie den Franzosen verloren hatte – der war nur einer von vielen –, sondern weil sie es nicht geschafft hatte, in der Weise zu leben, wie sie es verdiente.

Solange das Schiff auf See war, konnte sie sich an Deck frei bewegen. In Hongkong und Nagasaki jedoch blieb sie in ihrer Kajüte eingesperrt. Nur beim Zwischenstopp auf mehreren der

Bonin- und der Mariana-Inseln durfte sie an Deck bleiben. Das Schiff fuhr immer weiter in die Äquatorhitze hinein, legte in Deutsch-Neuguinea an, und schließlich wurde sie wie eine ungewollte Fracht in Port Moresby abgeladen, das einer tropischen Hölle glich.

Die Japaner hatten ihr gestattet, von Nagasaki aus ein Telegramm zu schicken. Trevor wartete auf dem baufälligen Kai mit einem Strauß seltsamer, fleischig aussehender Blumen in der Hand.

Guinevere verfügte über ausreichend Geduld. Auch wenn das Glück sich in Indochina von ihr abgewandt hatte, würden sich doch andere Gelegenheiten bieten, um sich einen Platz im Leben zu verschaffen, der einer Prinzessin des alten Annam würdig wäre. Bis dahin warf sie sich erst einmal Trevor in die Arme und verspürte sogar ein leises Verlangen. Einige der japanischen Besatzungsmitglieder hatten ihr auf der Fahrt von Huê nach Port Moresby zwar schöne Augen gemacht, aber es war kein richtiger Mann an Bord gewesen.

»Oh, mein Liebling«, hauchte sie, »wie sehr habe ich dich vermisst. Bring mich rasch in unser Heim.«

22

Kit Van Buren saß in einem Schaukelstuhl, der nach Matts Anweisungen aus dem heimischen Bambus angefertigt worden war. Matt befand sich auf den Hängen und beaufsichtigte das Pflanzen weiterer Kaffeesetzlinge. Unter ihr sprudelte der grüne Bach über die nackten Felsblöcke. Matt hatte sich dafür entschieden, ein hölzernes Viadukt zu bauen, um das Wasser von oben bis ans Haus zu führen. Auf dem Hang hinter dem Haus wurde es in einem großen Behälter gesammelt, und durch die Schwerkraft hatte Kit in ihrer Küche und in den Bädern fließendes Wasser.

Die Sonne schien warm, doch die Temperaturen waren durchaus erträglich. Ein frischer Luftzug wehte Kit entgegen und brachte den scharfen, aber nicht unangenehmen Geruch der farbenfrohen Krotone und der aromatischen Gräser mit sich. Das Haus am Hang und das gesamte Tal, das sich bis zu den Nebelschwaden der fernen Berge erstreckte, lagen in eine Aura aus Stille und Frieden gehüllt, in die sich so etwas wie Erwartung mischte.

Die freudige Erwartung ging vor allem von Kit aus. Kurz nachdem sie sich an diesem Morgen aus dem Bett geschält hatte, um dem protestierenden Matt sein Frühstück zu bereiten, hatte sie zum ersten Mal einen ziemlichen Aufruhr in ihrem Bauch verspürt. Das Baby hatte sich gedreht, und diese Bewegung war vollkommen anders als alles, was sie vorher erlebt hatte. Doch dieses Zusammenziehen waren keine Wehen – noch nicht.

Matt gegenüber hatte sie kein Sterbenswörtchen davon erwähnt. Sie hatte ihn sogar schamlos belogen und ihm weisgemacht, das Baby käme frühestens in zwei Wochen. Nun war es zu spät, sie die Berge hinab in die zweifelhafte Sauberkeit des Krankenhauses von Port Moresby zu schaffen. Aber es war noch nicht zu spät, nach dem Missionsarzt zu schicken, der hin und wieder auch in dieses Tal kam. Kit hatte sich entschlossen, ihr Baby bei sich zu Hause zu bekommen. Zwei alte, erfahrene Eingeborene, die gescheit genug waren, um ihre Anweisungen zu begreifen, sollten ihr bei der Entbindung beistehen.

»Ich weiß, dass die Frauen bei euch im Dorf sich hinhocken, wenn die Zeit kommt, dass ihr Kind geboren wird«, hatte Kit zu den beiden alten Hebammen gesagt. »Britische Frauen aber bringen ihre Kinder auf eine andere Art zur Welt. Ich werde mich auf den Rücken legen …«

»Dann können die Geburtsgeister nicht richtig sehen«, protestierte eine der alten Hebammen.

»Aber *mein* Gott wird es sehen, und er wird wissen, was zu tun ist«, beharrte Kit.

Sie arbeitete schon seit Wochen mit den beiden Frauen zusammen, und sie war sich sicher, dass sie alles genau nach ihren Anweisungen ausführen würden. »Ihr braucht nur die Schultern des Kindes zu führen«, wiederholte sie immer wieder. »Ihr dürft an dem Kind weder zerren noch ziehen. Sobald die Schultern zu sehen sind, haltet ihr einfach die Hände unter das Kind, um es aufzufangen. Dann fasst ihr es an den Hacken, hebt es in die Luft und …«

Die Hebammen hatten alles verstanden. Doch sie waren immer noch nicht davon überzeugt, dass die Geburtsgeister das Kind aus dem Bauch der Mutter ziehen könnten, wenn diese auf dem Rücken lag.

Die beiden alten Frauen kamen aus dem Tal den Hang hinaufgetrottet. Ein Hausmädchen, das nichts als einen kurzen Grasrock trug, ging voraus. Die beiden Hebammen waren weniger freizügig gekleidet und hatten ihre Brüste bedeckt. Als die drei Eingeborenen die Treppe zu Kit hochstiegen und auf ihren Bauch starrten, bemerkte sie, wie schmutzverkrustet die Haut der beiden Hebammen war von dem wiederholt aufgetragenen ranzigen Schweinefett, mit dem sie sich gegen die Sonne schützten.

»Als Erstes geht ihr zum Bach runter«, wies Kit sie an. »Dort legt ihr eure Kleider ab und wascht euch gründlich mit Seife.«

Die beiden Frauen protestierten. »Bezahle ich euch etwa nicht gut?«, fragte Kit. »Wenn ihr mir bei der Geburt helfen wollt, müsst ihr schon tun, was ich euch sage. Sonst schicke ich nach Frauen aus dem Nachbardorf.«

Diesem Schimpf, dass die weiße Frau sich Hebammen aus dem Nachbardorf holen musste, wollten die beiden sich nicht aussetzen. Die bloße Drohung genügte, und die beiden eilten zum Bach.

»Und reibt euch nach dem Waschen nicht wieder mit Schweinefett ein«, rief Kit ihnen nach, als sie murrend die Treppe hinabstiegen.

Während sie fort waren, überzeugten ihr Gelächter und ihre schrillen Schreie Kit davon, dass die beiden, nachdem sie sich erst einmal überwunden hatten, offenbar ihr Bad genossen. Als sie zurückkamen, rochen sie gleich viel angenehmer. In der Zwischenzeit hatte Kit zweimal starke Kontraktionen verspürt. Die dritten kamen genau in dem Moment, als die beiden Hebammen zurückkehrten und vor ihr standen.

»Ah«, sagte die eine der beiden, während Kit mit schmerzverzerrtem Gesicht den Atem anhielt.

»Jetzt geht ihr in die Küche«, wies Kit sie an, sobald die Wehe vorüber war. »Ihr zieht euch wieder aus und legt die Kittel an, die ich euch dort zurechtgelegt habe. Danach wascht ihr euch mit Seife gründlich die Hände, die Arme und das Gesicht. Heißes Wasser zum Waschen steht in dem großen Tiegel auf dem Herd.«

»Noch mehr waschen?«, fragte eine der Frauen ungläubig. »Ich habe noch nie eine Frau gekannt, die so versessen aufs Waschen ist.«

Es war keine typische Erstgeburt. Die zwei Einheimischen hatten schon reichlich junge Gebärende gesehen, die sich viele

Stunden, oft sogar Tage lang, in Krämpfen wanden. Sie hatten sich darauf eingestellt, unbegrenzt süßen Tee und leckeres Gebäck zu genießen, als Kit plötzlich nach Luft schnappte und sie dringend zu sich rief.

»Oh ha!«, sagte die Ältere, nachdem sie das Laken angehoben hatte.

»Du musst auf die Beine, Mistress«, sagte die andere. »Das Kind kommt.«

Kit wusste, dass der Kopf des Babys bereits zu sehen war. Schon während die Hebammen sich wuschen und sich die einfachen weißen Kittel überzogen, die Kit ihnen extra zu diesem Zweck genäht hatte, war ihr das Fruchtwasser abgegangen. Die Wehen waren in regelmäßigen, kurzen Abständen gekommen und immer stärker geworden. Ihr Becken hatte sich so gewaltig geweitet, dass sie glaubte, auseinandergerissen zu werden.

Sie spürte, wie die nächste starke Wehe kam, und presste so fest sie nur konnte. Doch nur der Schopf des Babys kam zum Vorschein.

»Du musst auf die Beine und zulassen, dass die Geister des Neugeborenen dir helfen«, bat eine der Hebammen.

Kit presste und betete. Immer wieder aufs Neue, doch es tat sich nichts. Der Schopf des Babys war zu sehen, aber die Beckenöffnung war zu eng, um die Schultern des Kindes durchzulassen. Jede Wehe wurde offenbar immer noch stärker und noch schmerzvoller.

»Auf die Beine«, forderte eine der Frauen beharrlich. Beide Hebammen packten sie und hoben sie hoch. Sie zwangen Kit, aufzustehen und sich aufs Bett zu hocken. Eine besonders kräftige Wehe machte sich bemerkbar. Kit presste und spürte, wie sie riss. Sie schrie auf und fühlte die Hände der Hebammen. Dann spürte sie, wie die Schultern des Babys, die sie bis aufs Äußerste ausgedehnt hatten, ohne dass die für einen natürlichen Geburtsvorgang erforderliche Freiheit erreicht worden wäre, ihr Fleisch weiter aufrissen. Das Blut mischte sich mit den natürlichen Geburtsflüssigkeiten und ließ die Schultern des Babys durch die Beckenöffnung gleiten. Das Baby schoss den Hebammen förmlich in die Hände.

»Es ist ein Junge«, riefen beide Eingeborene wie aus einem Munde.

Kit hörte – einer Ohnmacht nahe – den ersten Schrei, einen schwachen kleinen Protest, der fast sofort in wütendes Gebrüll überging. Sie sank rücklings aufs Bett und lachte entzückt. Sie lachte, weil sie ihr Baby schließlich doch nach Art der Eingeborenen zur Welt gebracht hatte. So wie die Frauen des Stammes es seit undenklichen Zeiten taten, so hatte auch sie bei der Geburt ihres Kindes gehockt. Und sie lachte, weil ihr Sohn so gesunde Lungen hatte.

Während die zwei Frauen nun die geschwächte junge Mutter versorgten, liefen sie zu Höchstform auf. Eine von ihnen durchtrennte mit einem Biss die Nabelschnur, und die andere kümmerte sich um die Nachgeburt. Kit durfte das sich windende Bündel mit dem roten Gesicht, das immer noch laut gegen den Wechsel von dem behaglichen Bauch in die Welt protestierte, beglückt im Arm halten. Der Kleine hatte zehn Zehen und zehn Finger, und die Nase, Augen und Ohren saßen am rechten Fleck.

»Ein richtiger Mann«, sagte eine der Hebammen. »Groß bei der Geburt heißt, groß im Mannesalter.« Sie fummelte an dem winzigen Penis des Babys. »Ah, was für ein Vergnügen wird er später einmal seiner Frau bereiten. Aus dem wird mal ein kräftiger Mann, und an der Form hiervon kann man schon sehen, dass er auch ein feuriger Liebhaber wird.«

Kit war schon längst nicht mehr schockiert über die Vorliebe der Eingeborenen, die Genitalien anderer zu berühren. Im Moment schenkte sie aber der Vorhersage der Alten keinerlei Beachtung. Ihr erschien der Gegenstand der Spekulation nur als normal großer Babypenis.

»Schickt das Mädchen zu Mr Van Buren«, befahl sie.

Als Matt völlig verschwitzt und nach Mann riechend ins Zimmer stürmte, lernte sein Sohn soeben, an Kits prall mit

Milch gefüllter Brust zu saugen. Mit weit aufgerissenen Augen schlitterte Matt über den Hartholzfußboden und zog sich den Hut vom Kopf.

»Kit?«

»Man kann es noch nicht genau sehen«, meinte sie, »aber ich glaube, er hat deine Augen.«

»Ein Junge?« Matt verfiel in ein glucksendes Gelächter. Kit sah ihn an, entdeckte all die Liebe in seinen Augen und stimmte in sein Lachen mit ein. Er beugte sich zu ihr, küsste sie auf die Wange und betrachtete aufmerksam das runzlige kleine Gesicht, das von Kits Brust zur Hälfte verdeckt war.

»Ich werde reichlich Milch haben. Wir brauchen keine Amme.«

»Wie?« Er sah sie an, und seine Augen strahlten. »Oh, ja. Ist alles in Ordnung mit ihm?«

»Selbstverständlich. Er ist ein wunderschönes, gesundes Baby. Weshalb fragst du?«

»Na ja, er sieht so … verschrumpelt aus. Und so rot.«

Kit lachte. »Du sahst genauso aus, als du frisch aus dem Bauch deiner Mutter kamst, wo du so lange im Feuchten geschwommen hast.«

»Bist du sicher?«

»Ganz sicher.«

Sie hatten viele angenehme Stunden damit verbracht, einen Namen für das Baby auszusuchen. Kit war von Anfang an sicher gewesen, dass es ein Junge werden würde, und hatte weibliche Namen erst gar nicht in Betracht gezogen. Matt hatte sich sowohl auf männliche als auch auf weibliche Namen konzentriert. Aber keiner der beiden war zu einem Ergebnis gekommen. Als Kit den Jungen jedoch zum ersten Mal gesehen hatte, war sie sich ihrer Sache vollkommen sicher. Der Name, der ihr beim Anblick des Kindes sogleich durch den Kopf geschossen war, hatte bis dahin nicht einmal weit oben auf ihrer Liste gestanden.

»Das ist Matthew Grant Van Buren«, sagte sie.

Matt klappte den Mund auf und wollte protestieren. Er

hatte nie gewollt, dass ein Junge nach ihm benannt wurde. Doch sie wehrte seinen Einwand mit einer Handbewegung ab.

»Er hat es mir selbst gesagt«, erklärte sie lächelnd und nickte. »Er hat gesagt: ›Ich heiße Matthew, weil ich der Sohn meines Vaters bin. Und ich heiße Grant und werde auch so genannt, weil meiner Mutter der Klang dieses Namens so gut gefällt.‹«

»Tja, wenn er das sagt«, meinte Matt mit einem dümmlichen Grinsen. Da die Sache nun einmal entschieden war, fand er offenbar Gefallen daran, wenn der Name über Kits blasse Lippen kam.

»Und jetzt, mein geliebter Mann, bin ich so müde, dass ich vermutlich erst einmal eine oder zwei Wochen schlafen werde. Weck mich nur dann, wenn mein Sohn Grant hungrig ist.«

Eine der eingeborenen Hebammen nahm das Baby, wickelte es in Windeln und legte es zum Schlafen in eine Tragetasche, die Matt selbst gemacht hatte. Matt saß am Bett bei Kit, die ihre schweren Lider zufallen ließ. Gleich darauf atmete sie tief und gleichmäßig.

Herr Gott im Himmel, betete Matt schweigend. *Danke für diesen Tag. Danke für meine Frau, das größte Geschenk, das du mir auf dieser Erde gemacht hast. Danke dafür, dass sie mir einen Sohn schenken durfte.*

Er saß dort, bis es bereits dämmrig wurde und das Geschrei eines Babys ihn daran erinnerte, dass er nun Vater war. Das Geschrei weckte Kit.

»Nun geh schon«, sagte sie. »Du musst doch halb verhungert sein.«

»Eigentlich nicht. Kann ich ihm nicht zuschauen … kann ich Matthew Grant nicht zuschauen, wie er futtert?«

»Du alter Lustmolch«, zog Kit ihn auf. Aber es freute sie. Der Junge schmiegte sein kleines rotes Gesicht an ihre warme Brust und suchte mit dem Mund, bis er die geschwollene Brustwarze gefunden hatte. »Autsch, du kleiner Buschranger«, sagte Kit und zuckte zusammen. Sie sah zu Matt auf und lächelte. »Und dabei hat er noch gar keine Zähne.«

23

Tolo Mason konnte nicht einmal ansatzweise schätzen, wie viel Zeit vergangen war, seit er und Terry Forrest in der Wüste auf Ganba und die übrigen Aborigines gestoßen waren. Bis an sein Lebensende würde diese Zeitspanne wie ein leerer Fleck in seinem Gedächtnis bleiben, verborgen hinter einer dichten Nebelwand. Da war dieser betäubende Stoß in seinen Rücken. Er hatte sich verwundert an die Stelle gefasst, und seine Hand hatte sich um einen Speerschaft geschlossen … Das Erste, woran er sich danach wieder erinnern konnte, war ein hochgelegener, felsiger Ort mit eigentümlichen grünen Pflanzen und einem murmelnden Bach. Allerdings hatte er nur eine sehr verschwommene Erinnerung an diese Tage.

Bis er wieder genug Kräfte gesammelt hatte, um sich für wenige Minuten aufsetzen zu können, verging viel Zeit – vielleicht ein ganzer Monat. Immer wieder traten neue Schwindelanfälle auf, die ihn so sehr schwächten, dass er sich nur benommen auf die von Ungeziefer verseuchte Decke fallen lassen konnte. Sein Verstand arbeitete nur begrenzt. Sein getrübter Geist verschonte ihn davor, den Verlust Javas sowie seinen hilflosen Zustand vollständig zu erfassen. Die Aktivitäten rings um ihn her bekam er mit, hörte die Stimmen und nahm die scharfen Gerüche des Aborigine-Lagers wahr. Manchmal roch die Nahrung ebenso scheußlich wie die ungewaschenen, fettüberzogenen Körper der Frauen, die sich um ihn kümmerten.

Als sein Geist später etwas wacher wurde, versuchte er, die vergeblichen Gedanken an Java abzuwehren, indem er jedem einzelnen der Aborigines aus Uwas Stamm mit seinen endlosen Bemühungen auf die Nerven ging, ihre Sprache zu erlernen. Die Erwachsenen empfanden ihn in seiner Hartnäckigkeit als

Plage. Rasch waren sie seiner Wortspielchen überdrüssig und hatten keine Lust mehr, ihm die Namen der Gegenstände zu nennen, auf die er zeigte. Sie lachten nur über seine Anstrengungen, sich mit ihnen zu verständigen. Denn die Baadu-Worte, die er von Ganbas Leuten gelernt hatte, waren für die Mitglieder aus Uwas Stamm eine Fremdsprache. Also blieb ihm nichts anderes übrig, als kleine Kinder zu bestechen, damit sie mit ihm redeten. Zunächst erlangte er ihre Aufmerksamkeit, indem er Fratzen schnitt. Dann zeigten sie mit dem Finger auf ihn, kicherten und nannten ihn den verrückten Whitefellow. Er führte kleine Zaubertricks vor, einfache Dinge, die er vor Jahren von seinem Hauslehrer Dane de Lausenette gelernt hatte, dessen seltsame Todesumstände wesentlich dazu beigetragen hatten, dass er dermaßen von den Aborigines fasziniert war. Ein Aborigine von hohem Rang, einer der damaligen Arbeiter auf der Mason-Viehfarm, hatte de Lausenette »mit dem Knochen beschworen«. Kurz darauf war der Hauslehrer qualvoll zugrunde gegangen.

Eines der Bälger, ein kleines Mädchen, das freundlicher zu ihm war als die anderen, konnte er für sich gewinnen, indem er ihr aus dem wirren, fettigen Haar einen Kieselstein pflückte. Danach setzte die Kleine sich willig an sein Lager und ließ ihn die Worte ihres Stammes wissen.

Als er bereits eine ganze Reihe von Worten verstehen konnte und die anderen sich über seine Verständigungsversuche nicht mehr lustig machten, erzählte Uwa ihm, dass die Männer seines Stammes ihn viele Sonnenauf- und -untergänge lang durch das *Never-Never* getragen hatten. Und jeden Tag hatten sie geglaubt, der nächste würde sein letzter sein. Die Frauen, die Uwas kleine Schar begleitet hatten, erzählten ihm, dass sein Urin rot wie Blut gewesen war und dass sie ihn wie ein Baby gefüttert und ihm Wasser in den Mund getröpfelt hatten. Tolo dankte ihnen feierlich und aufrichtig.

Im Stillen gab er sich selbst einige Versprechen. Eines davon betraf Terry Forrest. Seine letzte Erinnerung vor der großen

Leere war, wie Forrest neben ihm hockte, ihm das Geld aus der Tasche zog und ihn mutterseelenallein dem sicheren Tod überließ.

Ein weiteres Versprechen betraf Uwa und seine Leute. Ganz gleich, wie viel Geld und Mühen es die Mason-Unternehmungen auch kosten mochte, er würde die Lebensbedingungen der Menschen in der Hamersley Range verbessern.

Die Aborigines maßen die Zeit nach den Mondphasen und den Jahreszeiten. Zweimal sollte der Vollmond kommen und gehen, bis Tolo mithilfe eines Stocks, den die Frauen für ihn abgeschnitten hatten, wieder stehen konnte. Die lange Krankheit hatte seinen Körper ausgezehrt, und auch ohne Waage wusste er, dass er bestimmt an die zwanzig Kilo verloren hatte. Nicht ein einziges Gramm Fett war mehr an seiner hageren, hoch aufgeschossenen Gestalt. Seine Rippen zeichneten sich deutlich ab, und seine Hüftknochen standen so weit vor, dass man sich daran verletzen konnte. In einem Becken, in das von der Felswand das Wasser herabtropfte, sah er sein Gesicht. Es war völlig ausgemergelt. Die Wangenknochen stachen weit hervor, und die Augen lagen tief in den Höhlen.

Auch wenn er die Wunde an seinem Rücken selbst nicht erblicken konnte, wusste er, dass dort immer noch das rohe Fleisch zu sehen war. Die Frauen bedeckten sie nach wie vor mit Blättern, die sie in eine abscheulich riechende, zähflüssige Substanz getaucht hatten. Als Tolo die Stelle vorsichtig mit den Fingern berührte, fühlte er eine tiefe Einbuchtung, die immer noch nicht bis zur Mitte verheilt war. Diese Stelle gemahnte ihn deutlich an seine Sterblichkeit. Die Frauen erzählten ihm, die Todesdämonen seien in die Wunde eingedrungen und hätten bewirkt, dass sie geeitert und gestunken hätte. Während sie den durchsickernden Tod von den Rändern her abgekratzt hatten, konnte ihr Singsang zu den Wesen des Guten ihn nur deshalb am Leben halten, weil die Geister der Traumzeit noch nicht mit ihm fertig waren. Mit einem stummen Nicken stimmte er ihnen zu. Gott, das Schicksal, die Geister der

Traumzeit, wer auch immer … jedenfalls war auch er noch nicht mit dem Leben fertig, nicht bevor er Java und anschließend Terry Forrest gefunden hatte.

Tolo wusste nicht, wo genau er sich befand. Er konnte nur raten. Nach Uwas Beschreibung ihrer Reiseroute während seines Komas mussten sie irgendwo in der Hamersley Range sein. Sobald er stark genug wäre, um sich auf den Weg zu machen, würde er nach Südwesten aufbrechen und zweifellos irgendwo in der Nähe des Nordwestkaps auf die Küste treffen. Die Aborigines sprachen nämlich vom Nie-Endenden-Wasser im Westen. Im Moment musste er sich allerdings noch mit sehr bescheidenen Strecken begnügen. Am Anfang waren es nicht mehr als fünf bis sechs Schritte. Er konzentrierte sich darauf, täglich einen oder zwei Schritte mehr zu schaffen.

Wenn ein Mensch dem Tode nahe gewesen ist und sein Körper darum kämpft, die verlorene Kraft zurückzuerlangen, unterstützt häufig die Natur den Genesungsprozess, indem sein Gehirn weniger beansprucht wird. Es ist, als würde das Gehirn durch ein Sedativum ruhig gestellt, sodass die Dringlichkeiten des Lebens nicht so vorrangig wichtig erscheinen. Tolos Existenz beschränkte sich auf die Notwendigkeit, seinen Bauch mit Nahrung zu füllen, wenn er denn welche bekommen konnte, sich auszuruhen, wenn seine Muskelstränge vor Erschöpfung zitterten, und stundenlang zu schlafen. Mehrmals am Tag versank er in tiefen Schlaf. Ihm war klar, dass er sich mit einer vernünftigen Ernährung, die auch Obst und Gemüse enthielt, wesentlich schneller erholt hätte. Doch er war Uwas Leuten dankbar, wenn er hin und wieder halbrohes Kängurufleisch bekam oder zu seiner großen Freude den ihm zustehenden Anteil an einem gestohlenen Schaf. Er aß einfach alles und jedes, was man ihm anbot. *Maku* wurde zu einem seiner Leibgerichte. Schließlich hatte er die langen weißen Maden auch schon früher gegessen. Jeder Australier, der den Namen verdiente, hatte diesen von den Aborigines so sehr geschätzten Leckerbissen schon einmal probiert. Viel grotesker erschien es ihm, Echsen und Schlangen zu essen, auf die vor allem die Jungen im Lager gern Jagd machten.

Als er allmählich wieder etwas an Gewicht zunahm, sodass seine Rippen nicht mehr so weit vorstanden, und er wieder etwa dreißig Meter laufen konnte, bevor seine Beine nachgaben, setzte er sich abends zu den Aborigines ans Feuer. Auf diese Weise meinte er wenigstens einen Teil seines Vorhabens ausführen zu können, auch wenn er weder Stift noch Papier besaß, um die Worte der Stammesältesten schriftlich festhalten zu können.

»Mond und Geflecktes Possum waren einst Menschen«, erzählte der alte Uwa, »aber zwischen ihnen gab es Streit, und Possum hob einen spitz zulaufenden Yamsstock auf und schlug Mond damit nieder. Nach einer Weile raffte Mond sich auf, griff nach demselben Yamsstock und erstach Possum damit. Im Sterben sagte Possum: ›Alle Menschen, die nach mir auf die Welt kommen, all die Menschen in jener Zeit, die noch kommen wird, sollen sterben. Sie werden für immer sterben.‹ Und Mond lachte und sagte: ›Du hättest mich zuerst reden lassen sollen, denn ich werde nicht für immer sterben. Ich werde nur für ein paar Tage sterben und danach in Gestalt eines Neumondes wieder an den Himmel zurückkehren.‹«

Ein allgemeines Seufzen erhob sich von all denen, die den Erklärungen lauschten, wie der Tod in die Welt gekommen war.

»Ja«, fuhr Uwa fort, »wir Menschen sterben für immer, weil Possum als Erster sprach und seine Worte sich bewahrheiteten. Der Tod kam dorthin, wo Possum sterbend neben einem sandigen Bach unter den hohen Felsen lag.«

Als die jungen Frauen beim nächsten Mal kichernd Tolos heilende Wunde am Rücken versorgten, erzählten sie ihm von den *Mamus,* den bösartigen Geistern der Wüste. »Manche sagen, sie sehen aus wie wir«, erfuhr er, »aber sie können auch die Gestalt des Vogels *Ngeni* annehmen. Sie sind so groß wie die Bäume, die am Rand des Nie-Endenden-Wassers stehen. Ihre Zähne sind lang und blutig, weil sie die Menschen beißen und fressen, nachdem sie ihre langen Krallen in sie geschlagen haben. Sie haben dicke Knüppel und überfallen einsame Reisende. Die nehmen sie mit in ihre Höhlen, die mit menschlichen Knochen übersät sind.«

Tolo wünschte, er hätte Schreibutensilien. Der *Mamu,* dachte er, war nichts anderes als Ganba. Ein Mensch, ein Aborigine mit einem Knüppel, der sich von seinen Artgenossen ernährte. Seit Urzeiten hatte der Mensch in seiner Vorstellung Ungeheuer erschaffen, wobei das grässlichste Scheusal zu allen Zeiten an seinen eigenen Feuern gesessen hatte. Der Mensch war seinen Mitmenschen ein viel schlimmeres Monster als irgendein Geist oder wildes Tier.

»Eines Nachmittags«, erzählte Uwa mit singender Stimme im flackernden Licht des abendlichen Feuers, »kam ein *Mamu,* ein alter männlicher *Mamu,* an ein Wasserloch, an dem ein Mann, ein Stammesältester, in Meditation versunken saß. Der *Mamu* setzte sich zu ihm, und nach einiger Zeit fingen sie an, von der Traumzeit zu reden und in den Sand zu ihren Füßen die Pfade zwischen den Wasserlöchern zu zeichnen. Der *Mamu* erzählte lange, langweilige Geschichten von der Traumzeit, und der alte Mann legte sich schlafen. Darauf hatte der *Mamu* nur gewartet. Er zog ein steinernes Messer aus seinem Anus und schnitt dem Mann von einem Wangenknochen zum anderen quer über die Augen eine Linie. Dann tötete er den Mann, briet ihn und aß ihn auf. Deshalb haben alle Menschen, die in der Wüste leben, die Linien an ihren Augenwinkeln.«

Da es genug Wild und daher normalerweise ausreichend Fleisch zu essen gab, sahen die Aborigines keine Notwendigkeit, ihr Lager an eine andere Stelle zu verlegen. Somit türmte der Schmutz sich allmählich immer höher auf, und Dingos nagten an faulenden Knochen. Kinder und Dingos verrichteten ihre Notdurft, wann und wo sie gerade das Bedürfnis überkam. Der Gestank von verfaulten Essensresten lag in der Luft. Die Asche von den Feuerstellen, die Abend für Abend entzündet wurden, verbreitete sich über das gesamte Lager, bis schließlich jeder der Bewohner eine dunkelgraue Farbe angenommen hatte. Denn in der kühlen Nachtluft rollten die Aborigines sich in die warme Asche, von der sie dann ebenso überzogen waren wie von ihrer dauerhaften Schmutzschicht und dem ranzigen Fett.

Sobald Tolo dazu in der Lage war, zog er seine zerlumpte Kleidung aus und wusch sie. Dann badete er sich so gut es ging. Auch seine zerrissene Decke wusch er und sammelte die Wanzen ab. Zur Schlafenszeit rückte er sein Lager von den Feuern der Stammesangehörigen ein Stück weit ab und vermied die Stellen, an denen die Leute im Schlaf dicht zusammenrückten. In den frühen Abendstunden jedoch gesellte er sich gern zu den anderen und setzte sich zu den Stammesältesten ans Feuer, um ihren Geschichten zu lauschen.

Selbstverständlich hatte Tolo gewusst, dass die Aborigines ihre alten Überlieferungen nur mündlich weitergaben. Sie wurden von einer Generation zur nächsten weitererzählt. Doch hatte er sich nie klargemacht, wie viele Wiederholungen dazu erforderlich waren. Abend für Abend hörte er zu, wie die Alten erzählten, erzählten und erzählten, und irgendwann glichen die Geschichten einander. In vielen der Geschichten wurde jene mythische Zeit geschildert, als die Tiere noch Menschen waren und sämtliche Merkmale eines Menschen besaßen. Eine Reihe anderer Geschichten hatte etwas mit der Nahrung zu tun, vor allem mit dem Mangel daran und mit der Selbstsüchtigkeit des Menschen, wenn es um sein Essen ging. Die Jungen enthielten ihrem Vater die Nahrung vor. Oder sie aßen die auserlesensten Teile einer Beute, das Herz und die Leber, während sie ihrem Vater nur das Fleisch übrig ließen. Die Strafen, die sie für dieses Tun ereilten, waren die Erklärung für das gegenwärtige Elend, unter dem die Menschen häufig litten – so wie das Sterben des Possums die Erklärung dafür war, wie der Tod über alle Menschen gekommen ist.

Wieder andere Geschichten berichteten von dem Schwindler Bomaboma, der seinen sexuellen Drang auslebte und immer gerade die Frauen begehrte und verführen wollte, die ihm verboten waren: wie etwa die Tochter der Tochter der Schwester seines Vaters. Auf diese Weise lernten die Jungen und Mädchen die Stammesgesetze zu Ehe und Erotik kennen. Doch von jener besonderen Macht, die der alte Colbee besessen hatte, erfuhr Tolo nichts. Bei Colbee handelte es sich um den Vater des Mädchens, das Dane de Lausenette getötet hatte, als Tolo noch ein Heranwachsender war. Als er Uwa danach fragte, oder auch nach anderen Dingen wie »von der Schlange besungen« oder »mit dem Knochen beschworen« zu werden, erntete er nur leere Blicke und Schweigen. Dasselbe galt, als er sich nach Männern wie Bennelong erkundigte, einem weiteren Aborigine aus Tolos Jugend, der sich aus Federn und Blut Tötungssandalen angefertigt hatte, die keinerlei Spuren hinterließen.

Je mehr Tolo seinen abgemagerten Körper wieder auffüllte, desto mehr erlangte er von seiner ehemaligen Kraft zurück. Eines Tages ging er mit Uwa und seinem Enkelsohn auf die Jagd. Zu seiner eigenen Überraschung brachte er mit einem geschickten Speerwurf aus großer Entfernung ein Känguru zu Fall. Uwa nickte. Die Vision, die ihm aus der Traumzeit geschickt worden war, hatte sich erfüllt. Er war zufrieden.

An diesem Abend saß Tolo mit Uwa am Feuer. Bevor der Alte mit der allabendlichen Unterhaltung und Belehrung seiner Zuhörerschaft – dem Geschichtenerzählen aus der Traumzeit – beginnen konnte, sagte Tolo: »Uwa, wenn du so freundlich bist und mir erlaubst, etwas Fleisch von dem Känguru, das ich heute erlegt habe, und einen der Känguru-Wasserschläuche mitzunehmen, dann mache ich mich morgen bei Sonnenaufgang auf den Weg.«

»Also ist es Zeit?«, fragte der Alte.

»Es ist Zeit.«

»Wirst du nun im *Never-Never* nach der Frau suchen?«

Bei dem Gedanken an Java fühlte Tolo, wie die übliche Traurigkeit ihn überkam, und er schüttelte den Kopf.

»Das ist gut«, sagte Uwa, »denn entweder ist sie tot, oder sie ist so weit fortgegangen, dass du sie nicht so leicht findest.«

»Ich werde mich an der Küste erkundigen, ob jemand etwas von ihr gehört hat. Und dann werde ich Botschaften in das Land des Großen-Roten-Heiligen-Felsens schicken, um nach ihr zu forschen«, erklärte Tolo.

»Ich habe dich in einer Vision aus der Traumzeit gesehen«, sagte Uwa. »Du wirst zurückkommen.«

»Vielleicht«, erwiderte Tolo. Er verspürte nicht den Wunsch, noch länger unter diesen merkwürdigen Menschen zu leben. Er war gekommen, um das Unerklärliche aufzuklären, aber er hatte all das Rätselhafte zusammen mit seiner Kindheit auf der Mason-Viehfarm hinter sich gelassen. Es stimmte, dass er damals mit eigenen Augen gesehen hatte, wie de Lausenette von Bennelong in seinen Tötungssandalen verfolgt worden war. Ebenso hatte er gesehen, wie der alte Colbee seinen Hauslehrer mit dem Knochen beschworen hatte. Doch er war sich nicht mehr sicher, ob Colbees Beschwörung mit dem Knochen tatsächlich de Lausenettes langsames, qualvolles Siechtum bewirkt hatte. Aufgrund seiner neu erworbenen Kenntnis der Aborigine-Überlieferungen hielt er es für viel wahrscheinlicher, dass de Lausenettes Tod eine unglückliche Verkettung von Umständen war. Wahrscheinlich war sein Hauslehrer einer dieser tropischen Krankheiten erlegen, die in manchen Landesteilen gelegentlich auftraten und nach wie vor zum Tode führten.

»Hör zu, was ich dir sage«, erklärte Tolo. »Zieh noch nicht weiter, sondern bleib noch eine Weile in diesem Lager …« – er überschlug die benötigte Zeit – » … bis der Vollmond zweimal am Himmel stand. Dann werden Männer kommen, die ich mit Geschenken für Uwa und all seine Leute schicken werde.«

»So sei es vereinbart«, erwiderte Uwa. »Das Wild ist zahlreich. Das Wasser ist gut.«

Am nächsten Morgen verließ Tolo mit mehreren jungen Männern und zwei jungen Frauen, die den *Walkabout*-Drang verspürten, Uwas Lager. Sie gingen nach Südwesten. Zu seiner großen Erleichterung sollte Tolo feststellen, dass Uwas Heimatgegend nur wenige Tagesmärsche von der Küste entfernt lag. Von dort aus brauchte er noch eine Woche bis Carnarvon, wo ihn die Aborigines aus Uwas Stammesgruppe verließen. Ganz allein – eine einsame, staubige Gestalt, die Kleidung zerrissen, die Haut sattelbraun gebrannt – ging er die Hauptstraße hinab.

Als er im Büro des Mason-Vertreters auftauchte, löste er eine kleine Sensation aus. Niemand hatte ernsthaft geglaubt, dass er noch am Leben war. Er musste einen barschen Ton anschlagen, um sich Gehör zu verschaffen und Antworten auf seine Fragen zu erhalten.

Man hatte dort von niemandem aus seiner Gruppe auch nur ein Sterbenswörtchen gehört – bis zu dem Augenblick, als Tolo zerlumpt und abgerissen wie eine Vogelscheuche in dieses Büro gekommen war. Tolo entnahm den Mason-Geschäftskonten Geld, kaufte sich Kleidung und mietete sich ein Hotelzimmer. Dann verbrachte er eine ganze Stunde im Bad und versuchte, sich den Schmutz aus sämtlichen Poren und Hautfalten zu schrubben.

Eilig gab er einige Telegramme nach Sydney auf. Das erste war nur eine einfache Anfrage: BIN NACH SCHWIERIGKEITEN WIEDER IN CARNAVON. IRGENDEINE NACHRICHT VON JAVA?

Das Antworttelegramm nahm ihm auch die letzte Hoffnung. Falls Java noch am Leben war, wäre sie längst an irgendeinem Punkt der Zivilisation im Northern Territory angekommen.

Tolo schickte ein weiteres Telegramm an seine Mutter. Dieses war als Antwort auf ihre dringende Bitte um nähere Informationen weit ausführlicher. Anschließend gab er seinem Vertreter Anweisungen, Decken und Tabak an Uwa und seine Stammesangehörigen zu schicken. Tolo hatte lange genug unter ihnen gelebt, um zu wissen, dass es völlig sinnlos wäre, ihnen aus der Zivilisation der Weißen Kochutensilien, Kleidung oder andere praktische Gegenstände zu schicken, die sie dann doch nicht benutzen würden. Den Tabak dagegen würden die Stammesangehörigen zu schätzen wissen. Und mit den Decken würden sie sich wärmen, bis sie aufs Neue der Drang überkam, frei und ungehindert weiterzuziehen. Dann würden sie die Decken einfach wegwerfen. Aber sie wüssten zumindest, dass er sein Wort gehalten hatte, und sie würden sich an ihn erinnern.

Schließlich suchte Tolo den einzigen Arzt in Carnarvon auf, beantwortete bereitwillig all seine Fragen und ließ sich gründlich von ihm auf den Kopf stellen.

»Nun, Mr Mason«, erklärte der Arzt, »ich würde sagen, Sie sind ein Mann wie ein Pferd. Nach allem, was Sie mir erzählt haben, hat der Speer offenbar eine Ihrer Nieren erwischt. Allein an dem großen Blutverlust hätten Sie sterben müssen. Die Entzündung hätte Sie umbringen müssen. Und auch das Abkratzen des abgestorbenen Gewebes am Wundrand durch die Aborigine-Frauen hätten Sie eigentlich nicht überleben dürfen. Wäre ich ein Mann Gottes, würde ich sagen, dass der Herr offenbar noch nicht mit Ihnen fertig ist.«

Bereits zum zweiten Mal hörte Tolo, wie jemand diesen Gedanken aussprach. Zuerst ein Aborigine und dann ein Arzt. Tolo war nicht danach, das Gesagte in Abrede zu stellen, noch hatte er den Wunsch, über die Zukunft zu spekulieren.

Vier Tage nach seiner Ankunft in Carnarvon befand Tolo sich auf einem Schiff – einem seiner eigenen – und fuhr die Küste hinab nach Perth. Die Leute, die er in Carnarvon zurückließ, nickten nur und meinten: »Hab ich doch gesagt.« Und Tolo hinterließ eine Legende, denn er war nicht sonderlich erpicht darauf, die Ereignisse draußen im *Waly* bis in alle Einzelheiten zu beschreiben. Bei der zuständigen Polizeibehörde hatte er eine schriftliche Erklärung abgegeben, in der er den Tod einer Anzahl von Aborigines, das Verschwinden seiner Ehefrau und einer Aborigine-Frau sowie die Tatsache zu Protokoll gab, dass Terry Forrest ihn für tot gehalten und in der Wüste liegen gelassen hatte.

Nachdem Tolo Carnarvon verlassen hatte, ritt einer der Constables hinaus nach Yinnietharra zu der Farm des alten Jonas Mayhew. Er war neugierig geworden und konnte nicht glauben, dass ein Mann mit Forrests Busch-Erfahrung es nicht geschafft haben sollte, lebend aus der Gibson herauszukommen. Er fand die Farm verlassen vor. Die Aborigines, die für Mayhew gearbeitet hatten, waren offenbar zum *Walkabout* in die Wüste hinausgezogen. Auch von Mayhews Kamelen war keine Spur mehr zu sehen. Der Constable nahm an, dass sie von den Aborigines entweder verspeist oder aber freigelassen worden waren, damit sie sich mit ihren wilden Brüdern verbinden konnten.

Zu guter Letzt hatte die Wüste Jonas Mayhew also doch geholt. Der Constable fand ein Grab, das wohl die Aborigines vor ihrem Aufbruch von der Farm für ihn ausgehoben hatten. Die Stelle wurde durch ein Holzkreuz markiert. Der Name, den Mayhew wahrscheinlich, als er im Sterben lag, mit eigener Hand daraufgeschrieben hatte, verblasste bereits. Und mit Jonas Mayhew war auch das Wissen gestorben, dass Terry Forrest tatsächlich aus der Gibson zurückgekehrt und kurz darauf auf einem von Jonas Mayhews Kamelen mit drei Packtieren erneut in die Wüste gezogen war.

Während Tolo Mason in Perth auf ein Schiff wartete, das ihn an der Südküste entlang nach Adelaide und dann nach Melbourne bringen sollte, sandte er eine wahre Flut von Telegrammen ab. Eines davon ging selbstverständlich auch an seine Mutter.

Von Adelaide aus brachte er aufs Neue einen wahren Sturm von Nachfragen auf den Weg. Clive Taylor, einst Chief Constable in Cloncurry und jetzt Bina Tyrells Geschäftspartner in Sydney, wurde gebeten, im Buschgebiet seine alten Beziehungen spielen zu lassen. Also schickte auch Clive eine Menge Telegramme heraus, doch die Antworten der angeschriebenen Polizeireviere waren allesamt negativ.

Als Tolo in Melbourne eintraf, lagen bereits die Suchergebnisse aus der Gegend rund um den Ayers Rock vor.

Misa versuchte mit ihrem Telegramm, ihrem Sohn die traurige Wahrheit schonend beizubringen: MEIN LIEBER SOHN ICH GLAUBE WIR MÜSSEN UNS DAMIT ABFINDEN DASS UNSERE JAVA TOT IST. KOMM BITTE SCHNELL HEIM.

Doch Tolo konnte sie nicht aufgeben. Er versuchte es, und sein Verstand sagte ihm, dass seine Mutter recht hatte. Jeder Punkt der Zivilisation in Westaustralien, im Northern Territory und in Südaustralien war alarmiert worden. Man sollte Ausschau halten nach einer weißen Frau, die aus der Gibson käme. Doch eine solche Person wurde nirgendwo gefunden.

Inzwischen wusste Tolo, wie lange er durch seine Verletzung bewusstlos gewesen war. Wenn er dieser Zeit die vielen Wochen hinzuzählte, die er im Lager der Aborigines für seine nur langsam voranschreitende Genesung gebraucht hatte, sowie seine Reisezeit, dann musste er sich aller Logik nach eingestehen, dass Java wirklich tot war.

Doch konnte er weder seiner Mutter vor die Augen treten noch allen übrigen, die er in Sydney kannte. Also fuhr er in sein ehemaliges Zuhause, auf die Farm nördlich von Melbourne. Wenn ein Mischling aus der Südsee überhaupt irgendwelche Wurzeln hatte, dann lagen sie für Tolo im Busch von Neusüdwales. Dort war er den Erinnerungen an die ersten glücklichen Monate seiner Ehe mit Java immer noch am nächsten, ebenso wie den längst vergangenen Tagen seiner Kindheit, als sein Vater noch lebte.

Er fand die Farm in schlechtem Zustand vor. Daher entließ er den Mann, in dessen Obhut er sie zurückgelassen hatte, als er mit Java zu ihrer letzten gemeinsamen Reise nach Westaustralien aufgebrochen war. Schon bald war eine ganze Armee von Arbeitern damit beschäftigt, das Haus wieder auf Vordermann zu bringen und neu auszustatten. Tolo unternahm ohne Begleitung lange Ausritte in den Busch und überzeugte sich davon, dass die Mason-Schafe und Rinder immer fetter und wertvoller wurden. Also taten doch immerhin einige seiner Arbeiter ihren Job. Ohne Java bedeutete ihm das alles jedoch gar nichts.

Mehr tot als lebendig, halb verhungert und abgemagert erreichte Terry Forrest die Dünen westlich des Ayers Rock. Mit brennenden Augen hatte er sein Ziel verfolgt und war Hunderte von Meilen durch diese Gluthölle gezogen. Nachdem er die Dünen durchquert hatte, lagerte er an frischem Wasser und sprach mit den dort lebenden Aborigines. Niemand hatte gehört oder gesehen, dass eine Weiße zusammen mit einer Aborigine-Frau aus der Gibson gekommen wäre. Jeder war der festen Überzeugung, eine Weiße könne eine solche Wüstendurchquerung nicht überleben.

Terry zog weiter bis nach Alice Springs, verkaufte die Kamele und schlürfte ein paar große Dunkle, bis sein Durst endlich gestillt war. Er schwor sich, er würde sich nie wieder weiter als ein paar Wegstunden von dem zivilisiertesten Ort entfernen, den er kannte: der Kneipe.

Nun war er also im Northern Territory gelandet, weit weg von seinem Zuhause in Perth. Ein wenig von Tolo Masons Geld blieb ihm noch. Doch es reichte nicht, um sich sein Leben lang – und schließlich hoffte er auf ein langes Leben – in der Kneipe zu betrinken. Bald fiel er auf ein paar Kerle herein, die nach Norden wollten, um Krokodile zu erschlagen. Da Krokohäute einen hübschen Batzen Geld einbrachten und er noch nie bis hinauf in den Norden gekommen war, kaufte er sich mit der Ausrüstung bei ihnen ein. Auf guten Pferden und mit herzhaftem, echtem Buschmanngelächter sowie hochgesteckten Erwartungen verließen sie gemeinsam Alice Springs.

Nördlich von Barrow Creek mussten sie eine weitere Wüste durchqueren, bis sie an der fernen Nordküste in die tropischen Sümpfe von Arnhem Land und Palmerston gelangten. Genau diese Feuchtgebiete waren ihr Ziel. Nachdem sie eine Saison lang Krokodile gejagt hatten, würden sie die Häute einpacken und nach Palmerston gehen.

24

Als Misa Mason das erste Telegramm von ihrem Sohn erhielt, empfand sie riesengroße Erleichterung. Seit Monaten hatte sie nichts mehr von Tolo und Java gehört. Zuerst fiel ihr Blick auf das Ende der Nachricht, und sie sah den Namen Thomas Mason. Sofort schickte sie ein inniges »Danke, großer Gott« zum Himmel.

Dann las sie die merkwürdige Frage: IRGENDEINE NACHRICHT VON JAVA?

Eine eisige Kälte durchfuhr sie, ein Gefühl von Unrecht, das an Scham grenzte. Irgendetwas musste passiert sein, das Tolo und Java voneinander getrennt hatte. Offenbar hatte es Ärger gegeben. Irgendetwas war anscheinend schiefgegangen – etwas, das weit über diesen tragischen Verlust hinausging. Irgendetwas, das Misa viel mehr berührte als der Kummer, den sie allein über Javas vermeintlichen Tod empfunden hätte. Was sie empfand, war eine tiefe Ernüchterung und Enttäuschung. Sie hatte vollstes Vertrauen in ihren Sohn gehabt. Von anderer Seite, insbesondere von Javas Familie, hatte man, als die beiden jungen Leute allein in die westaustralische Wüste gezogen waren, große Bedenken geäußert. Sie dagegen war fest davon überzeugt gewesen, Tolo könnte sich überall zurechtfinden und wäre Manns genug, auch auf Java aufzupassen.

Doch nun war irgendetwas schiefgegangen. Misa hatte ihr Leben lang gewusst, dass sie von den meisten Menschen als minderwertig angesehen wurde. Und genau das machte sie jetzt so anfällig dafür, das Versagen ihres Sohnes als völlig vernichtend anzusehen. Es war, als sei die Tatsache, dass Tolo bei einer reinen Vergnügungsreise seine Frau verloren hatte, Beweis genug, dass die anderen recht hatten: dass Tolo – und sie – wegen ihres samoanischen Blutes minderwertiger waren als andere Menschen.

Doch Misa gestattete sich nur wenige Augenblicke des Selbstmitleids. Sobald sie die Bitterkeit ihrer Selbstzweifel gekostet hatte, schüttelte sie sie ab, denn der Hass auf ihre eigene Person gefiel ihr überhaupt nicht.

Als das Telegramm ankam, befand Misa sich in ihrem Büro. Sie rief ihre Sekretärin und bat sie nachzusehen, ob Daniel Moore gerade abkömmlich sei. Moore, der ihr von Sam Gordon empfohlene Geschäftsführer ihrer Bank in Sydney, hatte sich als äußerst kompetent erwiesen. Ständig nahm er ihr mehr Belastungen ab, die sich durch die ausgedehnten Mason-Geschäftsanteile ergaben. Und er unterstützte sie dabei, die Merchantman's und Marine Bank zu einer anerkannten Größe in Neusüdwales zu machen. Price Vermillion, der Mann, auf dessen Rat und Hilfe Misa sich seit dem Tod ihres Ehemannes verlassen hatte, befand sich bereits im Ruhestand und führte in einem von der Firma Tyrell und Taylor gebauten schönen, großzügigen Haus mit Meerblick in der Nähe von Sydney ein angenehmes Leben.

Als Moore in Misas Büro kam und sie sich begrüßt hatten, reichte sie ihm wortlos das Telegramm. Er las es und sah sie bestürzt an. »Nicht besonders aussagekräftig, wie?«, meinte Misa.

»Ich hoffe, ich habe einen falschen Eindruck erhalten«, sagte Moore.

»Das wäre die eine Möglichkeit.« Sie grübelte einen Augenblick nach. »Wie lange würde es dauern, um nach Westaustralien zu gelangen?«

»Ich werde sofort jemanden damit beauftragen, die Schiffsfahrpläne zu überprüfen.«

»Nein, nein. Lassen Sie uns damit noch ein wenig warten.« Sie rief ihre Sekretärin zu sich und diktierte ihr ein Telegramm, in dem sie Tolo um weitere Aufklärung zu seiner ersten Nachricht bat. Moore saß mit übereinandergeschlagenen Beinen in einem der Sessel und wartete. »Ich frage mich«, sagte sie, »ob ich mich sofort mit den Gordons in Verbindung setzen oder lieber warten soll, bis wir etwas mehr darüber wissen, was eigentlich passiert ist.«

»Ich hielte es für die bessere Idee, der Familie Gordon zunächst unnötige Sorgen zu ersparen, falls sich später doch etwas anderes herausstellen sollte«, schlug Moore vor.

»Ja«, sagte Misa. Sie musste an Rufe denken. Er befand sich auf See, und wann er zurückkehrte, stand noch nicht fest. Wäre er hier, hätte sie mit ihm darüber reden können. Immerhin war er der am praktischsten denkende Mensch, den sie je kennengelernt hatte, nachdem Jon Mason auf einer Londoner Straße tödlich verunglückt war. Rufe würde am besten wissen, wie man in dieser heiklen Situation mit Sam und Jessica Gordon und mit ihrer lieben Freundin Magdalen Broome umzugehen hätte.

Doch wie die Dinge nun einmal standen, blieb ihr nichts anderes übrig, als abzuwarten. Kaum hatte sie jedoch weitere Einzelheiten über Javas Verschwinden erfahren – die Worte aus Tolos zweitem Telegramm sprangen ihr förmlich entgegen –, bat sie ihre Sekretärin, im Hause Gordon anzurufen und sobald wie möglich einen Termin mit Jessica und Sam auszumachen. Dann ordnete sie an, ihr Daimler möge vorfahren. Es handelte sich um eine ihrer jüngsten Anschaffungen, denn sie hatte die Notwendigkeit eines eigenen Fahrzeugs schließlich doch eingesehen. Der Chauffeur, ein stämmiger kleiner Ire, erwies sich als geschickter Fahrer. Seine Äußerungen seiner Chefin gegenüber grenzten jedoch häufig an Unverschämtheit, was er mit seiner ansteckend guten Laune allerdings stets zu verbergen verstand.

Jessica Gordon empfing Misa an der Tür. »Wie schön, dich zu sehen«, sagte sie mit einem reinen Höflichkeitslächeln. »Ich hoffe, du bleibst zum Dinner. Es ist zufällig fast fertig, und die Gäste werden jeden Augenblick eintreffen …«

»Tut mir leid, dass ich dir Ungelegenheiten bereite«, erwiderte Misa, die Jessicas Absicht, ihr durch die Blume zu sagen, dass sie uneingeladen bei ihr eindrang und Jessicas Zeitplan durcheinanderbrachte, sehr wohl verstanden hatte. Und ihr Lächeln war nichts als bloße Höflichkeit, denn Misa spürte deutlich die Kälte, die ihr aus Jessica Gordons Verhalten entgegenschlug. »Ist Sam da?«

»Ja, ja«, antwortete Jessica ungeduldig. »Bitte, komm doch herein.«

Sam war im Wohnzimmer. Sobald Misa eintrat, legte er die Zeitung hin, erhob sich und reichte ihr die Hand. Sein Lächeln war echt, und seine Begrüßung war herzlich. Misa nahm Platz und faltete die Hände im Schoß.

»Ich habe Nachricht von Tolo«, begann sie.

»Hervorragend«, sagte Sam. »Und wie geht es den beiden Abenteurern?«

Misa zog die beiden Telegramme von Tolo aus ihrer Handtasche und reichte sie kommentarlos an Sam weiter. Er rückte seine Lesebrille zurecht und senkte den Kopf.

»Oh, mein Gott«, flüsterte er.

»Was ist?«, fragte Jessica in angstvollem Ton. »Was ist los?«

Sam sagte es ihr mit tiefer, ruhiger Stimme. Sie hob die Hand vor den Mund und schrie laut auf. Sam ging zu ihr und fasste sie an den Schultern. »Es kann sich nur um ein Missverständnis handeln«, sagte er. »Ich bin sicher, dass es ihr gut geht. Lass uns nicht gleich das Schlimmste vermuten – wenigstens jetzt noch nicht.«

Jessica zog die Schultern hoch, duckte sich und entwand sich Sams Griff. Dann sah sie Misa an und sagte mit zitternder Stimme: »Hol dich der Teufel.«

»Jess!«, rief Sam.

»Hol dich der Teufel«, wiederholte Jessica, »dich und deinen Mischlingssohn.«

»Das dulde ich nicht, Jess«, protestierte Sam.

»Und auch dich soll der Teufel holen«, zischte Jessica und wirbelte zu ihm herum. »Du hättest das alles verhindern können. Du hättest handeln sollen wie ein richtiger Mann. Ich hatte dir klipp und klar gesagt, was da vor sich ging. Ich hatte dir doch gesagt, dass sie viel zu viel Zeit verbringt mit diesem … mit diesem …«

Misa erhob sich mit hochrotem Kopf. Es kostete sie große Anstrengung, nichts darauf zu erwidern. »Sam«, sagte sie, »sobald ich etwas Neues höre, lasse ich es dich wissen.«

»Vergib uns, Misa«, bat Sam. Er folgte ihr aus dem Zimmer und begleitete sie durch die Eingangshalle bis auf die Veranda. Der strahlend schöne Tag mit dem blauen Himmel und die angenehme, leichte Meeresbrise auf seinem Gesicht erschienen ihm fast wie ein Hohn auf die Trauer, die er tief in seinem Inneren empfand.

»Sie ist völlig außer sich, Misa«, suchte er nach einer Erklärung.

»Keine Sorge, Kumpel«, sagte Misa, und Sam verstand ihre ironische Bemerkung durchaus.

Als deutlich wurde, dass Java versucht haben könnte, die Gibson-Wüste zu durchqueren, und möglicherweise im Northern Territory irgendwo in der Nähe am Ayers Rock auftauchen würde, setzte Misa alle Hebel des Mason-Geschäftsimperiums in Bewegung. Sie wusste, die Aufgabe könnte viele Tage, vielleicht sogar Wochen dauern, und ihre Entschlossenheit und Ausdauer wurden noch gestärkt durch eine weitere Nachricht von Tolo, die dieses Mal aus Perth kam.

Misas Kontakt zur Gordon-Familie wurde hauptsächlich durch Magdalen aufrechterhalten, die Misa an dem Morgen nach Jessicas Ausrutscher in ihrem Büro aufsuchte, sie fest in die Arme schloss und für die gesamte Familie um Vergebung bat.

»Ich habe dich wirklich sehr ins Herz geschlossen, weißt du?«, sagte Magdalen. »Und Tolo liebe ich, als wäre er mein eigener Enkel.«

»Ich weiß«, erwiderte Misa. Doch sie war einfach nicht in der Lage, zuzugeben, dass sie Magdalen ähnlich große Sympathie entgegenbrachte. Zwischen ihr und dem weißen Australien hatte es immer eine Schranke gegeben, und trotz Magdalens Freundlichkeit und trotz Misas Wertschätzung für sie gehörte Magdalen unleugbar zu eben diesem weißen Australien.

»Ich würde mich sehr darüber freuen, auch weiterhin deine Freundin zu sein«, fuhr Magdalen fort, »und mir gefällt die Vorstellung, dass wir drei, du und ich und Bina, das TNT-Trio sind.«

Misa ließ sich so weit aus ihrer Reserve locken, dass sie der älteren Frau einen Kuss auf die Wange gab. »Ja, das sind wir. Darauf kannst du dich verlassen.«

»Und wir drei werden diese Sache durchstehen und zu einem guten Abschluss bringen«, sagte Magdalen. »Meine Enkelin hat Broome'sches Blut in den Adern. Sie ist eine Kämpfernatur. Wenn es ihre Bestimmung ist, lediglich ein paar hundert Meilen Wüste zu durchqueren, dann wird sie das auch schaffen. Eines Tages, vielleicht schon recht bald, werden wir aus irgendeinem gottverlassenen Nest im Outback eine Nachricht von ihr erhalten. Und dann kehrt sie wieder zu uns zurück.«

»Das hoffe ich sehr«, sagte Misa.

In der Zwischenzeit gingen immer neue Anfragen hinaus, und immer weitere negative Antworten trafen ein. Die Wochen vergingen. Misa hatte inzwischen erfahren, dass Tolo in Adelaide Zwischenstation gemacht hatte und nach Melbourne weitergereist war. Danach hatte sie nichts mehr von ihm gehört. Ihre Anfragen an ihr Büro in Melbourne hatten ihre Vermutung bestätigt, dass ihr Sohn auf die Farm zurückgekehrt war, in das einstige Zuhause der eng verbundenen Familie Mason. Damals hatte Jon noch gelebt. Und als Tolo später mit seiner jungen Braut durchgebrannt war, hatte er auch sie dort hingeführt. Das ärgerte Misa, bis sie die Sache allmählich aus Tolos Sicht betrachtete. Er hatte die Frau verloren, die er liebte. Er war selbst dort draußen in der Wüste gewesen, kannte die Bedingungen und war anscheinend überzeugt von Javas Tod. Wie ein verletztes Tier hatte er sich nun in seinen Bau verkrochen, um seine Wunden auszuheilen.

Am Ende eines langen Tages, erschöpft und mit so rasenden Kopfschmerzen, dass die Welt um sie her völlig irreal erschien, verließ Misa ihr Büro. Die Dämmerung löste das Anzünden der Straßenlaternen aus. Der Nachtwächter der Bank ließ sie hinaus und schloss die Tür hinter ihr ab. Direkt vor der Bank parkte der Ire mit dem Daimler.

Im Westen glühte der Himmel dunkelrot. Irgendwo da draußen, dachte Misa, dort, wo die Sonne untergegangen war … In ihrem Kopf tauchten Bilder von verstreuten, von Aasfressern abgenagten Knochen auf … die zarten Knochen einer Frau. Sie schüttelte sich, um die Vision zu vertreiben, doch das Bild ging ihr nicht aus dem Kopf. Sie musste an die riesigen Entfernungen denken. Bis nach Melbourne waren es mit dem Zug, per Automobil oder Schiff nur wenige Tagesreisen. Tolo aber hatte sich von der anderen Seite des Kontinents nach Melbourne begeben, wo man die Entfernungen in der Wüste nach Wochen und Monaten bemaß. Es war noch gar nicht so lange her, dass einige Männer begonnen hatten, das Landesinnere Australiens zu erforschen und nach einem legendären großen Süßwassersee im Zentrum des Kontinents zu suchen. Einige waren dabei ums Leben gekommen. Andere hatten zwar keinen Süßwassersee gefunden, dafür aber die gewaltigen, wasserlosen roten Einöden im Kernland. Und nun befand Java sich dort.

Schon merkwürdig, dachte Misa.

Um sie her lag die moderne Welt, eine Welt voller technischer Wunder und stetiger Veränderungen, die von einem Tag zum nächsten voraneilten. Automobile und Dampfschiffe, elektrisches Licht und das Telefon, Zauberkästen, die gefrorenes Fleisch frisch hielten, und Nachrichten, die durch ein Kabel über unglaubliche Entfernungen verschickt werden konnten. Und drüben in Amerika gab es zwei Brüder, die vor Kurzem eine zerbrechliche Maschine aus Draht und Stoff über Fahrradrädern gebaut hatten und damit geflogen waren. Ach, wenn sie sich diese Zaubermaschine doch nur ausleihen und damit über die Wüsten aufsteigen könnte! Doch gelang es der modernen Welt offenbar nicht, sich bis in den entlegenen Busch auszudehnen. Dort im Landesinneren gab es Gebiete, in denen der weiße Mann immer noch zu Fuß gehen musste.

Den warmen Ledersitz im Auto, in dem die Sonnenhitze sich gespeichert hatte, empfand Misa in der kühlen Abendluft als sehr angenehm. Misa schloss die Augen, während der Fahrer um den Wagen herum nach vorn ging, um den Motor anzukurbeln. Die von dem tuckernden Motor ausgestoßenen, übel riechenden Gase stiegen ihr in die Nase, und sie legte die Finger an die Nasenwurzel.

»Zuerst zum Essen, Chefin?«, fragte der Fahrer, als er wieder an der Fahrzeugtür stand.

»Nein, ich glaube nicht«, antwortete Misa.

»Zu schade«, erwiderte der Ire. »Ich könnte schon einen Happen vertragen, und Miss Binas Lokal führt eine gute Küche.«

»Das Problem mit Ihnen ist«, ließ sich plötzlich eine tiefe männliche Stimme vernehmen, »dass Mrs Mason Sie verwöhnt hat, Ire.«

»Sieh mal einer an«, sagte der Fahrer und drehte sich rasch zu dem Neuankömmling um. Misa hatte sogleich die Augen geöffnet, und trotz ihrer Kopfschmerzen verzog ihr Mund sich zu einem Lächeln.

»Nehmen Sie einen Seemann ein Stück mit?«, fragte Rufe Broome, der direkt neben dem Wagen stand. Er war ganz in vornehmes Weiß gekleidet, was seine große Gestalt besonders gut zur Geltung brachte.

»Das sehe ich als meine patriotische Pflicht an«, antwortete Misa mit Nachdruck.

Der Fahrer öffnete Rufe die Tür, sodass dieser ins Auto steigen und sich neben Misa setzen konnte. Er beugte sich über ihre Hand und berührte sie leicht mit den Lippen. »Ich habe zufällig mitbekommen, dass Sie soeben eine Einladung zum Dinner ausgeschlagen haben …«

»Nun, die Sache ist die: Bei diesem Kerl müsste ich selbst

zahlen. Und außerdem müsste ich mir noch die Beschwerden des Küchenpersonals anhören, wenn dieser Ire versucht, den Laden leer zu essen …«

»Das ist unfair«, murrte der Ire und stieg auf den Fahrersitz. »Ich bin dort sehr beliebt, wirklich.«

»Also dann zum *Bina's*?«, fragte Rufe. »Ich hätte angerufen, aber wir sind erst vor etwa einer Stunde im Hafen eingelaufen. Und da dachte ich mir, ich versuche es einfach mal, Sie hier zu erwischen.« Er grinste Misa an. »Sie müssen aufhören, so viele Stunden pro Tag zu arbeiten. Sie bekommen davon Sorgenfältchen … hier.« Er tippte ihr mit der Fingerspitze an den Mundwinkel.

Misa empfand diese leichte Berührung wie einen Stromschlag. Unwillkürlich durchlief ihren Körper ein leichtes Beben, und die Konturen ihrer vollen Lippen wurden weicher.

Er hatte sie noch nie geküsst. Bisher waren sie immer nur in Gesellschaft anderer zusammengewesen, entweder im Hause der Gordons oder an einem Tisch im *Bina's*. Die zunehmende Abenddämmerung hüllte sie rasch ein. Rufe zog die Abtrennung zwischen dem Rücksitz des Wagens und dem Fahrerabteil herab. Misa spürte seine Absicht und wusste, dass sie etwas sagen sollte, um seinem Tun Einhalt zu gebieten. Doch sie schwieg. Als er seinen Kopf zu ihr neigte, fühlte sie sich stark zu ihm hingezogen und öffnete leicht die Lippen, um den seinen zu begegnen.

»Also doch zum *Bina's*?«, fragte der Fahrer hinter der Abtrennung.

Er erhielt keine Antwort. Er lenkte den Wagen von der Bordsteinkante weg und schaltete einen höheren Gang ein. Dann fing er an zu pfeifen und freute sich nicht nur auf das gute Essen am Tisch für die Angestellten in der Küche, sondern auch auf die kesse kleine Maus, die bei der Zubereitung der Süßspeisen half.

* * *

Nie war Misa Mason das Leben so ungerecht erschienen wie in dem Moment, als Rufes Kuss sie innerlich mehr aufwühlte als alle anderen Ereignisse der vergangenen Jahre. Sie hatte sich vorher nie als vom Schicksal benachteiligt angesehen – erst in dieser wundervollen Nacht, als der Daimler in der Abenddämmerung durch die Straßen von Sydney glitt und dieser stattliche Marineoffizier sie in seinen Armen hielt. Misa hatte sich im Gegenteil immer für vom Schicksal begünstigt gehalten. Schließlich hatte sie viele glückliche Jahre mit Jon Mason verbracht, und sie hatte ihren Sohn. Und obwohl Gott ihren Jon furchtbar früh von ihr genommen hatte – sie war zu dem Zeitpunkt noch eine relativ junge Frau gewesen –, war sie deshalb nicht verbittert. Sie hatte nur eine tiefe Traurigkeit empfunden, denn die Liebe, die sie mit Jon erlebt hatte, war von einer so strahlenden Schönheit, dass sie bis an ihr Lebensende davon zehren konnte.

Rufes erster Kuss machte sie atemlos. Und er küsste sie immer weiter. Zunächst hatte sie das Gefühl, mit sich und der Welt im Reinen zu sein. Sie nahm es einfach so hin, wie es war. Sie nahm, und sie gab. Im Hinterkopf jedoch blieb der Gedanke an … Java.

Java.

Rufe war direkt vom Schiff aus zu ihr gekommen. Er hatte lange Zeit auf See verbracht und wusste noch nichts von Java. Und genau das empfand Misa als Niederträchtigkeit des Schicksals, als himmelschreiende Ungerechtigkeit. Gerade hatte sie eine neue Liebe gefunden – eine Liebe, die sie körperlich und seelisch so sehr aufwühlte, wie nur Jon Masons Liebe zu ihr es vermocht hatte. Und ausgerechnet jetzt musste sie Rufe erzählen, dass seine Nichte verschollen war und für tot gehalten wurde. Er würde zu Jessica eilen müssen, denn schließlich war er ihr Bruder.

Sie gestattete sich noch ein paar Minuten länger, im siebten Himmel zu bleiben, bis das Auto anhielt und der Fahrer sagte: »*Bina's,* Mrs Mason.«

Rufe gab sie frei und fasste sie sanft am Arm. »Hätte ich die Wahl, würde ich die Fahrt gern fortsetzen.«

»Ja«, flüsterte sie.

»Hören Sie, Fahrer ...«

»Nein«, sagte sie und legte ihre Hand auf die seine.

Er zog die Augenbraue hoch, beugte sich zu ihr und küsste sie sanft auf die Wange. »Gehen wir hinein?«

»Rufe, nein«, sagte sie und hielt seine Hand fest.

Dann erzählte sie ihm alles, doch seine Reaktion überraschte sie. Er nahm sie fest in die Arme und flüsterte: »Oh mein Gott, die arme Java. Der arme Tolo.«

Dass sein erster Gedanke ihrem Sohn und seiner Nichte galt und nicht Javas Eltern, verblüffte sie. »Meinst du nicht, du solltest zu ihnen gehen?«

»Zu Jessica und Sam?«, fragte er. »Ja. Ja, natürlich werde ich sie aufsuchen.« Er öffnete die Wagentür. »Aber nicht gleich auf der Stelle, Misa. Da die Nachricht eintraf, während ich auf See war, und seither einige Zeit vergangen ist, sehe ich meinen Besuch nicht als so dringlich an. Im Augenblick habe ich einer Dame gegenüber eine Pflicht zu efüllen. Ich muss zusehen, dass sie fürstlich bewirtet wird. Wir Seeleute wissen, wie man Prioritäten setzen muss. Das kannst du mir glauben.«

Auch diese Aussage verblüffte sie. War ihm die Trauer seiner eigenen Schwester so gleichgültig?

Bina begrüßte die beiden und lud sie ein, sich an ihren Tisch zu setzen. Rufe aber zwinkerte ihr zu und sagte: »Wir haben heute Abend einige wichtige Dinge zu besprechen, Schätzchen.« Also führte Bina sie an einen etwas abseits gelegenen Tisch, der von dem Hauptraum durch Ranken und üppige Grünpflanzen in großen Kübeln abgeteilt war.

»Arme alte Jess«, sagte Rufe, nachdem ihnen ihre Plätze zugeteilt worden waren. »Ich kann mir vorstellen, wie hart es sie getroffen hat.«

»Ja, ziemlich«, sagte Misa.

»Auch für Sam ist es nicht so einfach zu verkraften. Er war

immer ganz versessen auf sein kleines Java-Mädchen. Besteht denn gar keine Hoffnung, dass sie vielleicht doch noch lebt?«

»Ein alter Constable im Northern Territory hat mir diese Frage wie folgt beantwortet. Er meinte, es gäbe zwei Möglichkeiten: Entweder bestände eine vage Hoffnung oder gar keine.«

»Nun ja, Mutter wird die beiden schon wieder aufrichten«, sagte Rufe. »Würdest du nach dem Essen vielleicht noch mitkommen zu ihnen?«

Misa spürte, wie ihr Gesicht zu glühen anfing. Sie brachte es nicht über sich, ihm zu erzählen, dass sie im Hause Gordon nicht willkommen war. »Ich glaube nicht. Es ist wohl besser, wenn du mit deiner Schwester erst einmal allein redest.«

»Du hast sicher recht«, gestand er ein. Dann richtete er den Blick zur Decke und sagte mit leiser Stimme: »Verdammt, verdammt, verdammt.« Er sah sie an und grinste. »Und dabei fing der Abend so schön an, stimmt's?«

»Ich höre nicht, dass sich jemand beschwert«, entgegnete Misa mit einem kleinen Lächeln.

»Weißt du, ich wollte das schon von dem Abend an tun, als ich dir zum ersten Mal an Sams Tisch begegnet bin.«

»Und ich dachte, du hättest an jenem Abend nur Augen für Bina gehabt.«

»Das war nur, weil … wenn ich dich ansah, hatte ich das Gefühl, du könntest meine Gedanken lesen.«

Sie musste lachen. »Waren die denn so schrecklich?«

»Na, sagen wir mal, sie waren ziemlich heißblütig.« Er nahm über den Tisch hinweg ihre Hand in die seine. »Sind wir zu selbstsüchtig, Misa, wenn wir an uns denken?«

Misa schwieg, und ihre Miene verriet keine Regung.

»Na hör mal, sooo ernst sollte meine Frage nun auch wieder nicht klingen«, sagte er.

»Aber sie ist schon ernst«, erwiderte Misa. »Diese ganze Unsicherheit. Tolo hält Java für tot. Das hat er zwar nicht gesagt, aber ich bin sicher, dass er das tut. Ich würde so gern versuchen, ihn ein wenig zu trösten. Aber er ist unten in Victoria auf unserer heimatlichen Viehfarm. Ich habe ihn gebeten, zu mir zu kommen …«

Sie sah Rufe an und wurde sich bewusst, dass sie einsamer war als all die Zeit seit Jons Tod. Immer hatte sie Tolo bei sich gehabt, doch nun gehörte er nicht mehr zu ihrem täglichen Leben. Wie es bei jungen Menschen so üblich ist, hatte er begonnen, sich von ihr zurückzuziehen. Und das nicht erst, seit er seine ausgedehnten Fahrten zum Erwerb von Landbesitz im Busch unternommen hatte, sondern bereits viel früher, als sie ihn nach Norden geschickt hatte, um die zum Verkauf anstehenden Mason-Plantagen zu begutachten. Dann war er dem biblischen Auftrag gefolgt, seinem Weibe anzuhangen und sein Zuhause und seine Mutter zu verlassen. Und selbst jetzt in seiner Trauer, als sie aller Logik nach zusammen sein sollten, war er nicht bei ihr.

Misa gab sich selbst das Versprechen, Himmel und Erde in Bewegung zu setzen, um diesen Mann festzuhalten, der sie mit anbetungsvollen Blicken ansah. Dieser große, reife, geistreiche, gut aussehende Mann war in ihr Leben getreten wie ein Geschenk Gottes. Sie hatte sich bislang nie als vom Schicksal benachteiligt angesehen – nun aber eben doch. Sie fürchtete, Rufe zu verlieren, obwohl sie sich gerade erst gefunden hatten. Das wäre das größte Unglück für sie. Sollte es zu einem Kampf kommen, dann würde sie eben kämpfen. Sollte Jessica Gordon sich ihrer Beziehung zu Rufe in den Weg stellen, dann würde sie mit allen ihr zu Gebote stehenden Waffen gegen Jessica Gordon kämpfen.

25

Guinevere Gorel hatte soeben ein leichtes Frühstück aus Obst zu sich genommen und befahl dem aus der Südsee stammenden Hausmädchen, den Tisch abzuräumen. Sie saß auf ihrer westlichen Veranda und blickte über Port Moresby. Die Morgennebel hingen noch über dem ruhigen Wasser der Bucht. Kein Lüftchen regte sich. Sie fühlte sich völlig fertig, feucht und klebrig. Dabei hatte sie gleich nach dem Aufstehen in einer großen Waschschüssel ein Bad genommen. Nackt hatte sie in ihrem Badezimmer gestanden, das sie mit Trevor teilte, um sich den Nachtschweiß von den langen Beinen, dem flachen Bauch und den vollen Brüsten abzuwaschen.

Sie trug ein Gewand aus fließender Seide mit einem hohen chinesischen Kragen. Auf der blassen gelben Seide waren Hunderte von pastellfarbenen Schmetterlingen aufgestickt. Wenn sie ihre Beine übereinanderschlug, schmiegte die Seide sich sinnlich an ihre langen Glieder.

Obwohl es noch früh am Morgen war, kündigten die Windstille und die hohe Luftfeuchtigkeit einen heißen Tag an. Es würde ein Tag sein wie jeder andere, den sie seit ihrer Ankunft in Papua Neuguinea durchlebt hatte. Port Moresby war eher ein Grenzposten als eine Stadt. Außer den beiden Südsee-Hausmädchen, die Trevor für sie angestellt hatte, würde sie wieder keinen Menschen zu Gesicht bekommen. Und die Unterhaltung mit Dienstboten beschränkte sich nun einmal darauf, ihnen Befehle zu erteilen. Ihren Ehemann würde sie auch heute nicht sehen, denn er hielt sich mit seinen eingeborenen Holzfällern in den Wäldern an der Südküste auf.

Dass es für sie kein gesellschaftliches Leben in Port Moresby geben würde, war ihr rasch bewusst geworden. Bei den wenigen Malen, die sie ausgegangen war, hatte sie das Warenhaus unweit des Hafens aufgesucht. Nachdem sie mehrmals durch die schlammigen Straßen gegangen war, hatte sie dieses unangenehme Tun allerdings rasch aufgegeben und ihre Dienstboten zum Einkaufen geschickt, wenn sie etwas benötigte. Zwar lebten ein paar Engländerinnen und Australierinnen in der Stadt, doch als sie ihnen auf der Straße begegnet war, hatten sie einen ziemlich gewöhnlichen Eindruck auf sie gemacht. Denn sie waren schlecht gekleidet und sahen völlig verschwitzt aus. Mit spöttischem Vergnügen hatte Guinevere zur Kenntnis genommen, wie diese Frauen sie als goldhäutige Eurasierin geringschätzig von der Seite ansahen. Es war unter ihrer Würde, etwas um die Meinung dieser Personen zu geben. Sie hatte nicht den Wunsch, auch nur eine von ihnen kennenzulernen. Also blieb ihr nichts anderes übrig, als ihre Tage allein auszufüllen – Tage, die zu einer langweiligen Ewigkeit wurden.

Damit sie etwas Bewegung hatte, unternahm sie abends und am frühen Morgen Spaziergänge über das zu ihrem Haus gehörende Grundstück. Bereits bei Tagesanbruch aufzustehen, war eine völlig neue Erfahrung für sie. Doch sobald die Sonne aufging, war an Schlaf nicht mehr zu denken. Wenn sie versuchte, länger im Bett zu bleiben, war sie im Nu schweißgebadet, und die Laken klebten ihr am Körper.

Seltsamerweise hegte sie Trevor gegenüber keinerlei Groll, weil er sie an diesen Außenposten der Zivilisation gebracht hatte. Schon seit Langem hatte sie erkannt und sich damit abgefunden, dass ihre Mutter einen schrecklichen Fehler begangen hatte, sie an einen Engländer zu verheiraten. Aber das war nun einmal passiert, und was geschehen war, ließ sich nicht mehr rückgängig machen. Sie hasste Trevor nicht. Man hätte nicht einmal sagen können, dass sie ihn nicht mochte. Er war ein liebenswürdiger Mann und nahm Rücksicht auf all ihre Bedürfnisse, soweit es in seiner Macht stand. Dass ihm zu diesem Zweck nur sehr begrenzte Möglichkeiten zur Verfügung standen, dafür konnte er schließlich nichts. Auch er war ein Opfer des Schicksals. Er war in eine Familie von kleinen Händlern hineingeboren worden, und sie hatte als Mischling in einer sterbenden Dynastie das Licht der Welt erblickt. Sie hatte lange genug Macht und Luxus kosten dürfen, um ohne jeden Zweifel zu wissen, was sie im Leben wollte. Als sie nun auf der Veranda mit dem Blick über Port Moresby saß, hatte sie das Gefühl, die Götter hätten sie aus reiner Bosheit als Prinzessin geschaffen, nur damit sie nach ihrer Vertreibung aus dem Paradies umso mehr leiden musste.

Trevor versprach ihr immer wieder aufs Neue, sie würden höchstens ein paar Jahre in Neuguinea bleiben. Doch sie zählte immerhin fast ein Vierteljahrhundert und sagte sich jeden Morgen, wenn sie vor dem Spiegel stand, dass selbst die allerschönste Blume irgendwann einmal zu welken begann. Jeder Tag, den sie in dieser tropischen Hölle verbrachte, war ein verlorener Tag. Aber sie hatte die Hoffnung noch nicht aufgegeben. Auf die eine oder andere Art würde sie ihrem tropischen Gefängnis schon noch entkommen. Sobald sich ihr eine Gelegenheit bot, würde sie alles tun, was notwendig wäre. Und falls es ein persönliches Opfer von ihr erforderte, so sei es drum. Besser, als Kurtisane in Huê oder vielleicht in Paris zu leben, als in Port Moresby vor Hitze zu vergehen.

Sie stammte aus einer uralten Familie, zumindest von der Seite ihrer Mutter. Und die Schönheit einer annemesischen Frau blieb bis in ihre mittleren Jahre unvermindert erhalten – vorausgesetzt, sie ließ ihrer Gesichts- und Körperhaut die richtige Pflege mit den entsprechenden Hilfsmitteln angedeihen. Allerdings brauchten die meisten annamesischen Frauen auch nicht unter der schweißtreibenden Hitze von Port Moresby zu leiden. Die Parfüms und Duftöle, die Guinevere sich während ihres Zusammenlebens mit Louis Sabitier in Huê beschafft hatte, wären bald aufgebraucht, und hier gab es keine Möglichkeit, sich neue zu beschaffen. Im Warenhaus am Hafen bekam man nur Puder, der bei dieser Hitze zu rosafarbenem Matsch verlief, und Schminkfarben, durch die die Haut nicht atmen konnte.

Als Guinevere noch grübelnd bei der zweiten Tasse ihres morgendlichen Tees saß, sah sie, wie ein Mann die Einfahrt heraufkam. Er war in tropisches Weiß gekleidet und wirkte frisch und sauber. Seine Schritte zeugten von jugendlichem Elan. Als er den Kopf hob und zur Veranda heraufsah – vermutlich ohne sie dort zu bemerkten –, fiel ihr sein gut aussehendes, ebenmäßiges, sonnengebräuntes Gesicht auf. Guinevere wartete, bis eines der Hausmädchen kam und mit einer kleinen Verbeugung meldete: »Missy, Mr Matthew Van Buren ist an der Tür.«

Sie erhob sich, strich sich übers Haar und befeuchtete mit der Zunge ihre vollen roten Lippen. Sie hatte zwar schon viel von Trevor über seinen Geschäftspartner gehört, doch begegnet war sie ihm bislang noch nie. Mit einer Handbewegung schickte sie das Hausmädchen fort, ging mit wiegendem Schritt um die Ecke der Veranda und taxierte Matt Van Buren sehr genau, bis er ihre Anwesenheit spürte und sich zu ihr umdrehte.

Matt bemerkte sie erst, als sie bis auf etwa drei Meter an ihn herangekommen war. Seine Aufmerksamkeit wurde von ihrem Gesicht mit den dunkel bewimperten, mandelförmigen Augen gefesselt. Er spitzte die Lippen, und um ein Haar hätte er einen deutlich hörbaren Pfiff ausgestoßen. Zum Glück merkte er noch rechtzeitig, was er da tat. Rasch zog er seinen Strohhut vom Kopf und nickte höflich. Als diese Frau mit einem Lächeln auf ihren leicht geöffneten, vollen, sinnlichen Lippen noch näher auf ihn zukam, hörte sein Herz für einen Moment auf zu schlagen und setzte dann heftig hämmernd wieder ein.

Erst jetzt wurde er sich ihrer gesamten Erscheinung voll bewusst. Während sie stolz auf ihn zuschritt, nahm er wahr, wie die Seide sich über ihren vollen Brüsten spannte und ihre Brustwarzen sich durch den hellgelben Stoff dunkel abmalten. Ihm entging nicht, wie das lange, lockere Gewand ihre Taille und ihre Hüften sowie bei jedem ihrer Schritte im Wechsel ihre straffen Schenkel mehr betonte als verbarg. Außerhalb des

Schlafzimmers seiner Frau hatte er ein solches Kleidungsstück noch nie gesehen. Zu Guinevere Gorel jedoch passte es vorzüglich. Er empfand nicht die geringste Verlegenheit, wie es zweifellos der Fall gewesen wäre, hätte er eine britische Frau in einem so offenherzigen Gewand erblickt. Er spürte nur ein so heißes Verlangen, dass es ihm die Sprache verschlug.

»Sie sind Mr Van Buren«, sagte Guinevere und reichte ihm die Hand.

Als Matts Finger ihre zarte, warme Haut berührten, fuhr es ihm wie ein Stromschlag durch den Arm, was die Frau mit einem kurzen Hochziehen ihrer Brauen vermerkte.

»Er hat mir gesagt, dass Sie schön sind«, sagte Matt. »Aber dieses Mal hat der gute alte Trev viel zu tief gestapelt.«

»Danke«, erwiderte sie. »Ich trinke gerade Tee auf der Veranda. Leisten Sie mir doch bitte ein wenig Gesellschaft.«

»Ich wollte nur kurz vorbeischauen, um mich zu erkundigen, ob Sie etwas von Trev gehört haben«, sagte er, folgte ihr jedoch. Er verspürte ein großes Bedürfnis, sie näher zu betrachten. Er wollte gern länger die Gelegenheit haben, sich ihr Gesicht genauer anzusehen. Während sie sich bewegte, hatte er mit wenigen flüchtigen Blicken noch nicht genug von ihren feinen Zügen in sich aufnehmen können. Und er konnte noch nicht festmachen, was genau an ihr ihn dermaßen stark beeindruckte.

Er wandte keinen Blick von ihr, während das Hausmädchen eine Tasse mit Untertasse brachte, ihm Tee einschenkte und ihm den Zuckertopf hinstellte. Guinevere störten seine prüfenden Blicke offenbar nicht. Auch sie sah ihn offen an, hielt seinem Blick stand und öffnete ihre Lippen zu einem amüsierten kleinen Lächeln.

»Mein Gott«, flüsterte Matt.

»Sie sind gerade erst aus den Bergen heruntergekommen?«, fragte sie.

»Wie?« Er bewegte den Kopf, um seine Benommenheit abzuschütteln, die einem leichten Alkoholrausch glich. »Oh, ja. Tatsächlich erst gestern Abend. Die Nacht habe ich im Hotel verbracht.«

»Das ist aber schade«, sagte sie. »Trevor hat mir gesagt, Sie sollten hier im Haus Ihr altes Zimmer bekommen, wenn Sie in Port Moresby sind.«

»Nun ja …« Die Gedanken wirbelten wie wild durch seinen Kopf. Trev war weit weg. Das Zimmer, das er mit Kit geteilt hatte, lag nur zwei Türen von Trevs Schlafzimmer entfernt.

»Wenn Sie heute Nacht noch hier sind, müssen Sie mir erlauben, einen der Dienstboten in Ihr Hotel zu schicken, um Ihre Sachen zu holen.«

»Sehr freundlich«, sagte Matt. »Ich weiß noch nicht genau, wie lange ich in der Stadt bin. Von Sydney aus ist ein Schiff hierher unterwegs, das einige Werkzeuge an Bord hat, die wir dringend benötigen. Der Vertreter sagt, es hat bereits zwei Tage Verspätung.«

»Vielleicht ist das Schicksal uns hold, und das Schiff braucht noch etwas länger«, entgegnete Guinevere und schenkte Matt ein Lächeln, das ihm das Blut ins Gesicht trieb. »Wenn Trevor unterwegs ist, habe ich niemanden, mit dem ich mich unterhalten kann.«

Ihm fehlten die Worte. Ihre Blicke sagten unablässig ja. Sie schlug die Beine übereinander, und der geschlitzte seidene Rock öffnete sich so weit, dass ihr langer wohlgeformter Unterschenkel sichtbar wurde. Seine Blicke wurden unwiderstehlich zu ihrer golden glänzenden Haut hingezogen, und sie ließ sich Zeit, die Stoffenden wieder übereinanderzuschlagen.

»Sie müssen mir alles über Australien berichten«, bat Guinevere. »Trevor hat mir erzählt, Ihnen gehöre eine sehr große … wie nennen Sie doch gleich Ihre Viehfarmen in Australien?«

»*Station*«, antwortete Matt. »Aber die gehört nicht mir, sondern meinem Vater.« Er setzte ein reumütiges Lächeln auf, war aber erleichtert, dass die Unterhaltung eine andere Richtung genommen hatte. Doch selbstverständlich entging ihm nicht die Botschaft, die von den Blicken dieser Frau ausging. »Ich fürchte, ich bin derzeit bei meinem Vater nicht gut angesehen.«

»Sie sind also nur hergekommen, um Ihrem Vater zu beweisen, dass Sie es auch allein schaffen?«

Er lachte. »Na ja, entweder hätte ich zu Kreuze kriechen, verhungern oder mir irgendeine ehrliche Arbeit suchen müssen. Das Kriechen schmerzt zu sehr an den Knien, und Kit hat sich geweigert zu verhungern.«

»Wie ich hörte, haben Sie Trevor auf dem Schiff kennengelernt, als er das erste Mal hierherkam.«

»Er hat Neuguinea in den höchsten Tönen gelobt. Da ich nicht so genau wusste, wo ich meine Karriere beginnen soll, habe ich mich an seine Worte erinnert.« Er zuckte mit den Schultern. »Und hier bin ich.«

»Ich freue mich darüber«, sagte sie schlicht. »Es ist wunderbar zu wissen, dass Trevor einen so bemerkenswerten und tüchtigen Partner hat. Ich bin sicher, ihr werdet beide sehr reich werden.«

Matt lachte erneut. »Jedenfalls werden wir verdammt noch mal alles daransetzen, um das zu erreichen.« Er spähte über den Rand seiner Teetasse hinweg zu ihr. Nicht der winzigste Makel war auf ihrer Porzellanhaut zu sehen, nicht eine einzige vergrößerte Pore. Der leichte Schweißfilm über ihrer Oberlippe betonte noch die hübsch geschwungene Kontur. Ihr Haar sah aus wie schwarze Seide. Die schwere, lange Haarpracht hatte sie zu einem Knoten im Nacken zusammengesteckt, sodass ihr schlanker, golden schimmernder Hals besonders zur Geltung kam.

»Jedenfalls könnten Sie jederzeit zu Ihrem Vater … wie Sie es nennen … *kriechen* und zu Ihrer Familie auf die *Station* zurückkehren?«

»Das nehme ich an«, sagte er.

»Und wenn Ihr Vater stirbt, gehört alles Ihnen?«

Er zuckte mit den Schultern. »Er hat damit gedroht, seinen gesamten Besitz der Regierung zu hinterlassen, damit sie ihn unter die Armen verteilt.«

»Ach, das würde ein Vater seinem einzigen Sohn doch nicht antun«, meinte sie, betonte ihre Behauptung aber wie eine Frage.

»Nein, vermutlich nicht.« Er lachte. »Jedenfalls will ich das nicht hoffen. Wir haben inzwischen selbst einen Sohn, wissen Sie, und …«

»Nein, das wusste ich nicht«, fiel sie ihm ins Wort, und ihm entging nicht die leise Missbilligung in ihrem Ton. Er fühlte sich schuldig, obwohl er keinen Grund dazu hatte. Wie sehr ihre Schönheit und die von ihr ausgehende sinnliche Ausstrahlung ihn in ihren Bann schlugen, bekam er selbst kaum noch mit. Auf keinen Fall wollte er etwas tun oder sagen, das ihr missfiel.

»Ja«, erklärte er, »und ich hoffe, dass die Tatsache, einen Enkel zu haben, den alten Herrn doch noch umstimmt.«

Guinevere runzelte die Stirn. Und wieder merkte er, dass sie sich unwohl fühlte, sobald die Sprache auf Kinder kam. Aber dann lächelte sie wieder, und er vergaß alles andere. Obwohl er sich erst wenige Minuten in Gegenwart dieser Frau aufhielt, empfand er ihr gegenüber eine Vertrautheit, wie sie nach einer mehrmonatigen Beziehung nicht enger hätte sein können. Noch nie in seinem Leben hatte er ein so unwiderstehliches Bedürfnis verspürt, jemanden zu küssen.

Matt war auf einer abgelegenen Viehfarm mitten im Busch großgeworden. Daher waren seine Erfahrungen mit Frauen sehr begrenzt. Der nächste weiße Nachbar hatte meilenweit entfernt gelebt, und die Kinder auf dieser Farm waren allesamt Jungen gewesen. Seine Schulbildung hatte er zunächst von seiner Mutter erhalten und später durch Hauslehrer, die sein Vater für ihn engagiert hatte. Matt war immerhin so sehr der Sohn seines Vaters, dass er sein Wissen darüber, wie die Vögel und die Bienen es machten, nicht im Verkehr mit jungen Aborigine-Mädchen in die Praxis umgesetzt hatte, die für viele australische Jungen als eine Art Notbehelf dienten. Diese Mädchen wuchsen in einer Kultur auf, die sexuelle Spiele unter

Kindern nicht verurteilte und den Geschlechtsakt tatsächlich nur vage mit der Empfängnis eines Kindes in Verbindung brachte. Bei seiner Heirat mit Kit war Matt jedoch nicht mehr unberührt gewesen. In Kapstadt hatte er hin und wieder Frauen aufgesucht, deren Gewerbe es war und die sich dafür bezahlen ließen und stolz darauf waren, die Bedürfnisse der Soldaten der Krone zu befriedigen.

Dann war Kit in sein Leben getreten, und durch ihr jugendlich tastendes, keuchendes, zupackendes und kicherndes Liebesspiel waren sie in sexueller Hinsicht beide gemeinsam erwachsen geworden.

Das war die Summe von Matts Erfahrungen. Seine Mutter verkörperte für ihn die Idealvorstellung weiblicher Eigenschaften, und daran hatte sich bis auf diesen Tag nicht allzu viel geändert: Eine Frau war geduldig, fürsorglich und geschickt bei der Behandlung kleinerer und größerer Verletzungen, die ein im Busch arbeitender Mann sich täglich zuziehen konnte. Sie kochte entweder selbst oder beaufsichtigte die Dienstboten, die für sie in der Küche arbeiteten. Eine Frau machte ein Haus zu einem Heim und hielt es sauber und nach Möglichkeit frei von stechenden Krabbeltieren. Sie war keine Sklavin, aber sie war ihrem Mann untergeordnet in allem, was Politik, gesellschaftliches Leben und die Verwaltung des Geldes anging. Der Ehemann traf die Wahl, wie er seinen Lebensunterhalt verdiente. Wenn ein Mann Glück hatte, war seine Ehefrau ihm Geliebte, Freundin und Gefährtin – so wie Kit für ihn.

Mit diesen Ansichten und seiner begrenzten Erfahrung traf Matt völlig unvorbereitet auf die wohlüberlegten Verführungskünste einer Frau, deren Waffen aus dem über Jahrhunderte tradierten Wissen der erfahrenen Kurtisanen bestanden sowie aus dessen praktischer Anwendung …

Nach allem, was Trevor ihr über Matts wohlhabende Familie erzählt hatte, stand Guinevere Gorels Entschluss rasch fest: Matthew Van Buren sollte ihre Fahrkarte sein, um Neuguinea baldmöglichst zu verlassen. Von Kindheit an war sie es gewohnt, dass eine Prinzessin aus königlichem Geblüt ihre Wünsche nur auszusprechen brauchte, und schon wurden sie ihr erfüllt. Sie wollte Matt Van Buren, und zwar sofort. Ihre Tage waren unausgefüllt und langweilig, und in seinem Streben nach Reichtum war Trevor oft wochenlang weg von zu Hause.

Matt sollte ihr zum einen vorübergehend ihre körperlichen Bedürfnisse befriedigen. Zum anderen wollte sie ihn lange genug für sich haben, um gemeinsam mit ihm nach Australien zu gehen und seinen Vater zu besänftigen, damit Matt Zugang zum Familienvermögen bekam. Danach wäre es ihr ein Leichtes, an das Geld für die Überfahrt nach Frankreich zu kommen.

Wenn jemand wie durch ein Wunder in Guineveres Gedanken hätte eindringen können und sie gefragt hätte, was denn aus Matts Frau und seinem kleinen Sohn werden sollte, hätte sie nur völlig verdutzt dreingeschaut. Denn für Guinevere existierten Kit Van Buren und das Kind überhaupt nicht. Nach ihrer Vorstellung existierte nur sie selbst. Alle anderen – einschließlich derer, denen sie Zugang zu ihrem Leben gewährte, wie beispielsweise Trevor – waren für sie nur dann real, wenn sie in direktem Kontakt mit ihr standen.

Genau das war der Grund gewesen für ihr Stirnrunzeln, als Matt seinen Sohn erwähnt hatte. Ein Kind passte einfach nicht in ihre Pläne. Bereits dreimal – zweimal mit Trevor und einmal mit Louis Sabitier in Huê – hatte ihr Körper sie betrogen. Doch jedes Mal hatte sie ein mögliches Desaster abwenden können durch den geschickten Gebrauch eines dünnen, langen geschnitzten Elfenbeinstabs, der einst ihrer Mutter gehört hatte. Die Anwendung war in der Familie ihrer Mutter über Generationen weitergegeben worden. Ihre Mutter hatte sie in dieses Wissen eingeweiht, als Guinevere gleich nach ihrer Hochzeit mit Trevor ihre Fruchtbarkeit unter Beweis gestellt hatte. Lachend hatte sie ihrer Tochter erzählt, dass der Zauber des Elfenbeinstabs von zwei Arten von Frauen angewandt wurde: zum einen von Damen aus reichem Hause und zum anderen von Frauen, deren Beruf oder Berufung es war, Männern Vergnügen zu verschaffen.

Guinevere war eine Person, bei der sich alles ausschließlich um sie selbst drehte. Nur sie konnte großen Schmerz empfinden; der Schmerz anderer war für sie so wenig greifbar wie der Nebel, der an einem windstillen Morgen über der Bucht hing. Nur ihre eigenen Bedürfnisse mussten berücksichtigt werden. Sie hungerte, und es war ihr gottgegebenes Recht, sich sattzuessen – so wie die Löwin auf dem *Veld* in Südafrika sich sattfrisst, ohne einen Gedanken daran zu verschwenden, ob das Blut ihres Opfers dabei vergossen wird.

Matt machte nur einen einzigen ernsthaften Versuch, den Zauber zu brechen, in den er mit gezieltem Geschick und erstaunlicher Schnelligkeit gehüllt wurde. »Also dann …«, sagte er und erhob sich. »Ich habe noch in der Stadt zu tun. Sie sagen also, Sie hätten nichts gehört von unserem guten alten Trev?«

»Nein«, antwortete sie, erhob sich ebenfalls und ging auf ihn zu. Dabei überschritt sie bewusst den Höflichkeitsabstand, der normalerweise zwischen einem Mann und einer Frau aufrechterhalten wird, solange sie nicht intim miteinander verkehrt haben. »Werden Ihre Geschäfte lange dauern?«

»Wenn ich ein Boot mieten kann, sollte ich wohl besser die Küste hinabfahren, um Trev dort aufzusuchen«, sagte er und wich ein paar Schritte zurück, um sich aus ihrem Dunstkreis zu befreien und wieder einen klaren Kopf zu bekommen.

»Ach«, sagte sie, trat erneut auf ihn zu und strich ihm den Hemdkragen glatt. »Ich hatte so sehr gehofft, wir könnten einander besser kennenlernen und Freunde werden.« Ihr Lächeln war einfach umwerfend. Sie hielt den Kopf ein wenig zur Seite geneigt und sah ihm in die Augen, und diese Position stellte ihren makellosen, graziösen langen Hals zur Schau. Matt konnte sehen, wie das Blut durch ihre zarten blauen Adern pulsierte, die durch ihre Porzellanhaut schimmerten. »Verschieben Sie

Ihre Abreise doch ein wenig, damit ich Ihnen wenigstens ein gutes Abendessen servieren kann.«

Er schluckte.

»Hier draußen«, fügte sie hinzu. »Heute Abend. Werden Sie kommen?«

»Wenn ich kann«, sagte er.

Matt verabschiedete sich rasch und machte sich in sinnlicher Benommenheit auf den Rückweg zum Stadtzentrum. Er konnte sich genau an ihre Aura erinnern, an die Makellosigkeit ihrer Haut, an den Duft ihres Parfüms. Nur ihr Gesicht konnte er sich nicht mehr ins Gedächtnis rufen. Er wusste lediglich, dass er vollkommene Schönheit gesehen hatte und sich mehr als alles auf der Welt wünschte, die Einladung für diesen Abend annehmen zu können. Nur wieder mit ihr zusammen sein – weiter reichte seine Vorstellung im Augenblick nicht. Sein einziger Wunsch war, ihr am Tisch gegenüberzusitzen und sie so lange ansehen zu dürfen, bis dieses vollendete Gesicht sich in sein Gedächtnis gegraben hätte. Tief in seinem Unterbewusstsein regte sich ein anderer drängender Wunsch, der nur auf die Gelegenheit wartete, aus seinem Versteck hervorzuschnellen.

Als Matt am Hafen angelangt war, schüttelte er kräftig den Kopf, um Guineveres Bild aus seinen Gedanken zu vertreiben. Plötzlich entdeckte er die vertrauten Umrisse von Blue Jacks Dampfbarkasse. Wieder in der Realität angekommen, ging er bis zum Landungssteg. Saraba, Jacks dunkelhäutige Frau, trat an die Reling, erkannte Matt und strahlte ihn an.

»Ist der Master an Bord?«, fragte er.

»Nein, tut mir leid«, sagte Saraba. »Sie ihn suchen, Sie ihn finden beim Gouverneur.

»Ich hoffe, es gibt keinen Ärger?«

Die dunkelhäutige kleine Frau zuckte mit den Schultern. »Immer Probleme«, sagte sie.

Matt schlenderte zu dem Gebäude mit dem Blechdach, dem Amtssitz des Gouverneurs. Die Sonne brannte mit schonungsloser Kraft auf ihn herab, sodass er es als Wohltat empfand, als er auf die Veranda des großen Gebäudes trat. Dort blieb er eine Weile stehen und hielt die Hände hinter dem Rücken verschränkt. Einige Leute kamen und gingen. Wenn Blue Jack sich wirklich beim Gouverneur aufhielt, müsste er beim Verlassen des Gebäudes zwangsläufig an Matt vorbeikommen.

Guinevere Gorel beherrschte bereits wieder seine Gedanken. In unmittelbarer Nähe waren Südsee-Arbeiter damit beschäftigt, ein Holzhaus zu errichten, und Matt empfand einen Anflug von Stolz. Das verwendete Bauholz war nämlich in seinem Tal geschlagen und in seinem Sägewerk zugeschnitten worden. Vom Sägewerk wanderten seine Gedanken automatisch weiter zu seinem Heim und natürlich zu Kit. Sein Sohn war ein kräftiger Bursche und gedieh prächtig. Und Kit. Ach, Kit. Ihrer Schönheit hatte die Geburt des Kindes keinen Abbruch getan. Ganz im Gegenteil, sie war schöner denn je. Durch ihren aktiven Tagesablauf hatte sie die überzähligen Pfunde, die sie während ihrer Schwangerschaft mit dem kleinen Grant zugenommen hatte, rasch wieder verloren.

Kit. Nichts konnte ihren Platz in seinem Leben einnehmen.

Er schlug sich die Gedanken an Guinevere aus dem Kopf. Er würde nicht ins Gorel'sche Haus zum Dinner gehen. Solange Trev nicht zu Hause war, würde er Guinevere nicht mehr aufsuchen.

Matt prustete. Merkwürdig, was für ein Blödsinn ihm da durch den Kopf ging. Schließlich war er erwachsen und wusste genau, was er tat. Er hatte eine ungewöhnlich schöne Frau gesehen, und seine Reaktion auf sie war die eines gesunden Mannes. Kein Grund, deshalb gleich *troppo* zu werden.

Er hörte Schritte, blickte auf und sah ein bekanntes Gesicht, das er hier allerdings nicht erwartet hätte. Slone Shannon kam gerade aus dem Gebäude und trat auf die Veranda. Als er Matt bemerkte, nickte er ihm höflich zu und wandte seinen Blick wieder von ihm ab. Im nächsten Moment aber drehte er sich gleich noch einmal nach ihm um.

»Slone Shannon!«, rief Matt im selben Augenblick, als Slone sagte: »Verflixt, wenn das nicht Matt Van Buren ist?«

»Was zum Teufel machst du hier in Neuguinea?«, fragte Matt, nachdem sie ihr Ritual des gegenseitigen Schulterklopfens und Händeschüttelns beendet hatten.

»Dasselbe könnte ich dich fragen«, bemerkte Slone.

»Ich bin hier, um mein Glück zu machen, Kumpel«, erklärte Matt.

»Du siehst aus, als hättest du Erfolg.«

»Wird schon werden«, meinte Matt. »Ein wenig Holzgewinnung und -verarbeitung, und ein wenig Kaffeeanbau. Keine großen Probleme.«

»*Goodonyer*«, erwiderte Slone.

»Du hast mir immer noch nicht erzählt, was ein Peer des verdammten britischen Königreichs in diesem *Troppo*-Land verloren hat.«

Slone zuckte nur mit den Schultern. »Noch bin ich kein Peer«, sagte er. »Und ich hoffe, dass ich es auch noch lange nicht werde. Ich bin nur der verdammte Erbe, mein Sohn.« Er grinste. »Der verdammte Erbe eines Adelstitels, der König und Vaterland gegenüber seine Pflicht erfüllt. Du kannst dankbar sein, dass dir das nicht passiert ist. Sonst wärst du jetzt nicht hier und könntest dir ein gutes Leben machen und nur das tun, wozu du Lust hast, frei wie ein Vogel.«

»Ganz so frei nun auch wieder nicht«, entgegnete Matt. »Ich habe inzwischen Frau und Kind, weißt du? Einen Sohn.«

»Nein«, sagte Slone mit einem breiten Lächeln. »Nein, das wusste ich nicht. Das ist ja großartig, Matt, einfach großartig. Du hast den kleinen Buschranger doch hoffentlich nach dir benannt, oder?«

»Na ja, Kit hat darauf bestanden«, antwortete Matt.

»Kit?« Ein eigentümlicher Ausdruck lag in Slones Blick.

»Du hast vermutlich noch nichts davon gehört. Kit Streeter. Ja.« Er fragte sich, ob Shannon womöglich doch noch etwas für Kit empfand, und sofort setzte die Eifersucht ihm zu.

Slone lächelte und klopfte ihm anerkennend auf die Schulter. »Da hast du ja ein prachtvolles Mädchen bekommen, Kumpel.«

»Das brauchst du mir nicht extra zu sagen.«

Slone zog seine Uhr aus der Tasche und sah nach, wie spät es war. »Hör zu, Kumpel, mir bleibt noch genau eine Stunde, bis ich wieder an Bord sein muss.« Er zeigte zum Hafen, wo ein Zerstörer der Royal Navy des australischen Geschwaders vor Anker lag. »Ich bin nur ein unbedeutender Überbringer diplomatischer Nachrichten, und Seine Wichtigkeit, den Captain, träfe vor Wut der Schlag, wenn ich seine fahrplanmäßige Abfahrt auch nur um eine Minute verzögern würde ... Aber für ein großes Dunkles in der Kneipe bleibt mir noch Zeit genug.«

»Na ja, eigentlich warte ich auf jemanden. Angeblich ist er beim Gouverneur«, erwiderte Matt.

»So ein despektierlich aussehender Kerl mit einem ungewöhnlichen Namen?«, fragte Slone.

»Blue Jack.«

»Ja. Der muss sicher bald kommen.« Er reichte Matt die Hand. »Schön, dich gesehen zu haben, Queensland.«

»Ebenso, Queensland«, entgegnete Matt. Er grinste, zögerte und sagte dann: »Ach zum Teufel, mit Jack kann ich auch später noch reden. Komm, wir trinken uns ein großes Dunkles.«

Sie schlenderten zur Hafenkneipe und suchten sich einen Tisch an der Seite, an der die Rolläden hochgezogen waren. Bei einem guten australischen Ale sprach Slone begeistert von seiner Frau Sianna, die in Melbourne auf ihn wartete. Als Matt ihm von seinem Holz- und Kaffeeunternehmen berichtete, hörte Slone mit großem Interesse zu und stellte eine Reihe Fragen.

»Nun sind wir also hier«, erklärte Slone, »wir verdammten Imperialisten. Seit die ersten Sträflinge an der australischen Küste abgeladen wurden, beklagen wir uns darüber, und jetzt lungern wir schon wieder in anderer Leute Heimat herum.«

»Oh, wir sind doch nur hier, um den unglücklichen Heiden die Erleuchtung zu bringen«, sagte Matt.

»Und füllen uns dabei die Taschen.« Slone grinste. »Na ja, besser Australien als die verdammten Deutschen, stimmt's?«

»Hört, hört«, entgegnete Matt.

Slone sah wieder auf die Uhr. »Also dann, Queensland, ich bin weg …«

»Gute Heimreise«, sagte Matt. Er wehrte mit einer Handbewegung ab, als Slone einige Münzen aus der Tasche zog und das Ale bezahlen wollte.

»Danke, Kumpel«, antwortete Slone und steckte das Kleingeld wieder ein. »Ziel der ersten Etappe ist … Brisbane. Dann geht es nach Melbourne, London und auf den Kontinent. Ich soll einen Posten in unserer Gesandtschaft in Wien übernehmen.«

»Oh, stinkvornehm«, sagte Matt in affektiertem Ton. »Darf ich um diesen Walzer bitten, mein Herr?«

Slone musste lachen. »Sianna ist im siebten Himmel. In Wien kann sie endlich wieder einmal ihr ausgezeichnetes Deutsch anwenden. Als gutes Burenmädchen hält sie Wien für den Inbegriff der Zivilisation.«

Als Slone sich erhob, stand Matt ebenfalls auf. Erneut gab es gegenseitiges Schulterklopfen und den Austausch guter Wünsche. Dann machte Slone sich auf den Weg, und Matt sah seinem Freund nach.

Genau in dem Moment, als Slone an der Tür war, trat Blue Jack ein und spähte in das schummrige Licht. »Müssen Sie uns schon verlassen, Captain?«, sagte er zu Slone.

Slone warf Matt einen raschen Blick zu, gab keine Antwort und eilte zur Tür hinaus.

Blue Jack setzte sich zu Matt an den ramponierten Tisch.

»Kennen Sie Slone Shannon?«, fragte Matt.

»Ihn kennen?« Blue Jack wandte sich um und rief dem Mann hinter der Theke zu, er solle ihm ein Glas Bier bringen. Als er den Kopf wieder umdrehte, begegneten sich ihre Blicke. »Kann nicht behaupten, dass ich den Captain richtig gut kenne«, sagte Blue Jack. »Ich weiß nur, dass er ein Aussie ist, der für den Nachrichtendienst der verdammten Poms arbeitet.«

»Der gute alte Slone ist ein Spion?«, bemerkte Matt leichthin.

Blue Jack studierte Matts Gesichtsausdruck, bevor er antwortete. »Chefspion wäre die korrektere Bezeichnung«, sagte er.

»Was Sie nicht sagen«, entgegnete Matt. »Woher wissen Sie das?«

Blue Jack lachte. »Wenn man selbst einer ist, erkennt man das sofort, Kumpel«, sagte er. »Hat man Ihnen noch nicht gesteckt, dass ich ein verdammter Spion für die verdammten Deutschen oben im Norden bin?«

Blue Jacks Ale kam, und er leerte das Glas bis zur Hälfte in einem Zug. Dann leckte er sich die Lippen und wischte mit dem Handrücken darüber. »Und, wächst der Kaffee?«

»Sehr langsam«, antwortete Matt. »Hören Sie, Jack, ich möchte gern nach Süden, um zu sehen, wie Trev mit dem Holzfällen zurechtkommt. Oben in den Bergen läuft derzeit alles reibungslos, und ich dachte mir, der gute alte Trev könnte vielleicht ein bisschen Ermutigung und Unterstützung brauchen. Haben Sie Zeit, mich heute noch da runter zu bringen?«

Blue Jack leerte erst sein Glas bis auf den letzten Rest, bevor er antwortete. »Tut mir leid, Kumpel«, sagte er. »Der Motor wird gerade überholt, und sobald er fertig ist, muss ich eilige Post in den Norden bringen.«

»Kennen Sie sonst jemanden, der mich hinbringen könnte?«

Blue Jack nannte Matt einen Namen und sagte ihm, wo er das Boot finden könne. Matt machte den Bootseigner ausfindig und bekam zu hören, das Boot werde frühestens am nächsten Morgen auslaufen.

»Ich wollte aber gern sofort aufbrechen«, sagte Matt. »Bis zum Einbruch der Nacht könnten wir schon die halbe Strecke hinter uns haben.«

»Geht nicht«, antwortete der Bootseigner und schüttelte heftig den Kopf. »Meine Tochter heiratet heute Nachmittag.«

Später würde Matt sich immer sagen können, er hätte es zumindest versucht.

Er fragte überall im Hafen nach, fand aber keinen einzigen Bootseigner, der dazu bereit war, noch an diesem Nachmittag nach Süden zu fahren. Also kehrte Matt in sein Hotelzimmer zurück, badete, zog saubere Kleidung an und suchte den Speisesaal auf.

Er ging sogar so weit, Platz zu nehmen und sich vor dem Essen eine Tasse Kaffee zu bestellen. Doch schließlich erhob er sich mit einem tiefen Seufzer, ließ für den Kaffee genug Geld auf dem Tisch liegen und machte sich auf den Weg zu Trevor Gorels behaglichem Haus auf der Anhöhe. Schon von Weitem sah er, dass das Licht angezündet war und einen anheimelnden Schimmer durch die Fenster warf. Als er die Stufen zur Veranda hinaufstieg, erblickte er Guinevere Gorel, die ganz in Weiß gekleidet in der Dunkelheit stand.

»Ich wusste, Sie würden kommen«, sagte sie und nahm ihn bei der Hand. »Lassen Sie uns ein wenig die kühle Abendluft genießen.«

Sie führte ihn zu einem hübschen Sitzplatz im Freien neben dem Haus, zu dem von der Bucht eine leichte Brise aufstieg und einen balsamischen Duft mit sich brachte. Guinevere setzte sich auf eine Verandaschaukel direkt neben ihn, sodass er ihre sanfte Körperwärme an seiner Hüfte spürte.

»Ich bin ja so froh, dass Sie kommen konnten«, sagte sie. »Wenn Trevor nicht da ist, fühle ich mich immer so schrecklich einsam.«

Sie hatte sich halb zu ihm umgedreht und blickte ihn unverwandt an. Im fahlen Mondlicht sah er ihre ebenmäßigen Gesichtszüge und ihre dunkel bewimperten Mandelaugen. Sie hatte ein anderes Parfüm aufgelegt und duftete nach eigentümlichen Dschungelblüten, anregend und verlockend.

Später würde er sich nie mehr genau daran erinnern können, wie seine Lippen die ihren fanden, wie dieser erste Kuss begann. Doch er sollte wieder und wieder daran zurückdenken, wie er vor Begehren glühte, als er ihre Taille zwischen seinen Händen spürte und sie zufrieden aufstöhnte, als seine Zunge die ihre berührte.

Eines der Dienstmädchen unterbrach sie und kündigte mit gedämpfter Stimme an, das Dinner sei serviert. Guinevere antwortete dem Mädchen, machte aber keine Anstalten, sich aus Matts Umarmung zu befreien.

»Vergiss das Dinner«, sagte er und ließ sich von der Anwesenheit des Hausmädchens aus der Südsee nicht weiter stören. Er wollte dieses wundersame Geschöpf unbedingt noch länger in seinen Armen halten, ihren Honigmund erforschen und ihre weiche kurvige Gestalt ertasten.

Guinevere lachte.

»Komm, wir müssen etwas essen«, flüsterte sie. »Wir haben Zeit. Wir haben alle Zeit der Welt.«

Matt stocherte in seinem Essen herum. Die beiden Hausmädchen warteten am Tisch auf und sprangen sofort, sobald Guinevere nur den kleinsten Wunsch hatte, den sie oftmals nicht einmal auszusprechen brauchte. Ein Blick oder ein Zeichen mit ihrem langen, wohlgeformten Finger reichte aus, und die Mädchen gehorchten. Guineveres Augen hingen nur an Matt.

In ihrer weißen seidenen Hülle war sie der Inbegriff der Weiblichkeit, das in menschlicher Gestalt verkörperte Verlangen. Matt glaubte, das Abendessen würde nie enden.

Sie aß, als genieße sie jeden einzelnen Bissen, höflich, aber ohne Zeit zu verschwenden oder unnötige Bewegungen zu machen.

Matt hätte nicht einen einzigen Gang benennen können. Und dann, nachdem heißer ostasiatischer Tee serviert worden war, sagte Guinevere zu den Mädchen: »Das ist alles. Ihr könnt auf eure Zimmer gehen.«

Sie waren allein.

Guinevere leitete ihn, ohne dass er auch nur das Geringste davon merkte. *Sie* bestimmte den Zeitpunkt, wann sie wieder in seinen Armen landete. Und *sie* wählte den richtigen Moment, in dem sie sich in dem großen Schlafzimmer wiederfanden, das Guinevere mit Trevor Gorel teilte und in dem sie sich schließlich mit ihren seidenweichen, langen, erhitzten Gliedern in Trevors Bett an ihn schmiegte.

Sein bebendes Verlangen entlud sich rasch. Sie lachte leise und sinnlich und erregte ihn mit geflüsterten Worten und gekonnten Berührungen gleich noch einmal. Immer aufs Neue wiederholte sich dieses Spiel, bis er völlig willenlos war und nur noch aus purer Leidenschaft, ungestilltem Begehren und blindem Verlangen bestand. Sie zu haben und zu besitzen, war alles, was zählte.

Auch wenn er hundert Jahre alt werden sollte, könnte er nie genug von ihr bekommen.

Bei Sonnenaufgang wachte er auf. Sein Körper war schweißbedeckt, und er lag allein in dem großen Bett. Ein Gefühl von Scham und Schuld überkam ihn. Er konnte nicht begreifen, was zum Teufel nur über ihn gekommen war, zu einer anderen Frau ins Bett zu steigen. Und ausgerechnet in das Bett der Frau seines besten Freundes und Geschäftspartners. Und Kit. *Ach, Kit, verzeih mir.* Seine Lippen formten diese Worte schweigend. *Es wird nicht wieder vorkommen.*

Er stand auf und griff nach der Kleidung, die er am Vorabend hastig abgestreift hatte und die jetzt überall verstreut lag.

»Ach, endlich wacht dieser Mann auf«, sagte Guinevere Gorel.

Sie hatte im Dunkeln neben dem Fenster gestanden, von dem aus man über die Bucht schauen konnte. Und nun trat sie in den Strahl der Morgensonne. Sie war nackt, und das Licht überflutete ihre makellose goldfarbene Haut. Mit wiegenden Schritten kam sie auf ihn zu. »Hast du es eilig?«, fragte sie und drängte sich in seine Arme.

In einem plötzlichen Anflug von Selbstverachtung schob er sie zurück und griff nach seinem Hemd.

»Na, was soll denn das?«, fragte sie mit einem Lächeln und bewegte sich so, dass sie mit einer ihrer vollen Brüste seinen Arm streifte.

Er sah sie an und formte in Gedanken die Worte, um ihr zu sagen, dass sie beide einen schrecklichen Fehler begangen hatten. Aber seine Worte blieben ihm im Hals stecken. Sie legte die Hand auf seine Schulter und ließ sie langsam nach unten gleiten, immer weiter nach unten, über seine Brust bis auf seinen flachen Bauch.

»Komm mit Guinevere«, flüsterte sie und führte ihn zurück zum Bett.

26

Auf seiner Rückfahrt von Neuguinea machte Slone Shannon Zwischenstation in Brisbane. Er mietete sich ein Pferd und ritt über die vertrauten Wege zu seinem ehemaligen Zuhause, das er verlassen hatte, um in den Krieg nach Südafrika zu ziehen. Adam Vincent Shannon, der Earl of Cheviot, und seine Lady hielten sich derzeit dort auf. Sie waren erst kürzlich aus England zurückgekehrt.

Slone fand das Haus in einem chaotischen Zustand vor. Eine ganze Armee von Arbeitern hämmerte, sägte, strich an oder lief umher und machte wer weiß was. Slone umarmte seinen Vater, drückte seine Mutter fest an sich und küsste sie herzlich auf Stirn und Wangen. Dann trat er zurück und machte eine fragende Geste.

»Ich glaube allmählich, ich hätte ebenso gut in England bleiben können«, erklärte Adam Shannon und zwinkerte seinem Sohn zu. »Diese Frau ist entschlossen, das ganze Haus auseinanderzunehmen, um es dann, nur entsprechend größer, wieder zusammenzusetzen. Wir älteren Herrschaften brauchen doch eigentlich nur noch eine Tasse Milch und einen warmen Platz am Kamin. Doch bald werden wir zwei in einem so großen Haus herumturnen, dass man ein gutes Dutzend Gäste darin unterbringen kann.«

Emily lachte.

»Ich bin nur vorausschauend und denke daran, dass Slone und Sianna uns sicher bald mit ihrem Nachwuchs besuchen werden.« Sie sah Slone forschend an. »Ich hoffe doch, es wird Nachwuchs geben?«

»Gelegentlich beschäftigen wir uns mit diesem Problem, Mutter«, entgegnete Slone trocken. »Ich kann dir versichern, dass wir genauso versessen darauf sind, dich zur Großmutter zu machen, wie du es bist, eine zu werden.«

»Nun ja«, meinte Emily, »wenn du öfter zu Hause bleiben würdest, wo du hingehörst ... oder besser noch, wenn du dieses reizende Mädchen hierherbringen würdest, wo ihr beide hingehört ...«

»Also bitte, Emily«, wandte Adam ein.

Adam hatte darauf bestanden, sich wenigstens einen einzigen ruhigen Schlupfwinkel im Haus zu bewahren. Während Emily davoneilte und sich um die einzelnen Arbeiterkolonnen kümmerte, zogen Adam und Slone sich in das Arbeitszimmer des Earls zurück. Mit den dunklen Paneelen und den auf Hochglanz polierten Möbeln strahlte der an den Wänden mit Maori-Schnitzereien dekorierte Raum eine ruhige, behagliche Atmosphäre aus. Slone ließ sich in einen abgenutzten Ledersessel fallen. Er nahm die angebotene Zigarre, benutzte mit Vergnügen die silbernen Gerätschaften, die er seinem Vater zu Weihnachten geschenkt hatte, und knipste damit die Zigarrenspitze ab. Adam beugte sich zu ihm, um ihm Feuer zu geben.

»Sieht aus, als würden sie dich ganz schön hin- und herscheuchen«, meinte Adam und nahm ebenfalls Platz. »Wie ist denn die Lage in Neuguinea?«

»Um die Wahrheit zu sagen, Sir«, antwortete Slone, »kaum war ich angekommen, musste ich schon wieder weg. Deshalb kann ich mir eigentlich keine Meinung darüber erlauben. Wie ich vom Gouverneur erfuhr, geht die Entwicklung nur langsam voran, und Probleme sind reichlich vorhanden. Es fehlt an Straßen, und die Arbeitskräfte müssen zum größten Teil von außerhalb ins Land geholt werden. Das Kolonialministerium in London stellt kaum Mittel bereit, und ich fürchte, mit dem geringen Betrag, den unsere eigene Regierung zur Verfügung stellt, lässt sich für die einheimische Bevölkerung nicht viel erreichen. Offenbar haben wir auf die Eingeborenen keinen großen Eindruck gemacht – nur da, wo sie mit dem weißen Mann in Berührung gekommen sind und Geschmack an seinem Alkohol und an seinem Tabak gefunden haben.«

»Sowohl innerhalb als auch außerhalb der Regierung haben sich genug Leute dagegen ausgesprochen, dass für das – wie sie es nennen – imperialistische Unternehmen irgendwelche Ausgaben getätigt werden«, bemerkte Adam.

»Nun ja, die beschränkten Mittel, die wir Neuguinea zuteilen, könnten sicher auch anderweitig gut verwendet werden, nehme ich an …«, entgegnete Slone mit einem schiefen Lächeln. » … vielleicht für Verteidigungsanlagen, um einen künftigen Vorstoß der Deutschen über die Torres-Straße zurückzudrängen, nachdem sie erst einmal ihre Vormachtstellung über ganz Neuguinea ausgeweitet haben.«

»Die Staatsgeschäfte in London laufen schon merkwürdig«, äußerte Adam, »zumindest als wir dort waren. Eine Reihe einflussreicher Leute zeigt sich über die Ambitionen der Deutschen sehr besorgt. Aber sie sind in der Minderheit. Die Mehrheit derer, die das Sagen haben, ist offenbar der Ansicht, dass diejenigen, die sich über die Deutschen Gedanken machen, nur blinden Alarm schlagen.«

»Ich habe schon mit beiden Seiten Bekanntschaft gemacht«, sagte Slone. »Die meisten halten die Vorstellung, die Deutschen könnten die britische Marine herausfordern, für völlig abwegig. In Wirklichkeit wird die britische Vorherrschaft auf See von den Deutschen ziemlich häufig auf die Probe gestellt. Hier und da dringen sie ein Stück vor, an einer anderen Stelle sondieren sie die Lage und suchen nach unserem schwachen Punkt. Bislang haben sie sich immer noch wieder zurückgezogen, selbst wenn sie irgendwo eine Schwachstelle gefunden hatten. Manchmal ziehen sie sich aber auch erst dann zurück, wenn wir massive Maßnahmen ergriffen haben – wie am Persischen Golf. Genau das meinte Lord Lansdowne, als er sagte, die Briten würden sich der Errichtung einer Marinebasis am Persischen Golf widersetzen. Der Außenminister ließ an Kaiser Wilhelm die Warnung ergehen, dass Großbritannien in dieser

Angelegenheit nicht vor einem Krieg mit Deutschland zurückschrecken würde.«

Adam paffte nachdenklich seine Zigarre. »Tja, weißt du, uns hier draußen, die wir so viele Meilen entfernt sind vom guten alten Europa mit seinem ewigen Gezänk, kommt das alles verdammt lächerlich vor. Andererseits denke ich, sollten wir uns schon Sorgen machen. Manchmal frage ich mich, ob Malthus nicht in gewissem Maße doch recht hatte. Nach ein, zwei Generationen Frieden in Europa würde es zu einem enormen Bevölkerungsanstieg kommen, der eine Menge Anpassungsprobleme mit sich bringt.«

Eine Zeit lang saßen sie nur schweigend gemütlich beieinander. Über ihren Köpfen schwebte ein leichter Dunstschleier, und in den angenehmen Tabakduft mischte sich der Geruch nach einem sehr guten Brandy. Slone lächelte gedankenversunken. In England lag dieser riesige Steinhaufen von einem Haus, der Sitz des Earls, ausgestattet mit Möbeln, die auf dem Antiquitätenmarkt ein Vermögen einbringen würden. Hinzu kamen viele Morgen sorgfältig gepflegter Grund und Boden, ein Wald für die Jagd und ein Flüsschen zum Fischen. Außerdem stand eine Unzahl bereitwilliger Bediensteter zur Verfügung, die sich allzeit gern um die Bedürfnisse des Earls und seines Haushalts kümmerten. Trotz alledem bevorzugte Adam Shannon den eher rustikalen Charme seiner Farm in Queensland.

»Was amüsiert dich so?«, fragte Adam ganz nebenbei.

»Mir fiel nur gerade ein: Wenn du als Earl nicht in England tätig bist, kannst du deinen Titel doch ebenso gut verkaufen.«

»Das geht nicht«, sagte Adam. »Den Titel kann man nur weitervererben. Vielleicht werde ich früh sterben und ihn dir schon bald hinterlassen.«

»Schönen Dank«, erwiderte Slone, »aber das geht erst recht nicht.«

»Vielleicht wird dein Sohn den Titel mehr zu schätzen wissen«, sagte Adam. »Wie denkt denn Sianna darüber?«

»Oh, sie ist immer noch ein wenig eingeschüchtert von der

ganzen Sache«, sagte Slone. »Sie genießt es, dass sie so viel Geld ausgeben kann. Bei unserem Umzug nach Wien wird allein das Verschiffen ihrer Garderobe ein Vermögen kosten.«

»Nach Wien geht es also?«

»Tut mir leid«, sagte Slone, »es sollte nicht so aussehen, als ob ich Neuigkeiten zurückhalte. Ich habe meinen neuen Einsatzort noch nicht erwähnt, weil ich zu einigen Dingen gern deine Meinung hören wollte.«

»Nur zu.«

»Na ja«, begann Slone, »das Problem ist, ich weiß nicht so recht, wo ich anfangen soll.« Er schnippte die Asche von seiner Zigarre und blickte zur Decke. »Ich war in Neuguinea, um einem verschrobenen Alten Anweisungen zu überbringen, der dort die Post in die Gebiete der Deutschen ausliefert. Sein Gehalt bezieht er aus mindestens drei Quellen, von denen nur eine einzige offen und ehrlich ist. Offiziell wird er dafür bezahlt, dass er die Post befördert. Inoffiziell aber erhält er Beträge in unbekannter Höhe von bestimmten Dienststellen sowohl der britischen als auch der deutschen Regierung.«

Adam nickte interessiert. »Klingt so, als hätte Lord Kitchener da irgendwo die Fäden gezogen«, sagte er.

»Kitchener hat mich gewissen Leuten empfohlen«, räumte Slone ein. »Glaubst du, ich habe richtig gehandelt, dass ich ihr Angebot angenommen habe?«

»In der Vergangenheit hatten Männer, die kämpfen mussten, keine gute Meinung von Spionen«, erklärte Adam. »Du weißt ja, wie das geht. Der Mann, der in meinen Augen ein Informant ist, wird von einem anderen als Verräter bezeichnet. Doch mittlerweile ist die Welt zu einem komplizierteren Ort geworden. Das hat der Krieg in Süafrika deutlich gezeigt. Dort ging es nicht nur darum, einige hunderttausend Mann im Feld aufzustellen und sie nach dem Motto ›Der Gewinner bekommt alles‹ in einem fairen Kampf gegen den Feind antreten zu lassen. Nein, dieser Krieg wurde nicht durch Schlachten entschieden. Zum ersten Mal war auch die Zivilbevölkerung einbezogen. Das Leid der Frauen und Kinder hat den Ausgang des Krieges ebenso beeinflusst wie die Schlachten.« Traurig schüttelte er den Kopf. »Der Krieg hat sich verändert. Früher dauerte es Wochen und Monate, um die Armeen für das alles entscheidende Gefecht in Stellung zu bringen. Heute können wir die Männer per Eisenbahn und Dampfschiff schnell an Ort und Stelle schaffen, und die Schlachten finden häufig an völlig unerwarteten Orten statt. Hinzu kommen die Guerilla-Taktiken, wie sie von den Buren entwickelt wurden und unter gewissen Umständen höchst wirksam sind. Und schließlich gibt es die neuen Waffen, die in Südafrika auf so verheerende Weise zum Einsatz kamen. Und weiß Gott, welche Waffengattungen außerdem bei den Großmächten auf dem Reißbrett sind.«

Er hielt inne und füllte ihre Gläser nach. »Wenn du mich fragst, ich würde sagen, dass die Kriegsführung in Zukunft vollkommen anders aussehen wird als alles, was wir bisher kennen. Ein Krieg zwischen den europäischen Mächten wird vermutlich nicht nur auf die althergebrachten Schlachtfelder begrenzt bleiben, sondern könnte sehr wohl ein weltweites Ausmaß annehmen. Du siehst also, ich schlage einen weiten Bogen, um dir letztendlich zu sagen: Ja, Nachrichtenmaterial ist in unserer heutigen Zeit vehement wichtig. Nehmen wir zum Beispiel deinen verschrobenen Alten in Neuguinea. Er ist der Spion, und du bist der Chefspion. Habe ich nicht recht?«

»So würde ich es zwar nicht unbedingt nennen, aber ja, im Kern trifft es die Sache wohl recht gut.«

»Ich halte es für äußerst wichtig, dass wir auf die eine oder andere Weise ein Auge auf die Deutschen werfen – sei es nun in Neuguinea oder wo auch immer sie versuchen, ihre Kolonialgebiete auszudehnen. Dass du vorhin die Krise am Persischen Golf erwähnt hast, zeigt deutlich, dass der Krieg fern von Berlin oder London an irgendeinem entlegenen Ort ausbrechen könnte. Um also deine Frage abschließend zu beantworten: Ich finde, wenn du bei deinen Operationen zur Nachrichtenbeschaffung vernünftig vorgehst, kannst du durchaus stolz auf dich sein.«

»Danke«, sagte Slone. »Allerdings hängt noch ein wenig mehr damit zusammen. Es wird gewünscht, dass auch Sianna sich daran beteiligt.«

»Ach ja?«, warf Adam ein.

»Sie ist eine Burin, und sie spricht sehr gut deutsch. Wie du weißt, gab es in dem Friedensvertrag einige sonderbare Zugeständnisse. Die burischen Republiken wurden zu Kronkolonien, aber ihnen wurde das Recht eingeräumt, in ihren Schulen ihre eigene Sprache zu unterrichten. Ich fürchte, dies hat viel mehr dazu beigetragen, den Buren ihre eigene nationale Identität bewusst zu machen, als ich persönlich für klug erachte. Man kann davon ausgehen, dass die Buren allem Britischen eine starke Ablehnung und großen Hass entgegenbringen. Es gibt kaum eine Burenfamilie, die nicht entweder im Krieg oder in einem der Konzentrationslager einen Verwandten verloren hat. Meine Vorgesetzten wollen also, dass Sianna und ich in Südafrika Zwischenstation machen und uns dort umschauen, wie die allgemeine Lage ist. Mithilfe von Siannas Nationalität und Sprachkenntnissen sollen wir versuchen, eine Einschätzung vorzunehmen, wie tief die Feindschaft der Buren gegenüber dem britischen Empire verwurzelt ist.«

»Und was hält Sianna von der Idee?«, fragte Adam.

»Oh, sie ist durchaus interessiert.« Er verzog das Gesicht. »Sie meint, wenn man nur mit den Leuten reden und herausfinden soll, was sie empfinden, ist man kein wirklicher Verräter an seinem Volk.«

»Verstehe. Gemischte Gefühle also, wie?«

»Ziemlich. Und nicht nur bei ihr.«

»Wozu tendierst du?«, fragte Adam.

»Dad, ich will nicht noch einmal mitansehen müssen, wie Männer in die Mündungen von Pom-Pom-Geschützen und Maxim-Maschinengewehren marschieren«, erwiderte Slone mit Nachdruck. »Und als ehemalige Krankenschwester hat Sianna selbst erlebt, was moderne Waffen mit dem menschlichen Körper anrichten können. Sie fühlt ebenso wie ich.«

Adam machte eine einlenkende Geste. »Ein ziemlich guter Grund, nicht?«

Slone nickte.

»Allerdings würde ich es dir nie verzeihen, wenn du das Mädchen auch nur der geringsten Gefahr aussetzt«, sagte Adam.

»Das habe ich selbstverständlich nicht vor.«

Dass Slone und Sianna ausgerechnet mit einem deutschen Schiff nach Südafrika fuhren, erschien ihnen wie eine Ironie des Schicksals. Zwischen Europa und dem Fernen Osten verkehrten etwa ein halbes Dutzend deutscher Schiffe, doch waren sie in der Regel nicht von bester Qualität, da Deutschland ebenso wie Großbritannien und Frankreich die besten Schiffe für die einträgliche Nordatlantik-Überquerung nach Amerika reserviert hielt. Daher war es nicht immer möglich, auf bequeme Art von Australien ins alte Europa zu reisen. Doch zum Glück befand sich die *Bremen* auf der Rückfahrt von einer ihrer seltenen Reisen in den Fernen Osten und machte einen Abstecher nach Durban in Natal. Dieser Umstand versetzte den Viscount und seine Lady in die Lage, im großen Stil zu reisen.

Nach einem glücklichen Wiedersehen mit Dirk und Anna De Hartog auf der De-Hartog-Farm unweit von Pietermaritzburg machte das hübsche junge Paar eine Rundreise durch die ehemaligen Buren-Republiken.

Johannesburg war oberflächlich betrachtet sehr britisch geworden. Die Goldminen von Witwatersrand waren wieder voll in Betrieb, und die Wunden, die der Krieg dem Land geschlagen hatte, waren dank der arbeitseifrigen Buren größtenteils verheilt.

In Pretoria wurden sie vom Hochkommissar und Gouverneur der Kronkolonien, Sir Alfred Milner, empfangen. Milner sprach überzeugend von Frieden und Zusammenschluss in

Südafrika und wies darauf hin, dass die Krone zehn Millionen Pfund ausgegeben hatte, um diejenigen Buren, die unter diesem Krieg besonders gelitten hatten, wieder in das normale Leben einzugliedern. Die Insassen der Gefangenen- sowie der Konzentrationslager waren längst auf freiem Fuß. Und die Buren, die auf ihren Grundbesitz zurückgekehrt waren, hatte man mit Lebensmitteln, Vieh, Saatgut und Werkzeugen ausgestattet.

»Wir bewegen uns auf den Zusammenschluss zu«, erfuhren Slone und Sianna von Milner. »Als ersten Schritt haben wir die Südafrikanische Zollunion geschaffen. Und die Schienennetze im Transvaal sind mit denen in der Orange-River-Kolonie, dem ehemaligen Freistaat, verbunden worden. Daher würde ich also davon ausgehen, dass wir die Unterstützung und die Rückendeckung der burischen Bevölkerung haben. Ich glaube fest daran, die etwas Weiterdenkenden unter den Buren wissen, dass es ihnen als Untertanen der Krone besser geht.«

Slone suchte auch den Burengeneral Louis Botha auf. Bei einer angenehmen Unterhaltung erfuhr er, dass Botha – zumindest bedingt – mit Milner übereinstimmte. Botha hatte in der Kolonialregierung keinen offiziellen Posten. Doch niemand, nicht einmal Milner, unterschätzte den Einfluss des Generals auf das Volk der Buren. Wenn Probleme auftauchten, wandten die Buren sich an Botha und an Jan Smuts, und die Mehrheit der burischen Bevölkerung folgte ihren Entscheidungen.

»Einige wenige, wie General De Wet, sind immer noch nicht davon überzeugt, dass der Krieg vorüber ist«, sagte Botha. »Aber Ihnen und mir ist klar, dass es so ist, nicht wahr, mein lieber Viscount? Wir Buren wissen, dass wir lernen müssen, mit den Briten zu leben.«

»Ihr guter Wille ist an allen Ecken und Enden deutlich zu erkennen, Sir«, entgegnete Slone. »Da Sie und Jan Smuts für den Zusammenschluss der ehemaligen Burennationen mit den britischen Kolonien zu einer großen Union plädieren, können wir in Südafrika vermutlich demnächst bedeutenden Änderungen entgegensehen.«

»Nun, ich denke, wenn es zur Union kommt, hat Smuts den größten Anteil daran«, räumte Botha ein.

»Ich habe jedoch den Eindruck, Sie sind derjenige, der die englischsprechende Bevölkerung am effektivsten davon überzeugen kann, dass der Zusammenschluss nicht eine Art Komplott ist, bei dem die Buren die Vorherrschaft über Südafrika gewinnen.«

Botha lächelte kläglich. »Ja, davon habe ich gesprochen, sehr zum Verdruss von Gentlemen wie unserem guten alten Freund De Wet.«

»Ich bin General De Wet nie persönlich begegnet«, sagte Slone. »Ich halte es für gut möglich, dass ich im Feld hin und wieder auf einige seiner Soldaten gestoßen bin, aber auf den General selbst – nein.«

»Nun, dem müssen wir abhelfen«, entgegnete Botha. »Sie scheinen ein überaus vernünftiger Mensch zu sein, und Ihre Verehelichung mit einer guten Burin könnte den General vielleicht davon überzeugen, dass Sie nicht der typische Brite sind. Wie Sie sehen, nutze ich jede Gelegenheit, um zu versuchen, Christiaan De Wet klarzumachen, dass die Differenzen und das Blutvergießen der Vergangenheit vergessen sein sollten. Wenn Sie in irgendeiner Weise dazu beitragen könnten ...«

General Christiaan De Wet war ein rauer, harter Mann. Genauso musste er auch ausgesehen haben, als er die letzte Burenarmee gegen die erdrückende Überzahl der Briten in den Kampf geführt hatte. Doch deren zahlenmäßige Überlegenheit war so groß, dass schließlich sogar De Wet gezwungen war, sich zu ergeben.

Mit seiner hoch aufgeschossenen Gestalt, seinem grauen Haar und seinem langen zerzausten Bart wirkte De Wet auf Slone wie der eigenwillige künstlerische Entwurf eines biblischen Propheten. Während des Gesprächs legte er sich keinerlei Zurückhaltung auf, sondern äußerte geradeheraus seine Überzeugung, dass der Unabhängigkeitskampf der Buren noch nicht vorüber sei.

»Ein Ungleichgewicht von hundert zu eins war notwendig, um uns zu schlagen«, erklärte De Wet seinem australischen Besucher, und seine Lippen verzogen sich über seinem zerrupften Bart zu einem grimmigen Lächeln. »Und trotzdem war der Sieg nur knapp errungen. Gebt mir moderne Waffen, gute Pferde und drei Generäle wie Koos De La Rey oder Ihren Schwiegervater Dirk De Hartog, und ich sorge dafür, dass sich zwanzigtausend Kommandotruppen erheben und Ihre Leute in den Ozean zurückdrängen!«

Slone musste einsehen, dass dieser hartgesottene alte Mann Vernunftgründen nicht zugänglich war. Zu viel Blut war vergossen worden, und zu viele gute Männer hatten sterben müssen. Ein Mann wie De Wet, dessen Anschauungen fest im Alten Testament verwurzelt waren, würde niemals friedlich Seite an Seite mit den Briten leben können. In seinen Augen waren sie amoralische Söhne des Bösen. Deshalb brachte Slone die Unterhaltung auf Kriegsgeschichten und hörte dem alten General mit großem Interesse zu, als dieser ihm von seinen Feldzügen berichtete, mit denen er an immer wieder neuen Stellen das Hohe Veld überzogen hatte.

Sianna befand sich unterdessen bei den Frauen im Haushalt De Wet. Die Unterhaltung wurde in Afrikaans geführt und verlief, nachdem die anfängliche Schüchternheit durch guten, starken Kaffee und frisch gebackenes, geradezu in Butter schwimmendes Gebäck überwunden war, freundlich und lebhaft.

Als Gastgeberin fungierte Trinka De Wet Du Tout, die Tochter des Generals. Bei den übrigen Frauen handelte es sich um Nichten oder um die Ehefrauen von Neffen des Generals, und wieder andere waren nur zu Besuch gekommen. Das Haus der Familie De Wet war groß und ausladend, und durch die geöffneten Fenster hörte man spielende Kinder. Hin und wieder trat eine der jungen Mütter ans Fenster, um nach der Rasselbande zu sehen.

Trinka war eine dralle, mütterlich wirkende Frau mit wachen grauen Augen und einem warmen Lächeln. Sie roch angenehm nach dem Gebäck, das sie frisch aus dem Backofen geholt hatte, nach Vanillearoma und braunem Zucker. Immer wieder legte sie Sianna neues Gebäck auf den Teller, und Sianna aß, bis sie nicht mehr konnte, sich den Magen rieb und zum vierten Mal bestätigte, wie gut es ihr geschmeckt hatte.

Das Gespräch ging zunächst von den neugierigen jüngeren Frauen aus. Sianna beantwortete deren Fragen zu ihrem Ehemann, zu ihren Reisen und zu Australien. Nachdem sie ein entspannteres Verhältnis zueinander gefunden hatten, stellte auch sie Fragen und brachte allmählich und vorsichtig das Thema auf den Krieg.

Danach brauchte es keine weitere Ermunterung. Jede der Frauen hatte von Dirk De Hartog gehört.

»Ja, natürlich«, sagte eine der jungen Mütter lächelnd, »Colonel De Hartog. Ein wahrer Kriegsheld. Der hat viele Briten getötet. Wenn wir erneut kämpfen, wird er doch sicher General sein, oder?«

»Ich hoffe nicht«, entgegnete Sianna. »Ich meine, ich hoffe und bete, dass es keinen weiteren Krieg geben wird. General Botha sagt …«

»Pah«, meinte Trinka Du Tout. »Louis Botha. Ist der als Brite geboren?«

»Ich halte General Botha für einen sehr vernünftigen Mann«, sagte Sianna. »Er rät dazu, dass Buren und Briten friedlich zusammenleben. Er wünscht sich eine einheitliche Nation in Südafrika.«

»Dem stimme ich zu«, erwiderte Trinka. »Und zwar eine Buren-Nation.«

»Darauf besteht nur wenig Hoffnung«, sagte Sianna.

»Ihre Ansichten sind durch die Heirat mit einem Briten gefärbt«, sagte Trinka. Sie errötete, denn sie merkte, dass ihre

Aussage an eine Beleidigung grenzte. »Nicht, dass wir Sie dafür verurteilen, verstehen Sie mich recht.«

»Das will ich doch hoffen«, erwiderte Sianna. Sie war erschrocken über die Bitterkeit, die unter der höflichen Fassade dieser Frau schwelte und jeden Augenblick an die Oberfläche kommen könnte. Wenn diese Frauen einen so tiefen Groll hegten und sich in Gedanken mit einer Vormachtstellung der Buren und einem weiteren Krieg beschäftigten, mussten sie diese Ansichten von ihren Männern übernommen haben. Die Burin war dem Manne in allen Dingen untergeordnet und übernahm daher in wichtigen Dingen auch seine Ansichten.

»Ihre Verehelichung mit einem britischen Offizier, der einen hohen Posten in der Regierung bekleidet, könnte künftig für uns von Vorteil sein«, sagte Trinka Du Tout, »falls Sie im Herzen eine echte Burin geblieben sind.«

Sianna hatte den Eindruck, diese Unterhaltung sei weit genug gegangen. Ihr Rücken versteifte sich. »Mrs Du Tout, ich bin als Gast in Ihrem Hause. Der Zweck meines Besuchs ist rein gesellschaftlicher Art, und ich halte es für unklug, unser Gespräch auf dieser Ebene fortzusetzen ...« Sie unterbrach sich und stand abrupt auf. »Wenn Sie bitte jemanden zu meinem Mann schicken und ihm sagen würden, ich wäre so weit, dass wir aufbrechen könnten ...«

Die jüngeren Frauen sperrten verblüfft den Mund auf. Eine Frau konnte ihrem Mann doch nicht sagen, wann er eine Unterredung abbrechen sollte.

»Ach bitte, ich wollte Sie gewiss nicht beleidigen«, sagte Trinka Du Tout beschwichtigend. »Ich neige ebenso wie mein Vater dazu, allzu frei von der Leber weg zu reden.« Sie erhob sich und machte eine kleine Verbeugung vor Sianna. »Kommen Sie, wir suchen uns ein Plätzchen, wo wir in Ruhe miteinander reden können und ich meine Dreistigkeit wiedergutmachen kann.«

Sianna folgte der Älteren zu einem sehr weiblich anmutenden Wohnzimmer. Trinka setzte sich ihr gegenüber. »Wie schon gesagt«, fing sie an, »ich beherrsche nur eine einzige Art, mich auszudrücken: Ich komme gern sofort auf den Punkt und habe keinerlei Übung darin, mich in diplomatischen Begriffen auszudrücken oder mich von hinten herum an ein Thema heranzuschleichen.«

»Worüber wollen Sie mit mir reden?«, fragte Sianna.

»Über Sie, Sianna geborene De Hartog, Tochter eines guten Burenvaters.«

Sianna fragte sich, ob Trinka ihre Meinung über sie wohl ändern würde, wenn sie erführe, dass Dirk De Hartog nicht ihr Vater war und dass sie den Namen ihres leiblichen Vaters nicht einmal kannte. Doch sie verharrte in Schweigen, denn sie war neugierig geworden, weshalb Trinka Du Tout einen so ernsten und feierlichen Ton anschlug.

»Sie haben im Krieg doch als Krankenschwester gearbeitet und mit eigenen Augen gesehen, wie die Briten unsere jungen Männer zugerichtet haben.«

»Und ebenfalls, wie unsere jungen Männer die Briten zugerichtet haben«, sagte Sianna. »Das Blut der Briten war genauso rot wie das der Buren.«

»Aber Sie haben Ihrem Land gedient.«

»Ja, das habe ich.«

»Und jetzt sind Sie mit einem Engländer verheiratet.«

»Eigentlich nicht«, sagte Sianna. »Slone ist in Australien geboren.«

»Kommt auf dasselbe heraus. Also mit einem Briten. Die Frage lautet nun, Sianna De Hartog, ob dies hier noch Ihr Heimatland ist?«

»Ja, selbstverständlich«, sagte Sianna. »Ich bin in Natal geboren. Worauf wollen Sie mit Ihren Fragen hinaus?«

»Hören Sie, es wird wieder zum Krieg kommen«, erklärte Trinka. »Aber nicht so wie damals. Beim nächsten Mal werden die Briten sich einem stärkeren Feind gegenübersehen. Dann werden sie ihre gesamten Anstrengungen nicht allein auf Südafrika richten können, denn sie werden sich sowohl bei sich zu

Hause als auch auf vielen anderen Schlachtfeldern rund um die Erde den Deutschen gegenübersehen. Und wenn es so weit ist, Sianna De Hartog, wem gehört dann Ihre Loyalität?«

»Mein Name, *Mevreau,* ist Sianna Shannon.«

»Sie weichen der Antwort also aus, nicht wahr?« Die Burenfrau lächelte. »Und doch sind Sie als Burin geboren und haben auf Ihre Weise als Burin gekämpft. Ich denke, wenn die Zeit reif ist, werden Sie an Ihr Heimatland zurückdenken. Als Ehefrau eines britischen Diplomaten werden Sie in der Lage sein, Ihrem Land wertvolle Hilfe zu leisten. Und ich bin davon überzeugt, dass Sie das auch tun werden.«

Sianna errötete. »Wollen Sie etwa damit sagen, ich solle als Spionin gegen das Mutterland meines Mannes agieren, gegen das Land, das ich durch meine Heirat als meine Wahlheimat angenommen habe?«

Trinka machte eine unverbindliche Geste. »Ich will damit nur sagen, dass Sie vermutlich irgendwann Zugang zu Informationen haben werden, die es uns allen leichter machen würden, unser erträumtes Ziel zu erreichen: eine von Gott gesegnete burische Nation, die ganz Südafrika umfasst.«

»Ich werde jetzt gehen«, sagte Sianna und sprang auf.

»Ich werde Ihnen einige Namen nennen«, beharrte Trinka. »Prägen Sie sich die gut ein. Da sind zunächst natürlich mein Vater und ich. Aber sollten Sie einmal keinen von uns beiden erreichen können, denken Sie an Steyn, Hertzog und Beyers. Sie haben bestimmt schon von diesen Männern gehört.«

Sianna drehte sich auf dem Absatz um und rauschte davon. Sie kannte diese Namen, Steyn, Hertzog und Beyers. Diese Männer konnten die Vergangenheit nicht überwinden und widersetzten sich Louis Bothas Bemühungen, ein friedliches Zusammenleben mit den Briten anzusteuern.

Slone hatte seine Unterredung mit dem alten General bereits beendet, und Sianna stieg zu ihm in die Kutsche. Auf der Rückfahrt ins Hotel erzählte er Sianna, dass De Wet sich niemals mit Großbritannien anfreunden würde, und Sianna berichtete ihm in groben Zügen von ihren Gesprächen mit den Frauen im Haushalt De Wet.

»Auch die Frauen haben gekämpft«, bemerkte Sianna. »Und sie haben sich nicht ergeben. Das waren allein die Männer.«

»Wir kämpfen doch nicht den Kampf der Geschlechter«, sagte Slone neckend.

»Diese Frauen haben genau die Gefühle ausgedrückt, die ihre Männer vermutlich mit ihnen teilen«, fuhr Sianna fort, »denn eine gute Burenfrau spiegelt die Anschauungen ihres Ehemannes wider. Sir Alfred Milner lehnen sie rundweg ab, denn sie machen ihn für den Krieg verantwortlich. Sie sagen, als er sich bei der Konferenz von 1899 in Bloemfontein weigerte, das Stimmrecht auf Transvaal auszudehnen, hätte er den Krieg verhindern können.«

»Nun, das kann man von zwei Seiten her betrachten«, meinte Slone. »Ebenso gut könnte man behaupten, Paul Krüger hätte den Krieg verursacht, als er sich weigerte, sich in Bloemfontein auf einen Kompromiss mit Milner einzulassen, nicht wahr?«

»Sollen wir zwei uns jetzt über diese Angelegenheiten streiten?«, fragte Sianna. »Oder möchtest du wissen, was heutzutage in den Köpfen der Buren vorgeht?«

»Tut mir leid«, sagte er.

»Milners Mitarbeiter, die jungen Männer, die Milner dabei unterstützen, Südafrikas Vereinigung voranzutreiben, nennen sie den Kindergarten. Sie ärgern sich darüber, dass Milner 1902 vorgeschlagen hat, die Kap-Verfassung aufzuheben.« Sianna machte eine bedeutungsvolle Pause und sah Slone an. »Und jetzt höre dir das an, denn ich denke, als Australier wirst du das gut verstehen. Was sie an Milners Politik am meisten erbost, ist offenbar die Tatsache, dass er chinesische Arbeiter in die Witwatersrand-Goldminen gebracht hat.«

»Ist ihnen nicht zu verdenken.« Slone nickte nachdenklich. »Verdammt. Erinnere mich daran, dass ich das in meinem Bericht besonders erwähne. An dieser Stelle könnte man sehr gut ansetzen, um das Vertrauen der Burenbevölkerung zu gewinnen.«

»Und nun zu der großen Frage, ob die Bewohner der früheren Burenrepubliken sich als loyale Untertanen der britischen Krone erweisen, falls es zwischen Großbritannien und Deutschland zu einem Krieg kommt«, fuhr Sianna fort. »Die Antwort lautet ja und nein. Einige schon. Aufgrund der Aussagen der wenigen Leute, mit denen ich heute gesprochen habe, könnte ich mir gut vorstellen, dass es unterschwellig große Sympathien für die Deutschen gibt. Und wenn es den Deutschen gar gelänge, aus ihren afrikanischen Kolonien Truppen nach Südafrika zu bringen, glaube ich, hätten sie die Unterstützung der meisten Buren, die im Krieg gegen die Briten gekämpft haben.«

»Glaubst du wirklich, dass das so weit geht?«

»Ich fürchte ja«, antwortete sie nachdenklich. »Aber schließlich bin ich ja nur eine unbedarfte Frau, die sich mit anderen unbedarften Frauen unterhalten hat.«

»Du bist jedenfalls alles andere als unbedarft«, erklärte Slone. Er griff nach ihr und erstickte ihren schelmischen Protest mit seinen Küssen. Sie quiekte und erinnerte ihn daran, dass alle Welt sie in der offenen Kutsche sehen konnte. Und vielleicht war es tatsächlich diese reizende Ablenkung, weshalb sie das mit Trinka De Wet Du Tout geführte Privatgespräch gar nicht erwähnte.

Sie verließen den Norden und reisten mit der Eisenbahn nach Kapstadt, wo sie ein Schiff nach England bestiegen. Sianna hatte ihrem Ehemann noch immer nichts erzählt von Trinkas selbstgefälliger Überzeugung, dass Sianna sich als gutes Burenmädchen zum Wohle einer eventuellen Burennation in Südafrika gegen Großbritannien stellen würde. Sie hielt die Wahrscheinlichkeit eines Krieges für sehr gering. Sollte es aber doch dazu kommen, würde sie selbstverständlich ihrem Ehemann gegenüber loyal bleiben. Wenn sie ihm von ihrem Gespräch mit Trinka berichtete, würde das Slones Meinung über das Burenvolk nur negativ beeinflussen, überlegte sie sich. Schließlich war Trinka nur eine Frau, und General Louis Botha repräsentierte die Buren weit besser als General De Wet und seine verbitterte Tochter.

Sianna lag neben Slone in ihrer Kabine. Sie hatte den Kopf an seine Schulter gebettet, und ihr blondes Haar kitzelte ihn an der Brust. »Werden wir in Wien ein großes Haus haben?«

»Das bezweifle ich. Du musst wissen, ich bin nur ein kleines Rädchen im Getriebe.«

»Wenn man uns kein großes Haus gibt, werde ich mich persönlich beim Außenministerium beschweren«, sagte sie leichthin. »Ich werde denen sagen: ›Hören Sie, ich werde nicht für Sie spionieren, wenn Sie mir kein großes Haus geben, damit ich dort die Leute bewirten kann, die es wert sind, ausspioniert zu werden.‹«

»*Goodonyer*«, sagte Slone. »Und danach kannst du zum österreichischen Kaiser gehen und sagen: ›Nun hören Sie mir mal gut zu, Franz Joseph, Sie müssen Ihren Freund Kaiser Willi dazu bringen, dass er damit aufhört, mit der gesamten Welt herumzualbern.‹«

»Das würde ich ohne Weiteres tun. Weshalb sollten ein paar dumme alte Männer in der Lage sein, einen Krieg zu verursachen?«

»Liebling, wenn du auf diese Frage eine Antwort findest, wirst du die erste Präsidentin der Welt.«

Slone und Sianna bekamen kein Haus, sondern eine Wohnung in einem wunderschönen alten Gebäude unweit des Regierungsviertels. Sie war großzügig und stilvoll ausgestattet, und an den Wänden hingen dunkle alte, von trübsinnigen Visionären und grüblerischen Romantikern signierte Gemälde. Dicke Vorhänge hielten den eiskalten Winterwind ab, und die Räume waren mit schweren deutschen Möbelstücken eingerichtet.

Beim Erkunden der Stadt verbrachten die beiden angenehme Tage und Abende. Sie konnten nur bestätigen, dass es tatsächlich die Walzerstadt war, und sie legten ein paar Pfunde zu, weil sie häufig die köstlichen Törtchen aßen. Anscheinend gab es in jedem Häuserblock mindestens ein Café oder Geschäft, in dem sie feilgeboten wurden.

Slone bekam in der Nähe der britischen Botschaft ein kleines Büro zugewiesen, wo er nominell direkt dem australischen Gesandten unterstand.

Seine Befehle erhielt er jedoch von einem anderen kleinen Büro innerhalb der britischen Botschaft.

Monatelang hatte es den Anschein, als bestünden seine Pflichten lediglich darin, bei zahlreichen gesellschaftlichen Veranstaltungen zugegen zu sein. Als britischer Peer, als Viscount, hatte er sozusagen eine Alibifunktion. Er traf so viele Herzöge, Prinzen und Barone, dass es schwierig für ihn war, sie alle richtig einzuordnen. Er und seine Frau waren sehr beliebt, denn Sianna beherrschte die Sprache perfekt, und mit ihrer Hilfe lernte Slone rasch dazu.

Am österreichischen Hofe sprach man von einem möglichen Krieg zwischen Großbritannien und Russland. Sollte es tatsächlich dazu kommen, würde dies aus österreichischer und deutscher Sicht durchaus begrüßt. Slone und Sianna erfuhren jedoch nichts Wesentliches, was sie hätten berichten können. Die Anglo-Japanische Allianz von 1902 hatte genau zu dem Zweck gedient, zu dem die britischen Initiatoren sie vorgesehen hatten: Sie sollte den Briten erlauben, ein wachsames Auge auf die russischen Aktivitäten im Fernen Osten zu werfen, ohne dort britische Streitkräfte aufmarschieren zu lassen.

»Wie kommt es, mein lieber Viscount«, fragte ein unbedeutender deutscher Diplomat Slone über den Tisch hinweg, als sie im Hause eines einflussreichen Mannes am österreichischen Hof beim Abendessen saßen, »dass jedes Vorgehen Ihres Landes direkt auf Deutschland zielt?«

»Oh, ich nehme an, das ist nur ein bisschen böses Blut zwischen Familienangehörigen«, erwiderte Slone leichthin. »Sollten wir diese Dinge nicht einfach den Verwandten überlassen, Onkel Edward und seinem Neffen Bill?«

Nach einem Augenblick des Schweigens fingen die Deutschen an zu lachen. In Kreisen des deutschen Nachrichtendienstes war allgemein bekannt, dass Slone Shannon weder bei der britischen noch bei der australischen Regierung eine wichtige Rolle spielte oder ihnen sonst irgendwie von Nutzen war. Als britischer Peer in Wien hatte er nur eine Alibifunktion, und von solchen Leuten konnte man schließlich nichts anderes erwarten als einen so geistlosen Kommentar.

27

Als Java im Schatten einer steilen roten Felswand die Wasserlache sah, vergaß sie all ihre Erschöpfung. Ihre bleischweren Füße wurden wieder leicht, und sie rannte den felsigen Abhang mit einer solchen Geschwindigkeit hinab, dass sie beinahe gestürzt wäre und sich verletzt hätte. Nahe am Wasserloch stolperte sie im Sand, konnte sich aber gerade noch auf den Beinen halten. In ihrer Vorstellung schmeckte sie bereits das kühle Nass und spürte, wie es ihr durch die Kehle rann, um den endlos langen Tagen voller Durst und Staub ein Ende zu bereiten. Sie fühlte förmlich, wie ihr das Wasser ins Gesicht spritzte, und träumte davon, mitsamt ihrer Kleidung hineinzuspringen, obwohl das Wasserloch keine zwei Meter im Durchmesser hatte und nur sehr flach war.

Doch plötzlich blieb sie abrupt stehen und stöhnte völlig entsetzt auf. An der Wasseroberfläche hatte sich ein dichter Bewuchs durchweichter, abgestorbener Pflanzen gebildet. Die wenigen kleinen Lücken dazwischen waren mit einem grünlichen Schmutzfilm bedeckt, und am Rand des Wasserlochs lag – halb im Wasser und halb draußen – ein aufgedunsener, stinkender toter Dingo. Über dem Kadaver summten die Fliegen.

Bildana war Java in normalem Schritttempo gefolgt und stand nun neben ihr. Während Java vor Enttäuschung laut zu schluchzen begann, schüttelte Bildana nur den Kopf.

Für Java war das Leben zu einer Aneinanderreihung einförmiger Tage geworden: Tage voller Sonne und Durst und Hunger und endloser Meilen roter, trockener, mit Wüstengras und flachen Büschen übersäter Landschaft. Das Leben war keineswegs kompliziert. Es bestand einzig aus der Suche nach essbaren Knollen, ähnlich der vertrauten Kartoffel, die sich listig im Wüstenboden versteckt hielten und auf deren Vorhandensein nur wenig an der Erdoberfläche hindeutete. Dieses Leben erforderte, dass das Wasser in den Schläuchen auch dann noch tagelang ausreichte, wenn der Körper schon längst sein dringendes Bedürfnis nach mehr Flüssigkeit signalisierte. Wenn das Leben nur von ein, zwei Knollen abhing, die man pro Tag auf dem schier endlosen Weg nach Osten fand, und wenn einem das Leben nur dann erhalten blieb, wenn man allmorgendlich die Feuchtigkeit von einem glitschigen Stein ableckte, blieb kein Raum mehr für schmückendes Beiwerk wie Träume, Pläne und Grübeleien.

In den ersten Wochen hatte Java rasch an Gewicht verloren. Ihr Körper war nun sehnig und abgezehrt. Doch der menschliche Körper ist enorm anpassungsfähig, und nach einiger Zeit hatte ihr neues Gewicht sich eingependelt. Um den ersten Auswirkungen des Verhungerns vorzubeugen, hatte ihr Körper sich auf den Nahrungsmangel eingestellt, das lebende Gewebe reduziert und auf diese Weise den Flüssigkeitsbedarf vermindert. Java war in eine düstere Lethargie gefallen, und ihr ganzes Bestreben war nur darauf ausgerichtet, in Bewegung zu bleiben. Sie musste einzig und allein Bildana folgen, bergauf und bergab durch endlose Flächen mit dichtem Spinifex-Gras, sodass ihre ohnehin lädierte Kleidung noch mehr zerschliss und ihre Haut mehr und mehr mit kleinen eiternden Wunden überzogen war. Ihr gesamtes Dasein wurde nur noch von dem Bedürfnis nach Nahrung bestimmt.

Eine Zeit lang war Wasser, so knapp es auch sein mochte, nicht das Hauptproblem. Die Wurzeln und Knollen, die Java nach kurzer Lernphase fast ebenso gewitzt ausfindig machen konnte wie Bildana, enthielten genug Flüssigkeit. Außerdem trafen sie auf einige wenige feuchte Stellen, in denen ausreichend Wasser vorhanden war. Der Hunger dagegen stellte die größte Bedrohung und Herausforderung dar. Wenn sie einmal eine Wüstenechse fingen, wurde ein solcher Tag zu etwas ganz

Besonderem. Und nachdem sie sich wochenlang mühsam nach Osten geschleppt hatten, konnte Java oft gar nicht so lange warten, bis Bildana ein Feuer entfacht und die winzigen Happen Fleisch gebraten hatte.

In diesen Nebelschleier aus Hunger, Lethargie und Erschöpfung verirrte sich ab und zu ein Gedanke von solcher Düsterkeit, dass er sie förmlich erstarren ließ: Tolo war tot. Nur eine schmerzlich kurze Phase war ihr vergönnt gewesen, um ihn zu lieben, ihn in die Arme zu schließen und von ihm in den Armen gehalten zu werden. Wozu sollte sie noch länger gegen den drängenden Wunsch ankämpfen, sich an einem der roten Felsbrocken einfach in den Schatten zu legen, die Augen zu schließen und ihrer Mattigkeit den Sieg zu überlassen?

Doch mehr als alles andere hielt die Erinnerung an eine bestimmte Person sie aufrecht: Immer wieder erschien vor ihrem inneren Auge das Gesicht ihrer Großmutter. Wenn sie in der größten Hitze des Tages wie im Fieber dahinschlich und ihr jeder Schritt zur Qual wurde, hörte sie Magdalens Stimme, die sie vorwärts drängte und ermahnte, unter keinen Umständen aufzugeben.

Ihren Kompass hatte sie schon vor längerer Zeit verloren und war nun vollständig auf Bildanas Führung angewiesen, obwohl es recht einfach war, den richtigen Kurs zu halten. Vormittags mussten sie sich nur auf den grellen rötlichen Glanz am Himmel zubewegen, und am Nachmittag mussten sie darauf achten, dass ihnen die Sonne auf den Rücken schien.

Vor einigen Tagen hatte Bildana darauf hingewiesen, dass sie eine völlig wasserlose Strecke vor sich hätten. Die letzte tropfende Wasserquelle hatten sie mit einem vollen Wasserschlauch verlassen und sich mit drei Schlucken pro Tag begnügen müssen. Dann war ihnen das Wasser ausgegangen, und sie hatten sich einen ganzen Tag und eine ganze Nacht lang ohne einen einzigen Tropfen vorgekämpft. Und nun fanden sie das nächste Wasserloch von dem toten Dingo verseucht und voller Schmutz vor.

Das war einfach zu viel. Zum ersten Mal brach Java in Tränen aus. Sie sank auf die Knie und schluchzte, doch die Tränen auf ihren Wangen trockneten beinahe sofort. Dann sah sie, wie Bildana dem toten Dingo auswich und sich am anderen Ende des Wasserlochs hinkniete, sich hinabbeugte, den Schmutzfilm beiseiteschob und – oh Gott – von dem fauligen Wasser trank.

Java drehte sich der Magen um. Sie musste würgen, doch sie kroch – ganz krank vor Ekel – zu Bildana. »Ziehen wir das tote Tier raus?«, keuchte sie.

»Nein, aufwühlen, schlecht«, sagte Bildana und vergeudete keine Energie für überflüssige Worte.

Java tauchte die Hände ins Wasser und führte sie zum Mund. Es stank bestialisch, aber es war Wasser. Ihre ausgedörrte Zunge empfand es als Wohltat, doch Java hatte Schwierigkeiten, es herunterzuschlucken. Sie trank nur wenig und spürte sogleich, wie ihr Magen rebellierte. Sie wandte sich von dem Wasserloch ab und erbrach das Brackwasser. Doch kaum hatte ihr Magen sich ein wenig beruhigt, trank sie erneut. Kurz darauf kam ein Kaninchen ans Wasserloch, und Bildana erlegte es mit einem geschickten Steinwurf. Zum ersten Mal nach etlichen Tagen aßen sie genüsslich das halbrohe Fleisch. Bald war ihr Magen vom Wasser und Fleisch tüchtig aufgebläht, und sie legten sich schlafen.

Als Java vor Kälte aufwachte, sah sie, dass der Vollmond am Himmel stand und die Wüstennacht beleuchtete. Auch wenn es sie wertvolle Energie kostete, sammelte sie trockenes Gras und Zweige, um das fast erloschene Feuer wieder in Gang zu bringen. Am Bratspieß hingen noch die Knochen des Kaninchens, und Java knabberte die letzten Fitzchen Fleisch von den Schenkelknochen. Bildana setzte sich auf und tat es ihr gleich. Auch sie nagte die Knochen ab und zerknackte sie mit den Backenzähnen, um das Mark auszusaugen.

»Blackfellow nicht hier«, sagte Bildana.

»Hier ist lange keiner mehr gewesen«, stimmte Java ihr zu.

»Blackfellow hier, Wasserloch sauber.«

Es dauerte eine Weile, bis die Bedeutung von Bildanas Worten durch die Schutzschicht von Javas Erschöpfung in ihr Bewusstsein drang.

»Willst du damit sagen, dass wir das Gebiet der Blackfellows erreicht haben?«

»Bald erreichen große, wellige Sandhügel«, erklärte Bildana.

»Oh, mein Gott«, hauchte Java. War das möglich? Konnte es wirklich sein, dass sie den schlimmsten Teil der Wüste hinter sich hatten? Viele Male hatte sie Bildana gebeten, ihr das Gelände zu beschreiben, zu dem sie so endlos lange unterwegs waren. Und im Geiste hatte sie es vor sich gesehen: die Dünen und dann die Felsen und Schluchten und schließlich den sich aus dem flachen Land erhebenden riesigen Ayers Rock.

»Bildana, sprich zu mir«, sagte sie, als Bildana sich rücklings auf den kahlen Boden legte.

»Nach zwei Tagen gutes Wasser«, erklärte Bildana. »Sandhügel.«

Bereits nach knapp einem Tagesmarsch fanden sie Lachen mit gutem, sauberem, mineralhaltigem Wasser. Durch die Wasservorkommen war das Dünengras grün, und es gab auch mehr Kaninchen. Zwei- bis dreimal pro Tag erlegten sie ein Tier, auch wenn sich ihr Fortkommen dadurch verzögerte. Bei beiden Frauen stand der Bauch so weit vor, als wären sie in einem frühen Stadium der Schwangerschaft, und allmählich drang ein Hoffnungsschimmer in Javas zu hoffnungsloser Lethargie erstarrten Geist.

Niemals sollte Java den Tag vergessen, an dem Bildana ein Schaf einfing und tötete, indem sie ihm einen dicken Stein auf den Kopf schlug. Auch ohne Werkzeuge, nur mit scharfkantigen Steinen, Zähnen und Fingernägeln, gelang es ihnen, einen Teil des Tieres zu häuten. Mit hörbarem Behagen verschlang Bildana die rohe Leber und bot auch Java ein Stück davon an. Java lief vor Heißhunger das Wasser im Mund zusammen, und sie nahm das dargebotene rohe Fleisch an. Es hatte einen scharfen Geschmack und war wunderbar feucht. Sie empfand es als

Wohltat, wie ihr das Blut sanft durch die Kehle rann. Nachdem das Fleisch gebraten war, hielten sie ein Festessen ab.

Und dann kamen die Fliegen. Wie eine biblische Plage wurden durch das Blut Millionen von Fliegen angelockt. Schon bald wurde Java der Aufwand zu groß, sie ständig von ihren Augen zu verscheuchen, denn sie vergeudete dabei zu viel wertvolle Energie. Zum ersten Mal konnte sie verstehen, weshalb die Aborigines die Fliegen scheinbar gar nicht bemerkten, die ihnen auf der Suche nach Feuchtigkeit in die Augenwinkel krochen.

Java hatte ein gewisses Maß an Kraft und Stärke zurückerlangt. Doch noch immer erforderte es äußerste Entschlossenheit, an etwas anderes zu denken als an die nächsten paar Schritte und die Merkmale der Landschaft, in deren Richtung sie ihre Schritte lenkte. Ihre wunden Füße verursachten ihr Schmerzen, denn die Sohlen ihrer Stiefel waren längst zerschlissen.

Die reichhaltiger werdenden Nahrungsquellen wie Fleisch, Knollen, Beeren und gelegentlich Obst an den Sträuchern zeugten viel beredter davon als alles andere, dass die trockensten Gegenden tatsächlich hinter ihr lagen. Die karge Buschnahrung konnte zwar ihren einstigen Gesundheitszustand nicht wiederherstellen, doch durch sie würde das unablässige Auszehren ihrer Zellen verhindert und ihr Muskelgewebe allmählich wieder aufgebaut werden. Um allerdings auch mental wieder zu gesunden, bedurfte es noch viel Zeit und zusätzlich zur Buschkost der Zufuhr ausgleichender Wirkstoffe. Allzu deutlich spürte Java noch die Auswirkungen der Tortur, die sie hinter sich hatte. Und das würde wohl noch lange so bleiben. Bis ihr Körper seine jugendliche, volle Funktionstüchtigkeit wiedererlangt und bis diese schützende Taubheit ihres Gehirns sich vollends aufgelöst hätte, würde noch eine Menge Zeit vergehen.

Dass ihrem Körper und ihrem Geist die notwendigen Nährstoffe so lange entzogen worden waren, wirkte sich unter anderem in einer Veränderung ihrer Gedanken aus. Ehemals klar voneinander abgegrenzte Begriffe, die simplen Vorstellungen von schwarz und weiß, waren nun einer großen Bandbreite verschiedenster Abstufungen gewichen, einem verwirrenden Netz grenzenloser Möglichkeiten. In den ersten Tagen ihrer Wanderung hatte sie nur den einen Wunsch verspürt, die Zivilisation zu erreichen und so schnell wie möglich nach Sydney zurückzukehren. Sie hatte sich nach der tröstenden Anwesenheit ihrer Familie gesehnt, ganz besonders nach ihrer Großmutter. Nach wochenlanger Mangelernährung – kurz vor dem Hungertod – während ihr Körper unablässig verzweifelt nach Nahrung und Wasser verlangte, gewannen eigentümliche Regungen mehr und mehr die Oberhand. Irgendwann beschränkte das Universum sich für sie nur noch auf die Wüste, in der sie gefangen war. Darüber hinaus konnte sie an nichts anderes mehr denken. Dass die Stimme ihrer Großmutter ihr Hauptantrieb war, um nicht aufzugeben und sich tagtäglich weiter zu mühen, ließ sich nicht leugnen. Doch nun kam es ihr immer häufiger in den Sinn, dass ihre Mutter die Schuld an Tolos Tod hatte und dass Magdalen sich nicht genug bemüht hatte, ihrer Tochter Javas Gefühle begreiflich zu machen. Java erschien es völlig logisch, Jessica Gordon als Mörderin ihres Ehemannes anzusehen, denn schließlich hatte Jessica beabsichtigt, ihre Tochter von Tolo zu trennen und sie nach England zu schaffen. Immerhin war die geplante Reise der Auslöser für Javas Durchbrennen von Zuhause gewesen. All das lag scheinbar eine Ewigkeit zurück. Und auch ihren Vater – wenngleich in geringerem Maße – beschuldigte sie des Mordes, denn er hatte sich mit der geplanten Reise einverstanden erklärt. Nach den unzähligen qualvollen Tagen mit unablässigem Hunger war Java zu dem Schluss gekommen, ein Wiedersehen mit ihren Eltern sei nicht notwendig oder besser gesagt, nicht wünschenswert.

Vielleicht würde sie eines Tages Kontakt zu ihrer Großmutter aufnehmen. Irgendwann würde sie auch Misa Mason schreiben und ihr mitteilen, auf welche Weise ihre Eltern Tolo umgebracht hatten.

Tolo. In jenen letzten qualvollen Tagen, bevor Bildana und sie völlig dehydriert das Gebiet mit dem guten Wasser erreicht hatten, war Tolo in Javas fiebrigen Vorstellungen an Magdalens Platz gerückt. Er war es, der Java vorantrieb und ihr sagte, dass es sich lohne, weiterzuleben, und sie eine Mission zu erfüllen habe. Gemeinsam waren sie mit dem festen Ziel in die Gibson-Wüste vorgedrungen, die mündlich überlieferten Mythen der Aborigines aufzuzeichnen. Die Erinnerung an Tolos idealistisches Vorhaben gab ihren Gedanken eine neue Richtung. Nachdem Java ausreichend Wasser zu sich genommen und das Fleisch mehrerer Kaninchen und eines umherstreunenden Schafs gegessen hatte, kehrten allmählich die Lebensgeister zu ihr zurück, und sie begriff, dass sie Bildana ihr Überleben zu verdanken hatte. Dieser kleinen schwarzen Frau verdankte sie tatsächlich ihr Leben. Da ihr Denken nach wie vor von den Auswirkungen des nahen Hungertodes gezeichnet war, übertrug sie wie von selbst ihre Dankbarkeit auf sämtliche Aborigines und glaubte, in deren Schuld zu stehen.

Tolo hatte die Hauptproblematik der Aborigines darin gesehen, dass sie mit dem weißen Mann in Berührung gekommen waren.

Java hasste ihre Mutter und ihren Vater, weil sie Tolo abgelehnt hatten und er dadurch in die westliche Wüste getrieben worden war – so gaukelte ihr krankes Gehirn es ihr jedenfalls vor. Bildana gegenüber empfand sie dagegen eine geradezu rührselige Dankbarkeit. Das reichlich genossene Wasser und das verzehrte Fleisch hatten ihre Kräfte wiederbelebt, und sie setzte sich eine heilige Aufgabe. Ohne Tolo wäre ihr Leben ja doch nur einsam und leer. Sie empfand es als eine Bürde, die sie am liebsten weggeworfen hätte. Sie musste ihrem Leben einen neuen Inhalt geben. Selbstverständlich gäbe es in ihrem Herzen niemals Raum für einen anderen Mann. Also wäre es nur logisch, wenn sie ihr Leben dem Vorhaben ihres verstorbenen

Gatten widmen und versuchen würde, die Lebensbedingungen der Ureinwohner Australiens, denen die Weißen so übel mitgespielt hatten, grundlegend zu verbessern.

Tolo war sich der Gefahren bewusst gewesen, die bei ihrer Exkursion ins Outback auf sie lauern würden, und hatte daher noch vor ihrer Abreise aus Melbourne entsprechene Vorkehrungen getroffen. Im Falle seines Todes – zu jenem Zeitpunkt erschien ihnen diese Möglichkeit noch geradezu lächerlich – sollte Java in der Lage sein, auch ohne auf Tolos Testamentseröffnung zu warten und ohne sich an Misa Mason wenden zu müssen, bei der Bank von Melbourne beträchtliche Mittel abzurufen. Während Java mit Bildana in Richtung Ayers Rock ging, entschloss sie sich, mithilfe dieser finanziellen Mittel den Aborigines Bildung und moderne Medizin zu bringen. Zunächst den Mitgliedern aus Bildanas Stammesgruppe, danach auch allen anderen.

Die Kleidung hing ihr nur noch in zerrissenen Fetzen vom Leib, und ihr Haar, in dem zwei unterschiedliche blutsaugende Insektenarten Zuflucht gesucht hatten, sah aus wie das reinste Rattennest. Als sie in einiger Entfernung einen Weißen auf einem Pferd sah, zog sie Bildana schnell hinter einen Felsbrocken. Sie wollte mit keinem Weißen in Berührung kommen, jedenfalls noch nicht.

»Dieser Mann kann dich zu deinen Leuten bringen«, wandte Bildana ein.

»Meine Leute haben mich verlassen, als ich sie am meisten brauchte«, entgegnete Java schlicht. In ihrer derzeitigen geistigen Verfassung erschien es ihr zu anstrengend und kraftraubend, Bildana zu erklären, dass sie und Tolo gezwungen waren, ihr behagliches, glückliches Zuhause aufzugeben und sich durch die Wildnis zu kämpfen und darin umzukommen, nur weil ihre Familie Tolos braune Haut abgelehnt hatte.

»Was wirst du tun?«, fragte Bildana.

Auch dafür hatte sie keine Erklärung. Sie wusste, früher oder später würde sie eine Stadt aufsuchen müssen. Sie brauchte

Nahrungsmittel und etwas zum Anziehen. Und um sich das alles kaufen zu können, müsste sie bei einer Bank den Betrag abrufen, den Tolo ihr auf einem Bankkonto in Melbourne zugänglich gemacht hatte. Java ging davon aus, dass die Behörden in Alice Springs, sobald sie sich dort blicken ließe, sie sofort aufgreifen und zum nächsten Hafen bringen würden, um sie per Schiff zu ihrer Familie nach Sydney zu schaffen. Einer solchen Vorgehensweise wollte sie auf keinen Fall Vorschub leisten.

Java entdeckte als Erste den dunklen, in der Ferne noch flachen Buckel. Den Felsen. Ayers Rock. Den Großen-Roten-Heiligen-Fels. Als sie Bildana darauf aufmerksam machte, nickte diese und blieb stehen. Sie setzte sich auf den Boden und stimmte einen Singsang an, wobei sie immer wieder den Kopf zu dem sich in der Ferne abzeichnenden Koloss neigte.

Am Abend erreichten sie die gigantische Erhebung aus rotem Felsgestein. Bildana kletterte auf einen der niedrigeren Felsvorsprünge, und Java folgte ihr. Oben angekommen, kommunizierte Bildana mit ihren Geistern der Traumzeit und empfing eine Botschaft, denn auch sie hatte sich Gedanken um ihre Zukunft gemacht.

Bildana wusste nicht, dass Ganba tot war. Sie kannte ihn als rachsüchtigen Menschen, und sie hatte seine Männlichkeit in vielerlei Hinsicht herausgefordert. Zuerst hatte sie sich der weißen Frau angeschlossen, und schließlich hatte sie ihn vollständig verlassen. Früher oder später würde er nach ihr suchen. Und wenn er sie je finden sollte, würde ihr Fleisch an Ganbas Feuer rauchen und schrumpfen.

»Missy, es ist Zeit für dich, deine Leute aufzusuchen«, sagte Bildana, als sie am nächsten Morgen im gnädigen Schatten einer kleinen Baumgruppe saßen und sich ein Kaninchen teilten.

»Und du?«, fragte Java. »Wie willst du deine Leute finden?«

»Sie sind hier«, sagte sie.

»Hier?«

Bildana machte eine weit ausladende Geste, die ein großes Gebiet umfasste. »Hier und dort.« Sie zeigte nach Norden. »Wir kamen von dort hinten. Ich werde in derselben Richtung weitergehen und sie finden.«

»Ich komme mit dir«, beschloss Java.

Bildana stieß einen ungläubigen Seufzer aus.

»In den Bergen, in den Macdonnell Ranges, werden wir bestimmt auf Blackfellows stoßen.«

»Ja.«

»Sind das deine Leute?«

»Vielleicht«, antwortete Bildana.

»Gibt es in der Gegend eine Stadt?«, fragte Java und zeigte nach Norden.

»Barrow Creek.«

»Da gehen wir hin«, sagte Java, »entweder bevor wir deine Leute finden oder nachdem wir sie gefunden haben. Dann gehe ich zu einer Bank der Whitefellows und hole Geld ab.«

»Aha«, sagte Bildana. »Vielleicht kaufst du Bildana dann ein hübsches Kleid?«

Java musste lachen, und es war das erste Mal nach langer, langer Zeit, dass sie jemanden lachen hörte. »Zwei, wenn du willst«, sagte sie. »Und dann werden wir das Geld nutzen, um für deine Leute das Leben etwas besser zu machen.«

»Du willst also allen Frauen Kleider kaufen?«, fragte Bildana und war von dieser Vorstellung sehr ergriffen.

»Nein, Kleider vermutlich nicht. Wir werden allerlei kaufen, um den Blackfellows beizubringen, wie sie ein angenehmeres Leben führen können. Ich werde ihnen Lesen und Schreiben beibringen, damit sie mit den Whitefellows, die noch kommen werden, besser zusammenleben können. Wir werden den Blackfellows helfen zu lernen, *wie* sie mit den Whitefellows auskommen können. Und wir werden ihnen einige der Dinge beschaffen, die die Whitefellows bereits zu schätzen wissen.«

Bildana prustete nur spöttisch.

»Ich möchte mitkommen, Bildana«, beharrte Java. »Ich kann

nicht nach Hause gehen. Noch nicht. Sonst wäre alles so sinnlos und vergeblich. Ich weiß jetzt, was du und deine Leute ständig durchmachen müssen: Hunger, Durst, Kälte und Hitze. Bitte hilf mir. Ich möchte dir und deinen Leuten helfen. Tolo hätte es so gewollt.«

»Mann tot, Schmerz hier«, sagte Bildana und pochte auf ihr Herz.

»Hier schmerzt es, sehr sogar«, bestätigte Java und legte sich die Hand auf die Brust. »Oh, ja, es schmerzt furchtbar. Aber wenn ich das tue, was ich gesagt habe, wird der Schmerz sicher nachlassen.«

Das konnte Bildana akzeptieren, auch wenn sie immer noch glaubte, die Missy habe durch die Sonne im *Never-Never* den Verstand verloren.

Von Alice Springs hielten sie sich bewusst fern und erreichten bald die flachen Hügel der Macdonnells, wo sie auf einen kleinen Familienclan aus Bildanas Stamm trafen. Eine der Frauen besaß Nadel und Garn, die Java sich sogleich auslieh, um ihre Kleidung notdürftig zu flicken. An ihrer Reithose schnitt sie die Beine bis zum Knie ab und lief fortan mit nackten Unterschenkeln herum. Die zerschlissene Bluse nähte sie so zusammen, dass sie wenigstens noch ihren Körper bedeckte. Dem Anführer der Gruppe, einem alten Mann namens Jajjala, der sie mit großem Argwohn betrachtete, erklärte sie, sie müsse nach Norden in die Stadt Barrow Creek gehen.

»Da entlang, drei Tage«, sagte der alte Jajjala. »Geh.«

»Komm mit«, bat Java. »Ich gehe in die Stadt, um Geld abzuholen.«

»Warum nicht gehen nach Alice Springs? Viel näher.«

»Ich möchte lieber nach Barrow Creek«, antwortete Java ohne weitere Erklärungen.

Jajjala schwieg einen Moment lang. »Ich gehen«, sagte er schließlich. »Du kaufen Jajjala Gin.«

»Nein«, erwiderte Java, »aber ich kaufe dir warme Kleidung.

Und ich kaufe Bücher, damit ich euren Kindern beibringen kann, die Worte der Whitefellows zu lesen.«

»Wozu?«, fragte Jajjala.

»Damit sie in Zukunft ihren Platz in der Welt der Whitefellows einnehmen können.«

»Dies unsere Welt.«

»Ich weiß«, sagte sie, »eines Tages aber werden die Whitefellows auch hierherkommen. Sie werden euer Land haben wollen und es sich einfach nehmen. Was werdet ihr dann tun?«

Jajjala lachte. »Whitefellows hier nicht leben können.«

»Diese Whitefellow hat in der Gibson gelebt«, erklärte Java.

»Nur wegen Bildana. Du gehen in Stadt, ich gehen. Aber du kaufen Gin.«

Nun, ihr blieb noch genug Zeit. Java wusste, sie konnte nicht erwarten, dass ihre Hoffnungen und Erwartungen, die sie für die Aborigines hegte, sofort von diesen akzeptiert würden. »Also gut, ich kaufe dir Gin.«

Als sie sich später in eine abgenutzte Decke gewickelt hatte und ihre Ungezieferbisse kratzte, ermahnte sie sich selbst zur Geduld. Diese Menschen kannten nun einmal nichts anderes als ihr naturverbundenes, unbequemes Leben, und letztlich waren sie verwahrloste, schmutzige Wilde. Wenn sie erst in Barrow Creek gewesen wäre, sich neue Kleidung gekauft, ein Bad mit Seife genommen und ihr Haar auf eine leicht frisierbare Länge geschnitten hatte, würde sicher alles gleich viel besser aussehen. Im Anschluss daran wäre immer noch genug Zeit, die äußerst schwierige, vermutlich nur sehr langsam voranschreitende Aufgabe in Angriff nehmen, Jajjalas Lebensbedingungen zu verbessern.

28

Terry Forrest hatte einsehen müssen, dass Krokodilen ihre Haut verdammt lieb und teuer war. Zumindest wenn man in Betracht zog, wie sehr die Tiere sich dagegen wehrten, sich von ihr zu trennen. Scheu und verschlagen waren sie und mindestens ebenso tückisch wie ein aufgebrachter giftiger Taipan. Bei Krokodilen wusste man nie, wer eigentlich wen jagt. Es war gar nicht so leicht, ein beschleunigtes Kupfergeschoss in einen der wenigen verletzlichen Punkte dieses Tieres zu befördern. Beispielsweise hatte das Krokodil ein so kleines Gehirn, dass die Kugel häufig ihr Ziel verfehlte oder an der unglaublich harten Haut abprallte. Und selbst wenn man einen dieser Mistkerle endlich zur Strecke gebracht hatte, konnte man ihm nicht so ohne Weiteres ein Seil umbinden und ihn zum Häuten an Land ziehen.

Die Gefahr machte Terry nichts aus. Schließlich hielt er sich für etwas cleverer als ein Reptil mit einem Gehirn von der Größe einer Walnuss. Am schlimmsten war für ihn das Häuten, nachdem er das Tier erlegt hatte. Selbst mit dem schärfsten Messer war es äußerst schwierig, durch die harte Haut zu dringen.

Dieser Teil des Jobs begann mit einer Axt und endete kurz vor einem Schlaganfall.

Nachdem Terry nun schon einige Wochen in diesem feuchten Landstrich inmitten von fliegenden, krabbelnden, umherschwärmenden, summenden, fleischfressenden Insekten lebte, hatte er allmählich die Nase voll. Er verkaufte seinen Anteil für den Bruchteil des Preises, den die angehäuften Häute in Palmerston einbringen würden, an seine Partner, sattelte sein Pferd und ritt nach Süden. In seinem Proviantbeutel befand sich geräucherter Krokodilschwanz, der wie eine Mischung aus Hähnchen und Froschschenkeln schmeckte.

Er hatte eine Münze geworfen, um sich zu entscheiden, in welche Richtung er reiten sollte. Die Erinnerungen an die Überfahrt auf einem Truppenschiff nach Südafrika und wieder zurück hielten ihn allerdings von der Küste fern. Seereisen waren nicht nach seinem Geschmack. Auf diesen langen Reisen hatte er immer so viel Zeit wie nur möglich an Deck verbracht, weil er unterhalb der Metalldecks in einem stickigen, überfüllten Raum immer ein ungutes Gefühl gehabt hatte. Er fühlte sich dort wie ausgeliefert, weil er auf seine eigene Sicherheit keinen Einfluss hatte. Der Vorstellung, in einer winzigen Kajüte an Bord eines Schiffes zu schlafen, das vielleicht jeden Augenblick irgendetwas rammen und auf den Meeresgrund sinken würde, konnte er nichts abgewinnen. Dann war er schon lieber im Outback, wo er bei der Tagesplanung nur die Wasserlöcher und die Jagdmöglichkeiten zu berücksichtigen brauchte.

Nun war er also nach Süden unterwegs, ließ den Grüngürtel der nördlichen Feuchtgebiete hinter sich und durchquerte ein riesiges, völlig leeres Areal. Die Tanami-Wüste war nicht die Gibson oder gar die Große Sandwüste, aber auch sie konnte einem Kerl den Garaus machen. Auf der Karte erschien das Northern Territory als großes braunes Nichts. Zwischen dem Grün oben im Norden und Alice Springs lag als einziger Außenposten der weißen Zivilisation die kleine Siedlung Barrow Creek. Als Terry die Stadt erreichte, war ihm nach ein paar großen Krügen Ale zumute, um sich den Geschmack nach rotem Staub aus der Kehle zu spülen.

Die kleine Kneipe, die er dort vorfand, war genau der Ort, an dem er sich rundum wohlfühlte: getäfelte Wände, festgestampfter Lehmboden, harte Stühle und harte Burschen. Die Küche hatte ein Steak zu bieten, das gar nicht einmal so übel war. Und das Ale schmeckte in jedem Fall gut.

Terry brauchte einige Tage nur für sich. Er verbrachte sie mit Essen, Trinken und Schlafen sowie mit dem Aufweichen in einer viel zu kleinen Badewanne, um den Wüstenstaub von seiner Haut und aus seiner Kehle zu spülen. Danach dachte er allmählich darüber nach, wo er von Barrow Creek aus wohl hin sollte. Er hatte nicht die Absicht, durch die Gibson-Wüste zu laufen, um zurück zur Westküste zu gelangen. Die Gibson hatte er bereits durchquert. Einmal reichte. Seine Glanzleistung hatte für so manches interessante Gespräch in der Kneipe gesorgt, wo ihm vor allem die Goldsucher mit großem Interesse lauschten und ihm Fragen zu den geografischen Gegebenheiten, der Lage der Wasserlöcher und der Farbe der Felsen stellten. Aber er wollte seine Großtat nicht noch einmal wiederholen.

Im Northern Territory tat sich nicht viel. Drüben in Queensland gab es Vieh- und Schaffarmen, auf denen ein Kerl wie er bestimmt eine Anstellung finden konnte. Aber eigentlich war er nicht dazu bereit, für irgendeinen Squatter zu schuften. Nicht, solange Tolo Masons Geld noch reichte. Die Ostküste hatte er noch nie gesehen. In Brisbane oder Sydney oder vielleicht weiter unten im Süden in Melbourne gab es bestimmt manch Interessantes zu sehen und so manche süße Maus zu vernaschen. Wenn er nach Osten an die Küste ritt, hätte er bei seinen *Walkabouts* ein verdammt großes Stück von Australien abgedeckt. Vom Westen hatte er schon eine ganze Menge gesehen, angefangen von der Nullarbor im Süden bis hin zu der Großen Sandwüste im Nordwesten und Arnhem Land an der mittleren Nordküste. Zum Teufel, wie wäre es, wenn er auch schnell mal in Adelaide vorbeischauen würde? Dann könnte er zu Recht von sich behaupten, dass er bereits in jedem Staat und Gebiet Australiens gewesen war.

Eines frühen Nachmittags, als er beim Verlassen der Kneipe ernsthaft darüber nachdachte weiterzuziehen, sah er eine alte Aboriginefrau in weggeworfenen Lumpen, die ihm bettelnd die Hand entgegenstreckte. Sie hatte einen leeren, aber dennoch herausfordernden Blick. Er warf ihr eine Münze zu und sagte: »Gib den Weg frei, Mütterchen.«

Die Alte beäugte die Münze mit offensichtlichem Missfallen. »Der Whitefellow ist freundlich«, sagte sie. »Aber das reicht nicht, um mir Essen zu kaufen.« Sie hielt ihm erneut die Hand hin. Terry schnaubte und ging um sie herum.

»Und es reicht auch nicht, um dir eine Flasche Gin zu kaufen«, sagte er.

»Gib mir genug, damit ich mir Essen kaufen kann. Dann erzähle ich dir von der Whitefellow-Frau, die mit dem *Mamu* durchs *Never-Never* gezogen ist«, forderte die Alte ihn auf.

Terrys Aufmerksamkeit war sofort gefesselt. »Was sagst du da?«, fragte er.

»Gute Geschichte«, versprach die Alte. »Gib mir Geld für Essen.«

Mit einem selbstgefälligen Grinsen gab Terry der Alten eine Pfundnote, für die er fürstlich belohnt werden sollte. »Also, was steckt hinter deinem Gerede von einer weißen Frau im *Never-Never?*«

»Sie wanderte mit dem *Mamu*«, sagte die Alte. »Zu essen hatte sie die magische Nahrung aus der Traumzeit, und der *Mamu* führte sie. Sie durchquerte die *Never-Never* mit einer Blackfellow-Frau, und die Geister der Traumzeit brachten sie zu dem Großen-Roten-Heiligen-Fels und belohnten sie dort für ihren Mut. Wenn es dunkel ist, kannst du sie dort oben auf dem Großen-Roten-Heiligen-Fels tanzen sehen, die Whitefellow-Frau und die andere.«

»Wo hast du die Geschichte von einer weißen Frau in der Wüste gehört?«, fragte Terry.

Die Alte zuckte mit den Schultern. »Alle Blackfellows kennen sie.«

Er packte die Alte am Arm und drückte ihn so fest, dass sie vor Schmerz wimmerte. Wenngleich sein Verstand ihm sagte, sie erzähle nur eine dieser bei den Aborigines so beliebten Mythen, konnte er doch nicht einfach so darüber hinweggehen. »Wo hast du von einer Weißen im *Never-Never* gehört? Oder hast du dir die Geschichte nur ausgedacht?«

»Ich will dir doch nicht schaden«, protestierte die Alte und versuchte, ihm ihren Arm zu entwinden.

»Hast du vielleicht davon gehört, dass die Whitefellows nach einer weißen Frau suchen, die aus der *Never-Never* kommt, und dir das alles ausgedacht?«, fragte er mit wutverzerrtem Mund und zusammengekniffenen Augen.

»Ich diese Geschichte von Blackfellow beim *Walkabout* gehört. Er kam von dort.« Sie deutete die grobe Richtung nach Süden an.

Terry ließ das alte Weib los. Seine kurz aufflackernde Hoffnung schwand. Selbstverständlich hatte er davon gehört, dass die Familie Mason in Sydney die Behörden wegen Java Mason in Alarmbereitschaft versetzt hatte. Die Alte musste ebenfalls davon gehört haben. Schließlich war auch in der Kneipe darüber gesprochen worden, wo die Experten einhellig der Meinung waren, eine Weiße allein könne nicht eine einzige Woche im *Never-Never* überstehen. Die Alte hatte sich das alles nur zusammengesponnen, um es bei ihrer Bettelei wirkungsvoll einsetzen zu können.

Aus irgendeinem Grunde jedoch, für den Terry nicht einmal selbst eine Erklärung hatte, lungerte er auch weiterhin in Barrow Creek herum. Ein alter Goldsucher erzählte ihm im Suff von der verschollenen Goldmine des längst verstorbenen Lassiter und behauptete, er wäre dieser Mine einmal so nahe gekommen, dass er die offenliegende Goldader schon von Weitem glitzern sah. Doch dann habe ein plötzlich aufkommender Sandsturm ihn völlig von seiner Richtung abgebracht, und er habe sich verlaufen. Da der Alte sein Essen und seine Getränke mit Goldstaub bezahlte, war Terrys Interesse geweckt. Er verließ Barrow Creek und machte sich in Gesellschaft dieses halbverrückten alten Buschrangers auf nach Nordosten.

Nach Terrys Ansicht war die Goldsuche auch nicht viel besser als das Gefühl, wenn einen jemand wiederholt mit einem spitzen Stock ins Auge sticht. Draußen im Westen hatte er schon einmal den Versuch gemacht, und nach ein paar Tagen

Herumgegrabe mit dem alten Buschranger zweifelte er allmählich an seinem Verstand. Im Sandbett eines Wasserlochs, an dem der Alte sein Lager aufgeschlagen hatte, war eine goldfarbige Spur zu sehen. Wenn man den ganzen Tag hart arbeitete, konnte man etwa so viel Goldsand auswaschen, dass es für ein oder zwei Glas Ale reichte.

Terrys Goldsuche endete, als er eines Morgens aufwachte und sah, dass der Alte noch nicht aufgestanden war. Normalerweise war der alte Buschranger immer schon früh auf den Beinen. Also ging Terry zu seinem Lager hinüber und schüttelte den Alten am Bauch, um zu sehen, ob etwas nicht in Ordnung war. Für den Alten aber war inzwischen alles in bester Ordnung. Er war für immer friedlich eingeschlafen.

»Verdammt noch mal«, flüsterte Terry, kniete sich neben den alten Trottel und tastete mit den Fingern nach seiner Halsschlagader. Die Haut fühlte sich kalt und papierartig an, und von einem Pulsschlag war weit und breit keine Spur. »Na ja«, sagte Terry, »war sicher nicht die schlechteste Art, abzudanken, stimmt's, alter Knabe?«

Die Stadt Barrow Creek verdankte ihre Existenz einzig und allein der Tatsache, dass über das Outback Drähte gespannt worden waren, damit man per Telegramm auch über weitere Entfernungen Geschäfte abwickeln konnte. 1872 wurde die Stadt um die Telegrafenstation herum gebaut, und zwar unmittelbar an einer Quelle, die für die Aborigines in dieser Gegend absolut überlebensnotwendig war. Darüber hinaus handelte es sich nach ihren Glaubensvorstellungen um einen heiligen Ort. Die Männer der Telegrafenstation – und eine Handvoll Siedler und Goldsucher, die von der Stadt dermaßen angezogen wurden, als hätte der leere Raum der Wüste sie hervorgebracht – errichteten einen Zaun um die heilige Quelle. Sie führte das einzige gute Wasser im Umkreis vieler Meilen. In einem Vergeltungsschlag griffen die Aborigines die Telegrafenstation an und töteten zwei der dort arbeitenden Männer. Einer von ihnen, Postmeister James Stapleton, schickte sterbend noch eine telegrafische Nachricht an seine Frau in Adelaide. Dieses Ereignis führte zu einem erbitterten Rachefeldzug an den in unmittelbarer Nähe der Stadt lebenden Blackfellows. Die Stelle des Massakers erhielt fortan den Namen Skull Creek.

Im ganzen Northern Territory hatte es nie bedeutende Goldfunde gegeben. Trotzdem brachten beharrliche Goldsucher immer wieder einmal einige Handvoll Goldstaub oder hin und wieder auch einige Goldnuggets mit in die Stadt. Grund genug, in einem Nebenraum der Handelsniederlassung unweit des Telegrafenamtes den Betrieb einer kleinen Bank zu rechtfertigen. Und im modernen Zeitalter der telegrafischen Nachrichtenübermittlung verband dieses technische Wunder die Bank in Barrow Creek mit derjenigen Bank in Melbourne, bei der Tolo Mason seiner Frau freien Zugriff auf sein Geld eingeräumt hatte.

Als eines Tages vor dem Bankier und gleichzeitigen Ladenbesitzer eine in Lumpen gehüllte, völlig abgemagerte junge Weiße stand, traute er im ersten Moment seinen Augen nicht. Sie war von der Sonne braun gebrannt und fast so schwarz wie die Aborigine-Frau, die gemeinsam mit ihr den Laden betreten hatte. Und als er erst ihr Anliegen hörte, nun ja …

»Ich würde mir gern von meinem Konto bei der Bank von Melbourne einen größeren Betrag anweisen lassen«, sagte Java Gordon Mason mit der Aussprache und Ausdrucksweise einer gebildeten Frau.

Im ersten Moment sperrte der Bankier verblüfft den Mund auf, fing sich aber rasch wieder. »Oh … ja.« Er runzelte die Stirn. »Ja, grundsätzlich ist so etwas möglich, wenn auch höchst selten.« In der Bank von Barrow Creek wurden solche Transaktionen nie vorgenommen. Bislang hatte dieses Geldinstitut lediglich geringe Mengen Bargeld an die örtlichen Goldgräber auszahlen müssen, wenn sie ihre bescheidenen Funde dort abgaben.

»Mein Name …«

Der Bankier versuchte, sich seine Verwunderung nicht anmerken zu lassen. Bereits vor mehreren Wochen waren im Telegrafenamt Anfragen nach Java Gordon Mason eingetroffen.

»Zum Teufel«, entfuhr es dem Mann. »Sie sind durch die Gibson gekommen?«

»Ja«, sagte Java. »Bei der Bank von Melbourne ist ein Kennwort vereinbart worden, mit dem ich mich identifizieren kann. Lassen Sie bitte, ähm, eintausend Pfund überweisen …«

»Verflucht«, hauchte der Bankier.

»Und geben Sie bitte zusammen mit meinem Namen die Worte *Kanaken-Kash* an. Das zweite Wort schreibt sich mit *K*.« Sie wartete, bis der Mann alles notiert hatte. »Und wenn Sie so nett wären, mir ein paar Pfund vorzustrecken? Ich würde mir gern etwas zum Anziehen kaufen und mir irgendwo ein Zimmer mieten, wo ich ein Bad nehmen kann.«

Der Bankier räusperte sich. »Oh … nun, sollten wir nicht lieber warten, bis wir von der Bank von Melbourne eine Antwort haben?« Schließlich hatte er nichts in der Hand und sollte sich nur auf die Behauptung einer höchst sonderbar aussehenden Person verlassen, dass in Melbourne eine größere Summe Geld für sie bereitliege. Außerdem würde es verflixt lange dauern, bis die Überweisung tatsächlich vorgenommen worden wäre.

»Das darf doch wohl nicht wahr sein«, sagte Java wütend. »Sehe ich etwa aus wie jemand, der Sie bestehlen will?« Dann sah sie plötzlich an sich hinab – ihrer zerrissenen und verdreckten Hose mit den abgeschnittenen Hosenbeinen – und wurde sich bewusst, in welchem Zustand ihre Unterwäsche, ihre Bluse, ihr Gesicht und ihr Haar waren. Sie musste unwillkürlich lachen. »Offenbar sehe ich tatsächlich so aus, stimmt's?«, fügte sie hinzu.

»Nun, sagen wir, Ma'am, Sie sind im Augenblick nicht nach der neuesten Mode gekleidet.« Doch die Art, wie sie über sich selbst lachen konnte, half ihm bei seiner Entscheidung. »Würden zwanzig Pfund ausreichen?« Er zog ein Schubfach auf und fing an zu zählen. »Damit könnten Sie sich auf jeden Fall jedes beliebige Kleidungsstück kaufen, das ich im Laden vorrätig habe. Und Ihnen bliebe noch genug übrig für ein Gästezimmer bei der Witwe Stuart.«

»Damit komme ich wunderbar aus«, sagte Java.

Der Bankier schickte sogleich ein Telegramm mit Angabe des Kennwortes ab und fragte bei der Bank von Melbourne an, ob Mrs Tolo Masons Konto über ausreichende Mittel verfüge, um eintausend Pfund abzuheben. Als er die Antwort las, stieß er einen leisen Pfiff aus: STRECKEN SIE MRS MASON JEDEN BENÖTIGTEN BETRAG VOR. SIE MÖGE BITTE KONTAKT MIT UNS AUFNEHMEN.

In der Nachricht stand tatsächlich: *Jeden benötigten Betrag*. Das ließ auf einiges schließen.

Unterdessen lag Java in einem verwitterten Holzhaus unweit des Telegrafenamtes in der Badewanne und ließ ihren schmutzverkrusteten Körper im warmen Wasser einweichen. Anschließend zog sie die in dem Laden gekaufte Männerkleidung an. Sie hatte sich für Hemd und Hose entschieden, denn Röcke waren draußen im Busch nur hinderlich. Und sie verschlang gierig das gute, heiße, in richtigen Töpfen gekochte Essen. Als sie danach wieder zu dem Bankier ging und bemerkte, dass er ihr überaus bereitwillig noch mehr Geld vorstrecken wollte, nahm sie einige weitere Pfundnoten an. Davon kaufte sie Bildana ein hübsches rotes Kleid und Jajjala nach einigem Zögern ein wenig Gin. Die Bitte, sich mit der Bank von Melbourne in Verbindung zu setzen, ignorierte sie. Sie war einfach noch nicht dazu in der Lage, mit wem auch immer in Kontakt zu treten.

Schreibutensilien wie Papier und Bleistifte waren in Barrow Creek erhältlich, aber nicht in so großen Mengen, wie Java es sich wünschte. Sie kaufte die gesamten Vorräte des Ladeninhaber-Bankiers auf und bat ihn, mehr davon zu besorgen. Außerdem bestellte sie eine größere Menge Lesefibeln. Und dann war sie auch gleich wieder verschwunden. Ihr kurzes Auftauchen in Barrow Creek und der Kontakt mit der Bank von Melbourne hatten jedoch sogleich einiges in Bewegung gesetzt.

Elbert Hays, der junge stellvertretende Direktor der Bank von Melbourne, der die Transaktion mit der Bank in Barrow Creek dort draußen im Busch vorgenommen hatte, konnte seine Aufregung kaum zügeln. Zufällig wurde gerade dieser Tage durch Misa Masons Bank in Sydney die Übernahme der Hauptanteile an der Bank von Melbourne vorbereitet. Die Verhandlungen liefen bereits seit Monaten, und der Name Mason war daher sehr häufig aufgetaucht. Aber nicht nur in Verbindung mit dem anstehenden Kauf, sondern auch wegen der Rückkehr des jungen Thomas Mason, der seine ihm erst kürzlich angetraute Ehefrau in einer der westlichen Wüsten verloren hatte. Tolo machte sich nichts aus Publicity, und trotzdem waren natürlich mehrere Zeitungsartikel über ihn erschienen. Sozusagen aus zweiter Hand hatte dann auch die Presse in Melbourne die Story berichtet und die vom Mason-Unternehmen in den Zeitungen von Sydney gestartete landesweite Suche nach der vermissten Frau weiterverbreitet.

Hays betrachtete sein Wissen, dass Java Mason am Leben war, als großen Vorteil. Seiner Ansicht nach musste diese Nachricht sofort Thomas Mason überbracht werden, der nördlich der Stadt auf der Mason-Viehfarm weilte. Hays informierte den Bankdirektor und meinte, es wäre doch eine nette Geste, wenn er in aller Eile zur Mason-Viehfarm ritte und dem Mann – dem Sohn der Frau, die bald die Mehrheitsanteile an der Bank innehaben würde – die freudige Botschaft persönlich überbrächte.

Mit dem Segen des Bankdirektors ritt Hays los – so schnell seine Ausdauer und sein Wagemut es erlaubten. Durch den harten Ritt ernüchtert, kamen ihm unterwegs einige ernsthafte Bedenken. Was wäre, wenn eine skrupellose Person auf irgendeine Weise an das Kennwort gekommen wäre und sich damit als Java Mason ausgewiesen hätte? Was wäre, wenn Hays in seiner Aufregung falsche Neuigkeiten überbrachte und die fragliche Person sich später in Barrow Creek doch nicht als Java Mason herausstellte?

Auf Tolo hatten die einsamen Monate in dem Haus, in dem er aufgewachsen war, eine heilsame Wirkung gehabt. Seine durch die erlittene Verletzung verursachte Gebrechlichkeit, die sich während der bei Uwas Stamm verlebten Zeit noch weiter hingezogen hatte, war längst überwunden. Er saß täglich viele Stunden im Sattel und arbeitete mit den weißen Vorarbeitern und den Aborigine-Viehtreibern, um die verstreuten Rinder für den jährlichen Verkauf von Schlachtvieh zusammenzutreiben. Schlank und vital war er, und durch die Arbeit im Freien behielt seine Haut den dunklen Ton, den sie auf seinem langen Marsch durch die Gibson-Wüste angenommen hatte. Das Weiße in seinen Augen zeugte mit seinem schillernden Glanz von guter Gesundheit.

Als Elbert Hays den Master der Viehfarm ausfindig machte, lehnte dieser am Zaun eines Viehpferchs und beobachtete, wie die Aborigine-Arbeiter aus Bullenkälbern junge Ochsen machten. Hays stellte sich vor. Tolo sah ihn schweigend an und überließ es seinem Besucher, das Gespräch zu eröffnen.

»Mr Mason«, begann Hays, »eine gewisse Entwicklung hat sich ergeben, und wir waren der Ansicht, Sie sollten davon in Kenntnis gesetzt werden.«

»Falls es um Bankgeschäfte geht«, sagte Tolo, »tragen Sie die meiner Mutter in Sydney vor.«

»Ja, nun ja«, sagte Hays, »es hat tatsächlich etwas mit Bankgeschäften zu tun, ähm, zumindest indirekt. Ähm, es sieht so aus, als ob durch ein Telegramm von Barrow Creek aus Geld von einem Ihrer persönlichen Konten abgehoben wurde.«

Tolo hatte das Gefühl, als träfe ihn ein Vorschlaghammer in den Magen. Er brachte kein Wort heraus.

»Der Ort liegt im Northern Territory, nördlich von Alice Springs.«

Tolo konnte kaum seine Lippen bewegen, und seine Stimme klang schwach. »Reden Sie, verdammt noch mal. Wer hat das Geld abgehoben?«

»Nun ja«, formulierte Hays vorsichtig, »das können wir nicht mit völliger Gewissheit sagen, nicht wahr?«

Tolo packte Hays am Kragen und hob ihn auf die Zehenspitzen. Er kam dem Gesicht des Bankiers sehr nahe. »Wer?«

»Die fragliche Person verwendete das Kennwort, das zur Identifikation von Mrs Thomas Mason verabredet war«, keuchte Hays.

Tolo lockerte seinen Griff. Hays stolperte und wäre beinahe gestürzt.

»Wann?«, wollte Tolo wissen.

»Erst heute Morgen.«

»Und die Bank in Barrow Creek hat gesagt, dass Mrs Thomas Mason das Geld abgehoben hat?«

»Jedenfalls kannte sie das Kennwort«, sagte Hays. »Selbstverständlich besteht auch immer die Möglichkeit, dass das Kennwort von einem Unbefugten benutzt wurde. Ich hoffe nicht ...«

»Dieses Kennwort ist nie irgendwo schriftlich festgehalten worden«, sagte Tolo. Er hatte dafür gesorgt, dass Java es sich ins Gedächtnis einprägte. Tolo saß wie auf heißen Kohlen. Er musste etwas unternehmen und sofort aufbrechen. Hays ließ er einfach am Viehpferch stehen und rannte zum Haus. Unterwegs gab er nur kurz Befehl, sein schnellstes Pferd zu satteln. Während er noch ein paar Sachen in eine große Tasche warf, stand sein Pferd schon für ihn bereit. Mit stampfenden Hufen trug es ihn blitzschnell den Zufahrtsweg hinab, und Elbert Hays sah nur noch eine Staubwolke.

Von Melbourne aus schickte Tolo Telegramme an seine Mutter und an die Gordons. Wie zuvor Hays, so kamen auch ihm allmählich Zweifel. Es wäre einfach zu schön, um wahr zu sein. Er verfasste die Telegramme in einer Weise, dass seine Mutter und Javas Eltern sich keine überschwänglichen Hoffnungen machten. Aber natürlich konnte er ihnen diese Nachricht auch nicht gänzlich vorenthalten. Er bat um umgehende Antwort, ob sie etwas von Java gehört hätten. Doch die Antworten waren negativ.

Per Telegramm war es zwar möglich, den gesamten Kontinent zu durchqueren und Melbourne im Süden mit Barrow Creek und anderen Orten im Norden in Kontakt zu bringen, aber es gab keine Eisenbahnverbindung. Um in das Northern Territory zu gelangen, müsste Tolo den halben Kontinent umrunden. Die erste Etappe, die Zugfahrt nach Sydney, kam ihm wie eine Ewigkeit vor. Voller Ungeduld entschloss Tolo sich, nur so lange in Sydney zu bleiben, bis er eine Schiffspassage nach Brisbane gebucht und der dortigen Vertretung der Mason-Unternehmungen telegrafiert hatte, ihm die schnellste Verbindung von Brisbane nach Alice Springs herauszusuchen.

Trotz allem musste Tolo in Sydney übernachten, was ihm ausreichend Gelegenheit gab, all jenen einen Besuch abzustatten, denen Javas Wohlergehen ebenfalls am Herzen lag. Misa umarmte ihren Sohn und dankte Gott von Herzen, dass das Wunder geschehen und Java noch am Leben war. Jessica Gordon begrüßte Tolo recht kühl und ließ sich nicht anmerken, dass auch sie neue Hoffnung geschöpft hatte. Sam Gordon schüttelte Tolo die Hand und sagte: »Ich wünschte, ich könnte mitkommen.«

Magdalen drückte ihn fest an sich und gab ihm einen Kuss auf die Wange. »Selbstverständlich ist es Java«, sagte sie. »Ich habe doch die ganze Zeit gesagt: Wenn das Einzige, was sie tun muss, um zu überleben, das Durchqueren einer kleinen Wüste ist, dann wird sie das auch tun.«

Tolo aber quälte sich mit Fragen. Wenn es sich bei der Person, die bei der Bank im Busch vom Northern Territory um die Zahlungsanweisung gebeten hatte, tatsächlich um Java handelte, warum hatte sie dann keine Verbindung mit ihren Eltern aufgenommen? Diese Tatsache machte ihm am meisten zu schaffen. Er kannte Java. Natürlich war sie traurig gewesen, weil ihre Eltern ihren Heiratswunsch nicht gebilligt hatten. Aber sie liebte ihre Mutter und ihren Vater, und eine ihrer ersten Regungen wäre zweifellos gewesen, mit ihnen in Kontakt zu treten. Dass sie nicht versucht hatte, mit *ihm* Verbindung aufzunehmen, war dagegen nur allzu verständlich. Als sie ihn in der Wüste zum letzten Mal gesehen hatte, war er von der plötzlich auftretenden Flutwelle mitgerisssen worden. Sie musste ihn für tot halten.

Am nächsten Morgen ging er an Bord des Schiffes, das ihn nach Brisbane bringen sollte. Gegen Mittag verließ das Schiff den Hafen von Sydney und fuhr hinaus auf den Pazifik. Tolo war ruhelos. Die Fahrt bis nach Brisbane war verdammt lang. Mit der Eisenbahn bis ans Ende der ausgebauten Strecke von Queensland zu fahren und von dort aus mit der Postkutsche oder auf dem Pferderücken die große Entfernung bis nach Alice Springs zurückzulegen, würde viel zu lange dauern. Und danach müsste er immer noch das ausgedörrte Buschland durchqueren, um nach Barrow Creek zu gelangen. Warum nur war Java nicht nach Alice Springs gegangen, in eine größere Stadt? Rastlos schritt er an Deck auf und ab, geriet immer tiefer ins Grübeln und staunte nicht schlecht, als ihm plötzlich Magdalen Broome gegenüberstand.

»Großmutter Broome«, rief er. »Was um Himmels willen …«

»Ich weiß, es ist Java«, sagte Magdalen. »Ich spüre es tief in meinem Herzen, dass es Java ist. Aber irgendetwas stimmt nicht mit ihr, Tolo. Spürst du das nicht auch?«

»Ich fürchte, ja«, antwortete er. »Sie fragen sich, warum sie sich nicht mit Ihnen in Verbindung gesetzt hat.«

»Ganz genau. Entweder ist sie krank, oder sie befindet sich in Schwierigkeiten. Oder irgendwer hat sie gezwungen, nach dem Geld zu schicken. Was auch immer, jedenfalls werde ich da sein, wenn du sie findest. Ich habe das Gefühl, dass sie mich braucht, Tolo. Also komm gar nicht erst auf die Idee, mich in Brisbane zurückzulassen oder mich wieder nach Hause zu schicken. Ich reise nach Barrow Creek – ganz gleich, ob in deiner Gesellschaft oder allein.«

Tolo lächelte. Er hatte Javas Großmutter immer schon sehr gemocht, und sie war wirklich ein harter Brocken. Sicher, ihre Anwesenheit würde ihn ein wenig aufhalten. Aber wenn Java, wie er vermutete, in Schwierigkeiten steckte, wäre es nur gut, jemanden bei sich zu haben, den sie liebte und dem sie vertraute.

»Ich habe wohl soeben jemanden gefunden, der mir auf meiner langen Reise Gesellschaft leistet.«

»Worauf du dich verlassen kannst«, bestätigte Magdalen.

Terry Forrest war allein mit dem toten Goldgräber im *Never-Never*. Er begrub ihn, nahm die magere Ausbeute an Goldstaub – vielleicht zwei Unzen – an sich und ritt zurück nach Barrow Creek. Den Tod des Alten meldete er bei dem Chef des Telegrafenamtes, der gleichzeitig als Constable fungierte. Im Austausch bekam er die unwahrscheinlich klingende Geschichte von einer Weißen zu hören, die völlig von der Sonne ausgetrocknet und braun gebrannt im Gemischtwarenladen aufgetaucht sei. Sie hätte kaum noch etwas am Leib gehabt. Ihre Unterschenkel seien den Blicken aller ausgesetzt gewesen, ebenso wie ihre ausgeblichene Unterwäsche, die durch die Risse ihrer Kleidung geschimmert habe. Ihrer Behauptung nach hieße sie Java Gordon Mason und wolle bei der Bank Geld abheben, um für die verdammten Schwarzen Lesefibeln zu kaufen.

Terry ließ sich die Geschichte sogleich von dem Ladenbesitzer-Bankier persönlich bestätigen.

»Verflucht, sie hat es geschafft«, flüsterte Terry. »Die süße Maus hat es also tatsächlich geschafft.«

Die Aborigines, in deren Begleitung die Frau sich befand, hatte man als Stammesmitglieder des alten Jajjala identifiziert, deren Jagdgründe normalerweise in den Macdonnell Ranges lagen.

»Ich habe versucht, sie zu überreden, in der Stadt zu bleiben«, sagte der Bankier. »Aber sie hat nicht einmal auf die Bitte der Bank von Melbourne reagiert, sich telegrafisch mit ihr in Verbindung zu setzen.«

»Ob ich diesen Jajjala in den Macdonnells wohl ausfindig machen könnte?«, fragte Terry.

»Schwer zu sagen. Ist ein weites Gebiet. Aber es gibt nur wenige gute Wasserlöcher. Ich schätze, dass Sie Jajjalas Stamm in der Nähe eines dieser Wasserlöcher finden. Sie müssen aber gar nicht extra dorthin. In ein paar Wochen kommt die Kleine sowieso wieder, um die Fibeln abzuholen, die sie für die verdammten Schwarzen bestellt hat. Warum warten Sie nicht einfach hier auf sie?«

»Nein danke, Kumpel.«

29

Beim Anblick ihres Tales fühlte Kit Van Buren sich dermaßen froh und zufrieden, dass es sie beinahe ängstigte. War ihr Glück vielleicht zu groß? Forderte sie mit ihrer selbstgefälligen Euphorie etwa das Schicksal heraus? Oder war es nur der starke Kontrast zwischen ihrer augenblicklichen heiteren Gelassenheit und den vergangenen aufreibenden Jahren, der sie zu der Frage bewog, ob ihr Leben zu schön geworden war, um wahr zu sein?

Vor ihrer Ehe mit Matt hatte sie in kürzester Zeit eine Tragödie nach der anderen sowie Wut und Enttäuschung erlebt. Den Tod ihrer Mutter empfand sie immer noch als eine tiefe Verletzung, und der bittere Abschied von ihrem Vater war eine eben erst verschorfte Wunde. Hier in der linden Morgenluft, wenn sie mit der Sonne aufstand und den kleinen Matthew Grant Van Buren auf die Veranda brachte, damit er sein Frühstück und frische Luft bekam, hatte sie jedes Mal das Gefühl, alles würde doch noch zu einem guten Ende führen. Beispielsweise glaubte sie fest daran, ihre regelmäßigen Briefe an ihren Vater, die sie Matt bei seinen häufigen Geschäftsreisen nach Port Moresby mitgab, würden Roland Streeter letztlich doch davon überzeugen, dass sie eine gute Partie gemacht hatte und er auf seinen Schwiegersohn stolz sein konnte. Wenn sie ihre Gewohnheiten nur noch ein wenig änderte – etwas frommer wäre, ein bisschen mehr in der Bibel lesen und einige Kraftausdrücke aus ihrem Wortschatz streichen würde, die sie als Soldatenkind während ihres Aufenthalts in Militärstützpunkten an den merkwürdigsten Orten des britischen Empires aufgeschnappt hatte –, würde sie eines Tages mit ihrer Mutter wiedervereint sein. Da war sie sich ganz sicher.

Sie ließ nicht einen Morgen verstreichen, an dem sie nicht ein stummes Dankgebet zum Himmel schickte für all ihr Glück: für ihren Ehemann, der sie liebte und den sie wiederliebte, und für Grant, der ein kräftiger kleiner Bursche war und dessen Knochenbau darauf hindeutete, dass er einst ein großer Kerl würde. Vielleicht sogar größer als Matt, wenn er nach den Männern der Streeter'schen Linie kam, die in der Regel überdurchschnittlich groß waren. Sie dankte Gott für ihrer aller Gesundheit und für den Wohlstand, der sich erfreulich schnell bei Matt Van Burens Familie einstellte. Auf der Kaffeeplantage war es noch zu keiner Ernte gekommen, doch das unter der Aufsicht von Trevor Gorel stehende Holzunternehmen warf deutliche Gewinne ab, und zwar in einer solchen Höhe, dass Trev ernsthafte Bedenken kamen.

Bei einem der seltenen Besuche der Gorels in diesem zauberhaften, luftigen Haus am Hang über dem lieblichen, fruchtbaren Tal hatte Trevor gesagt: »Matt, eines schönen Tages werden irgendwelche Leute auf die Idee kommen, ein paar Zahlen zusammenzurechnen. Und wenn ihnen klar wird, welchen Nettogewinn wir aus einer einzigen Schiffsladung Mahagoni erzielen, wird ihnen Hören und Sehen vergehen. Dann werden die Kerle mit dem dicken Geld in hellen Scharen hier einfallen.«

»Also muss man die Kuh so schnell wie möglich leer melken«, hatte Guinevere Gorel geäußert, »und wenn das große Geld kommt, von hier verschwinden.«

Guineveres Bemerkung hatte Kit in Erstaunen versetzt, denn mit ihrer Äußerung verwies sie indirekt darauf, dass die auf der Kaffeeplantage geleistete Arbeit in ihren Augen unwichtig sei. Außerdem riet sie dazu, ein Unternehmen aufzugeben, das höchstwahrscheinlich irgendwann genauso gewinnbringend sein würde wie das Geschäft mit dem Holz.

Kit hatte sich ernsthaft bemüht, aber sie hatte es nicht geschafft, die reservierte Aura, mit der Guinevere sich umgab, zu durchbrechen. Da Guinevere in Port Moresby und Kit in den Bergen oberhalb ihres schönen Tales lebten, waren die beiden

Frauen natürlich nur selten zusammen. Seit Grants Geburt hatte Kit die Berge nicht mehr verlassen, und Guinevere hatte Trev nur zweimal bei seinen Besuchen begleitet.

Kit war häufig allein, was ihr aber nichts ausmachte. Zu einigen der Frauen aus dem Dorf hatte sie ein recht enges Verhältnis aufgebaut. Besonders zu den Hebammen, die ihr bei Grants Geburt beigestanden hatten, sowie zu den jüngeren Frauen aus deren Familien. Die Frauen gehörten zum Familienclan des Patriarchen Foja, eines diktatorischen, weißhaarigen Tyrannen, der aufgrund seiner traditionellen Rechte mit eiserner Faust die Herrschaft über seine Familie und das gesamte Dorf ausübte.

Die männlichen Dorfbewohner zeigten gegenüber der Arbeit inmitten der wachsenden Kaffeepflanzen auch weiterhin deutliche Verachtung. Immer wenn Kit dem alten Foja mitteilte, dass man sich um die Pflanzen kümmern müsse, schickte er ihr jedoch eine ausreichende Anzahl Frauen und junger Mädchen. Nachdem die Pflanzen einmal in der Erde waren, bestand die Arbeit hauptsächlich darin, die einheimische Vegetation gegenüber den eingeführten Stauden nicht die Oberhand gewinnen zu lassen. Kit genoss die Arbeitstage. Die Frauen lachten und sangen, und hin und wieder spielten die beinahe nackten jungen Mädchen zwischen den Pflanzen Nachlaufen und Fangen.

Foja hatte der kleinen weißen Mistress gegenüber, die in dem Holzhaus am Hang lebte, die Beschützerrolle übernommen. Und als sie wieder schwanger wurde und ihren neuen Freundinnen die frohe Kunde anvertraute, erfuhr auch Foja sofort davon. Er stattete Kit einen offiziellen Besuch ab. Allerdings schickte er zwei junge Krieger mit traditioneller Bemalung und Haartracht voraus, die der kleinen Mistress den Besuch des *Luluai* ankündigen sollten. Auf diese Weise blieb Kit genug Zeit, auf einem kleinen Tisch auf der Veranda frischen Tee, Gebäck und Zucker bereitzustellen. Sie grüßte Foja mit der gebotenen Förmlichkeit und aufrichtigem Respekt.

Foja setzte sich an den Tisch und wartete, bis sie ihm Tee eingeschenkt und vier Teelöffel Zucker dazugegeben hatte. Er trank und leckte sich die Lippen, um ihr höflich seine Anerkennung auszudrücken.

Das Baby lag neben Kit in der Tragetasche. Foja beugte sich vor und kitzelte mit dem Zeigefinger die Wange des Kindes. »Bald ist *Ozaha Neta*«, sagte er.

Kit wusste davon, denn es war das allgemeine Dorfgespräch. *Ozaha Neta* kam nur einmal in einer Generation vor, sodass nur die Älteren sich an das letzte Mal erinnern konnten, als »die Sache der Alten« mit Tänzen, Gesängen und Ritualen ausgeführt worden war. Sinn und Zweck dieses Festes war es, die Fruchtbarkeit von Menschen und Schweinen zu gewährleisten. Da Schweine eine der wenigen Proteinquellen der Eingeborenen waren, wurden sie beinahe als genauso wichtig angesehen wie Menschen. Sie hatten einen ebenso hohen Stellenwert wie Mitglieder eines anderen Stammes, die gelegentlich zu demselben Zweck verwendet wurden wie die Schweine.

»Zur Zeit des *Ozaha Neta*«, sagte Foja und kitzelte immer noch das Baby, womit er ihm freudiges Gegurre und Gekicher entlockte, »stellen wir unsere kleinen Jungen den Göttern vor.« Er sah Kit lange und eindringlich an. Dann zeigte er auf Grant. »Seine Zeit ist da.«

»Foja«, sagte Kit vorsichtig und hoffte, die richtigen Worte zu finden, »ich habe mein Kind bereits meinem Gott, dem einen Gott, vorgeführt. Ich danke dir, dass du an mich gedacht hast. Aber wie du sicher von den Missionaren gehört hast, ist mein Gott ein eifersüchtiger Gott und würde es nicht gutheißen, wenn ich den Kleinen anderen Göttern vorstelle.«

»Hier sind *unsere* Götter«, erklärte Foja und machte eine weit ausladende Geste, die ihre gesamte Umgebung einschloss.

An dem einen Ende des Tales trafen die Berge sich in einer geschlossenen lilafarbenen Wand. Am anderen Ende flachten die Hänge in Richtung Küste immer mehr ab und erstreckten sich, so weit das Auge reichte, wellenförmig bis in die blaue

Ferne. Der Boden des Tales war eben und schön bewachsen. In dichten Gruppen standen die langen Stängel des Bambus mit seinen fedrigen Blättern, und dazwischen wuchsen anmutig geformte Bäume. Unterhalb des Hauses glitzerte der Gebirgsbach und bahnte sich murmelnd und sprudelnd seinen Weg über das felsige Bett.

Dies war nicht das erste Mal, dass Foja sie daran erinnert hatte, ihr Sohn sei den Göttern noch nicht vorgestellt worden. Doch eines wusste Kit genau: Falls sie Fojas Drängen nachgab, käme irgendwann die Zeit, in der er als ihr selbst ernannter Beschützer von ihr erwarten würde, dass sie Grant den Männern des Dorfes übergab, um die Initiationsriten einschließlich der Beschneidung mit einem nicht sterilisierten Messer an ihm vorzunehmen. Auf der einen Seite stimmte es zwar, dass sie Fojas Leute wirklich respektierte und inzwischen auch einige ihrer Glaubensvorstellungen nachvollziehen konnte. Auf der anderen Seite aber ließ sich nicht leugnen, dass es sich bei ihnen um primitive Barbaren handelte. Wenn die Frauen zu ihr ins Haus kamen, um ihr bei der Hausarbeit und bei der Betreuung von Grant zu helfen, ließen sie sich willig von ihr überreden, sich vorher zu waschen und saubere Kleider anzuziehen. Allerdings war es ihr bislang nicht gelungen, auch die übrigen Dorfbewohner, deren Einstellung zu Hygiene und Gesundheitspflege sie immer aufs Neue schockierte, in ihrem Sinne zu beeinflussen. Sie hatte Mütter gesehen, die mit den Fingern die Triefnase ihrer Kinder schnäuzten und sich den Nasenschleim an ihren nackten Oberschenkeln abwischten. Das ständige Ausspucken war Männern, Frauen und Kindern zur Gewohnheit geworden, die sie auch in ihren Hütten mit den festgestampften Lehmböden nicht ablegten.

Sie wollte Foja nicht vor den Kopf stoßen. Wieder einmal erzählte sie ihm von Gottes Sohn, der auf die Erde gekommen war, um die Sünden der Menschheit auf sich zu nehmen. Und als Foja darauf zu sprechen kam, er habe von einem Weißen gehört, wie der in einem Atemzug von einem einzigen Gott und von drei Göttern redete, lächelte Kit nur und gab vier Teelöffel Zucker in Fojas frischen Tee.

»Foja«, sagte sie, »du hast deinen Glauben, und ich habe meinen. Können wir uns nicht einfach gegenseitig respektieren und so miteinander leben, dass einer dem anderen seine Glaubensvorstellungen lässt?«

Foja ließ es zu, dass Grant seinen Finger festhielt und mit schielenden Augen betrachtete. »Das bedeutet Gefahr für den Jungen, aber ich beuge mich deinem Glauben.« Grant gab seinen Zeigefinger wieder frei, und Foja hielt ihn Kit genau vor die Nase. »Eines Tages wirst du noch lernen, Fojas Rat zu befolgen, kleine Mistress. Du willst nicht auf mich hören, wenn ich dir sage, dass die Götter diesen kleinen Jungen sehen möchten. Und du willst auch nicht auf mich hören, wenn ich davon rede, dass sich unter der Haut dieser Frau mit den langen Augen eine Schlange verbirgt …«

Foja sprach von Guinevere Gorel. Er hatte sie auf Anhieb nicht gemocht. Bei Trevors und Guineveres erstem Besuch hatte Matt die beiden aus reiner Höflichkeit den Dorfbewohnern und ihrem Häuptling vorgestellt. Nach ihrem zweiten Besuch war Foja zu Kit gekommen, um sie zu warnen.

»Sie tut so, als wäre sie freundlich«, hatte Foja zu Kit gesagt. »In ihren Augen aber liegt der eiskalte Ausdruck einer Schlange, die jeden Moment zubeißt.«

»Aber sie ist doch mit uns befreundet«, wandte Kit ein, »und außerdem ist sie die Frau des besten Freundes meines Mannes. Ihre Mutter war eine Prinzessin in einem fernen Land. Ihr Verhalten ist einfach anders als das unsrige.« In diesem Moment erschien es ihr nicht einmal merkwürdig, dass sie wie selbstverständlich davon ausging, ein Mann, dessen Stamm noch beinahe wie in der Steinzeit lebte, und sie hätten einiges gemeinsam.

»Du hast ein gutes Herz«, hatte Foja ihr damals gesagt. »Pass nur auf, dass es dir wegen der da keinen Schmerz bereitet.«

* * *

Kit nahm Grant in seiner Tragetasche mit zum Beginn der Festlichkeiten, die sich nur einmal pro Generation ereigneten. Sogleich scharten sich eine Menge Frauen und junger Mädchen um sie, um das Baby zu bewundern, und eine jede von ihnen wollte es auch anfassen. Entfernte Verwandte aus anderen Dörfern trafen ein, und jedes Mal aufs Neue begann die herzliche Begrüßung der Eingeborenen, bei der sowohl Männer als auch Frauen sich umarmten und die Genitalien ihres Gegenübers betasteten.

Kit nahm ihren Platz unter den Frauen ein. Die Krieger hatten ihre nackten Körper mit bizarren Mustern in rot und gelb bemalt und führten einen Tanz auf, der ihre Stärke verdeutlichte, was nach ihren Vorstellungen weit mehr bedeutete als bloße Körperkraft. In ihren Augen zeugte es ebenso von Stärke, seinen Feind aus dem Hinterhalt zu töten wie ihm von Angesicht zu Angesicht gegenüberzutreten. Für diese Menschen war Stärke gleichbedeutend mit Stolz und äußerster Reizbarkeit. Auf jemand Außenstehenden wie Kit wirkte diese Definition eher wie eine amüsante Art von Großtuerei.

Rings um sie her fassten die Frauen sich häufig gegenseitig an die Oberschenkel, und junge Mädchen standen mit verschränkten Armen da. Eine junge Mutter beugte sich über ihr Baby und gab ihm einen Kuss auf den Mund. Dann liebkoste sie mit der Nase den winzigen Penis des Kleinen und drückte ihm schließlich einen dicken Schmatz auf seine runden Hinterbacken.

Über den Feuern brieten Schweine, und in der Glut wurden Yamswurzeln und Süßkartoffeln gebacken. Die in ihren grünen Hülsen gekochten Getreideähren schmeckten frisch und köstlich. Durch die Kronen der Kasuarinenbäume strich ein leichter Wind, der jedoch den von den stampfenden Füßen der Tänzer aufgewirbelten Staub nicht mit sich forttrug. Seit Tagen hatte es nicht mehr geregnet. Kit wurde daran erinnert, dass sie die Frauen zum Bewässern in die Kaffeeplantage schicken musste, falls der Regen nicht bald käme.

Im Laufe des Abends wurde der Tanz der Männer immer wilder. Vielen von ihnen war der Genuss des fermentierten Bananengetränks, das die Frauen zubereitet hatten, bereits deutlich anzumerken. Obwohl Kit das Gefühl hatte, unter Freunden zu sein, wurde es ihr doch allmählich etwas unbehaglich zumute. Viele der Frauen tranken ebenfalls den selbst gebrauten Alkohol, und die Feier wurde zunehmend ausgelassener. Kit wäre wohler, wenn Matt bei ihr sein könnte.

Doch diesen unloyalen Gedanken ihrem Ehemann gegenüber unterdrückte sie sogleich wieder. Schließlich tat Matt sein Bestes, um für sie und ihre Kinder eine Zukunft zu schaffen. Es wäre ziemlich unfair von ihm, Trev die alleinige Verantwortung für das Holzunternehmen aufzubürden. Außerdem war Matt derjenige, der mit seinem Cousin Claus Van Buren die finanziellen Verabredungen getroffen hatte. Für geschäftliche Dinge eignete Matt sich einfach viel besser als Trev. Also war es ganz normal, dass er häufig von zu Hause weg war. Kein Grund zur Besorgnis.

Vermutlich hätten Matt und Kit sich von vielen Seiten Kritik anhören können, weil sie primitiven Wilden wie Fojas Stammesbrüdern – Wilden, die in regelmäßigen Abständen Krieg gegen ihre Nachbardörfer führten – ein so großes Vertrauen entgegenbrachten. Tatsächlich aber war Kit zu einem Ehrenmitglied des Stammes geworden und fühlte sich dort ebenso sicher wie die übrigen Frauen des Dorfes. Und auch in ihrem eigenen Haus war Kit in Sicherheit, da Fojas junge Krieger die Zugänge zum Dorf bewachten.

Sie sagte sich, wahrscheinlich rühre ihr Unbehagen von dem ungewohnten zeremoniellen Singen und Tanzen her. Dennoch winkte sie Guma, Fojas dritte Frau, zu sich. Guma kam und fasste sie liebevoll am Arm.

»Guma«, sagte Kit, »ich muss jetzt nach Hause gehen.«

»Du wirst das Fest verpassen«, warf Guma ein.

»Der Kleine braucht sein Bad und sein Abendessen. Würdest du mich begleiten?«

»Na gut, ich komme mit«, willigte Guma seufzend ein. Urplötzlich steckte in diesem Moment zwischen Gumas nackten, dünnen Hängebrüsten ein Speer. Jemand hatte ihn mit solcher Kraft geschleudert, dass er tief in ihrem Körper saß. Die mit Widerhaken versehene Spitze war durchs Zwerchfell bis ins Herz gedrungen. Guma gab keinen Laut von sich, und Kit vernahm nur den Aufprall des Speers auf Gumas Brust. Es klang, als wäre eine reife Melone auf einen Stein gefallen. Dann sackte Guma wie eine Marionette, der man die Fäden durchtrennt hatte, in sich zusammen.

Kit hörte einen Aufschrei und das wütende Gebrüll der Krieger. Sie drehte sich zu dem Tanzplatz um und sah, wie die Männer scheinbar chaotisch hin- und herliefen und nach ihren Waffen griffen. Gleichzeitig versuchten sie, den Pfeilen und Speeren auszuweichen, die in ihren rot-gelb bemalten Körpern nur allzu häufig ein gut sichtbares Ziel fanden.

Eine der Frauen packte Kit am Arm und zog sie ruckartig auf den Boden. Kit griff nach Grants Tragetasche und zerrte sie zu sich heran. Mit gesenktem Kopf drehte sie sich ein wenig um und sah, wie der alte Foja seinen Speer schleuderte und eine geisterhaft weiß bemalte Gestalt aufspießte, die im flackernden Feuerschein sichtbar wurde. Inzwischen hatten die Krieger sich mit Äxten und Speeren sowie Pfeil und Bogen bewaffnet und rückten schnell und gut organisiert hinaus in die Dunkelheit.

Aus der Finsternis drangen wütendes Gebrüll, Angst- und Todesschreie an Kits Ohr. Dann war alles still. Die Frauen, die flach auf dem Boden gelegen hatten oder in die Dunkelheit davongekrochen waren, tauchten allmählich wieder im Feuerschein auf, um die Toten zu identifizieren und den Verletzten Trost zu spenden. Außer Fojas dritter Frau waren vier Männer getötet und sechs weitere verwundet worden.

Einige der Krieger kehrten bereits wieder zurück, wobei die Unversehrten die Verletzten stützten. Foja und einige andere – unter ihnen zwei der stärksten Männer des Dorfes – waren nicht unter ihnen.

»Foja kommt erst dann zurück, wenn er seine Feinde gefangen und bestraft hat«, sagte Asema, Fojas zweite Frau. »Du musst heute Nacht hier schlafen, kleine Mistress.«

»Nein«, erwiderte Kit. Sie nahm die Tragetasche und verließ das Dorf, denn sie wusste sehr wohl, was gleich hier geschehen würde. Die toten Feinde – drei an der Zahl – hatte man nackt neben die Feuer gelegt. Noch während Kit allein mit ihrem Sohn in die Dunkelheit hinausging, suchten die Frauen ihre Schlachtermesser zusammen. Sie würde die althergebrachten Sitten der Gehetos nicht ändern können.

»Du musst zugeben, Kit«, hatte Matt ihr einst halb im Scherz gesagt, »dass dieser Brauch recht praktisch ist. Neuguinea verfügt nicht über viel Wild. Das einzige tierische Protein liefern den Leuten die Schweine. Wäre doch eine ziemliche Verschwendung, wenn man die getöteten Feinde den Geiern überlassen oder sie einfach vergraben würde.«

Das Wissen um den Kannibalismus ihrer Freunde und nächsten Nachbarn war eine Sache. Den Hunger und die Gier in den Mienen der Frauen zu sehen, die ihre Vorbereitungen für das Kochen und Braten von Menschenfleisch trafen, war eine ganz andere.

Sobald Kit in ihrem Zuhause eintraf, zündete sie nur eine einzige Lampe an und machte sich sogleich fertig zum Schlafengehen. Grant nahm sie mit zu sich ins Bett und gab ihm die Brust, sodass er bald zufrieden einschlief. Sie selbst aber lag wach, während ihr Sohn sich fest an sie schmiegte und ihr das Gefühl von Wärme und Nichtalleinsein gab, bis die blasse Mondsichel am westlichen Himmel sank. Kit kannte die Eingeborenen um Foja inzwischen gut genug, um zu wissen, dass der Überfall bei den einmal in einer Generation stattfindenden Zeremonien, während derer der gesamte Stamm seine sonstige Wachsamkeit eingestellt hatte, die alten Stammesfehden wieder aufleben ließ. Nun würden weitere gegenseitige Überfälle folgen, bis die eine oder andere Seite deutlich dezimiert wäre. Die Eingeborenenstämme trugen ihre Kämpfe zwar in der Regel nur untereinander aus, doch solange die Stammesfehde wütete, würde sie sich in ihren eigenen vier Wänden nicht mehr sicher fühlen.

»Matt«, flüsterte sie, »ich finde, du solltest jetzt bei mir sein.«

Matt war mit dem neuen Firmenboot die Küste hinabgefahren. Die schicke kleine Ketsch, der zweimastige Segler, benötigte nur eine zwei Mann starke Besatzung. Deshalb hatte Matt den jungen Polynesier mitgenommen, den Trev und er angeheuert hatten, um sich während ihrer Abwesenheit um das Boot zu kümmern und es seetüchtig zu halten.

Schon bald erreichten sie die Stelle, an der Trev von Gihis aus den Bergen stammender Mannschaft riesige Bäume fällen ließ. Die Stämme wurden sodann von den Ochsen durch die Sümpfe gezogen, wobei die Tiere bis zum Bauch durchs Wasser waten mussten. Bis zu Matts Ankunft war bereits eine Unmenge an Stämmen zusammengetragen worden. Er blieb dort, bis ein Van-Buren-Schiff eintraf und die Stämme mit seinen schweren Winden in den Laderaum und an Deck beförderte.

Matt brach erst wieder auf, als Trev und Gihis Männer das Arbeitsboot bestiegen und sich zu der nächsten Stelle aufmachten, an der die unmittelbar am Wasser stehenden Bäume noch bis in den Himmel ragten. In Trevs Gegenwart überkamen Matt unangenehme Schuldgefühle. Doch wenn er dem Holzfällerunternehmen allzu lange fernblieb, fühlte er sich auf andere Weise schuldig. Bevor Trev mit dem Arbeitsboot ablegte, sagte Matt: »Hör zu, Partner, ich habe Guinevere unterwegs einen kurzen Besuch abgestattet, und die Lady beschwert sich – wie ich finde, zu Recht. Sie sagt, sie bekäme dich so gut wie nie zu Gesicht. Warum nimmst du nicht die Ketsch und fährst für ein paar Tage heim zu ihr? Ich kann doch so lange bei Gihi und den Männern bleiben.«

»Nein, nein, mein Freund«, erwiderte Trev. »Du hast nicht nur eine Frau, sondern auch ein Kind, und du bist viel zu oft weg von zu Hause. Manchmal frage ich mich, ob du nur herkommst, um mein hübsches Gesicht zu sehen, oder ob du mich kontrollieren willst.«

Matt zwang sich ein Lachen ab. Er wusste ebenso gut wie Guinevere, dass er seine Reisen zu den Holzfällerstandorten nur als Rechtfertigung vorschob, um unterwegs in Port Moresby und in Trevor Gorels Schlafzimmer vorbeizuschauen. Und Trevor Gorels Frau war stets überaus begierig, ihre altüberlieferten Kenntnisse in der Liebeskunst an dem Mann anzuwenden, von dem sie sich erhoffte, er möge sie eines Tages von Papua wegführen.

Soweit Matt wusste, war in der Bibel nicht der erste Fall von Ehebruch verzeichnet, sondern nur der erste Mord. Irgendwie empfand er das als merkwürdig, da in den Zehn Geboten das Töten und der Ehebruch gleichermaßen verboten waren. Matt hatte immer wieder Augenblicke erlebt, in denen er sein Vergehen des Betrugs an seiner Frau und an seinem besten Freund nur allzu gern gegen einen einfachen Mord eingetauscht hätte. Wenn er jemanden umgebracht hätte, würde die moderne Rechtsprechung kurzen Prozess mit ihm machen. Hätte er jemanden kaltblütig ermordet, würde man nach dem Gesetz auch ihn töten. Auge um Auge. Klar und deutlich. Doch wie wendet man die einfache Formel Auge um Auge bei einem Vergehen wie Ehebruch an?

Auf Ehebruch steht nicht die Todesstrafe, solange der betrogene Ehemann nicht gewalttätig wird. Matt fragte sich, ob es wohl dazu käme, falls Trev den Betrug herausfinden würde, was allerdings eher unwahrscheinlich war. Beide Male, als sie in letzter Zeit alle vier – Trev und Guinevere, Kit und Matt – zusammen waren, hatte Guineveres sicheres Auftreten ihn in Erstaunen versetzt. Mit großer Überzeugung hatte sie den Eindruck einer liebenden Gattin vermittelt, die Trev von Herzen zugetan war. Die Aufmerksamkeit, die sie Matt entgegenbrachte, ging über bloße Höflichkeit dem Freund und Geschäftspartner ihres Mannes gegenüber nicht hinaus. Matt dagegen hatte das Gefühl, als wäre ihm seine Beziehung zu

Guinevere auf die Stirn geschrieben. Er verlegte sich auf die Taktik, sie nicht zu oft anzuschauen und nur im Rahmen der allgemeinen Unterhaltung das Wort an sie zu richten. Und doch war er sicher, jeder könne ihm die wachsende Erregung ansehen, die er in Guineveres Gegenwart unweigerlich empfand. Kit konnte die Begierde in seinem Blick unmöglich entgangen sein.

Jedes Mal, wenn er mit Trev zusammen war, quälten ihn die Schuldgefühle. Jedes Mal, wenn er mit Kit zusammen war, empfand er eine bittersüße Befangenheit. Er hegte nicht den geringsten Zweifel, dass er Kit nach wie vor liebte. Wenn er mit ihr in dem Haus am Hang weilte und sie beide mit dem kleinen Grant spielten, konnte er das heiße, drängende Prickeln vergessen, das ihn am Ende seines kurzen Ritts nach Port Moresby erwartete. Doch wenn er Kit nachts in seinen Armen hielt und die kleinen Dinge für sie ausführte, die ihr die Liebe angenehm machten … wenn er sie vor Erfüllung aufseufzen hörte und sich in sie ergoss, schloss er die Augen und stellte sich vor, sie wäre Guinevere. Danach war seine Schuld dann so groß, dass er sie kaum noch ertragen konnte. Denn – Gott sei ihm gnädig – er sagte sich, seine Vorstellung, Kit existiere gar nicht, sei der gemeinste Betrug überhaupt.

Immer wenn er dem Gorel'schen Hause in Port Moresby einen Besuch abstattete, gab er sich beim Abschied das Versprechen, in Trevors Abwesenheit nicht mehr herzukommen. Doch bei dem Gedanken an das Gefühl von Guineveres vollen Lippen auf den seinen, ihrer honigfarbenen Haut und ihrer zügellosen Lust schwanden seine guten Vorsätze zusehens.

So wie Macbeth den Schlaf gemordet hatte, so hatte Matt Van Buren seinen Seelenfrieden gemordet, weil er dem alles bezwingenden Verlangen, mit Guinevere zusammen zu sein, stets aufs Neue erlag.

An Bord der Ketsch wurde Matt immer unruhiger, denn sie fuhr ihm nicht schnell genug. Am liebsten wäre ihm, der Wind hätte das Boot mit Sturmstärke nach Port Moresby zurückgetrieben. Sein ungestilltes Begehren verdrängte seine Schuld und Reue in eine dunkle Ecke seines Bewusstseins und schloss die Tür hinter ihnen sorgfältig ab. Und erst, wenn er einmal mehr von Guinevere gesättigt wäre, würde diese Tür sich wieder öffnen.

Am Kai von Port Moresby angekommen, ließ er das Boot von dem polynesischen Jungen vertäuen, nahm nur seinen Seesack und eilte zum Hause Gorel. Von einem der Südsee-Hausmädchen erfuhr er, dass Guinevere sich gerade im Bad aufhielt. Der Abend war schon weit fortgeschritten. Matt kannte Guineveres Gewohnheiten und wusste, dass sie immer vor dem Abendessen badete. Danach würde sie in einer dieser heidnischen Seidenkreationen auftauchen, die ohne Unterwäsche getragen wurden, und ein leichter Duft nach wohlriechender Seife und exotischem Parfüm würde sie umgeben. Er befahl dem Hausmädchen, das Schlafzimmer zu verlassen. Anfangs hatte ihn die Überlegung gestört, Guineveres Dienstmädchen müssten zwangsläufig mitbekommen, dass er das Bett mit ihrer Herrin teilte. Guinevere aber war der Ansicht gewesen, er bräuchte sich darüber keine Sorgen zu machen.

Er wartete im Schlafzimmer. Hinter dem Sichtschutz aus Bambus, der den Raum vom Bad trennte, hörte er Guinevere in ihrer Heimatsprache singen – ein weinerliches, tonloses Klagen, das sein Blut noch mehr anheizte. Als sie ihr Mädchen rief, entlockte ihm das ein Lächeln.

»Na, mach schon«, sagte Guinevere ungeduldig. »Ich bin so weit. Du kannst mich jetzt abspülen.«

Matt stand hinter ihr, hob den Eimer mit dem klaren Wasser und ließ es vorsichtig über ihre sanften, runden Schultern und über ihren wohlgeformten, glatten Rücken rinnen. Sie seufzte behaglich. Da sie mit dem Gesicht von ihm abgewandt stand, hatte sie immer noch nicht bemerkt, dass er den Platz des Hausmädchens eingenommen hatte.

»Mein Handtuch«, sagte sie barsch.

Er zog das Handtuch vom Halter und breitete es ihr über die Schultern, während er mit den Händen durch den Stoff hindurch ihre Gestalt ertastete. Abrupt wandte sie den Kopf zu ihm.

»Matthew!«, flüsterte sie, drehte sich ganz zu ihm und warf sich ihm, ungeachtet seiner Kleidung, so nass, wie sie war, in die Arme. »Ach, bin ich froh, dass du wieder zurück bist. Ich habe dich so sehr vermisst.«

Er hob sie hoch und trug sie zum Bett, wogegen sie neckisch protestierte. »Ich habe mich noch gar nicht abgetrocknet«, sagte sie. »Wir machen das ganze Bett nass.«

»Das trocknet auch wieder«, entgegnete er.

Er legte sie aufs Bett und fing an, sich auszuziehen, doch sie ergriff seine Hände und sagte: »Warte noch, Matt. Da ist etwas …«

Matt beugte sich zu ihr, um sie zu küssen, doch sie drehte das Gesicht weg. »Nein, das ist unfair«, flüsterte sie. »Gib mir die Chance, das auszusprechen, was ich auf dem Herzen habe, bevor … bevor du mich wie immer ganz verrückt machst.«

Er sah, dass sie es ernst meinte, und setzte sich auf die Bettkante. Guinevere zog sich das Laken bis über die Brust und sah ihn mit ihren großen Mandelaugen an. »Matt, ich liebe dich. Ich liebe dich so sehr, aber …«

Er spürte panische Angst in sich aufkommen. Immer wieder hatte er sich das Versprechen gegeben, diese Affäre zu beenden. In diesem Augenblick aber, als er sie unbedingt besitzen wollte, um jeden Preis ihre Lippen schmecken und den Duft ihrer frisch gebadeten Haut einatmen wollte, erschien ihm der Gedanke, sie zu verlieren, allzu beängstigend.

»… ich fühle mich so schuldig«, sagte sie.

Erleichtert atmete er auf. Sie hatten schon häufiger über Schuldgefühle gesprochen. »Was sollen wir tun?«, fragte er.

»Genau darum geht es«, erwiderte sie. »Wir müssen etwas tun, mein Liebling. Ich bin nur eine schwache Frau. Und ich kann einfach nicht so weitermachen in dem Bewusstsein, dass wir den Mann betrügen, der immer so gut zu mir war, und die Frau, die dich so sehr liebt.«

»Was also sollen wir tun? Sollen wir uns etwa nicht mehr sehen?«

Dicke Tränen rannen über ihre zarten Wangen. Er legte ihr die Hände auf die Schultern und küsste ihr die Tränen weg.

»Ich würde sterben, wenn ich dich nicht mehr sehen kann«, hauchte sie.

»Guinevere, darüber haben wir doch schon gesprochen. Und sind wir etwa nicht zu dem Schluss gekommen, dass du Trev um keinen Preis verletzen könntest? Und habe ich dir etwa nicht gesagt, dass meine Ehre mich an meine Frau bindet? Was sollen wir also tun?« *Du stellst ihr diese Frage immer wieder,* dachte er. *Willst du wirklich, dass sie dir sagt, was du tun sollst?*

Dieses Mal tat sie es. Seit Monaten spielte sie mit seinen Gefühlen, kannte ihn sehr gut und war sich seiner Schuldgefühle und seiner Leidenschaft sicher. Auch körperlich kannte sie ihn sehr genau und wusste, wie sie ihm das größte Vergnügen bereiten und wie sie, nachdem er sich verausgabt hatte, seine Leidenschaft erneut entfachen konnte.

»Wir müssen von hier fortgehen«, sagte sie. Dann sperrte sie vor Schreck die Augen auf und hielt sich die Hand vor den Mund, als wollte sie versuchen, die Worte wieder zurückzuholen.

»Guinevere …« Sie hatte es ausgesprochen. Matt wusste nicht sogleich, was er darauf antworten sollte.

»Siehst du denn nicht ein, mein Liebling«, sagte sie, »dass es für beide, sowohl für Trevor als auch für deine Frau, leichter wäre, wenn wir einen klaren Bruch vornehmen würden? Gefällt es dir etwa, ihr ständig etwas vorzumachen? Meinst du nicht, dass sie sich fragt, warum sie dich nicht mehr so wie früher ganz für sich haben kann?«

»Keine Ahnung«, meinte er.

»Sie weiß es. Eine Frau weiß, wenn die Liebe erlischt.«

Seine Liebe zu Kit war nicht erloschen. Er wollte protestieren, merkte aber noch rechtzeitig, dass ein solches Geständnis in völligem Widerspruch zu seinem Handeln stand.

»Wir müssen ohne viel Aufhebens rasch von hier fort«, beharrte sie. »Überlass das Holz und den Kaffee doch den beiden.«

Matt empfand einen schmerzlichen Verlust. Er hatte verflixt hart gearbeitet, um die Kaffeeplantage anzulegen, und das Holzgeschäft begann gerade erst, sich richtig auszuzahlen.«

»Wir gehen zu dir nach Hause«, sagte sie, »und du bittest deinen Vater einfach um Vergebung.«

Wie sollte er ihr klarmachen, dass Joseph Van Buren, der schon so wütend reagiert hatte, als sein Sohn eine Pommy-Frau mit nach Hause brachte, völlig die Beherrschung verlieren würde, wenn Matt mit einer braunhäutigen Frau bei ihm auftauchen würde – ganz gleich, ob sie nun eine Schönheit und von königlichem Geblüt war oder nicht?

Ihm war klar, dass ihr Vorschlag sich nicht in die Tat umsetzen ließe. Seine finanzielle Zukunft lag in Papua und war eng mit Trevor Gorel verknüpft. Fern ihrer Kaffeeplantage und ihres Holzunternehmens wäre er völlig mittellos, und ein Mann ohne Geld würde eine Frau wie Guinevere nicht lange halten können.

»Ich kann nicht von hier weg. Jedenfalls nicht jetzt.«

»Wann dann?«, fragte sie.

»Das kann ich noch nicht sagen.« Er griff nach ihr, und seufzend schmiegte sie sich an ihn.

Als sie später das Thema erneut aufgriff, schwieg er.

»Ich halte es wirklich nicht länger aus«, sagte sie. »Jedes Mal, wenn Trevor heimkommt, zerbreche ich fast an meiner Schuld. Ich habe dann immer das Bedürfnis, ihm alles zu erzählen und ihn um Verzeihung zu bitten.«

Vor lauter Panik war Matt wieder hellwach. »Du kannst ihm das nicht erzählen!«

»Ja, ja, ich weiß«, sagte sie und nahm ihn fest in ihre Arme.

»Oh, Matthew, bitte bring mich von hier fort. Von diesem Ort, wo einem die Stechmücken und die unerträgliche Hitze fortwährend zusetzen. Bring mich in irgendeine Stadt in Australien. In welche, ist mir völlig egal. Bring mich irgendwo hin, wo wir in Ruhe miteinander schlafen können, ohne dass die Laken jedes Mal vollkommen durchgeschwitzt sind. Zeig mir doch dein Zuhause. Ich weiß, es muss wunderschön sein.«

»Das geht nicht.«

Sie stützte sich auf den Ellbogen und sah ihm in die Augen. »Sag mir, warum es nicht geht.«

Die Antwort sprudelte aus ihm heraus, noch bevor er einen klaren Gedanken fassen konnte. »Kit ist wieder schwanger.«

Guinevere rückte von ihm ab und drehte ihm ihren entzückenden Rücken zu. Als er sie an der Schulter berührte, zog sie sie weg.

»Guinevere?«

»Du sagst, dass du mich liebst, und nun so etwas.«

»Sie ist schließlich meine Frau.«

»Aber du hast behauptet, du liebst *mich*.«

»Bei Gott, das ist die reine Wahrheit.«

»Also gut.« Sie drehte sich wieder zu ihm um, denn sie hatte ihre Entscheidung getroffen. Dass er Kit in ihrem derzeitigen Zustand nicht verlassen würde, war offensichtlich. Nicht, solange sie mit seinem Kind schwanger war. Also müsste sie einen anderen Weg finden, damit Matt wieder frei wäre. Hätte sie das erst erledigt, wäre Trevor Gorel kein Problem mehr.

30

Inmitten der Schluchten und Felstürme der Macdonnells erhoben sich über einer Rinne hohe Palmen mit ausgefransten Wedeln und spendeten über einer dauerhaften Quelle mit klarem, mineralhaltigem, kühlem Wasser angenehmen Schatten. Die Schönheit der natürlichen Parklandschaft wurde nur durch das dichte Gewirr abgestorbener Palmblätter beeinträchtigt, die sich über Jahre dort angehäuft hatten. Diese absterbende Pflanzenmasse bot zahlreichen Lebensformen, sowohl Säugetieren als auch Reptilien, einen idealen Zufluchtsort. Bereits seit Generationen kam Jajjalas Stammesgruppe in wiederkehrenden Abständen in diese grüne Oase und beanspruchte sie als ihr angestammtes Gebiet. Doch hatte noch nie jemand den Versuch unternommen, die abgestorbenen Blätter zu entfernen, um aus diesem wunderschönen Ort einen noch schöneren zu machen. Süßwasser war reichlich vorhanden, und das Leben hier war leicht und angenehm. In den meisten Fällen erwies sich auch die Jagd als erfolgreich. Die kleineren Jungen der Stammesgemeinschaft schwärmten aus und jagten inmitten des Palmenstrohs nach Wüstenratten. Immer wenn die Gruppe sich in dieser Oase aufhielt, dienten diese kleinen Tiere als ständige – und überraschend wohlschmeckende – Zutat auf dem Speiseplan der Aborigines.

Wenn die Jungen nicht gerade Ratten jagten oder durch das Wasserloch wateten und plantschten, kletterten sie die Wände der Schlucht hinauf, erforschten Höhlen oder kämpften spielerisch miteinander. Höflich, aber bestimmt wehrten sie sämtliche Bemühungen der selbst ernannten Whitefellow-Lehrerin ab, die ihnen die sonderbaren Zeichen beibringen wollte, die sie anscheinend selbst so gern auf Papier kritzelte.

Gleich zu Beginn ihrer Kampagne, mit der Java Mason das Interesse der jungen Aborigines am Lernen wecken wollte, begriffen sie die Bedeutung der Zeichen auf Papier und zeigten ihr die Stellen, an denen die Menschen der Traumzeit auf der glatten, vertikalen Oberfläche des roten Felsens ähnliche Zeichen hinterlassen hatten. Sobald Java das Werk der Aborigines längst vergangener Zeiten sah, musste sie an Tolo denken. Die in Stein gekratzten Zeichnungen und Muster waren die einzige Hinterlassenschaft, die von unzähligen Generationen von Blackfellows in diesem Land zeugte, und Tolo hatte ihnen große Bedeutung beigemessen. Ziel und Zweck seiner Reise war unter anderem gewesen, so viele Kunstwerke auf Stein wie nur möglich zu kopieren.

Also übernahm nun Java pflichtschuldigst diese Aufgabe und kopierte die Muster und Zeichnungen in der unmittelbaren Umgebung der Oase. Allerdings war bei ihrem Tun rasch der größte Teil des Papiers verbraucht, das sie in Barrow Creek gekauft hatte. Das Unterrichten der jungen Aborigines würde eben warten müssen, bis sie für alle Jungen und Mädchen ausreichend Papier und Bleistifte sowie die bestellten Lesefibeln zur Hand hätte.

Die Hauptschlucht, die aus der Oase hinausführte, war wunderbar grün. Häufig wanderte Java dort allein umher, dachte an Tolo, an ihre Großmutter und an ihre Eltern. Und sie kämpfte gegen die wachsenden Zweifel an, die immer stärker auf ihr lasteten. Die nebensächlichsten Dinge verunsicherten sie in ihrem Entschluss, etwas Wesentliches zu leisten, um Jajjalas Stammesgruppe, und im übertragenen Sinne damit gleichzeitig allen übrigen australischen Ureinwohnern, zu einem besseren Leben zu verhelfen. In Barrow Creek hatte sie eine vorzüglich gewürzte Lammkeule und einen geradezu himmlischen Apfelauflauf gegessen. Der Gedanke an diesen Auflauf ließ sie einfach nicht mehr los. Sie träumte davon, sich eine ganze Suppenschüssel mit einer dicken, runden Portion Apfelauflauf zu füllen und so lange zu essen, bis ihr Bauch ebenfalls dick und rund war.

Sie sagte sich, ihr Verlangen nach dieser Köstlichkeit sei geradezu kindisch. Dass sie selbst immer noch sehr jung war und ihre Kindheit noch gar nicht so lange hinter sich gelassen hatte, kam ihr allerdings nicht in den Sinn. Ebenso wenig berücksichtigte sie, dass ihre Tortur in der Wüste sowie die Mangelernährung, die sich nach wie vor körperlich bei ihr auswirkten, auch die Funktionen ihres Gehirns beeinträchtigten. Aus diesem Grunde zweifelte sie keinen Augenblick daran, dass sie den jungen Wilden die enorme Wichtigkeit des geschriebenen Wortes der Weißen übermitteln könnte. Ohne die Aborigines vorher zu fragen, ging sie felsenfest davon aus, dass deren Wünsche sich mit den ihren decken müssten. Sie hatte die Geisteshaltung angenommen, die Tausende wohlmeinender Seelen von den britischen Inseln auf die Reise geschickt hatte, um den armen Heiden die Erleuchtung zu bringen. Allerdings predigte sie den Aborigines nicht das Evangelium, sondern sie predigte ihnen, dass sie etwas lernen müssten. Sie versuchte, ihnen Ehrgeiz und Zielorientierung beizubringen. Sie wollte bei den Jüngeren der Gruppe ein *Bedürfnis* wecken, das Bedürfnis nach bestimmten *Dingen*. Zum Beispiel nach warmer Kleidung, nach Eisenwerkzeugen und nach Kochutensilien. Nach einem Dach über dem Kopf und nach einem sicheren Job, der ihnen ein festes Einkommen verschaffte und sie zu einem Teil der Zivilisation machte.

Ohne dass Java es mitbekam, setzte Bildana sich bei den anderen für sie ein. »Seit sie mit ansehen musste, wie ihr Mann ums Leben kam, ist sie nicht mehr sie selbst. Die Sonne im *Never-Never* hat ihr das Gehirn ausgetrocknet, aber sie hat ein gutes Herz.«

Wie in allen primitiven Gesellschaften wurden auch bei den Aborigines diejenigen, die die Geister in den Wahnsinn getrieben hatten, ohne Weiteres toleriert. Da Java stets munter und fröhlich war, jeden anlächelte und rücksichtsvoll behandelte, brachte man umgekehrt auch ihr viel Aufmerksamkeit entgegen. Ihre Anstrengungen der Wissensvermittlung jedoch blieben völlig ohne Erfolg.

Immer häufiger suchte sie die Einsamkeit, unternahm ausgedehnte Erkundungsstreifzüge durch die grüne Schlucht oder lag in der Mittagshitze lang ausgestreckt am Boden und beobachtete, wie die Wolkengalleonen über den strahlend blauen Himmel zogen. In dieser Jahreszeit blühten die Erdorchideen, jene unter der Erde wachsenden Pflanzen, die nur ihre kleinen Blüten an die Oberfläche trieben und die sonst eher eintönige Landschaft mit wunderschönen kleinen Punkten übersäten. Java lag auf dem Bauch und bewunderte eine besonders prachtvolle Blütenansammlung. Plötzlich hörte sie von fern, wie ein Tier schnaubte. Sie achtete nicht weiter darauf, doch dann vernahm sie das Kratzen eines beschlagenen Pferdehufs an einem Stein.

Der Reiter kam die Schlucht herauf und hielt genau auf die Stelle zu, an der sie die Erdorchideen betrachtete. Er war groß und trug die typische Buschbekleidung mit dem unerlässlichen breitkrempigen Buschhut, den er sich tief in die Augen gezogen hatte. Als er näher kam, fiel ihr die Art auf, wie er im Sattel saß. Irgendetwas kam ihr bekannt vor. Sie verharrte völlig reglos. Der Mann ritt keine dreißig Meter weit an ihr vorbei, ohne sie zu bemerken, da das hohe Gras sie vollständig verdeckte.

Dann erkannte sie ihn und wäre fast ohnmächtig geworden. Sie sprang auf, und ihre Gedanken überschlugen sich. Sie hatte doch gesehen, wie beide Männer in der aufgewühlten, donnernden, mit Treibgut gefüllten Flutwelle verschwunden waren. Wenn dieser Mann lebte, dann musste auch Tolo …

»Terry Forrest«, rief sie.

Der Mann zog die Zügel an und drehte den Kopf zu ihr um. Und sogleich lenkte er das Pferd in ihre Richtung und ritt langsam auf sie zu, während das Tier sich vorsichtig seinen Weg durch das Felsgestein suchte.

Terry Forrest war bereits seit über zwei Wochen in den Schluchten der Macdonnells unterwegs, ohne dass ihm auch nur ein einziger Schwarzer begegnet war. Und wie aus dem

Nichts stand auf einmal die süße Kleine vor ihm – quicklebendig und hübsch wie eine frisch gedruckte Pfundnote. Er zügelte sein Pferd, ließ sich aus dem Sattel gleiten und stand mit einem breiten Lächeln vor ihr.

»Bei Gott, Sie haben es geschafft«, sagte er.

»Was ist mit … Tolo?«, hauchte sie.

Terry zog den Hut vom Kopf. »Der hat meine Haut gerettet. Oh ja, das hat er. Aus dem verdammten Wasser hat er mich gezogen.«

»Er ist also doch nicht ertrunken?« Ihr Herz hämmerte wie wild.

»Ertrunken ist er nicht«, entgegnete Terry. »Wir haben nach Ihnen gesucht, Java. Dabei trafen wir auf Ganba und seine Schwarzen. Einer von denen hat ihn mit seinem Speer aufgespießt.«

Er blickte sie mit unverhohlener Neugier an. Sie war sehr dünn, und ihre einst so makellose Haut war von der Sonne kupferfarben verbrannt und wirkte ausgetrocknet und lederartig. Sie trug Männerkleidung, die ihre schmale Taille sowie ihre weiblichen Rundungen an Brust und Hüften noch stärker hervorhob.

»Tut mir leid, mein Mädchen«, sagte Terry. »Ich habe getan, was ich konnte, um ihn zu retten.«

Sie brach nicht in Tränen aus, sondern stieß nur einen kleinen Klagelaut aus und sah ihn mit trockenen Augen an.

»Hat er …«

»Er hat nicht gelitten«, log Terry. »Es war kurz und schmerzlos.«

»Nein, das meine ich nicht. Hat er noch etwas gesagt?«

»Nur Ihren Namen«, log Terry erneut. »Zweimal hat er ihn genannt.«

»Oh, mein Gott!« Sie musste sich setzen und ließ den Kopf hängen.

Terry ging zu ihr und nahm sie bei der Hand.

»Kommen Sie«, sagte er. »Ich bringe Sie nach Hause.«

»Lassen Sie mich allein«, erwiderte sie und entzog ihm ihre Hand.

Unbeholfen stand er da. »Sie haben es geschafft durch die verdammte Gibson«, sagte er voller Hochachtung. »Sie müssen viel zu erzählen haben.«

»Was haben Sie ... Was haben Sie mit ... seiner Leiche getan?«, fragte sie kaum hörbar.

»Begraben habe ich ihn«, antwortete er, »und darüber einen Steinhaufen aufgeschichtet. Nur hatte ich leider nichts, in das ich seinen Namen schnitzen konnte.«

»Danke«, sagte sie. »Und Sie haben die ganze Wüste durchquert, um mich zu suchen?«

»Allerdings. Ich hatte Sie schon aufgegeben. Die Geschichten, die die Aborigines sich über Sie erzählen, habe ich erst vergangenen Monat gehört. Deshalb wollte ich hier nach Ihnen sehen. Ich verstehe nur eines nicht. Wenn Sie es doch bis nach Barrow Creek geschafft haben, warum sind Sie dann mit den Schwarzen hierher zurückgekehrt?«

»Das geht Sie nichts an«, sagte sie.

»Ich bin trotzdem neugierig.«

Java schwieg. Er konnte ihren Gesichtsausdruck nicht deuten. Ihr Blick war leer, als befände sie sich in Gedanken ganz woanders. »Ich werde die Arbeit meines Mannes fortsetzen«, sagte sie wie mechanisch.

»*Goodonyer*«, erwiderte Terry. »Aber da Sie die Wüste mit einer von diesen Eingeborenen durchquert haben, würde ich meinen, dass Sie genug Zeit hatten, Ihre Studien über die verdammten Schwarzen zu betreiben. Lebt Bildana eigentlich noch?«

»Ja.«

»Diese Schwarzen eignen sich zwar nicht besonders gut als Dienstboten, aber vielleicht könnten Sie Bildana ja als Hausmädchen mit nach Sydney nehmen.«

»Ich gehe nicht zurück nach Sydney«, sagte sie.

»Verstehe.« Er hockte sich auf die Hacken, sodass sein Gesicht auf einer Höhe mit dem ihren war. »Was also haben Sie vor? Wollen Sie unter den Schwarzen leben? Offenbar sind Sie mit dieser Bande von dem großen Felsen aus hierhergekommen, wie?«

»Nicht den gesamten Weg.«

Für Terry stand fest, dass sie nicht ganz bei Trost war. »Hören Sie«, begann er, »ich finde nicht, dass Sie hier draußen sein sollten. Ich meine, ein Arzt ...«

»Ich weiß Ihre Besorgnis um mich zu schätzen«, fiel sie ihm ins Wort. »Danke, dass Sie durch die Wüste gekommen sind, um nach mir zu suchen. Aber ich brauche keinen Retter. Bildana und ich haben auf uns selbst aufgepasst. Bei Jajjalas Leuten fühle ich mich gut aufgehoben, und ich habe vor, bei ihnen zu bleiben. Tut mir wirklich leid, dass Sie sich so viel Mühe gemacht haben. Falls Ihnen ausreichende Mittel fehlen, um nach Hause zurückzukehren, bin ich zum Glück in der Lage ...«

Terry schnaubte verächtlich. Er hatte einen weiten Weg zurückgelegt. Nun ärgerte er sich, dass sie ihn nur als Lohnempfänger betrachtete, den man auszahlen konnte. Doch so leicht würde er sich nicht vertreiben lassen.

»Ich habe schon noch ein paar Schilling«, lenkte er ein. »Sie wollen also bei den Schwarzen bleiben?«

»Ja.«

»Ich denke, dann werde auch ich ein paar Studien über die Aborigines betreiben, wenn Sie nichts dagegen haben.«

»Dies ist ein freies Land«, entgegnete sie.

Ein Blick genügte. Kaum war Terry der Geruch des Aborigine-Lagers in die Nase gestiegen, suchte er sich seinen Schlafplatz in gebührender Entfernung. Auf der anderen Seite des Wasserlochs räumte er unter einem Baum die verfaulten Palmwedel weg und machte sich eine Büchse Rinderpökelfleisch auf. Von dort aus konnte er Java beobachten, wie sie sich mit den Aborigines in deren Sprache unterhielt und ihre Aussagen durch ausdrucksstarke Gesten unterstützte. In seinen Augen war sie *troppo* wie ein Klo-Floh. Zum einen lag es in seinem eigenen Interesse, bei ihr zu bleiben. Zum anderen aber war es auch ein Gebot der Menschlichkeit. Nicht, dass er sich plötzlich Gedanken darüber gemacht hätte, wie er sich richtig verhalten müsste. Aber er träumte in letzter Zeit häufig von Tolo Mason. Angefangen hatte das Ganze, als er mutterseelenallein im *Waly* unterwegs war – nur er und die Kamele. Immer wieder hatte er Tolo Mason vor sich gesehen, wie dieser mit offenen Augen und klar bei Verstand auf dem Boden lag. Und wie er selbst, ohne sich auch nur ein einziges Mal umzudrehen, sich auf- und davongemacht hatte. Er war einfach immer weitergegangen aus Angst, zurückzuschauen und den ungläubigen und verurteilenden Ausdruck auf Tolos Gesicht zu sehen. Damals hatte Terry sich gesagt: Wenn er sich einen Schwerverletzten aufgebürdet hätte, wären sie zwangsläufig beide in der Gibson umgekommen. Doch es war zwecklos gewesen.

In gewisser Weise entschied er sich, bei Java zu bleiben, weil er Tolos Andenken ehren wollte. Zumindest könnte er Tolos süße Maus vor sich selbst schützen und sie vor ihrer wahnhaften Pflichterfüllung einem Toten gegenüber bewahren. Sicher hätte sie sowieso bald genug davon, wie ein wildes Tier dahinzuvegetieren. Dann würde er sie nach Alice Springs und von dort aus nach Hause nach Sydney bringen. Und was danach geschehen sollte, konnte er später immer noch entscheiden.

Es gab mehrere Möglichkeiten. Vielleicht könnte er sich auf der langen Reise so bei Java einschmeicheln, dass sie ihn heiraten würde. Dass Tolo Mason gut situiert gewesen war, wusste er sehr wohl. Bei seiner Mutter handelte es sich immerhin um eine der reichsten Frauen Australiens. Wäre nicht das Schlechteste, wenn auch ihm die Heirat mit einer überaus wohlhabenden Frau gelänge. Und sollte nichts daraus werden, würde man ihm zumindest eine anständige Belohnung anbieten, weil er die kleine Maus aus dem Busch geholt und nach Hause gebracht hatte. Selbstverständlich würde er dazu nicht Nein sagen. Vielleicht würde man dem Mann, der Java Mason gefunden und gerettet hatte, sogar irgendeinen wichtigen Posten im Mason-Unternehmen anbieten.

Jedenfalls hätte er bei der Sache nichts zu verlieren. Und falls er unterwegs die Ware schon mal testen würde … bräuchte niemand etwas davon zu erfahren. Selbstverständlich würde er die Kleine nicht vergewaltigen. Sollte sie aber auf dem Weg zur Küste in einem besonders romantischen Nachtlager unter sternklarem Himmel und bei Vollmond seinen Überredungskünsten erliegen, würde sie es später in Sydney bestimmt nicht überall herumerzählen.

Das Essen, das er mitgebracht hatte, würde schon eine Zeit lang reichen. Und wenn er zusätzlich auf die Jagd ging, könnte er seine Vorräte noch länger strecken. Also richtete er sich auf einen längeren Aufenthalt ein. Hin und wieder gesellte er sich bei Javas Spaziergängen zu ihr. Er war nicht aufdringlich, sondern sagte nur dann etwas, wenn sie ihn ansprach.

Als Java merkte, dass Terry Forrest sie offenbar nicht überreden wollte, die Oase zu verlassen, akzeptierte sie seine Anwesenheit. Nach den Avancen, die er ihr in der Gibson gemacht hatte, hätte sie ihn zwar nie zum Bleiben aufgefordert, doch die Tatsache, dass er ihr nach Tolos Tod durch die ganze Wüste gefolgt war, ließ ihn in einem besseren Licht erscheinen. Außerdem war es schön, jemanden zu haben, mit dem sie sich auf Englisch unterhalten konnte. Sie hatte eine Kombination aus drei verschiedenen Aborigine-Dialekten gelernt und konnte sich mit Jajjala und den anderen recht gut verständigen. Die Sprache der Aborigines besaß jedoch nur sehr rudimentäre Strukturen. Häufig war eine Aneinanderreihung mehrerer Worte nötig, um ein beschreibendes Adjektiv auszudrücken. Und vor allem reichten die Möglichkeiten dieser Sprache nicht aus, um die feineren Nuancen ihrer Gefühle auszudrücken.

Sie musste sich immer noch von dem Schock erholen, den Terrys plötzliches Auftauchen und die von ihm überbrachte Nachricht bei ihr ausgelöst hatten. Es war, als sei Tolo zweimal gestorben – als sei er aus der Flutwelle wiederauferstanden und erneut getötet worden. Mit Terry darüber zu reden, linderte ein wenig ihre Trauer. Sie erzählte ihm auch von ihrem persönlichen Kampf gegen die Wüste.

Terry berichtete ihr seinerseits von seinen Erfahrungen, die er bei der Wüstendurchquerung gemacht hatte, und sprach lachend über die Unbilden und Widrigkeiten seiner Tage als Krokodiljäger oben im Norden. Er machte ihr Komplimente und sagte ihr, sie hätte mehr über das Leben im Busch gelernt, als die meisten Männer darüber wüssten. Selbst ihm könnte sie sicher noch den einen oder anderen Trick beibringen.

Nachdem Java den neuerlichen Schock über Tolos genaue Todesursache einigermaßen überwunden hatte, bat sie Terry, ihr das Zusammentreffen mit den Aborigines in allen Einzelheiten zu schildern. Und als sie erfuhr, dass der grässliche Ganba tot war, empfand sie ein dumpfes, aber starkes Gefühl der Zufriedenheit.

Schließlich trug sie ihre schmutzigen Decken in Terrys Lager. Er hütete sich, auch nur die kleinste ungehörige Bewegung zu machen. Im Gegenteil, er wurde sogar noch höflicher und aufmerksamer. Er teilte seine Konservenbüchsen mit ihr, und sie drückte ihm ihre ehrliche Dankbarkeit aus, denn die ewigen Wurzeln und Beeren sowie das halbrohe Fleisch wollten ihr nicht mehr so recht schmecken. Terry reagierte auf ihre Dankbarkeit für sein großzügiges Handeln mit einem Lachen und sagte leichthin, er wolle zusehen, dass sie ein bisschen Fleisch auf die Rippen bekäme.

Als das Wild durch das ständige Jagen allmählich knapp wurde, ordnete Jajjala für seine Gruppe einen weiteren *Walkabout* an. Java suchte ihre wenigen Habseligkeiten zusammen und band sie zu einem Bündel. Sie willigte auch ein, als Terry sich anbot, das Bündel an seinen Sattel zu binden. Als die Gruppe dann aufbrach – zuerst die Männer und Jungen, dann die Frauen –, ging Java neben Bildana.

Sie wanderten viele Tage lang und verließen die Macdonnells

in südlicher Richtung. Der von Jajjala bestimmte Kurs führte sie am Ayers Rock vorbei in eine andere gebirgige Region, in der die Aborigines für eine Weile wieder ausreichend Fleisch zu essen hätten. Unterwegs fanden sie genug Kleinwild, um ihren Hunger zu stillen, und die Aborigine-Männer verfolgten eifrig ihre Beute. Ein starker junger Jäger, der geschickter war als die übrigen, zeigte sein deutliches Interesse an Bildana. Seine Werbung bestand allerdings hauptsächlich aus Imponiergehabe und dem Stellen von Ansprüchen. Als Witwe konnte Bildana keinen Brautpreis mehr fordern.

Java machte ihr Vorhaltungen. »Du bist doch kein Stück Abfall, das jemand weggeworfen hat und das jeder x-Beliebige für sich beanspruchen kann, Bildana. Du bist ein wertvolles menschliches Wesen. Zeig doch ein wenig Stolz. Sag diesem jungen Esel, er soll dich in Ruhe lassen.«

»Aber er ist stark«, erwiderte Bildana. »Er ist ein geschickter, guter Jäger, und er hat keine Frau.«

Schließlich nahm Bildana ihren Schlafplatz an der Seite des jungen Mannes ein, und in den folgenden Nächten gab sie sich ihrem neuen Ehemann schamlos hin. Da sich die beiden nach Sitte der Aborigines für den Geschlechtsakt nicht in irgendeine Art von Privatsphäre zurückzogen, machte Bildanas Verhalten Java regelrecht krank. Auf kindische Weise fühlte sie sich von Bildana hintergangen, verließ aufs Neue das Lager der Aborigines und breitete ihre Decke neben Terrys Feuer aus.

Am nächsten Tag ging sie neben Terry her und brachte keinerlei Einwände vor, als er an einer kleinen Wasserstelle weit hinter der Gruppe zurückblieb, um von dem sauberen, klaren Nass den bestmöglichen Gebrauch zu machen. Doch vorher bat er Java, entweder einen kleinen Spaziergang zu unternehmen oder sich einfach umzudrehen. Sie entschied sich für den Spaziergang, und noch bevor sie außer Hörweite war, vernahm sie Terrys Planschen und Prusten. Als sie zurückkehrte, war er bereits wieder angekleidet und hatte sich das nasse Haar glatt nach hinten gestrichen.

»Sie sind dran«, sagte er. »Ich habe extra aufgepasst, dass das Wasser nicht zu sehr aufgewühlt wird. Da drüben in der Schüssel liegt ein bisschen Seife.«

Sie zögerte. »Keine Sorge«, sagte er grinsend. »Mir ist sowieso nach einem kleinen Spaziergang zumute.«

Es war herrlich, ihren Körper mit Seife zu waschen und sich anschließend blitzsauber zu fühlen. Während sie aus dem Wasser watete, bedeckte sie mit einer Hand ihre Scham und mit der anderen ihre Brüste. Terry war nirgendwo zu sehen, und so ließ sie sich von der Sonne trocknen.

Nachdem sie wieder angezogen war, kam Terry zurück und lächelte, als er sah, dass sie versucht hatte, etwas aus ihren Haaren zu machen. Sie waren immer noch feucht, und sie hatte sie nach hinten gestrichen und zu zwei Zöpfen geflochten.

»Steht Ihnen sehr gut«, meinte er. »Macht Sie irgendwie jünger.«

Terry hatte ein Kaninchen erlegt. Er kümmerte sich um ein Feuer, häutete das Tier und spießte es auf einen spitzen Stock. Und schon bald erinnerte der Duft von gebratenem Fleisch Java daran, wie hungrig sie war. Seite an Seite saßen sie im Schatten der hohen Felswände und aßen. Terry erzählte ihr von seinem allerersten Versuch, ein Krokodil zu häuten, und zu ihrer eigenen Überraschung lachte sie mit ihm.

Während seines Bades hatte Terry auch seine Kleidung gewaschen. Nun roch er frisch und sauber. An den Augenwinkeln hatte er Lachfältchen, und seine Zähne waren weiß und ebenmäßig. Terry war ein großer Mann, fast so groß, wie Tolo gewesen war. Ohne sich dessen bewusst zu sein, starrte Java ihn unverhohlen an. Er drehte sich um und überraschte sie dabei, wie sie ihn musterte. Java errötete, wenngleich es bei ihrer sonnengebräunten Haut kaum auffiel. Rasch wandte sie den Blick ab, denn sie merkte tief im Innern, dass sie sich zumindest körperlich von Terry angezogen fühlte.

Eine Woche gutes Essen verfehlte seine Wirkung auf Java nicht. Wenn sie morgens erfrischt aufwachte, war sie begierig, den neuen Tag zu beginnen. Sie überlegte sich immer häufiger, wie gut sich ein Bad in einer richtigen Wanne anfühlen würde oder wie schön es wäre, zarte Unterwäsche auf der Haut zu spüren und ein Kleid nach neuester Mode zu tragen. Wie Tausende im Exil Lebende vor ihr entdeckte sie, dass es gerade die kleinen Dinge im Leben waren, die sie vermisste: leckere Butter auf frisch gebackenem Brot, der Duft eines parfümierten Stücks Seife, ein dickes, weiches Federkissen mit dem Geruch nach frisch gewaschener Wäsche sowie gestärkte und gebügelte Laken.

»War noch nie in Sydney«, bemerkte Terry an diesem Abend, als sie sich eine Büchse Rinderpökelfleisch warm machten und zum Nachtisch besonders köstliche Beeren aßen, die Java gesammelt hatte. »Schön, die Stadt?«

»Ja«, bestätigte sie. »Von unserer … von der Veranda meiner Eltern aus hat man einen wundervollen Blick über den Hafen.«

»Ihre Leute machen sich sicher Sorgen um Sie, könnte ich mir vorstellen.«

Sie nickte. In letzter Zeit hatte sie häufiger darüber nachgedacht. Die Neuigkeit, dass sie eine Transaktion bei der Bank vorgenommen hatte, war sicherlich bereits bis nach Sydney vorgedrungen. Oder vielleicht hatte der Ladenbesitzer-Bankier in Barrow Creek ihre Familie sogar direkt verständigt. »Ich denke, sie wissen inzwischen, dass ich noch am Leben bin.«

»Sie werden sich trotzdem Sorgen machen.«

»Wollen Sie etwa damit sagen, dass es Zeit für mich wird, nach Hause zu gehen?«

»Überhaupt nicht, Schätzchen. Dies ist ein freies Land, wie Sie selbst einmal gesagt haben. Sie wollen unter den Schwarzen leben. Das ist Ihr Kanu, und Sie können es paddeln.«

»Also wollen *Sie* aufbrechen?«, fragte Java und geriet regelrecht in Panik. Es war angenehm, ihn um sich zu haben und mit jemandem in ihrer eigenen Sprache reden zu können, der aus demselben Kulturkreis stammte wie sie. Selbstverständlich unterschied sie sich sehr von Terry, denn schließlich war er im

Busch aufgewachsen. Aber immerhin hatte sie mit ihm mehr gemeinsam als mit Bildana und den übrigen Aborigines.

»Na ja, irgendwie führt das Ganze doch hier zu nichts. Ich meine, wir laufen dem alten Jajjala beim *Walkabout* nach und wandern in die Gegend, die er aussucht, und sehen nichts als roten Fels und Sand und Windhosen. Allmählich habe ich es satt.«

»Das ist ein grausames Land«, sagte sie.

»Java, haben Sie sich schon mal überlegt, dass sie diesen Leuten besser helfen könnten, wenn Sie Ihre eigenen Angelegenheiten in Ordnung bringen und ihnen von dem Geld Ihres Mannes ein ordentliches Stück Land und Vieh kaufen und vielleicht ein paar Männer anstellen, die ihnen alles über Rinder- und Schafzucht beibringen?«

»Aber das wäre so unpersönlich«, sagte sie. »Hier kann ich ...«

»Hören Sie, Schätzchen, ich habe gesehen, wie Sie versucht haben, das Interesse der jungen Schwarzen am Lesen und Schreiben zu wecken. Das ist wie ein Furz im Wind ...« Er hielt inne und sah sie erschrocken an. Java bemühte sich, ein Lachen zu unterdrücken.

»Tut mir leid«, sagte er. »Ab und zu passiert so was schon mal. Kommt davon, wenn man sein ganzes Leben im Busch verbracht hat.«

»Jedenfalls ist der Ausdruck recht anschaulich und trifft den Sachverhalt sehr gut. Manchmal kam es mir tatsächlich so vor, aber ...«

»Aber Sie sind es Tolo schuldig, weiter vor sich hinzuwursteln?« Er schnaubte. »Hören Sie, Sie müssen allmählich einsehen, dass Tolo Mason tot ist. Ich habe keine Ahnung, ob es nun wirklich einen Himmel gibt oder nicht. Falls nicht, dann interessiert es Ihren Tolo keinen Deut, was Sie hier tun. Falls doch, dann sitzt er da oben, spielt Harfe, singt Hallelujah und weiß, dass alles, was Sie hier unten tun, nur eine kurze Sache von vorübergehender Bedeutung ist und verdammt wenig gilt, wenn Sie ihn irgendwann da oben treffen.«

»Oh, Terry«, sagte sie schelmisch, »ich wusste ja gar nicht, dass Sie eine philosophische Ader haben.« Doch dann kam die Ernüchterung. »Ja, ich weiß, dass er tot ist, und ich habe es akzeptiert. Und allmählich glaube ich selbst auch, dass mein Versuch, die Schulmeisterin der Aborigines zu spielen« – sie errötete – »nur ein Furz im Wind ist.«

»Dann lassen Sie uns nach Sydney gehen, Schätzchen.«

Sie wandte den Blick von ihm ab. »Lassen Sie mich darüber nachdenken«, sagte sie.

Bildana war eh nur noch mit ihrem neuen Ehemann beschäftigt. Und die Geschichten, die die Alten abends an den Feuern der Aborigines erzählten, glichen sich allmählich. Es war eine wundervolle Nacht, klar und kühl. Die Sterne wirkten kalt, unveränderbar und weit entfernt. Der Mond leuchtete so stark und war so rund, dass man nur richtig hinsehen musste, um zu erkennen, dass er keine flache Scheibe am Himmel, sondern ein Ball, eine Kugel war.

Java entfernte sich ein Stück weit vom Feuer, stand allein in der Dunkelheit und sah zu den gleichgültigen Sternen hinauf. Tolo war tot. Auch sie würde sterben und zu Staub zerfallen. Und dieselben Sterne würden auf dieselbe rote Leere im Herzen Australiens hinabblicken, völlig ungerührt, was aus der Rasse der Aborigines werden würde und ob all ihre etwas einfältigen Legenden mit ihnen untergehen würden oder nicht.

Java zuckte zusammen, weil sie ein Geräusch hörte, fuhr herum und sah sich Terrys gut erkennbarer dunkler Gestalt gegenüber.

»Ich wusste nicht, wie weit Sie gehen würden«, sagte er.

»Ich denke, es ist weit genug, Terry«, antwortete sie.

Er kam näher. Die Art, wie er auf sie zukam, verriet seine Absicht. Als sie spürte, was er vorhatte, blieb sie wie angewurzelt stehen, unfähig, sich zu bewegen. Und als er sie in seine Arme nahm, protestierte sie innerlich dagegen. Denn er hob sie hoch, so wie Tolo es immer getan hatte, und bedeckte ihren Mund mit seinen Lippen.

Sie überließ sich ihm nur ein einziges Mal. Sie gestattete ihm, sie zurück zu ihrem Lager zu führen, sie sanft auf die Decke zu setzen und ihr die Männerkleidung abzustreifen. Sie überließ sich ihm, weil sie von Schuldgefühlen gepeinigt wurde, da sie sich entschlossen hatte, ihre Mission aufzugeben und nach Hause zu gehen. Sie überließ sich ihm, weil sie so lange allein gewesen war, ohne einen Gefährten ihrer eigenen Rasse. Sie nahm ihn und benutzte ihn für ihr eigenes Verlangen, gab und nahm mit schnellen, hungrigen, aufwärts gerichteten Stößen – als Bestätigung ihres eigenen Wiederauflebens. Und als es vorüber war, ging sie allein zu dem Wasserloch, badete und schlief friedlich die ganze Nacht hindurch.

Am nächsten Morgen sagte sie: »Ich gehe nach Hause, Terry.«

»*Goodonyer.*«

»Ich gehe zurück nach Norden, nach Alice Springs.«

»Ich komme mit.«

»Gut, wenn du willst.«

»Ja, natürlich will ich das, Schätzchen.« Er rückte näher. Als er ihr die Hand auf die Schulter legen wollte, duckte sie sich darunter hinweg.

»Ich will nicht, dass du mich anrührst«, sagte sie.

»He«, meinte er neckend. »War ich so schlecht?«

»Du warst sogar sehr gut«, sagte sie.

»Wo liegt dann das Problem?« Seiner Stimme war leichte Wut anzuhören.

»Das ist einfach passiert«, erklärte sie, »weil wir zusammen waren, weil der Mond schien und weil ich einsam war. Es wird nicht wieder vorkommen.«

»Verstehe«, sagte er.

Er ließ es einfach so stehen, und Java war erleichtert. Selbst ein Mann wie Terry Forrest konnte also nachvollziehen, dass ihr Gewissen sie plagte.

Java fand es gut, wieder unterwegs zu sein. Sie war froh, dass ihr Geist wieder auf ein bestimmtes Ziel gerichtet war. Ihr kam es vor, als hätte sie bereits seit einer Ewigkeit die wilden, unwirtlichen Gegenden Australiens durchwandert. Beim *Walkabout* mit Jajjala war sie damit zufrieden gewesen, dass die Gruppe jeden Tag unterschiedlich weit vorangekommen war. Sie hatte es vollkommen akzeptiert, dass den Aborigines ihr endgültiger Aufenthaltsort ziemlich gleichgültig war. Sie hatte sich dem scheinbar ziellosen Sich-Treiben-Lassen in Richtung des nächsten Gebirgszuges und der neuen Jagdgründe im Süden problemlos angepasst. Doch da sie nun auf eigene Faust unterwegs war, nur mit Terry als Begleiter, wollte sie möglichst rasch vorwärtskommen.

Allerdings konnten sie nicht schnurstracks geradeaus gehen. Sie waren auch jetzt darauf angewiesen, Wasser zu finden, und das erforderte viele Umwege. Zu Terrys Überraschung fand Java die Wasserstellen und hielt gleichzeitig, wie vorgesehen, die grobe Richtung nach Norden bei. Und das alles ohne Terrys Hilfe. Hin und wieder nahm sie auch sein Angebot an, sich ein wenig auszuruhen und auf seinem Pferd zu reiten. Die meiste Zeit aber ging sie zu Fuß.

Wenn sie nachts ihr Lager aufschlugen, hielt sie sich von ihm entfernt. Terry respektierte ihren Wunsch, für sich allein zu sein. Er sagte sich, dass sie immerhin schon einmal für seine Annäherungsversuche empfänglich gewesen war. Und wenn sie erst ihr schlechtes Gewissen überwunden hätte, würde sie zweifellos wieder empfänglich darauf reagieren. Bis nach Alice Springs war es eine ziemlich weite Strecke, und von dort aus bis zur Küste eine noch weitere. Er hatte Zeit genug. Schließlich war sie nicht irgendeine, und er spielte um einen hohen Einsatz.

31

Ein Sohn Asemas, der zweiten Frau von Foja, arbeitete in der Holzfällermannschaft von Trevor Gorel. Er hieß Zaho und war ein kräftig gebauter junger Mann, ein Krieger, der seine Stärke im Kampf bereits mehrfach unter Beweis gestellt hatte. Er war seiner Mutter treu ergeben – ein ziemlich seltener Charakterzug unter den Eingeborenen von Papua. Immer wenn er zu Besuch nach Hause kam, brachte er Asema Geschenke aus dem Geschäft der Weißen in Port Moresby mit: hübsche Perlen, mit denen sie sich schmücken konnte, und köstliche Süßigkeiten, um ihren Gaumen zu erfreuen. Dieses Mal brachte er ihr auch eine Geschichte mit, die er ihr lang und ausführlich erzählte und mit der er ihre Aufmerksamkeit fesselte. Darin ging es um die Frau des Chefs des Holzfäller-Unternehmens und um den jungen Master aus dem Haus am Hügel, auf dem die Kaffeepflanzen standen.

Asema hörte ihm gespannt zu. Zaho hatte gesehen, wie der Master aus dem Haus am Hügel das Haus des Chefs des Holzfäller-Unternehmens betrat und erst nach Ablauf einer ganzen Nacht wieder zum Vorschein kam. Und das Mädchen, das in dem feinen Haus der schönen Frau des Chefs des Holzfäller-Unternehmens arbeitete, hatte der Frau, die den Abfall aus dem feinen Haus abholte, erzählt, dass jedes Mal, wenn der Master aus dem Haus am Hügel dort übernachtete, nur ein Bett benutzt wurde.

Da viele der jungen Männer, die als Holzfäller arbeiteten, im Moment zu Hause waren, spielten an diesem Abend die Flöten, und mit klagender Stimme sangen die Frauen ihre rituellen Lieder. Dazwischen stießen die tiefen Bassstimmen der Männer tremolierende Töne aus, so als lösten sich schwere

Trommelschläge aus ihrer Brust. Da die Feierlichkeiten bis spät in die Nacht fortdauerten, schlief Asema am nächsten Morgen etwas länger.

Als sie aufwachte, hockte Zaho bereits vor ihrer Hütte, zupfte Fleisch von den Knochen eines kleinen gebratenen Schweins und legte die saftigen Bissen auf ein großes Bananenblatt. Als liebevoller Sohn lächelte er Asema zu und lud sie mit freundlicher Geste ein, sich zu ihm zu setzen und mit ihm zu essen.

Zaho trug nur einen Lendenschurz und einen großen halbmondförmigen Anhänger, der an einer Metallkette an seinem Hals hing. Sein dicht geflochtenes Haar hing ihm bis auf die Schultern herab und wurde von einem mit Perlen verzierten Stirnband gehalten. Weil er Äxte und Messer aus Metall besaß, die er sich von seinem Verdienst aus dem Holzfäller-Unternehmen gekauft hatte, gehörte er nun zu den reichen Männern des Dorfes. Asema drückte ihm ihre Anerkennung für das gute Essen aus und lobte Zaho für seine Teilnahme an den Feierlichkeiten des Vorabends.

»Du hast sehr gut getanzt, mein Sohn«, sagte sie.

»Ich hatte Freude in meinem Herzen«, erwiderte er. »Es ist schön, wieder zu Hause zu sein.«

»Wirst du also hierbleiben?«

»In dem Geschäft des weißen Mannes gibt es Gewehre«, sagte Zaho. »Ich würde mir gern eines der langen Gewehre verdienen. Damit könnte ich unsere Feinde schnell und sicher bestrafen.«

»Soso. Du willst also wieder ans Meer gehen und für den weißen Mann arbeiten?«

Zaho nickte. »Wir werden zuerst ein Schiff beladen und dann noch eines. Danach komme ich mit dem langen Gewehr zurück und nehme mir eine Frau.«

Asema lächelte. Die Vorstellung, Enkelkinder zu bekommen, gefiel ihr sehr. Der Gedanke an Kinder erinnerte sie an die kleine Mistress auf dem Hügel und an ihren kleinen Jungen. »Ich möchte dich gern um etwas bitten, mein Sohn«, sagte sie. »Wenn eine Frau einer anderen den Mann stiehlt, so wie die schöne fremde Frau in der Stadt des weißen Mannes es tut, ist das eine böse Sache. Ich möchte, dass du der kleinen Mistress erzählst, was du gehört und gesehen hast.«

Zaho fühlte sich sehr unbehaglich bei dem Gedanken. »Würde es nicht reichen, wenn du ihr erzählst, was ich gehört und gesehen habe?«

»Vielleicht wünscht die kleine Mistress sich einen starken Krieger, der sich um ihre Interessen kümmert«, sagte Asema. »Ihr einen solchen Dienst zu erweisen, wäre eine großartige Sache und würde dir Dank und Belohnung einbringen.«

Zaho überlegte eine Weile mit zusammengekniffenen Augen. Dann nickte er. »Ich werde mit ihr reden.«

»Kleine Mistress, das hier ist mein Sohn Zaho.«

Kit nickte dem strammen Burschen mit ernster Miene zu, der auf der Veranda ihres Hauses neben Asema stand. Der Tag war schon weit vorgeschritten, und die Sonne stand bereits über den westlichen Bergen. Kit lud beide zum Tee ein. Schweigend wartete sie und beobachtete die beiden Eingeborenen, die auf ihrer Veranda hockten und aus den hauchdünnen Porzellantassen das stark gesüßte heiße Getränk zu sich nahmen.

Als Asema erneut das Wort ergriff, tat sie es mit ernster, feierlicher Miene. »Mein Sohn, kleine Mistress, arbeitet für den weißen Chef des Holzfäller-Unternehmens.«

»Mr Gorel«, sagte Kit. »Ja. Er ist ein Freund meines Mannes. Was ist mit ihm?«

»Wenn die Bäume gefällt sind und die Stämme zusammengebunden im Wasser treiben und auf die Schiffe warten, die sie später mitnehmen, werden mein Sohn und die anderen in die Stadt des weißen Mannes gebracht, wo sie sich etwas zu essen und das Bier des weißen Mannes kaufen dürfen. Bei einer solchen Gelegenheit hat mein Sohn etwas gesehen, was du unbedingt wissen musst, kleine Mistress.«

»Dann sprich, Zaho«, sagte Kit. Doch sie hätte nicht im Traum daran gedacht, dass dieser untersetzte, breitschultrige, lächelnde schwarze Mann das Fundament ihrer Welt zertrümmern sollte.

Zaho trug seine Geschichte in einfachen Worten vor und sah Kit beim Sprechen in die Augen. Dass er dabei nicht ein einziges Mal ins Stocken geriet und alles so erzählte, als hätte er es vorher geprobt, machte es für Kit nur noch schrecklicher. Schließlich konnte sie es nicht länger ertragen.

»Nein, Zaho«, fiel sie ihm ins Wort. »Du irrst dich. Die Hausmädchen aus der Südsee haben dich angelogen. Sie halten dich zum Narren.« Kit sprang auf und entfernte sich ein paar Schritte, blieb stehen und kehrte Zaho und Asema den Rücken zu.

»Kleine Mistress«, sagte Asema in ruhigem Ton, »das Ganze ist eine böse Sache. Dass du wütend bist, ist nur natürlich. Aber es gibt nur einen Weg, mit dieser Wut fertig zu werden und die Frau, die dir deinen Mann stiehlt, zu bestrafen. Mein Sohn ist stark. Er wird die fremde Frau töten, wenn du …«

»Sei still, Asema!«, sagte Kit wütend, wirbelte herum und sah die beiden Eingeborenen an. Dann bemerkte sie die schmerzerfüllte Miene der Frau, die ihr ihre Freundschaft geschenkt hatte. Sie ging auf sie zu und legte ihr die Hand auf die Schulter. »Verzeih mir. Ja, ich bin wütend bei dem Gedanken, dass irgendjemand glauben kann, Matt würde so etwas tun. Ich weiß, dass du und dein Sohn es gut mit mir meinen, Asema. Aber ihr mischt euch in Angelegenheiten, die ihr nicht versteht. Ja, mein Mann verbringt die Nacht im Haus von Mr Gorel, wenn er in Port Moresby ist. Doch ich versichere euch: Jede Bemerkung der Südsee-Hausmädchen, dass dort etwas Unrechtes geschieht, ist ein reines Lügengespinst.«

»Wie du meinst, kleine Mistress«, willigte Asema ein.

Zaho erhob sich und sprach: »Was ich gesagt habe, ist die Wahrheit. Du bist eine Freundin meiner Mutter. Deshalb werde ich in dieser Sache dein Krieger sein.«

»Vielen Dank, Zaho«, sagte Kit, »aber ich brauche wirklich keinen Krieger.«

»Hast du deinen Mann denn satt und möchtest, dass die fremde Frau ihn dir stiehlt?«

Kit hatte ihre Fassung wiedererlangt und ihre Verletzlichkeit, ihre Wut und ihre Angst, die über sie hinweggebrandet waren, als sie Zahos Behauptung über Matts Untreue hörte, wieder unter Kontrolle. Ihre Loyalität gegenüber Matt hatte zumindest fürs Erste den Sieg davongetragen. »Zaho, du bist ein tapferer Krieger, und falls ich je einen Verfechter meiner Interessen benötigen sollte, werde ich demütig zu dir kommen. Ich danke dir dafür, dass du mich aufgesucht hast. Es freut mich, dass du und Asema mich so sehr schätzt, dass ihr euch Sorgen um mich macht. Dafür möchte ich euch gern belohnen.«

»Ich will keine Belohnung für Dinge, die ich nicht verrichtet habe«, entgegnete Zaho. »Sag mir, ich soll die fremde Frau töten, die dir deinen Mann stiehlt. Danach können wir über eine Belohnung reden.«

Sein Blick traf auf Kits, und sie konnte deutlich sehen, dass er vollkommen von der Richtigkeit seiner Behauptung überzeugt war. Einen unwachsamen Augenblick lang war Kit von quälendem Zweifel erfüllt, doch sie lächelte. »Möchtet ihr mehr Tee, Zaho, Asema?«

»Wir werden jetzt gehen, kleine Mistress«, sagte Asema.

Kit war allein mit Grant. Sie saß in ihrem Schaukelstuhl und blickte über das Tal, während das Baby unternehmungslustig kreuz und quer über die Veranda krabbelte. Der Kleine war mit einem von Matt selbst angefertigten Laufgurt und einer Leine gesichert, damit er nicht die Treppe hinunterfallen konnte. Kit empfand plötzliche Übelkeit. Während ihrer Schwangerschaft mit Grant hatte sie morgens keinerlei Beschwerden gehabt, doch dieses neue Baby verhielt sich ein wenig lebhafter. Niemand war zu sehen. Kit trat an das Geländer der Veranda und erbrach eine zähe, grünliche Flüssigkeit.

Dann nahm sie Grant mit in die Küche, toastete sich ein Stück Brot und aß es zu einer Tasse Tee. Ihr Magen fühlte sich gleich viel besser an. Mit ihrem Herzen war es jedoch etwas anderes. Selbstverständlich wusste sie genau, dass Zahos Geschichte nur aus einem Misverständnis resultieren konnte, weil es unter den Hausmädchen aus der Südsee und den einheimischen Holzfällern Klatsch und Tratsch gegeben hatte. Und natürlich war sie sich völlig sicher, dass Matt sie liebte und ihr niemals untreu werden würde. Und trotzdem versetzte der bloße Gedanke daran ihr jedes Mal aufs Neue einen Stich in die Brust. Und irgendwo tief in ihrem Inneren fiel ihr ein, dass sie ihre eigene Familie aufgegeben und sich von ihrem Vater entfremdet hatte, um Matt zu heiraten. Nach alledem würde Gott einfach nicht zulassen, dass Matt sie so sehr verletzte. So viel also zu ihren Emotionen.

Doch wenn man die Sache einmal von der praktischen Seite her betrachtete … Was würde aus ihr und Grant und dem ungeborenen Kind werden, wenn das, was Zaho gesagt hatte, tatsächlich stimmte? Sie war durchaus in der Lage, die Plantage die meiste Zeit über allein zu bewirtschaften, die Arbeit der Frauen zu überwachen und darauf zu achten, dass die Pflanzen in den kurzen Trockenperioden ausreichend bewässert wurden. Dagegen wusste sie so gut wie nichts darüber, wie die Kaffeebohnen geerntet wurden, wenn die Bäume erst einmal Früchte trugen. Noch wusste sie etwas darüber, welche Vorkehrungen Matt getroffen hatte, um den Kaffee zu vermarkten. Oh Gott, sie war so weit weg von zu Hause! Ihr Haus war wunderschön, ein wahres Juwel, frisch, sauber und behaglich. Doch es lag an einem Hang in den hohen Bergen im Süden von Neuguinea, und das nächste weiße Gesicht war zwei Tagesreisen entfernt in Port Moresby. Der nächste vertraute Ort lag viele Seemeilen von ihr entfernt.

Was sollte nur aus ihr werden? Sie hatte kein anderes Zuhause mehr als dieses luftige Haus in den Bergen. Ein paar Monate lang hatten Matt und sie in Australien gelebt, doch dort wäre sie eine Fremde. Kapstadt? Sie wusste nicht einmal, ob ihr Vater noch dort lebte, denn ihre Briefe waren unbeantwortet geblieben.

Ihr Magen verkrampfte sich, und einen Moment lang war sie von Selbstmitleid überwältigt. Doch sobald sich ihre Augen mit Tränen füllten, schniefte sie wütend, wischte sich die Tränen weg und sagte zu dem krabbelnden Grant: »Hör zu, junger Mann, und merk dir gut, was ich dir sage. Wir werden es nicht tatenlos hinnehmen, dass unser Leben in die Brüche geht, nicht wahr? Wir sind die Familie Van Buren, und du bist der Erstgeborene, der Erbe. Wir sind eine Familie. Und sollte irgendjemand – egal, wer – versuchen, unser Glück auch nur im Geringsten zu trüben, dann werden wir …«

Was werden wir …?

Zaho hatte sich als ihr Krieger angeboten. Völlig gleichmütig hatte er davon gesprochen, die »fremde« Frau zu töten. Der Tod war dem Stamm der Geheto in dem hohen Gebirgstal nur allzu vertraut.

»… dann werden wir Zaho bitten, unser Krieger zu sein«, fuhr sie fort. »Und …«

Zwei Tage später kam Matt nach Hause. Sie fiel ihm in die Arme und ließ sich von ihm küssen. Seine Umarmung und sein Kuss waren warm und innig. Sie beobachtete Matt, wie er den kleinen Grant hochhob. Der Kleine kicherte und schrie laut auf vor Vergnügen, während Matt so tat, als wollte er den Bauch des Jungen aufessen. Mit Lippen und Zähnen kitzelte er Grant, der herzhaft lachte.

Im Laufe der nächsten Tage fiel Kit auf, dass sie Matt bei all seinen Verrichtungen genau beobachtete. Als sie zusammen mit ihm im Bett lag, vergaß sie sogar, sich auf ihr Vergnügen zu konzentrieren, sondern war nur damit beschäftigt, auf seine Handlungen und seine Reaktionen zu achten.

Sie hatte gehört, eine Frau würde es sofort merken, wenn ihr Mann ihr untreu wäre. Wenn das, was man so landläufig behauptete, tatsächlich stimmte, konnte man Matt keinen Vorwurf machen, denn er liebte sie und das Kind offensichtlich über alles. Und dennoch fand er schon bald eine Ausrede, um sich rasch wieder an die Küste zu begeben. Dieses Mal sogar noch schneller als die vorigen Male.

Als Kit mit ihrem Kind, ihren Hausmädchen und den Dorfbewohnern wieder allein war, fiel es ihr immer schwerer, sich die hässlichen Bilder aus dem Kopf zu schlagen: Matt und Guinevere in körperlicher Vereinigung; Matt und Guinevere, wie sie sich Zärtlichkeiten zuflüsterten.

Zaho und Asema hatten in der Tat den Samen zu bösen Verdächtigungen in ihr gelegt. Tagtäglich betete Kit um die Weisheit und Reife, ihre Zweifel für immer zum Schweigen zu bringen.

Als Trevor Gorel zu Tode kam, lag Matt Van Buren gerade mit Trevs Ehefrau im Bett. Zum ersten Mal hatte er am helllichten Tag Sex mit Guinevere. So rasch er nur konnte, war er von seinem Tal aus nach Port Moresby geeilt und direkt in das Gorel'sche Haus gegangen. Er war wie verhext und einzig und allein von dem Wunsch besessen, erneut Guineveres seidige Haut und ihre zarte Berührung zu spüren.

Er hatte geglaubt, er wüsste bereits alles, was es über diese Frau, die Besitz von seiner Seele ergriffen hatte, zu wissen gab. An diesem feuchten, heißen Nachmittag zeigte Guivenere ihm jedoch die ganze Bandbreite ihres amourösen Könnens. Sie band ihn damit noch enger an sich und machte ihn zu einem Sklaven seiner Lust. Immer wenn er glaubte, er hätte sich völlig verausgabt, entfachte sie mit ihrem Zauber und ihrer Kenntnis der männlichen Anatomie und Gefühle sowie mit einer Kombination aus Worten, Berührungen und dem sanften Auflegen ihrer seidenweichen Lippen wieder aufs Neue seine Leidenschaft, bis ihr Lotterbett von ihrem Schweiß durchtränkt und Matt völlig am Ende war und sich nur noch an sie klammern und schlafen wollte.

An diesem Tag hatte sie zum ersten Mal ihre gesamte Kunstfertigkeit an ihm ausgeübt. Nun lag sie mit halbgeschlossenen Augen an seiner Seite und bettete ihren Kopf an seine Schulter. Matt war völlig erschöpft und atmete schwer. Sein Herz pochte immer noch deutlich hörbar in seiner Brust.

»Matthew …«

»Hmm?«

»Bitte, können wir miteinander reden?«

Er stöhnte. »Nicht jetzt.«

Sie lachte. Mit der Hand regte sie ihn erneut an, und mit der Zunge zeichnete sie Muster auf seine schweißbedeckte Brust.

»Guinevere …«, stöhnte er.

»Matt, diese kurzen Momente, die wir uns stehlen müssen, sind nicht genug.«

»Hmm.«

»Hörst du mir überhaupt zu?«

»Ja«, sagte er.

»Ohne dich sind meine Tage leer. Ich möchte, dass du immer bei mir bist.«

Er öffnete die Augen.

»Ich weiß schon, was du sagen willst«, fuhr sie fort. »Du willst sagen ›Trevor‹, und du willst sagen ›Kit‹. Aber ich habe inzwischen einen Punkt erreicht, an dem ich glaube, dass wir uns um Guinevere und Matt wenigstens ebenso viele Gedanken machen müssen wie um Trevor und Kit. Wir denken immer nur an die zwei und daran, wie sehr sie verletzt wären. Doch wir denken nicht daran, wie sehr es mich verletzt, wenn du wieder gehen musst und mich wochenlang hier allein zurücklässt, ohne dass ich dich auch nur ein einziges Mal zu Gesicht bekomme. Wir denken nicht daran, wie sehr es dich verletzt …« Sie stützte sich auf den Ellbogen und sah zu ihm hinab. Ihre dunklen Augen füllten sich mit Tränen. »Oder belügst du mich und erzählst mir nur, wie sehr du mich liebst und wie sehr du mich haben willst, und gehst dann, ohne einen Gedanken an mich zu verschwenden, zurück zu deiner Frau?«

»Du weißt genau, dass ich dich nicht belüge«, protestierte er.
»Ach ja? Dann ist es an der Zeit, dich zu bitten, mir deine Liebe zu beweisen. Ich habe es satt, ein unvollständiges Leben zu führen. Mein Leben ist wie ein Balanceakt auf Messers Schneide. Wenn ich an der einen Seite herunterfalle, ist kein Matt mehr da, und ich werde nicht mehr aufhören zu weinen. Und wenn ich zur anderen Seite falle, schwimmst du in den Tränen deiner Frau, und ich ertrinke darin …«

»Schschsch, beruhige dich doch«, sagte er und küsste ihr die Tränen weg.

»Du musst dich entscheiden, Matt. Ich liebe dich, aber ich kann nicht so weitermachen, wenn ich nur einen kleinen Teil deiner Liebe haben kann und für dich nur eine Episode am Rande bin.«

Matt durchlebte die Qual, sich nicht entscheiden zu können. Wenn er bei Guinevere war, verblasste der Gedanke an Kit. Aber trotzdem war sie in seinem Bewusstsein nach wie vor vorhanden – blass und schön, mit verletzter und missbilligender Miene. Wie sollte er diese Frau, seine erste Liebe und die Mutter seines Sohnes, mutwillig zugrunde richten? Die Frau, die er nach wie vor auf eine Weise liebte, wie er Guinevere Gorel niemals lieben würde? Für Kit empfand er eine sanfte Liebe. Kit war wie das wunderschöne Porträt einer Ehefrau in Pastelltönen. Guinevere dagegen war wie ein leuchtend roter Farbfleck, eine Forderung, ein Feuer. Nachdem ihm an diesem schwülen, heißen Nachmittag eine Frau, die in Liebesdingen so geschickt war, dass er nicht einmal ahnte, sie könne ihn nur benutzen, jegliche Leidenschaft entzogen hatte, konnte er sich sein Leben nicht mehr ohne Kit und auch nicht mehr ohne Guinevere vorstellen.

Als könnte Guinevere seine Gedanken lesen, sagte sie: »Matthew, du kannst nicht länger beides haben.«

Er schob sie von sich weg und stand aus dem Bett auf. »Könntest du jetzt damit aufhören?«, fragte er mit barscher Stimme.

»Ich schon«, antwortete sie. »Du auch?« – »Guinevere, das ist nicht der rechte Moment«, sagte er. »Hör zu, unsere Holzunternehmungen laufen sehr gut. Trev und ich sind Partner.«

»Du fürchtest also, wenn du Trevor erzählst, dass wir uns lieben und ich dich heiraten werde …«

»Heiraten?«

»… dass dann deine Einkünfte aus dem Holzgeschäft versiegen.«

»Nun, bei Gott, das ist wohl eine Überlegung wert«, sagte er. »Bis der Kaffeeanbau Gewinne abwirft, dauert es im günstigsten Fall noch mehrere Jahre. Sieh mal, die Möbel in diesem Haus haben eine Menge Geld gekostet. Die Lebensmittel, die du en Gros einkaufst, kommen aus Australien oder England. Und auch die bekommt man nicht geschenkt. Du willst Neuguinea verlassen. Aber das erfordert Geld, und zwar viel mehr, als ich besitze. Wenn ich unsere Partnerschaft jetzt beende, würde das sowohl Trev als auch mich auf lange Sicht Tausende kosten.«

»Also geht es dir in allererster Linie ums Geld?«

Er grinste sie an. »Nun, wir könnten ja in die Berge gehen, uns eine Strohhütte bauen und von Kokosnüssen und Maden leben.«

Sie schnaubte. »Was ist mit deinem Vater?«

Matt reagierte auf den Druck, den sie auf ihn ausübte, mit blinder Wut. Er stapfte hinaus und schlug die Tür hinter sich zu. Eines der Südsee-Hausmädchen ging gerade durch die Eingangshalle, und als sie ihn nackt sah, erschrak sie und hielt sich die Hand vor den Mund. Er riss die Tür wieder auf, stolzierte zurück und kleidete sich rasch an. Währenddessen sprach er zu Guinevere kein Wort und versuchte krampfhaft, den Blick nicht auf ihren perfekten Körper zu richten.

Er floh förmlich aus dem Haus und ging zum Hafen, wo er seinen Bootsführer aufrüttelte und mit der Ketsch sogleich in See stach. Auf dem Weg nach Süden in die Gegend, in der Trev sich zum Zedernfällen befand, trafen sie auf das Arbeitsboot, das in Richtung Norden unterwegs war. In der ruhigen See konnten sie die Ketsch längsseits zu dem Arbeitsboot bringen. Doch noch bevor sie dicht genug herankamen, um ein Tau zu dem größeren Schiff hinüberzuwerfen, rief Gihi ihnen etwas zu.

»Der Chef ist tot! Ein böser Unfall!«

Matt spürte, wie ihm ein kalter Schauder über den Rücken lief. Gihi machte eine betroffene Miene. Die übrigen Arbeiter und die gesamte Besatzung standen in gedrückter Stimmung an der Reling des Arbeitsbootes aufgereiht.

Als die Ketsch nah genug an das Arbeitsboot herangezogen worden war, sprang Matt hinüber, landete auf dem Schandeck und stieg behände hinab an Deck. »Was ist passiert?«, fragte er Gihi.

»Der Baum fällt in die falsche Richtung«, erklärte Gihi wild gestikulierend. »Der Chef schreit ›Baum fällt‹ und rennt wie der Teufel, aber in die verkehrte Richtung. Der Stamm knickt ab in diese Richtung, stürzt aber in die andere.« Er untermalte seine Erklärung erneut mit lebhaften Gesten.

»Wo ist Trev?«, fragte Matt. Sein Inneres fühlte sich völlig taub an. Der gute alte Trev tot! Das war doch nicht möglich. Nun würde Trev ihn nicht mehr aufziehen und seine harmlosen Späße machen können. Nun hatte Matt keinen Geschäftspartner mehr, mit dem er den Triumph seiner frühen Erfolge teilen konnte.

Andererseits brauchte er nun keine Schuldgefühle mehr zu haben, zumindest nicht Trev gegenüber. Außer natürlich wegen der Tatsache, dass Trev genau um die Zeit gestorben war, als Matt sich mit Trevs Frau vergnügt hatte. Allein deshalb würden Matt von nun an stets schreckliche Gewissensbisse plagen. Und doch hatte die Zeit, die er in Guineveres Bett verbracht hatte, nicht Trevs Tod verursacht. Es war ein dummer Unfall gewesen, und niemanden traf die Schuld. Trev hatte bereits genug Bäume gefällt, um zu wissen, was er tat. Dieser aber war alt und trügerisch gewesen und aus dem Gleichgewicht geraten. Er hatte Trev das Leben gekostet, und daran ließ sich nichts mehr ändern.

Es war kein leichter Tod gewesen. Matt ließ sich zu der Stelle hinführen und sah, dass der Baum genau auf Trevs Rücken gestürzt war. Trev hatte dort gelegen, während der Stamm ihn in den schlammigen Boden drückte und die Flut allmählich anstieg und ihn völlig durchnässte. Was ihn letztlich getötet hatte, war ein vorstehender Stumpf. Der Stumpf eines Schößlings, der fünfzehn Zentimeter über dem Boden abgeschlagen worden war, als die Arbeiter einen Pfad für die Ochsengespanne freigelegt hatten. Das Gewicht des Baums hatte Trev in diesen ausgezackten Stumpf gedrückt und ihm somit ein fünfzehn Zentimeter langes und acht Zentimeber dickes Stück Holz in den Bauch getrieben. Langsam und qualvoll war er gestorben und hatte seinen Männern bis zuletzt Anweisungen zugebrüllt, die fieberhaft damit beschäftigt waren, den hohen Stamm in kürzere, besser zu handhabende Teile zu zersägen, um Trevs gebrochenes Rückgrat von ihm zu befreien.

Trevs Gesichtsausdruck war ruhig. Matt sah in das fahle, wächserne Gesicht und strich Trev eine Locke aus der Stirn.

»Tut mir so leid, Trev«, flüsterte er. Matt war sich selbst nicht sicher, ob er das sagte, weil Trev tot war oder weil er ihn betrogen hatte.

Die Beerdigungszeremonie, die aufgrund der klimatischen Verhältnisse zwangsläufig beinahe sofort stattfand, wurde von einem anglikanischen Missionar aus Birmingham durchgeführt. Matt war ziemlich überrascht, als Guinevere – ganz in Schwarz, das Gesicht hinter einem dunklen Schleier verborgen – ihre Trauer überzeugend zur Schau stellte. Blue Jack und seine kleine Frau nahmen ebenfalls an der Bestattung teil. Auch weitere Mitglieder der anglikanischen Gemeinschaft waren aus reiner Höflichkeit erschienen, denn die weiße Bevölkerung in Port Moresby war nicht sehr zahlreich, und der Tod eines der ihren galt als trauriges Ereignis. Kit war nicht zugegen, da die

Zeit nicht ausreichte, um nach ihr zu schicken. Außerdem hätte Matt nicht gewollt, dass sie in schwangerem Zustand eine so strapaziöse Reise unternahm.

In der Regel starben die Weißen am Fieber. Durch einen umstürzenden Baum praktisch in zwei Teile gebrochen zu werden, war eine einzigartige Weise, aus dieser Welt zu scheiden und somit Thema vieler angeregter, wenn auch mit unterdrückter Stimme geführter Unterhaltungen, als die Trauergesellschaft allmählich aufbrach und die Totengräber den feuchten Lehm in die gähnende Grube schaufelten.

Matt lud Blue Jack und seine Saraba ein, mit ins Gorel'sche Haus zu kommen. Vielleicht tat er es auch nur, weil er sich mit Guineveres überraschender Trauer und ihrem unausweichlichen Wunsch – nun, da Trevor tot war –, über ihre gemeinsame Zukunft zu reden, einfach noch nicht auseinandersetzen konnte. Guinevere gefiel es offenbar, Gäste zu haben, doch sie entschuldigte sich rasch. Die kleine Saraba folgte ihr aus dem Zimmer, um sie zu fragen, ob sie irgendetwas für sie tun könne.

»Einen guten Freund zu verlieren, ist eine traurige Sache«, sagte Blue Jack, als er und Matt allein waren.

»Ich werde den guten alten Trev sehr vermissen«, erklärte Matt und meinte es ganz im Ernst.

»Wie ich gehört habe, lief der Laden gut.«

»Ja.«

»Wollen Sie das Holzunternehmen allein weiterführen?«

Matt nickte. »Das muss ich wohl, zumindest eine Zeit lang. Die Kaffeeplantagen sind erst etwas für die Zukunft. Wenn ich mit dem Holzfällen aufhöre, kommt kein Geld mehr rein.«

»Ach so«, sagte Jack. »In der Stadt heißt es, dass Sie und Trevor jetzt schon reich sind. Die Leute sagen, Trevors Witwe dürfte es eigentlich an nichts fehlen. Stimmt das?«

»Nicht gerade reich«, meinte Matt. »Wir haben einen Großteil der Gewinne wieder zurück in das Unternehmen gesteckt und die Ketsch, das Arbeitsboot und neue Maschinen für das Sägewerk angeschafft.«

»Ich könnte mir vorstellen, wenn ein Mann alles hinschmeißen will, könnte er für ein so gut gehendes Geschäft wie das Ihrige leicht eine Reihe williger Käufer finden.«

»Ja, ich denke schon«, stimmte Matt zu.

»Vielleicht ist es eine gute Zeit, um zu verkaufen und aus Papua zu verschwinden«, meinte Blue Jack.

»Warum sagen Sie das?«

»Was passiert, wenn der kleine Disput zwischen den Russen und den Japanern sich ausweitet?«, fragte Jack und machte eine unsichere Geste.

»Ich muss gestehen, dass ich nicht mehr ganz auf dem Laufenden bin, was da draußen in der Welt vor sich geht«, sagte Matt.

»Nun ja, ich will erst gar nicht versuchen, Ihnen alle Einzelheiten zu erklären, die dazu geführt haben«, begann Jack. »Dieselbe alte Geschichte, dass die europäischen Mächte versuchen, China unter sich aufzuteilen. Die Japse bauen so schnell sie nur können eine Armee und eine Kriegsmarine auf, damit auch sie ein dickes Stück von dem chinesischen Kuchen abbeißen können – oder als erstes Korea. Aber ich schätze, die Russen sind auf Kosten der Japaner zu gierig geworden, und langer Rede kurzer Sinn: Die japanische Marine hat der gesamten russischen Flotte nahe der südkoreanischen Küste bei Pusan tüchtig zugesetzt.«

»Ach du lieber Himmel«, sagte Matt.

»So sieht's aus. Könnte mir denken, dass einige Leute in Australien jetzt kalte Füße kriegen.«

»Die kleinen gelben Kerle aus Japan haben also die Marine einer bedeutenden westlichen Seemacht geschlagen?« Matt stieß einen anerkennenden Pfiff aus. »Jedenfalls wird der schmerzliche, überraschte Aufschrei bis ins Kolonialministerium und bis in den Buckingham Palast zu hören sein.«

»Womöglich ist das der Auslöser, dass Australien anfängt, seine eigene Kriegsmarine aufzubauen, wie?«

»Kann schon sein«, sagte Matt. »Wie hoch sind die russischen Verluste?«

»Etwa zwei Drittel sind gesunken, und es war eine große Flotte. Sechs Schiffe wurden gekapert. Nur vier erreichten ihr vorgegebenes Ziel in Vladivostok. Sechs mussten in neutralen Häfen Zuflucht suchen. Außerdem haben die Japse den zaristischen Landtruppen ordentlich eingeheizt.«

»Kaum zu glauben.«

»Na ja, mein Junge«, sagte Jack, »die Japse haben sich zu Wort gemeldet, ziemlich lautstark sogar. Sie teilen uns mit: ›Ihr Spaßvögel habt doch selbst darauf bestanden, dass wir aus unserem Dornröschenschlaf erwachen, und das habt ihr nun davon.‹ Vielleicht hätten wir lieber auf Napoleons Rat zu China und Japan hören sollen. War er es nicht, der gesagt hat, wir sollten China weiterschlafen lassen, denn wenn dieses Reich erst einmal aus seinem Schlaf erwachte, würde es die Grundfesten der Welt erschüttern? Na ja, vor allem die Yankees haben sich geweigert, Japan schlafen zu lassen. Und jetzt sind die Japse da, eine Bedrohung für uns alle. Der Kanonendonner war bis über den Pazifik in den gesamten Vereinigten Staaten zu hören, bis in Theodore Roosevelts Büro in Washington. Die Yankees bieten sich als Vermittler an, um zwischen Russland und Japan einen Friedensvertrag auszuhandeln. Und da die Russen keine Möglichkeit sehen, im Fernen Osten die Herrschaft auf See zurückzuerlangen, sind sie ganz wild auf die Gespräche.«

Matt war es schon bei früheren Gelegenheiten aufgefallen, dass Blue Jack über die weltweiten Angelegenheiten offenbar bestens unterrichtet war und diese auch sehr präzise wiedergeben konnte. »Jack«, fragte er ihn, »woher beziehen Sie eigentlich Ihre Informationen?«

Blue Jack lachte. »Na ja, sagen wir mal, ich bin gerade aus dem Norden zurück, und meine Freunde in Deutsch-Neuguinea sind über die Geschehnisse auf dem Laufenden.«

»Es wird allgemein behauptet, Sie seien ein verdammter deutscher Spion«, sagte Matt grinsend.

»Na sicher doch«, erwiderte Blue Jack und grinste ebenfalls. »Das weiß doch jeder.«

»Nun kannst du mich nicht mehr verlassen«, flüsterte Guinevere.

Obwohl Trevor erst wenige Stunden in seinem Grab ruhte, lag sie in ihrem Bett auf Matt. Ihre seidigzarten Lenden drückten sich fest an ihn. Ihre Hüften bewegten sich, forschten und suchten, bis Guinevere mit einem tiefen Seufzer das Objekt ihres Strebens gefunden hatte und in ihrer heißen, honigsüßen Weichheit verschlang.

Sie machte keinen weiteren Versuch, über die Zukunft zu reden. Die tropische Nacht war erfüllt von ihrem Duft. Am kommenden Morgen kleidete sie sich erneut in Schwarz und erwartete Matt am Frühstückstisch.

»Du kannst mich nicht verlassen«, wiederholte sie.

»Ich habe jede Menge zu tun«, sagte er. »Ich muss mit der Holzfällermannschaft sprechen. Wir wollen nicht, dass sie sich wieder in die Berge zerstreuen, denn eine so gute Truppe bekomme ich womöglich nie mehr zusammen. Das steht ganz oben auf der Tagesordnung. Ich werde von nun an mehr Zeit mit Gihi und den Männern verbringen.« Er sprach es zwar nicht aus, aber er dachte sich, er müsste Kit wahrscheinlich nach Port Moresby bringen. Abgesehen von extremer Dürre könnten die Kaffeesträucher eine Zeit lang auf sich selbst aufpassen. Es würde reichen, die Plantage hin und wieder von den heimischen Kletterpflanzen zu befreien.

»Ich bin frei«, sagte Guinevere. »Jetzt ist es nur noch nötig, dass auch du dich freimachst. Dann werden wir heiraten und diesen schrecklichen Ort verlassen.«

»So einfach ist das nicht«, erklärte Matt. Im Geiste stellte er sich aber gerade vor, wie schön es wäre, sie ständig in seiner Nähe zu haben. Dann könnte er sein drängendes Verlangen nach ihr ohne Schuldgefühle stillen und bräuchte nicht jedes Mal meilenweit über den Dschungelpfad zu reisen, um in ihr Bett zu gelangen. Es war, als hätte Kit für kurze Augenblicke gänzlich aufgehört zu existieren. Doch dann waren sie und sein Sohn in seinen Gedanken wieder sehr präsent.

»Stimmt es etwa nicht, dass ich jetzt die Hälfte des Geschäfts besitze?«, fragte Guinevere.

»Ja. Trev hat mir erzählt, dass er ein entsprechendes Testament aufgesetzt hätte.«

»Dann schlage ich als deine Geschäftspartnerin vor, das Holzunternehmen und die Kaffeeplantage zu verkaufen. Damit steht dir genug Geld zur Verfügung, um für deine kleine Frau zu sorgen. Außerdem bleibt uns genug, um an einen zivilisierten Ort zu gehen, zum Beispiel nach London oder nach Paris.«

»Verdammt, Guinevere ...«

»Du wirst mich nicht allein lassen.«

Er musste rasch Gihi aufsuchen und dafür sorgen, dass die Mannschaft wieder ans Arbeiten kam. Alles, was er sich erhofft und für das er gekämpft hatte, stand in den kommenden Stunden auf dem Spiel. »Ich werde dich nicht verlassen«, sagte er. »Aber ich muss jetzt gehen.«

Als er Gihi am Hafen fand, erfuhr Matt, dass drei der Arbeiter, die nach Port Moresby zurückgekehrt waren, bereits über einen gut markierten Pfad in ihr heimatliches Tal unterwegs waren. Matt folgte ihnen und holte sie ein. Er gab jedem von ihnen einen Bonus, kaufte ihnen eine Extraration Räucherschinken und nötigte ihnen dunkles, starkes Bier auf. Schließlich sah er, wie sie an Bord des Arbeitsboots wankten und auf allen vieren krochen. Die nächsten Stunden würden sie dort friedlich schlafen.

Nun benötigte er für seine Männer dringend einen neuen Chef, einen guten Weißen, der die einheimischen Mannschaften an den verschiedenen Einsatzorten zur Arbeit antrieb. Ein junger Ire namens Thomas Carrol, der im Warenhaus arbeitete, kam ihm spontan in den Sinn. Er war zwar unerfahren, aber er machte den Eindruck, als könnte man sich auf ihn verlassen. Der junge Mann war tatsächlich daran interessiert, sich beruflich zu verändern. Er willigte ein, auf Lohnbasis für Matt zu arbeiten mit der Aussicht – falls alles glattlief –, zu einem späteren Zeitpunkt in das Geschäft einzusteigen.

»Lassen Sie Gihi den Jungs einfach sagen, was zu tun ist, bis Sie selbst den Dreh heraushaben«, wies Matt ihn an und schickte ihn sogleich mit den einheimischen Arbeitern zum Bäumefällen in die Berge.

Dann eilte er zurück in das Gorel'sche Haus, wo Guinevere ihn bereits sehnsüchtig erwartete. »Jetzt werden wir über das reden, was wir tun müssen«, begann sie.

»Hör zu«, sagte Matt in barschem Ton. »Ich werde das Unternehmen nicht verkaufen, nicht gerade jetzt. Ich werde Neuguinea nicht verlassen, nicht ausgerechnet jetzt. Und ich werde Kit nicht ausgerechnet jetzt verletzen, wo sie mit meinem Kind schwanger ist. Habe ich mich klar ausgedrückt?«

»Klar und deutlich«, erwiderte Guinevere. »Gehst du jetzt zurück in dein Tal, zurück zu ihr?«

»Ja.«

»Dann komme ich mit. Ich habe dir bereits gesagt, dass ich nicht allein zurückbleibe an diesem feuchten, barbarischen Ort. Ich werde mit dir in dieses wunderbare Tal gehen, und ich werde deine wundervolle Frau wiedersehen, damit ich besser verstehe, woher du dir das Recht nimmst, mich zu verletzen – obwohl du mir gesagt hast, dass du mich liebst, und trotzdem nicht bereit bist, ihr zu sagen, dass du sie nicht mehr liebst.«

»Ich halte das für keine gute Idee«, sagte Matt. Wie um Himmels willen sollte er seine Gefühle verborgen halten, wenn beide Frauen zusammen in ein- und demselben Haus lebten? Und wie sollte er eine Gelegenheit finden, in Kits Haus, während Kit und sein Sohn dort anwesend waren, mit Guinevere Sex zu haben?

»Da gibt es keine Diskussionen«, erklärte Guinevere.

»Verflucht noch mal, Frau«, donnerte Matt los, »was glaubst du wohl, wer du bist? Ich lasse mir doch von dir keine Vorschriften machen. Ich habe dir bereits gesagt, ich werde nicht zulassen, dass Kit während ihrer Schwangerschaft verletzt wird. Und dabei bleibt es. Punkt. Ende der Diskussion. Bleib hier oder fahr zur Hölle. Wenn du meinst, du musst Neuguinea unbedingt verlassen, dann geh. Ich werde dir als Vorauszahlung auf deine künftigen Gewinnanteile das ganze Bargeld geben, das mir im Augenblick zur Verfügung steht. Damit kannst du dich in Australien niederlassen oder in deine Heimat zurückkehren oder nach Europa fahren oder wo zum Teufel du sonst hin willst.«

Guinevere weinte leise. Vor Wut, nicht aus Kummer. Doch während Matt seine Sachen packte, um in sein Tal und zu seiner Frau zu gehen, machte sie ihm keine Szene.

Allerdings war ihr noch nie in ihrem Leben etwas so schwergefallen wie der Versuch, ihre Entrüstung vor ihm zu verbergen. Doch sie war ihrem Ziel schon zu nahe, um sich jetzt noch alles zu verderben. Wenn zwischen ihr und Matt – und dem Geld, das die gesamten Geschäftsinteressen einbringen würden – nur der Fötus stand, den Kit Van Buren in ihrem Bauch trug, könnte sich die Sachlage leicht ändern lassen.

Sie ließ Matt einen Tag Vorsprung und folgte ihm. Begleitet wurde sie von zwei Einheimischen, die manchmal so hungrig aussahen, als wollten sie sie braten und fressen. Die Reise gefiel ihr nicht im Geringsten. Sie konnte den Geruch und die Feuchtigkeit des Dschungelpfades nicht ausstehen. Und sie verabscheute es, dass ihre Kleidung vom Hinaufklettern auf die steilen Hänge völlig durchschwitzt war und dann wiederum vom plötzlichen Regen durchnässt wurde. Als sie endlich in dem Tal anlangte und man ihr den Weg zum Van Buren'schen Haus am Hang zeigte, war sie fester denn je entschlossen, so rasch wie möglich jeglichen primitiven Lebensraum hinter sich zu lassen.

»Tut mir schrecklich leid, dass ich dich so überfalle«, sagte sie zu Kit Van Buren, die sie höchst überrascht mit einer Umarmung und gemurmelten Beileidsbezeugungen auf der Veranda empfing. »Aber ich konnte keine Minute länger allein in dem Haus bleiben, in dem wir so glücklich waren.«

Als trauernde Witwe wirkte Guinevere wirklich sehr überzeugend. Sie bemerkte, dass Kit einen Augenblick zögerte, und sah, wie ein Schatten über ihr Gesicht huschte. Vielleicht der Anflug eines Zweifels oder einer Frage? Aus Kits Worten sprach jedoch aufrichtige Besorgnis.

»Oh, meine Liebe«, sagte sie, »ich kann mir denken, wie du dich im Moment fühlst. Dass du sofort hierhergekommen bist, hast du vollkommen richtig gemacht. Ich habe schon zu Matt gesagt, er hätte darauf bestehen sollen, dich sofort mit hierher zu bringen. Ich werde dir das große Gästezimmer geben. Das ist hell und luftig. Du kannst bleiben, so lange du magst. Bis du wieder so weit bist, dass du nach Port Moresby zurückkehren möchtest, fühl dich bei uns wie zu Hause. Es wird nett sein, Gesellschaft zu haben, wenn Matt die Berge aufs Neue verlassen muss.«

»Du bist sehr lieb«, entgegnete Guinevere. »Ich werde dir das nie vergessen.«

Während Kit das Haus betrat, um alles vorzubereiten, blieb Guinevere auf der Veranda. Sie blickte über das Tal und schmiedete bereits Pläne. Oben in den Bergen war es deutlich kühler und weniger feucht als an der Küste. Doch sie war hier nur von düsterem Dschungel und untersetzten Wilden umgeben. Sie hatte nicht den Wunsch, Kit Van Burens Heim zu übernehmen. Sie wollte einzig und allein Kits Mann, und sie hatte sich ihre Vorgehensweise schon vor ihrem Aufbruch von Port Moresby genau überlegt.

Unterdessen machte Kit sich im Gästezimmer zu schaffen und schob Asemas und Zahos Anklagen weit von sich.

32

Im Stamm der Geheto hatte die Frau wie in den meisten primitiven Gesellschaften eine dienende Rolle. Sie übernahm die Feldarbeit, hütete die Kinder und ließ die Leidenschaften ihres Mannes über sich ergehen, seien sie nun aggressiver oder amouröser Art. Als zweite Frau des Häuptlings nahm Asema eine niedrigere Stellung ein als jeder junge Krieger des Dorfes, der die Initiationsriten hinter sich hatte. Unter den Frauen aber genoss sie einen hohen Rang und wurde von allen respektiert und geachtet.

Ihre Brüste waren immer noch klein und straff wie die eines jungen Mädchens. Gewöhnlich trug sie einen Grasrock, der ihr bis zu den Knien reichte. Dieser Rock, der durch eine aus Schlingpflanzen geflochtene Kordel auf ihren breiten Hüften gehalten wurde, ließ ihren Bauchnabel frei. Und die Haut zwischen Rock und Nabel bedeckte ein dekorativer schwarzer Gürtel aus Leder. An ihrem linken Unterarm klimperten ein halbes Dutzend Armreifen aus Knochen oder Schildpatt, Geschenke ihres Sohnes Zaho. Dem üblichen Corn-Row-Haarstil aus lauter eng geflochtenen Zöpfen konnte sie nichts abgewinnen. Sie trug ihr Haar als dichte ebenholzschwarze Mähne auf dem Kopf, die in zwei langen, vor den Schultern hängenden, sorgfältig geflochtenen Zöpfen auslief. Sie hatte dichte Augenbrauen, die ihren dunklen Augen einen unerschrockenen, manchmal koketten, manchmal finsteren Ausdruck verliehen.

Asema war um Jahre jünger als Fojas erste Frau, und da sie mit ein wenig mehr Vorstellungskraft ausgestattet war als die übrigen, war sie auch leichter zu beeindrucken. Sie kannte sämtliche religiösen Mythen der Geheto. Wenngleich sie ihren Glauben nicht in genaue Worte hätte kleiden können, war ihr doch bewusst, dass der Mensch nicht allein auf der Welt war, sondern das Tal mit anderen Wesen teilte. Dabei handelte es sich nicht um Götter, die es in der Glaubensvorstellung der Geheto nicht gab, sondern eher um Dämonen – so etwas wie ein Schwarzer Mann. Diese Dämonen konnten die Gestalt entsetzlich deformierter Menschen annehmen und tauchten immer dann auf, wenn man allein und ungeschützt war.

Vielleicht lag die Ursache darin, dass Asema die zweite Frau eines alten Mannes war und nur sehr begrenzte sexuelle Erfahrungen gemacht hatte. Jedenfalls fürchtete sie sich am meisten vor jenen bösen Geistern, die die Frauen aus der Sicherheit der Gruppe weglockten und sie mit schlauen Worten und raffinierten Vorgehensweisen verführten. Einem solchen Zusammensein folgte unweigerlich der Tod. Wenn der Geist nach seiner Verführung seine Bosheit offenbarte, indem er der Frau ins Gesicht spuckte, wusste das Opfer, dass es nun sterben musste.

Schon bald nach dem Einzug der fremden Frau in das Haus der kleinen Mistress regte sich in Asema der Wunsch, einer der Geister der vor Kurzem gefallenen Krieger möge Guinevere weglocken, ihr Gewalt antun, ihr ins Gesicht spucken und sie in Todesqualen zurücklassen.

Seit Asema bei der Geburt von Grant Van Buren mitgeholfen hatte, durfte sie in dem Haus am Hang die Führung des Haushalts übernehmen. Inzwischen sah sie es als ihr gutes Recht an, täglich drei Tassen zuckersüßen Tee zu trinken. Kümmerte sie sich etwa nicht darum, dass das Haus der kleinen Mistress allmorgendlich gelüftet wurde, dass die jungen Mädchen mit ihren Reisigbesen die Fußböden kehrten und den Nachttopf leerten und ausspülten? Die kleine Mistress hatte selbst zu ihr gesagt: *»Asema, du bist mir eine echte Freundin.«*

Asema hatte Guinevere Gorel gleich an dem Morgen nach Guineveres Ankunft kennengelernt, nachdem Matt Van Buren die Berge hinabgestiegen war, weil er sich um sein Holzunternehmen kümmern musste. Asema hatte sich in der Küche aufgehalten und sich ihre erste Tasse Morgentee gebraut und soeben den fünften Teelöffel voll Zucker dazugegeben.

»Hinaus mit dir, du grässliche Kreatur!«, schrie Guinevere sie an.

In ihrer Überraschung, eine Einheimische in der Küche vorzufinden, hatte Guinevere zum Glück Französisch gesprochen. Asema kannte zwar die Worte nicht, aber den Ton verstand sie sehr wohl. Sie senkte den Kopf, sah Guinevere unter ihren dichten Augenbrauen unverwandt an und fragte sich, wer diese neue weiße Frau wohl sein möge.

»Das ist die Frau des toten Holzfäller-Chefs«, sollte sie später erfahren.

»Diejenige, die der kleinen Mistress den Mann stiehlt, um ihn für sich zu haben?«, fragte sie.

»Genau die«, sagte ihr Sohn. Da der ehemalige Chef tot war und die Holzfäller-Mannschaft nun von einem fremden jungen Weißen geleitet wurde, der sich im Dschungel von Papua überhaupt nicht auskannte, hatte er sich einfach auf und davon gemacht und war nach Hause gegangen.

»Ich werde ein Auge auf sie werfen«, versprach Asema.

»Ich verstehe nicht, wie du diese Tiere im Haus ertragen kannst«, sagte Guinevere, die sich auf Asema und die zwei Mädchen bezog, die diese als Hausangestellte mitgebracht hatte.

»Die Mädchen sind in Ordnung«, antwortete Kit. »Sie sind sehr sauber. Jeden Morgen und oft auch am Abend baden sie im Bach. Asema war eine der Hebammen, als Grant geboren wurde.«

»Ich könnte es nicht ertragen, wenn eine von denen mich anfassen würde«, sagte Guinevere und schüttelte sich vor Abscheu.

Durch Guineveres Ablehnung, die bei Kits Abwesenheit sofort in offenen Hass umschlug, wurde erst das eine und dann das andere Mädchen aus dem Haus getrieben. Als das zweite Mädchen ging, sagte es zu Asema, es würde erst dann zurückkommen, wenn dieser weibliche Dämon aus dem Haus sei. Guinevere hatte das Mädchen mit einem Lederriemen auf den nackten Rücken geschlagen, weil es ein wenig Zucker auf dem Küchentisch verstreut hatte.

»Kleine Mistress«, wandte Asema sich im Vertrauen an Kit, »die fremde Frau hat eine Veranlagung wie eine Wespe, die in der Trockenheit nach Wasser sucht. Die beiden anderen, die für dich gearbeitet haben, bleiben deinem Haus fern.«

»Das ist doch lächerlich, Asema«, erwiderte Kit. »Die beiden haben das Arbeiten vermutlich satt. Jetzt mal ehrlich, Guinevere verursacht durch ihre Anwesenheit doch kaum mehr Arbeit, oder? Sie ist eine ziemlich gute Köchin, und wie ich gesehen habe, sagt keine von euch Nein, wenn etwas auf dem Tisch übrig bleibt, nachdem sie das Essen zubereitet hat. Außerdem ist sie sehr ordentlich, sodass ihr nicht hinter ihr herräumen müsst.«

»Es geht nicht um die Arbeit, sondern um ihre böse Zunge«, sagte Asema.

Kit fand nicht, dass sie den Eingeborenen gegenüber irgendwelche Vorurteile hatte. Doch schließlich entstammte Guinevere ihrer eigenen Welt und war eine Frau ihrer eigenen sozialen Schicht. Sie fand es nur natürlich, dass sie Guinevere gegen die Kritik einer Eingeborenen, einer bloßen Dienstbotin, verteidigte. Wäre sie allerdings gefragt worden, hätte sie auf jeden Fall gesagt: »Selbstverständlich ist Asema meine Freundin.«

»Kleine Mistress«, beharrte Asema, »ich werde mich von dieser Frau nicht vertreiben lassen, auch wenn sie es noch so sehr darauf anlegt. Sie will dich für sich allein haben, ohne dass deine Freundinnen in der Nähe sind.«

»Asema«, sagte Kit mit scharfer Stimme, »das geht zu weit. Ich werde nicht zulassen, dass du Mrs Gorel in dieser Weise kritisierst.«

»Dann bestehe ich darauf, kleine Mistress, dass du deinen Mann nicht mehr an der langen Leine laufen lässt, sobald er nach Hause kommt. Ich will, dass du ihn in deinem eigenen Garten hältst, sonst ...«

»Das reicht«, erklärte Kit in festem Ton. »Ich will ein- für allemal nichts mehr davon hören. Hast du mich verstanden?«

»Traurig, dass man manchmal nicht merkt, wenn man eine Freundin braucht«, sagte Asema. »Aber ich werde auf dich achtgeben, kleine Mistress. Ich werde in deiner Nähe sein. Vielleicht wirst du mich nicht immer sehen, aber ich werde trotzdem in deiner Nähe sein.«

Für Kit vergingen die Tage wie im Flug. Sie empfand es als angenehm, weibliche Gesellschaft im Haus zu haben. Die beiden Frauen saßen auf der Veranda und schwatzten, während Kit den kleinen Grant auf dem Schoß hielt, der zufrieden gluckste. Sie unterhielten sich stundenlang, ohne irgendein männliches Wesen in der Nähe, das überlegen grinste oder Bemerkungen über Frauengespräche machte. Guinevere war eifrig bemüht um Kit, erkundigte sich häufig nach ihrem Befinden und zeigte deutlich ihr Mitgefühl, als die morgendliche Übelkeit wieder auftrat. Sie spielte sogar mit Grant, kitzelte ihn und entlockte ihm so manches fröhliche Lachen.

Als Matt unerwartet heimkehrte, freute Kit sich so sehr darüber, dass sie ihm entgegenlief und sich mit einem glücklichen Aufschrei in seine Arme fallen ließ. Er roch nach Gin. Es war sonst nicht seine Art, auf dem Heimweg zu trinken. Er begrüßte sie mit aufrichtiger Zuneigung und bedachte Guinevere mit einer kleinen Verbeugung. Eigentlich hätte er noch gar nicht nach Hause kommen können, erklärte er, denn er hatte soeben mit den Verantwortlichen in Port Moresby ein Abkommen getroffen, die Stadt für einige neu zu errichtende Gebäude mit Bauholz zu beliefern. Er wartete auf die Rückkehr seiner Mannschaft aus den Bergen, die das für diese Gebäude vorgesehene Holz mitbringen sollte. »Aber ich habe mich ziemlich einsam gefühlt und musste dich unbedingt sehen«, erklärte er, ohne eine der beiden Frauen direkt anzusehen.

Guinevere bereitete das Abendessen zu, und Matt lobte es überschwänglich. Nach dem Essen fing er wieder an zu trinken. Das sah Matt so gar nicht ähnlich. Im Bett nahm er Kit mit einem so wilden Heißhunger und mit so viel aufgestauter Energie, dass sie ihn ermahnte: »Nicht so laut. Du weckst Guinevere.«

Am nächsten Morgen, gleich nach dem Frühstück, sagte er: »Ich werde mir mal die Kaffeesträucher ansehen.« Er hatte rote Augen, und seinem Atem merkte man die Nachwirkungen von zu viel Gin an. »Bleib du lieber hier, Kit. Guinevere kann mir ja Gesellschaft leisten.«

»Oh«, erwiderte Guinevere, »wenn das keine großartige Einladung ist: einmal den Berg rauf- und runterzuklettern.« Aber sie lachte, um deutlich zu machen, dass sie es nicht ernst meinte.

»Ich komme mit«, erklärte Kit. »Die Bewegung wird mir guttun.«

»Ich habe gesagt, du bleibst hier«, beharrte Matt in barschem Ton. »In deinem Zustand …«

»In meinem Zustand ist ein bisschen Bewegung nur gut für mich«, entgegnete sie bestimmt. »Um Himmels willen, Matt, ich klettere mindestens ein halbes Dutzend Mal pro Woche diesen Hang hinauf. Noch vor zwei Tagen bin ich jeden Fußbreit dort oben abgeschritten, um mich zu vergewissern, dass der Boden nicht zu trocken ist.«

Er lächelte sie an. »Tut mir leid, Kit. Ich bin halt besorgt um dich. Diese Übelkeit, die dir so sehr zu schaffen machte …«

»Die Übelkeit ist längst vorbei«, versicherte sie ihm. »Außerdem ist das völlig normal während der Schwangerschaft. Als ich mit Grant in anderen Umständen war und morgens gar nichts gespürt habe … das war nicht normal.«

Asema beobachtete, wie die drei durch die Kaffeesträucher gingen. Die beiden Frauen wirkten höchst unterschiedlich: Kit in einem dunklen, bequemen Kleid mit weitem Rock, den sie so weit gekürzt hatte, dass er nicht ständig über das Unkraut fegte und der obere Rand ihrer Schuhe vorschaute. Guinevere dagegen in einem fließenden weißen Gewand, dessen Rock sie beim Gehen mit einer Hand anhob. Mit anmutigen Bewegungen schritt sie dahin und musste sich hin und wieder auf Matts Arm stützen. Asema knurrte wütend und blickte finster drein.

Die Tage vergingen nur langsam, und Matt wurde immer frustrierter. Beinahe kam es ihm so vor, als ahnte Kit etwas und setzte nun alles daran, ihn auch nicht eine Minute mit Guinevere allein zu lassen. Nur ein einziges Mal hatte er die Chance, sich zu Guinevere zu beugen und ihr zuzuflüstern: »Ich brauche dich so entsetzlich, dass ich deinen Geschmack förmlich auf der Zunge spüre.«

»Dann unternimm etwas«, gab sie ihm zur Antwort und setzte ein strahlendes Lächeln auf, weil Kit genau in diesem Moment das Zimmer betrat und ihre Äußerung mitbekam.

»Wozu soll er etwas unternehmen?«, fragte Kit.

»Um so verdammt reich zu werden, dass wir alle Neuguinea verlassen können«, sagte Guinevere.

»Ich werde traurig sein, wenn wir einmal von hier fortgehen«, erklärte Kit und setzte sich. »Ich habe Asema erzählt, dass wir eines Tages weggehen müssten, und sie antwortete: ›Kleine Mistress, wenn du gehst, wird das so sein, als ob du tot wärst. Ich werde mir meinen Finger abschneiden und mein Haupt mit Staub bedecken, und ich werde dein Haus abbrennen, damit ich es nicht jeden Tag sehen muss und an dich erinnert werde.‹«

Am folgenden Tag ergab sich für Matt die Gelegenheit. Eine der Frauen, die vor Guineveres Ankunft im Haus gearbeitet hatte, kam weinend und völlig außer sich auf die Veranda. Unter Tränen erklärte sie, dass ihr kleines Mädchen gestürzt sei und der Knochen nun aus ihrem Arm herausstehe.

Kit gab Matt knappe Anweisungen, ihr ihren Arzneikoffer zu holen. Da sie so isoliert wohnten, hatten sie sich allerlei Medikamente angeschafft wie Chinin, Laudanum und Patentmedizin gegen Juckreiz, Durchfall, Verstopfung, Fieber und

Menstruationsbeschwerden sowie Verbände, Desinfektionsmittel und sogar Katgut, um offene Wunden zusammenzunähen.

»Komm mit, Guinevere«, forderte Kit sie auf. »Ich werde deine Hilfe sicher brauchen.«

»Tut mir leid, meine Liebe«, erwiderte Guinevere. »In solchen Dingen bin ich nicht besonders gut. Wenn es dir nichts ausmacht, bleibe ich lieber hier.«

Matts Blut geriet in Wallung.

»Dann musst du eben mitkommen, Matt«, sagte Kit.

Er war entsetzlich enttäuscht, erhob aber keinen Protest. Ihm war klar, dass sie ihre guten nachbarschaftlichen Beziehungen zu den Leuten aus Fojas Dorf unbedingt aufrechterhalten mussten. Kits Behandlung kleinerer und größerer Verletzungen brachte ihnen stets aufs Neue das Wohlwollen sämtlicher Dorfbewohner ein.

Das Kind war höchstens fünf Jahre alt. Es blutete stark und war deutlich geschwächt durch den hohen Blutverlust. Dennoch musste Kit mit der laut jammernden Kleinen einen ziemlichen Kampf austragen, bis sie ihr endlich etwas Laudanum eingeflößt hatte. Zumindest reichte es, um das Kind etwas zu beruhigen. Als Kit an dem gebrochenen Arm zog, um die Knochen annähernd in die richtige Position zu bringen, stieß das Mädchen schrille Schreie aus. Erneut spritzte das Blut aus der Wunde, und das Kind wurde ohnmächtig. Das gab Kit Gelegenheit, die Knochen so gut sie konnte zu richten und die Blutung zu stillen.

»Kommt sie wieder in Ordnung?«, fragte die Mutter, nachdem Kit den Arm geschient hatte. Das Mädchen war immer noch ohne Bewusstsein, schlief aber ruhig und fest.

»Sie ist sehr schwach«, antwortete Kit. Sie tätschelte Matts Hand. »Du warst mir ein sehr guter Assistent«, sagte sie.

Er grinste. »Du hast ja keine Ahnung, wie nah ich daran war, mein Frühstück wieder abzugeben.«

»Aber du hast es bei dir behalten.«

»Lady, du warst sehr eindrucksvoll.« Er meinte das ganz im Ernst. Fachmännisch hatte sie den Knochen gerichtet und die Stelle, an der der Knochen die Haut durchstoßen hatte, mit Nadel und Katgut sorgfältig vernäht.

»Ich muss hierbleiben, bis sie aufwacht«, sagte Kit. »Dann wird sie nämlich tüchtige Schmerzen haben, und ich möchte ihr etwas dagegen eingeben. Warum gehst du nicht schon mal vor?«

Matts Pulsschlag setzte aus. *Sie* war allein im Haus. Aus irgendeinem Grunde machten die Hausmädchen sich derzeit rar. Er hatte jedoch nicht weiter nachgefragt. Nicht einmal Asema blieb lange, wenn sie kam. »Bist du sicher, dass ich nichts mehr für dich tun kann?«, fragte er.

»Ja, ich bin sicher. Du brauchst nicht länger hierzubleiben.«

Er musste sich bewusst zurückhalten, um nicht den Anschein zu erwecken, er würde den Hang hinaufhetzen. Als er sich dem Haus näherte, saß Guinevere auf der Veranda. Er rannte die Stufen hinauf.

»Wo ist Asema?«, fragte er.

»Ich habe sie weggeschickt«, sagte Guinevere.

»*Goodonyer*«, erwiderte Matt, ergriff ihre Hand und führte sie ins Haus und in ihr Zimmer.

Er konnte nicht länger warten und nahm sie in einem Wirrwarr aus Kleidung, während seine Hosen ihm um die Knöchel hingen und ihre Röcke und Unterwäsche sich um ihre Taille bauschten.

Nicht Asema beobachtete das Haus, sondern ihr Sohn Zaho. Er sah, wie Matt die fremde Frau von ihrem Stuhl zog und sie ins Haus führte. Nach einer Weile schlich er durch die grünen Kaffeesträucher, blieb unter dem Fenster stehen und hörte das befriedigte Ächzen eines brünstigen Mannes sowie das hohe, durchdringende, selbstvergessene Wimmern einer erfüllten Frau. Er wartete, bis das Ganze noch einmal von vorn begann, und machte sich kopfschüttelnd auf ins Dorf, wo die kleine

Mistress soeben beruhigend auf ein jammerndes kleines Mädchen mit einem gebrochenen Arm einredete.

Für Matt war es eine Qual, in diesem Haus zu bleiben. Um ein Haar wären er und Guinevere von Kit entdeckt worden, als diese nach ihrem Werk der Barmherzigkeit nach Hause zurückkehrte. Er hatte bei seinem Vergnügen einfach die Zügel schießen lassen und jegliches Zeitgefühl verloren. Als er das Klappern von Kits Absätzen auf der Veranda hörte, war es ihm kaum noch rechtzeitig gelungen, in seine Kleidung zu schlüpfen. Während er fluchtartig Guineveres Zimmer verließ und sich unterwegs das Haar glattstrich, hatte er das Gefühl, Kit bräuchte ihn nur anzusehen, um zu wissen, was passiert war. Guinevere begab sich in aller Ruhe an ihren Waschständer und fing an, sich zu säubern.

»Wie geht es dem Kind?«, fragte Matt, als er auf die Veranda hinaustrat.

»Wenn es uns gelingt, die Wunde sauber zu halten, damit sie sich nicht entzündet, wird es bald wieder. Wo ist Guinevere?«

»Sie sagte, sie bräuchte ein Mittagsschläfchen.«

»Das ist der richtige Tag dafür«, sagte Kit. Der stramme Marsch hinab ins Dorf, die Anstrengung beim Richten des Arms und der Rückweg bergauf hatten sie doch ziemlich erschöpft. »Macht es dir etwas aus, wenn ich Guineveres Beispiel folge?«

»Natürlich nicht«, entgegnete er.

Nachdem Kit ins Schlafzimmer gegangen war, gesellte Guinevere sich zu Matt auf die Veranda. »Wärst du ein wenig länger bei mir geblieben«, sagte sie, »hätten unsere Probleme jetzt ein Ende.«

Er schauderte. Beinahe wäre es tatsächlich geschehen, und der Gedanke, was Kit empfunden hätte, wenn sie ein paar Minuten früher zurückgekehrt wäre und ihn in Guineveres Bett überrascht hätte, setzte ihm tüchtig zu. Die Vorstellung gefiel ihm ganz und gar nicht. Andererseits konnte er den Gedanken, Guinevere nie mehr zu besitzen, ebenso wenig ertragen.

Matt litt Höllenqualen. Und er war beileibe nicht der erste Mann, der seinen Qualen entrinnen wollte, indem er die Lösung des Problems aufschob und einfach wegrannte. Er sagte Kit, er sei nun lange genug pflichtvergessen gewesen, und schon war er auf und davon. Einen einzigen Versuch unternahm er allerdings, um die Situation zu ändern. Beim Abschied schlug er vor, Guinevere zu sich nach Hause mitzunehmen. Er meinte, sie habe es doch sicher satt, bei jemand anderem im Haushalt zu leben.

»Kommt nicht infrage«, sagte Kit. »Wir haben immer noch genug Gesprächsstoff.«

»Wenn du mich gern hierbehalten möchtest, Kit«, erwiderte Guinevere in zuckersüßem Ton, »würde ich gern noch ein wenig bleiben.«

Als Matt ins Flachland zurückkehrte, fand er Thomas Carrol und seine Mannschaft bereits in Port Moresby vor, die das Bauholz für die dort zu errichtenden Gebäude mitgebracht und fertig zugeschnitten hatten.

Carrol machte sich sehr gut als Aufseher. In Gihis Mannschaft fehlte es an Leuten, doch Matt hatte mit ein paar Männern im Dorf gesprochen, und einige der Jüngeren hatten ihm ihre Mitarbeit zugesagt. Er entschloss sich, beim nächsten Mal mit an die Südküste zu gehen, um weitere Bäume zu fällen.

Ganze vier Gebäude befanden sich in Port Moresby im Bau, die komplett aus dem von Matts Mannschaft gefällten und in seinem Sägewerk zugeschnittenen Bauholz errichtet wurden. In eben diesem Sägewerk war auch das Holz für sein eigenes Haus bearbeitet worden. Der einst so dunkle Pfad, der aus der Stadt in das Hochlandtal führte und dem anfangs nur schwer zu folgen war, hatte sich im Laufe der Zeit immer mehr verbreitert. Inzwischen war er ein Hauptverkehrsweg für Ochsenkarren, die Holz zum Sägewerk schafften und von dort wieder abtransportierten. Und das Firmenguthaben auf dem Bankkonto nahm erfreulich schnell zu.

Zufällig war gerade ein Vertreter des Kolonialministeriums zu Gast in Port Moresby. Nachdem Matt ihm vorgestellt worden war, stellte der Regierungsbeamte ihm eingehende Fragen zu den Bedingungen auf seiner Kaffeeplantage. Die Regierung war sehr erpicht darauf, dass die Produktion in Gang kam.

»Wie schnell könnten Sie die Plantage erweitern?«, fragte er Matt.

»Ungefähr so schnell, wie mir die Pflanzen per Schiff geliefert werden können«, entgegnete Matt. »Selbstverständlich hängt es auch vom Wetter und von der Arbeitsbereitschaft der weiblichen Dorfbewohner ab.«

»Van Buren«, erklärte der Regierungsbeamte, »in London und auch in Melbourne ist uns sehr daran gelegen, dass dieses Gebiet möglichst rasch von einem Passiv- zu einem Aktivposten wird. Sie und Mr Gorel haben bewiesen, dass das Holzunternehmen durchaus rentabel ist. Ich bin sicher, dass andere hierherkommen und ihrem Beispiel folgen werden. Wenn Sie nun noch den Beweis antreten, dass der Kaffeeanbau im Hochland ebenfalls durchführbar und gewinnbringend ist, dann können Sie eines Tages Ihren Enkelkindern erzählen, dass Sie höchstpersönlich dazu beigetragen haben, Papua den Segnungen der Zivilisation zu öffnen.«

Kit schlenderte allein durch die Reihen der gesunden Kaffeesträucher und traf plötzlich auf Asema und Zaho. Guinevere hielt nichts von zu viel Bewegung an frischer Luft und hatte es deshalb abgelehnt, Kit zu begleiten.

Da Kit seit über einer Woche keine morgendliche Übelkeit mehr verspürt hatte, fühlte sie sich einfach wunderbar. Sie hatte eine gesunde, frische Farbe und trug einen Sonnenschirm, um ihre Haut vor der intensiven Sonneneinstrahlung in dieser großen Höhe zu schützen. Die Luft war frisch und klar, und sie hatte ein frohes Lied angestimmt, als sie die beiden Eingeborenen auf sich zukommen sah, die sich bergauf zu ihr durch die Kaffeesträucher schlängelten.

»Guten Morgen, Asema, guten Morgen, Zaho«, sagte sie fröhlich.

»Ich grüße dich, kleine Mistress«, erwiderte Asema.

»Wollt ihr zu mir, oder wollt ihr euch nur an diesem herrlichen Tag erfreuen?«

»Wir wollen zu dir«, sagte Asema, »um dir von einer Schlange zu berichten, die in deinen vier Wänden lebt.«

»Oh, Asema, nicht schon wieder.« Kit seufzte. »Der Tag ist viel zu schön, um sich ihn mit unangenehmen Dingen zu verderben.«

»Mein Sohn Zaho hat es genau gesehen und gehört.« Asema nickte dem jungen Krieger zu.

»Das war, als du dem Mädchen den Arm gerichtet und die Wunde zugenäht hast«, sagte Zaho. »Er pflückte sie wie eine reife Frucht von dem Stuhl, auf dem sie saß, nahm sie an die Hand …«

»Zaho, ich möchte das nicht hören«, sagte Kit. Ihr Herz aber klopfte wie wild, und sie bekam weiche Knie.

»Dann bin ich den Hang hinabgeschlichen … da drüben«, fuhr er fort und verdeutlichte das Gesagte durch Gesten. »Ich habe mir unauffällig meinen Weg durch die Bäume gebahnt und stand unter dem Fenster des Zimmers, in dem die fremde Frau schläft. Und ich hörte zwei Schweine bei der Brunst, genau dasselbe Quieken und Grunzen …«

»Sei still, sei endlich still!«, schrie sie und hielt sich die Ohren zu.

Asema war kleiner und kräftiger gebaut als Kit. Sie musste deutlich die Arme heben, um Kit die Hände von den Ohren zu ziehen.

»Bitte, lasst mich allein«, sagte Kit schwach. Sie hatte versucht, all die unangenehmen Dinge, die Asema und Zaho ihr schon vorher erzählt hatten, aus ihrem Gedächtnis zu streichen, doch war es ihr nicht gelungen. Anfangs, als Guinevere zu ihr ins Haus gekommen war und sie sich stundenlang miteinander unterhalten und wie zwei junge Mädchen über gewisse Dinge gekichert hatten, war sie davon überzeugt gewesen, dass die beiden Eingeborenen sich getäuscht hatten und Guinevere ihr eine echte Freundin war. Selbst wenn Matt sie begehrt haben sollte, hätte Guinevere sich ihm bestimmt nicht hingegeben, hatte Kit anfangs geglaubt. Doch dann waren ihr die kleinen Veränderungen an Matt aufgefallen. Sie hatte bemerkt, mit welchen Blicken er Guinevere anstarrte, wenn er sich unbeobachtet fühlte … und wie er darauf aus gewesen war, dass sie im Haus zurückbliebe, während er sich mit Guinevere die Plantage ansehen wollte. Und als sie mit ihm im Dorf war, um den gebrochenen Arm des Kindes zu richten, hätte der alte Matt – der Mann, den sie geliebt und geheiratet hatte – sie niemals allein gelassen, auch dann nicht, wenn sie darauf bestanden hätte.

Zahos Worte hörten sich an, als wären sie wahr. Besonders sein Vergleich mit den sich paarenden Schweinen überzeugte sie davon, dass sie seine Aussage nicht ohne Weiteres leugnen konnte. Schließlich hatte sie selbst Matt ab und zu wegen dieser Laute aufgezogen, die sich immer dann seiner Kehle entrangen, wenn er besonders große Lust verspürte.

»Hier ist Zaho«, sagte Asema. »Und die fremde Frau ist dort, allein. Du brauchst nur ein Wort zu sagen.«

»Mein Gott, Asema, ich kann sie doch nicht einfach töten lassen.«

»Du brauchst nur ein Wort zu sagen«, wiederholte Asema, die Kits Zögern nicht nachvollziehen konnte. »Sie stiehlt dir deinen Mann in deinem eigenen Haus. Recht und Gesetz sind vollkommen auf deiner Seite …«

»Das Gesetz der Weißen sieht das anders«, erwiderte Kit. Sie redete weiter, um nicht in Tränen auszubrechen. Um keinen Preis wollte sie vor Asema und Zaho einen Nervenzusammenbruch erleiden. »Ich glaube dir, Zaho. Ich weiß, dass du die Wahrheit sprichst, und ich wünschte, ich könnte sagen, dass ich dir dankbar bin. Aber ich werde diese Angelegenheit auf meine Art regeln. Du bist ein tapferer Krieger, doch ich brauche deine Dienste nicht.«

»Wie du willst«, sagte Zaho, drehte sich um und schritt den Hang hinab.

»Ich komme mit dir«, sagte Asema zu Kit.

»Nein, bitte«, entgegnete Kit. »Ich bin durchaus in der Lage, allein damit fertig zu werden.«

Guinevere war noch mit ihrer Morgentoilette beschäftigt. Sie saß vor ihrer Frisierkommode im Gästezimmer und massierte sich ein parfümiertes Öl ins Gesicht, auf Hals und Arme. Sie hatte über den Tag nachgedacht, an dem Kit das Eingeborenenmädchen behandelt hatte, und war zu einem Entschluss gekommen. Sie hatte den Beweis dafür, dass Matt sie so verzweifelt wollte, dass er riskiert hatte, in seinem eigenen Haus zusammen mit ihr entdeckt zu werden. Sie würde also wieder nach Port Moresby gehen und dort auf ihn warten, bis er von seinen Holzfällerunternehmungen zurückgekehrt war. Es wurde Zeit, dass sie ihn zu einer Entscheidung zwang. Und sie hatte nicht den geringsten Zweifel daran, wie diese Entscheidung ausfallen würde. Sie erhob sich, streifte ein eng anliegendes gelbes Seidenkleid über und setzte sich erneut vor den Spiegel.

In dieser Situation fand Kit sie vor und wurde sich ihrer Schönheit – nicht nur des Gesichts, sondern auch des Körpers – schmerzlich bewusst. Zu dem bitteren Betrug und dem schrecklichen Verlust kam noch die selbstzerstörerische Erkenntnis hinzu, dass diese Frau, die die Eingeborenen eine Fremde nannten, tatsächlich noch schöner war als sie.

Ihr Bauch begann sich aufs Neue zu wölben und ihre schlanke Gestalt zu ruinieren, und ihr sonnenuntergangsfarbenes Haar war durch die tropische Sonne ausgetrocknet und ausgeblichen. Kit kam sich schlecht gekleidet und geradezu gewöhnlich vor.

»Schon so früh zurück?«, fragte Guinevere und sah Kit im Spiegel an. Ihre Mandelaugen wirkten so exotisch, ihr ebenholzschwarzes Haar schimmerte und glänzte, und ihre Haut war makellos.

»Ja«, antwortete Kit und kochte vor Wut.

»Liebe Kit«, sagte Guinevere, »ich bin dir so dankbar, dass du mich wie ein herumstreunendes Tier bei dir aufgenommen hast. Aber es wird allmählich Zeit, dass du dein Zuhause wieder für dich hast. Wärst du wohl so nett und bittest einige der Einheimischen, mich nach Port Moresby zu begleiten?«

Zunächst hatte Kit geglaubt, je früher die fremde Frau bei ihr aus dem Haus wäre, desto besser. Doch dann wurde ihr rasch klar: Wenn Guinevere erst zurück in Port Moresby wäre, könnte Matt nichts mehr von ihrem Bett fernhalten.

»Nein«, sagte sie völlig impulsiv, doch während sie es aussprach, hörte es sich gut und richtig an. »Das werde ich nicht tun. Und du wirst auch nicht zurück nach Port Moresby gehen. Ich will dich hier haben, Guinevere. Hier bei mir, wo ich ein Auge auf dich werfen kann. Du bist in meinem eigenen Haus mit meinem Mann ins Bett gegangen. Aber glaube nur nicht, dass du noch einmal die Gelegenheit dazu erhältst, denn ich werde an dir kleben wie Leim. Solltest du noch ein einziges Mal versuchen, Matt zu verführen, oder sollte ich dich mit ihm erwischen, dann werde ich dich genau so schnell und sicher töten, wie ich es mit einer Schlange im Garten tun würde.«

»Aber Kit!« Guinevere versuchte, Zeit zu gewinnen, indem sie die Unschuldige spielte. »Was sagst du denn da für Sachen?«

»Findest du es amüsant, dass Matt grunzt wie ein Schwein, wenn er den Höhepunkt seiner Lust erreicht hat?«

»Ich … ich weiß nicht, wovon du sprichst.«

»Ich finde es nicht so wahnsinnig amüsant, dass du in dieser Situation quiekst wie ein Schwein. Eigentlich war von dir nichts anderes zu erwarten, obwohl ich vermutet hätte, du würdest jaulen wie eine Dschungelkatze. Aber das Quieken passt besser zu dir.«

Ein kleines Lächeln huschte über Guineveres Lippen. Sie drehte sich um und sah Kit in die Augen. Ihr gelbes, seidenes

Wickelkleid öffnete sich ein wenig am Ausschnitt und enthüllte ein wenig von ihrem großen, vollkommen geformten Busen. Jedenfalls war er größer und vollkommener geformt als ihr eigener. Kit versetzte der Gedanke einen schmerzhaften Stich: Hatten Matts Lippen diese honigfarbenen Brüste wohl ebenso berührt, wie sie ihre cremefarbenen weichen Brüste liebkost hatten?

»Du bist wohl wie eine kleine Maus an die Tür gekrochen und hast gelauscht, wie?«, fragte Guinevere mit eiskalter Stimme. »Oder hast du unter dem Fenster gestanden? Wenn du so tapfer bist, Kit, warum hast du uns dann nicht gestellt? Hattest du Angst, Matt könnte sich für mich entscheiden?« Sie drehte sich zurück zum Spiegel und massierte noch ein wenig mehr Öl in ihre Haut. »Genau das wird er nämlich tun. Er ist nur deshalb bei dir geblieben, weil er Mitleid mit dir hatte und weil deine bauernhafte Fruchtbarkeit dich schon wieder schwanger gemacht hat.«

Hörte sich das nach der Wahrheit an? Vielleicht. Aber das spielte jetzt keine Rolle. Diese fremde Frau würde Matt jedenfalls niemals bekommen.

»Du wirst bald merken, dass sich hier einiges verändert hat«, sagte Kit. »Ab sofort wirst du dir Kost und Logis verdienen müssen. Als Erstes such dir etwas zum Anziehen heraus, das du ruhig schmutzig machen kannst. Der Boden ist trocken, und die Frauen bewässern die Kaffeesträucher. Ich fände es sehr nett von dir, wenn du ihnen dabei helfen würdest.«

»Du bist wohl übergeschnappt«, entgegnete Guinevere mit einem kühlen kleinen Lächeln. Sie nahm die Bürste und fing an, ihr Haar zu bürsten. Kit verließ das Zimmer, und das Klappern ihrer Absätze war deutlich zu hören. Kit vermutete, dass Asema ihr gefolgt sei. Und sie sollte Recht behalten, denn Asema stand draußen auf der Veranda.

Als Kit mit Asema an ihrer Seite das Gästezimmer betrat, fuhr Guinevere wütend herum. »Schick sie sofort aus meinen Zimmer«, forderte sie Kit auf.

»Asema«, sagte Kit, »die fremde Frau wird euch dabei helfen, den Kaffeesträuchern Wasser zu geben. Aber vielleicht braucht sie ein wenig Ermunterung. Glaubst du, du könntest ihr dabei helfen, den Weg zu den oberen Hängen zu finden?

Asemas ausdruckslose, finstere Miene hellte sich für einen kurzen Moment zu einem Lächeln auf. Rasch ging sie auf Guinevere zu und zog sie am Arm. Guinevere rutschte vom Stuhl und landete hart auf ihrem Hinterteil. Augenblicklich sprang sie auf und schlug wie wild auf Asema ein, was ihr eine kräftige Ohrfeige einbrachte.

Asema war klein, stabil und kräftig. Sie zwang die schlanke Guinevere zu Boden, rollte sich über sie, hockte sich breitbeinig auf sie und schlug ihr links und rechts ins Gesicht – links und rechts, so lange, bis Guinevere vor Schmerz, Wut und Enttäuschung weinte und schrie.

»Das reicht«, sagte Kit. Und an Guinevere gewandt: »Würdest du dir jetzt bitte Arbeitskleidung anziehen?«

»Ich besitze keine Arbeitskleidung, verdammt noch mal«, schrie Guinevere.

»Dann müssen wir dir eben etwas Passendes heraussuchen«, sagte Kit.

In Männerkleidung – Matts alte Arbeitshosen und ein sackartig an ihr herabhängendes Hemd – bückte Guinevere sich, um einen Eimer voll Wasser hochzuheben, den die einheimischen Frauen vom Bewässerungskanal herangeschafft hatten. Ihr Rücken schmerzte, und die gleißende Sonne verbrannte ihr Gesicht. Noch nie hatte sie ihre Haut den direkten Sonnenstrahlen ausgesetzt, und sie hasste die Frau, die sie nun dazu zwang. Sie wusste sehr wohl: Wenn man sich der Sonne aussetzte, bekam man eine schlechte, trockene und faltige Haut.

»Was tust du mir nur an?«, jammerte sie, als sie an Kit vorbeikam, die auf einen Spazierstock gestützt dastand.

»Ich sorge dafür, dass du einen besseren Charakter bekommst, meine Liebe«, antwortete Kit.

Als die Bewässerungsarbeit erledigt war und die Eimer wieder in ihrem Schuppen standen, machten die Frauen sich in kleinen Gruppen auf ins Dorf und winkten zum Abschied. Asema war bereits zum Haus vorausgegangen, um das Abendessen vorzubereiten. Schließlich brauchte die kleine Mistress nach diesem langen Tag auf dem Feld für sich und das Baby, das sie in ihrem Leib trug, etwas zu essen. Guinevere hatte ihren letzten Eimer voll Wasser an einen Kaffeestrauch geschüttet, der an der steilsten Stelle stand. Unterhalb der letzten Terrasse befand sich ein stark abschüssiger Hang, auf dem noch das ungerodete Unterholz stand. Darunter fiel der Berg jäh ab bis zu dem etwa dreißig Meter tiefer gelegenen Bach.

»Meine Hände«, stöhnte Guinevere und sah auf ihre roten Handflächen. »Sieh nur, was du mit meinen Händen angerichtet hast!«

»Wieso, Guinevere? Ich dachte, dein ganzes Bestreben zielt nur darauf ab, die Frau eines Kaffeeplantagenbesitzers zu werden. Matt würde von dir erwarten, dass du deinen Teil der Last übernimmst. Du bist dir doch so sicher, dass er sich für dich entscheiden wird, oder?«

»Wenn er zurückkommt, wirst du schon sehen«, sagte Guinevere.

»Wenn dem so ist, wirst du mir später noch dankbar sein, dass ich dir alles Notwendige beigebracht habe. Du weißt ja selbst, dass er nicht die ganze Zeit über hier sein kann, um sich um die Pflanzung zu kümmern. Das wäre dann also deine Pflicht.«

Guineveres Gesicht brannte. Sie hob die schmerzende Hand und berührte vorsichtig mit den Fingerspitzen ihre stark gerötete Haut. »Du Bauerntölpel!«, spie sie Kit förmlich ins Gesicht.

»Na, komm schon, sei nett«, sagte Kit. »Komm. Wir gehen hinunter ins Haus.«

Kit ging an der abschüssigen Seite an Guinevere vorbei, genau am Rand der Erdterrasse. Mit einem hasserfüllten unterdrückten Aufschrei warf Guinevere sich auf Kit, ohne darauf zu achten, ob sie mit ihr in die Tiefe stürzen würde.

Kit klammerte sich an ein Büschel Haar, das ihr beim Fallen jedoch aus der Hand glitt. Der harte Aufprall verursachte eine heftige Erschütterung in ihrem Körper, und sie rollte den Hang hinab. Sie versuchte verzweifelt, ihr Abrutschen aufzuhalten, doch der Hang war zu steil. Nur das Unterholz bewahrte sie davor, über die Kante zu rutschen und den gut dreißig Meter tiefen Steilhang hinabzustürzen und in dem felsigen Bachbett zu landen. Ihre Röcke verhedderten sich in dem starren Gesträuch, und nur wenige Fußbreit vor der überwucherten Felskante wurde sie ruckartig angehalten. Die Welt entwich ihren Sinnen, kehrte zögernd zurück und verschwand wieder. Kit glaubte, das irre Lachen einer Frau zu hören. Und dann waren nur noch ein entsetzlicher Schmerz in ihrem Bauch und Dunkelheit.

Stöhnend wachte Kit auf und versuchte, die Hände wegzuschieben, die sie schmerzhaft an den Handgelenken gepackt hielten. Sie öffnete die Augen. Zaho mühte sich, sie vom Rand des Abhangs wegzuziehen.

»Na, komm schon, kleine Mistress«, redete er ihr gut zu. »Versuch, mir zu helfen.«

Sie hieb ihre Schuhspitzen in den Boden, und bald gelang es ihm, sie auf die Füße zu ziehen. Unerträgliche Krämpfe wüteten in ihrem Bauch, sodass sie sich vor Schmerzen krümmte. Ihre Kleidung fühlte sich von innen klatschnass an, und Kit sah, dass ihre Röcke von einem riesigen dunklen Blutfleck durchtränkt waren.

»Ich kann nicht gehen, Zaho«, keuchte sie. Sie setzte sich auf den Boden, hielt ihren Bauch fest umschlungen und begriff die leidvolle Wahrheit, dass sie ihr Baby verlor. »Hol Asema«, flüsterte sie, lehnte den Rücken an den Hang und schloss vor Schmerz die Augen.

Wie durch ein Wunder tauchte Asema bei ihr auf. »Die

fremde Frau kam allein ins Haus«, erklärte sie und kniete sich neben Kit.

»Das Baby«, hauchte Kit.

Asema sah Zaho an und zeigte den Hang hinunter auf das Haus. Er nickte und ging. Asema zog Kits Röcke gerade und hob sie hoch.

»Mit dem Baby ist es vorbei«, sagte sie.

»Oh, Gott. Das arme kleine Ding.«

»Es hat das alles nicht richtig mitbekommen. War noch zu klein. Noch nicht vollständig ausgeformt. Um dich müssen wir uns jetzt Sorgen machen.« Sie riss Streifen aus Kits Unterrock und presste sie ihr zwischen die Beine, um die Blutung zu stillen. Auch andere Frauen kamen herbeigeeilt, und drei von ihnen halfen Asema, Kit ins Haus zu tragen. Noch bevor die Frauen sich endgültig mit ihr in Bewegung setzten, verlor Kit das Bewusstsein.

Sobald Kit auf ihrem Bett ausgestreckt lag, begann Asema verzweifelt mit ihrer Arbeit. Sie achtete nicht darauf, ob die Laken oder die Matratze durch das Blut ruiniert wurden. Die kleine Mistress hatte sehr viel Blut verloren, doch Asema gelang es schließlich, die Blutung zu stillen.

Als Kit aufwachte, war alles um sie her finster. Sie versuchte, sich aufzusetzen, sank aber vor Schwäche und Schwindel gleich wieder zurück.

»Bleib ruhig liegen, kleine Mistress«, sagte Asema.

»Das Baby?«

»Mit dem Baby ist es vorbei.«

»Das arme Ding.« Kit hatte vage in Erinnerung, etwas Ähnliches schon einmal gehört zu haben. Eigentümliche Geräusche drangen an ihr Ohr. Es klang wie das Rauschen von Flügeln, in das sich das Gewimmer gepeinigter Seelen mischte. Sie öffnete die Augen und sah durch das geöffnete Fenster hinaus zum sternklaren Himmel. Von Süden her wehte ein erfrischender Wind. Allmählich gelang es ihr, die sonderbaren Geräusche auseinanderzuhalten. Die gequälten Seelen waren die Flöten, die von den Männern des Dorfes gespielt wurden. Manchmal klangen sie wie das Flattern von Flügeln. Und sie erkannte auch die explosionsartigen Trommelschläge, die entstanden, wenn die Männer aus ihren Lungen kräftig die Luft ausstießen.

»Was wird da gefeiert, Asema?«, fragte sie träge.

»Nichts Besonderes«, antwortete Asema.

»Merkwürdig«, sagte Kit. Die Dorfbewohner entschlossen sich doch nicht einfach, spontan ein Fest zu feiern. Wenn die Flöten spielten und die Männer ihre trommelartigen Laute von sich gaben, bestand normalerweise ein Anlass. Mit wehem Herzen fiel ihr ein möglicher Grund für eine nicht geplante Zeremonie ein. Soeben wollte sie Asema fragen, ob erneut die Kämpfe ausgebrochen waren und eine Gruppe Krieger mit Gefangenen zurückgekehrt sei. Doch die Geräusche wichen allmählich aus ihrem Bewusstsein, und sie schlief wieder ein. Beim nächsten Erwachen herrschte immer noch tiefschwarze Nacht, doch die Flöten spielten in einem viel schnelleren Rhythmus. Ein ungewöhnlicher Geruch stieg ihr in die Nase, warm und kupferartig.

»Bist du wach, kleine Mistress?«, fragte Asema.

»Ich fühle mich so seltsam, Asema.«

»Du hast viel Blut verloren.«

»Ja, das wäre …« Kit führte ihren Satz nicht fort. Asema stand neben ihrem Bett. Im Mondlicht, das durch das offene Fenster fiel, sah Kit, dass sie irgendein Küchenutensil in der Hand hielt.

»Ich habe hier etwas gegen deine Schwäche«, sagte Asema. »Iss.«

Von ihrer Mattigkeit wie von einem Schleier umgeben, öffnete Kit gehorsam den Mund. Was Kit im Mund hatte, schmeckte nach rohem Fleisch, wie ein ungebratenes Stück Rindersteak. Sie kaute. Es war zäh und schmeckte nach Blut. Kit schaffte es gerade noch, ihren Kopf über die Bettkante zu schieben und den zerkauten Bissen auszuspucken. Sie würgte mehrmals, musste sich letztlich aber doch nicht übergeben. Völlig erschöpft sank sie aufs Bett zurück.

»Du solltest essen«, beharrte Asema.

»Ich … kann nicht.«

»Dir wurde zu viel Blut genommen. Das hier gibt es dir zurück.«

Kit hatte das Gefühl, Asemas Worte kämen von den Sternen und hätten eine unglaubliche Entfernung zurückgelegt. »Bitte, zünde eine Lampe an.«

Sie schloss die Augen, bis sie den Lichtschein spürte. Asema saß neben ihr auf dem Stuhl mit der hohen Lehne und hielt eine Bratpfanne auf dem Schoß. Darin entdeckte Kit eine rote, feuchte, membranartige Masse.

»Das wird dir das Blut wiedergeben, das du verloren hast«, sagte Asema und schnitt mit einem Küchenmesser einen mundgerechten Happen aus der roten, tropfenden Masse.

»Das Herz ist nämlich die Quelle des Blutes«, erklärte Asema.

Der Klang der Flöten erreichte ungeahnte Höhen und brach plötzlich ab. Unten im Dorf würden nun die Feuerstellen aufgeschichtet. Die Glut wäre jetzt genau richtig, um die auserlesenen Fleischstücke zu braten. Der Geruch nach angebranntem Fleisch würde sich mit dem Duft von köstlich Gegartem mischen, so als würden Fojas Leute bei einem ihrer Feste Schweine an den offenen Feuern braten. Der gesamte Stamm würde versammelt sein und in freundschaftlicher Weise um die schmackhaftesten Stücke rangeln. Der vorzüglichste Happen von allen aber lag in der Pfanne auf Asemas Schoß.

»Wo ist die fremde Frau?«, fragte Kit mit kaum hörbarer Stimme.

»Sie ist fortgegangen, kleine Mistress«, sagte Asema, begleitet von einem Lächeln, das Kit nur so selten auf ihrem Gesicht zu sehen bekam. »Sie sagte, sie wolle in die Stadt der Weißen gehen. Doch von unseren Männern wollte kein einziger nachts unterwegs sein, um nicht den Geistern der kürzlich Verstorbenen zu begegnen. Manche behaupten, die Geister würden Weiße nicht erschrecken. Doch Zaho meint, das stimmt nicht. Er glaubt, die fremde Frau könnte tatsächlich einem Dämon begegnen, und …«

Kit spürte eine unwiderstehliche Schläfrigkeit. Ihr Körper verlangte nach heilsamem Schlaf. In einem Winkel ihres Verstandes wurde die Forderung laut, sie müsse nun erschrocken, entsetzt und schockiert sein. Während ihr die Augen zufielen, sah sie noch, wie Asema sich einen Bissen Fleisch in den Mund steckte und herzhaft darauf herumkaute. Und seltsamerweise konnte sie nicht schockiert oder entrüstet darüber sein.

Wie es heißt, stecken die urmenschlichen Bedürfnisse und Regungen aus der Steinzeit, der Überlebenstrieb der primitiven Höhlenmenschen noch in einem jeden von uns – tief vergraben in jenen Teilen des Gehirns, zu denen wir keinen bewussten Zugriff haben. Als Kit mehr und mehr vom Schlaf umhüllt wurde, wusste sie nur zweierlei: Sie war froh, noch am Leben zu sein, und sie war traurig, weil ihr etwas sehr Wertvolles genommen worden war, ihr Baby. Tief im Innern war sie erleichtert, dass sie der Frau, die den Tod ihres ungeborenen Kindes verursacht hatte, nicht noch einmal gegenübertreten musste.

»Lass es dir schmecken«, versuchte sie, Asema zuzuflüstern, als diese sich ein weiteres Stück von dem blutigen Muskelfleisch in der Pfanne abschnitt. Doch sie war sich nicht sicher, ob sie es wirklich laut ausgesprochen hatte.

33

Das ausgedehnte Schienennetz ermöglichte es, einen Großteil der Strecke von Brisbane bis zum Mittelpunkt des leeren, roten Herzens des australischen Kontinents auf verhältnismäßig bequeme Art und Weise zurückzulegen. Doch nicht einmal durch die Macht des Mason-Vermögens und den Einfluss des Mason-Geschäftsimperiums ließen sich die Endlosigkeit und Abgelegenheit der staubigen, zerfurchten Buschstraßen voller Schlaglöcher leugnen, die sich scheinbar der Logik widersetzten, dass alles auf dieser Erde begrenzt ist und irgendwo aufhört. Magdalen war sich durchaus bewusst, dass sie nicht mehr das jugendliche, kraftstrotzende Mädchen von einst war, das vor so vielen Jahren Red Broome geheiratet hatte. Doch erst, als sie die Erfahrung der vollkommenen Leere inmitten ihres heimatlichen Kontinents machte, spürte sie ihr wahres Alter.

Tolo hatte nur die allerbesten Postkutschen genommen. Ungeachtet seines verzweifelten Wunsches, so schnell wie möglich voranzukommen, nahm er Rücksicht auf Magdalens fortgeschrittenes Alter und ihre begrenzte Ausdauer. Manchmal hielt er die täglichen Reiseabschnitte recht kurz, um ihr die Möglichkeit zum Ausruhen zu geben.

In der überwältigenden Weite vom Northern Territory flößte die beeindruckende Fernsicht über den roten Sand Magdalen offenbar neue Kraft ein. Sie bestand darauf, längere Strecken pro Tag zurückzulegen, und quälte sich mit der Sorge, wie rasch die Zeit verging.

Nachdem sie in Alice Springs vierzehn Stunden am Stück in einem richtigen Bett geschlafen hatte, traf sie Tolo auf der Polizeiwache und verlangte, dass er und der Chief Constable in ihrer Gegenwart alles bisher Gesagte noch einmal wiederholten.

Ja, Gerüchte über eine Weiße, die unter den Aborigines lebte, waren bis nach Alice Springs gedrungen. Und tatsächlich breitete sich in dieser Gegend eine Erzählung der Aborigines über eine Weiße und ihre Aborigine-Begleiterin aus, die das *Never-Never* durchqueren konnten, weil sie gemeinsam mit den Geistern der Traumzeit unterwegs gewesen waren.

»Sie tanzt auf dem Felsen?«, fragte Magdalen mit einem Lachen. »Klingt doch ganz nach unserer Java, meinst du nicht, Tolo?«

Tolo konnte es kaum abwarten, endlich aufzubrechen.

»Ist ein ziemlich großes Gebiet da draußen«, sagte der Chief Constable. »Kein leichter Weg, ganz gleich, in welche Richtung Sie gehen. Für eine Lady in Ihrem Alter, Mrs Broome, na ja …«

Magdalen zwinkerte dem Constable zu. »Durch Ihre Bemerkung mache ich mir tatsächlich Gedanken über mein Alter.« Sie wandte sich an Tolo. »Jedenfalls will ich ein breites, fettes Pferd.«

»Ich muss dringend davon abraten, eine Lady mit in den Busch zu nehmen«, sagte der Constable zu Tolo.

»Hören Sie, junger Mann«, erklärte Magdalen. »Man hat versucht, mich in Sydney zurückzuhalten. Es hieß, eine Frau meines Alters wäre nicht in der Lage, die Strapazen einer Reise in das Northern Territory zu überstehen. Aber schauen Sie her: Da bin ich. Ich habe noch ein wenig Staub hinter den Ohren, und vermutlich bin ich etwa zwei Kilo leichter. Aber ich bin hier, und ich beabsichtige, an Tolos Seite zu sein, wenn er meine Enkelin findet.«

Der Constable seufzte.

»Sie haben vorhin eine bestimmte Gruppe von Aborigines erwähnt«, sagte Tolo, um das Gespräch wieder auf die wesentlichen Dinge zu lenken. Magdalen würde sich von ihrem Vorhaben, die Reise bis zum Ende durchzustehen, ja doch nicht abbringen lassen.

»Ja, die Gruppe von Jajjala«, entgegnete der Constable. »Sie durchstreifen das gesamte Gebiet. Sie hielten sich irgendwo in der Nähe von Barrow Creek auf, als Ihre Frau dort auftauchte.

Das ist so gut wie erwiesen. Und auch, dass sie unter ihnen lebte. Jajjala ist den Lastern des weißen Mannes noch nicht völlig erlegen, doch er mag sehr gern Gin, wenn er welchen bekommen kann. Er lebt noch weitgehend nach altüberlieferten Traditionen. Auch wenn seine Gruppe allmählich kleiner wird, hat er immer noch genug Anhänger. Sie bleiben so lange an einem Ort, bis das Wild weitgehend erlegt oder verjagt worden ist. Dann ziehen sie weiter und legen bei ihrem *Walkabout* ungeheure Entfernungen zurück, obwohl sie sich eine Menge Zeit dabei lassen.«

»Haben Sie eine Ahnung, wo sie sich derzeit aufhalten?«, fragte Tolo.

»Nun ja, Barrow Creek liegt am nördlichen Rand ihres Gebietes. Ich nehme an, nachdem Mrs Mason das Geld dort abgeholt hat, sind sie wieder in südlicher Richtung unterwegs. Vor einiger Zeit hat mir jemand erzählt, er hätte sie ein ziemliches Stück von hier entfernt südlich vom Ayers Rock gesehen. Vermutlich waren sie auf dem Weg in irgendeine Gebirgsregion, wo es genug Wild gibt.«

»Dann haben wir ja ein recht großes Gebiet abzusuchen, Constable«, meinte Tolo. »Was würden Sie empfehlen?«

»Ich schlage vor, Sie scharen ebenfalls eine kleine Gruppe um sich – sagen wir mal, mindestens ein halbes Dutzend tauglicher Buschmänner – und erkunden sämtliche guten Wasserstellen rund um den Ayers Rock. Wo auch immer Jajjala und seine Leute jetzt sein mögen, früher oder später kehren sie dorthin zurück. Sie wissen ja, von wegen heiliger Ort und so. Wenn Sie sich in der Gegend von einem Wasserloch zum nächsten vorarbeiten, haben Sie die größte Chance, sie zu finden – und Mrs Mason natürlich.«

»Klingt vernünftig«, erwiderte Tolo. Er hatte bereits einen Teil vom Northern Territory gesehen und wusste, dass es nicht leicht wäre, in einem Gebiet von mehreren hundert Quadratmeilen eine ganz bestimmte Gruppe von Aborigines ausfindig zu machen.

»Ich wünschte, ich könnte Ihnen ein oder zwei Leute mitgeben«, sagte der Chief Constable, »aber wir sind hier nur ein kleiner Posten und derzeit unterbesetzt. Ich kann Ihnen aber einen Kerl vorschlagen, der Ihnen sicher von Nutzen sein wird. Sein Name ist George Dutton. Er stammt zur Hälfte von den Wonggumara ab. Gewöhnlich arbeitet er auf irgendeiner Viehfarm. Ein stolzer Mann für ein Halbblut. Als sein letzter Arbeitgeber versuchte, ihn wie einen Schwarzen zu behandeln, ist er ziemlich ausgerastet. Er kennt sich in der Gegend aus. Wenn überhaupt irgendwer den alten Jajjala aufstöbern kann, dann ist es George Dutton. Sollte er bei Ihnen anheuern, versuchen Sie besser erst gar nicht, ihn auf dem Holzhaufen essen zu lassen ...«

»Was bedeutet das?«, fragte Magdalen.

»Der Ausdruck bringt es auf den Punkt, wie wir die Schwarzen üblicherweise behandeln. Auf einer Viehfarm sitzen die weißen Viehtreiber beim Essen am Tisch, während die Blackfellows mit ihren Tellern auf den Knien auf einem Holzstoß hocken. Aber George lässt sich so etwas nicht bieten. Er verlangt dieselbe Bezahlung wie ein weißer Buscharbeiter. Und er bekommt sie auch, denn er hat sie verdient.«

Tolo fand George Dutton in einer der Kneipen von Alice Springs. Ungehindert von den Whitefellows stand er an der Theke und trank sein Bier. George Dutton war ziemlich geschniegelt. Seine Kleidung saß wie maßgeschneidert. Von den Fersen seiner auf Hochglanz polierten Stiefel ragten glänzende Silbersporen mit langen Zacken. Der unvermeidliche Buschhut war neu und sauber, und sein am Kragen aufgeknöpftes strahlend weißes Hemd war gestärkt und frisch gebügelt.

»Mr Dutton?«, fragte Tolo und gesellte sich zu ihm.

Duttons wettergegerbtes Gesicht hatte breite Züge. Seine vorstehende Nase passte eher zu einem Weißen als zu einem Aborigine. Seine buschigen Augenbrauen wurden allmählich weiß, ebenso wie seine breiten Koteletten und sein kurzer, gepflegter Bart und Schnurrbart. Er sah Tolo mit zusammengekniffenen Augen an, wobei das eine halb geschlossen war. Der Blick seiner dunklen Augen wirkte klar, wachsam und herausfordernd.

»Ich bin George Dutton«, sagte er in stolzem, offensivem Ton. Er wartete, was Tolo ihm zu sagen hatte, hörte sich schweigend seinen Vorschlag an und nickte zögernd. Der Preis, den er nannte, war durchaus fair, lag aber deutlich über dem üblichen Aborigine-Niveau. Er fragte nach Pferden und schien mit der Antwort zufrieden zu sein. Als er jedoch erfuhr, dass eine weiße Frau mit von der Partie wäre, zog er überrascht eine seiner buschigen weißen Augenbrauen hoch. Tolo bat ihn, nach Möglichkeit noch vier oder fünf weitere Männer mitzubringen, um bei der Suche nach Jajjalas Gruppe zu helfen. Doch Dutton schüttelte den Kopf und antwortete: »Die brauchen wir nicht. Die halten uns nur unnötig auf und verkomplizieren das Ganze.«

Dutton erschien Tolo auf Anhieb vertrauenswürdig. Und als Dutton schnell und effizient die benötigten Tiere und den für unterwegs erforderlichen Proviant auswählte, bestätigte sich Tolos erster Eindruck, dass er es hier mit einem kompetenten Mann zu tun hatte.

Erst an dem Morgen, als die kleine Expedition aufbrechen sollte, bekam Dutton zum ersten Mal Magdalen Broome zu Gesicht. Er riss sich den Hut vom Kopf. Den neuen, sauberen hatte er in seinem Zimmer gelassen und trug nun seinen verstaubten, verbeulten Arbeitshut mit schlapper Krempe. »Nun, Madam«, sagte er, »man hat mich nicht davon in Kenntnis gesetzt, dass unsere Begleiterin eine Lady ist, die meine Reife mit mir teilt.«

»Ich glaube, ich werde Sie mögen, Mr Dutton«, entgegnete Magdalen. »Was für eine entzückende Art, mir zu sagen, dass ich eine alte Frau bin.«

Dutton musste lachen.

»Aber ich versichere Ihnen, Mr Dutton, dass ich Sie nicht aufhalten werde«, sagte Magdalen.

»Mrs Broome«, entgegnete Dutton mit einer leichten Verbeugung, »Sie und ich werden ein solches Tempo vorlegen, dass dieser junge Mann um Nachsicht bitten wird.«

Endlich waren die Regenfälle auch in die Gegend südlich von Alice Springs gekommen, und der Boden war mit einem Teppich aus blauen, gelben, roten und weißen Wildblumen bedeckt. Der von George Dutton gewählte Weg schlängelte sich um mehrere Berge und über flachere Hänge und fiel dann ab in das sandige Bett eines Creeks, das zwischen den Felsblöcken so gut versteckt lag, dass die anderen es gar nicht bemerkt hätten. An den Stellen, an denen Erde lag, blühten die Wildblumen am Wegesrand üppiger. Magdalen betrachtete neugierig dieses Phänomen. Im Augenblick ritt Tolo voraus, und George hielt sich an Magdalens Seite. Gerade als sie die Frage stellte, warum die Blumen entlang des Pfades üppiger blühten, hob Tolos Reittier den Schweif und ließ geräuschvoll seine Pferdeäpfel fallen.

»Da haben Sie die Antwort«, erwiderte Dutton mit einem leichten Grinsen. »Pferde, Schafe und Rinder. Nicht übermäßig viel los auf dieser Strecke, aber es reicht, um den Boden anzureichern.«

In den ersten Nächten schlugen sie ihr Lager unter hohen Gummibäumen und krausblättrigen Akazien am Rand des Creek-Betts auf. Neugierige Vögel beobachteten sie: Schwalben, Turmfalken, Mitchell- und andere Kakadus sowie Bachstelzen. Dutton sammelte für Magdalen allerlei Essbares aus dem Busch und gab es ihr zu kosten. Der Regen hatte Früchte wie Kungabeeren, Mulgaäpfel, Solanumknollen und das Manna genannte Produkt der Eukalyptusbäume hervorgebracht.

»In guten Zeiten ist die Wüste unser Garten«, erklärte Dutton.

»Ich glaube, ich verstehe allmählich, wie die Aborigines hier draußen überleben können«, sagte Magdalen.

»Ja«, bestätigte Dutton, »das Land versorgt uns – die meiste

Zeit jedenfalls.« Er zeigte Magdalen eine Pflanze in ihrer Nähe und grub die Wurzel aus. »Das ist ein Mitglied der Solanaceae-Familie, sozusagen ein Cousin der Kartoffel und der Tomate. Es gibt viele Varianten. Trickreiche kleine Bastarde. Diese hier ist zufällig essbar. Eine andere aber, die dieser verflixt ähnlich sieht, ist höchst giftig.« Er grinste. »Ich für meinen Teil habe nichts dagegen, dass meine Buschnahrung ein wenig angereichert wird. Wenn ich auf einer Viehfarm vom Küchengebäude weit entfernt bin, brauche ich hin und wieder auch mal ein Stück Hammel oder eine kleine Büchse Sardinen und eine Tasse Tee.«

»Sie sind ein erstaunlicher Zeitgenosse, George Dutton«, sagte Magdalen.

Er zuckte mit den Schultern. »Oh, ich lese ab und an ein Buch. Einmal ist ein Botaniker mit mir zum *Walkabout* gegangen. Hat mir doppelt so viel gezahlt, wie ich auf einer Viehfarm verdiene, damit ich Buschnahrung für ihn sammle oder ausgrabe. Er hat mir eine Menge verrückter Namen für die Pflanzen beigebracht, die ich schon mein Leben lang kenne.«

George hatte Tolo gesagt, bis zum Ayers Rock wäre es ein zweiwöchiger Ritt, denn er hatte befürchtet, dass Magdalen nicht in der Lage wäre, zehn Stunden am Tag im Sattel zu sitzen. Nach den ersten paar Tagen jedoch fing er allmählich an, die tägliche Reisezeit etwas zu verlängern.

»Für eine reife Whitefellow-Lady«, sagte er eines Abends zu Magdalen, »sind Sie schon eine tolle Frau.«

»Sie hätten mich erst erleben sollen, als ich so alt war wie Tolo«, erwiderte Magdalen lachend.

Tolo war froh, dass er sich an den Unterhaltungen, die sich allabendlich am Lagerfeuer zwischen George und Magdalen entwickelten, nicht zu beteiligen brauchte. Doch er hörte ihnen gern zu. Im Anfang hatte er eine etwas geringschätzige Meinung von Dutton gehabt. Er meinte, Dutton bemühe sich zu sehr, wie ein Weißer zu sein, weil er sein Aborigine-Blut verachte. Doch je mehr er ihm zuhörte, desto deutlicher wurde ihm, dass er Unrecht hatte. Dutton bestand lediglich darauf, nicht wie ein Aborigine oder wie ein Halbblut, sondern wie ein menschliches Wesen behandelt zu werden. Und aufgrund dieser Erwartung verdiente er Respekt.

Dass Dutton sich der Probleme durchaus bewusst war, denen das Volk seiner Mutter sich gegenübersah, wurde eines Abends am Ende der ersten Woche deutlich. Magdalen hatte ihm Fragen zu seiner Jugend gestellt. Er sprach von der »guten Zeit«, als er auf verschiedenen Schaf- und Viehfarmen im »Corner« gearbeitet hatte, dem Landstrich, wo Neusüdwales, Queensland und Südaustralien zusammentrafen. Er hatte sich als Pferdezureiter, Zaunsetzer und Viehtreiber sein Geld verdient. »Eine Zeit lang bin ich auch auf Goldsuche gegangen«, erzählte er mit schiefem Grinsen. »Außer Staub, Hitze und Trockenheit habe ich aber nichts gefunden.«

Er schenkte Magdalen eine Tasse Tee aus dem Feldkessel ein, stellte ihn wieder auf die Glut und lehnte sich zurück. »Es war deutlich zu sehen, worauf es hinauslaufen würde«, fuhr er fort. »Diese verdammten Kaninchen. Jeden Grashalm haben sie aufgefressen. Dann kam die Trockenheit. Die Kaninchen fraßen alles kahl, die Sandstürme wehten den Mutterboden weg, und die Viehzüchter nahmen zu viele Tiere von derselben Art. Die Schafe gingen eines nach dem anderen ein, und bevor sie verhungert waren, versuchte man, sie zu verkaufen. Für die Aborigines gab es immer weniger Arbeit. Die Viehfarmen wurden kleiner, und irgendwann gab es für die Aborigines nichts mehr zu tun. Die Leute verließen den Busch, drängten sich um die Städte und aßen die Reste der Whitefellows.« Er seufzte. »Ich gehe durch die Straßen einer Stadt und singe die alten Lieder, doch die Blackfellow-Kinder kennen sie nicht mehr und lachen über mich.«

Tolo lauschte Duttons gedämpfter Stimme und fühlte sich schuldig. Er war ausgezogen und hatte sich eine Aufgabe gesetzt, die es wert war, ausgeführt zu werden. Auch wenn er seine Frau verloren hatte – oder glaubte, sie verloren zu haben –, hätte er sein Werk doch fortsetzen müssen. Natürlich verfügte er über umfangreiche Notizen, die er in der Zeit angefertigt hatte, während er als Halbwüchsiger auf der elterlichen Viehfarm lebte. Doch zum größten Teil war er auf seine Erinnerung angewiesen. Und wenn zwischen dem Hören einer Aborigine-Geschichte und dem Aufschreiben mehrere Monate lagen, könnten diese Erinnerungen fehlerhaft sein. Doch lange grübelte er nicht über seine Schuldgefühle nach. Das Wichtigste im Moment war, dass Java noch lebte. Sie zu finden, war seine vorrangige Aufgabe. Und danach? Er konnte nicht weiterdenken, als sie nur in den Armen zu halten.

Magdalen fiel es nicht schwer, sich vorzustellen, warum die Aborigines den Ayers Rock für einen heiligen Ort hielten. Vor ihnen zeichneten sich allmählich seine Umrisse ab, und während der langsame Schritt der Pferde ihnen den mächtigen Fels immer näher brachte, wuchs er beständig weiter an.

»Im Schein des Vollmondes tanzt dort oben meine Enkelin«, erzählte sie George.

Er lachte. »Solange es hier Menschen geben wird, die auf die althergebrachte Weise leben, wird Ihre Enkelin unsterblich sein, und mit den Jahren wird die Erzählung ihrer Großtat immer mehr ausgeschmückt werden.«

»Nun, ich würde es am liebsten mit eigenen Augen sehen«, erklärte Magdalen. »Falls ich ihren Geist dort nicht tanzen sehe, werde ich sie, sobald wir sie finden, dazu überreden, mir auf dem Fels persönlich etwas vorzutanzen.«

Die Sonne schien sengend vom Himmel, und die Luft war brütendheiß. In der sich wellenförmig ausbreitenden Hitze flimmerte der massige rote Fels und verschob ständig seine Konturen. Die drei Reisenden trieben ihre Pferde an und versuchten, noch vor Anbruch der Nacht die nächste Wasserstelle zu erreichen. Doch die Wüstennacht brach so schnell herein, dass sie etwa eine Wegstunde vor ihrem Ziel ihr Lager aufschlagen mussten.

Java und Terry Forrest waren auf ihrer Reise nach Alice Springs schon sehr weit nach Norden vorangekommen. Die Tage verstrichen, ihr Vorrat an Konservenbüchsen ging langsam zur Neige, und sie ernährten sich wie die Aborigines. Am fernen Horizont trat allmählich die große rote Erhebung in Erscheinung, und bald stand der Fels wie zum Greifen nah vor ihnen.

Aus der Entfernung sah der Ayers Rock aus wie ein dicker, glatter Hügel. Als sie am Maggie Spring ihr Lager aufschlugen, waren im Fels jedoch deutliche Spalten und Vorsprünge jahrtausendealter Erosion zu erkennen, Unebenheiten von Höhleneingängen und Felsausläufern, die sich zu kleinen Plateaus verflachten.

Maggie Spring – bei den Aborigines unter dem Namen Mutidjula bekannt – war eine Kaskade von klarem weißem Wasser, die über das Felsgestein in ein prachtvolles Becken mit spiegelglatter Oberfläche hinabstürzte. Java und Terry badeten getrennt voneinander und brieten sich ein Kaninchen.

Sie waren immer noch ein gutes Stück von Alice Springs entfernt, und doch hatte Java das Empfinden, als ginge ein Zeitalter allmählich seinem Ende entgegen. Sie war von so weit her durch den Busch gekommen, und bald sollte ihre Wanderung vorüber sein. Im Rückblick neigte sie dazu, die Strapazen und Unannehmlichkeiten in einem besseren Licht zu sehen und die Augenblicke der Inspiration und reinen Schönheit vollends zu verklären. Hier an diesem Felsen, mit dem frischem Wasser und einem vollen Magen, bedauerte sie, dass Tolo nicht bei ihr war. Zu schade, dass er dieses befriedigende Gefühl, etwas getan zu haben, was nur wenige vor ihnen geschafft hatten, nicht miterleben und diesen friedlichen Abend mit der zauberhaften musikalischen Untermalung der fallenden Wasser nicht mit ihr teilen konnte.

»Kennst du die Legenden der Kuniya, der Teppichschlangen-Menschen?«, fragte sie Terry.

»Nicht, dass ich wüsste.«

»Sie lebten hier zu der Zeit, als alles entstand und die Helden ihre mächtigen Taten vollbrachten. Der Felsen war damals nur ein großer, flacher Sandhügel, doch am Ende der Schöpfungszeit wurde der Sand zu Stein. Damals wurden die Kuniya von den Giftschlangen-Menschen, den Liru, angegriffen. Ihr Anführer war der Krieger Kulikudgeri.«

»Toll!«, sagte Terry lachend.

»Und während dieser Schlacht gaben sie dem Felsen seine heutige Gestalt. Die Einschlaglöcher sind Spuren der Liru-Speere. Eine Kuniya-Frau, deren Sohn von Kulikudgeri getötet worden war, hieb dem Liru-Krieger den Stock, den sie zum Graben benutzte, so fest über die Nase, dass er unter großen Schmerzen starb. Dort oben, da wo Mutidjula aus dem Fels tritt, das ist seine Nase.«

»Wunderbar«, meinte Terry. Er ging zu Java hinüber und setzte sich zu ihr auf die Decke. »Deine Geschichten gefallen mir«, sagte er und legte seine Hand auf die ihre.

»Nein«, stieß sie hervor und zog die Hand weg.

»Na komm schon, sei doch vernünftig«, sagte er. »Wir haben gemeinsam einen ziemlich weiten Weg zurückgelegt. Und wir haben noch einen weiten Weg vor uns. Ich für meinen Teil mag deine Gesellschaft, Java, und am liebsten würde ich eine dauerhafte Sache daraus machen. Was hältst du davon? Wenn wir erst in Alice Springs sind, gehen wir zu einem Prediger und lassen uns als Gespann anschirren.«

Sie sah ihn plötzlich mit ganz anderen Augen. Er war der letzte Mann, von dem sie erwartet hätte, dass er einen Sinn für Ehre besäße. In keineswegs unfreundlichem Ton erwiderte sie: »Tut mir leid, Terry, ich bin einfach noch nicht dazu in der Lage, eine neue Bindung einzugehen.«

»Dann werde ich eben dafür sorgen. Du brauchst jemanden, der auf dich aufpasst. Das ist alles.«

»Merkwürdig, und ich dachte, ich hätte in letzter Zeit recht gut auf mich allein aufpassen können«, antwortete sie. Sie stand auf und entfernte sich ein paar Schritte, um zu vermeiden, dass er ihr weiter seine Gefühle offenbarte. Terry folgte ihr und riss sie zu sich herum. Er legte ihr den Finger unters Kinn, hob ihr Gesicht zu sich an und strich fordernd mit dem Mund über ihre fest verschlossenen Lippen.

»Verflixt«, rief er, »du warst doch damals nicht so kalt, als wir noch mit den Aborigines beim *Walkabout* waren.«

»Ich möchte, dass du damit aufhörst, Terry«, erklärte sie. »Ich möchte, dass du mich loslässt.«

»Und was ich will, spielt offenbar keine Rolle, wie? Gib dem Kerl einen kleinen Vorgeschmack von den guten alten Unanständigkeiten und dann lass ihn leiden. Ist es das, was du vorhast?« Er beugte sich vor und zwang ihr erneut seinen Kuss auf. »So läuft das aber nicht, klar?«

Java ließ sich mit schlaffen Gliedern völlig passiv in seine Arme sinken. Knurrend hob er sie hoch und trug sie zurück zu ihren Decken. Kaum hatte er sie dort unsanft abgesetzt, öffnete er seinen Gürtel. Java aber rollte rasch zur Seite, sprang auf und rannte in die Dunkelheit hinaus.

Ihr Lager befand sich im Schutz eines dicken Felsüberhangs. Noch vor dem Dunkelwerden hatte Java ihre unmittelbare Umgebung erkundet. Daher fand sie nun leicht eine Spalte, die den Fels hinaufführte. Rasch kletterte sie hoch und versuchte, dabei möglichst kein Geräusch zu verursachen.

»Java, komm zurück«, rief Terry von unten.

Sie blieb eine Weile völlig reglos.

»Stell dich nicht so an«, rief er. »Ich werde bestimmt nicht hinter dir herjagen, und es wird bald verdammt kalt und ungemütlich da oben.«

Java kletterte weiter, bis sie auf dem Felsvorsprung auskam. Sie konnte Terry sehen, der direkt neben ihrem Lagerfeuer stand.

»Du bist eine verdammte Närrin«, rief er. »Du weißt doch, dass ich dir nicht wehtue.«

»Wenn ich zu dir herunterkomme, lässt du mich dann in Ruhe?«

Er lachte. »Das kann ich dir nicht versprechen. Aber ich verspreche dir, dass ich nichts tun werde, was dir nicht auch beim ersten Mal schon gefallen hat.«

Java hockte sich hin und umklammerte mit den Händen ihre Knie. Die Nacht war kalt und wurde immer kälter. Sie tastete den Boden ab und fand eine kleine Vertiefung im Fels, in der sie sich zusammenrollte.

Stunden später erwachte sie durch die nächtliche Kälte, zitterte und verbrachte die noch verbleibenden Stunden der Dunkelheit mit klappernden Zähnen und zuckendem Körper. Sie dachte zurück an Bildana, die ihr einmal gesagt hatte, dass der Körper sich durch das Schütteln warmhielt.

Sie wünschte, der Tag würde endlich anbrechen. Als es schließlich so weit war, sah sie, dass Terry sich immer noch unten im Lager aufhielt. Er hatte sich aus seiner Decke geschält und den Feldkessel aufs Feuer gesetzt. Java wusste, früher oder später müsste sie ja doch wieder zu ihm hinuntergehen. Also richtete sie sich auf und stellte sich so hin, dass er sie sehen konnte.

Terry schaute zu ihr hinauf und schützte seine Augen mit der Hand gegen die Sonne. »Hattest du eine angenehme Nacht?«, rief er.

»Hervorragend«, antwortete sie. »Ist das Tee oder Kaffee?«

»Tee, Schätzchen«, rief er. »Wärmt die Knochen auf, stimmt's?«

Mit steifen Gliedern kletterte sie den Fels hinab. Unten angekommen, zitterte sie immer noch und nahm dankbar die Tasse heißen Tee, die er ihr anbot. Er wartete, bis sie sie leer getrunken und ihr Körper in der kalten Morgenluft beinahe zu zittern aufgehört hatte.

»Frierst immer noch, wie?«

»Ein bisschen«, gab sie zu.

»Dem können wir abhelfen.«

Er packte sie, noch bevor sie ihm entwischen konnte. Und dieses Mal machte er seine Absichten deutlich, indem er sofort anfing, an ihrer Kleidung zu zerren.

»Ich an deiner Stelle würde mithelfen. Wäre es nicht eine Schande, wenn ich dir die Sachen vom Leib reißen und du halbnackt nach Alice Springs gehen müsstest?«

Sie entwand sich seinem festen Griff, während durch die heftigen Bewegungen der Stoff ihrer Kleidung zerriss, und stolperte zurück zu der Felswand. Sobald sie die nach oben führende Spalte erreichte, kletterte sie rasch hinauf. Dieses Mal aber folgte Terry ihr.

Oben auf dem großen, dicken Felsblock rannte sie ans andere Ende. Bis nach unten war es ziemlich tief, und die seitlichen Felswände wirkten rund und glatt. Die Spalte, durch die sie heraufgeklettert war, schien der einzige Fluchtweg zu sein.

Terry kletterte langsamer. Für ihn war die Strecke noch völlig unbekannt, außerdem war er schwerer und unbeholfener als Java und brauchte daher deutlich länger, bis er oben ankam. Als er sich endlich aufrichtete, unbeweglich dastand und Java am anderen Ende des Felsplateaus entdeckte, spürte er, wie sich ihr Blick förmlich in ihn bohrte. Ein Lächeln lag auf seinem Gesicht. Sie blickte an sich hinab und stellte fest, dass ihr Hemd und ihre Unterwäsche zerrissen waren und ihre Brüste durch die Kleidung schimmerten.

Während er auf sie zukam, fühlte sie sich wie ein hilfloses, in die Enge getriebenes Tier. Sie schnellte hin und her und suchte verzweifelt nach einer Fluchtmöglichkeit.

Tolo, Magdalen und George waren von der Kälte bereits vor Sonnenaufgang erwacht und hatten sich beim ersten hellen Schimmer am östlichen Himmel gleich auf den Weg gemacht. George ritt voraus. Er machte einen Bogen um den Hauptfelsen und bahnte sich seinen Weg durch dichte kleine Baumgruppen und um dicke Felsblöcke, die Ausläufer des Felsmassivs.

Kurz nachdem die Sonne sich am Himmel erhoben hatte, rochen die Pferde das Wasser und begannen zu tänzeln und an ihren Gebissstangen zu zerren.

»Wir nähern uns Maggie Springs«, erklärte George. »Die Blackfellows nennen ihn Mutidjula. Das ist die Heimat der heiligen Schlange, einer Wasserpython. Sollten jemals Menschen kommen und Mutidjula leer vorfinden, brauchen sie nur zu rufen: ›Kuka, Kuka, Kuka.‹ Das bedeutet Fleisch. Sobald die heilige Schlange das hört, öffnet sie das Maul, und das Wasser spritzt heraus.«

»Grrr!«, machte Magdalen angewidert.

»Aber er ist nie leer«, sagte George lachend.

Sie ritten rasch voran. Magdalen bewunderte die Farbenpracht der Felswände, die sich vor dem tiefblauen Himmel abhoben. Plötzlich sah sie das Mädchen oben auf dem Felsen tanzen. Trotz der Männerkleidung wusste sie sofort, dass es Java war. Und Java sprang immer wieder vor und zurück. Ein sonderbarer Tanz, den sie da ausführte. Magdalen mutete er recht schaurig an. Sie rief Tolo beim Namen und zeigte nach oben.

Tolo, der etwas weiter entfernt von der Felswand ritt, sah hinauf zu dem großen Felsvorsprung mit dem flachen Plateau und konnte zwei Gestalten erkennen: einen großen Mann und eine kleinere Gestalt, ebenfalls in Männerkleidung, die sich deutlich gegen den klaren Himmel abzeichneten und sich rasch hin- und herbewegten.

Er zügelte das Pferd und schirmte seine Augen ab. Sein Herz fing an zu rasen, denn trotz der hektischen Bewegungen der kleineren Gestalt ließ sich ihre Anmut nicht leugnen. Er trieb sein Pferd zu höchster Eile an und flog förmlich aus dem Sattel, als das Tier sich der Felswand näherte. Tolo entdeckte eine Kerbe im Gestein, einen Felsspalt, der ihm den Zugang nach oben ermöglichte. Sofort kletterte er hinauf und achtete nicht darauf, dass er sich an den Felsbrocken die Finger aufriss.

»Stell dich nicht so blöd an, Mädchen«, machte Terry sich über Java lustig und kam immer näher auf sie zu. »Ich habe schließlich nicht vor, dich zu vergewaltigen.«

»Dann geh weg und lass mich in Ruhe«, sagte sie. Java hielt

in ihren rasenden Bewegungen inne, weil sie nach Luft schnappen musste.

»Was soll das?«, fragte er und machte eine unschuldige Geste. »Ich dachte, wir wären Kumpel. Dir hat es beim letzten Mal doch auch Spaß gemacht. Behaupte jetzt nicht das Gegenteil.«

Java sprang wieder weg und bewegte sich dieses Mal auf den Abgrund zu. Als Terry ihr den Rückzug abschneiden wollte, sprang sie erst zu der einen Seite, um ihn von ihrem Fluchtweg wegzulocken. Dann änderte sie plötzlich die Richtung und versuchte, an ihm vorbeizurennen. Doch er reagierte zu schnell und packte sie hinten an ihrem Hemd. Der Stoff zerriss.

Java hob instinktiv die Hände, um ihre nackten Brüste zu bedecken – gerade in dem Augenblick, als Tolo aus dem Felsspalt hochsprang und irgendetwas völlig Unverständliches rief. Sie schrie auf, zum einen vor Schreck, Tolo lebendig vor sich zu sehen, und zum anderen vor Schmerz, weil Terry sie nach hinten riss. Unsanft landete sie auf dem Boden.

Auch Terry hatte den auf ihn zurasenden Tolo gesehen. »Verflucht!«, flüsterte er und stand da wie zur Salzsäule erstarrt. Tolo rannte ihn förmlich um. Gemeinsam stürzten sie zu Boden, rollten über die raue Felsoberfläche und schürften sich die Haut ab. Mit einem kräftigen Hieb ging Terry schlagartig in Verteidigungsposition. Er schaffte es, Tolo von sich abzuschütteln, und beide sprangen auf.

Zuerst brachte Java keinen Ton heraus. Auf allen vieren hastete sie zu den kämpfenden Männern. Als sie ihre Stimme wiederfand, schrie sie: »Hört auf! Hört sofort auf!«

Es war, als würde sie die schrecklichen Augenblicke in der Gibson noch einmal durchleben, als Tolo und Terry in ihren Kampf verwickelt waren und die plötzliche Flutwelle sie unter sich begrub. Dieses Mal gab es keine Flutwelle, doch sie rückten bei ihrem Kampf vor und zurück und kamen der Felskante und dem Abhang gefährlich nahe.

Java sah sich nach einer Waffe um. Doch Äonen von Jahren hatten mit ihrem Wind und Wetter die Felsoberfläche blank gefegt. Schließlich kam Java wieder auf die Füße. Ungeachtet ihres nackten Oberkörpers rannte sie auf die beiden zu. Doch bevor sie sie erreichte, holte Tolo kräftig aus und versetzte Terry einen solchen Schlag, dass die Wucht seines Hiebs beide Männer über die Felskante in den Abgrund riss. Und wieder war Wasser da, doch dieses Mal war es das ruhige Becken des Mutidjula.

Tolo spürte, wie er fiel. Mit den Füßen stieß er sich vom Felsen und mit den Händen von Terrys Körper ab. Jeder stürzte unabhängig vom anderen. Tolo sah das Wasser unter sich, und er sah die Felsen, die das Becken einrahmten. Sofort drehte er sich in der Luft, damit er mit den Füßen zuerst ins Wasser tauchte.

Er traf bis auf den Grund, stieß sich ab, prustete und rang nach Atem. Terry Forrest lag zerschmettert auf einem runden Felsblock am Rande des Beckens. Da Tolo sich oben vom Fels noch in letzter Sekunde abgestoßen hatte, war er im sicheren Wasser gelandet. Terry dagegen war mit dem Kopf auf den Fels geschlagen und hatte sich das Genick gebrochen.

Tolo kletterte aus dem Wasser und beugte sich über den Abgestürzten. Terrys Beine fingen an zu zucken. Dann verließ die Luft mit einem verblüffenden Geräusch seine Lungen. Danach kam gar nichts mehr.

»Tolo!«, schrie Java unentwegt, während sie durch den Felsspalt nach unten kletterte. George Dutton und Magdalen trafen bei Tolo ein. Ein Blick auf den Mann, der reglos auf dem Felsblock lag, verriet Magdalen, dass er tot war. »Geh zu ihr«, sagte sie zu Tolo. Er drehte sich um und rannte so schnell er konnte.

Java kletterte durch die Spalte, ohne auf Schrammen oder blaue Flecken an ihren Händen zu achten, und als Tolo auf sie zukam, ließ sie sich den letzten Meter in seine Arme fallen, sodass er rücklings umfiel. Sie lag auf ihm und klammerte sich an ihn, suchte seine Lippen mit den ihren, versuchte zu sprechen und weinte. Wie ausgehungert küsste sie ihn, drückte ihn fest an sich und erstickte seine halb geformten Worte mit weiteren

Küssen. Dann sah sie, dass er weinte. Ihr Herz brannte vor Liebe zu ihm. Sie küsste ihm die Tränen vom Gesicht und flüsterte immer wieder seinen Namen.

Magdalen hatte sich den Liebenden genähert und durchbrach den Zauber. »Java!«, sagte sie mit strenger Stimme.

Java hob den Kopf und schrie freudig und ungläubig auf.

»Steh bitte auf«, beharrte Magdalen. Sie hatte sich ihre dünne Staubjacke ausgezogen und gab sie ihrer Enkelin. »Zieh dich anständig an, Mädchen.«

Java kam auf die Beine und schlang ihrer Großmutter die Arme um den Hals. »Du auch? Wunderbar, ach, wie wunderbar.«

»Zieh das an«, befahl Magdalen.

Java blickte an sich hinab und bemerkte ihre nackten Brüste. Sie riss ihrer Großmutter die Jacke aus der Hand und schlüpfte in die Ärmel. »Aber wie …« Sie fand nicht die richtigen Worte, drehte sich um und lächelte Tolo ins Gesicht. Er weinte immer noch. »Wie seid ihr …«

Und dann fiel ihr plötzlich ein, wie sie Terry in die Arme geschlossen und in ihren Körper aufgenommen hatte, weil sie zu jenem Zeitpunkt davon überzeugt gewesen war, dass es nichts ausmachte, weil ihr nach Tolos Tod gar nichts mehr etwas ausgemacht hatte. Damals war es ihr nur darum gegangen, dass die Nähe eines anderen menschlichen Körpers sie wärmte und ihr die Gewissheit gab, noch am Leben zu sein. Aber nun stand Tolo leibhaftig vor ihr. Sie presste die Hand auf den Mund und schrie. Es war ein Aufschrei tiefster Seelenqual. Er erfüllte die zauberhafte Mutidjula-Schlucht wie einst die Schreie der sterbenden Krieger. Sie sank auf die Knie und schluchzte so sehr, dass ihre Schultern bebten.

Tolo zog Java hoch, sodass sie wieder zum Stehen kam, doch sie wandte den Blick von ihm ab. Mit weit geöffnetem, verzerrtem Mund schluchzte sie hemmungslos wie ein Kind. Sie entwand sich seinem Griff, rannte ein Stück weg, ließ sich wieder auf die Knie fallen und senkte die Stirn gramgebeugt bis fast zum Boden. Dunkle Klagelaute entrangen sich ihrer Kehle, und ihr herzzerreißendes Weinen durchzuckte ihren gesamten Körper.

Tolo warf Magdalen einen hilflosen Blick zu. Dann machte er sich erneut auf zu Java.

»Nein, warte«, sagte Magdalen. Sie ging zu ihrer Enkelin und kniete sich neben sie.

»Du lebst«, flüsterte sie. »Und Tolo lebt. Was auch geschehen ist … das einzig Wichtige ist, dass ihr zwei noch am Leben seid.«

Javas Weinen steigerte sich mehr und mehr zur Hysterie. Trotz ihrer Muskelschmerzen und ihrer Kurzatmigkeit fasste Magdalen sie an den Armen, zog sie hoch und stellte sie wieder auf die Füße. Laut jammernd warf Java den Kopf von einer Seite zur anderen. Beherzt versetzte Magdalen ihr rechts und links eine schallende Ohrfeige. Java machte große Augen, hielt den Atem an und hörte auf zu schluchzen.

»Ich habe es getötet«, flüsterte sie.

»Wovon immer du auch redest«, sagte Magdalen, »vergiss es für einen Moment. Denk daran, wer du bist: Java Gordon Mason. Und da vorn steht dein Ehemann und fragt sich, ob du übergeschnappt bist. Nun höre mir mal gut zu. Du reißt dich jetzt zusammen, und zwar augenblicklich! Ich will gar nicht genau wissen, was dir so zusetzt, aber ich kann es mir schon denken. Ein Schicksal, das schlimmer ist als der Tod, nicht wahr? Aber du lebst.«

Schweigend starrte Java ihre Großmutter mit großen Augen an und ließ ihren Rat auf sich einwirken, als wäre sie wieder ein kleines Kind.

»Denk doch mal nach, Mädchen«, fügte Magdalen energisch hinzu. »Geh zu ihm. Auch er hat Höllenqualen durchlitten, weil er sich an allem, was geschehen ist, selbst die Schuld gegeben hat. Du gehst jetzt zu ihm und bist ihm eine Ehefrau, ganz gleich, was passiert ist, denn für ihn zählt nur, dass er dich zurückhat.«

Beinahe schüchtern ging sie auf Tolo zu. Er lächelte unsicher, bis sie sich ihre Tränen abwischte, sich nach Art der Aborigines mit den Fingern schnäuzte und ihn anstrahlte: »Tolo?«

Er schüttelte den Kopf. »Ich hatte ganz vergessen, wie wunderschön du bist.«

Und als er sie in seinen Armen hielt, weinte sie nur noch leise.

George Dutton begrub Terry Forrests Leiche. Magdalen sprach ein paar der für die Beerdigungszeremonie vorgesehenen Worte aus dem Gebetbuch der anglikanischen Kirche, an die sie sich noch erinnern konnte: »Der Mensch, der vom Weibe geboren wird, lebt nur eine kurze Frist, und sein Leben ist voller Leiden. … Mitten im Leben sind wir des Todes. … Erde zu Erde, Asche zu Asche, Staub zu Staub.«

Bevor Magdalen an diesem Abend einschlief, hörte sie noch, wie das junge Paar miteinander flüsterte. Die einzelnen Worte konnte sie nicht verstehen, nur das An- und Abschwellen von Javas Stimme sowie ihren Tonfall und ihre Emotionen, die immer wieder einen leisen Schluchzer auslösten. Magdalen überlegte sich, was wohl geschehen sein mochte. Doch sie würde nicht fragen. Sie würde nie fragen. Ihre Enkelin hatte mehr als vierhundert Meilen durch den Glutofen der Gibson-Wüste zurückgelegt. Was auch immer sie getan hatte und was auch immer für ihr Überleben notwendig gewesen sein mochte, war Gottes Wille. Und wenn Java ein Unrecht begangen hatte, würde es ihr vergeben werden. Als Magdalen endlich einschlief, geschah es in der Gewissheit, dass ihre Welt wieder in Ordnung war. Viel war nicht mehr davon übrig, von ihrer Welt. Oder zumindest blieb ihr nicht mehr viel Zeit in *dieser* Welt. Sie hatte das Durchschnittsalter der Australier längst überschritten. Ihr tiefer Glaube sagte ihr, dass sie mit dem Mann, der vor so vielen Jahren um sie geworben und auf den sie während seiner besorgniserregend langen Abwesenheiten auf See stets aufs Neue geduldig gewartet hatte, bald wieder zusammen sein würde.

Der Tod konnte nicht schrecklich sein, wenn er doch bedeutete, dass sie erneut mit Red Broome vereint wäre.

Sie träumte, sie wäre wieder ein junges Mädchen und würde ihrem jugendlichen Seemann zum ersten Mal begegnen. Sie sah sein Gesicht so deutlich vor sich, wie sie es damals erlebt hatte. Seine Stimme war ihr so vertraut, so lieb und teuer und klang so wundervoll in ihren Ohren.

»Na, altes Mädchen, war eine lange und verdammt einsame Zeit, was?«

Du meine Güte, wie gut er doch aussah, dieser junge Red Broome. Seine Augen glitzerten schelmisch, und von seinem Blick bekam sie weiche Knie.

»Also gut, meine Liebste«, flüsterte er und streckte ihr die Hand entgegen. *»Es wird Zeit.«*

Ihr Herz machte einen Satz. Doch sie spürte keinen Schmerz, denn sie empfand nur Freude, als seine Hand sich um die ihre schloss und Magdalen zu ihm hochstieg und nach unten blickte. Sie sah die alte leblose Hülle. Das durch die lange Reise zu stark beanspruchte Herz stand nun still und ruhte sich aus. Sie sah, wie ihre Enkelin in Tolos Armen schlief. Sie wusste nicht, was Java ihrem Mann in dem langen, mit unterdrückter Stimme geführten Gespräch, das sich bis weit in die Nacht hinein erstreckte, mitgeteilt hatte. Doch sie wusste, dass alles gut war.

»Es war verdammt einsam, du rothaariger Pirat«, sagte sie zu Red Broome.

»Jetzt nicht mehr«, erwiderte er. *»Jetzt nicht mehr, meine Liebste.«*

Als sie noch ein junges Mädchen gewesen war, hatte sie immer das Gefühl gehabt, in Red Broomes Armen zu sein, sei der Himmel.

34

Matt Van Buren hatte soeben drei Wochen im Dschungel an der Küste verbracht. Er war durch Tidenwasser gewatet und hatte sich durch den zähen Matsch gekämpft. Alle möglichen fliegenden Insekten hatten ihn gebissen und manchmal auch ein Blutegel an ihm gesaugt. Und um ein Haar wäre er von einer giftigen Schlange gebissen worden. Wäre er nicht in allerletzter Sekunde beiseitegesprungen, hätte man ihn wie Trevor, in einen Leinensack gehüllt, mit dem Arbeitsboot zurückgebracht.

Seine Anwesenheit bei den Holzfällern war nicht länger erforderlich. Thomas Carrol, sein tüchtiger Aufseher, hatte alles in der Hand. Also fuhr Matt auf seiner schlanken, kleinen Ketsch nach Norden und kam nach Port Moresby. Als er jedoch erst einmal im Hafen angelegt hatte, trödelte er herum und beobachtete, wie sein Südsee-Bootsmann Bug, Heck und Springleinen gleich zweimal hintereinander überprüfte und dann – unter der ungewohnten Aufsicht seines Herrn – anfing, das Deck zu schrubben. Normalerweise hatte Matt es bei seiner Ankunft am Kai von Port Moresby nicht abwarten können, so schnell wie möglich zum Gorel'schen Haus zu eilen.

Unten im Dschungel an der Südküste hatte er viel nachgedacht. Immer wieder war ihm eingefallen, wie Kit ihn beinahe mit Guinevere im Bett erwischt hatte. Immer aufs Neue spulte sich die Szene in seinem Kopf ab, wobei er sie leicht veränderte: Kit betrat das Haus in normalem Schritt, doch so, dass ihre Schritte durch die kleinen Teppiche im Eingang und Hauptraum gedämpft wurden. Kit hörte seltsame Geräusche aus Guineveres Zimmer und forschte nach. Sie wäre nicht so unhöflich gewesen, einfach die Tür aufzureißen, sondern hätte gerufen: »Guinevere, ist alles in Ordnung?«

Oder wenn sie den durchdringenden kurzen Schrei hören würde, den Guinevere ausstieß, wenn er all die kleinen Dinge für sie tat, die sie ihm beigebracht hatte, hätte Kit die Tür geöffnet, um zu sehen, was ihrem Gast Schreckliches zugestoßen war …

Und dann … der Ruin.

In den vergangenen Wochen im Dschungel hatte er sich immer wieder gesagt, er sei kein Schurke, kein Stück Dreck. Zu seiner Verteidigung hatte er sich klargemacht, dass sein Verhalten nur allzu menschlich war. Er war eben ein Mann, noch dazu jung und auf dem Höhepunkt seiner Kraft, und er verspürte ein normales Maß an sexuellen Bedürfnissen. Doch die Tatsache, dass er nicht nur sein Ehegelöbnis, sondern auch seine persönliche Bindung an Kit zerstört hatte, ließ sich nicht einfach wegerklären.

In solchen Momenten versuchte er, seine Unfähigkeit, sich von Guinevere fernzuhalten, durch den Gedanken zu rechtfertigen: Ich bin nicht der erste Mann, der sich in einem Netz von Leidenschaften einer anderen Frau verstrickt hat. Seit Anbeginn der Zeit kursierten Geschichten über weiblichen Zauber und übernatürliche Anziehungskraft. Sie gehörten sozusagen zur Menschheitsgeschichte. Schon die antiken Barden hatten Helenas verhängnisvolle Schönheit besungen, die Paris verzauberte und ein ganzes Königreich zu Fall brachte. Guinevere war also Helena … und gleichzeitig Delila und die Königin von Saba. Sie war die Inkarnation aller Weiblichkeit, und er konnte ihr ebenso wenig widerstehen wie die Motte dem Licht.

»Unsinn«, sagte er sich, als er an einem schwülen tropischen Tag, der Regen versprach, zum leeren Gorel'schen Haus ging.

Drinnen nahm er ihren Duft wahr, badete in ihrer Wanne und schlief in ihrem Bett. Gleich morgen früh würde er zu dem Tal im Hochland hinaufsteigen. Allein in dem Bett, in dem er sich mit Guinevere im Liebeskampf herumgeworfen und verausgabt hatte, verfluchte er sich und gab sich das Versprechen, Guinevere fortzuschicken, sobald er nach Hause käme. Ihr sehnlichster Wunsch war es doch, Papua zu verlassen. Das Unternehmen hatte bereits genug Geld erwirtschaftet, um sie nach Sydney oder sogar nach Paris zu schicken. Sie hatte oft von Paris gesprochen, und immer mit großer Sehnsucht, obwohl sie noch nie in dieser Stadt gewesen war. Nun, Paris war jedenfalls weit genug weg.

Er hatte im Krieg mitgekämpft und viele Male dem Tod ins Auge gesehen. Dann war er in dieses tropische Rattenloch am Ende der Welt gekommen, hatte für sich und seine Familie eine Existenz aufgebaut und den Grundstein für einen gewissen Wohlstand gelegt. Bald könnte er die Erträge seiner Arbeit nutzen und in ein angenehmeres Klima und in eine zivilisiertere Umgebung ziehen, wie etwa Brisbane oder Sydney. An einen Ort, an dem Grant und das Kind, das Kit ihm bald schenken würde, ein gute Schulausbildung bekämen und mit anderen Kindern ihrer eigenen Rasse Freundschaft schließen könnten.

Er selbst hatte seine prägenden Jahre auf einer Rinder- und Schaffarm in Queensland verbracht, wo er mit den Söhnen und Töchtern der Aborigine-Buscharbeiter als Spielkameraden vorlieb nehmen musste. Doch diese Aborigines waren wenigstens halbwegs zivilisiert gewesen, und hin und wieder hatte er sich auch der Gesellschaft der weißen Söhne und Töchter anderer Squatter erfreut. Er konnte einfach nicht zulassen, dass seine Kinder unter den Wilden von Papua aufwuchsen, nur das lernten, was ihre Mutter ihnen beibringen konnte, und ansonsten von der primitiven Kultur dieser kleinen schwarzen Menschen geprägt wurden. Auch wenn sein Gewissen allein nicht ausreichen sollte, auch wenn sein Pflichtgefühl gegenüber Kit nicht stark genug sein sollte, dem bebenden Verlangen zu widerstehen, das er in Guineveres Gegenwart sofort wieder verspüren würde, dann müsste bei dem Sinneswandel des Matthew Van Buren eben die Zukunft seiner Kinder den Ausschlag geben.

Als er den vertrauten Weg zu seinem Heim in Angriff nahm, stand sein Entschluss felsenfest. Wenn Guinevere erst erfuhr, dass sich ihr Firmenanteil auf ein kleines Vermögen belief, würde sie gegen seine Entscheidung sicher nicht protestieren. Zusätzlich wollte er ihr eine regelmäßige Zuwendung zukommen lassen, denn Trevor war schließlich nicht nur sein Geschäftspartner gewesen, sondern auch sein Freund. Außerdem schuldete er es Trev, dafür zu sorgen, dass seine Witwe auch weiterhin an den Früchten seiner Arbeit teilhatte.

Der neue Matt Van Buren beeilte sich. Er konnte es kaum abwarten, seinen Sohn zu sehen, Kit in seinen Armen zu halten und Guinevere Gorel zurück nach Port Moresby zu schicken, wo sie das erste Schiff nehmen sollte, das den Hafen anlief.

Selbstverständlich kam er zu spät.

Tagelang hatte Kit sich im Fieber gewälzt. Asema hatte die ganze Zeit bei ihr ausgeharrt, ihr mit einem feuchten Tuch die Stirn gekühlt und ihr immer aufs Neue die Kleidung gewechselt, wenn diese vom Schweiß oder vom Urin durchtränkt war. Nicht der Verlust des Kindes machte Kit so krank; das wusste Asema sehr wohl. Die Weißen waren anfällig gegen das Fieber, das die Menschen ihrer eigenen Rasse nur selten befiel. Manche behaupteten sogar, mit den Fieberattacken der Weißen wollten die Geister sagen: *»Dies ist das Land der Geheto und der Nagamidzuha und der Anupadzuha.«*

Als Kit die Augen öffnete und mit schwacher Stimme um Wasser bat, lächelte Asema und hielt ihr ein Glas an die Lippen. Zwei Tage später ging Kit mit wackeligen Beinen auf die vordere Veranda, setzte sich in ihren Schaukelstuhl und schaute über das Tal. Asema brachte ihr sofort etwas zu essen und redete so lange auf sie ein, bis Kit mit Mühe und Not ein paar Bissen zu sich nahm. Dann bat Kit, ihr den kleinen Grant zu bringen. Asema holte ihn und setzte ihn Kit auf den Schoß.

»Das Fieber kommt nicht mehr zurück, jedenfalls lange nicht«, sagte Asema.

»Du willst also damit sagen, dass es irgendwann wiederkommt«, bemerkte Kit resigniert. Vielleicht käme es doch nicht mehr zurück, wenn sie sorgfältiger ihr Chinin einnahm. Die Malaria war der Preis für das Empire. Für kurze Augenblicke verfiel sie in Selbstmitleid und dachte: *Zum Teufel mit dem Empire. Zum Teufel mit allem hier.* Sie sehnte sich danach, wieder in Kapstadt zu sein, in einem erträglichen Klima und in Gesellschaft zivilisierter Menschen. Sie sehnte sich danach, ihren Vater zu sehen, auch wenn sie mit dem Abschied von ihm nur unangenehme Erinnerungen verband. Aber könnte sie es ertragen, wenn er ihr sagte: »Habe ich dir das etwa nicht gesagt?« Könnte sie – selbst nach allem – zugeben, dass ihre Hochzeit mit Matt ein Fehler war?

In gewisser Weise hatte sie schon Verständnis für ihn. Guinevere Gorel war eine Frau von außergewöhnlicher Schönheit gewesen, eine Prinzessin, exotisch und verlockend. Und Kit hatte zu dem Unvermeidlichen noch selbst beigetragen, indem sie es ganz vernünftig fand, dass Matt während seines Aufenthalts in Port Moresby jeweils im Gorel'schen Hause übernachtet hatte. Schließlich waren Matt und Trev Geschäftspartner, hatte sie gedacht, und außerdem liebte Matt sie über alles. Sie war davon ausgegangen, dass Matt ihr nie untreu werden könnte. Sie hatten sich gegenseitige Treue geschworen, und das nicht nur bei ihrer Hochzeitszeremonie, sondern wiederholt in Augenblicken erfüllter Liebe.

Und nun, geschwächt durch den Verlust des Kindes und die Auswirkungen der Malaria, überkamen sie zum ersten Mal die typischen Selbstzweifel, die nur eine betrogene Frau kennt.

Aber er hat sich doch für mich entschieden! Von allen Frauen auf dieser Welt hat er sich für mich entschieden. Und er hat mir gesagt, dass er mich liebt. Ich habe mich ihm hingegeben. Er war der erste, der einzige Mann für mich. Ich habe ihm ein Kind geschenkt. Und doch hat er eine andere Frau mir vorgezogen. Ich bin ihm nicht genug. Also stimmt irgendetwas nicht mit mir. Ich bin nicht schön genug, nicht sinnlich genug. Ich bin ihm nicht genug! Irgendetwas fehlt mir!

Asema sah, wie Kit die Tränen in die Augen stiegen. Sie setzte sich zu ihren Füßen und tätschelte ihren Oberschenkel. »Du solltest mehr essen, kleine Mistress.«

»Nein, danke.« Sie hatte versagt … Sie hatte ihrem Mann alles gegeben, was sie hatte, ihre ganze Weiblichkeit. Doch es war nicht genug. Was hatte sie nur falsch gemacht? An welcher Stelle hatten ihre Wege sich entzweit? Wann hatte sie seine Liebe verloren?

Selbstmitleid war eine köstliche, lähmende und geradezu suchterzeugende Regung. Manche Menschen waren es offenbar zufrieden, sich ihr ganzes Leben lang darin zu suhlen. Kit Streeter Van Buren allerdings hatte bereits nach wenigen Minuten die Nase voll. Sie spie ein paar derbe Flüche in ihrem Landsknechtjargon aus. Ein Soldatenkind zu sein hatte wenigstens den einen Vorteil: Selbst für die schlimmsten Augenblicke im Leben hatte man immer das passende Vokabular parat.

Vielleicht hatte Guineveres Schönheit die ihre tatsächlich noch übertroffen. Aber auch nur vielleicht, denn sie waren vom Typ her völlig verschieden. Dass Kit selbst eine Schönheit war, stand außer Frage. Schon in ihrer Kindheit war sie von den Jungen bewundert worden, und seit sie sechzehn war, hatte es ihr an Verehrern nie gemangelt.

Slone Shannon. Er hatte sie geliebt.

Huch, sieh mal einer an. Immerhin hatte auch Slone sich für eine andere entschieden.

Nein, auch das hatte schon seine Richtigkeit. Schließlich war sie diejenige gewesen, die Slone zurückgewiesen hatte, weil sie die Verpflichtungen ihrer eigenen Familie gegenüber in den Vordergrund gestellt und ihn endlos vertröstet hatte.

Kit spürte eine unbändige Wut in sich. Denn es war schwer, die Verletzung hinzunehmen und sich einzugestehen, dass sie schon zweimal wegen einer anderen Frau verschmäht worden war.

Gerade in dem Augenblick, als sie versuchte, sich ihre Gedanken und Gefühle klarzumachen und mit dem Schmerz in ihrem Innern fertig zu werden, kam Matt den Pfad durch das Tal heraufgeritten. Ihr Herzschlag setzte aus. Er sah verflixt gut aus und machte im Sattel eine gute Figur. Sein khakifarbenes

Hemd war völlig durchschwitzt. Den Hut hatte er sich aus dem Gesicht geschoben, und man sah sein dickes, schweißgetränktes strohblondes Haar.

Plötzlich erschien Kit alles ganz einfach. Matt war auf Abwege geraten, aber schließlich war er nur ein Mann, und nicht jeder Mann konnte so stark sein wie der biblische Josef und den Verführungskünsten der Frau des Potiphar widerstehen. Doch Josef hatte sich an Gott gehalten, und Matt war nur ein ganz gewöhnlicher Mann, der hart arbeitete, um für seine Familie eine anständige Existenz aufzubauen. Die Schuld hatte also bei Guinevere gelegen. Sie hatte Kit bitter gekränkt, doch sie hatte auch bitter dafür bezahlt.

Matt kam mit raschem Schritt von den Nebengebäuden. Sobald er Kit auf der Veranda sah, winkte er, rannte auf sie zu und sprang mit einem breiten Lächeln und weit geöffneten Armen die Treppenstufen zu ihr herauf.

»Die kleine Mistress ist krank«, sagte Asema.

Er blieb abrupt stehen, denn auch ihm waren Kits gelbliche Gesichtsfarbe und ihre abgezehrten Züge nicht entgangen. »Kit?«

»Fieber«, erklärte Kit. »Ist schon vorüber. Vermutlich war ich ein wenig nachlässig und habe mein Chinin nicht regelmäßig eingenommen.«

Er kniete sich vor ihren Stuhl und nahm ihre Hände in die seinen. »Gott sei Dank fühlst du dich besser.« Er küsste ihre Hände, erst die eine, dann die andere.

Dicke Tränen rannen über Kits Wangen. Als seine Lippen ihre Hände berührten, hatte sie im ersten Moment die gewohnte Wärme für ihn empfunden. Doch dann war ein Schauder von Abneigung durch ihren Körper gefahren, denn ihr stand plötzlich das Bild vor Augen, wie er mit Guinevere im Bett lag.

»Wenn es dir wieder besser geht, müssen wir miteinander reden«, sagte Matt.

»Wir haben jetzt sofort einige Dinge zu besprechen«, erwiderte Kit. »Wir müssen über Guinevere reden.«

Matt errötete. »Ist wohl Gedankenübertragung«, meinte er, »denn ich wollte auch über Guinevere mit dir reden. Es wird Zeit, dass sie anfängt, ihr eigenes Leben zu leben, Kit. Ich werde ihr Trevs halben Anteil an unserem Barvermögen auszahlen. Sie will weg aus Neuguinea … schon seit sie hier angekommen ist.«

»Sie ist weg«, sagte Kit.

»Was?«

Kit durchbohrte ihn förmlich mit ihrem Blick und achtete auch auf seine kleinste Gefühlsregung, während sie fortfuhr: »Sie sagte mir, sie würde dich mitnehmen. Sie sagte mir, dass du sie liebst und ich nicht das Geringste dagegen tun könnte.«

»Diese verfluchte Person«, rief Matt. »Sie …«

»Fang jetzt nicht an zu lügen, Matt. Bitte, erzähl mir keine Lügen. Hör mir einfach zu. Sie sagte mir, der einzige Grund, weshalb du mich noch nicht verlassen hättest, wäre meine Schwangerschaft.«

Er schüttelte den Kopf, doch in seinem Blick lag wilde Verzweiflung.

»Nun, ich bin nicht mehr schwanger …«

»Mein Gott, Kit …«

»… weil sie versucht hat, mich umzubringen. Und sie hat es geschafft, das Kind zu töten.«

Matt sprang auf. »Was um Gottes willen sagst du da?«

»Lass Gott aus dem Spiel. Das passt nicht zu dir. Du hast ihn doch auch sonst nie gebraucht«, sagte sie.

»Was hast du da gerade gesagt, Kit?«

»Sie sagte, dass du sie liebst und sie von Papua wegbringen würdest. Was hattest du denn mit mir vor, Matt? Wolltest du mich einfach hierlassen?«

»Kit …«

»Oder wolltest du es auf die feine Art erledigen und mich zu meinem Vater zurückschicken, dem Mann, der mich vor einer Heirat mit dir gewarnt hat?«

»Hör zu, Kit …«

»Ich bin noch nicht fertig«, sagte sie. »Sie hat mich den Abhang hinabgestürzt. Ich habe das Baby verloren. Und dann kam das Fieber. Vielleicht habe ich nur deshalb Malaria bekommen, weil ich durch die Fehlgeburt zu sehr geschwächt war.«

Nach einer Weile fragte Matt: »Wo ist sie jetzt?«

»Weg«, sagte Asema. Die Art, wie sie dieses eine Wort ausspie, drückte unmissverständlich ihre Meinung über Guinevere aus.

»Weg?«, fragte Matt. »Ich bin ihr unterwegs nicht begegnet. Sie war auch nicht in Port Moresby. In den vergangenen Tagen hat kein Schiff den Hafen verlassen. Sie kann also nicht in Port Moresby eingetroffen sein und sich davongemacht haben, bevor ich von der Südküste zurückgekehrt bin.«

»Sie ist weggegangen«, sagte Asema und deutete grob die Richtung zur Küste an.

»Ist jemand mitgegangen?«, fragte Matt. Seine Stimme wurde lauter. »Verflucht, Asema, ich habe dich etwas gefragt.«

»Lass sie verdammt noch mal in Ruhe«, zischte Kit ihn an. »Sie war hier, als ich beinahe verblutet wäre. Wo warst du?«

»Kit, tut mit leid, dass ich nicht hier war«, sagte Matt. »Wir können alles verkaufen. Das Kolonialministerium wird schon einen Käufer finden. Da bin ich sicher. Wir werden zwar nicht so viel dafür bekommen, wie alles wert ist, aber wir können alles verkaufen und nach Australien zurückgehen. Und ich werde bei dir bleiben …«

»Fick dich ins Knie«, sagte Kit.

»Ich mag es nicht, wenn du Ausdrücke benutzt, bei denen sogar ein Sergeant Major rot werden würde«, sagte Matt. Auf typisch männliche Art griff er auf die uralte Methode zurück: Wenn man als Betrüger erwischt wird, muss man zuerst alles leugnen und dann zu seiner Verteidigung wütend werden.

Kit wiederholte in ziemlich höflichem Ton, er möge einen unnatürlichen Akt an sich vollziehen.

»Verflucht noch mal, Kit!«, brüllte er.

»Weshalb wirst du so wütend?«, fragte sie mit ruhiger Stimme. »Ich bin diejenige, die hintergangen worden ist. Ich bin diejenige, die wütend sein sollte. Aber ich bin es nicht, Matt. Ich bin nur zutiefst enttäuscht von dir. War sie gut, Matt? Hat sie etwas für dich getan, was ich nicht getan habe? Oder hast du es ihr von der Seite gemacht, wie die Matrosen es den Chinesinnen nachsagen?«

»Jetzt werde nicht obszön«, sagte er.

Sie schenkte ihm ein freudloses Lächeln. »Also gut, Matt. Was schlägst du vor, das wir tun sollen?

Er räusperte sich. »Nun ja, Kit, ich schätze, als Erstes sollte ich dich um Vergebung bitten. Ich kam mit der ehrlichen Absicht, Guinevere fortzuschicken. Das schwöre ich dir. Ich wollte ein Arrangement für sie treffen, damit sie leben kann, wo immer sie will. Nur nicht in Papua. Ich weiß selbst nicht, warum ich das getan habe, Kit. Der Grund war jedenfalls nicht, dass ich dich nicht geliebt hätte.«

Sie legte die Hand auf sein Glied. »Und ich hatte geglaubt, bei dir säße der Verstand, anders als bei den meisten Männern, etwas höher als hier.«

»Gottverdammt, Kit!«

»Ja, Gottverdammt.«

Er drehte sich um und raste die Treppe hinab. Dann blieb er stehen und sah sich zu ihr um. »Ich bitte dich ernsthaft um Vergebung«, sagte er.

»Wo willst du hin?«

»Ich muss Guinevere finden.«

»Wozu?«, fragte sie.

»Weil … weil, ach, verdammt, sie könnte sich verlaufen haben. Was haben diese Wilden sich bloß dabei gedacht, sie einfach allein gehen zu lassen?«

»Diese *Wilden,* von denen viele mit mir befreundet sind, haben wahrscheinlich gedacht: *Gut, dass wir sie los sind.*«

»Dir mache ich keinen Vorwurf. Du warst ja krank.«

Lodernde Wut stieg in ihr auf. »Ach, welch ein Glück«, sagte sie. »Du machst mir wirklich keinen Vorwurf? Wie großzügig von dir!«

»Ich muss sie suchen«, sagte er.

»Dann geh«, erwiderte sie. »Geh und fahr zur Hölle.«

Sie war nah daran, ihm zu erzählen, dass Guinevere sich nicht im Dschungel verlaufen hatte und er sie nicht finden würde. Es lag ihr auf der Zunge, ihm zu sagen, dass sie den Geschmack von frischem Blut im Mund gehabt hatte, das aus Guineveres Herzen stammte. Doch sie schwieg.

Matt stand unten an der Treppe und sah sie lange an. Er war nicht in der Lage, ihren Gesichtsausdruck zu deuten, und wartete darauf, dass sie etwas zu ihm sagen und ihn bitten würde, nicht zu gehen. Doch gleichzeitig ging ihm der Wortlaut seiner Meldung durch den Kopf, die er beim Gouverneur und auf der Polizeiwache machen müsste.

»Ich möchte melden, dass Mrs Trevor Gorel verschwunden ist.«

»Wie und wann ist sie verschwunden, Mr Van Buren?«

»Sie war zu Gast in meinem Haus im Geheto-Tal. Während ich beruflich unterwegs war, hat sie sich entschlossen, nach Port Moresby zurückzukehren. Sie hat sich allein auf den Weg gemacht.«

»Weshalb wollte sie unbedingt allein aufbrechen, wenn doch einer oder mehrere der Dorfbewohner sie hätten begleiten können?«

»Sie hat versucht, meine Frau umzubringen.«

Und dann käme die schwierigste Frage von allen: *»Wieso sollte sie Ihre Frau umbringen wollen, Mr Van Buren? Sind Sie sicher, dass da nicht ein Irrtum vorliegt? Könnte nicht sie diejenige sein, der übel mitgespielt wurde? Wenn sie vermisst wird, warum haben Sie dann nicht nach ihr gesucht? Wir benötigen die Aussage von Mrs Van Buren, und wir werden ein paar Männer zu ihnen hinausschicken, damit sie die Eingeborenen befragen …«*

* * *

Kit wartete ihrerseits darauf, dass Matt etwas sagen möge. Etwa, dass es ihm viel wichtiger sei, bei ihr zu bleiben, als sich um die Sicherheit der Frau zu kümmern, die einen Mordversuch an ihr begangen und dabei ihr ungeborenes Baby getötet hatte.

Als er nur weiterhin schwieg, beschloss sie, dass auch sie ihre Geheimnisse vor ihm haben würde. Schließlich hatte auch er seine Geheimnisse vor ihr gehabt. Und schließlich war es nicht ihre Schuld, wenn er und Guinevere sich so unbedacht ihrer Lust überlassen hatten, dass die Dienstboten zwangsläufig alles mitbekommen mussten. Was konnte sie dafür, wenn die beiden sich ihrer ruchlosen Leidenschaft hingegeben hatten, während Zaho unter ihrem Fenster gestanden und alles mitangehört hatte? Auch wenn viele ihr Geheimnis teilten – so wie Guinevere selbst unter viele aufgeteilt worden war –, würde sie es doch niemals preisgeben. Die Dorfbewohner wussten, wie aufgeregt der weiße Mann auf derlei Dinge reagierte. Und auch sie würde dieses Geheimnis nie enthüllen. Sollte Matt doch suchen. Sollte er ruhig die gesamte Strecke bis nach Port Moresby durchkämmen, hinter jeden Baum und in jede Schlucht schauen. Sollte er doch auf jeden Bergkamm klettern und durch jeden Bach waten. Vielleicht würde eines Tages irgendein Anthropologe zufällig auf das Knochenfeld unweit des Dorfes stoßen und einen Oberschenkel- oder Beckenknochen entdecken, der viel zarter und wohlgeformter war als die der Eingeborenen von Papua. Vielleicht würde er sich fragen, warum sich in dem wildarmen Neuguinea, in dem ein Mangel an tierischem Eiweiß herrschte, unter den gut abgenagten und ausgesaugten Knochen der eingeborenen Opfer auch die einer Weißen befanden. Matt würde Guinevere jedenfalls nicht finden – nicht einmal ihre abgenagten Knochen.

Als er zwei ganze Wochen später wieder auftauchte, wirkte er deutlich dünner und war mit eiternden Wunden von Insektenbissen übersät. Zerknirscht kam er zu Kit und erzählte ihr, er habe den gesamten Weg nach Port Moresby zurückgelegt, entlang der Strecke immer wieder den ausgetretenen Pfad verlassen und zahlreiche Umwege gemacht. Außerdem habe er jeden Eingeborenen befragt, der ihm begegnet sei. Er sagte ihr, Guinevere sei nicht in Port Moresby eingetroffen. Er habe ihr Verschwinden auf der Polizeiwache und beim Gouverneur gemeldet, worauf ihm unzählige Fragen gestellt worden seien. Und er habe ihnen gesagt, dass Mrs Gorel, eine ungeduldige Person, keine Ruhe mehr gehabt hätte und nicht auf seine Rückkehr hätte warten wollen, um sich von ihm nach Hause bringen zu lassen.

»Sie ist tot«, sagte er schließlich.

»Hast du geweint, als dir das klargeworden ist?«, fragte Kit. Sie saß auf der Veranda und hielt Grant auf dem Schoß.

»Nein, Kit.«

»Ein Teil von mir ist tot«, sagte sie. »Mein Baby ist tot.«

»Wir haben Grant«, sagte er und zeigte auf den Jungen. »Und du kannst noch weitere Kinder haben.«

»Nicht von dir, Matt«, sagte sie. Er sah sie mit schmerzerfüllter Miene an. »Ja, mein Entschluss stand fest, als du mich verlassen hast, um sie zu suchen, obwohl ich immer noch schwach war und mich von meinem Fieber noch nicht völlig erholt hatte.«

»Ich hatte viel Zeit zum Nachdenken, Kit«, erklärte er. »Ich weiß jetzt, wie sehr ich dir Unrecht getan habe. Was muss ich tun, damit du mir verzeihst? Ich liebe dich wirklich. Du bist mein Leben, du und Grant.«

Kit schwieg lange. Und als sie wieder etwas sagte, war es keine Antwort auf seine Frage. »Was wird aus dem Geschäft, jetzt, da sowohl Trevor als auch Guinevere tot sind?«

»Wir haben in einer schriftlichen Vereinbarung festgelegt, was im Falle des Ablebens einer oder mehrerer Personen geschehen soll. Jetzt gehört alles uns.«

»Dir«, stellte Kit richtig. »Wir unterstehen dem australischen Gesetz. Damit gehört alles dir.«

»Was mein ist, ist natürlich auch dein.«

»Erst, wenn ich es schriftlich habe. Ich will, dass du mir die Plantage überschreibst«, sagte sie.

Überrascht sah er sie an.

»Schließlich bin ich diejenige, die mit den Frauen geredet und sie zur Arbeit angehalten hat. Ich bin es, die das Anpflanzen der Setzlinge beaufsichtigt und darauf geachtet hat, wann die wachsenden Pflanzen bewässert werden mussten. Ich sehe dieses Haus als mein Haus und die Kaffeesträucher als meine Plantage an.«

»In Ordnung«, sagte er. »Ich werde sie dir überschreiben.«

»Ich möchte, dass wir ein Teilhaberschaftsabkommen schließen«, sagte Kit. »Nicht so sehr für mich, sondern für Grant.« Sie drückte das Kind eng an sich. »Du weißt, dass wir noch mehr Geld in die Plantage investieren müssen, bevor der Kaffee einen ersten Gewinn bringt.«

»Du redest, als würden wir uns scheiden lassen.«

»Davon weiß ich nichts, Matt«, sagte sie. »Du kannst natürlich machen, was du willst. Wenn du unsere Ehe auflösen möchtest, werde ich dir dabei nicht im Wege stehen. Dann werden wir es gemeinsam tun, und zwar so, dass kein allzu großer Skandal ausgelöst wird und die Auswirkungen auf unsere finanziellen Interessen sich in Grenzen halten.«

»Ich will keine Scheidung.«

»Aber falls du dich später doch dazu entschließen solltest …«

»Mal sehen, ob ich dich richtig verstehe«, sagte er. »Du willst also, dass unser Besitz hier im Tal auf deinen Namen läuft, und du willst die Hälfte der Einkünfte aus dem Sägewerk und dem Holzunternehmen?«

»Für mich und unseren Sohn.«

»Und wir sind nur noch auf dem Papier miteinander verheiratet?«

»Ja.«

»Für immer?«

Kit kaute gedankenversunken an der Unterlippe. »Das hängt davon ab.«

»Verdammt«, sagte er, »ich soll wohl mein Leben lang reuevoll vor dir auf den Knien rutschen, bis du dich endlich entschließt …«

Kit drehte sich um und ließ ihn einfach stehen. Sie ging in ihr Schlafzimmer und knallte die Tür hinter sich zu. Matt folgte ihr bis zur Tür und rief ihren Namen. Als er keine Antwort erhielt, warf er sich mit seinem ganzen Gewicht gegen die Tür und zertrümmerte das zerbrechliche Schloss. Kit saß auf der Bettkante.

»Du bestimmst, was getan wird, und ich muss es tun. Hast du dir das so vorgestellt?«, fragte er wütend.

»Nein, von mir aus kannst du gleich zur Hölle fahren, wenn du nicht für die Zukunft deines Sohnes sorgen willst.«

»Ich will ja für die Zukunft meines Sohnes sorgen«, entgegnete er mit etwas leiserer Stimme. »Und auch für dich will ich sorgen.«

»Es gibt noch eine Alternative«, sagte sie. »Wenn du mir nicht dieses Stück Land geben willst, welches das Ergebnis meiner Arbeit ist, dann benötige ich genug Geld für eine Schiffspassage nach Kapstadt.«

»Und meinen Sohn willst du mitnehmen?«

»Soll ich ihn etwa bei dir lassen, damit die nächste Hure, die du findest, ihn bemuttern kann?«

Er stapfte aus dem Zimmer.

Erst am nächsten Tag sprachen sie wieder miteinander. Matt hatte im Gästezimmer geschlafen, wo er sich an jenem schicksalhaften Tag mit Guinevere in zügelloser Leidenschaft im Bett gewälzt hatte.

»Ich werde tun, was du wünschst«, sagte er.

»Danke.«

»Ich gehe davon aus, dass ich beliebig oft herkommen kann, um Grant zu besuchen und mich davon zu überzeugen, dass du die Plantage – auch meinen Anteil daran – vernünftig führst.«

»Selbstverständlich kannst du deinen Sohn besuchen kommen.«

Seine Stimme wurde weicher, und seine Augen waren feucht. »Und darf ich darauf hoffen, Kit, dass es irgendwann einmal die Chance für eine Aussöhnung gibt?«

»Ich will ganz ehrlich zu dir sein«, sagte sie. »Im Moment würde es mir nichts ausmachen, dich nie wiederzusehen, Matt. Du wirst nie wissen, wie sehr du mich verletzt hast. Ich habe einfach keine Lust, mich nochmals in eine Lage zu bringen, in der ich seelisch verstümmelt werde.« Sie machte eine Pause. »Gewisse Aspekte dieser ganzen Sache werden dir wahrscheinlich für immer verborgen bleiben.«

Sie war dem absoluten Grauen ausgesetzt gewesen. Man hatte sie mit einem Stückchen eines noch warmen, blutenden menschlichen Herzens gefüttert. Sie hatte die Flötenklänge und das trommelartige Gebrumm der Männer sowie die Gesänge der Frauen ertragen müssen, während sie im Geiste gesehen hatte, wie die langen, einst so tadellosen Beine in ihrem eigenen Saft langsam bräunten, wie sie in Stücke zerrissen, in Scheiben geschnitten und zerkaut wurden. Und Matt war die lebende, sichtbare Erinnerung an dieses Grauen. Der Geschmack nach blutigem menschlichen Muskelgewebe, auf dem sie gekaut hatte, war gewissermaßen der Höhepunkt von Matts Affäre mit Guinevere. Kit hatte nicht darum gebeten, in diese Affäre mit hineingezogen zu werden. Er und Guinevere hatten sie ihr mit ihrer Handlungsweise aufgezwungen.

Natürlich war auch sie selbst nicht völlig frei von Schuld. Schon oft genug hatte sie das leidige Spiel gespielt: Was wäre, wenn. Was wäre, wenn sie Matt sofort zur Rede gestellt hätte, nachdem Asema mit der Geschichte von Matts Untreue zum ersten Mal zu ihr gekommen war? Was wäre, wenn sie Guinevere, der sie nie freundschaftliche Gefühle entgegengebracht hatte, nicht gestattet hätte zu bleiben, als sie plötzlich in ihrem Haus am Hang auf der Schwelle stand? Zu Beginn hätte sie Matt wahrscheinlich seine Untreue noch vergeben können. Ihre Mutter hatte häufig gesagt, die männliche Schwäche für die Fleischeslust sei kein ausreichender Grund, einen gemeinsamen Haushalt aufzulösen, es sei denn, der Mann trat in dieser Angelegenheit zu anmaßend auf. Höchstwahrscheinlich hatte ihre Mutter derlei weise Äußerungen von sich gegeben, weil sie vermutet hatte, dass Roland Streeter, der häufig meilenweit von seiner Familie entfernt am anderen Ende des Ozeans weilte, dieser weitverbreiteten männlichen Schwäche erlegen war. Aus diesem Grunde hätte auch Kit ihrem Mann eine schlichte Affäre verziehen. Vermutlich konnte man auch ihr gewisse Vorwürfe machen, weil sie zugelassen hatte, dass die Beziehung über eine bloße Tändelei hinausgewachsen war. Sie hätte diesem Tun beizeiten Einhalt gebieten können. Sie hätte Matt nur zu sagen brauchen, sie wisse davon, dass er jedes Mal, wenn er in Port Moresby war, in Guineveres Bett schlief. Doch ungeachtet dieser Selbstvorwürfe konnte sie das Entsetzen bei ihrem Sturz nicht vergessen – noch konnte sie die schmerzliche Gewissheit überwinden, dass ihr Baby tot war. Und sie konnte den Geschmack von Menschenfleisch in ihrem Mund einfach nicht vergessen.

»Dann bitte ich dich nur darum, dass du mir die Chance gibst, dir meine Liebe zu beweisen«, bat er. »Lass mich bitte versuchen, die Wunden zu heilen, die ich dir zugefügt habe.«

»Keine Versprechungen«, sagte sie.

»Keine Versprechungen«, willigte er ein.

35

Durch die modernen Wunder wie Telefon und Telegraf drang die Nachricht, dass eine Weiße die Gibson durchquert hatte, rasch von Alice Springs in die Außenwelt. Diese weiße Frau war jung und schön, wenn auch ein wenig dünn, und sie hatte einen außergewöhnlichen Namen. Auch wenn jeder Zeitungsbericht sorgsam darauf bedacht war, gleich im ersten Absatz zu erwähnen, dass es sich bei Java Mason um die Frau des Erben des Mason-Geschäftsimperiums handelte, wurde sie doch von den wenigsten Mrs Thomas Mason genannt.

Da die unerklärliche Anwesenheit eines anderen Weißen namens Terry Forrest die dramatische Story von Mr Masons waghalsiger Rettung seiner Frau nur unnötig verkomplizierte, wurde der Unfalltod dieses Forrest in einem separaten Artikel behandelt und war bald vollkommen vergessen. Die Polizeiwache von Alice Springs behandelte Terrys Tod beinahe gleichgültig. Wenn Mr Thomas Mason, seine Ehefrau und ein Mischlings-Buscharbeiter übereinstimmend aussagten, Mr Forrest sei auf dem Ayers Rock ausgerutscht und bei seinem Sturz tödlich verunglückt, dann war das eben so.

Java wurde zur Nationalheldin wider Willen, zumindest einige Tage lang. Und auch Tolos Großtaten wurden gefeiert. Denn nach der ersten großen Story folgten Fortsetzungsberichte, in denen haarklein dargestellt wurde, wie Thomas Mason mit seiner lange vermissten Frau und einem Halbblut-Buscharbeiter namens George Dutton sowie einer Gruppe Aborigines von Alice Springs erneut zum Ayers Rock aufbrach, um die Leiche einer Mrs Magdalen Broome zu exhumieren, der Witwe des verstorbenen Admirals Murdoch »Red« Broome der Royal Navy.

So kam es, dass Magdalen die Rückreise nach Sydney in einem versiegelten Sarg antrat, den Mr Thomas Mason nur selten aus den Augen ließ.

Tolo gab sich die Schuld an Magdalens Tod. Hätte er Java nicht in die westaustralischen Wüsten mitgenommen oder hätte er es strikt abgelehnt, dass Magdalen die beschwerliche Reise ins Innerste des australischen Kontinents mit ihm unternahm, würde sie jetzt noch leben. Magdalen Broome war das einzige Familienmitglied seiner Frau gewesen, das ihn ohne Wenn und Aber so, wie er war, akzeptiert hatte, anstatt ihn wegen seiner Herkunft mütterlicherseits zu verurteilen. Von allen Menschen auf der Welt war Magdalen die Einzige gewesen, die er beinahe ebenso geliebt hatte wie Java oder seine Mutter. Er würde sie sehr vermissen.

Selbstverständlich empfand auch Java tiefe Trauer über den Verlust ihrer Großmutter. Doch tief im Innern hat Gott das Wissen in uns Menschen eingepflanzt, dass die Alten sterben müssen, um uns auf den unvermeidlichen Verlust der geliebten Mutter, des bewunderten Vaters sowie der Großeltern vorzubereiten, die häufig bereits sterben, bevor wir überhaupt alt genug sind, um die Bedeutung des Todes zu erfassen. So konnte Java sich mit dem Gedanken trösten: *Sie hatte ein erfülltes Leben, und nun ist sie bei Großvater, und die beiden sind wieder miteinander vereint.*

Java aß in letzter Zeit wie ein Scheunendrescher. Als sie und Tolo sich schließlich an Bord eines Mason-Linienschiffes von Brisbane nach Sydney befanden, hatte Java ihre einstige jugendlich schlanke Figur mit den weiblichen Rundungen wiedererlangt. Durch das anstrengende Leben im Freien, das sie, wie es ihr vorkam, eine halbe Ewigkeit geführt hatte, waren ihre langen Beine muskulöser und wohlproportionierter geworden. Sie strotzte förmlich vor Gesundheit. Wenn Tolo den Kopf hängen ließ, versuchte sie, ihn aufzumuntern, indem sie von ihren Zukunftsplänen sprach: wie sie bald alles, was sie über die Aborigines gelernt hatten, gemeinsam zu Papier bringen würden. Und wie sie einen Teil von Tolos finanziellen Überschüssen einsetzen könnten, um denjenigen Eingeborenen zu helfen, die vom Schicksal benachteiligt waren – angefangen bei denen, die sich in den Elendsvierteln um die Städte der Weißen drängten. Java war zu der Überzeugung gelangt, dass es für Leute wie Jajjala, die sich bisher vom Lebensstil der Weißen noch nicht hatten bezwingen lassen, sicher besser wäre, wenn man sie einfach in Ruhe ließe. Das Beste für sie wäre, wenn sie nach ihren eigenen Vorstellungen leben könnten, solange es im Busch noch genug freien Lebensraum zum Umherziehen sowie ausreichend Kängurus zum Jagen und Wasserlöcher zum Überleben gab.

Im Rückblick empfand Java ihren hysterischen Anfall am Ayers Rock als geradezu kindisch. Gleich in jener ersten Nacht hatte sie Tolo erzählt, was zwischen ihr und Terry Forrest vorgefallen war. Sie hatte ihm erklärt, dass sie das Gefühl gehabt hatte, nichts sei mehr wichtig. Sie hatte ihm von ihrer Einsamkeit erzählt und ihm gesagt, was sie mit Terry getan hatte, sei nicht einmal ein schwacher Abklatsch ihrer eigenen Liebe. Unter Tränen hatte sie ihn um Vergebung gebeten, und seine Antwort darauf würde sie ihr Leben lang nicht vergessen.

Tolo hatte sie fest in die Arme geschlossen. Nur er allein wusste, wie sehr die Vorstellung von Java in Terrys Armen wehtat. Ihm war, als stieße ihm jemand ein Messer ins Herz. Doch er sagte: »Die Verantwortung dafür trage ich. Schließlich habe ich darauf bestanden, dich in die Wüste mitzunehmen. Ich werde dir nie wegen irgendetwas Vorwürfe machen. Mir kommt es so vor, als hätte ich eine zweite Chance erhalten. Du lebst, nachdem ich dich lange Zeit für tot gehalten habe. Und nur das allein zählt.«

Aus Javas Sicht sollte ihr Fehltritt mit Terry Forrest ihre Ehe seltsamerweise noch bereichern. Da Tolo Verständnis gezeigt und ihr bereitwillig verziehen hatte, wurde ihre Zuneigung zu ihm noch gestärkt. Wieder in Tolos Armen zu sein zeigte ihr deutlich, welch ein Riesenunterschied bestand zwischen der eher zufälligen Begegnung mit Terry und dem Zusammensein mit dem Mann, den sie liebte. Immer wenn sie sich ihrem Mann hingab, bekam der Liebesakt eine Bedeutung und Wichtigkeit, die bei Terry völlig gefehlt hatte. Zugegeben, auch bei Terry hatte sie körperliche Lust verspürt. Doch es war bei Weitem nicht diese bleibende, alles umfassende Wonne und Wärme, die sie bei Tolos Liebe empfand.

Von Alice Springs aus hatte Java ihrer Mutter und ihrem Vater ein langes, teures Telegramm geschickt und ihnen Magdalens Tod mitgeteilt. Die Bestätigung kam von ihrem Vater: TRAUERN ÜBER TRAURIGE NACHRICHT. JUBELN ÜBER DEIN ÜBERLEBEN. KOMM RASCH HEIM.

Dem Telegramm ihres Vaters war kein Hinweis darauf zu entnehmen, wie Jessica Gordon den Tod ihrer Mutter aufgenommen hatte.

Sowohl den Gordons als auch Misa Mason teilten sie ihr Abfahrtsdatum von Brisbane mit, den Namen des Schiffs und das vorgesehene Ankunftsdatum. Am Kai erwartete sie eine ziemlich große Delegation: Jessica und Sam natürlich, zusammen mit Kitty Broome und Kelvin Broome; Misa und Bina Tyrell zusammen mit Binas Geschäftspartner Clive Taylor und seiner neuen Frau. Außerdem hörte man das Geschnatter zahlreicher Reporter.

Tolo bemerkte sofort, dass seine Mutter mit ihren Leuten ein kleines Stück abseits der Gordons und der Broomes stand. Genauso hatte er es erwartet. Er war nicht sicher, wie Sam Gordon darüber dachte, doch Jessica Gordons Ablehnung war jederzeit deutlich zu spüren gewesen. Er wusste, dass Jessica ihn hasste, weil er und Java sich über ihre Wünsche hinweggesetzt und einfach geheiratet hatten. Auch war ihm bewusst, dass ihre Ablehnung in erster Linie seinem samoanischen Blut galt.

Überglücklich, wieder mit den Ihren vereint zu sein, liefen Java und Tolo auseinander. Tolo schloss zuerst Misa und dann auch Bina fest in die Arme, schüttelte Clive die Hand und verneigte sich vor Clives neuer Frau. Java flog ihrer Mutter in die ausgestreckten Arme, küsste ihren Vater auf die Wange und umarmte ihre Tante Kitty und ihren Cousin Kelvin.

Im *Bina's* war ein Willkommensfest arrangiert worden, und die gesamte Gruppe knatterte in ihren glänzenden neuen Automobilen durch die Straßen. Sowohl Misa als auch Sam Gordon hatten eine große Vorliebe für dieses moderne Transportmittel entwickelt und wetteiferten offenbar miteinander, wer von ihnen das neueste Daimler-Modell besaß.

Das Restaurant war noch nicht für den abendlichen Publikumsverkehr geöffnet, und das Küchenpersonal hatte sich selbst übertroffen. Als die Festgesellschaft das Restaurant betrat, stieg ihnen sofort ein verführerischer Duft in die Nase. Java war als Erste eingetreten. Rasch lief sie voraus, um zu sehen, welche Sitzordnung vorgenommen worden war. Mit gerunzelter Stirn fing sie an, die Platzkärtchen zu vertauschen, denn die Gruppe war in zwei Seiten aufgeteilt worden, als wollte die eine mit der anderen ein Streitgespräch führen.

»Leute, ich habe die Platzkarten ein bisschen vermischt«, sagte Java, als die übrigen am Tisch ankamen. Sie strahlte alle mit einem so zuversichtlichen Lächeln an, dass nicht einmal Jessica Einwände dagegen erheben konnte. »Mutter, du und Misa sitzt hier …«

Das schlecht verborgene Missfallen ihrer Mutter entging ihr nicht, als diese sich neben Misa setzte. Für sich selbst hatte Java den Platz zwischen Tolo und ihrem Vater vorgesehen, da sie den Eindruck hatte, sie würde die Unterstützung der beiden dringend brauchen. Die Kälte, die zwischen Jessica und Misa Mason herrschte, war ihr nicht entgangen. Bisher hatte sie noch keine Gelegenheit gehabt, unter vier Augen mit ihrer Mutter zu sprechen. Doch sie vermutete, dass Jessica im Stillen Tolo für Magdalens Tod verantwortlich machte.

Sogleich hob ein großes Geschnatter an, und viele Fragen wurden gleichzeitig gestellt. Java ergriff das Wort und sagte:

»Hört zu, ich bin halb verhungert. Nachdem ich so lange nichts als Knollen und Wüstenechsen zu essen bekommen habe, muss ich noch viel nachholen.«

Clive Taylors Frau machte ein merkwürdiges Geräusch und hielt sich ihr Taschentuch vor den Mund. Jessica verzog das Gesicht, sagte aber nichts.

»Würdet ihr also bitte ein wenig Geduld aufbringen, damit erst das Essen serviert werden kann? Sobald ich Vielfraß satt bin, werde ich euch die ganze Geschichte von vorn bis hinten erzählen.«

Sam Gordon sprach das Tischgebet und redete zum Herrgott, als würde er auf gutem Fuße mit ihm stehen. Das Essen war »verdammt gut«, wie Java es bezeichnete. Und dann wurde es allmählich Zeit.

»Ich denke, du hast jetzt die Aufmerksamkeit aller«, sagte Sam zu seiner Tochter.

Sie sah von einem zum anderen. Ihr Lächeln schwand, und ihre Miene wurde ernst. »Alle, die ich liebe, sitzen hier an diesem Tisch«, begann sie.

»Deine Großmutter ist nicht unter uns«, sagte Jessica in bitterem Ton.

»Oh, das glaube ich doch«, erwiderte Java. »Ich denke, sie ist irgendwo bei Großvater, und beide schauen zu uns herab und fragen sich, ob wir uns wohl auch weiterhin so dumm anstellen wie in der Vergangenheit.«

Jessica presste die Lippen zusammen.

»Mutter, ich weiß, wie Großmutter darüber dachte, denn sie hat es für uns aufgeschrieben.« Sie zog einen zusammengefalteten Brief aus ihrer Handtasche. »Dieser Brief steckte zwischen ihren persönlichen Sachen. Er ist an dich gerichtet, Mutter, aber ich werde ihn laut vorlesen, damit jeder den Inhalt hören kann.«

»Wenn er an mich gerichtet ist ...«, sagte Jessica.

»Hör zu, Jess«, warnte Sam. »Ich denke, Java weiß am besten, was in diesem besonderen Fall zu tun ist.«

»Ich weiß nicht, wann sie diesen Brief geschrieben hat«, meldete Tolo sich zu Wort. »Irgendwann während unserer Reise nach Alice Springs. Vielleicht auch erst, nachdem wir die Stadt erreicht hatten. Könnte auch sein, dass sie ihn erst unterwegs von Alice Springs zum Ayers Rock verfasst hat. Denn wenn ich mich abends aufs Ohr gelegt habe, bin ich immer sofort eingeschlafen. Aber manchmal wurde ich auch wach und sah, wie Magdalen … Mrs Broome … noch tief in Gedanken versunken am Feuer saß.«

»Wie ich schon sagte, Mutter«, ergriff Java das Wort, »er richtet sich an dich.« Mit heller, klarer Stimme las sie vor:

»Meine liebe Tochter,

ich wünschte, ich könnte diese eigentümliche, karge, ehrfurchtgebietende Schönheit des Zentrums unseres Landes mit Dir teilen. Doch etwas in meinem Inneren sagt mir, dass ich von dieser Liebesreise nicht mehr zurückkehren werde.

Wenn meine Eingebung stimmt, darfst Du Dich nicht schuldig fühlen und Dir sagen, Du hättest Himmel und Hölle in Bewegung setzen müssen, damit die alte Lady zu Hause in ihrem Schaukelstuhl bleibt. Jessica, um nichts auf der Welt möchte ich diese Reise missen! Für mich war es die letzte Gelegenheit, diesen Teil unseres Landes zu sehen, der – zumindest nach Ansicht von Dichtern wie Larson und Patterson – das wahre Australien ist. Und wenn mein Gefühl mich nicht trügt, dass meine Zeit bald abgelaufen ist, hätte der Tod mich in Sydney ebenso schnell ereilt wie er mich vielleicht hier im Busch erwartet. Wenn mein Gefühl mich nicht trügt, dass ich Dich nicht mehr wiedersehen werde, so ist es Gottes Wille. Doch ich bin sicher, dass er mich erst dann von dieser Welt abrufen wird, nachdem ich Gelegenheit hatte, meine Enkelin wiederzusehen.

Tief im Innern weiß ich, dass Java irgendwo dort draußen in diesem großen roten Herzen unseres Kontinents auf uns wartet. Ich kann ihre Anwesenheit förmlich spüren, und diese Sicherheit und die feste Überzeugung, dass ich sie noch in meinen Armen halten werde, bevor ich sterbe, zieht mir die Schmerzen aus meinen alten Knochen.

Diesen Brief wirst Du erst nach meinem Tode erhalten, Jessica. Deshalb kann ich auch so schonungslos offen zu Dir sein und mir Deine Trauer über mein Scheiden zunutze machen. Ich möchte von Java und Tolo sprechen. Nun bin ich schon eine kleine Ewigkeit mit Tolo unterwegs, und ich habe ihn so gut kennengelernt, wie ich ihn vorher nicht kannte. Jessica, er ist ein liebenswürdiger, liebevoller und rundum wunderbarer Mensch.«

Tolo war von seinen Gefühlen überwältigt. Er schob seinen Stuhl zurück und verschwand rasch vom Tisch, um seine plötzlichen Tränen zu verbergen, die er trotz der Tatsache, dass er den Brief bereits mehrmals gelesen hatte, nicht zurückhalten konnte.

Java fuhr fort:

»Er liebt Java, wie mein Red mich geliebt hat und wie Dein Sam Dich liebt. Nun, auch wenn Du versucht hast, Dir den Anschein zivilisierter Höflichkeit zu geben, so weiß ich doch, dass Du Tolo und seine Mutter nur deshalb aus tiefstem Herzen ablehnst, weil Du von unserem Australien und unserem Zeitgeist geprägt worden bist. Wenn unsere gesamte Nation die Menschen von den Pazifikinseln als Kanaken abstempelt, kannst Du als Teil dieser Nation Dich ihrem Einfluss nicht völlig entziehen.

Ich weiß, es ist schwer, nicht auf die Hautfarbe eines Menschen zu achten. Und offen gesagt, glaube ich, dass Gott es so wollte. Wir unterscheiden uns sehr von den Aborigines. Das erkennt selbst ein Narr. Vielleicht gibt es tatsächlich einige Rassen auf der Welt, die unsere Entwicklungsstufe nie ›einholen‹ – oder nenne es, wie du willst. Aber selbst in meiner wildesten Fantasie kann ich nicht verstehen, wie sich jemand Tolo Mason überlegen fühlen kann, nur weil er aussieht, als hätte er lange in der Sonne gelegen. Oder wie irgendein Buschranger sich einer Frau wie Misa Mason überlegen fühlen kann, die höchstwahrscheinlich zur mächtigsten Frau in ganz Australien geworden ist.

Misa Mason ist seit Langem meine Freundin, und ich bin stolz, das sagen zu dürfen. Ich habe sie als rücksichtsvolle, warmherzige, liebevolle, freundliche, großzügige und überaus liebenswürdige Person kennengelernt. Es wird Zeit, Jessica, dass Du die Lehren von Leuten wie Henry Lawson vergisst. Es wird Zeit, dass Du Tolo Mason, Deinem Schwiegersohn, in die Augen siehst und sagst: ›Tolo, ich bitte Dich um Vergebung.‹

Das soll nicht heißen, dass ich Sam nicht zugestehe, Java übers Knie zu legen und ihr tüchtig den Hintern zu versohlen, weil wir uns fürchterliche Sorgen um sie gemacht haben. Es war falsch von ihr und Tolo, einfach wegzulaufen. Doch es war auch falsch von Dir und Sam, die beiden trennen zu wollen, nicht wahr?

Es wird Zeit, dass Du Misa Mason, der Mutter Deines Schwiegersohns, in die Augen siehst und sagst: ›Misa, verzeih mir.‹ Dieses Versprechen nehme ich Dir auf meinem Sterbebett ab, Jessica. Versuche, Dich Misas Freundschaft als würdig zu erweisen. Dann wirst Du sehen, dass Du dafür, dass Du deine alten, gedankenlosen Vorurteile abgelegt hast, mehr als reichlich belohnt wirst.

Sollten wir Java tatsächlich finden und Dir zurückbringen, Jessica, erhältst Du noch einmal eine neue Chance. Folge meinem Rat und tu es für mich,

Deine Mutter.«

Sowohl Jessica als auch Misa weinten leise. Sam räusperte sich. Tolo war an den Tisch zurückgekehrt und hatte sich hinter Javas Stuhl gestellt. Jessica wischte sich über die Augen und musste kräftig schlucken. Sie sah Misa an und nahm ihre Hand. Vor Rührung war ihre Stimme nur sehr schwach zu hören. »Am Tisch für das TNT-Trio wird künftig ein Platz leer bleiben«, flüsterte sie. »Dürfte ich den bei nächster Gelegenheit einnehmen? Gibst du mir Gelegenheit, dich besser kennenzulernen?«

Misa brachte kein Wort heraus. Sie verzog ihren schönen Mund mit den vollen Lippen, während sie die Tränen zurückdrängte. Bina antwortete Jessica an Misas Statt: »Wir werden Magdalens Platz für dich freihalten, Schätzchen.«

Als das Zerstörer-Geschwader von Kommodore Rufus Broome das nächste Mal im Hafen von Sydney anlegte, begrüßte er seine Nichte und ihren Ehemann mit aufrichtiger Freude, obwohl er sie beide kaum gekannt hatte. Am meisten aber freute er sich über Misas Gesicht, als sie beim Abendessen an seiner Seite saß. Die Nachricht vom Tod seiner Mutter hatte ihn in Wellington erreicht, und in der Zurückgezogenheit seiner Schiffskabine hatte er gebührend um sie getrauert. Ihm entging nicht, mit welch herzlicher Wärme seine Schwester, Java und Tolo sowie Misa Mason miteinander umgingen, und er war darüber erleichtert. Nachdem er Magdalens Brief zu lesen bekommen hatte, konnte er Jessicas Sinneswandel gegenüber Tolo und Misa auch besser verstehen.

Am ersten Abend, den Rufe wieder einmal am Tisch im Hause Broome-Gordon verbrachte, drehten sich die Gespräche wie auch bei früheren Gelegenheiten um die Belange des Empires, obwohl von der älteren Generation nur noch Kitty Broome übrig war. Rufe ließ sich über die Nachwirkungen des Doggerbank-Zwischenfalls aus, einer Begleiterscheinung des Russisch-Japanischen Krieges, in der russische Kriegsschiffe vor den Doggerbanks das Feuer auf neutrale, unbewaffnete britische Fischerboote eröffnet hatten. Die daraus resultierenden Spannungen zwischen Russland und Großbritannien dauerten immer noch an, wenngleich sie angesichts der fortwährenden deutschen Konkurrenz auf den Weltmeeren mehr und mehr in den Hintergrund rückten. Gleichzeitig hatte sich die Lage in Zentralafrika nach einem von königlich britischen Soldaten niedergeschlagenen Aufstand der Ekumekus, einer fanatischen

Glaubensgemeinschaft in Südnigeria, immer noch nicht richtig entspannt. Das bei Weitem interessanteste Gesprächsthema bildete jedoch der erstaunliche Sieg der Japaner über die Kriegsmarine des zaristischen Russland, denn das Anwachsen der japanischen Militärmacht würde sich auch auf Australiens Zukunft auswirken.

»Das wird auch auf die britischen Inseln Auswirkungen haben«, erklärte Rufe. »Allerdings bekommt die Royal Navy dadurch neuen Aufschwung, meine lieben Freunde. Neue Schiffe laufen vom Stapel, so schnell die Werften mit ihrer Arbeit nachkommen. Auf einem davon werde ich vermutlich demnächst das Kommando übernehmen.«

Misa sah ihn interessiert an.

»Ich bin einer von mehreren Offizieren, die für das Kommando auf dem ersten Schlachtschiff mit schweren Geschützen infrage kommen«, sagte er. »Das Schiff wird den Namen *Dreadnought* tragen und mit Geschütztürmen ausgestattet sein, die mit Zwölf-Zollern bestückt sind.«

»Wegen der japanischen Kriegsmarine?«, fragte Tolo.

»Und wegen der deutschen Kriegsmarine«, antwortete Rufe. Er sprach immer noch direkt zu Misa. »Es wird noch eine Zeit lang dauern, bis das Schiff fertig ist. Aber wenn ich das Kommando übernehmen sollte, bedeutet das, mein Heimathafen wäre in England.«

Misa spürte, wie ihr Herzschlag aussetzte.

»Wenn es euch nichts ausmacht, das Thema zu wechseln«, fuhr Rufus fort, »dann würde ich euch allen gern ein Problem vorlegen und wäre euch dankbar, wenn ihr mir eure Meinung dazu mitteilt. Schon seit Langem bitte ich diese Lady an meiner Seite, mich zu heiraten.«

»Sei still, Rufe«, sagte Misa und errötete furchtbar.

»Nein, ich bin nicht still«, erwiderte Rufe. Sein Lächeln zeugte deutlich von seinen Gefühlen für Misa, was keinem der Anwesenden am Tisch entging. »Diese Lady hat immer wieder neue Ausflüchte gesucht. Sie sei zu beschäftigt. Sie mache sich

Sorgen um ihren Sohn und um Java. Sie sei von der sozialistischen Presse angegriffen worden, weil sie es gewagt hatte, in Australien reich zu sein.« Er lachte. »Den letzten Grund finde ich recht amüsant, oder? Ursprünglich kam sie als unter menschenunwürdigen Bedingungen angeheuerte Arbeitskraft in dieses Land. Und jetzt, da sie das von ihrem verstorbenen Ehemann gegründete Unternehmen zu einem der größten Wirtschaftsimperien dieses Landes ausgebaut hat, verurteilt man sie, weil sie ein Mitglied der Oberschicht geworden ist.«

»Rufe, wenn du nicht augenblicklich still bist …«, sagte Misa, aber auch sie lächelte.

»Nun ja, inzwischen sind Tolo und Java wohlbehalten zurück. Hier hast du deinen Tolo, der dir ein gutes Stück Verantwortung abnehmen kann. Also ist auch das keine Entschuldigung mehr.« Er nahm Misas Hände in die seinen. »Fällt dir sonst noch ein Grund ein, weshalb du mich jetzt nicht heiraten könntest?«

Vor Misas Augen verschwamm alles vor lauter Tränen. Den Hauptgrund, aus dem sie dem Gebot ihres Herzens so lange nicht gefolgt war, würde sie ihm nie enthüllen. Nie würde sie Rufe gegenüber zugeben, dass sie bereit gewesen war – notfalls auch gegen Jessicas Vorurteile –, um ihn zu kämpfen, und dass am Ende doch ihr Stolz und ihre Feinfühligkeit den Sieg davongetragen und sie von ihrem Vorhaben abgehalten hatten. Denn es wäre unter ihrer Würde gewesen, und sie hätte es als gefühllos empfunden, mit Jessica Gordon, solange deren Kind vermisst wurde, einen Streit anzufangen. Nun aber … Sie sah Rufe an. »Kein einziger Grund«, flüsterte sie.

»Hört, hört«, sagte Sam Gordon und hob sein Glas.

Und zu Rufes freudiger Überraschung sprang nicht nur Java auf und rannte um den Tisch, um die beiden zu umarmen und ihnen alles Gute zu wünschen. Jessica tat es ihrer Tochter gleich und sagte: »Ich trage euch beiden auf, sehr, sehr glücklich zu sein.«

Epilog

Theobald, Großherzog von Sachsen-Coburg, trug Uniform, denn das war die Lieblingskleidung des Mannes, der nichts auf der Welt so sehr bewunderte wie seinen Cousin Willi – den deutschen Kaiser Wilhelm II. Da Theo, wie er von seinen Freunden genannt wurde, über uneingeschränkte Mittel verfügte, besaß er eine entsprechende Garderobe. Bei offiziellen Abendgesellschaften erschien er in elegantem Weiß, mit karmesinroten Seitenstreifen an der Hose und einem maßgeschneiderten Waffenrock, an dessen Vorderteil ein regelrechtes Dickicht aus Goldknöpfen, Orden und Auszeichnungen prangte.

In diesem beeindruckenden Aufzug übernahm er nun den Vorsitz bei Tisch, denn unmittelbar nach seinem Amtsantritt als Verbindungsmann zwischen dem deutschen Generalstab und dem Oberkommando des österreichischen Kaiserreichs hatte er in seiner luxuriösen Wohnung in Wien zu einem Bankett geladen.

Das Entree und mehrere weitere Gänge waren an dem langen, schweren Esstisch bereits serviert worden, und passend zum Anlass befanden die geladenen Gäste sich in einer gewichtigen Unterhaltung. Sir Norman Angell, der sich als Schriftsteller bezeichnete, hatte das Wort. Soeben erläuterte er Theo und seiner illustren Gästeschar den Grund, aus dem es keinen europäischen Krieg geben würde.

»Mein Buch zu diesem Thema steht übrigens kurz vor der Veröffentlichung«, sagte Sir Norman mit breitem Lächeln. »Daher sollte ich mein Grundprinzip eigentlich noch nicht preisgeben.« Mit dem für die Briten typischen erhobenen Zeigefinger fuhr er fort: »Allerdings kann ich innerhalb dieser erlauchten Gesellschaft sicher davon ausgehen, dass über meine privaten Gedanken Stillschweigen bewahrt wird. Meiner Ansicht nach ist ein Krieg im Zwanzigsten Jahrhundert ausgeschlossen, da in unserem modernen Zeitalter zwischen sämtlichen großen Nationen so starke finanzielle und wirtschaftliche Verflechtungen bestehen, dass ein Krieg schlicht unrentabel wäre. Der Sieger hätte unter den Folgen ebenso zu leiden wie der Besiegte. Lassen Sie mich Ihnen nur ein kleines Beispiel nennen. Wie unser verehrter Gastgeber, der Großherzog, zweifellos weiß, ist die deutsche Handelsmarine die zweitgrößte der Welt und wird nur noch von Großbritannien übertroffen. Mindestens ein halbes Dutzend deutscher Passagierschiffe durchquert den britischen Suezkanal – was unser junger Freund von der britischen Botschaft sicher bestätigen kann – und fährt weiter zu den britischen Kolonien im Südpazifik, vor allem nach Australien und Neuseeland. Und für ein deutsches Linienschiff würde sich die Atlantiküberquerung wohl kaum lohnen, wenn es nicht zunächst in einem britischen Hafen anlegte und als Zwischendeckpassagiere eine Ladung Emigranten in die Neue Welt aufnähme. Das sind nur zwei kleine Beispiele. Diese Verflechtungen reichen bis in sämtliche Bereiche der Industrie und des Handels.« Lächelnd breitete er die Hände aus. »Unter diesen Bedingungen wäre wohl keine Nation so dumm, einen Krieg anzuzetteln.«

»Ich bin schon sehr gespannt darauf, Ihr Buch zu lesen, Sir Norman«, sagte Theo und rückte seinen Kneifer zurecht. Theo war stolz darauf, dass er dem Kaiser so stark ähnelte: Er hatte denselben stahlharten Blick, dieselbe ausgeprägte Nase, dieselbe Physiognomie – die Frucht jahrhundertelanger selektiver Fortpflanzung. Und er ließ seinen Schnurrbart so stutzen, wie Wilhelm ihn trug. Theo ließ seinen Blick über die Gesichter der am Tisch versammelten Gäste schweifen und eine Weile auf Sianna Shannon ruhen, der entzückenden burischen Gattin des jungen Viscount Slone Shannon von der britischen Botschaft. Charmantes Kind.

Bei Sir Normans Behauptung, im Zwanzigsten Jahrhundert

sei gar nicht an einen Krieg zu denken, da er eine wirtschaftliche Katastrophe auslösen würde, kam Theo ein Buch von General Friedrich von Bernhardi in den Sinn, das er vor Kurzem als Manuskript gelesen hatte. Die ersten beiden Kapitel trugen die Überschrift »Das Recht zum Kriege« und »Die Pflicht zum Kriege«. Beim Einmarsch der preußischen Armee im Jahre 1871 in Paris war Bernhardi an der Spitze der siegreichen Deutschen durch den Triumphbogen geritten. Als Leiter der Stabsabteilung für Militärhistorik innerhalb des deutschen Generalstabs galt er, was seine Lehre zu Clausewitz, Treitschke und zum Sozialdarwinismus anbelangte, als unumstrittene Autorität. Bernhardi hielt den Krieg für eine biologische Notwendigkeit, die sich aus dem Naturgesetz ergab, auf dem alle anderen Gesetze basierten: dem Kampf ums Überleben. Theo erinnerte sich insbesondere an eine bestimmte Stelle in dem Buch des Generals, wo es sinngemäß hieß, die Nationen müssten entweder Fortschritte machen oder zugrunde gehen; einen Stillstand könne es nicht geben. Deutschland müsse sich entscheiden zwischen der Weltmacht oder dem Untergang.

»Ich finde, Sir Normans Theorie klingt sehr beruhigend«, sagte Slone Shannon.

Theo sah in Slones Richtung. Der Viscount und seine Lady waren in Wien bereits alte Hasen. In diplomatischen Kreisen hielt man große Stücke auf sie, und sie wurden bei jeder Gelegenheit eingeladen. Theo hatte die Bekanntschaft zu den beiden vielleicht deshalb gepflegt, weil Sianna eine so hübsche Person war. Sie sprach ein besseres Deutsch als die meisten, die in Deutschland geboren und aufgewachsen waren, und die Deutschkenntnisse ihres Gatten machten deutliche Fortschritte.

»Aber hat nicht der Kaiser selbst gesagt«, fragte Slone soeben, »er fürchte, der nächste Krieg könne von irgendeinem Wahnsinnigen auf dem Balkan ausgelöst werden?«

Der obligatorische Vertreter des Habsburger Hofes, der österreichische General Joseph Buchlau, erhob sich wie ein müder alter Löwe. »Mag schon sein, aber Willi ist häufig etwas unbedacht in seinen Äußerungen, meinen Sie nicht?«

Betretenes Schweigen breitete sich aus.

Buchlau war ebenso wie das österreichische Kaiserreich alt und aufgebraucht. Doch er hatte glanzvolle Zeiten erlebt und betrachtete den deutschen Kaiser Wilhelm II. als Emporkömmling. »Bei einer Abendgesellschaft konnten dreihundert Gäste Willis Äußerung mit anhören, Edward VII. von England sei ein Satan.« Buchlau lachte glucksend. »Er hat es sogar noch einmal wiederholt, damit es auch wirklich jeder der Anwesenden mitbekam, und sagte, man könne sich nicht vorstellen, was für ein Satan er sei.«

Theo fühlte sich gekränkt, doch Sianna kam ihm zu Hilfe. Sie lachte fröhlich und sagte: »Nun ja, die liebe Familie, Herr General. In jeder Familie gibt es immer wieder einmal einen kurzen Moment, in dem man sich über sie ärgert. Aber das geht rasch vorbei.«

Ihre Bemerkung löste die Spannung. Der alte habsburgische General nickte nur zustimmend und verfiel erneut in seinen Halbschlaf. Theo wechselte das Thema und begann – »im Interesse der unverheirateten Damen unter uns« – mit der Beschreibung des gut aussehenden Prinzen Canilo von Montenegro, der in zwei Wochen nach Wien kommen würde. »Was für eine Gesellschaft sollen wir für ihn geben, Sianna?«, fragte er. »Sollen wir ein Orchester engagieren, das Walzer spielt, oder zur Abwechslung lieber eines, das die alten Heurigenlieder kennt?«

»Auf jeden Fall Walzer«, erklärte Sianna.

Theo, ein Aristokrat und durch und durch ein Preuße, genoss seine Rolle als perfekter Gastgeber. Jedem seiner Gäste am Tisch schenkte er ein Lächeln und einen speziellen Kommentar und entlockte ihm zu diesem oder jenem seine ganz persönliche Meinung.

Als die Abendgesellschaft sich nach dem Dessert wie üblich in eine männliche und eine weibliche Gruppe teilte, fühlte Slone

Shannon, wie ihn jemand am Ärmel zupfte. General Buchlau zog ihn am Ellbogen mit sich in einen ungestörten Winkel, während die übrigen Herren sich zu Brandy und Zigarren in den Salon begaben.

»Shannon«, sagte Buchlau, »wir reden ständig um den heißen Brei herum. Da Willi der Neffe von Edward ist – auf die eine oder andere Art sind die königlichen Familien in Europa ja alle miteinander verwandt –, tun wir so, als würde es keinen Krieg geben. Aber wenn Willi keinen Krieg will, warum baut er dann mit aller Macht eine Kriegsmarine auf, die es mit der britischen aufnehmen kann?«

»Gute Frage, General«, entgegnete Slone.

»Bismarck vertrat die Ansicht, die Deutschen sollten sich damit begnügen, sich auf ihre Stärke als Landmacht zu konzentrieren«, sagte der alte General. »Und Willi weiß das. Mit dem Aufbau seiner Kriegsmarine will er England zur Untätigkeit zwingen, während er mit seinen Landstreitkräften die Franzosen vernichtet. Er weiß, dass Napoleon in der Schlacht von Waterloo und nicht von Trafalgar besiegt wurde.«

Der alte General war nicht gerade für seine Verschwiegenheit bekannt. Slone versuchte, auf Buchlaus unbesonnene Äußerungen diplomatisch – wie er es inzwischen nannte – zu reagieren, also mit wohlklingenden, aber nichtssagenden Worten. Er machte zu den Aussagen des Generals nur kurze, unverbindliche Bemerkungen.

»Hören Sie«, fuhr Buchlau fort, »Willi hat das Motto des amerikanischen Präsidenten übernommen und es einfach umgedreht. Bei den Deutschen heißt es nicht ›Sprich leise und nimm einen dicken Knüppel mit‹, sondern ›Sprich laut und schwing ein großes Gewehr‹.«

Slone musste lachen. Er fragte sich, worauf der General mit seinem weitschweifigen Gerede wohl hinauswollte. Er kannte den Alten schon seit zwei Jahren und wusste genau, dass sich hinter dem Anschein von Senilität unter seinem spärlichen grauen Haar immer noch ein höchst aktiver Geist verbarg.

»Shannon«, sagte der alte General, »es ist kein Geheimnis, dass das Habsburgische Kaiserreich weniger für Rüstung ausgibt als einige der Balkanstaaten. Wir sind von Ländern umringt, die nur allzu gern ein Stück unseres Territoriums abbeißen würden. Und wir ähneln einem alten Bullen, der sich kaum noch aufrecht halten kann, nur noch im Kreis herumstolpert und sich durch bloße Willenskraft auf den Beinen hält. Deutschland toleriert die habsburgische Monarchie, weil wir sozusagen als Deutschlands Bevollmächtigte in Südosteuropa fungieren.«

»General«, sagte Slone, der sich bei dieser Unterredung nicht mehr ganz wohl in seiner Haut fühlte »ich glaube, die Gäste brechen allmählich auf.«

»Ich bin gleich fertig«, sagte Buchlau mit neu erwachter Schärfe in der Stimme. »Hören Sie, einige von uns wollen keinen Krieg. Wir sind der Ansicht, für Österreich hätte ein Krieg verheerende Folgen, denn er würde das Ende unserer Monarchie, das Ende unseres Kaiserreichs bedeuten. Wie Sie wissen, sind wir jedoch durch den Dreikaiserbund, den Pakt zwischen den Kaisern von Russland, Österreich und Deutschland, an die Deutschen gebunden. Was ich damit sagen will, ist Folgendes: Fallen Sie nicht auf so einen Blödsinn herein, wie Sir Norman ihn heute Abend von sich gegeben hat. Bei der ersten sich bietenden Gelegenheit wird Deutschland von einer ›Einkreisung‹ reden. Aber ihr Briten wählt eure Bündnisse ja mit Bedacht. Ihr seid gut beraten, wenn ihr Willis Bemühungen, eine starke deutsche Kriegsmarine aufzubauen, misstrauisch gegenübersteht.«

In diesem Augenblick befanden Sianna und Theo sich in der Empfangshalle. Theo verabschiedete sich von seinen Gästen. Nachdem mit Ausnahme von General Buchlau und den Shannons der Letzte gegangen war, fasste Theo die junge Frau am Arm und sagte: »Da Slone und der alte Herr offenbar noch ein ernstes Gespräch miteinander führen, bleibt uns vielleicht noch Zeit für ein Gläschen ausgezeichneten französischen Champagner, mit dem ich mich bei meinem letzten Aufenthalt in Paris eingedeckt habe.«

Sianna gestattete ihm, sie in einen eleganten Salon zu geleiten. Theo gab Anweisungen, und schon bald perlte der perfekt temperierte Champagner in ihren Gläsern.

»Auf die Schönheit der lieben deutschen Damen aus Südafrika«, sagte Theo.

»Sind Sie sicher, dass alle deutschen Damen aus Südafrika lieb sind?«, fragte Sianna schalkhaft und erhob ihr Glas.

Theo lachte entzückt. »Charmant«, sagte er. »Ja, da bin ich mir ganz sicher. Schließlich handelt es sich um Deutsche, oder schlimmstenfalls um Holländerinnen.« Er beugte sich zu ihr vor, und sein Gesichtsausdruck wurde ernst. »Und wenn die Buren in Südafrika das nächste Mal ihre Waffen gegen die Engländer erheben, wollen wir ihnen wünschen, meine liebe Sianna, dass sie mehr Erfolg haben.«

Sianna runzelte die Stirn. »Ich bete zu Gott, es möge kein nächstes Mal geben«, sagte sie.

»Der deutsche Geist wird sich auf Dauer nicht knechten lassen«, sagte Theo. »Aber das ist ein unerfreulicher Gesprächsstoff. Nur noch das Eine, bevor wir dieses Thema verlassen und uns angenehmeren Dingen zuwenden wie beispielsweise der Frage, was wir zu Cousin Canilos Unterhaltung veranstalten können. Ich habe mich oft gefragt, wem in einem Fall wie dem Ihrigen – einem Burenmädchen, das mit einem Engländer verheiratet ist – die Loyalität gilt.«

»Mit einem Australier«, stellte Sianna richtig.

»Nun, sagen wir mit einem Briten? Sie haben mir erzählt, dass Sie im Krieg als Krankenschwester gearbeitet haben. Würden Sie im Falle eines weiteren Krieges die Buren oder die Briten behandeln?«

»Im vergangenen Krieg habe ich beide behandelt«, antwortete sie. »Als ich Slone zum ersten Mal gesehen habe, war er ein schwerverletzter britischer Offizier.« Dass die Eingeborenen ihn seiner Kleidung beraubt hatten und sie erst, als er zu sprechen anfing, Aufschluss über seine Nationalität erhielt, verschwieg sie lieber.

»Aha, Sie sind also eine echte Diplomatengattin«, sagte er.

»Das Eine kann ich Ihnen sagen, Theo«, fuhr sie fort. »Wenn mein burischer Vater gegen meinen australischen – oder wie Sie sagen britischen – Ehemann in den Krieg zöge, würde ich mich laut schreiend zwischen die beiden stellen und ihnen zurufen, dass sie durch mich hindurchschießen müssten, um sich gegenseitig zu treffen.«

Theo lachte und stellte sein Glas ab. »Sehr gut gekontert, meine liebe Sianna. Aber vielleicht wäre es besser, zu schreien, bevor das Schießen losgeht – natürlich nur mit leiser Stimme und in sehr damenhafter Manier. Lassen Sie mich die Frage so formulieren: Falls es für die ehemaligen Buren-Republiken eine Möglichkeit gäbe, auf friedlichem Wege ihre Unabhängigkeit von Großbritannien zu erlangen, würden Sie Ihre Leute in diese Richtung führen wollen?«

Sianna grübelte einen Augenblick. »Ich denke, jedes Volk verdient es, sich seine Regierungsform selbst zu wählen.« Als Theo Einwände erheben wollte, hob sie abwehrend die Hand. »Ich weiß schon, das klingt, als wäre ich gegen jegliche Form von Kolonialmacht. Vielleicht sollte ich besser sagen, jede Nation, die in der Lage ist, sich selbst zu regieren, sollte diese Möglichkeit erhalten.«

»Dann würden Sie also mit einer Unabhängigkeitsbewegung im Transvaal und der Orange-River-Kolonie und sogar in Natal sympathisieren?«

»Ich glaube, die Idealsituation wäre eine vereinte Burenrepublik, die vom Kap bis nach Transvaal reicht.«

»Und wenn man Sie darum bäte, würden Sie sich für die Erreichung dieses Ideals einsetzen?«

Sianna runzelte die Stirn. »Was soll das werden, Theo? Versuchen Sie etwa, mich als deutsche Spionin zu rekrutieren?«

Wieder lachte er. »Ich würde Sie niemals um etwas Unehrenhaftes bitten, meine Teuerste. Ich stelle Ihnen nur aus reiner Neugierde eine rein rhetorische Frage.« Er zwinkerte ihr zu. »Aber wenn ich eines Tages der Ansicht sein sollte, dass Sie uns in genau dieser Frage nützlich sein könnten, würden Sie dem Freund, der bei der Errichtung einer Burenrepublik mithilft, nicht freundlich gesinnt sein?«

Sianna blieb keine Zeit zum Antworten, denn in diesem Augenblick betraten Slone und der alte General den Raum. Buchlau verabschiedete sich sofort und ging. Slone entschuldigte sich, weil er der letzte Gast war. Doch Theo bestand darauf, dass er Sianna und ihm noch bei einem Glas Champagner Gesellschaft leistete.

»Na, was hatte unser Freund Buchlau denn auf dem Herzen?«, fragte Theo, als er den Champagner eingeschenkt hatte.

In seiner Eigenschaft als Nachrichtenoffizier wusste Slone sehr wohl, dass Theobald mehr als ein einfacher militärischer Verbindungsmann war. Wie jede große Nation entwickelte auch Deutschland ein Netzwerk von Agenten, das sich um die ganze Welt spannte. Mit einem von ihnen, dem Doppelagenten Blue Jack, hatte er es bereits in Neuguinea zu tun gehabt. In Wien kannte er mindestens ein halbes Dutzend deutscher Agenten mit Namen, und einige weitere waren ihm nur von Ansehen bekannt. Theo und er hatten in den vergangenen zwei Jahren bereits viele Male trefflich miteinander gestritten. Er entschloss sich, Theo einen kleinen Brocken zuzuwerfen.

»Der General sagt, Deutschland toleriere Österreich nur aus dem Grunde, weil Österreich in diesem Teil Europas genau das tut, was Deutschland von ihm erwartet.«

Theo zog die Brauen hoch und fing seinen Kneifer mit der Hand auf. »Dieser alte Narr wird von Tag zu Tag seniler.«

»Und er hat mich gewarnt, Theo, dass die österreichisch-ungarische Monarchie in naher Zukunft einen Schritt unternehmen wird, der Krieg bedeuten könnte.«

»Ach ja?« Theo sah ihn immer noch mit hochgezogenen Brauen an. »Und der wäre?«

»Das wollte er mir nicht sagen«, erklärte Slone. »Ich dachte, Sie wüssten es vielleicht und wären bereit, Ihr Wissen mit mir zu teilen.«

»Das würde ich gern tun, wenn ich könnte, alter Junge. Aber ich habe keine Ahnung, was dieser alte Narr meinte.«

Slone trank seinen Champagner aus und erhob sich. Theo brachte seine Gäste zur Tür, schüttelte Slone die Hand und küsste Sianna auf die Wange.

Zu Hause in ihren eigenen vier Wänden bat Sianna ihren Mann, ihr die Haken an ihrem Kleid zu öffnen. Sie standen vor einem hohen Spiegel und betrachteten ihr Spiegelbild.

»Oh Mannomann«, sagte Slone, »sind wir nicht immer noch ein schönes Paar?« Er streifte Sianna das geöffnete Kleid ab, und ihre schönen, prallen Brüste kamen zum Vorschein. »Und die zwei sind auch nicht zu verachten.«

Sie gab ihm einen Klaps auf die Finger und ging ins Bad.

»Slone«, rief sie.

»Ja?«

»Theo hat heute Abend versucht, mich als deutsche Spionin anzuwerben.«

»Wirklich nett«, sagte er.

Sie streckte den Kopf zur Tür hinaus. »Das findest du nett?«

Slone lachte. »Was hat er denn gesagt?«

»Er deutete vertraulich darauf hin, dass ein Krieg ausbrechen könnte und dass die Buren in Südafrika diese Gelegenheit als Vorwand nutzen könnten, um ihre Unabhängigkeit von England zu erlangen. Er hat mich gefragt, ob ich zur Mithilfe bereit wäre, um das in die Wege zu leiten.

»Hmm«, machte Slone.

»Vermutlich habe ich mich nicht wie eine gute britische Ehefrau angehört, fürchte ich«, sagte sie. »Vielleicht hat er den Eindruck gewonnen, ich wäre im Falle eines Falles seinem Vorschlag gegenüber nicht gerade abgeneigt.«

»Ja, gut«, erwiderte Slone in Gedanken versunken.

»Soll ich etwa eine Doppelagentin werden, so wie Blue Jack?«

»So weit werden wir es nicht kommen lassen«, sagte er.

Als sie nach Seife duftend und in ein zartes Nachthemd gehüllt aus dem Bad kam, saß er immer noch gedankenverloren auf der Bettkante. Sianna legte sich hin und betrachtete sein Profil.

Wie gut er doch aussah.

Ihr Mann. Ihr wilder Buschranger.

»Slone?«

»Hm?«

»Was hat General Buchlau dir erzählt, das dich so nachdenklich stimmt? Ist es wahr, dass Österreich irgendetwas unternehmen will, was zum Ausbruch eines Krieges führen könnte?«

»Das Habsburgische Kaiserreich will Bosnien und Herzegowina annektieren«, antwortete er.

»Ich wusste noch nicht einmal, dass es so etwas wie Bosnien und was auch immer überhaupt gibt«, sagte sie.

Er musste lachen. »Buchlau meinte, Österreich könnte es sich nicht leisten, noch weitere Gebiete im Süden zu annektieren. Er sagte, das Kaiserreich hätte bereits zu viele unnütze Slawen. Aber es könnte wirklich ernst werden, Sianna. Sowohl die österreichische Monarchie als auch das Ottomanische Reich sind altersschwach und brechen allmählich zusammen. Auf dem Balkan ist einiges in Bewegung geraten. Serbien ist ungestraft davongekommen, als es den Türken Land gestohlen hat. Wenn Österreich Maßnahmen ergreift, kann Gott weiß was passieren, denn Serbien wird es als Schlag ins Gesicht auffassen. Auch Russland hat diverse Absichten auf die Balkangebiete, musst du wissen, und die unterschiedlichen Bündnisse sind meiner Ansicht nach ein gefährliches Verwirrspiel. Im russisch-japanischen Krieg traten Spannungen zwischen Großbritannien und Russland auf, weil Großbritanniens Verbündeter Japan Frankreichs Verbündetem Russland ganz schön zugesetzt hat. Doch nun ist Russland sowohl unser als auch Frankreichs

Verbündeter. Ist manchmal gar nicht so leicht, sich daran zu erinnern, wer mit wem verbündet ist, besonders was die kleinen Balkanstaaten angeht. Ich muss immer wieder an die Bemerkung des Kaisers denken, dass irgendein Wahnsinniger auf dem Balkan den nächsten Krieg auslösen könnte.«

»Ich kann mir nicht vorstellen, dass heute Nacht noch ein Krieg ausbrechen wird«, sagte Sianna. »Es ist ziemlich spät geworden.«

Sie dachte einen Moment nach. »Slone, der Kaiser hat auch gesagt, solange seine Bündnisse mit zwei der weltweit führenden Nationen bestehen, kann ihm nichts passieren. Und er hat außerdem gesagt, falls er mit England verbündet wäre, könnte sich in Europa ohne die Erlaubnis von Deutschland und Großbritannien nicht einmal eine Maus bewegen. Wieso gibt es keine Entente zwischen Deutschland und Großbritannien, zwischen Onkel Edward und seinem Neffen Wilhelm?«

»Ich bewege mich nicht gerade in diesen Kreisen«, sagte er, »aber es ist kein Geheimnis, dass der Kaiser auf König Edward eifersüchtig ist.«

»Wenn Burenfamilien sich so bekämpft hätten wie die Nachkommen von Königin Viktoria, dann wäre der Krieg in wenigen Tagen vorüber gewesen«, sagte Sianna.

Slone legte sich zu ihr ins Bett, schob die Hände unter den Kopf und richtete den Blick zur Decke. Er dachte daran, was der alte Buchlau ihm gesagt und welche Gründe er ihm genannt hatte.

»Ich begehe keinen Verrat an meinem Land«, hatte Buchlau geäußert. »Großbritannien im Voraus unsere Absichten wissen zu lassen, war eine Entscheidung des Führungsstabs. Wir wollen nämlich nicht, dass Sie eine unangenehme Überraschung erleben. Russland ist Ihr Verbündeter, nicht der unsrige. Und sollten die Russen sich über unseren kleinen Ausflug in serbisches Gebiet brüskiert fühlen, könnten Sie ihnen mit dieser Vorwarnung vielleicht irgendwelche kriegerischen Absichten ausreden.«

Der Balkan war eine eigentümliche, verworrene Ansammlung unterschiedlichster Länder: das alte, entkräftete Griechenland, das kleine Montenegro, das tatkräftige Serbien, das geheimnisvolle Bulgarien und Albanien und der Vielvölkerstaat Rumänien. Allesamt waren sie vom ottomanischen Reich durch den Bosporus getrennt, den der Zar von Russland, der eine gemeinsame Grenze mit Rumänien hatte, nur allzu gern unter seine Kontrolle gebracht hätte.

Es gab Zeiten, da sehnte Slone sich nach dem überschaubaren Leben in seiner Heimat Australien zurück oder sogar nach den Kriegstagen in Südafrika. Zumindest kannte er damals noch das tägliche Angriffsziel. Eigentlich ging es nur darum, Buren zu töten und nicht von den Buren getötet zu werden. Was sich hier in Europa abspielte, wohin es Sianna und ihn verschlagen hatte, erinnerte ihn mehr an einen erbitterten Kampf unter Katzen in einer schmalen Gasse. Es hieß, fünf Nationen regierten die Welt: Großbritannien, Frankreich, Deutschland, Russland und Österreich-Ungarn, denn für einen Europäer waren diese alten Länder die Welt. Die Tatsache, dass Japan die russische Flotte versenkt hatte, wurde nur als Abweichung von der Norm betrachtet. Wahre Macht war außerhalb Europas einfach nicht vorstellbar – außer vielleicht bei den immer vorwitziger auftretenden Vereinigten Staaten.

Und doch war der tägliche Gang in den Coderaum der Botschaft äußerst aufregend, wo die Berichte britischer Agenten aus allen Teilen des Kontinents eintrafen und auf seine Anweisungen warteten. Slone hatte in Wien eine überaus wichtige Position inne. Zu seinen Aufgaben gehörte es, die Berichte weiterzuleiten und die gebündelten Informationen den richtigen Stellen zukommen zu lassen, die Kenntnis davon haben mussten und entsprechend darauf reagieren konnten. Vermutlich würde Österreich sich bald zu einem Schritt entschließen, der alles ins Wanken brächte. Slone spürte förmlich die Spannung und eine diffuse Vorahnung. Alle Gedanken an das friedliche Australien oder die »guten alten« Tage des Krieges wurden fortgeweht durch das Gefühl, dass er sich am Puls der Zeit befand und unzweifelhaft zu den Ersten gehören würde, die von einem größeren Ereignis in Europa Kenntnis erhielten.

Am nächsten Morgen machte er seine kleine Mannschaft von Code-Entzifferern auf die Wahrscheinlichkeit aufmerksam, dass in den kommenden Tagen ein bedeutendes Ereignis bevorstehe.

Dann lehnte er sich zurück und wartete. Ein aufregender Winter stand ihnen bevor.

Weltbild Buchverlag – Originalausgaben –
Deutsche Erstausgabe

Published by arrangement with BOOK CREATIONS INC.,
Spencertown, NY, USA
Dieses Werk wurde vermittelt durch die Literarische Agentur
Thomas Schlück GmbH, 30827 Garbsen.
2. Auflage 2008

Projektleitung und Redaktion: Dr. Ulrike Strerath-Bolz
Übersetzung: Ursula Guinaldo
Umschlaggestaltung: Hauptmann & Kompanie
Werbeagentur GmbH, München
Umschlagabbildung: © mauritius images/photolibrary
Satz: avak Publikationsdesign, München
Gesetzt aus der Adobe Garamond 11/12,5 pt
Druck und Bindung: GGP Media GmbH, Pößneck

Gedruckt auf chlorfrei gebleichtem Papier

Printed in the EU

ISBN 978-3-86800-014-6